KB043569

이야기를 들어드립니다

1

가하

이야기를 들어드립니다

이재온 장편소설

일권

이야기를 들어드립니다 1

지은이 이재온
펴낸이 이형기
펴낸곳 도서출판 가하

초판인쇄 2017년 7월 6일
초판발행 2017년 7월 13일
출판등록 2008년 10월 15일 제 318-2008-00100호

주소 서울 영등포구 양평로 67, 1209 (당산동5가, 한강포스빌)
전화 02-2631-2846 **팩스** 02-2631-1846

www.ixbook.co.kr

ISBN 979-11-300-1945-1 04810
        979-11-300-1944-4 04810(set)

값 12,800원

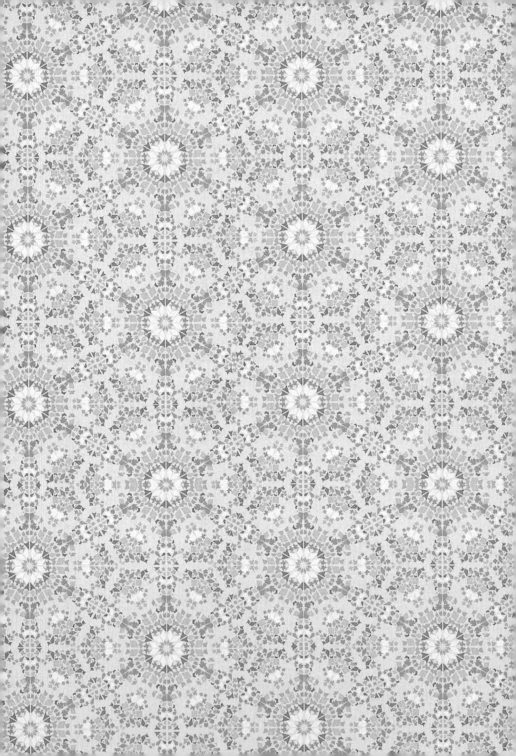

살아난 아이

"선생님, 애가, 우리 아기가……! 선생님, 선생님!"

아이는 새파랬다. 얼굴에 푸른빛이 짙었다. 버둥대며 걷힌 환자복 아래로 드러난 팔뚝이며 배도 푸릇푸릇했다. 파들대며 밭게 숨 쉬었다.

"선생님, 선생님!"

젊은 여인은 비명 지르며 버저를 거푸 내리쳤다. 간호사와 의사가 뛰어들어오는 중이었으나 아이에게만 시선을 붙박고 비명을 멈추지 않았다. 팔딱 뛰는 아이의 팔을 덜덜 떨며 쥐었다.

"양이야, 양이야……."

"보호자님, 비켜주세요."

뛰어들어온 간호사와 의사가 젊은 여인을 밀어냈다. 여인은 아이의 팔을 놓으며 뒷걸음질 쳤다. 텅 빈 두 손을 맞잡았다. 두 손을 가슴에 모았다가 떨며 눈 밑까지 끌어올렸다. 그러나 끝내 눈을 가리지도 감지도 못했다. 의료진 사이로 언뜻언뜻 아이가 보였다. 아이는 뽀얗고 자그맣던 몸이 푸르게 퉁퉁 부었다. 여인은 의아하고 당혹했다.

'이상해. 원래 감기였는데. 폐렴이었다지만 감기인 줄 알았는데. 입

원하면 나을 줄 알았는데, 왜⋯⋯?'

의사와 간호사가 무언가를 하고 아이의 팔에 연결된 호스가 흔들렸다. 기계가 들어오고 주변이 소란했다. 그러나 여인은 눈에 물이 찼다. 귀가 먹먹했다. 들리지 않았다. 보이지 않았다.

"양이야, 양이야⋯⋯."

오 분, 십 분, 십오 분⋯⋯. 시간이 흐르고 아이와 침대를 둘러싼 움직임이 가만해졌다. 기이한 침묵 속에서 의료진이 침대 주위에서 물러나 여인에게 시야를 열어주었다. 의사가 일종의 의식으로서 아이의 목에 손가락을 대보고 고개 들어 시계를 보았다. 덤덤히 선고했다.

"삼 세 여아, 김양이, 천구백구십육 년 칠 월 십칠 일 한 시 사십팔 분, 사망했습니다."

여인의 눈앞에서 휙, 세상이 존재하지 않는 듯 지워졌다.

※◆※

"어휴, 이 속 편한 년! 내가 그저, '건강하게만 자라다오!' 하며 무조건 좋다 좋다 하며 키웠더니만 마냥 속만 편해선⋯⋯! 넌 취직도 못하고 이 꼬락서니로 살면서도 웃음이 나오냐!"

픽! 선영은 양이의 등으로 손바닥을 날렸다. 매운 손이 화끈한 소리를 내며 양이의 등에 들러붙었다.

"아야, 엄마! 살살 때려!"

양이는 비명 지르며 움츠렸다. 아픈 등을 비틀며 선영을 힐끔 보았다. 그 안색을 살피고 배시시 웃었다. 선영의 팔에 매달렸다.

"엄마, 그래도 팔에 힘이 넘치는 거 보니까 건강한데? 우리 여사님

소원인 딸내미가 쏘는 마블링 아름다운 일 등급 한우는 좀 늦게 자셔도 괜찮겠어?"

"어이구, 그게 뭔 말씀이시래요? 딸년 때문에 혈압 올라서 몸보신이 시급해요. 혼자서 오인분은 먹어야겠으니까 후딱 취직해서 지갑에 총알부터 채우세요."

선영은 헤헤대는 양이를 보며 피식피식 웃었다. 입으로야 양이를 구박하면서도 팔을 들어 그 머리를 쓱쓱 쓰다듬었다. 휑한 미니 냉장고를 들여다보며 혀를 찼다.

"쯧쯧, 알바다 취직이다, 바빠도 좀 챙겨 먹고 살아. 여자애가 이게 뭐니? 먹고 싶은 음식 없어? 다 말해. 엄마가 사줄게."

"에헤. 아냐, 엄마. 벼룩도 낯짝이 있지."

양이는 뺨을 긁었다. 선영은 눈썹을 한껏 들고 양이의 얼굴을 빤히 보았다. 그래도 딸이 아무 말을 하지 않자 먼저 물었다.

"저 아래 숯불구이 집 있던데, 갈래?"

양이는 입이 벌어졌다. 입술을 뺨까지 끌어올리며 눈을 반짝였다.

"난 양대창이 좋아. 우리 소주도 꺾을까?"

"어이구, 엄마한테 낮술 하자는 소리가 잘도 나온다."

"에헤헤."

모녀는 양대창을 구워 먹으러 출동했다. 돼지갈비와 양대창을 양껏 주문하고 공깃밥에 소주도 시켰다.

"너 진짜 어쩔래? 취직도 못 하고 마냥 이럴 판이면 차라리 엄마, 아빠랑 살아. 생활비 굳고, 알바를 다녀도 엄마가 해주는 밥 먹고 다니잖아. 아예 이번에 내려갈래?"

양이는 석쇠 위 고기를 뒤집었다. 노릇노릇한 앞뒤를 확인하고 불을 조절했다.

"에이, 아빠 내년에 정년이시잖아. 아빠가 지방 지사 발령받았을 때 엄마 내려가 살기 싫다고 잉잉댔던 일 기억 안 나? 어차피 우리 집도 서울이고 아빠 퇴직하시자마자 다시 올라올 예정이면서 뭘 나까지 내려가래. 내가 거기서 평생직장을 잡으면 또 몰라, 몇 달 알바해봐야 뭐하는데? 여기서 이력서 한 장이라도 더 넣는 게 맞지."

"그것도 그렇다. 에휴……."

선영은 한숨 쉬었으나 양이는 헤헤 웃었다.

"찡그리지 마. 주름 생겨. 지금까지 이력서 한 백 장 썼으니까, 앞으로 또 백 장 쓰면 어디든 붙겠지. 그동안 알바하면서 지내면 돼."

양이는 고기 굽던 집게를 내려놓았다. 상추를 추려 쌈을 말기 시작했다. 그 모습에 선영은 또 한숨 쉬었다.

"어휴……. 내가 한참 잘못했지. 너 어릴 때 죽었다 살고 내가 놀란 맘에 '암! 건강하면 됐지. 살아 있는 게 어디야.' 이러면서 뭘 해도 좋다, 다 예쁘다, 다 괜찮다, 이러며 키웠더니 얘가 진짜 늘 괜찮아. 뭐가 이렇게 항상 속 편하고 안일해? 남들은 취직 못 해서 자식새끼 축 처진 꼴 보면 사고 칠까 걱정이라던데, 우리 집은 만날 나만 속 터지지? 세상에, 이 얼굴 좀 봐. 아주 신선이 돼서 천년만년 살 낯짝이야."

"에이, 나는 기억도 안 나는 일로 또 이런다. 엄마도 속 편히 살아. 걱정한다고 안 되던 취직이 되지도 않잖아. 만날 찡그려봐야 속만 버리고 조기 노화 온다? 올 하반기까지도 안 되면 어디 도시락 공장에 다니든가 기술이라도 배울게."

선영은 고개를 절레절레 저었다.

"그래, 너라도 속 편하니 참 다행이다. 그래도 난 네가 큰사람이 될 줄 알았어. 관에 넣으려던 애가 살았으니 얘는 뭔가 특별한가 보다 했지."

"원래 엄마들은 다 자기 애가 천재고 특별한 줄 안대. 자, 최 여사님, 이거 드세요. 제가 제일 잘 구워진 조각으로 넣었어요."

양이는 커다랗게 만 상추쌈을 선영의 입에 들이밀었다. 눈을 흘기는 선영에게 헤헤 웃었다.

"으이차, 드디어 가셨네."

양이는 용산역을 빠져나오며 어깨를 털었다. 멈춰 섰다. 까마득한 하늘을 보며 눈썹을 내렸다.

"아, 나 진짜 어쩌지? 아빠 정년 전까지는 어디든 돼야 할 텐데."

양이는 한숨 쉬며 걸음을 뗐다. 상황은 특별하지 않지만 좋지도 않았다. 등록금을 처박으며 대학에 다녔다. 학자금 대출이 이천만 원 남았다. 아버지가 내년에 퇴직이었다. 자신은 여전히 백수였다. 아르바이트로 원룸 월세와 생활비를 벌지만 야간 아르바이트라 급료가 세던 편의점이 지난주에 문 닫았다. 잔여 임금을 아직 못 받았다. 이력서를 뽑던 프린터 잉크가 떨어졌다. 잉크를 사려고 봤더니 통장 잔액이 세 자릿수였다.

"에이, 그래도 다행이지. 구세주 엄마가 이번 달 월세를 내주고 가셨잖아? 통장 잔액도 안 들켰고. 우훗! 알바는 또 구하면 되고 어떻게든 되겠지."

양이는 열 발자국도 떼지 않아 굳었던 낯을 풀었다. 느긋이 길으며 생각을 더듬었다.

'새 알바는 뭐 하지? 나는 가르치는 체질은 아닌데, 구직에 방해받

지 않으려면 역시 과외 자리를 찾아야 하나? 아냐, 마냥 알바나 할 수
도 없으니 여기서 눈을 더더더더 낮춰? 안 되면 어디 공장에나 갈까
하는 판에 더 낮출 데도 없는데…….'

양이는 다시 멈췄다. 낯이 아릿하게 굳었다. 손을 들어 입가를 매만
졌다.

'그러고 보니 일전에 만난 그 남자…….'

양이는 며칠 전을 돌이켰다.

�֎֍֎

"끼에엑!"

잔디를 입은 비스듬한 축대 한중간, 양이는 익룡처럼 울부짖었다.
한 발만 잘못 디디면 바퀴벌레보다 더 징그러운 물체를 밟을 판이었
다. 젖 먹던 힘까지 쥐어짜 발바닥에 힘을 주었다. 한강 바람에 머리
칼을 휘날리며 두 팔을 세차게 파닥였다. 축대의 길게 누운 빗면을 스
키 타듯 미끄러졌다.

"꺄아아악!"

양이는 드물게도 절망했다. 저기, '그것'들이 나뒹굴었다. 번뜩이는
돼지눈깔 수십 쌍이 양이를 노려보며 저 아래 산책로와 눈앞 경사로
를 다글다글 굴렀다. 이제 몇 초 뒤, 양이는 이대로 미끄러지다 자빠
져 온몸으로 돼지눈깔을 터트릴 운명이었다. 어쩌면 콘크리트 바닥에
이마부터 박아 구급차에 실려 갈지도 몰랐다. 돼지의 원혼과 수정체,
안구 액과 함께하는 실로 징그럽고도 흉측한 사망 방식이었다. 조금
도 소녀스럽지 않았다.

'안 돼! 죽을 땐 죽더라도 이렇게 추하게 죽을 순 없어! 돼지눈깔 위로 자빠져 죽다니!'

그러나 양이는 도저히 중심을 잡지 못했다. 멈출 재간도 없었다. 애초에 이렇게 가파른 빗면을 걸어 내려가려 들다니 무모했다. 흉포한 맞바람에 검은 머리칼을 망나니처럼 휘날리며 삶 만난 닭처럼 홰쳤다. 단 몇 초 만에 이십여 년 세월을 돌이켰다. 마지막 순간까지 소녀로서 존엄을 지키려 사력을 다해 파닥였다.

"저런."

낮은 속삭임과 함께 양이는 긴 팔에 허리를 휘감겼다. 그 팔에 이끌려 빙글 돌았다. 낯선 품으로 떨어졌다.

"꽥."

양이는 멱따는 소리를 내며 낯선 이의 가슴에 코를 박았다. 부딪는 감촉이 어찌나 단단한지 버텨 선 돌담 같았다. 코가 얼얼하고 머리가 띵했다. 그 감촉만으로도 낯선 이가 사내임을 알았으나 하릴없이 그 품에 기댔다.

"으……."

"괜찮아?"

가슴은 흉기였으나 목소리는 나른했다. 양이는 귓가를 타고 흐르는 음색에 긴장이 풀렸다. 비틀대며 남자의 품으로 무너졌다. 손가락에 옷자락이 감겨 무심코 그러쥐었다. 엷게 사락대는 소리와 함께 손에 부드러운 감촉이 묻었다. 코를 묻은 옷자락에서는 깊은 국화 향과 고아한 약재 향이 났다. 어디 아득한 곳에 자리했을, 꽃이 흐드러진 고택 뜨락이 연상되는 향이었다. 양이는 더욱 힘이 풀렸다. 흐느적대며 남자에게 매달렸다. 처한 상황이 얼마나 난처한가도 떠올렸다.

'망했네.'

양이는 남자의 가슴에 이마를 박고 생각했다.

✳✿✳

일이 시작된 때는 오늘 아침이었다. 대학 동아리 선배에게서 전화가 왔다.

– 양이야, 너 시간 있지? 오늘 남양주에 있는 도축장 좀 급히 다녀오면 안 될까? 내가 주말에 뭘 잘못 만져놓고 퇴근해서 내일 당장 해부 실습해야 하는 돼지눈깔이 다 상했거든? 나 이번에도 걸리면 진짜 죽어. 티 안 나게 메꿔야 하니까 오늘 다섯 시까지 몰래 배달 안 될까? 내가 도축장에 전화 싹 돌려서 눈깔 확보는 해놨거든? 나 좀 살려줘. 내가 하루 일당 꽉 채워서 줄게.

그 전화를 받았을 때만 해도 양이는 이게 웬 금 동아줄인가 했다. 아르바이트 자리를 잃고 월세 날은 다가오고 서류심사와 면접에 떨어졌다는 문자와 메일만 쌓여가던 차에 하늘이 날 돕는구나 싶었다.

"예쓰! 선배의 불행에 이렇게 기뻐하면 안 되지만, 진짜 고마워요! 완전 베리 땡큐!"

양이는 당장 남양주 도살장을 찾았다. 돼지눈깔을 받아 아이스박스를 안고 버스 정류장으로 향했다. 외진 곳이라 변변한 인도도 없어 가드레일을 따라 도로 가장자리를 걸었다. 남양주 한강 변은 바람이 드셌고 머리칼은 귀신처럼 휘날렸으며 상자는 무거웠지만 마음이 푼푼했다.

부아아아앙! 그 길에 오토바이가 폭주하며 가드레일 곁으로 달려왔다. 넣 놓았다간 관 짤 판이었다. 양이는 기겁하며 펄쩍 뛰어 가드레일로 더 바짝 붙었다. 그 결에 아이스박스를 놓쳤다. 끼이이이이익! 오토바이 운전자도 놀랐는지 찢어지는 소리로 아스팔트를 긁으며 갈지자를 그렸다.

그러나 오토바이는 양이의 얼굴에 삼도천 직행열차 승차권을 던져 놓고 그대로 달아났다. 양이의 손을 떠난 박스는 뚜껑이 열리며 하늘을 날았다. 드라이아이스와 육십 쌍의 돼지눈깔도 하늘을 날았다. 양이가 가드레일 옆에 주저앉아 바라보니 하얗고 물컹한 눈깔들이 아름다운 호선을 그리며 저 아래 한강 변으로 쏟아지고 있었다. 그 눈깔의 비가 향하는 곳에 누군가가 서 있었다.

'그 누군가가…… 이 남자겠지?'

양이는 고개를 들 용기가 나지 않았다. 외간 남자의 가슴에 머리를 박은 채 충돌 충격에서 벗어나지 못한 양 숨만 죽였다.

'망했다.'

정말 망했다. 최소한 세 가지 점에서 망했다. 첫째, 배달 아르바이트에 실패했다. 둘째, 그래서 선배가 곤란해졌다. 셋째, 낯모르는 남자 머리 위로 돼지눈깔을 들이부었다. 구제되지 못할 통장은 앞선 셋에 비하면 사소했다.

'하아.'

양이는 딱 죽고 싶었다. 눈을 질끈 감고 바르르 떨었다. 그러자 커다란 손이 등을 지그시 눌렀다.

"흐음……."

제 것 아닌 한숨이 나직이 흘렀다. 다시금 목소리가 들렸다.

"정말 괜찮아?"

목소리는 느릿하고 말랑말랑했다. 적어도 화내는 투는 아니었다. 양이는 희미하게 희망을 보았다. 배 속 깊이 숨을 밀어 넣었다. 움츠린 목을 펴며 머뭇머뭇 고개를 들었다. '죄송해요.'라는 말을 입술에 걸며 남자를 보았다.

"죄……."

양이는 나오던 말을 쭉 내민 입술 끝에서 멈췄다. 숨이 멎었다.

남자는 홍채가 새까맸다. 그렇게 끝없이 깊은 빛을 양이는 처음 보았다. 그 눈은 얇고 길게 뻗어 일견 여우 같았다. 그러나 선이 묘하게 탄탄하여 다시 보면 강인했다. 올올이 단정하나 짙은 눈썹이 그 인상에 힘을 더했고 쭉 뻗은 콧날과 뚜렷한 입술, 깨끗한 밀색 피부가 그 눈에 어우러졌다.

잘 벼린 진한 펜으로 망설임 없이 그린 얼굴이었다. 그 뚜렷한 명암이 남자에게 흑백사진 같은 고전미와 비현실성을 부여했고 그 감각에 밀려난 양이는 두 발짝 뒷걸음질 쳤다. 남자는 양이가 사극에서나 본 새하얀 도포와 갖신 차림이었다. 살랑대는 머리칼이 허리까지 닿아 새까맸고 양이에게 고인 눈빛이 단단했다.

'음…….'

양이는 살면서 본바 최고로 잘생긴 남자를 앞에 두고 '죄' 자 꼴로 입술을 내민 채 생각했다.

'박수무당?'

남자는 생긋 웃었다. 강인해 보이던 눈매가 다시 여우로 보였다. 비현실적인 미모에 돌연 현실감이 들었다.

"이거……."

남자는 무섭도록 상큼하게 눈웃음을 띠었다. 느른한 목소리로 말문을 열며 오른손 엄지와 검지를 양이의 눈높이로 들었다. 그 손가락 사이에 끼인 얼추 둥글고 대강 하얗고 일부 희푸름하며 몹시 물컹한 무언가가 햇살에 영롱했다. 양이는 자신이 그것을 남자의 머리 위로 쏟아부었다는 사실을 되새겼다. 눈앞이 아찔했다. 남자가 말을 맺었다.

"네 눈깔이야?"

"죄송합니다! 많이 놀라고 불쾌하셨죠? 제가 간수를 잘못해서……. 죄송합니다."

양이는 뒷걸음질로 공간을 냈다. 허리 숙였다. 불과 몇 분 전, 오토바이에 치여 죽을 뻔했다. 가파른 빗면에서 고꾸라져서도 죽을 뻔했다. 해명하자면 할 말이 없지야 않았다. 그러나 우선 미안했다. 허리를 접은 채 눈을 감았다. 반응을 기다렸지만 침묵이 길었다.

'어쩌지?'

양이는 마른 입술을 물었다.

남자는 낯에서 화사한 미소를 닦아냈다. 양이를 향한 시선은 곧고 깊었으나 온도를 짐작하기 어려웠다. 남자는 여러 호흡이 지난 뒤에야 나른히 깜박였다. 천천히 입술을 움직였다.

"놀라지도 불쾌하지도 않았어. 바퀴 긁던 소리가 상당했잖아. 상황은 얼추 짐작이 가고 네가 안 다쳤으니 됐어."

"하……."

양이는 긴장이 풀렸다. 가는 숨을 흘렸다. 남자가 웃는 낯으로 돼지 눈깔을 들이밀 때는 '성깔 장난 아니겠구나!' 싶었다. 내심 각오를 다졌긴만 대응이 퍽 온화하고 상냥했다. 외려 이쪽 사정을 챙기니 가슴이 뭉클했다.

"그러니 일어나. 처녀귀신 같아."

'뭉클은 개뿔.'

양이는 기분이 확 식었다. 아무렴 처녀귀신보다야 내 꼴이 낫겠지 생각했다. 그러나 맞바람 맞아가며 오두방정을 떤 끝에 그 비슷하게 거지 같아졌을 제 꼴을 짐작했다. 화나기보다 쪽팔렸다. 일그러지는 얼굴 근육을 붙잡아 매려 입술을 꾹 다물었다. 쏟아지는 한숨을 입속에 눌러 가두며 허리를 폈다. 가드레일을 넘느라 까매진 손가락을 뒤엉킨 머리칼에 찔러넣었다. 그대로 빗어 넘기는데 남자에게서 나른한 목소리가 이어졌다.

"흐음. 또 보니 복어 같네? 뺨이 통실통실하니 새끼 복어가 따로 없다. 그럼 이건, 복어 귀신인가?"

양이는 울컥했다. 애써 표정 관리 중이었거늘 내 볼살에 보태준 과자 한 쪽 없으면서 복어라니! 복어 귀신은 또 뭐야! 미안함이 반감하며 체내에 테트로도톡신이 누적되기 시작했다. 하나 따지자니 돼지눈깔 투척이 메가 빅 엿이었다. 그 빅 엿을 삼키고도 기침 한번 안 하면 비정상이라 생각하며 어색하게 웃었다.

"아하하. 그게 바람이 엄청 불어서⋯⋯. 강변이라 그런지 맞바람이 아주 그냥⋯⋯."

양이가 돼지눈깔은 해명 안 해도 이건 해야 한다는 소녀 감성으로 주절대다 보니 양이 못지않게 긴 남자의 머리칼은 결 곱게도 살랑이며 주인의 매끈한 밀색 뺨을 간질였다. 양이도 자신과 남자가 서 있던 지대가 다르다는 점이야 잘 알았다. 하지만 유부남 꼬이다 머리끄덩이 잡힌 처녀귀신 같은 제 꼴을 떠올리고 남자를 다시 보니 뭔가 억울했다.

양이는 머리칼에 손가락을 꽂고서 벌쭘이 섰다. 남자는 손에 든 돼지눈깔을 휙 버렸다. 반 묶어 느슨하게 늘어트렸던 제 머리칼에서 머리끈을 풀었다. 매화문이 은은히 입사된 새하얀 비단 끈이 남자의 긴 손가락에 감긴 채 양이에게 내밀어졌다.

"묶어. 머리 넘기니까 이마가 예쁘다."

남자는 밀당이 제법이었다. 양이는 체내 테트로도톡신 농도를 낮추며 물었다.

"당신은요?"

"일단 받고."

양이는 얼결에 고개를 꾸벅했다. 비단 끈을 받아 머리를 올려 묶었다. 그사이 남자는 소맷부리에서 나무 비녀 두 개를 꺼냈다. 머리칼을 감아 올려 하나로 고정했다. 드러난 목덜미가 허전한 듯 목 뒤를 쓱 문질렀다. 말끄러미 둘러보았다. 좀 귀찮아하는 투로 물었다.

"이제 이거 어떡할래? 난 괜찮지만 다른 산책객이 보면 기절할 텐데? 사람 안구로 오해받으면 경찰이 나설 수도 있고."

양이는 혈색이 가셨다. 테러 피해자가 대담하고 너그러워 다행이지만 뒷수습이 남았다. 약한 토기와 함께 한숨 쉬었다.

"으…… 주워야죠. 그런데…….""

양이는 심란했다. 굴러다니는 돼지눈깔과 일부 터져나간 수정체를 둘러보았다. 좀 더 창백해졌다.

"어떻게 아셨어요? 사람 눈 아닌 거?"

"해부실습용 돼지 눈이잖아? 그 정도는 알아. 도움 필요해?"

일 초가 다르게 낯빛이 죽던 양이는 눈이 동그래졌다. 아이스박스 위치를 확인하다가 고개 돌려 남자를 향했다.

"저 돼지눈깔, 알 주워야 하는데요?"

양이가 특정 단어를 순화하며 묻자 남자는 별다른 표정 변화 없이
답했다.

"알아. 그래서."

"그래서 물으셨다고요? 도움 필요하냐고?"

"필요해?"

'필요하냐'고? 절실했다. 양이는 되도록 저 물체를 만지고 싶지 않
았고 도움받으면 일이 줄 터였다. 하나 자기도 섬뜩한 일을 부탁하자
니 입이 떨어지지 않았다. 양이는 고마움과 곤란함, 간절함이 섞인 얼
굴로 남자를 보며 몇 번이나 입술을 달싹였다. 그러나 결국 고개 저었
다.

"아니요. 저 옴팡 욕먹을 각오했는데 이해해주신 일만으로도 고맙
습니다. 여기서 더 뻔뻔하게는 못 해요. 죄송합니다. 그리고 고맙습니
다. 저는 걱정하지 마시고 살펴가세요."

양이는 어떤 표정을 해야 할지 몰라 어색하게 굳은 얼굴로 고개를
깊이 숙였다. 근처에 나뒹굴던 아이스박스로 가서 상자를 들었다. 남
은 눈깔이 상자 속을 구르는 모습에 눈을 질끈 감았다. 아랫입술을 지
그시 물었다가 체념한 눈을 떴다. 허리를 숙이고 주변을 훑으며 돼지
눈깔을 찾았다. 하나씩 상자에 담았다. 수정체가 터지기도 했지만 만
지는 물체의 정체나 상태를 인지하지 않으려 애썼다.

"복어 양 애교 없네."

양이 옆으로 커다란 그림자가 졌다. 어느 틈에 다가온 남자가 흠칫
놀라는 양이에게서 아이스박스를 빼앗아갔다.

"사내가 돕겠다고 할 때는 받아들여. 사내는 여인의 예의와 염치보
다 미소와 칭찬을 더 좋아하니까. 아니면……."

남자는 말을 하면서도 잔디 사이에서 눈깔 하나를 집어 상자에 넣었다. 좀처럼 서두르지 않는 특유한 말투로 담담히 말을 이었다.

"나한테 웃어주기 싫어?"

양이는 뺨이 확 달아올랐다. 반사적으로 남자를 보았지만 남자는 아무렇지 않은 손길로 눈깔만 주워 담을 뿐이었다.

'하……. 내가 초미녀도 아니고 이렇게 최악으로 처음 보는 사이에 뭐라고……. 혹시 선수? 이 남자, 멀쩡한 여자를 도끼병 환자로 만드네.'

양이는 피식 웃었다. 남자가 초면에 반말이긴 해도 배려 깊다 싶었다. 남자는 불쾌한 일을 겪었지만 양이가 다치지 않아 괜찮다고 했고 복어라 놀렸지만 머리끈을 빌려줬고 양이가 미안해하자 작업으로 들릴 만한 실없는 소리까지 입에 담으며 쾌히 도왔다.

양이는 마음이 따뜻해졌다. 여유가 돌았다. 여전히 돼지눈깔이 끔찍했지만 몇 개 주워 남자를 쫓아가 아이스박스에 넣었다. 남자 주변에 쭈그리고 앉아 하나씩 주워 담았다.

"고마워요. 진짜로, 고마워요."

"그래."

남자는 겸양 없이 끄덕였다.

둘은 오리걸음으로 눈깔을 주워 모았다. 양이는 물컹한 감촉에 머리칼이 곤두서고 토기가 치밀었지만 제 일도 아닌데 묵묵히 돕는 남자를 보며 겨우 참았다. 인고 어린 시간이 헛되지 않았는지 아이스박스가 꽤 찼을 때였다. 남자가 문득 물었다.

"복어 양 의사나 병원 관계자 아니지?"

"어떻게 아셨어요?"

"안 똑똑해 보여."

"아, 그러세요."

남자는 진실을 아무렇지 않게 말했다. 양이는 표정이 썩었다.

"아까 안았을 때 병원 냄새가 안 났어."

"아."

"그 사람들은 나. 아무리 가려도."

"탐지견 같네요."

"그래?"

"네."

"도축이나 정육 관련도 아니고."

"피 냄새 안 나요?"

"응."

"혹시 개띠예요?"

"아냐. 학교 알바야?"

양이는 손을 딱 멈췄다. 남자를 멍하니 보았다. 남자도 손을 멈추고 양이를 보았다. 남자는 무표정했지만 그 표정이 묘하게 멀뚱거려서 순진해 보였다. 양이는 숨을 훅 들이쉬었다.

"왜 직원이냐고는 안 물어요?"

"곤궁함이 묻어나는 분위기라서."

"하……. 진실일수록 너무 태연하게 말하면 안 돼요."

"미안. 아는데 잘 안 돼. 학교 알바 맞아?"

양이는 맥이 빠졌다. 고개 저었다.

"아는 사람 부탁으로 하루 알바예요. 학교에 다섯 시까지 배달이었어요."

"못 쓰게 됐잖아. 곤란하겠네."

"네……."

남자도 양이도 손을 멈췄다. 이제 정리가 됐는지 더는 눈깔이 보이지 않았다. 양이는 눈으로 주변을 훑으며 맥없이 답했고 남자는 그런 양이를 물끄러미 보았다.

"복어 양, 나랑 거래 안 할래?"

뜬금없는 말이었다. 양이는 미간을 찌푸리며 고개를 갸웃했다.

"네 상황은 내가 해결할게. 배달할 장소와 수량, 시간만 알려줘. 대신 내 가게에 면접 보러 와."

'면접?'

양이는 미세하게 뺨이 굳었다. 문제를 해결해준다는 제안이야 반가웠다. 백수에게 면접 제안도 고맙기야 했다. 그러나 지금까지 남자에게 받은 배려가 과한 탓에 경계심이 일었다. 처음 본 순간부터 드물게 남자답고 화사한 외모라고 생각했다. 그 비범한 외모 탓에 '내 가게'가 그리 건전하게 들리지 않았다. 안일함이 천성이라지만 바보가 아니었다. 남자는 그런 기색을 아는지 모르는지 까만 눈을 양이에게 맞춘 채 말을 이었다.

"직원이 필요해서 몇 달째 구했어. 운세를 보니 동쪽이 길이라, 동으로 와서 구인 전단을 붙이고 바람 쐬던 참에 널 만났어. 인연인가 싶어 자세히 보니 너라면 가게에 잘 맞을 것 같아. 어때?"

양이는 침묵했다. 차분히 정리해보았다.

1. 구인자가 슈퍼 갑인 시대에

2. 몇 달째 구인 중이지만 직원을 못 구해서

3. 박수 뻘인 주인이 점을 본 후

4. 몸소 원정까지 와서 전단을 붙이며 직원을 구하다가

5. 처음 보는 복어, ……가 아니라 무능한 백수 처자를 붙들고 영입 영업을 하는

6. 업종이 뭔지 모를 가게

라는 뜻이었다.

엄청 수상했다. 양이가 남자에게 죄책감만 없으면 오십 보 백스 텝을 밟고 싶을 정도였다. 양이는 어떻게 대응해야 하나 고민했다. 남자는 그 심경을 아는지 모르는지 태연히 박스 뚜껑을 덮었다. 소매에 손을 넣어 돌돌 말린 종이 한 장을 꺼냈다.

"오늘 붙인 전단이야. 보고 와줘."

양이가 슬쩍 보니 한지에 붓글씨가 비쳤다. 양이는 움찔했다.

'전단이 아니라 방이냐!'

남자는 아이스박스에 손을 얹었다.

"어디로 몇 쌍 보내면 돼?"

"아…….'

양이는 망설였다. 면접 볼 마음이 없었다. 너무도 수상했다. 그러나 사태를 해결해야 했다. 그러지 않으면 부탁한 선배와 실습할 학교, 도 축장 전부에 폐였다. 면접을 볼 듯 굴며 부탁하고 싶었다. 짧고도 굵 게 고뇌했다. 고뇌란 똥 같아서 짧고 굵은 것이 가늘고 긴 것보다 버 리기 힘겨웠다. 양이는 얼굴이 붉어졌다.

"그게, 저어, 면접…… 약속 못 해요."

양이는 더듬댔다. 몸서리치게 싫던 돼지눈깔을 반 넘게 주워준 사 람이었다. 호의를 기만으로 갚을 수 없었다.

"복어 양 솔직하네."

남자는 말가니 양이를 쳐다보더니 눈을 접어 생긋 웃었다. 꽃이 피듯 그 얼굴에 생기가 피었다. 양이는 그 얼굴이 아찔하도록 아름답기도 했거니와 당연한 일로 칭찬받은 기분이라 목덜미까지 붉어졌다.

"거래라고 했지만 바꾸자. 일은 투자 삼아 할게. 네가 오지 않아도 내 판단이 틀릴 뿐이야. 네 탓이 아냐. 무엇보다……."

남자는 아이스박스를 한 팔에 안고 자리에서 일어났다. 양이에게 다른 팔을 내밀었다. 양이를 손잡아 일으켰다. 어느새 그 눈에서 나슨한 곡선이 풀리고 서서히 남자다운 직선이 돌아왔다. 바닥 모를 까만 눈이 양이에게 닿았다. 양이는 기묘한 두근거림에 사로잡혔다. 남자에게 꿰뚫려 시간이 멎은 듯했다. 숨을 죽이는데 사락, 비단 도포가 양이의 다리를 핥았다.

"때가 아니라면 보챌 수 없어. 그저, 기다릴 뿐."

남자는 부드럽게 말했다.

양이는 엄마를 배웅하고 집에 오자마자 며칠 전에 받았던 전단부터 찾았다. 전단은 남자가 주었던 비단 머리끈과 함께 싱크대 서랍에 박혀 있었다. 받은 날 주머니에 대충 찔러넣었기에 영 구깃구깃했다.

양이는 남자가 말하는 '내 가게'가 아무래도 멀쩡한 업체가 아닐 듯했다. 이 전단도 받기만 하고 겉만 보았다. 하지만 여기고 저기고 다 떨어지고 알바도 급히 구해야 할 상황이니 한번 읽어나 볼까 싶었다. 구겨진 한지를 손으로 다려 최대한 깨끗이 펼쳤다. 남자야 이것을 '전단'이라고 했지만 역시 이건 전단이랄 물건이 아니었다. 크기가 대자보만 했다. 이런 물건을 어디에 어떻게 붙였다는 건지 의아했다.

☆ 직원 구함 ☆

근무여건

1. 주 5일(월-금), 이른 11시부터 늦은 8시까지

: 대부분 칼퇴 보장, 시간 외 근무 시 수당 세 배

2. 근무 중 업무 없을 시 행동의 자유 보장

3. 직원 요청 시 숙식 제공

4. 정규직: 월 300만 원(성과급 별도)

5. 4대 보험, 퇴직금, 명절 상여금, 휴가비 제공

6. 월 1회 유급 생리휴가 보장

지원조건

1. 학력, 나이, 각종 자격증이나 인증 점수 불문

2. 어떤 미친 소리도 진지하게 들을 수 있는 분

3. (2를 만족하지 못할 시) 어떤 미친 소리도 진지하게 듣는 척할
수 있는 분

4. 어떤 미친 상황을 봐도 기겁하지 않을 분

5. 근무지에서 겪은 일을 떠벌리고 다니지 않을 분

6. 몹시 평범한 사람 환영

7. 여자면 조금 더 환영

8. 개나 희귀 짐승을 무서워하지 않는 분

※ 그다지 수상한 곳은 아님

거기까지 읽고 양이는 생각했다.

'무섭도록 수상해.'

이곳은 지원조건 이 번부터 오 번까지가 약간 께름칙하지만 근무여

건과 지원조건을 합하면 세상에 없을 꿈같은 일터였다. 그런 점에서 다단계 구인광고나 불법업소 구인광고와도 상통했다. 업종이 무언지 언급조차 없었다. 수상한 곳은 아니라는 부분이 특히 수상했다.

"이게 진짜면 왜 몇 달째 직원을 못 구해?"

양이는 결론 내렸다. 시무룩이 중얼거렸다.

엄마 말처럼 자신은 너무 안일하고 속 편하게 사는지도 몰랐다. 뚜렷하게 생각한 적이야 없지만 아마 자신은 인생을 시간 가면 알아서 다 이뤄지는 일이라고 여긴 듯했다. 스트레스받으며 아등바등해봐야 좋을 바도 없고 달라질 바도 없다고 생각했다. 나날이 그냥저냥 살았다.

초중고 십이 년을 안일히 되는 만큼 공부했다. 대학을 안일히 성적 맞춰 갔다. 대학 사 년을 안일히 때 되면 리포트 내고 시험 보며 보냈다. 그렇다고 남보다 딱히 방탕하게 살지도 않았다. 그러니 때 되면 남처럼 취직도 되겠거니 했다.

그러나 현실은 막연한 생각과 달랐다. 졸업하고 일 년이 넘도록 백수였다. 학자금 대출이 여전했다. 통장 잔액이 세 자릿수였다. 아빠가 내년에 정년이었다. 발등에 불이 떨어졌다. 그리고 지원해봄직한 데가 수상한 곳뿐이었다.

"하아……."

양이는 입맛이 썼다. 마음도 허했다. 이 이상한 전단을, 아니 구인 대자보를 다시 한 번 천천히 읽었다. 진짜 이런 곳이 있으면 좋겠다고 생각했다. 한지 주름을 연거푸 매만졌다. 안목이 없지만 고급으로 보였다. 묵향도 미술 시간에 맡던 향과 차원이 달랐다. 은은하고 맑았다. 접하자니 점점 차분해졌다. 굳은 입가가 풀렸다.

'그렇게 수상한 사람이었나?'

양이는 남자를 더듬어보았다. 그날 겪은 상황도 들은 말도 꽤 정확히 떠올랐다. 하지만 그 생김이 이상할 만큼 아련했다. 한복 미남이라는 인상만 남았을 뿐 헤어지고부터 통 그 모습이 기억나지 않았다.

'어쨌든 사고도 깔끔히 처리해줬고.'

남자는 한 말을 지켰다. 도축업계에 인맥이 닿았는지 다섯 시까지 신선한 돼지눈깔 육십 쌍을 선배에게 눈에 띄지 않게 보내주었다. 덕분에 선배도 양이도 위기를 넘겼다.

'글씨도 이렇게나 단정한데.'

양이는 남자가 전단을 썼는지 확신할 수 없었다. 하나 그러리라 여겼다. 그리고 그 필체는 모르고 봐도 상당한 수준이었다. 섬세하면서도 힘찼고 힘차면서도 단정했다.

'내 전화번호 받아가더니 회신도 안 되는 번호로 약속한 일 처리했다고 문자만 한 통 달랑 줬지. 제대로 된 회신번호를 알면 고맙다는 인사도 하고 케이크 기프티콘이라도 보내드리겠는데……. 미안하고 찜찜하네. 하……. 가볼까? 입사야 내가 싫다면 억지로 못 시키잖아. 딱 가보기만 할까? 고맙다는 인사도 해야 하고 머리끈도 돌려줘야 하고…….'

양이는 묵향을 따라 손끝을 미끄러뜨렸다. '오시는 길' 그곳을 가만히 더듬었다.

양이는 살구나무집을 지났다. 장미나무집을 지났다. 좁은 경사로를 오르고 올라 골목을 발길로 더듬고 더듬어 축대 그늘을 돌았다. 막다른 곳에 이르렀다. 빛이 고여 새하얀 건물을 마주했다. 건물은 오롯이 화선지인 듯했다. 미세히 질감을 살려 회칠한 새하얀 외벽에 붓으로 빚은 두 자가 선명했다.

話花

"화화. 이야기꽃……."

양이는 속삭였다. 힘차면서도 다정한 그 글씨에 참 오래 시선을 맞췄다. 話花. 그 오른편으로 한 그루 매화나무가 오롯이 흑과 백으로 섰다. 매화 그늘로 자그마한 꽃신이 놓였다. 쓸쓸한 듯 따스한 수묵화였다.

'뭐 하는 곳일까? 장발에 흰 한복이 박수 뮐이었지? 역시 점집? 사주 카페?'

양이는 갸웃했다. 세련된 외관이 그럴싸했다. 하나 급여 수준이 평범한 점집이나 사주 카페가 아니었다. 입지도 아니었다. 가게는 서울 관악구에 자리 잡은 한 주택가에 있었다. 빌라조차 거의 없는 오래된 주택가의 막다른 건물이었다. 뒤가 마을 뒷산이었다. 구인 전단에는 수상하기 그지없게도 연락처 없이 주소뿐이었는데 위치마저 이러니 누가 면접을 희망해도 못 올 수준이었다.

"스마트폰 길 찾기도 희한하게 계속 오류 떴지."

양이는 이 길을 찾은 자신이 대견했다. 숨을 훅 마시고 문을 마주했다. 여러모로 수상했지만 극한 난이도 길 찾기를 성공한 마당에 그냥 갈 수야 없었다. 더구나 월급이 삼백이었다. 양이는 바보가 아니지만 안일했다.

'일단 감사 인사! 더욱이 알아보지도 않고 포기하긴 아까워.'

양이는 크게 숨을 들이쉬었다. 걱정을 마음 한구석으로 던졌다. 문 손잡이에 손을 얹었다. 조심스레 밀었다.

"계세요?"

문은 쉽게 열렸다. 그러나 영업집이라는 보장은 없었다. 양이는 살며시 발을 들이며 나지막이 기척했다.

"잠깐만요."

양이는 작게 말했지만 누가 용케 들었다. 안에서 답이 왔다. 굉장히 굵직한 저음이었다. 양이는 긴장하며 똑바로 섰다. 그러면서도 슬며시 안을 둘러봤다.

'분위기가⋯⋯.'

양이는 점집에 간 적이 없었다. 그러나 이곳은 박수가 차린 신당이 아니었다. 양이가 상상하던 방울 달린 제구나 원색 불보살이 없었다. 입지를 생각하면 놀랍게도, 영업집으로, 찻집으로 보였다. 내부는 주황빛으로 따뜻했고 약초 향이 은은했다. 좌식구조로 한쪽에는 앉은뱅이 탁자가 서넛 놓였고 다른 쪽에는 포근한 깔개가 덮였다. 한 벽은 좌로 약방 서랍장이, 우로 장독과 궤짝이 자리했고 중간이 널찍이 휑했다. 다른 벽은 좌로 국악기가, 우로 야구용품이 나란했고 구석에 나무 발로 가린 문이 났다. 옆짝에는 책장에 고서와 만화책, 프라모델이 빼곡했다.

'전통찻집 같은데 묘하게 믹스컬처네.'

좀 산만했지만 양이는 좋아 보였다. 술집이나 다단계는 아니잖은가.

"오래 기다리셨습니다."

무척 낮고 굵은 목소리가 다시 들렸다. 양이는 소리를 따라 고개를 돌렸다. 눈이 커졌다.

눈앞에 엄청난 것이 나타났다. 키가 이 미터가 넘고 덩치가 대단한 남자였다. 남자는 그런 사람이 흔히 보이는 안쓰러운 움츠림이 없어 더 거대했다. 민소매 밑으로 팔뚝이 울뚝불뚝했다.

'그리즐리베어?'

양이는 생각했다. 남자 옆에 붙은 송아지만 한 티베탄 마스티프가 앙증맞았다.

"늦어서 죄송합니다. 들어와 앉으세요."

남자는 목소리와 덩치가 무시무시했지만 말씨와 표정이 곰살궂었다. 헤헤 웃으며 말했다.

"안녕하세요. 저, 손님이 아니라 구인광고 보고 왔습니다."

양이는 꾸벅했다. 신발을 벗어 마루에 한 발 들이며 말했다.

"아! 돼지 눈!"

남자는 히죽 웃었다.

'어떻게 알았지?'

양이가 확 붉어지자 남자는 뭐가 그리 재미있는지 키득댔다. 솥뚜 껑만 한 손을 내밀었다. 양이가 무서움을 이기고 마주 잡자 신나게 흔 들었다.

"이야기 들었어요. 난 '수산'이에요. 사장 놈 불러줄 테니 들어오세 요."

"컹!"

티베탄 마스티프가 한 번 짖더니 양이의 바짓가랑이를 안으로 당겼 다.

"사아자아아아아앙아아. 어얼른 나와아. 소온님 오셨드아."

수산은 덩치에 걸맞게 우렁우렁한 목소리로 외쳤다.

'개 무서워하면 안 된다고 할 만하네.'

양이는 검은 개에게 끌려들어 가며 생각했다. 지원조건에서 개를 기르리라 예상했고 큰 개일수록 오히려 순하다는 사실을 알기에 놀라진 않았다.

"사아자앙아아."

"시발 놈. 밥 잘 먹고 반말이니? 이게 요즘 간이 부었지?"

느긋하고 힘이 실린 목소리였다. 양이가 들었던 목소리이기도 했다. 촤악. 나무 구슬 부딪는 소리가 나더니 연자빛 모시 한복을 입은 남자가 나타났다. 남자는 수산을 향해 팔을 휙 휘둘렀다.

"으헤웨엑?"

배식배식 웃던 수산은 실로 괴이한 비명을 질렀다. 몸을 휙 돌려 자기 뒤통수로 꽂히는 무언가를 급히 막았다. 떡심이 두드러진 그 팔뚝에서 '쾅!' 하고 작은 폭탄 터지는 소리가 났다. 희고 길쭉한 물체가 떨어졌다.

"끄엑! 뒤통수에 구멍 날 뻔했잖아요! 손님 계시는데 이게 뭐예요?"

수산은 눈물이 글썽했다. 빨간 점이 생긴 팔뚝을 벅벅 문지르며 쇠먹은 소리로 앵앵댔다.

"쯧, 산만 한 게 엄살은. 손님 누구셔? 안 보여. 덩치 치워."

사실 양이도 남자가 안 보였다. 호쾌하게 날리는 소맷자락 덕분에 '한복 입은 남자가 나타났구나.' 할 뿐이었다. 그리고 말씨가 기억과 달라도 목소리가 낯설지 않으니 며칠 전 그 남자이려니 했다.

"힝. 보셨죠? 저 여기서 엄청나게 오래 일했는데 사장 놈 성격 진짜 더러워요. 잘 생각하세요. 대출 계약서랑 근로 계약서에는 신중하게

서명해야 해요."

수산은 입술을 삐죽이며 양이에게 속삭였다.

"아."

양이는 대체 사람이 뭘 어떻게 맞으면 그런 폭탄 터지는 소리가 나는지 신기했다. 고개를 빼고 떨어진 물체를 파악하려 애쓰다가 수산이 낑낑대는 소리에 머리를 들었다. 얼이 빠져서 답했다.

"네. 그래야죠."

"헤헤. 그럼 전 이만. 말씀 나누세요."

수산은 허리를 접어 양이가 부담스러울 만큼 정중히 인사했다. 몇 발짝 뒷걸음쳐서 물러났다. 양이 옆에서 알짱대던 개가 바닥에 떨어진 희고 길쭉한 물체를 물었다. 타박타박 한복 입은 남자에게 갔다. 그 물체가 궁금하던 양이는 눈으로 개를 쫓았다. 남자의 새하얀 버선코를 새삼스레 인식하고 꾸벅 고개 숙였다.

"안녕하세요. 며칠 전에 만났던 김양이입니다."

남자는 무표정했다. 말도 표정도 행동도 없었다. 가만히 양이만 보았다. 개가 코로 허벅지를 찌르자 느릿하게 부채를 받았다. 속 모를 얼굴로 성큼성큼 양이에게 왔다. 양이와 까만 눈을 맞췄다.

"어……."

양이는 한 치 앞에서 남자를 올려다보았다. 지난날 남자가 어떤 모습이었는지 세세한 생김이 하나도 기억나지 않았다. 하지만 남자가 대단히 미남이었다는 판단만은 뚜렷했다. 남자는 여전히 현실감이 느껴지지 않을 만큼 미남이었다. 표정이 없으니 현실과 빚어내는 위화감이 상당했다. 그 탓인지 양이는 남자가 두렵고 불편해졌다. 목을 굳히자, 양이를 들여다보던 남자가 문득 생긋 웃었다. 그림 속 꽃이 불쑥 튀어나오며 향기를 뿜는 듯했다.

"복어 양 왔네."

"웃."

'대, 대체…….'

양이는 움찔 물러났다. 자극이 강한 무엇이 눈앞으로 훅 솟은 격이라 놀라며 뺨을 확 붉혔다. 짧게 더듬었다.

"저, 그……. 복어 아니고, 김양이입니다."

"응. 김 양."

"……이런 일 많이 겪어봤는데 김, 양, 이, 입니다."

"아, 김양이구나."

"…….."

양이는 남자가 잘 알아들었는지 고민했다. 평생 되풀이한 고찰을 했다.

'왜 내 이름은 하양이도 고양이도 아니고 평범하기 그지없게 김양이일까.'

'Miss Kim'으로 오역하기 십상인, 이 평범하게 괴상한 이름만 아니라면 이름을 댈 때마다 이런 고난을 겪지 않아도 될 터였다. 어쨌건 평생 겪은 일이었다. 양이는 아무렴 어때 하고 넘어갔다.

"앉자."

남자는 아무렇지 않게 한 팔로 양이의 허리를 안았다. 양이를 한 치쯤 들어 올리더니 별 힘도 들이지 않고 순식간에 몇 걸음 걸어가 비단 방석에 살포시 놓았다.

"어……?"

의외의 일을 너무나 순식간에 당했다. 양이는 앉혀진 뒤에야 상황을 파악했다. 뺨을 확 붉혔다.

"어, 그……."

양이가 외간 처녀에게 뭔 짓이냐고 항의할 차였다. 남자는 생긋, 그 어느 때보다도 꽃처럼 웃었다.

"거기가 윗목. 여름에 제일 시원해."

그러더니 눈에 미소를 매단 채 쥘부채를 탁 폈다. 양이 쪽으로 부채를 살랑살랑 부쳤다. 양이에게서 시선을 떼지 않고 나른한 말투로 말했다.

"오느라 더웠지? 뺨이 촉촉해."

양이는 시원해지기는커녕 더 더워졌다. 까만 눈에 시선을 붙잡힌 채 마른 입술만 달싹였다. 얼이 빠져서, 뜻밖에 당한 신체 접촉을 항의할 시기를 완전히 놓쳤다. 그것을 깨닫고는 날숨을 가늘게 놓았다. 숨을 크게 들이쉬었다.

"고맙습니다. 그날 여러모로 도와주셔서 곤란한 일을 피했습니다. 진작 인사드려야 했는데 경황이 없어 연락처를 못 챙겼습니다. 넣어주신 문자 번호로 회신하려 했지만 회신이 안 되었어요. 인사가 많이 늦었습니다만 이제라도 인사드립니다. 그날 그거…… 무사히 보내주셔서 고맙습니다."

양이는 고개를 깊이 숙였다. 그리고 들고 온 종이가방을 남자에게 건넸다.

"이거, 약소하지만 직접 구운 과자와 케이크입니다. 그리고 여기, 빌려주신 머리끈이고요. 빨아서 다렸어요."

어느 틈에 남자는 미소를 지웠다. 쥘부채를 부치던 손도 멈췄다. 표정 없이 양이를 한 번, 종이가방을 한 번 보았다. 머리끈을 가방 안에 넣더니 가방을 개에게 주었다. 남자 옆을 지키던 개는 손잡이를 물고 나무 발 너머로 사라졌다.

"뭘 그렇게 고마워하지?"

남자는 높낮이 없이 말했다.

'엣? 나 뭐 실수했나?'

양이는 움찔했다.

"투자라고 했어."

남자는 나른하고 시큰둥했다. 흥미를 잃은 듯 양이에게서 시선을 떼었다. 쥘부채를 탁 접었다.

"그저 네가 오길 바랐어. 뻣뻣하게 예의 차리라고 한 일이 아니야. 말했지."

남자는 양이에게로 눈길을 돌렸다. 표정이 없어서 더 말갛게 보이는 눈동자였다.

"사내는 여인의 예의와 염치보다 미소와 칭찬을 더 좋아한다고."

눈은 그대로인 채 남자의 단단한 입술 끝이 말려 올라갔다.

"복어 귀신에게 애교를 기대할 순 없지만."

"윽."

'놀렸구나!'

양이는 괜히 긴장한 일이 억울했다. 불퉁해져서 저도 모르게 입술이 솟았다. 볼이 부풀었다.

"복어 귀신 아니고 양이입니다."

"응. 난 도."

"네?"

"도라고, 이름."

"아, 외자시구나. 성은요?"

남자는 미간을 미세하게 찌푸렸다.

"비밀."

"강 씨 아니죠?"

"아냐."

음색이 단호했다.

"황도나 백도……?"

"맛있어 보여?"

"네?"

"나."

남자, 도는 제 가슴을 접힌 부채 끝으로 톡톡 두드렸다. 양이가 입을 뻐끔거렸지만 아랑곳하지 않고 말했다.

"기뻐. 나, 맛있어 보이는 남자였네."

양이는 이 남자가 감이 잡혔다. 수산이 남긴, '사장 성격 나쁘다.'던 경고도 이해했다. 생글 웃었다.

"지금 약간 성희롱이거든요?"

"흐음. 언제부터 출근할래?"

"아."

도는 도피와 공격을 동시에 했다. 서론, 본론 건너뛰고 결론부터 들이밀었다. 양이는 당황하여 입을 벌렸다. 솔직히 고맙다는 인사만 하고 갈지 혹시나 싶어 준비한 이력서를 꺼낼지 결정도 못 한 상황이었다.

"저, 이력서도 안 보시고, 면접은요?"

양이는 급작스레 결론까지 밀어붙여져서 화급히 이력서를 꺼냈다.

얼결에 도에게 내밀었다.

"흠."

도는 열의 없는 표정이었다. 귀찮아 보였다. 가져온 성의를 생각해 읽어준다는 태도로 봉투에서 이력서를 꺼냈다.

"사진이 사기네."

"진실은 적당히 감출 때 세상이 아름답거든요."

양이는 여기가 취직자리라는 실감이 나지 않았다. 보통 면접이라면 상상도 못 할 짓이지만 농담 따먹기 하듯 받아쳤다.

"어디서 부패 언론인 같은 소릴."

도 역시 아랑곳하지 않고 되받았다. 종이를 휙휙 넘겨 읽는 둥 마는 둥 하더니 이력서를 내려놓았다.

"평범한 자기소개서 잘 봤어. 이 정도면 평범하다 못해 비범하네."

"윽!"

양이는 목구멍으로 비명을 짓눌러 삼켰다. 자신이 대체 무슨 이력서를 가져왔는지 잘 기억나지 않았다. 비록 취직이 시급했고 여기까지 오기도 했지만 인사가 주목적이었다. 이곳이 멀쩡한 곳이라고 기대하지 못했기에 취직이야 수상한 곳인지 아닌지 확인이나 하자는 속내였다.

그야말로 '혹시' 몰라서 알바용 이력서를 대충 고쳤다. 이유야 몰라도 '몹시 평범한 사람이 필요하다.'기에 평범한 자신을 설명했다. 취직에 연달아 실패하는 자신을 풍자하는 기분으로 키득대며 나오는 대로 썼다.

써놓고 보니 키 평범, 몸무게 평범, 외모 평범, 인맥 평범, 집안 평범, 학력 평범, 학점 평범, 성격 평범, 기타 몽땅 평범에 "헐, 나 표준

형 대한민국 이십 대 여성 No. 001?" 하며 감탄했다. 그 이력서를 재미 삼아 인쇄까지 해봤으나 본래 평범한 알바용 이력서를 들고 올 셈이었다.

'설마 나, 그 장난 같은 이력서를 가져왔나? 히엑!'

양이는 아연했다.

"너 마음에 들어. 서명하자."

낯을 잃은 양이가 무색하게도 도는 소매에서 두루마리를 꺼냈다. 탁자에 휙 굴려 펼쳤다.

근로 계약서

아래 당사자는 다음과 같이 근로 계약을 체결하고 이를 성실히 이행할 것을 약정한다.

그 밑으로 각종 조건이 상세히 달렸다.

'항상 넣고 다니나? 근로 계약서를?'

양이는 현기증이 났다.

"여기 이름 적고, 여기 서명해."

도는 양이에게 볼펜을 건넸다. 침착하게 두루마리를 짚었다.

"자, 잠깐만요."

양이가 안일 퀸이라도 이건 아니었다. 잽싸게 말하지 않으면 끌려갈 분위기에 양이는 급히 도를 저지했다.

"질문 있어?"

"일단 읽고요."

양이는 근로 계약서를 검토했다. 너무 밀어붙여지는 느낌이 들어서 더욱 한 글자도 놓치지 않고 읽었다.

"헉."

근로 계약서를 세 번 정독한 후, 양이는 입을 벌렸다. 완벽했다. 완벽한 꿈의 일터가 근로 계약서 안에 펼쳐졌다. 그 어떤 독소조항도 없고 보장이 강같이 흘렀다.

"이거, 소설인가요?"

도는 갸웃했다.

"아닐걸?"

양이는 망설이지 않았다. 두루마리를 반지 챙기는 골룸[1]처럼 제 앞으로 끌어왔다. 볼펜을 크게 휘둘러 각종 기재와 서명을 순식간에 끝마쳤다.

"할게요! 내일부터 출근."

"좋아."

도는 웃었다. 가늘고 단단하던 눈매가 여우같이 생긋 휘었다.

"환영해. 앞으로 재미있을 거야."

미모의 의뢰자

"이 남자, 고자로 만들어줘요!"

비욘세에게 흐르는 섹시함에 어맨다 사이프리드가 풍기는 귀여움이 만나면 이럴까? 절로 보호 본능을 끌어내는 엄청난 미녀가 눈물을 글썽이며 외쳤다. 눌린 두꺼비 같은 남자가 미녀의 가냘픈 손끝이 닿은 사진 속에서 여름 땡볕처럼 웃었다.

"고자, 말이지요…….."

양이는 찻잔에 차를 따르며 중얼거렸다. 구인광고에도 포함된 이 가게 근무 철칙, '그 어떤 미친 소리도 진지하게 들어줄 것'을 떠올리며 떨리는 눈빛을 붙잡았다.

"으흐흑."

미녀는 돌연 눈물을 찍어내기 시작했다. 양이는 자신에게서 시선이 떨어진 틈을 타 잽싸게 수산을 돌아보았다.

'저 어떡해요?'

언제 봐도 거대한 수산은 밀대에 기대서서 자기 똘똘이를 내려다보았다. 옅은 푸른 기가 도는 낯으로 소리 없이 중얼거렸다.

"고자, 고자라니……."

하나뿐인 직장 선배는 도움되지 않는 방향으로 진지했다.

❋❀❋

"여기 찻집 아닌데요?"

닷새 전, 양이가 첫 출근을 한 날이었다. 직장을 찻집 류로 알고 묻는 양이에게 수산은 산뜻하게 찬물을 끼얹었다. 양이는 백수탈출의 기쁨을 만끽하다 흠칫했다.

'억! 여기 정체도 모르고 서명했어!'

강 같은 보장에 정신 줄을 놨었다. 양이는 후회하며 머뭇머뭇 말했다.

"그럼 철학관……."

"아, 그런 곳인 줄 알았구나. 점집이나 사주 카페. 아니에요."

수산은 평범한 곳에서 일하고 싶은 양이의 희망을 사뿐히 짓밟았다. 굳어가는 양이를 인식하지 못하는지 해맑게 웃었다.

"그래도 아예 틀린 말은 아니에요. '법적으로는 일단' 찻집이거든요."

'법적으로는 일단 찻집이지만 불법적으로 다르게 운영한다는 뜻인가요?'

양이는 차마 생각을 입 밖으로 내지 못하고 뻐끔대었다. 수산이 말을 이었다.

"이따금 천기를 봐드리기도 해요. 가끔 이 가게 정체를 외부에 설명할 필요도 생기고 저도 합법적인 직업과 대외 신분이 필요하니까요. 또 제가 천문, 주역, 사주, 기문에 관상, 수상, 풍수, 타로까지 동서고

금의 역학에 두루 달통한 인재거든요. 제대로만 봐드리면 알 만한 사모님이나 비서실은 백지수표로 주시니까 가게 유지비는 어렵잖게 나와요, 헤헤."

수산은 합법이나 백지수표 같은 일반인에게는 거북한 단어를 여럿입에 담고도 태연히 웃었다. 양이도 어색히 따라 웃었다.

"아하하. 수산 씨가 역술인, 으음, 이셨어요? 전 사장님이 그쪽이신줄 알았는데."

키가 이 미터가 넘고 등발마저 어마어마한 수산이 역술인이라니. 양이는 직장이 뭐 하는 곳인지보다 그쪽이 더 신경 쓰였다. 솔직히 저몸은 미식축구장을 뛰어다녀야지 책상머리를 지킬 수준이 아니었다.

"푸히히. 사장님이요?"

수산은 입을 히죽 벌리며 빙충맞게 웃었다. 손사래 쳤다.

"우리 사장님은 그쪽으로 꽝이에요. 감이 완전 둔해서 개똥도 얼마나 잘 밟는데요."

양이는 생각했다. 역술인은 개똥을 안 밟는구나. 나사 풀린 수산을보자니 문득 자기마저 어벙해지는 느낌이 들었지만 무시했다. 겨우핵심을 되새기고 물었다.

"그래서, 여기가 뭐 하는 곳인가요?"

"아, 여기는요, 대나무숲이에요."

수산은 또 헤헤 웃었다. 말똥말똥 양이를 보았다.

"그……. 임금님 귀는 당나귀 귀?"

양이는 이어지는 설명이 없자 자신 없이 되물었다.

"잘 아시네요. 여기는 이야기를 들어주는 곳이에요."

"심리상담소인가요?"

"달라요. 우리는 손님을 진단하지도 고치지도 않아요. 귀를 제공하고 그냥 실컷 이야기하게 두죠. 그런데……."

수산은 긴 한숨을 내쉬었다.

"사장 놈은 듣는 데 소질 꽝이에요. 봐서 아시겠지만 만사 귀찮아하거든요. 지가 필요해서 가게 열고도 손님 받기 귀찮다고 이딴 구석에서 영업하질 않나 손님 앞에 두고 그냥 자버리질 않나. 아오. 사실 접객 면에서는 우리 사장 같은 잉여도 드문데 쓸데없이 멀끔하게 생겨서 남자 손님은 위압감 든다고 자기 이야기 못 꺼내고 여자 손님은 얼굴 붉히고 내숭 떠느라 헛소리만 해요. 그럼 저라도 멀쩡해야 하는데 제 덩치만 보고도 무서워서 도망가시잖아요. 잘못 말했다가 한 대 맞을 것 같다나? 그래서 고민 끝에!"

수산은 실컷 구시렁대더니 마침내 기운을 회복하고 외쳤다. 부담스러울 만큼 초롱초롱한 눈빛으로 양이를 보았다.

"끝내주게 평범해서 손님과 공감대를 쌓기 좋고 잘난 구석이라고는 없어서 위화감을 주지 않으며 모자란 듯도 하여 부끄러운 이야기를 하기 부담 없고 뭣보다 성격이 안일하여 그 어떤 상식을 넘어서는 꼴을 보거나 이야기를 들어도 될 대로 되겠지 하고 대충 넘길! 그런 작고 평범하고 모자라고 덤덤하고 부드러운 여성이 필요했고! 양이 씨를 찾아냈죠."

수산은 뿌듯하게 웃었다. 양이를 직접 스카우트라도 한 듯한 태도였다.

"아하하. 그랬군요."

이 가게는 사장이고 직원이고 진실을 너무 태연하게 말했다. 적당한 안일함과 현실부정이 골수에 밴 흔한 잉여 김양이는 머쓱했다. 본인이 이십일 세기 인재라고 생각한 적이야 없지만 평범하고 모자라서 취직에 성공했을 줄이야.

그러나 수산은 해맑게 고개를 끄덕였다.

"네. 양이 씨 같은 분이 나타나다니 놀랐어요. 우리 조건에도 맞고 저 까다로운 사장님도 마음에 들어하시다니요. 양이 씨는요, 손님이 없으면 쉬고 손님이 오면 이야기를 들어드려요. 양이 씨 기준에 황당한 분을 만날지도 모르겠지만 되도록 판단하지 마세요. 우리는 대나무니까. 그저 묵묵히 진지하게만 들어요. 상대가 무엇이든 마음껏 털어놓도록. 오는 이가 원하는 이야기를 원하는 만큼 하는 곳, 그게 이곳이에요."

※ ※ ※

"고자로, 흐윽, 만들어달라니까요? 흐윽."

미녀는 감정을 누르지 못하고 흐느끼면서도 단호히 반복했다. 청순하기 그지없는 푸른 눈을 크게 뜨고 양이를 보았다.

양이는 곤혹스러웠다. 실은 지난 닷새간 손님이 한 명도 없었다. 이 미녀가 취직 후 첫 손님이었다. 월급이 제때 나올까 불안해서 수산에게 묻기까지 했다.

"이렇게 손님이 없어도 괜찮나요? 저는 이렇게 놀아도 괜찮고요?"

"여기는 원래 손님이 없어요. '어떤 특정한 이야기'를 말하고 싶어서 숨넘어갈 지경인 손님만 오는 곳이거든요. 심하면 몇 달에 한 분 오시죠. 그래도 가게 유지비는 다 나오니 걱정하지 말고 노세요."

양이는 닷새간 청소나 조금 하고 마스티프에게 공이나 던져주며 실컷 빈둥댔다. 나름대로 좋았지만 양심에 찔려서 누가 오든 인생 최대로 집중력을 발휘해서 들어줄 작정이었다. 그런데 미스유니버스급 금발 미녀가 킬힐에 은색 타이츠 차림으로 나타났다. 양이는 그 미모에 감탄했고 그 복장에 아연했으며 제 영어 실력에 좌절했다. 짧은 영어로 버벅대며 자리에 앉히자 미녀가 놀랄 만큼 완벽한 한국어로 말했다.

"이 남자, 고자로 만들어줘요!"

양이가 말을 잇지 못하자 미녀는 고집스레 되풀이했다.

"고자로, 흐윽, 만들어달라니까요? 흐윽."

양이는 자기 직장이 이런 청부의뢰도 받는 곳이었나 생각했다. 그런 말은 듣지 못했다. 듣지 못했을뿐더러 이 의뢰를 받으면 범죄였다!

"돈이 문제인가요? 흐윽, 부르는 대로, 흑, 드리겠어요."

미녀는 전위적 감성이 넘치는 핸드백에 손을 가져갔다.

"아아아, 저기."

이런 의뢰를 받는다는 말은 듣지도 못했고 받을 수도 없는데 돈부터 챙기면 안 될 일이었다. 양이는 다급히 미녀를 막았다. 흥분부터 가라앉혀야 할 판이라 상체를 미녀 쪽으로 기울였다.

"아우, 세상엔 잘라버려야 좋을 쓰레기도 있긴 한데……. 어우, 마음고생 심하셨나 봐. 일단 차부터 좀 드시고……. 이거 우리 사장님 특제 한방차인데 심신안정엔 최고래요."

"흑, 흐윽. 고마워요."

미녀는 훌쩍이며 차를 마셨다. 양이는 재빨리 "이것도 좀 드세요. 배가 든든해야 덜 서러우니까." 하고 모약과를 권했다. 미녀가 아기새처럼 열심히 받아먹는 데 고무되어 정과며 율란을 고루 집어 계속

먹였다. 미녀는 주는 대로 먹더니 좀 진정이 되었는지 작게 코를 훌쩍였다. 코끝이 붉고 눈물이 그렁그렁해도 못나기보다는 애잔한 미모였다.

"고마워요. 실은 며칠간 제대로 먹지도 못했거든요. 먹고 나니 배짱이 두둑해지네요. 역시 죽여버리는 편이 낫겠어요."

양이는 대답 대신 율란을 집어 먹었다. 스트레스 수치를 낮추려면 설탕 파워가 필요했다. 미녀를 바라보며 사장님 특제 한방차도 마셨다. 고객도 심신안정이 필요하지만 직원도 필요했다. 효과가 도는지 위기에 빠진 신입을 버리고 도망간 수산을 용서할 수도 있을 것 같았다. 두 번째 율란을 미녀와 함께 집어 먹자 머리도 조금 돌아갔다.

양이는 생각했다. 거듭 돌이켜도 내시 제조나 인간쓰레기 분리수거를 대행한다는 말을 못 들었다. 그런 범죄 집단에 몸담았다고도 여기기 싫었다. 양이가 아는 이곳은 그 어떤 황당한 이야기라도 마음껏 풀어놓는 곳이었다. 손님이 그 법칙을 잘 안다면 스트레스 해소용으로 저주 인형을 찌르듯 여기서 파괴 망상을 언어로 지랄 만개할 수도 있었다.

'과연. 어디까지나 이야기라.'

양이는 안일함을 회복했다. 사장이 면접 이후로 실종이고 선배가 신입을 두고 도주했고 손님이 고난도지만 될 대로 되라 했다. 미녀가 꺼내놓은 사진을 짚었다.

"이 눌린 두꺼비가 자르고 죽이고 싶을 만큼 미우시죠?"

미녀는 '눌린 두꺼비'에서 웃었고 '밉냐.'는 말에 울컥했다. 눈물이 글썽한 얼굴로 매작과를 와작 씹으며 고개를 끄덕였다.

"그렇다면 역시 죽이기보다 자르는 편이 낫겠어요. 그편이 더 괴롭지 않을까요?"

"역시 그럴까요?"

와작. 호롱불 빛이 일렁이는 어스름한 실내에 미녀가 매작과 씹는
소리가 살벌했다.

"그럼요. 아까 보니까 저희 가게 남직원이 '고자' 소리를 듣자마자
파랗게 질리더니 이제 보이지도 않아요. 단어만으로도 호환 · 마마와
바퀴벌레 이상 가는 공포라는 증거죠."

"그러니까 고자로 만들어줘요."

미녀는 비장했다. 양이는 고개를 설레설레 저었다.

"고자 제조는 심오해요. 어디까지 얼마나 어떻게 자르고 불능으로
하느냐에 따라 이집트식, 인도식, 중국식, 조선식, 이탈리아식, 다르
거든요. 그 과정에서 새내기 고자가 몸과 마음에 겪을 고통 수준도 다
르죠. 우리, 얼마나 조질지, 얼마나 나쁜 놈인지 견적부터 뽑아요. 대
체 이 눌린 두꺼비가 뭔 짓을 했어요?"

미녀는 흥미진진한 표정이었다. 양이가 하는 설명에 심취했다가 마
지막 질문에 또 울컥했다. 또르르 뺨을 구르는 눈물을 닦으며 아랫입
술을 짓씹었다. 진저리치며 말했다.

"이 두꺼비가 제 남편이에요."

✳✿✺

"……그래서 결국 쫓겨나다시피 수녀원을 나왔지요."

미녀, 이레인은 붉은 입술에 쓴웃음을 문 채 저만치 시선을 놓았다.
정신없이 울었으나 이제 패기 넘치던 처음과 달리 지친 기색이었다.

"어우."

양이는 동정에 차서 이레인을 보았다. 이레인은 양이에게 아주 오라지게 안쓰러운 여자였다. 양이가 저렇게 생겼다면 세수하고 거울 볼 때마다 웃음이 나와 '내가 웃다가 미치진 않을까.' 하는 공포와 '날 좋아하는 남자가 이렇게나 많은데 내 몸뚱이는 하나뿐이라니!' 하는 죄책감만 빼면 즐겁고 행복하게 살 수 있었다. 그러나 이레인은 양이와 생판 달랐다.

본인 주장에 따르면 이레인은 자유행성연합² 삼대부호에 드는 부친을 둔 재벌가 무남독녀, 금지옥엽이었다. 이레인이 침착하게 말한 이 대목에서 양이는 아연했으나 넘어갔다. 누구네 똘똘이를 어떻게 자를지 논의하는 마당에 뜬금없는 SF 설정 몇 나왔다고 당황할 까닭이 없었다. 이레인이 보인 진지한 눈빛과 어조로 보아 생판 거짓은 아니고 신상정보 보호 차원에서 개화기 번안 소설 급으로 현실을 뜯어고쳐 전달하려니 했다. 듣자니 이십삼 세기 SF소설에 십육 세기 환상소설, 현대 아침 드라마가 뒤죽박죽 회오리치는 느낌이었지만 양이는 넘어갔다. 이제 와 첫 손님이 미친년이라고 생각하기도 싫었고 백수생활 끝에 막장 드라마계의 금자탑 오로라 옹주까지 섭렵한 김양이에게 이 정도 뜬금 설정이야 애교였다. 뭣보다 생각을 포기하면 편했다. 초중고대학까지 긴 세월 배운 건 비판적 사고를 버리고 주는 대로 받는 법이지 않은가.

"나는 어마무시하게 부유한 집안에서 태어나 끔찍살벌하게 예뻐서 날 때부터 존재가 민폐였어요. 나를 받은 의료진은 이후 모든 신생아가 오징어로 보이는 부작용에 시달려 병원 측에 업무상 재해 보상을 신청했고, 유치원 선생님은 남아들에게 '얘 때문에 싸우지 마세요!'를 외치다 홀린 듯이 '이레인, 선생님은 십 년쯤 기다릴 수 있단다.'라며 나를 끌어안아 철창 신세를 질 뻔했고, 스토커를 잡으러 온 경찰은 본인이 스토커가 됐죠."

거기까지 듣고, 양이는 이건 무슨 병신 같은 설정인가 생각했다. 그러나 진지하게 끄덕였다.

"저런, 많이 피곤하셨겠어요."

"그럼요! 얼마나 실속 없이 피곤한데요!"

이레인은 목에 핏대를 올리며 외쳤다.

"그렇다고 그 남자들이 정말 절 좋아하는 줄 아세요? 전혀! 다들 제 돈과 미모에만 눈에 불을 켜죠! 제가 어떤 사람인지, 제 취미가 뭔지, 안중에도 없다고요! 남들은 부럽다지만, 천만에요!"

실은 양이도 이레인이 부러웠다. 저렇게 살기도 큰일이겠다 싶으면서도 딱 하루만 저 얼굴로 살아보고 싶었다. 그래도 맡은 바 임무에 충실했다. 이레인에게 공감과 지지를 표현했다.

"어휴, 날파리 같은 남자들이었네요."

"그렇죠. 아, 피곤한 날파리들!"

하여, 이레인은 일찌감치 이성에 학을 뗐다. 신만이 위안이라, 성년이 되자마자 수녀원을 찾았다. 그러나 부친이 길길이 뛰며 엄청난 기부금을 무기로 휘둘렀다. 받아주는 곳을 찾기 힘들었다. 끝내 부친이 아끼는 정원에 천지파괴무3를 꽂았다. 그 일로 호적을 파고 속세를 떴다. 힘든 수련과정도 견디고 종신서원이 코앞이었다. 수련수녀로서 행려병자 보호시설로 마지막 외부봉사를 나갔다.

"제 인생의 첫 번째 전환점은 수녀원에 들어갔을 때가 아니었어요. 바로 그때였죠. '그 남자'를 만났을 때."

이레인은 말했다.

이레인이 봉사를 나간 시설에 한 청년 의사도 의료봉사를 다녔다. 청년은 독보적으로 못생겼지만 그걸 가릴 만큼 맑게 웃었다. 표정이 마냥 밝으나 행동거지에 서두름이 없었다. 말씨가 점잖고 누구에게나 친절했다. 봉사를 다닌 지 반년 되었다는데 평판이 아주 좋았다. 사람 대함이나 봉사 태도가 한결같이 성실하고 선량하다고들 했다.

이레인은 수수한 수련수녀복을 입고도 일대 파란을 일으킬 만큼 아름다웠다. 하지만 청년은 그런 이레인에게도 담박했다. 딱 남에게만큼 친절했다. 딱 남에게만큼 웃었다. 이레인은 청년이 신기하고 편했다. 고맙기까지 했다. 저도 모르게 자꾸 말을 붙였다. 한데 대화를 해보면 해볼수록 청년은 지식이 두텁고 지혜가 깊었다. 더욱이 본인도 신부를 꿈꿨으나 외아들이라 부모님이 쓸쓸하실까 봐 마음을 접었다고 했다. 그래서인지 이레인을 향한 시선이 맑았고 행동도 단정했다.

"솔직히 처음으로 남자에게 끌렸어요. '이분이라면······.'이라고 생각했죠."

이레인은 술회했다. 그러나 둘은 안 될 인연이었다. 이레인은 종신서원을 앞둔 수련수녀였다. 청년은 수련수녀가 여자로 안 보이는 참된 신앙인이었다. 이레인이 타락하여 환속하고 싶더라도 한 손으로야 손뼉을 못 치는 법이었다. 결국, 이레인은 무사히 외부봉사를 마쳤다. 수녀원으로 돌아가 종신서원을 준비하며 흔들린 마음을 다스렸다.

그러나 종신서원을 사흘 앞둔 날, 봉사를 갔던 시설에서 다급히 연락이 왔다. 그 의사가 상사병이 단단히 들어 오늘내일한다고 했다. 당사자야 신과 수녀님께 죄지을 수 없으니 절대로 알리지 말라고 했다지만 아까운 이가 죽어가니 살려달라고 했다.

이레인은 '마음만 돌려놓고 오겠다.'고 맹세했다. 청년에게 향하는 급행 우주선을 탔다.

청년은 병상 위였다. 눌린 두꺼비 같던 외모가 바싹 말라 두꺼비 포가 됐다. 비슷하게 마른 다른 이들보다 열 배는 더 참담한 몰골이었다. 이레인을 보더니 침착한 그답지 않게 소스라치며 눈물을 펑펑 쏟았다. 부끄럽고 죄스러워 뵐 낯 없으니 돌아가시라며 이레인을 모질게 쫓아냈다. 이레인은 사람 살리려다 졸지에 사흘 밤낮 병실 밖에서 벌을 섰다. 이때 상사병에 잘못 걸리면 고열과 오한이 나다가 '진짜로' 죽는 수도 있음을 알았다. 의사가 병실로 뛰어들어가는 꼴을 세 번이나 본 끝에 끓는 애를 어쩌지 못하고 병실 문을 열어젖혔다. 다짜고짜 환자 멱살을 틀어쥐고 입술을 도킹했다.

"내가…… 미친년이었죠."

그 대목에서 이레인은 치를 떨며 눈에서 불을 뿜었다. 회상할수록 열 뻗친다며 자세한 설명을 생략했고 대충 아리랑 쓰리랑 덩더꿍 덩더꿍한 뒤 '아, 이제 신에게 시집가긴 글렀구나. 이럴 줄 알았으면 호적은 파지 말걸.' 하고 집도 절도 없는, 신을 걷어찬 파혼녀 겸 불륜녀다운 혼돈의 구렁텅이에 빠진 채 수녀원으로 돌아가는 우주선을 탔다. 로맨스가 격렬했어도 철들고 평생 신만을 사랑한지라 내릴 때쯤엔 철저히 고해하고 회개 금식기도를 하여 신의 품으로 돌아가겠다고 결심했다.

"하지만 이미 늦었죠. 소문이 우주선보다 빨랐어요."

당시로써 그건 의아한 일이었다. 이레인이 수녀원으로 돌아왔을 땐 벌써 소문이 파다했다. 또한, 자매들은 대놓고 말하지만 않을 뿐 '결국 얼굴값 하는구나.', '네가 그럴 줄 알았다.', '평소에도 행실이 그렇더라니.'라며 수군댔다. 이레인은 죽도록 해명하고 눈물로 뉘우쳤다. 그러나 풍랑에 휩쓸린 작은 배였다. 이미 그 사회에서 쫓겨난 분위기에 반강제로 짐을 싸서 수녀원을 나왔다.

"제 식으로 요약하자면, 신께서 우주에서 가장 섹시한 신부를 잃으셨네요."

양이는 E컵은 돼 보이는 이레인의 훌륭한 가슴골을 흘끗 보며 말했다. 자기는 옆구리살, 위 뱃살, 아래 뱃살, 등살까지 파워 볼륨업 브라에 밀어 모아야 생길락 말락 하는 가슴골이었다.

"풋, 그렇죠?"

이레인은 씁쓸한 표정이다가 피식 웃었다. 송화다식을 입에 넣고 우물거렸다.

양이는 이레인이 목이 멜까 봐 그 앞에 놓인 찻잔을 채워주었다. 이미 여러 잔째였지만 여전히 찻주전자가 묵직했다. 수산이 음식을 챙겼고 신경 쓰지 말라고 해서 다과를 어디에 두는지 알지 못했다. 그 마당에 뭐든 바닥나면 어쩌나 걱정이었지만 희한하게도 찻주전자도 다과 그릇도 바닥을 보일 줄 몰랐다.

"수녀원을 나온 일은 안됐지만 부모님께서 이레인을 끔찍이 예뻐하셨다니 마음만 먹으면 집에 갈 수 있었을 테고……. 그때까지만 해도 그 청년, 사랑하시지 않았나요?"

이레인은 차를 한 모금 마신 뒤, 줄곧 멍한 낯이었다. 양이는 이레인이 이야기를 잇도록 슬쩍 판을 깔았다.

"아, 사랑……."

이레인은 왠지 놀란 듯 그 단어를 입에 담았다. 벌어진 입술을 천천히 다물더니 흐린 한숨을 놓았다.

"그렇죠. 그걸 부인할 수는, 없겠죠. 그래요, 사랑했어요. 그 모든 혼란과 슬픔 속에서도 설레서 세상이 봄빛이었을 만큼."

이레인은 눈가가 붉었다. 눈물을 쏟을 색이었으나 숨을 깊이 삼키며 부풀어 오른 가슴을 손으로 눌렀다. 붉은빛을 가라앉혔다.

"그때……."

이야기는 계속됐다.

❋❋❋

두 갈래 길이 있었어요. 첫째가 용병이 되는 길이었죠. 나는 부와 미모 탓에 어려서부터 납치와 성범죄에 취약했어요. 자신을 지키고자 늘 절박히 수련했죠. 성년 무렵에는 용병쯤은 족히 할 어엿한 전사가 되었어요.

둘째가 그에게, 그 청년에게 가는 길이었어요. 나는 그를 사랑했어요. 그로서 처음으로 여자임이 행복했죠. 보고 싶고 듣고 싶고 닿고 싶었어요. 그러나 그는 내 고통이었어요. 평온을 깨부수는 파괴자였죠. 심장을 뒤흔드는 무뢰한이었어요. 신을 앗아간 악마였고 죄악이었고 그런데도 한없이 달콤, 달콤해서 손을 뻗고만 싶은 존재였죠.

나는 우주공항 대기실이었어요. 이목을 끌까 봐 베일로 온몸을 가린 채 어디로 갈지 몰라 하염없이 섰어요. 고민하는 포댓자루였죠. 후훗.

거기서 생각을 더듬고 더듬다 문득 깨달았어요. 나는 그의 이름조차 모른다고. 그냥 '선생님.', '의사 선생님.' 그렇게 불렀어요. 세상에, 사람이 어떻게 이럴까요? 믿어지세요? 나는 이름 붙일 수도 없는 것에, 한갓 무지에 내 전부를 내던진 거예요! 내 평온과 안식과 구원을 전부!

너무 어이가 없어서 대기실 한가운데에서 발을 구르며 웃었어요. 온몸을 떨며 눈물 흘리며 웃었어요. 흉포한 무지가 나를 후려치고 나는 비틀거리며 구석으로 숨었어요. 별 가운데 뜬 우주공항의 투명한 벽에 기대앉았어요. 두 팔로 머리를 감싸고 넋을 놓았죠.

아시나요? 우주공항에서는 시간을 가늠키 어려워요. 해도 달도 없으니까요. 나는 다만 오래, 정말 오래 그러고 있었어요. 시침이 두세 바퀴는 돌았겠죠. 입술이 바싹 마르고 정신이 희미해지더군요. 그러다 문득, 그 순간이 왔어요. 어떤 비루한 자각이 번뜩이는 순간이, 내게 왔죠.

본래 나의 우주는 무지 그 자체이다. 나는 무엇도 아는 바 없다. 내 우주에서 신만이 밝다. 아니, 밝다고 착각했다. 나는 신이 밝은지 밝지 않은지조차 모른다. 수녀가 되겠다고 했으나 그 단 한 가지 의문에 쏟을 열정과 지혜조차 없다. 그러니 일이 이렇게 된 게 당연하다. 오히려 지금 이 순간, 이 끝없는 무지 속에서 확신할 수 없더라도 가장 밝은 존재를 꼽자면 바로 '그'다. 바로 이 순간, 내 이 모호한 우주에서 가장 분명한 한 가지를 꼽자면 이 마음, 그를 보고 싶다는 이 마음이다. 아, 나는 그를 사랑하는구나.

깨달음은 망설임을 지워주었어요. 망설임이 사라지자 순수하게 설렜죠. 나는 날듯이 그에게 갔어요. 그에게 달려가 안겼어요. 그를 어린애처럼 올려다보았죠.

「내 봄의 이름이 뭐죠?」

묻는 내게 그는 햇살처럼 웃었어요.

「자이어 할렌입니다, 내 천 개의 봄, 이레인.」

✳✳✳

"그때까지만 해도 사이좋으셨네요."

양이는 열없이 말했다. 거시기를 잘라달라고 해서 쫄깃쫄깃한 막장 전개를 기대하며 진실인지 아닌지도 모를 이야기를 열심히 들었건만 지금까지 그냥 염장이었다. 김이 좀 샜다.

"그랬죠. 그때까지는."

하지만 이레인은 울적한 낯이었다. 긴 한숨을 내쉬었다.

✳✳✳

자이어는 서민 집안에서 자란 연방 의료원 연구 의사였어요. 내 기준에서야 소박해도 보통 기준으로야 일등 신랑감이었죠. 한편 나는 의무교육만 마친, 수녀원에서 쫓겨난 고아였어요. 수녀원에 들어가며 집안과 의절했으니 자이어에게 내가 고아라고 해뒀거든요.

그래도 자이어는 개의치 않았어요. 시댁을 설득해서 나와 결혼했죠. 나를 평생 사랑하겠다고 맹세했어요. 연구 의사 생활이 녹록지 않아서 야근도 외박도 잦았지만 틈나는 대로 집안일도 돕고 나를 즐겁게 해줬죠. 나와 부딪혀도 마냥 져줬고 언성을 높이는 일도 없었어요. 한없이 자상하고 다정했죠. 그때는 정말 행복했어요.

나는 첫 결혼기념일에 내 내력을 털어놓기로 했어요. 아무리 집안과 의절했다지만 고아인 양 자이어를 속인다는 사실이 괴로웠거든요. 처음부터 전부 드러내지는 못했어요. 실은 고아가 아니라고, 수녀가 되는 일로 의절했다고, 속여서 미안하다고, 운만 뗐죠.

「그동안 얼마나 외롭고 괴로웠습니까? 아아, 이레인, 당신이 남몰래 앓았을 나날을 생각하면…….」

자이어는 놀랐어요. 애정과 연민이 묻어나는 태도로 나를 끌어안았죠. 고마움과 서러움에 우는 내 등을 한없이 쓸었어요. 내 젖은 뺨에 무수히 키스했어요. 부드러운 말로 인내심 깊게 나를 위로했죠. 내가 겨우 진정하자 조심스레 말했어요.

「이레인, 나는 당신이 얼마나 괴로웠는지, 얼마나 갈등했기에 의절까지 했는지 모릅니다. 안다면 오만이지요. 그래서 말하기 조심스럽습니다만, 이리 우는 모습을 보니 부모님이 그리운 게 아닙니까? 다시 찾아뵈면 어떻습니까?」

나는 고개 저었죠.

「당신은 우리 아버지 성격을 몰라요. 내가 수녀원에 갈 때, 지금 나가면 두 번 다시 돌아올 생각도 마라며 노발대발하셨는걸요.」

자이어는 조금 웃었죠.

「후후. 이리도 예쁜 딸을 미워하는 부모가 어디 있습니까? 그 예쁜 딸이 수녀가 되겠다니 속상해서 맘에 없는 말씀을 하셨겠지요. 의절한 사유가 사유이니만큼 사위와 함께 돌아가면 받아주지 않으시겠습니까? 귀한 딸을 허락 없이 데려간 제가 탐탁잖으실지도 모르지만,

그거야 제가 손이 발이 되도록 빌겠습니다.」

「아, 자이어! 우리 집이 땡전 한 푼 없는 알코올 중독자 소굴이면
요?」

나는 물었어요. 자이어를 못 믿어서가 아니었어요. 내 문제라면 계
산 없는 그 모습이 하도 어이없어서 해본 질문이었죠.

「이레인.」

자이어는 동요하지 않았어요. 오히려 눈빛이 단단해졌죠.

「나는 대단한 사람이 아닙니다. 하지만 당신과 언젠가 태어날 우리
아이, 장인어른과 장모님쯤은 부양할 능력이 됩니다. 생계는 내가 책
임지면 되고 알코올 중독이라면 치료를 뒷바라지하겠습니다. 만약 책
임질 인원이 많다면…….」

자이어는 그쯤 돼서야 망설였어요. 그러나 결국 웃으며 내 머리를
쓰다듬었죠.

「외로워하는 당신을 보느니 응급실 아르바이트라도 하겠습니다. 그
러면 당신에게 예쁜 옷을 못 사줄 수도 있겠습니다만…….」

「세상에, 당신은……. 자이어, 사랑해요.」

그 감동을 어떻게 설명하면 좋을까요? 그때 나는 세상에서 제일 행
복한 여자였어요. 그리고 더욱 행복해졌죠. 자이어 말대로였거든요.
자이어와 함께 집으로 돌아가자 부모님께서는 맨발로 뛰쳐나오셨어
요. 역정 내신 일이 거짓 같았죠.

행복했어요. 사랑스러운 내 남자, 화목한 우리 가족과 함께였으니
까요. 수녀원에 미련 따위 없었어요. 한때 그 길을 택했지만 내게 그
길은 온갖 신물 나는 일, 끝없는 남난(男難)이나 납치 위협, 돈에 알짱

대는 친구 아닌 친구를 피할 도피로였지 진리를 찾는 길이 아니었죠. 나는 수녀원에서 쫓겨나고 우주공항 대기실에서 내겐 참된 구도와 신을 향한 헌신에는 열의도 재능도 없다는 사실을 깨달았어요.

자이어는 내 부친이 보유한 의료연구소에 소장으로 부임했어요. 난 걱정했죠. 자이어야 처가댁 재산이나 권세에 욕심낼 사람은 아니지만 성품이 곧으니 자존심 상해할까가 근심이었어요. 그러나 기우였어요. 자이어는 나로써 얻은 부와 권력에 무심했어요. 세속적 요소를 무시하지 않지만 중히 여기지도 않았어요. 그런 면에서 자이어가 보인 태도는 뭐랄까, 일평생 수도만 한 수사님 같기까지 했어요.

아, 나날이 찬란했어요. 그때 내 눈에 온 누리가 어찌나 눈부셨는지! 아직도 답 모를 질문이지만 만약 신이 밝다면 그때 내겐 온 누리가 신의 품속이었어요. 행복이 어디까지 커질 수 있을까요? 나는 두려울 지경이었어요.

그리고 그 두려움은, 철없이 눈부시던 그 두려움은 현실이었어요.

✳❖✳

이레인은 두 손에 낯을 묻었다. 걷잡을 수 없이 떨며 소리 없이 울었다. 통곡이 나올 구멍 없이 그 마른 몸에 갇혔다.

"아아."

양이는 낯이 흐려졌다. 이레인은 처음부터 울었다. 하지만 그때는 지금 같지 않았다. 분노로 울었다. 그러나 지금은 설움에 뿌리부터 흔들렸다. 양이는 이렇게 우는 사람을 처음 보았다. 어떻게 위로할지 몰랐다. 고민하다 자기도 참담해져서 말했다.

"이레인, 다 토해내세요. 저는 듣기밖에 못하지만, 진짜로 들을게요. 그러니 그 어떤 추악하고 흉포하고 말 못 할 감정이라도 다 토해내세요. 어떤 부끄러운 일이라도 말하세요. 들을게요. 그냥, 그렇게 소리도 없이 울지 말고 좀, 말해보세요. 남편 거시기를 삼단으로 자르겠다고 해도 진짜 진지하게 들을게요."

"푸흡!"

양이는 심각하게 말했지만 이레인은 갑자기 웃음을 터트렸다.

"어! 집에 가서 엉덩이에 털 안 났나 잘 봐요!"

"푸하핫, 뭐예요, 그 말은?"

"어, 이레인 우리말 잘하면서 모르시는구나. 우리나라에서는 울다가 웃으면 엉덩이에 털이 나요."

"푸하핫. 그거 진짜……."

이레인은 고인 눈물을 방울방울 쏟으며 숨 가쁘게 웃었다. 미친 사람처럼 깔깔대더니 배를 쥐며 숨을 골랐다. 여전히 젖어 부푼 눈으로 양이를 보았다. 홍채에 감도는 푸른빛이 섧도록 시렸다. 굳은 입술을 떨더니 막힌 숨을 말로서 터트렸다.

"거짓이었어요, 다."

고백은 억양이 없었다. 탈색된 듯 희미한 말이었다. 자포자기한 말인 듯도 했고 실어야 할 감정이 너무 많아 정작 무엇도 싣지 못한 말인 듯도 했다.

"집으로 오고 반년 뒤, 우연히 남편이 쓴 일기를 봤어요. 처음엔 뭔지 몰랐고 이내 일기임을 알았지만 닫지 않았어요. 옳지 않았죠. 하지만 나는 남편을 감출 일 없는 곧고 청아한 이라고 생각했어요. 그래서 더 죄책감 없이 봤어요. 대학 때부터 쓴 일기더군요. 진중한 남편의

풋풋한 시절이라니, 두근대며 처음으로 갔죠."

이레인은 멈추었다. 돌이킴이 고통이었다. 말해서 떨치고 싶은 욕망과 입에 담기조차 싫은 혐오가 맞섰다. 다만 타기하면 좋으련만, 이것은 쉬이 떨어질 증오가 아니었다. 온 우주 같던 사랑이 탈바꿈한 종양이므로 몸부림치며 도려내야 했다.

"이레인, 보았군요, 알고 싶지 않던 진실을."

양이는 다정하지만 단호하게 말했다. 망설이는 이레인의 등을 떠밀었다.

✳✦✳

그래요, 다 거짓이었어요, 다. '첫눈에 이 사람이다.' 하였지만 차마 표현할 수 없었다던, 그래서 내 곁에 와준 당신이 꿈만 같다던 말도, 야근이 잦아 미안하다던, 하지만 늘 당신을 생각한다던 말도, 그 다정한, 사랑을 속삭이던 그 솜털 같은 수많은 말도 다, 거짓이었어요.

나는 잘 짜인 각본에 놀아난 꼭두각시였죠. 부친이 감독, 남편이 주연이었어요. 모친도 수녀원장님도 한통속이었죠.

나는 의절했다 생각했지만 부친은 날 단념한 적 없으셨어요. 후계자로서 단념했을 뿐 여전히 날 당신이 이뤄둔 부와 권세를 이어갈 디딤돌로 여기셨죠. 수녀가 되겠다는 고집을 못 꺾자 작전을 바꾸셨어요. 적당한 수녀원에서 날 받아주게 하고 원장님께 나를 모질게 대하라고 하셨죠. 내가 나가떨어지기를 바라셨어요.

수녀원장님은 최선을 다하셨어요. 유독 내게만 어찌나 가혹하셨는지, 정말……. 정말 나는 죽도록 버텼는데……. 하하.

그토록 혹독히 굴어도 내가 버티자 부친은 작전을 바꾸셨죠. 심리학자와 협상전문가부터 희대의 바람둥이까지 온갖 인사를 모아 특별팀을 꾸리셨어요. 특별팀은 내 성장 과정과 성격, 취향을 집요하게 분석했죠. 이레인이라는 젊은 수련수녀를 환속하게 할 길을 연구했어요. 최종 목표는 분명했죠. 이레인이 남자를 만나 아이를, 부친이 쌓아온 막대한 부와 권력을 이을 후계자를 낳게 하자. 나는 남자에게 진력난 사람이니 꽤 어려운 작업이었겠죠.

　남편은, 자이어 할렌이란 남자는 분석 결과 '내 이상형을 가장 잘 수행할' 후보였어요. 여러 영역에서 내 이상형에 가장 가까웠고 부친에게 후계자를 낳아줄 만큼 유능하고 영리했죠. 인물이 흠이지만 모자란 외모가 오히려 필수였어요. 나도 몰랐는데, 나는 이 얼굴에 하도 시달려서 미인을 싫어하게 됐대요. 남들이 아름답다 말하는 대상을 도리어 진력낸다나요? 후훗.

　그래서 남편을 뽑았고 내 이상형으로 반년에 걸쳐 오롯이 빚었어요. 말투, 표정, 태도, 행동거지를 가르치고 내가 좋아할 만한 사상과 예술 전반에 걸친 취향까지 주입했죠. 연기 선생은 물론이고 온갖 전문가를 동원했어요.

　부친이 움직이는 금력은 대단해서 수녀원 몇 개가 아니라 교단 전체가 기부금에 휘둘렸어요. 내가 외부봉사를 언제 어디로 나갈지도 각본대로였죠. 상사병이요? 하, 자이어는 초단기 체중 감량을 했을 뿐이에요. 깡그리 쇼였죠. 자이어, 의사, 간호사, 수녀원장, 동료 자매들, 부친에 모친까지, 나만 빼고 모두가 함께한 쇼. 내가 계획대로 움직이지 않았다면 무슨 핑계를 대서라도 교단이 날 쫓아냈을걸요? 수녀의 길? 종신서원? 애초에 내겐 막힌 길이었어요.

상상이 가세요? 이 미친, 정말 이 미친, 가출한 딸 하나 잡자고 저지른 이 미친 짓의 거대함이? 그들이 대체 내 삶과 정신에 무슨 짓을 저질렀는지, 아…….

그런데 나는 타인의 욕망 탓에 꿈꾸던 수녀가 못 되었어도, 삶이 거짓 위에서 덩실대던 한갓 꼭두각시놀음이었어도 괜찮아요. 괜찮지 않더라도 그 정도쯤 삭일 수 있어요.

다만, 내 깜깜한 우주에서 단 하나로서 밝던 남편이, 내 모호한 우주에서 단 하나로서 분명하던 사랑이, 허상이라니 처참해요.

남편은 게이죠. 여자와 잘 수 있지만 여자에게 끌리지 않아요. 그래서 내가 아무리 예쁜들 차분하고 담담했죠. 더구나 게이여서 부친께 점수를 땄어요. 부친이 연구비와 연구시설만 주면 충실히 따를 테고 부리다 마음에 안 들면 아우팅 하겠다고 협박해서 간단히 버리면 되니까요. 내 고향은 동성애자에게 너그럽지 않아 동성애자는 증오범죄 대상이 되거든요.

그래서 부친은 남편이 사귀는 동성 연인을 알고도 눈감으셨어요. 그 덕에 남편은 나와 살면서도 연인과 계속 만났죠. 잦은 야근과 외박이 그 탓이었어요. 연인과 실컷 뒹굴고 돌아와 수도자 같은 태도로 나를 보다가, 대하다가, 의무로 안았겠죠. 그건 너무나 더럽고, 무섭고, 용서치 못할, 배신이었어요.

＊◇＊

이레인은 입술을 다물었다. 한쪽 눈썹을 찡그리며 선웃음을 물었다.

63

"자르고 싶을 만하죠?"

"자르는 처분이 온건할 정도인데요."

"잘라줘요. 두 번 다시 바람 따위 못 피게. 자나 깨나 후계자만 바라는 내 부친께서 아끼던 종견이 고자가 되면 어찌 나오실는지 좀 보게. 자, 무슨 방법이 있댔죠?"

이레인은 싸늘했다. 또한, 단호했다.

양이는 머뭇댔다. '고자로 만들어달라.'는 말을 처음 듣고 당황했고 고민한 뒤 말뿐이다 싶어 열심히 들었다. 하나 이레인이 짓는 표정을 보자 이 SF 판타지 막장 불륜 이야기가 전부 진실이란 생각이 들었다. 이 황당한 설정과 요소가 모두 진실이거나 최소한 이레인의 정신 속에서 진실이겠구나 싶었다. 그렇다면 이제 마피아나 정신과 의사가 나서야 했다.

하나 양이는 이레인이 보내는 기대 어린 눈빛을 저버리지 못했다. 망설이며 입을 열었다.

"그, 이집트식은…… 음경을 실로 묶고 칼로 싹둑했대요. 달군 재와 기름으로 지혈하고 요도엔 금속관을 넣어서 수축을 막고요. 반이 죽었대요."

"호오? 마법이 아니네요? 야만적이지만 분노를 표현하기엔 적합하네요. 그리고요?"

양이는 '내가 뭔 말을 하는 건가.' 싶었다. 갑자기 골치가 무지하게 아팠지만 계속했다.

"인도식은 아편으로 피시술자를 취하게 한 뒤 천천히 잘랐대요. 달군 기름으로 소독하고 지혈하고요. 중국식은 몇 날 며칠 굶긴 뒤 꽁꽁 묶고 낫으로 알까지 자르고 금속관으로 요도수축을 막았대요. 달군

고춧가루 물로 소독하고 연고를 바르고요. 이탈리아식은 화학적 거세인데 상처를 내고 양잿물에 한참 담갔다고…….”

“아, 다 좋네요. 자이어 애인이 마법사니까 비마법적 접근이 확실할지 몰라요. 하지만 그럼 누가 했는지 들키기 쉬우니 추한 소송에 휘말리기 쉽죠. 혹시 은밀한 마법이나 저주는 없나요? 미친개가 달려들어 거기만 물고 튀거나 차차 쪼그라들어 완전히 사라지거나. 안 되나요? 여기 대마법사가 산다던데요.”

‘마흔 넘어서까지 뭐를 지키면 된다는 그거 말입니까?’[4]

“어, 그게, 대마법사……. 어…….”

이야기가 다시 이름 모를 곳으로 달려갔다. 양이는 할 말을 잃고 어버버댔다. 자신을 버린 수산을 다시금 용서할 수 없어지려 했다. 머리가 뜨끈뜨끈했다.

그때였다. 양이는 이마에 닿는 커다랗고 서늘한 손을 느꼈다. 그 손이 이마를 뒤로 젖히듯 부드럽게 당겼다. 머리 위에서 무심한 듯 나른한 음성이 들렸다.

“곤란해, 아가씨. 무슨 뜬소문을 듣고 왔어? 여긴 대마법사 따위 없어. 대나무숲일 뿐 심부름센터도 아냐. 순진한 내 직원 그만 괴롭히고 말 다했으면 가. 이 정도 들어줬으면 속은 시원하잖아?”

“사, 사장님?”

양이는 깜짝 놀랐다. 몇 날 며칠 코빼기도 안 뵈던 사장이 기척도 없이 나타났으니 놀랄 수밖에 없었다. 그것도 자신을 끌어안듯 등 뒤에 바짝 붙었으니 더더욱 놀랐다.

“뭘 그리 놀라? 너, 열심히 듣는 모습은 기특한데 한쪽 말만 듣고 잘 알지도 못하는 남자 고자 만드는 일에 끼지 마. 또, 듣자 듣자 하니 시집도 안 간 처녀가 남정네 거시기 자르는 법은 뭐 그리 잘 알아?"

도는 손바닥으로 양이의 이마를 찰싹 때렸다. 양이가 "으악!" 하며 새빨개지자 한쪽 입술을 끌어당겨 픽 웃었다. 뒤로 젖혔던 양이의 머리를 놓으며 정수리를 느릿느릿 쓰다듬었다. 이레인에게 말했다.

"안 일어나? 우린 듣기만 해. 잘못 온 모양이니 요금은 안 받아. 그냥 가."

이레인은 큰 눈을 조용히 깜박였다. 도가 보이는 태도가 퍽 신선했다. 자신을 무슨 돌멩이 대하듯 하지 않는가. 이레인은 씩 웃었다.

"힘이 일으키는 유동조차 없이 이렇게 툭 나타나는 존재가 대마법사가 아니면 누가 대마법사죠? 게다가 잘못 오지 않았어요. 여길 소개해준 분은 허언하지 않으시니까."

"허언이야. 누구야? 할 일 없이 헛소리한 놈?"

"차원의 마녀. 그녀가 그러시던데요? '귀찮은 일 질색인 놈이지만 내 소개면 뭐든 한 가지는 해결해준다.'고."

도는 표정이 없었다. 한 호흡쯤 침묵하더니 "흐음." 하며 양이의 정수리에 턱을 고였다. 양이가 어찌할 바를 모르고 꿈틀대자 양이를 한 팔로 꽉 안아 고정했다. 나른히 말했다.

"거물을 아네. 그래도 잘못 왔어. 난 마녀 부탁을 하나 들어준댔지 남이 벌이는 치정 싸움에 끼겠다고 한 적 없어."

"그 부탁을 제가 샀어요. 그녀가 그러셨어요. '정말로 그 새끼 거시기를 자르고 싶으면 그게 가능한 애는 얘밖에 없다.'고, '만약 협조하지 않는다면 약속을 어긴 대가로 네게 열어준 문은 닫아버리겠다.'고, '이도 저도 싫으면 이 의뢰는 안 받아도 좋지만 대신 나랑 데이트하자.'고, '여기까지 말하면 안 해주곤 못 배겨.'라고 하시던데요?"

"너, 그 여자를 어떻게 구워삶았어?"

도는 처음으로 이렇다 할 감정을 드러냈다. 미미하게 미간을 찌푸리며 이레인을 쏘아보았다. 눈가가 나른히 풀렸지만 한 점 흔들림 없이 무거운 시선이었다. 어지간한 여자가 감당할 시선이 아니었고 어지간한 남자라도 마찬가지였다.

그러나 이레인은 여유로웠다. 도가 보내는 시선을 가뿐히 받아넘기며 생긋 웃었다.

"돈 주고도 못 구할 인기 절정 신상 백을 구두에 의상까지 한 벌로 증정했죠."

도는 목구멍 깊이 침음을 삼켰다. "젠장, 그 영감……." 나직이 중얼댔다. 내뱉듯 말했다.

"그래도 힘들어. 너, 솔직히 불어. 남편 애인, 그냥 마법사 아니지? 복수하고 싶어도 어지간한 능력으론 손 못 댈 존재야. 아냐?"

"어떻게 알았어요? 칠 서클 대마법사예요."

"내가 바보야? 어지간했으면 너희 세계에서 해결봤겠지. 차원의 마녀를 구워삶아 예까지 올 턱이면 만만한 상대가 아니야. 더구나 점술 하나는 기가 막힌 내 직원 한 마리가 튀었어. 그놈이 모자라긴 해도 어디 가서 빠지는 놈이 아니야. 그런데 튀었다면 네 의뢰를 거절할 수도 없고 받아들이면 그놈 수준으로도 감당 못하고 '되받을 수 있다.'는 뜻이야. 네 남편을 보호하는 존재가 만만치 않다는 얘기지. 내가 미쳤어? 남의 치정에 끼어들어서 고자 위험을 감수하게?"

"마녀께서 당신이 그렇게 나오면 이렇게 답하라 하셨어요. '어차피 만년 솔로인 주제에 고자쯤 되면 어때?'"

"사장님 만년 솔로셨구나."

양이가 중얼거렸다. 도는 울컥했다.

"누가 만년 솔로야? 난 살면서 여인이 궁했던 적이 없어."

"그리 나오면 또 이리 답하라 하셨죠. '미련한 놈, 그래 봤자 계집에게 뒤통수나 맞고 살면서.'"

"너, 어디까지 들었어?"

"당신 생각보다 훨씬 많이. 손해 볼 말싸움 그만하시죠. 들어줄래요, 말래요?"

이레인은 팔짱을 꼈다. 자신만만하게 웃으며 도를 보았다.

양이는 도의 품속에서 꿈틀거리다 말고 동작을 멈췄다. 꿈틀거려 봤자 자신을 안은 품에서 벗어날 수 없거니와 상황전개가 흥미진진했다. 안일한 자신으로서도 도저히 상식에 끼워 맞출 수 없는 대화가 오갔고 그게 좀 병신 같지만 재미있었다. 뭔지 몰라도 이 사장이 고자가 될 위험을 감수할지 말지 하는 갈림길에 처했지 않은가. 그 표정이 궁금해서 고개를 젖혀 사장을 올려다보았다. 콧구멍부터 보이는 망측한 각도였지만 그럼에도 도가 잘생겨서 "헐." 하고 헛숨을 내쉬었다.

"너, 차라리……."

도는 한숨처럼 말했다.

"파즈를 키우면 어떻겠어? 남을 고자로 만드느니 그편이 널 기만한 모두에게 확실한 복수고 너도 행복할 텐데?"

이레인은 눈을 동그랗게 떴다. 입을 벌리고 도를 빤히 보았다. 지금껏 보인 여유를 잃고 더듬대며 반문했다.

"그……. 구할 수 있어요? 전설 같은 신수잖아요. 돈이나 권력으로도 못 구하는. 그거 맞아요? 빛에서 태어난 드래곤이 탐욕에서 태어난 마물과, 어……."

"맞아. 타락한 황룡과 아귀의 일종인 프레타가 융합해서 탄생한 일족이야. 알 때부터 지극히 돌보면 돌보는 이가 내뿜는 정념과 욕망을 빨아들여 그가 바라는 대로 태어나지. 친구를 바라면 이상적인 친구로 애인을 바라면 이상적인 애인으로 남편을 바라면 이상적인 남편으로. 그리고 평생 자신을 태어나게 한 이만 지극히 따라. 배신 따위 않지. 타락했다 하나 황룡의 핏줄은 강력해서 삼 년도 안 되어 인간 대마법사 따위 찜쪄먹을 수준으로 자랄 테고. 다만 단점은 각오해야 해. 알아?"

"탐욕이 본능이라 주인에게 집착한다죠. 주인에게 직접 해를 끼치지는 않지만 주인 곁에 다른 이들이 친밀하게 붙는 모습을 견디지 못해 그 막강한 힘으로 주변에 포악을 떤다고. 그래서 자신을 알아줄 더없이 바라던 존재 하나를 얻는 대신 다른 모든 관계를 포기해야 한다고요."

"어차피 세상 모두가 널 배신했어. 수녀원에서 함께했던 자매도 수녀원장도 가족도 남편도. 그러니 상관없지 않아? 그 잘난 부친이 휘두르는 돈과 권력으로도 감히 손 못 댈 강력하고 고귀한 존재가 평생 너만을 지킨다면. 그 가증스러운 남편보다 훨씬 지혜롭고 고결하며 진실한 존재가 평생 너만을 사랑한다면. 왜, 자신 없어?"

"으음."

이레인은 신음했다. 도가 하는 말이 맞았다. 어떻게 보면 떠올리기조차 끔찍한 남자에게 집착하여 굳이 고자로 만드느니 남들은 꿈도 꾸지 못할 성스러운 신수에게 사랑받으며 보란 듯 사는 편이 나았다.

"구할 수, 있어요?"

"어려워. 하나 못 할 일은 아냐. 뭣보다 네가 이 제안을 거절하면……."

　도는 드물게 뚜렷이 감정을 내비쳤다. 어금니를 악물었다. 부르르
떨었다.

　"차라리, 그 마녀와 데이트하겠어. 어쩔래?"

　이레인은 숨을 훅 들이쉬었다. 단호히 답했다.

　"하겠어요."

이상한 나라의 김양이

"사장님, 설명해주세요."

양이는 이레인이 떠나자 잽싸게 도를 마주 보고 앉았다. 눈을 부라 리며 말했다.

"으음."

그러나 도는 탁자에 팔꿈치를 세운 채 턱을 괴고 있었다. 멀쩡하더 니 그새 졸린 듯 눈이 반쯤 내리 감겼다.

"일어나세요. 설명이 필요해요."

도가 대답할 기색이 없자 양이는 탁자를 탕탕 치며 재촉했다. 아무 리 안일하고 태평한 양이라도 지금 벌어진 일을 이해하자면 이제껏 세상을 보던 가치관을 통째로 뜯어고쳐야 할 판이었다. 사장과 이레 인이 나눈 대화야 미치광이 대행진으로 받아들이더라도 이레인을 배 웅하며 가게 문을 열었을 때 본 풍경이 도저히 예사롭지 않았다. 날개 달린 스쿠터가 줄줄이 하늘을 날고 깃 달린 큰 챙 모자를 쓴 전신 황금 타이츠를 입은 남자가 에스톡을 허리에 매고 거리를 활보하며 난쟁이 똥자루처럼 생긴 난쟁이가 하늘로 뻗친 백 가닥의 레게머리를 한 여 자를 소매치기하다 양이랑 눈이 마주치고 쌍뻐큐를 날렸기 때문이었다. 양이는 외할머니가 살아 계셨다면 '복 달아나, 이년아!' 하며 등짝 스매시를 날리셨을 정도로 격하게 문짝을 붕붕 여닫은 끝에 간신히 본래 알던 평범한 골목 풍경을 되찾고 도 앞에 앉은 참이었다. 그러나 도는 설명할 의지도 없이 마냥 피곤해 보였다. 겨우 눈을 뜨고 양이를 보았다.

"어서요, 설명해주세요."

양이는 단호했다. 가치관 대붕괴를 막으려면 한시라도 빨리 이 상황을 납득해야 했다.

"하."

도는 한숨 쉬었다. 미간을 미미하게 찌푸렸다.

"설명……. 난 소질 없어. 수산 부를 테니 들어."

도는 힘겹게 눈을 깜박였다. 나른하게 말했다.

"나와, 삼 초 안에. 아니면 죽인다."

그 말투가 심히 무심해서 양이는 내용을 떠나 협박이 안 되리라 생각했다. 따지자면 죽인다는 표현도 남자들 일상용어 아닌가.

"셋, 둘, 하……."

"자, 잠깐만요!"

"히에엑!"

그러나 그 협박은 효과가 상당했다. 도가 셋을 세기도 전에 예리한 이중창이 울렸다. 저음이 수산, 고음이 양이로 수산은 생명이 위기, 양이는 정신 건강이 위기였다. 허공에 두툼한 몸통이 불쑥 나타났다.

"저, 저기, 삼 초 안에 나타났으니 돼, 됐죠?"

몸통이 바들바들 떨며 물었다. 해골문양에 PEACE라고 적힌 티와 와일드한 카모 바지가 연약해 보였다.

"대가리와 사지 꺼내. 아니면 반 나타났으니 반 죽인다. 너, 신입을 두고 튀었어. 그런데 이딴 흉측한 몰골까지 보여?"

놀란 이는 양이뿐이었다. 도는 그 괴상한 광경에도 눈 하나 깜짝하지 않았다. 신랄하게 말했다.

이번에도 협박은 효과 만점이어서 소매와 바짓단 밑에서 사지가 밀려 나왔다. 검은 정수리를 시작으로 머리도 밀려 나왔다.

양이는 그쯤에서 안일함을 되찾아 그 모습이 기괴하다기보다 웃겼다. 어쩌면 너무 현실과 동떨어진 광경이라 정신이 두려움을 넘어서서 웃기로 작정했을 수도 있지만 어쨌든 키들댔다. 수산은 사지와 머리를 다 꺼내고 열없이 뒤통수를 긁었다.

"양이 씨, 미안해요. 너무 무서워서……. 그래도 걱정돼서 구석에서 계속 봤어요."

"킥킥. 아, 괜찮아요. 킥, 수산 씨, 근데 그거 어떻게 하셨어요? 지금부터 저 머글[5]이라고 부르실 거예요?"

양이는 손사래 쳤다. 실례가 되지 않을까 싶어 웃음을 누르며 물었다.

"머글이요? 우린 그런 쪽이 아니라, 그……."

"일단 앉으세요. 아, 겁먹지 마시고. 설마 사장님이 순진한 신입 앞에서 폭력을 쓰시겠어요? 첫 만남부터 얼마나 친절하셨는데요."

수산은 눈동자를 굴렸다. 도를 흘깃했다. 도가 피식 웃자 "에헤헤." 객쩍이 웃으며 다가왔다. 탁자 한 면을 차지했다.

"허공에서 불쑥 나타나는 사람이 마법사 아니면 뭔데요? 이레인도 사장님보고 대마법사라던데요?"

양이는 해맑게 물었다. 당황함이 가라앉으니 상황이 흥미진진했다.

"아뇨. 우린 마법사 아니에요. 그냥……. 어우."

수산은 두 손으로 머리를 벅벅 긁었다. 도움을 요청하듯 도를 보았다. 도가 미간을 구기자 찔끔하여 시선을 돌렸다.

"죄송하지만 할 말이 별로 없어요. 우리가 엄청나게 비밀스러운 존재는 아닌데 정체를 드러내면 안 된다는 규칙에 제약을 받아서요. 그건 세상을 어지럽히는 행위거든요. 그래서 대놓고 정체를 밝히거나 여러 사람이 장기간 영향을 받게끔 힘을 쓰면 혼나요. 우리를 너무 잘 알게 된 분에겐 흑장포를 걸친 이인 일조가 나타나 합죽선을 모아 쥐고 선글라스를 낀 다음 말하겠죠. '자자, 여길 보세요.'⁶"

"외계인이세요? 광해군 일 년에 내려온 그, 사장님은 사실 성이 '도'고 이름이 '민준'이시라거나?⁷"

"외계인 아니에요. 전 사실 그런 방식 부끄러운데 높은 분이 영화가 재미있다고 기존 방식을 바꾸셨어요. 그리고 그 드라마는 우리와 전혀 상관없어요. 사장님도 이름이 '도'고요."

"흐으으으음."

양이는 길게 신음했다. 도와 수산을 번갈아 보았다. 양반다리를 하고 앉아 두 손으로 자기 허벅지를 척 짚었다. 둘을 빤히 보았다.

"윽, 왜 그렇게 보세요."

도는 무심했고 수산은 튀었던 일이 찔려 불안하게 물었다.

"두 분."

"……."

"네에."

"말하기 곤란하다니 안 캐물을게요. 이거 하나만 솔직하게 답해주세요. 제가 이 일을 제대로 알지 못하거나 깊이 알면 위험해지나요?"

"위험하게 두지 않아요."

"사장님, 대답."

양이는 눈을 부릅떴다. 도는 턱을 괴고 무표정하게 졸다가 매섭게 재촉받고서야 느릿느릿 눈을 깜박였다.

"쟤가 지켜준대."

"싸장님은요! 싸장님이 저 뽑으셨잖아요."

"쟤 세. 쟤로 충분해."

수산은 열심히 고개를 끄덕였다. 자기만 믿으라는 듯 가슴을 탕탕 쳤다.

양이는 눈을 가늘게 떴다. 마냥 해맑은 수산과 진짜로 졸린지 졸린 척하는지 영 시르죽은 도를 번갈아 봤다.

"몸은 크로캅도 한 방일 수준이지만 솔직히 못 미더워요. 아까 칠 서클 대마법사도 무서워서 숨었잖아요. 저주인가 뭔가 돌려받을까 봐."

"칠 서클 대마법사가 뉘 집 개 이름인 줄 알아? 지형도 바꾸는 괴물이야."

"그게 뭐가 중요해요. 제가 이 바다를 모르는데도 맥락상 수산 씨보다 센 존재가 벌써 둘이에요. 칠 서클 대마법사, 삼 년만 자라면 그 대마법사도 찜쪄먹는다는 파즈. 근데 안심이 되겠느냐고요."

"제가 더 세요!"

수산은 억울해하며 빼액 외쳤다. 양이는 수산을 한 번 보더니 곧장 도에게 시선을 되돌렸다. 수컷이 하는 나 세다는 말을 어떻게 곧이곧대로 믿는가.

"진짜야. 이계에 힘을 쓰는 행위는 침략이야. 부당하고 평소보다 수백 배 힘들어. 반면 이계에서 온 힘을 받아치는 행위는 자기방어야. 정당하고 쉽지. 수산은 강해. 널 지키기 충분할 만큼. 쟤 믿어."

양이는 두 볼을 복어처럼 부풀렸다. 구시렁댔다.

"씨……. 빈말로라도 지켜준다면 어디가 덧나시나. 역시 수산 씨 말씀이 맞았어. 근로 계약서에는 신중하게 서명해야 했는데. 쳇쳇."

수산은 딱한 눈길로 양이를 봤지만 도는 그러거나 말거나 덤덤했다. 수산에게 말했다.

"너, 김 양 데리고 파즈 알 구해와."

"엑? 전 안 돼요. 사장님이 하세요."

수산은 정색했다. 도가 눈썹을 구기며 소맷부리에 손을 넣자 파바박 엉덩이로 뒷걸음쳤다.

"아야야, 생각해보세요! 생각! 저 저번에 사장님이 시키신 과일 서리하다가 딱 걸려서 한 번 더 걸리면 감금이에요. 근데 제가 갇히면 누가 젤 불편해요? 사장님이세요! 사장님 측근 중 최측근이라는 연적이조차 일 년 삼백육십오 일 중 최소 삼백 일은 튀어서 간 데도 모르는데 저는 삼백육십 일을 사장님 따까리해요! 저 없으면 사정도 모르는 다른 애를 부르시거나 사장님이 온갖 잡일 다 하셔야 한다고요! 이런 절 감금위험에 빠트리셔야겠어요? 이건 사장님을 위해서 안 될 일이에요!"

"난 그 동네 출입금지야."

"사장님이 언제부터 그딴 규제 신경 쓰셨어요? 사장님은 걸려도 깽판만 안 쳤으면 세필 붓으로 반성문 일 간(間) 쓰고 끝이시잖아요. 어차피 그것도 취미 생활이라면 취미 생활이시고!"

도는 소맷부리에 넣었던 손을 쓱 뺐다. "흐음." 하며 턱을 매만졌다. 수산은 기회를 놓치지 않았다. 열렬히 덧붙였다.

"잘 생각하세요. 제가 잘못되면 사장님이 가게 관리, 공과금 납부, 요리, 청소, 빨래, 약 달이기까지 다 하셔야 한다고요?"

"쳇."

도는 혀를 찼다. 못마땅한 얼굴로 양이를 향했다.

"김 양, 준비해. 일박 이 일 긴급출장이다."

✳✿✳

"사장님, 뭐 하세요?"

양이는 고개를 갸웃했다. 도를 보았다.

도는 맨홀 뚜껑을 사이에 두고 양이와 마주 쭈그리고 앉았다. 서리한다며 양이에게 한복을 입히고 자기도 우아한 회갈색 쾌자를 입더니 근처 골목을 찾아 맨홀 뚜껑 앞에 아예 자리를 깔았다. 벌써 몇 분째 맨홀 뚜껑을 보며 양이가 뜻 모를 짓을 이것저것 한 뒤였다. 이제 뚜껑에 뚫린 외부 열여섯 개 구멍과 내부 여덟 개 구멍 중 내부 구멍 한 곳에 나뭇가지를 끼웠다. 가지가 구멍으로 빠지지 않게 잔가지가 갈라지는 부분을 심혈을 기울여 뚜껑에 걸쳤다.

"안테나 세워."

"네?"

"골목이라 신호가 안 터져서."

"네에?"

도는 또 뜻 모를 말을 했다.

"골목이라 눈에 안 띄는 건 좋은데 신호가 안 터진다고."

도는 나뭇가지를 안정적으로 끼우는 데 성공했다. 뚜껑에 박힌 서울시 마크를 빤히 보며 나뭇가지 끝에 달린 연둣빛 잎사귀를 엄지와 검지로 문질렀다.

"이제 잡히네."

맨홀 뚜껑은 외곽선 안으로 'SEOUL METROPOLITAN GOVERNMENT · 서울특별시 · SEOUL METROPOLITAN GOVERNMENT · 서울특별시'라는 문자가 삥 둘렸다. 도는 그 문구를 가만 보았다. 서울시 마크 우측에 자리 잡은 '서' 자 옆 구멍에 검지를 걸었다.

"엑, 뭐 하세요? 더럽잖아요."

"수정체 터진 돼지눈깔도 주웠는데."

도는 대수롭지 않게 답했다. 구멍에 끼운 손가락을 움직였다.

"엑?"

양이는 맹한 소리를 냈다. 묵직한 맨홀 뚜껑이 도의 손가락 하나에 걸린 채 뱅글뱅글 돌아갔다. 백팔십 도쯤 돌아가다 스프링에 당겨진 듯 팽그르르 소리를 내며 되돌아왔다. 그러자 도가 U 자 옆 구멍에 손가락을 걸고 또 팽그르르 돌렸고 이어 하단에 적힌 METRO의 E 자 윗구멍에 손가락을 걸었다. 거대한 옛날식 전화 다이얼을 돌리는 듯했다.

"그거 사십 킬로 넘지 않아요? 게다가 이 뚜껑 원래 돌아갔어요?"

"나 힘세. 돌아가는 까닭은, 개조했거든."

도는 가볍게 답했다. 계속 뚜껑을 돌리다 문득 양이를 보았다.

"아, 관청에 찌르지 마. 다시 개조하려면 골치 아파."

"안 찔러요…….''

양이는 아연히 답했다. 뭐라고 찌른단 말인가. '거기 주민센터죠?
여기 힘세고 손가락이 철심 같은 인간이 나타나서 맨홀 구멍에 손가
락을 끼우고 뚜껑을 뱅뱅 돌리고 놀아요.'라고?

어쨌든 도는 맨홀 다이얼, 아니, 서울시의 소중한 재산, 맨홀 뚜껑
을 열여섯 번쯤 돌렸고 마지막으로 METROPOLITAN의 AN 아랫구
멍에 손가락을 걸고 돌렸다.

"됐다."

그리고 나뭇가지를 뽑아 뒤로 휙 던지고 맨홀 뚜껑을 열었다.

"들어가자."

"엑? 하수도잖아요?"

양이는 찡그렸다. 구멍 속이 온통 시커멨다. 쥐도 살 꼴이었다.

"그건 가벼운 환영이고."

도는 대꾸했고 맨홀 뚜껑을 마구 돌려댄 철심 같은 손가락 힘을 재
증명했다. 아래를 기웃대는 양이를 검지 하나로 톡 쳐서 하수도에 처
박았다.

"꺄아악! 사람 살……. 엥?"

양이는 죽어라 비명을 지르다 말고 고개를 갸웃했다. 엉덩이가 푹
신했다. 눈길을 내리니 비단 보료였다. 눈길을 들어 하늘을, 아니, 천
장을 올려다보았다. 도가 맨홀 뚜껑에 한 손으로 매달려 있었다. 다른
한 손으로 열어둔 뚜껑을 끌어 맨홀을 막았다. 매달린 손을 풀고 바닥
으로 톡 내려섰다. 천장은 언제 구멍 따위가 났었냐는 듯 흰색 구름무
늬 비단이 말끔하게 발렸다.

양이는 눈을 끔벅이며 주위를 보았다. 고급스러운 비단이 발린 방

은 힘찬 맹수와 글씨가 함께하는 열두 폭 병풍이 쳐졌고 병풍 앞에 양이가 앉은 푹신한 비단 보료가 깔렸다. 보료는 검은 바탕에 은빛 테두리를 둘러 묵직하고 고급스러운 태가 났으며 방 안에 놓인 가구며 소품도 예사로운 물품이 하나도 없이 격조 높고 우아했다. 방은 넓어서 축구를 해도 될 법했고 전체에 햇살이 부드럽게 비쳤다. 고상하고도 남성적인, 미묘한 향기도 감돌았다. 양이는 사극 속에 떨어진 기분이었다. 이런 장소에서 생활하는 이라면 필시 문무를 겸비한 고귀한 자이겠구나 싶었다.

"여기가 어디예요?"

양이는 보료에서 주춤 일어섰다.

"내 집, 내 방."

도는 나른하게 기지개를 켜며 답했다. 매무시하고 양이를 향해 몸을 돌렸다.

"간단히 설명할게. 난 가출 중이야. 내가 돌아온 사실을 들키면 온 동네가 뒤집혀. 여기엔 놀 핑계만 찾는 놈뿐이라 들키는 순간 귀환 축제를 한다며 날 묶어두고 한 달 보름 놀이판을 열겠지. 물론 너도 못 빠져나가. 그러니 너, 실종신고당하고 싶지 않으면 들키면 안 돼. 그러려면 내 말을 잘 들어야 하지. 이해했어?"

"네. 어떻게 하면 되는데요?"

"첫째로 무슨 꼴을 봐도 놀라지 마. 물구나무서고 뜀박질하는 놈을 만나든 발가벗고 춤추는 놈을 만나든 공중 부양하며 제비 돌기 하는 놈을 만나든, 절대. 알았어?"

예고 없이 황금색 쫄쫄이를 입은 남자에 쌍뻑큐를 날리는 난쟁이까지 본 마당에 이제 와서 뭐에 그리 놀랄까. 양이는 순순히 끄덕였다.

"둘째로 나 아는 놈은 최대한 기척을 감지해서 피할 거야. 그래도 모든 놈을 다 피하진 못해. 누굴 만나든 그놈이 뭐라든 넌 벙어리야. 아무 말 말고 나 하는 대로 따라. 알았어?"

양이는 또 끄덕였다. 별로 어려운 일이 아니었다.

"셋째로 나한테서 떨어지지 마. 너, 돌아서면 내 얼굴 기억 안 나지?"

"어, 어떻게 아셨어요?"

그렇지 않아도 양이는 그게 이상했다. 도는 정말 희한한 존재였다. 첫 만남 후 집에 가서 얼굴이 기억나지 않은 일이야 그럴 수도 있다 치지만 면접날도 가게를 나서는 순간 도의 얼굴이 기억나지 않았고 심지어 오늘도 도를 보다 돌아서면 바로 기억이 얼크러졌다. 마주 보면 굉장히 잘생겨서 도무지 잊지 못할 얼굴이거늘 돌아서면 기억이 천방지축 헤집은 국숫발처럼 뒤엉켜 얼굴 생김도 체격도 아리송했다.

"내 체질이 그래. 영력 없는 존재는 내 얼굴을 기억할 수 없어. 넌 영력이 눈곱만치도 없고."

"그래요? 다행이다. 난 청년 치매 초기 증상인 줄 알았네."

양이는 안도했다. '칠 서클 대마법사'가 존재한다고 수긍한 이상 영력이라는 단어도 놀랍지 않았다. 도력이나 내공이 어쩌고 하더라도 그러려니 할 수 있었다. 그저 청년 치매가 아니라서 기뻤다.

"하."

도는 나직이 탄식했다. 나른한 낯으로 양이의 머리를 쓰다듬었다.

"웃기는 녀석이다, 너."

"그런 말 자주 들어요. 지금이라도 개그맨 공채 시험 볼까요?"

양이는 느긋하게 받아쳤다.

"그 정도로 웃기진 않아. 자, 손잡고 따라와. 얼굴을 기억 못 하니 나 놓치면 미아 된다."

"넵, 사장님!"

양이는 씩씩하게 답했다. 또랑또랑한 눈으로 도를 올려다보았다. 도는 생긋 웃었다. 숙녀를 에스코트하는 신사처럼 팔을 내밀었다.

"가시겠소, 낭자?"

"기꺼이요, 도련님."

양이는 방긋 웃었다. 도의 커다란 손 위에 작은 손을 얹었다.

양이는 조마조마 두근두근했다.

'혹 들키면 곤란할 이에게 단박에 들키진 않을까? 이제 물구나무서고 뜀박질하는 놈이나 발가벗고 춤추는 놈이나 공중 부양하며 제비 돌기 하는 놈을 구경하는 걸까?'

그러나 별일 없었다. 그저 무슨 건물이 이렇게 생겨먹었나, 이 건물은 대체 얼마나 큰가 싶을 만큼 방과 문, 복도만 이어졌다. 방, 미닫이문, 방, 미닫이문, 방, 미닫이문, 복도, 미닫이문, 방, 미닫이문, 복도, 갈림길, 미닫이문, 방……. 그런 식이었다. 창 너머 어디선가 웃고 까부는 소리가 들렸지만 어렴풋했다.

양이는 시들해졌고 살금살금 딛던 뒤꿈치도 툭툭 내려놓았다. 재미있는 일 없나 하고 두리번대니 삐뚜름히 내려앉은 도의 어깨가 보였다. 양이는 슬며시 손을 놓았다.

"왜?"

도가 우뚝 멈추며 양이를 보았다.

"불편해 보이셔서요."

"뭐가?"

도는 무표정하게 갸웃했다.

"사장님 키가 크셔서요, 저랑 손잡으시니까 어깨가 이렇게……."

양이는 몸 전체를 기울이며 제 한쪽 어깨를 푹 내렸다. 도는 손을 내밀며 잘라 말했다.

"안 불편해. 다시 잡아."

"제가 보기 불편해요."

도가 미간을 찌푸렸다. 양이는 도의 도포 자락을 덥석 잡았다.

"보기 왕 거북해요. 진짜, 완전! 옷자락 잡고 갈게요."

양이는 옷자락을 잡은 손에 힘을 꾹 주며 눈에도 힘을 주었다. 도가 츳, 혀를 찼다.

"놓지 마. 잘 따라와."

양이는 엄마 따라가는 오리처럼 도의 도포 자락을 쥐고 걸었다. 방을 몇 개 더 지나자 왁자그르르 해대닥 소리가 벽 너머, 문 너머로 뎅걸뎅걸했다. 도가 햇볕과 나무 그림자가 수놓아진 문을 마지막으로 열자 광활한 마당과 난장이 펼쳐졌다.

"이햐햐햣! 나 잡아봐라!"

"꺄하하하하! 거기 스어어어! 요 뭇쌩이! 잡으면 칵 요절을 내쁘릴 거야! 꺄하하하하!"

무시무시하게 넓은 마당에서 돌쇠, 언년이, 먹중, 선비, 도령, 아가씨, 마님, 대감, 백제인, 고구려인, 선녀, 신선 등등을 코스프레한 다채로운 한복 군상이 찧고 까불고 게야단법석을 떠는데 한 마을이 홀랑 미쳐 팔도 무당을 다 불러모아 굿판을 벌여도 이보다 요란하겠는가 싶었다.

누군가가 손으로 발끝을 잡아 몸을 말고 원통처럼 마당을 데굴데굴, 아니 벤허에 나오는 전차처럼 엄청난 속도로 두두두두 구르며 "나 잡아봐라!"를 외쳤고 핫핑크색 치마를 입은 소녀가 물구나무서서 타다다다 땅을 짚으며 전차를 쫓았다. 그 소녀는 홀랑 뒤집힌 치마가 눈을 가리고 흙바닥에 질질 끌리는데도 앞을 보기 불편하지 않은 듯 잘도 움직였다.

"쯧. 꼭 여기 와서 노는군. 뭐가 좋다고."

"헐."

도는 혀를 찼고 양이는 넋을 났다. 양이는 도가 서커스단 출신이었나 고민했다. 팽이처럼 팽팽 돌며 까르르 웃는 누군가를 스쳐 갔다. 두리번대며 돌길을 걷다 보니 거대한 문을 지났고 문을 지나니 미친놈 밀도가 점점 낮아졌다. 걸으면서도 시선은 뒤에서 펼쳐지는 공중 팔 회전 제비 돌기며 물구나무 달리기에 홀려 있는데 문득 손이 허전했다.

"어……."

양이는 우뚝 멈췄다. 고개를 돌려 앞을 보았다.

"어?"

옆을 보았다. 반대쪽을 보았다.

"으어?"

정원과 전각, 미치광이만 보였다.

"사, 사장니이임? 사, 싸, 싸장니이이이임!"

양이는 미치광이의 중심에서 싸장을 외쳤다.[8]

어린이 여러분, 어른을 잃어버렸다면, 첫째! 지금 그 자리에서 절대! 움직이지 마세요.

싸장을 거하게 외친 양이는 '이제 뭐 하지?' 하다가 만화 채널 중간 광고 때 보았던 공익광고를 기억해냈다. 이 나이에 미아라니 웃기지도 않지만 그 공익광고가 길 잃은 어른이 여러분에게도 유용하길 바라며 돌길 한가운데에 오도카니 섰다. 어떻게든 되겠지.

돌길에 드리워졌던 몸 그림자가 돌길을 벗어났다. 양이는 생각했다. 어떻게 안 되는구나. 미아 행동 수칙 둘째를 못 봐서 문제이거나 어린이가 아니라 어른이라 문제일 터였다. 여하간 땡볕이니 유연성을 발휘하여 섰던 곳이 보이는 그늘로 피신해야겠다 싶었다. 터벅터벅 가까운 나무 그늘로 갔다. 돌길을 보며 두 다리를 안고 앉았다.

양이는 고개를 들어 위를 보았다. 앉은 자리에서 그림자가 일정한 속도로 짙어지고 흐려지기를 반복했다. 이게 뭔 조화인가 했더니 머리 위 나뭇가지에 작은 소년이 무릎을 걸고 거꾸로 매달려 있었다. 소년은 시체처럼 팔을 뻗고 혀를 내민 채 시계추처럼 진자운동을 했다.

양이는 소년이 조금 전에 본 물구나무서고 달리던 소녀에 비해 참신하지 못하다고 생각했다. 뭐 더 없나 빤히 보자 소년이 뚝 떨어져 손바닥으로 착지했다. 날렵하게 뒤로 넘기를 해 똑바로 서더니 양이 옆에 앉았다. 생글생글 웃으며 부담스러울 정도로 바짝 양이를 들여다보았다.

"안녕!"

양이는 망설였다. 도가 '넌 벙어리야.' 하고 정해준 행동 수칙이 떠올랐다. 미아가 되고 너무 당황해서 목놓아 싸장을 외치긴 했지만 그때야 위급 상황이고 이제 아니었다. 그저 미소하며 목 인사만 했다.

"반가워! 난 크닙이야. 넌?"

크닙이 양이의 어깨를 툭 치며 쾌활히 물었다. 동작은 가볍게 '툭'이었는데 힘이 꽤 세서 양이는 나무에 등을 부딪혔다.

'도발인가!'

양이는 일순 생각했다. 그러나 크닙에게 감도는 밝은 기색을 보고 이게 이 동네 인사법일지도 모르겠다고 생각했다. 아무 말 말고 저 하는 대로 따르라던 행동 수칙 말고는 어찌해야 좋을지 아는 바가 없기에 꿀 먹은 벙어리가 되어 어색하게 웃었다.

"이름 뭐냐니까?"

크닙은 양이의 코끝 한 치 앞에서 갸웃했다. 양이가 애매하게 웃자 연거푸 갸웃갸웃하더니 "푸핫!" 웃었다.

"알았다! 너도 높은 분께 금언령 먹었지? 킥. 청먹이가 일전에 대청에 드시는 화금 님께 반 보름 상사곡 뽑았다가 상제님 이하 대신들께서 삼천 년 짝짓기 못 한 두꺼비도 너보단 낫다며 삼십 년 금언령 내리셨잖아. 그러곤 거기에 재미 붙이셔서 우리가 천하궁 근처에서 목만 풀어도 금언령 폭격이시라더니 진짠가 보네. 키킥. 눈치껏 잘 좀 하지 그랬어. 킥킥."

크닙이 양이의 등을 툭 쳤다.

'이 자식이!'

양이는 앞으로 고꾸라질 뻔했으나 겨우 버티며 일그러진 웃음을 뱉었다.

"근데 너 낯설다? 내가 여기 와서 노는 애들 얼굴은 얼추 아는데 너 여기 신출이지? 응?"

크닙은 또 얼굴을 들이밀며 물었다. 양이는 들이대는 박력에 못 이겨 얼결에 고개를 까닥했다. 온 지 한 시간도 안 됐으니 신출은 신출이었다.

"역시! 그럴 줄 알았어. 보자……."

크닙은 고개를 이리 돌리고 저리 돌리고 위로 아래로 주억거리며 요란하게도 양이를 훑었다.

"너 완전 아기구나? 너무 약해서 느껴지지도 않네. 어떻게 여기 왔어? 오자마자 금언령 먹은 재주도 용하다만 이렇게 약해빠졌는데 안 잡아먹히고 신통하게 왔네? 파견 나간 어른 따라왔니?"

'잡아먹혀?'

양이는 흠칫했다. 방금 들은 '잡아먹힌다.'는 말이 설마 언어 그대로 누구 입으로 들어가 소화된다는 뜻일까 고민했고 여기가 대체 뭐 하는 동네인가 추가로 고뇌했다.

"어떻게 왔냐니까? 지하국으로 왔어, 곧장 왔어? 아니, 너 몇 살이야? 너처럼 약한 애는 보다보다 처음 봐서 신기해서 그래."

그러나 크닙은 양이를 가만두지 않았다. 양이가 고뇌에 잠길 짬도 없이 눈앞에서 손을 흔들었다. 몸을 이리 갸웃 저리 갸웃하며 양이를 요모조모 살폈다.

"으아! 답답해! 말은 못 해도 몸짓도! 글도 있잖아! 반응 좀 해! 너 혹시 자물쇠야? 예전에 자물쇠를 만났는데 난 그런 과묵한 애 당최 처음 봤다니까? 아, 답답해 미치겠네!"

크닙은 가슴을 탕탕 쳤다.

사실 양이도 답답해 미칠 노릇이었다. 여기가 뭐 하는 곳인지도 모르겠고 아는 바는 이곳에 서리, 그러니까 내가 하면 서리지만 남이 하면 도둑질인 범죄를 저지르러 왔다는 정도인데 같이 온 두목 서리범은 증발했고 꼬봉에게 남겨진 지침은 침묵뿐이었다. 집에 갈 수 있을까 진심으로 걱정되는 차에 정신 사나운 꼬맹이가 알짱거리며 '신통하게 안 잡혀먹혔네, 어쩌네.' 했다.

양이는 눈앞에 그림자를 드리웠다 거뒀다 하는 크닙을 피해 땅을 보았다. 호랑이 굴에 들어가도 정신만 차리면 산다고 했으니 정신을 차리고 생각을 가다듬었다.

나는 사장과 여기에 파즈 알을 서리하러 왔다.

여기 사장 집이 있다.

여기 서커스 영재인 (좀 미친) 어린애가 많다.

남겨진 행동 지침을 따르자면 침묵해야 한다.

그러지 않을 시 여기 사람들은 사장을 (어쩌면 나도) 묶어놓고 귀환 축하 잔치판을 벌인다.

어쨌든 여기 사람들은 사장을 반가워한다는 뜻이네?

입 연다고 죽진 않겠다.

'잔치판을 벌이자면 여기 사람들이 알아서 사장을 포획해오지 않을까? 미아 신세는 면할지도.'

양이는 크닙을 물끄러미 보았다. 딱히 스스로 고개를 들거나 시선을 맞추지는 않았고 크닙이 알아서 고개를 꺾어 아래에서 양이를 빤히 올려다보았다. 댕그랗고 까만 눈이 악의 없어 보였다. 최소한 사람을 잡아먹지는 않게 생겼다. 양이는 영영 미아가 되느니 이만하면 입을 열기로 했다.

"저기……."

"응응! 너 말해도 돼?"

양이는 입만 살짝 뗐을 뿐인데 크닙은 화색이 돌아 열렬히 반응했다. 양이는 애매하게 미소했다.

"사실은, 좀, 곤란해. 꽤 난감한 상황이라……."

"응응! 무슨 일인데?"

양이는 크닙과 눈을 맞추었다. 어쩐지 크닙을 다룰 방법이 손에 잡힐 듯했다. 왜 그런 느낌이 드는지야 몰라도 그 느낌에 충실하기로 했다. 연기 따위에 소질 없지만 곤란한 표정을 지었다. 목소리를 낮춰 은밀히 말했다.

"혹시 너, 날 좀 도울 수 있을까?"

"응응! 뭔데? 얼마든지 말해! 다 도와줄게!"

양이와 처음 본 사이이면서, 크닙은 하나밖에 없는 혈육에게 닥친 위기를 대하듯 열렬히 답했다. 제 가슴을 주먹으로 탕탕 쳤다.

"고마워. 그런데……."

"그런데?"

"좀 은밀해야 하는데……. 되도록 비밀로 도울 수 있어?"

"은밀?"

크닙은 눈을 번쩍 빛냈다. 본디 초롱초롱했지만 이제 삼백 와트 전구처럼 쨍쨍했다. 흥미진진해 미치겠다는 표정이었다. 크닙은 제 입에 격하게 지퍼를 채우는 시늉을 하며 붕붕 끄덕였다.

"응! 은밀하게! 나 입 무거워! 무지 무거워!"

'안 무거워 보인다만…….'

양이는 한숨을 삼켰다. 그러나 내색하지 않았다. 자기 연기력이 출중까지는 아니라도 봐줄 만하길 바라며 감격스러운 얼굴을 했다. 아주 비밀스러운 이야기를 하듯 은근히 운을 떼었다.

"사실 나, 여기 사람이 아니거든? 근데……."

도는 두 눈을 깊이 감았다. 관자놀이를 손끝으로 꾹 눌렀다.

'잘 따라오랬더니.'

도는 양이가 대체 언제 옷자락을 놨는지 모를 노릇이었다. 자신에겐 솜털 같고 조그마한 여자라 애초에 옷자락을 끌어당기는 느낌조차 받지 못했으니 언제 떨어져 나갔는지도 감감했다. 지금쯤 길을 잃고 어디서 뭘 할는지, 아니, 그 유별난 놈들에게 뭔 짓을 당할는지 상상하자 골치가 딱딱 아팠다. 현기증마저 났다.

'하. 역시 애 보기는 적성이 아니야.'

도는 한숨과 함께 하늘로 고개를 꺾었다. 하늘은 도와 양이가 처음 빠져나온 건물을 중심으로 셋으로 나뉘었다. 바닥이 없는 거대한 삼각뿔 셋이 맞닿은 꼴이었다. 한쪽엔 은빛 하늘에 금 구름이 떴고 다른 한쪽엔 칠흑빛 하늘에 적 구름이 떴으며 마지막 한쪽엔 푸른빛 하늘에 흰 구름이 떴다. 이 세 하늘은 꼭짓점을 갈고리처럼 부드러이 휘며 서로를 향해 느릿느릿 휘감겼다. 조금만 지나면 세 가지 색이 섞인 거대한 롤리팝 같아질 터였고 그보다 지나면 하나로 수렴되어 오색이 아른거리다 어둠이 될 터였다. 그리고 나면 다시 하늘이 열릴 때까지 누구도 쉬이 저 중심 아래로 들어올 수도 나갈 수도 없었다.

'골치 아프군.'

도는 혀를 찼다. 몸을 돌려 힘껏 발을 찼다. 새처럼 높이 솟아올라 훌쩍 거리를 뛰어넘었다. 온 길을 되짚었다.

"정말 이러면 사장님이 나타나셔?"

양이는 코끼리 코를 하고 길 위를 빙빙 돌며 물었다. 이미 백 바퀴를 넘은 터라 발이 비비 꼬이고 눈앞이 팽팽 돌았다. 첫 중심점이야 진즉 벗어났고 이제 술 취한 사람처럼 비틀댔다. 아무래도 속는다 싶었지만 크닙이 "그래야 스스로 낚싯대가 돼. 나도 웃긴다고 생각하지만 그 주술을 처음 고안한 분이 그렇게 하셔서 그게 영계 표준 주술서에 탐색 주술법으로 정식 등재됐단 말이야. 모든 주술은 그 책에 나온 대로 해야 효과가 제일 커. 그렇게 법이 정해졌으니까. 진짜야! 진짜라니까?" 하고 눈을 부릅떴다. 양이는 딱히 방법도 없는 터라 울며 겨자 먹기로 그에 따랐다.

"더 빨리 돌아야 해! 그 얼굴도 기억 안 나는 일행이랑 헤어진 지 꽤 됐잖아. 넌 가뜩이나 영력이 옅으니까 너한테 묻은 일행의 기운이 희미해지기 전에 어떻게든 몸이 자성을 띠게 해야 한다고! 내 주문 따위로는 부족해! 더더더, 더 빨리 돌아!"

크닙은 두 팔을 빙글빙글 요란히 돌리며 외쳤다. 팔이 돌 때마다 푸른 소맷자락도 시원스레 펄럭였다. 푸른 선이 정점을 그을 때마다 소맷부리에서 엄지손가락만 한 얼룩빼기 새가 사방으로 날았다.

"더더더, 더 빨리 돌아야 해! 이미 많이 흐려졌어! 넌 그 사람 얼굴도 모르고 네가 알려준 이름도 외자에 흔하고, 그거로는 수소문도 못 한단 말이야! 너한테 남은 흔적으로밖에 못 찾아! 어서! 더, 더, 더!"

"으아아아, 어지러워어어. 이거 진짜 장난 아니고 진짜, 으아아, 진짜 맞아?"

양이는 절규하며 하릴없이 돌고 또 돌았다. 내가 대체 인간인가 코끼리인가 팽이인가 고민되었다. 사장님은 정말 이상한 동네 출신이라고, 호그와트도 이보다 이상진 않다고 속으로 비명 질렀다.

"아, 진짜, 정말이라니까? 난 진지하게 돕는데 무슨 참담한 오해야? 더, 더 돌아, 더 빨리!"

크닙은 자꾸 회전축이 이동하는 양이를 따라가며 두 팔을 연신 휭 휭 돌렸다. 푸른 소매가 정점을 찍을 때마다 어김없이 새가 날았다. 북으로 남으로 동으로 서로. 크닙은 히죽 웃었다.

그때였다. 남쪽에서 무언가가 긴 잔상을 남기며 날듯이 나타났다. 그 무언가는 양이에게로 다가붙어 팽글팽글 도는 양이를 휘감아 안았다.

"뭐 해?"

"으아아아아."

양이는 힘없이 신음하며 자신을 안아 드는 이에게로 쓰러졌다. 누렇게 뜬 낯으로 고개를 젖히자 엷게 찌푸린 도가 보였다.

"헐, 진짜 낚였네? 대박."

"뭐야?"

도는 미간을 더 깊이 찌푸렸다. 비틀대는 양이를 한 팔로 감아 제 팔에 허리를 걸치게 했다. 크닙에게 시선을 돌렸다. 양이를 안지 않은 손을 들었다. 그 손에 구깃구깃한 작은 종이가 들렸다.

"너냐? 오다 보니 이런 쪼가리가 날던데."

구겨진 종이가 바람에 살랑였다. 글씨도 흔들렸다.

[김양이가 내게 있다. 무사히 돌려받고 싶다면 수경궁 만화재 앞으로! 일각 늦을 때마다 장난은 두 배!]

"헤헤, 그게 말……. 어?"

크닙은 헤실헤실 웃으며 어깨를 으쓱했다. 장난스럽게 운을 떼다가 퍼뜩 다시 도를 보았다. 눈동자를 도르륵 아래로 굴렸다. 도르륵 위로 굴렀다.

"헉?"

크닙은 날카로이 숨을 삼켰다. 옷자락을 뒤로 착 젖히며 한쪽 무릎을 꿇었다.

"신, 정문과 달곰의 아들, 크닙, 전하를 뵙사옵니다."

도는 심드렁했다. "으웨에." 내장 쏠리는 소리를 내며 정신 못 차리는 양이의 등을 가만히 쓰다듬었다. 무표정하게 크닙을 보았다.

"그 웃기는 짓은 뭐냐? 난 어찌 알아봤고?"

크닙은 장난기가 싹 걷힌 얼굴이었다. 여전히 몸을 낮춘 채 침착히 답했다.

"아버님을 따라 궁에 들었다가 어진을 뵈었사옵니다. 그리고 군주께 예를 갖춤은 신하 된 도리이옵니다. 문진 대감이 우리도 표준 예법은 마련해야 한다며 현서각에서 궁중 예법서를 편찬하여 반포한 일이 오래이옵니다."

도는 미미하게 미간을 찌푸렸다. 쯧, 혀를 찼다.

"하여간 먹물 가까운 놈들이란……. 됐어, 일어나. 정문과 달곰이 아들이면 보한재 쫓아다니던 꼬맹이 아니냐? 그때 장원급제한?"

"소신처럼 한미한 자를 기억해주시니 천은 망극하옵니다."

크닙은 몸을 일으켰다. 얌전히 고개 숙이며 감사했다.

"그만둬. 안 어울리니까. 원하면 야자하고 발 뻗고 누워. 그게 우리식 궁중 예법이야."

"에헤헤. 그래도 되옵니까? 소신도 실은 우리에게 이런 허식은 안 어울린다 생각했사옵니다."

크닙은 고개를 들고 머리를 긁적이며 말했다. 어느새 얼굴이 배시시 풀렸다. 도는 희미하게 고개를 끄덕였다.

"격식은 없어도 돼. 다만, 내 소중한 직원을 빌미로 날 협박했겠다?"

도는 종이를 집은 엄지와 검지를 탁 튕겼다.

"으악!"

크닙은 장절하게 비명 질렀다. 허공을 붕 날았다. 순식간에 낙법을 구사해 고양이처럼 떨어졌지만 땅을 짚은 손을 곧장 이마에 댔다. 새빨간 이마를 벅벅 문질렀다.

"아야야."

도는 한쪽 입꼬리를 올렸다. 마침 양이가 평형감각을 되찾고 접힌 허리를 펴자 살며시 땅에 내렸다. 크닙에게서 관심을 거두고 양이를 유심히 보았다.

"괜찮아?"

"네에. 좀 낫네요. 고맙습니다. 근데 사장님, 이 동네 왕이셨어요?"

양이는 아직도 어른대는 눈을 질끈 감았다가 뜨며 물었다. 한복 마니아 유사 찻집 사장인 줄 알았더니 고자가 되기 싫은 대마법사에 맨홀 뚜껑을 한 손가락으로 돌리는 차력사에 서커스단 출신에 이어 왕이라니, 대체 이 사장은 진짜 정체가 뭐란 말인가. 점점 커지는 의혹에도 도는 그저 무심했다. 나른히 답했다.

"장기 직무 유기 중이니 신경 쓸 필요 없어."

"오아, 여기가 어딘지 몰라도 일단 왕이시네요?"

양이는 입을 헤벌렸다. 도는 가만히 눈을 슴벅였다.

"뭐, 거지왕도 왕은 왕이니까."

"끄엥, 전하! 너무하십니다! 우리가 거지보단 백배 낫지요. 굶어도 안 죽고 각설이 타령도 더 흥 나게 잘하고! 안 그렇사옵니까?"

크닙은 아직도 벌건 이마를 하고서 쪼르르 달려와 두 볼을 부풀렸다. 양이는 항의하는 초점이 이상하다 생각했다. 그러나 도는 잠시 생각했다. 진지하게 답했다.

"그러네."

이로써 양이는 도가 서커스단 단장 비슷한 자라고 반쯤 결론지었다. 혼자 머리를 주억이자 도가 미간을 찌푸렸다. 그러나 도는 별말 없이 하늘을 보았다. 하늘이 가느다란 삼색으로 회오리쳤다. 물이 빠지는 욕조 개수구멍 같았다.

"크닙아."

"네! 전하."

"달리기 잘하니?"

"서툰데요, 주술을 잘해서 어지간하면 남보다 빠릅니다!"

"일몰 전에 국경 넘을 수 있어?"

크닙은 하늘을 보았다. 양이도 무심코 따라했다. 크닙은 "으으음." 낮은 소리를 냈고 양이는 그제야 괴상한 하늘을 인지하고 눈을 크게 껌벅였다. 크닙이 물었다.

"혼자요?"

"나도 넘어, 뛰어서."

"그럼 됩니다. 전하가 그림자에 기생해도 된다고 허락해주시면요."

"허락해. 김 양."

도는 양이에게 시선을 옮겼다. 양이는 입을 반 벌리고 하늘에 넋 놓았었다가 퍼뜩 놀랐다.

"네?"

"놀이기구 잘 타? 과격한 거."

"네? 월미도 바이킹까지는 섭렵했는데요?"

"업힐래, 안길래?"

"네에?"

"대답, 빨리."

"아무거나……. 으잭?"

도가 너무나 엉뚱한 질문을 하며 몰아쳤으므로 양이는 얼결에 웅얼 댔다. 도는 양이에게 팔을 뻗었다. 양이를 휙 안아 들었다. 발을 구르 며 크님에게 말했다.

"따라와."

"넵!"

크님이 도가 드리운 그림자 속으로 쭉 빨려 들어갔다. 도는 발을 찼 다. 새처럼 솟아올랐다.

공(空)의 도깨비

"사, 사장님, 꼭, 이 동네에서도 맨홀 뚜껑 개조하세요. 전 맨홀 익스프레스가 좋, 아요."

양이는 부들부들 떨었다. 누런 얼굴로 육지를 유영하는 해파리처럼 하느작댔다.

도는 양이를 내려놓았다가 양이가 비칠거리자 가만히 팔을 들고 대기했다. 양이에게서 시선을 떼지 않은 채 눈꺼풀을 바르르 떨었다.

"놀이기구, 잘 탄다며."

도는 느릿느릿 말했다. 날씬한 눈매를 잘게 경련했다. 마침내 양이가 멈춰 서서 "후아……." 하고 한숨을 내쉬자 도도 소리 없이 한숨을 내쉬었다. 눈가가 나른히 풀렸다.

"속도가 너무, 게다가 승차감이……. 어으. 죽는 줄 알았네. 어쨌든 다 왔죠?"

일행은 드넓게 펼쳐진 풀밭 끝에, 칼 벼랑에 세워진 낡은 전각 앞에 도착했다. 도가 끄덕였다.

"응. 들어가자. 여기서 얼쩡대면 들켜."

'여기가 서리할 곳이구나!'

양이는 눈을 동그랗게 떴다. 새삼 전각을 살폈다. 전각은 풍상에 낡아 기와가 군데군데 깨지고 단청이 바라고 현판조차 없었다. 오직 대문만 차가운 무쇠로서 굳건했다.

"전하, 그치만 여긴……!"

도의 그림자에 녹았던 크닙이 스륵 튀어나오며 외쳤다. 도는 크닙을 내려다보았다.

"무서워? 발 빼."

그 말에 양이는 '뭔 일인가.' 하고 긴장했고 크닙은 정색하며 붕붕 도리질 쳤다.

"무슨! 이런 재밌어 보이는 일에서 발을 빼면 전하의 백성이 아니지요! 끼워주셔서 감사합니다! 계획하신 바가 뭐든 소신을 맘껏 부려주세요!"

도는 고개를 한쪽으로 기울였다.

"이 계획에 넌 필요 없는데? 그냥 보내면 나 봤다고 동네방네 떠들고 다닐 꼴이 뻔해서 무작정 끌고 왔을 뿐. 들어가거든 얌전히 숨만 쉬어."

"윽, 너무하세요."

도는 무쇠 문에 손을 얹었다. 파직. 퍼런 기운이 일며 문에 복잡한 문양이 떠올랐다. 그 기운에 도의 손목이 휘감겼다. 도는 인상을 찌푸렸으나 그리 힘들지 않고 한 손으로 문을 밀었다. 드드드득, 무거운 소리를 내며 무쇠 문이 열렸다. 도를 선두로 양이와 크닙이 조르르 발을 들였다. 셋이 모두 들어서자 절로 문이 닫혔다.

"허어, 웬 간덩이 부은 놈이 허락도 없이 남의 집에 발을 들이나 했더니 이게 뉘신가? 상제보다 뵙기 어렵다는 우리 도 선생 아니신가?"

양이는 도 뒤에 숨었다가 빼꼼 고개를 내밀어 목소리의 주인을 찾았다. 소담한 정원을 사이에 두고 낡았지만 잘 정돈된 작은 전각이 눈에 들어왔다. 그 전각의 쭉 뻗은 대청마루에 검붉은 비단옷을 걸친 사내가 앉았다. 사내는 풀어헤친 머리칼이 반은 금빛이고 반은 붉었다. 낯이 납처럼 희고 입술이 피처럼 붉었다. 잘생긴 윤곽이지만 색채가 섬뜩했다. 사내는 무릎에 거문고를 올린 채 빙글빙글 웃었다.

"심심한 친우를 위로하고자 위험을 무릅쓰고 놀러 온 겐가? 아니면 그사이 결혼하여 내자와 아들이라도 인사시키러 온 겐가? 어느 쪽이든 참으로 광영이네만 정말 이 처자가 내자라면 자네도 몹시 눈이 낮아졌네 그려."

양이가 도의 뒤로 숨으면서도 인상을 북 긁자 사내는 "어이쿠, 실례!" 하며 킥킥 웃었다. 잠자코 섰던 도가 대청마루로 다가갔다. 사내를 내려다보며 무심히 말했다.

"여전히 싸가지가 없구나, 혜용. 유감이지만 다 틀렸다. 빚 받으러 왔다, 잡놈아."

"큭, 크크크, 크큭. 뭐라? 잡놈? 하! 역시 자네야. 나보고 대놓고 잡놈이라고 하는 자는 자네밖에 없을 걸세. 크크큭. 자, 어서 올라와."

혜용은 대소하며 자리를 털었다. 무릎 위에 놓인 거문고가 둥실 떠올라 어디론가 사라졌다. 도가 순순히 신을 벗고 대청마루에 오르자 온 얼굴로 웃으며 도를 포옹했다.

"반갑네. 낯짝이 왜 이 꼬락서닌가? 곧 죽을 놈 같네."

도도 혜용을 힘차게 마주 안았다.

"누가 누굴 걱정하는 거야? 지나가던 잡귀가 웃겠다."

"큭큭, 그래, 들어오게. 처자와 도령도 어서 올라와."

혜용이 도를 잡아끌었다. 양이와 크닙도 도를 뒤따랐다.

혜용은 일행을 이끌었다. 넷이 방으로 들어서자 절로 방석이 날아와 깔리고 뜨끈한 안주가 오른 상이 들었다. 양이는 눈을 동그랗게 떴으나 이내 놀라기를 포기했다. 다소곳이 앉아 다만 신기해하며 모든 과정을 즐겼다. 이모저모 고풍스러운 방 안도 흘끔흘끔 구경했다.

"보자, 여기 도령은 딱 봐도 도 쫓아다니는 어린애고, 처자는 도와 결혼한 사이가 아니면 뉘기에 예까지 왔는가? 선기도 영기도 눈 씻고 봐도 없는 한갓 인간인데 설마 그런 자가 도를 따르는 몸종이야 아닐 테고?"

"아, 저는……."

양이는 대죽(大竹)을 친 족자에 정신을 팔았다가 머뭇대며 운을 떼었다. 말을 골랐다.

"김양이입니다. 여기 사장님이 운영하시는 가게에서 일하는 직원입니다."

"호오."

혜용은 상체를 기울여 양이를 가까이 보았다. 동공이 세로로 쭉 찢어지며 뱀 같아졌다. 양이와 시선을 깊이 맞추며 빙글거렸다.

"재미있군. 내가 무섭지 않나?"

양이는 고개를 갸웃했다. 분명 혜용은 산 자 같지 않았다. 낯색이 너무 희고 입술이 너무 붉어 귀기가 돌았다. 그러나 도가 아무렇지 않게 대했기에 양이는 혜용이 무섭지 않았다. 되레 그 황금빛 눈동자가 보석 같았고 꼴 바꾼 동공도 신기했다.

"어, 무서워해야 하나요?"

"하!"

혜용은 탄식이자 감탄을 터트리며 상체를 폈다. 도에게 술을 따르며 말했다.

"이 처자, 걸작이군. 어지간히 담대하거나 어지간히 둔하지 않으면 날 보고 이리 멀쩡할 수는 없을진대. 어디서 찾았나? 직원이라니, 인간계에서 뭘 하는 겐가?"

"아아."

도는 받은 잔을 단숨에 들이켰다. 느른히 답했다.

"상제를 피해 시간도 죽일 겸 이래저래 노닥댄다네. 왜, 마음에 드나?"

"꽤 마음에 들어. 내 눈을 이리 당돌히 볼 배짱이면 내 이름을 들을 자격도 되겠군. 나는 혜용이라 한다. 성씨는 박탈당했으니 '혜용'이라고만 알면 된다."

"네, 혜용…… 님."

양이는 얼떨떨히 답했다. 도가 "큭." 하고 웃었다.

"'님'은 무슨 '님'. 존대할 필요 없어. 그저 잡놈이다. 고귀한 황룡으로 태어나 천한 아귀에게 마음을 주어 결합한 수치를 모르는 잡것, 최초의 용아귀(龍餓鬼)다. 이레인에게 설명한 용어로는 '파즈'지."

양이는 해쓱해졌다.

'파즈의 시조? 파즈는 칠 서클 대마법사도 찜쪄먹는다며? 이렇게 대놓고 모욕해도 돼?'

양이가 힐끔 눈치를 보았다. 혜용은 그저 파하하 웃었다.

"큭, 푸하하핫! 하핫! 말한 이가 자네만 아니면 온몸을 이루는 뼈다귀를 분리하여 거꾸로 재조립하겠지만 자네니 봐줌세. 파하핫! 맞네, 맞아! 나는 최고의 잡것이지! 이런 잡것에게 고귀한 자네가 무슨 볼일인가? 지엄한 상제가 내린 명도 어기고 이런 평범한 인간까지 데리고 말일세."

혜용은 술상까지 탕탕 두드리며 자못 즐거운 듯 웃었다. 양이는 그 모습이 외려 무서워 숨을 죽였지만 도는 눈도 깜빡하지 않았다. 술병을 들어 혜용에게 한 잔 따르며 말했다.

"나니까 봐줬다? 능력이 안 되어 차마 못 대들겠지. 또 만에 하나 날 조져버린다 치면 심심해서 어찌 살려고? 나라는 미친놈 아니고서야 너같이 더러운 놈, 찾아올 자도 없는데."

혜용은 도가 준 잔을 단숨에 들이켰다. 도에게 갚음 하듯 한 잔 따랐다.

"그 말이 맞네. 자네가 다녀가고 지난 반백 년간 아무도 오지 않았지. 목감관 놈이나 간혹 날 감시하러 올 뿐. 그러니 자주 오게. 내 심히 외롭네."

도는 또 한 잔 들이켰다. 술상에 탕, 소리 나게 놓았다.

"난 이 동네 출입금지다. 넌 면회금지고. 용건이 생기지 않고서야 그 잡스러운 면상 보러 오지 않아."

"훗."

혜용은 쓰게 웃었다. 술잔을 들었다. 도 앞에서 장난스럽게 흔들었다. 도가 채우자 또 물처럼 들이켰다.

"그래. 빚 받으러 왔다 하였지? 무슨 빚? 내 죽을 목숨 살려 가축처럼 이 하늘목장에서 영영 사육되게 한 빚? 사지를 다 묶인 삶에서 가끔 씨닭처럼 알을 낳아 선인이나 상제에게 신기한 구경거리로 진상하는 삶을 살게 한 빚? 무슨 빚?"

"그래, 그 빚. 그렇게 타락하고도 수치도 모르고 아귀처럼 땅을 기며 바르작대는 널 알량한 우정으로 살려보겠다고 내 명예를 버려가며 살려준 빚, 받으러 왔다."

도는 서늘했다. 단단한 눈빛으로 혜용을 보았다. 시선을 붙박은 채 나직이 말했다.

"김 양, 크닙이 데리고 나가. 부를 때까지 남에게 들키지 않게 얌전히 놀아."

그렇지 않아도 양이는 도와 혜용이 자아내는 기류가 불편했다. 잽싸게 일어나 크닙을 보았다. 그러나 크닙은 좀처럼 일어서지 못했다. 까불대던 활기가 어딜 갔는지 색이 가신 얼굴로 덜덜 떨었다. 양이는 갸웃했다.

'얘가 왜 이래?'

"크닙아, 괜찮아?"

양이는 조증으로 보이던 크닙이 사실 조울증이고 공황장애까지 앓는가 했다. 걱정스레 속삭이며 크닙의 손을 억지로 끌었다. 그래도 크닙이 좀처럼 움직이지 못하자 꿍차 안았다. 사위에 감도는 분위기에 차마 인사도 못 하고 슬그머니 문을 닫고 나갔다.

혜용은 피처럼 붉은 입술을 휘어 묘하게 웃었다. 흔들림 없는 눈으로 도를 마주하며 입을 열었다.

"자, 애들도 보냈으니 어디 말해보게. 그 빚, 어떤 식으로 받아내려나?"

도는 숨조차 멈춘 듯 보였다. 고요히 견고했다. 시선이 불을 품은 얼음처럼 격렬히 차가웠다. 음성이 나직이 단호했다.

"이제 죽어. 이 거지 같은 삶, 더는 치욕스레 살지 말고 알로 화해.

빼내주지. 고귀한 황룡으로 돌아갈 순 없겠지만, 세상의 눈 따위 아랑 곳하지 않고 탐하던 아귀로 돌아갈 순 없겠지만, 온갖 수치를 뒤집어 쓰고 이대로 사느니 차라리 새로 살아."

혜용도 숨을 멈췄다. 무섭도록 뚫어져라 도를 응시했다. 한참 만에 야 황금빛 눈을 느리게 깜박, 깜박했다.

"나는 용이니 알로 역행할 수는 있네. 그러나 빠져나갈 수는 없네. 알잖나. 상제가 직접 이 전각에 결계를 쳤네. 아무리 자네라도 빼낼 수 없네. 빼내려다가, 빼내지 못하고 죽을 뿐이네. 나는 죽고 자네는 벌을 받겠지. 그리고 나는 죽을 수 없네. 나는 라쉬타고, 혜용이니. 내 가 아귀든 황룡이든, 나는 나의 반쪽 때문에 죽을 수 없네. 나의 반쪽 을, 죽일 순 없네. 그러니 안 돼."

"알로 돌아갈 마음은 들어? 모든 기억을 잃고 어린 용아귀로 주인 을 모시며 살아갈 각오는 서?"

"전제가 성립이 안 돼. 자네는 날 못 빼네."

"빼낼 수 있다면?"

"무슨……."

혜용은 가늘게 떨었다. 대체 얼마를 이 자그마한 전각에 갇혀 살았 는지 몰랐다. 십 년이 지나고 이십 년이 지나고 백 년을 넘어 오백 년 이 지났을 때 헤아림을 포기했다. 빠져나가고자 해보지 않은 일이 없 었다. 상제가 친히 친 결계가 발휘하는 힘을 못 이김을 알면서도 실낱 같은 희망을 찾아 오만 가지 발악을 했다. 몇 번쯤 결계에 흠을 내고 사지를 빼낼 턱으로 찢어도 내었다. 그러나 탈출할 수 없었다. 몇백 년 전 마지막 시도를 했을 때 발 하나를 빼내고 반발력에 몸부림치는 혜용에게 상제 직속 창부대신이 나타나 차게 말했다. '앞으로 한 번만 더 탈출을 시도하다 발각되면 네놈의 사지와 모가지를 모두 찢고 네게 협력한 자 역시 그같이 다루겠다.'고.

도도 계획이 섰으니 말을 꺼냈겠지만 혜용은 회의적이었다. 그 긴 세월 안 된 일이 이제 와 될 리 없다. 하물며 모두 치욕이라며 혜용에게 침을 뱉을 때 도만이 명예를 던지며 혜용을 변호했다. 그런 친우를 곤란에 빠트릴 수 없었다. 그러기에 안 된다 했다.

그러나 도가 보이는 눈빛이 너무나 진지했다. 두려울 만치 진지했다. 혜용은 문득 깨달았다. 도는 그 옛날 자신을 변호하여 목숨을 붙여주었지만 단 한 번도 탈출에 손 보탠 적 없다는 사실을. 단 한 번도 허언한 적 없다는 사실을.

진정 단 한 번도.

"진짜, 로……?"

혜용은 부들부들 떨었다. 반쯤 일어섰다. 술상을 넘어 도에게 마른 팔을 뻗었다. 자신을 찌르듯 바라보는 도에게 갈퀴 같은 손을 내뻗었다. 손목을 붙잡았다.

"자네, 진짜로……?"

"농담 같아?"

"도, 자네…….

혜용은 입술을 물었다. 까득, 어금니도 맞물렸다. 칠한 듯이 하얀 턱으로 주르르 피가 흘렀다. 온 얼굴이 일그러졌다. 부들부들 떨리는 몸을 가누지 못하고 도에게 두 손으로 매달렸다. 피 토하듯 거친 소리를 끄집어냈다.

"제발, 답해주게. 나를, 나를 더 욕되게 하지 말고……! 진정, 진정인가? 자칫하면 자네가 위험해지네. 창부대신이 경고했네. 다음에는, 다음에는 사지와 모가지를 찢겠다고. 협력한 자 역시 마찬가지로……!"

혜용은 일그러졌다. 그것만이 마지막 구명줄인 듯 도의 손목을 끊을 듯 강하게 그러쥐었다.

"흣."

그러나 도는 고통을 느끼지 않는 듯했다. 차게 웃었다.

"우습군. 누가 누굴 걱정하지? 네놈은 대답만 해. 알로 돌아갈 마음이 나? 다른 생을 살 각오가 서?"

"무엇이든! 여기서 벗어날 수만 있다면 무엇이든……! 알지 않나! 나는 죽을 수도 없네. 내가 죽으면, 라쉬타와 혜용이 멋대로 죽으면, 상제는, 용신은 결코 우리를 용서하지 않네. 우리 혼백을 이루는 마지막 조각까지도 우주의 심연 속에 갈아 넣겠지! 여길 벗어날 수만 있다면, 여길 벗어나 라쉬타와 혜용이 함께할 수만 있다면! 무엇이든 하겠네."

"그럼 해. 반드시 빼내주지. 아까 그 여자와, 내가."

혜용은 나지막이 숨을 들이 삼켰다. 천천히 고개를 가로저었다.

"그 여인은 평범한 인간이네만……."

"너, 아무리 오랜 세월 갇혀 살아 심신이 쇠약하다지만 멍청해졌군. 아니면 라쉬타라는 천박한 아귀 년이 천상, 지상, 지하를 통틀어 손꼽히게 명민하던 황룡의 두뇌마저 말아먹을 만큼 구제불능 꼴통이든가. 눈앞에 보여줬는데도 몰라?"

"큭……."

"그리고 손 놔. 내 손목 부러트릴 셈이야?"

혜용은 그제야 도를 놓았다. 낯을 붉히며 슬그머니 앉았다. 군기침을 냈다.

"미안하이. 내 머리가 아둔하여 통 모르겠네. 고견을 청하네."

도는 붉은 손목을 반대 손으로 잡아 천천히 돌렸다. 날을 세운 모습이 거짓이었던 듯 평소 보이던 나른한 태도로 돌아왔다. 무심하달 만큼 느긋이 입을 열었다.

"그 여자가 열쇠다. 진정 모르나? 그 여자가 참으로 범인(凡人)이라면 널 그렇게 아무렇지 않게 마주할 수 있었을까? 그 여자가 단지 '담대하거나 둔한 인간'이라면 우리가 술잔을 나누며 영력을 맞부딪혔을 때 그렇게 멀쩡할 수 있었을까? 어지간한 산신(山神) 급은 될 사내아이가 허옇게 질려서 제 발로 서지도 못하고 벌벌 떨었는데?"

"설마······!"

"처음 본 순간부터 의심했지. 옆에 두고 관찰하니 확신하겠더군. 그 여자는 망가졌어."

혜용은 눈빛이 크게 흔들렸다.

"자네 말은 혹시, 그 처자, 영기가······."

"극히 엷지. 무정물보다 더. 소통도 거의 없어. 이 내가 살을 대어도 기를 읽기 어려울 정도지. 응당 뚫렸어야 할 숨길이 모두 막혀 피부호흡만 하며 사는 포유류 같아. 어찌 살아 움직이는지 이해할 수 없지만 그런 자가 존재하더군."

"공(空)의 도깨비! 그래서였군. 내 영압(靈壓)을 버틴 게 아니라 영기가 없어서 영압을 느끼지조차 않았어."

혜용은 그제야 양이가 보인 덤덤함을 이해했다. 도가 무슨 계획을 세웠는지까지 단숨에 파악했다. 겨우 눌렀던 흥분이 치밀었다. 온몸이 희망과 희열로 덜덜 떨렸다. 얼굴을 웃음도 울음도 아니게 일그러트리며 비명처럼 외쳤다.

"맙소사, 자네! 어디서 찾아낸 건가? 아니, 어떻게, 어떻게 이런 계획을……?"

"우연이었어."

혜용과 달리 도는 얄미울 정도로 덤덤했다. 흥분한 혜용을 가라앉히듯 평소보다 더 침착한 눈빛이었다.

"수하가 기문에 밝아 길향(吉向)을 이르기에 그쪽으로 갔다가 만났어. 만났을 때 네놈 생각을 하진 않았어. 옆에 두고 관찰하면서 조금 했지. '저 여자로 그 잡놈을 빼낼 수 있지 않을까?' 그래도 네깟 게 뭐 예쁘다고 귀찮은 일을 해. 신경 끄려는데 마침 용아귀 알이 필요해졌어. 네놈이 순순히 알을 낳아줄 리 없으니 이참에 통째로 싸서 치워버려야겠다 생각했지. 질문?"

"날 빼낸 다음엔? 어쩔 셈인가? 언제까지고 상제의 눈을 피할 수는 없네. 들키면 자네가 위험해."

"빼내서 다른 차원으로 치운다. 그럼 상제도 재주 없어. 그리고 잡놈에게 걱정 들어봐야 기분 더러워. 네 걱정이나 해라. 들키면 너나 죽지 난 별일 없어. 운 좋으면 반성문, 운 나쁘면 사소한 제재 좀 받겠지. 알잖아? 상제는 날 못 쳐. 상제를 포함한 네 분이 합의에 도달하시기 전까지. 그리고 그런 날은 안 와. 서로 나쁘진 않아도 결코 좋은 사이 아니시니. 더구나 이번에 용아귀 알을 가져갈 이를 내게 보낸 존재가 그 네 분 중 한 분이시지. 탈 날 일 없어."

"누구? 다른 차원이라면……. 설마 스승님? 스승님께서 용아귀 알을 구해주라고 자네에게 사람을 보내셨단 말인가?"

혜용은 깜짝 놀랐다. 스스로 말하고도 믿을 수 없어하며 고개 저었다. 도도 피식 웃었다.

"설마. 나보고 어떤 놈을 고자로 만들라고 하시더군. 하지만 얽힌 여건상 내가 거절할 수밖에 없는 일이었어. 나는 찾아온 이에게 대안을 제시해야 했고 내가 어떤 대안을 제시할지 스승님께서 짐작지 못하셨으리라고는 여길 수 없어. 스승님이야말로 나를 가장 잘 아는 분이시자 내 옆에 둔 저 여자 역시 알 만한 유일한 분이시니까."

"이런, 맙소사……. 누군가? 용아귀 알을 요구한 자가?"

"사랑에 배신당하고 자신을 온 우주처럼 사랑해줄 존재를, 자신이 온 우주처럼 사랑할 존재를 찾는 여자야. 불꽃처럼 열정적이고 순수하지. 부유하고 아름다워. 매력적이다. 뭣보다……."

도는 생긋, 화사하게 웃었다.

"가슴 커."

"허, 내 알이 되어 기억을 잃더라도 자네가 베푼 은혜는 잊지 않겠네. 예전부터 느꼈지만 자네는 진정한 친우야."

혜용은 과장되게 벌쭉 웃으며 도의 두 손을 덥석 잡았다.

"됐어. 너 같은 잡것에게 친우 취급받다니, 재수 없다. 난 용아귀 알이 필요하고 넌 탈출하고 싶고, 이 일은 그뿐이야."

도는 잡힌 손을 탁 털며 시큰둥히 말했다.

"하하. 그렇다 해두지."

혜용은 너털웃음을 쳤다. 그러나 웃음도 잠시였다. 진지해졌다.

"그런데 정말 괜찮은가? 자네가 뭐라던 내 보기에 자네 안색이 몹시 좋지 않고 영력도 예전만 못하네. 앓은 지 오래지 않나. 아무리 자네가 특별하다지만 이런 상태로 피를 접하면……."

"본래 서신을 들려 수산을 보내려 했어. 하나 못 하겠다고 징징대더군. 네놈 얼굴을 보고 싶진 않지만 직접 올 수밖에. 그리 기분 나쁜 눈빛 하지 마. 누가 누굴 동정해? 내 약해졌다지만 아직 그쯤은 감당할 깜냥이 돼."

"하지만 정말 괜찮은……."

도는 손을 들었다. 혜용을 저지했다.

"됐어. 내 상태는 내가 제일 잘 알아. 편하지야 않겠지만 별 탈 없어."

혜용은 차마 말을 잇지 못했다. 마냥 입술을 달싹이다 고작 한숨 쉬었다. 하나 남은 친우를 눈길로 더듬었다. 친우는 안색만 창백할 뿐 여전히 건장하고 아름다워 보였지만 혜용은 느꼈다. 그 강건하고 고귀하던 친우는 쇠약해졌다. 어쩌면 혜용보다 더 약해져 금방이라도 바스러질 지경이었다.

"자네가 질색하겠지만 몸바꿈하기 전에 한 번만 으스러지도록 안아보면 좋겠군."

"하지 마. 시도만 해도 죽여버린다. 결정했으면 그냥 찌그러져. 네 청승 받아줄 시간 없어."

혜용은 허허로이 웃었다. 아쉬웠으나 이 긴 세월 지금껏 잊지 않고 꾸준히 찾아준 이는 도뿐이었다. 그 마음을 알기에 서운하지는 않았다. 다만 부드러이 말했다.

"그럼 그 여인에게 인사라도 하고 싶네. 은인이 아닌가."

도는 잠시 망설였다. 나지막이 한숨 쉬었다.

"사실 그 여자는 아는 게 없어. 평범한 인간에게 영계에 속하는 일을 깊이 설명하기 곤란해 적당히 피만 뽑아 쓸 생각……."

"그건 자네답지 않아!"

혜용은 눈을 치켜떴다. 낮지만 단호히 외쳤다.

"설마. 네놈답지 않겠지."

도는 피식 웃었다.

"불러주지. 알아서 설명해."

"양이 양."

"네."

"내 양이 양에게 큰 신세를 져야 하여 설명하고자 하네."

'신세라니? 이 영문 모를 곳에서 내가 뭔 도움이 된다고?'

양이는 갸웃했다.

"제가 혜용 님을 도울 일이 있나요? 전 아무 능력도 없는데요."

도는 '잡것이니 존대하지 마라.' 했지만 양이는 혜용을 존대했다. 마당으로 가기 전에 들은 대화 내용상, 비록 혜용이 아귀와 결합하는 대죄를 지어 갇힌 신세이나 용이었다지 않은가. 함부로 대하기 무서웠다. 다행히 도도 싫은 소리를 하지 않았고 혜용도 흡족히 미소했다.

"아니, 양이 양은 아주 특별한 능력이 있네. 영기가 무정물보다도 엷어서 영력의 영향을 받지 않네. 인간계 학자가 말하는 라플라스의 악마나 맥스웰의 도깨비처럼 영계 학자가 사고실험을 하려고 만든 이론 속 존재로 '공(空)의 도깨비'라 하지. 생명으로서 영기가 이토록 엷다니, 눈앞에 두고도 믿기지 않을 정도로 신비한 존재네."

"예에?"

양이는 입을 벌렸다. 신비한 존재라면 은발을 휘날리며 설원 한복판에 홀연히 나타나는 미녀라든가 천이백육십 도 무지개 회전을 하며 마법 소녀로 변신하는 로리여야 하지 않은가. 자기가 신비한 존재라는 말도 황당한데 신비한 존재라고 하는 까닭이 영감이 심각하게 없어서라니, 어이가 없었다.

"어쩐지……. 시험 볼 때 찍으면 항상 틀리더라."

양이는 잠시 놀랐으나 혼잣말을 중얼거리며 묘하게 수긍했다. 끄덕이던 고개를 들었다. 혜용을 물끄러미 보았다.

"그런 사는 데 쓸모없는 체질이 도움되나요?"

혜용은 후후 웃었다. 부드럽게 끄덕였다.

"내게는 몹시 도움이 되네. 설명하자면 내가 사는 전각은 강한 결계로 둘러싸여 나는 이곳에 갇혔네. 이 결계는 내 영기를 감지하여 발동하고 내 영력의 세기만큼 나를 옭아매지. 이는 실로 견고하고도 섬세하여 나는 이를 눌러 모은 힘으로 깨려고도 했고 내 영기를 억누르거나 왜곡하여 여기서 탈출하려고도 했으나 모두 실패했네. 나는 강한 존재라 무엇으로도 나를 가리거나 왜곡할 수 없었지."

혜용은 양이를 하대했지만 무척 정중했다. 양이도 그 태도를 느꼈다. 끄덕이며 진지하게 물었다.

"네, 혹시 제가 영력에 영향을 받지 않아서 결계를 무시하나요?"

"그렇다네. 모든 이야기가 처음 듣는 내용일 텐데 영특하군."

"맥락이 그래서요. 그런데……."

양이는 머쓱해했다. 망설이며 입술을 달싹였다. 그러나 결국 입을 열었다.

"실례되는 질문일 수도 있지만 제가 협력해야 한다니 한 가지 여쭐게요. 탈출은 감금한 존재를 거역하는 행위인데 제가 이 일에 협력하면 그 존재에게 제재나 곤란을 겪진 않나요?"

"누가 했는지 안 들킬 테니 걱정하지 마."

잠자코 듣던 도가 말했다. 양이는 엷게 찡그렸다.

"만약 들키면요?"

"아아, 걱정하지 말게."

혜용은 웃었다.

"들켜도 양이 양은 안전하네. 나를 가둔 존재는 지고하여 자존심 또한 드높으시네. 당신이 친 결계가 고작 인간 아이에게 뚫렸다고는 인정하지 못하실 테고 인정하신다 쳐도 낯 뜨거워 차마 그 인간 아이를 불러서 혼내시진 못해. 뭐, 걸리면 도야 혼나겠지. 사정 다 아는 놈이 작정하고 사고 쳤으니."

양이는 킥킥 웃었다. 수산이 서리하러 가네 못 가네 하며 한 말이 떠올랐다.

「사장님은 걸려도 깽판만 안 쳤으면 세필 붓으로 반성문 일 간(間) 쓰고 끝이시잖아요.」

그 말까지 떠오르자 이 일이 별일 아니구나 싶어서 안심됐다.

"그럼 걱정 없이 협력할게요. 뭘 하면 되나요?"

"그리 복잡한 일은 아닐세. 먼저 내가 알로 역행할 걸세. 그 후 그 알을 양이 양이 흘린 피로 덮어 결계를 무시하게끔 내 영기를 외부와 차단하네."

"윽……."

양이는 목으로 앓는 소리를 냈다. 저도 모르게 찡그렸다.

"피는 얼마나 내야 하나요?"

"헌혈하는 정도."

도가 답했다. 양이의 머리에 손을 얹고 달래듯 쓰다듬었다.

"걱정하지 마. 상처는 흔적조차 없이 고칠게."

양이는 주사도 침도 질색이었다. 흔적조차 없이 고친다니 그건 다행이지만 상처를 내기는 내겠다는 소리 아닌가. 퀭하게 도를 보았다.

"협력하겠다고 했으니 하긴 할게요. 그런데 특별수당 쳐주시나요?"

도는 양이를 쓰다듬던 손을 멈췄다. 그 손을 천천히 내렸다.

"시간 외 수당 세 배 주잖아."

"근로 계약서에 피 뽑으란 소린 없잖아요."

양이는 진료대에 오른 강아지 같은 얼굴이었다. 두 뺨이 보일 듯 말 듯 부풀어 오르고 두 눈썹 끝이 완전히 처졌다. 돈이 문제가 아니라 상처를 내고 피를 본다는 사실이 무서워서 맨입으로 하기 억울했다. 도는 그 시선을 마주하더니 눈동자를 바르르 떨었다. 기다란 속눈썹이 두어 번 파닥였다.

"김복어, 너……."

도는 무슨 말인가를 하려다 입술을 깨물었다. 손을 들어 양이의 뺨을 꾹 눌러 고개를 혜용에게 돌려놓았다.

"이 잡놈에게 톡톡히 받아. 갇혔어도 갑부야."

"하하하."

혜용은 크게 웃었다. 뭐가 그리 재미있는지 제 무릎을 치며 한바탕 웃어댔다. 못마땅한 기색인 도를 향해 말했다.

"자네, 제법 귀여운 처자를 찾아내지 않았나. 취향은 여전하군."

"웬 헛소리야? 뭔 오해를 하는지 몰라도 절대 아냐."

도는 정색했다. 혜용은 그저 후후 웃었다. 양이에게 시선을 주었다.

"은인에게 보답을 잊을 만큼 염치없진 않네. 그래, 어찌 갚으면 좋겠나? 금? 여인이니 보석이나 장신구가 좋을까? 말해보게."

"에⋯⋯."

양이는 머쓱했다. 도에게 특별수당 없느냐고 투덜댔지만 투정이었을 뿐 금은보화를 챙길 속셈이 아니었다. 뺨을 긁적였다.

"저 그냥, 헌혈하면 지치니까 고기 회식하자 하려고⋯⋯."

"이놈 엄청 부자야. 어차피 알 되면 쓰지도 못할 재산이니 뜯어."

도가 뜯어먹으라며 부추겼다. 양이는 난감히 "그치만⋯⋯." 하고 웅얼댔다. 혜용이 웃었다.

"하하. 소박한 처자군. 곤란해 보이니 내 적당히 챙기도록 하지."

"난 없어?"

"자넨 알로 변한 나로 장사할 셈이잖나. 더욱이 천지간에 자네만 한 부자가 어디 있다고? 벼룩에게서 간을 빼먹게."

"쳇."

도가 투덜댔다. 혜용은 미소를 잃지 않은 채 제 품에 손을 넣어 작은 장도(粧刀)를 꺼냈다. 그것으로 탐스럽게 늘어진 제 머리 타래를 잘랐다. 황금을 녹여낸 듯 반짝이는 금발과 여름 장미처럼 붉은 적발이 살아서 꿈틀거리더니 각각 한 다발로 뭉치고 휙 모양을 바꿨다.

"자, 마음에 들는지 몰라도 내 성의로 받아주겠나?"

양이는 눈을 동그랗게 떴다. 혜용의 손바닥 위에 팔찌가 놓였다. 금과 적산호가 엇갈려 물결치며 섬세하고도 우아한 곡선을 이뤘다.

"내가 비록 더는 온전한 용이 아니나 가장 고귀하다 일컫는 황룡으로서 지녔던 기운이야 이 몸에 여전하네. 머리카락은 용의 비늘이니 이를 지니면 잡스러운 존재가 침해하는 일이 없을 걸세."

"어……. 감사합니다."

양이는 받아도 되는 물건인가 싶어 슬쩍 도를 보았다. 도가 별다른 반응을 보이지 않자 고개를 꾸벅이며 팔찌를 받아 들었다.

혜용은 부드럽게 미소했다. 도에게 시선을 주었다. 오욕으로 얼룩진 기나긴 세월 동안 단 하나 남은 친우였다. 이대로 잊기에는 너무나 아까운, 미안한, 무심해 보이는 얼굴이지만 검은 두 눈이 깊게 가라앉은, 그런 친우였다.

"자, 이제 인사를 해야겠군. 부디 자신을 찾길 바라네, 내, 친우여."

도는 말이 없었다. 잠시간 혜용을 고요히 마주했다. 웃는 그 낯을 잊지 않을 정도로 두 눈에 깊이 새겼다. 입술을 열었다.

"청승 작작 떨고 변해, 잡놈아."

그게 마지막 대화였다. 혜용은 진하게 미소를 머금었다. 눈을 감았다. 소리 없이 입술을 달싹였다. 그 몸에서 풍부한 적금빛이 흐르고 빛이 수백 개 문자가 되어 혜용을 에둘렀다. 혜용은 양이와 도가 지켜보는 앞에서 점점 어려졌다. 청년에서 소년으로, 소년에서 아이로, 아이에서 아기로, 아기에서 알로 되돌아갔다.

"와……. 이럴 수도 있구나."

양이는 방석 위에 놓인 알을 보며 머리를 두어 번 주억였다. 덤덤해졌다.

"그게 다야?"

도가 한쪽 눈썹을 들었다.

"뭐가요?"

"더 안 놀라?"

양이는 어깨를 으쓱했다.

"이계에 대마법사에 공간이동 맨홀, 용까지 나왔잖아요. 신기하긴 하지만 엄청나진 않은데요?"

"하!"

도는 웃는지 탄식하는지 모를 반응이었다. 잠시 알을 바라보다가 그리 지체하지 않고 손가락을 탁 튕겼다. 흰 비단보를 불러내 바닥에 깔았다. 양이에게 손을 뻗었다. 양이가 순순히 팔을 내주자 검지 끝으로 양이의 팔뚝을 쓱 그었다.

"윽."

양이는 살이 베이는 통증에 신음했다. 그저 따끔한 정도였지만 살이 꽤 흉흉히 벌어져 피가 후드득 쏟아졌다. 바닥에 깔린 흰 비단보가 빠르게 피로 물들어 갔다. 양이는 오만상을 찌푸리며 칭얼댔다.

"역시 고기 회식은 꼭 시켜주세요."

"나중에 수산에게 말해."

도는 조금 전과 달리 꽉 잠겨 쉰 목소리로 답했다.

"음?"

심상찮은 음성에 양이는 고개 들어 도를 보았다.

"어, 괜찮으세요?"

도는 허옜다. 혈색 없이 뺨이 뻣뻣해서 그 낯에 백지장을 발라 굳힌 듯했다. 비단보를 물들이는 핏방울을 바라보며 턱과 손을 가늘게 떨었다. 살을 베여 피를 쏟는 쪽이 양이가 아니라 도 같았다.

"어디 불편하세요?"

양이는 찌푸리며 거듭 물었다. 멀쩡하던 사람이 돌연 이 지경으로 낯이 가시자 덜컥 걱정스러웠다. 시무룩이 눈을 껌벅이자 도가 피식 웃었다. 도는 팔을 들어 양이의 이마를 손끝으로 튕겼다.

"아야!"

딱밤이라지만 아프지는 않았다. 그래도 양이는 항의를 담뿍 담아 비명 질렀다. 두 볼을 부욱 부풀리며 도를 째려보았다.

"하하하."

그 모습이 영락없이 복어라, 도는 잠시나마 심각함을 잊고 크게 웃었다. 병 주고 약 주듯 양이의 머리칼을 쓰다듬었다. 흰 비단보가 완연히 붉게 물들자 금빛이 도는 손으로 양이의 상처를 쓸었다. 그것만으로도 양이의 팔뚝은 언제 다쳤느냐는 듯 뽀얗고 매끄러워졌다.

"와아!"

양이는 사람으로 보이던 혜용이 눈앞에서 알이 될 때도, 제 팔뚝이 쭉 베일 때도 그리 놀라지 않았지만 그 일에는 꽤 놀랐다. 자기 살에 닿는 일이라 다른 일보다 현실감이 들었다. 제 팔을 이리저리 돌리며 상처 났던 부위를 살폈다.

"크닙아."

그사이 도는 크닙을 불렀다. 양이에게 안겨 나갔던 크닙은 마당에 내려서서야 겨우 정신을 차렸다. 양이에게 "너는 무섭지 않았어?" 하고 부르르 떨며 물었다가 양이가 멀뚱한 표정을 짓자 양이를 괴물 보듯 봤다. 그러고도 계속 시르죽었다가 도가 부르자 마지못해 머뭇머뭇 방문을 열었다.

"부르셨어요?"

크닙은 빠끔히 고개를 들이밀었다. 후각을 찌르는 피 냄새에 동그란 눈을 껌벅였다. 방 안을 살피더니 미닫이를 탕 밀쳤다.

"전하? 대체 뭔 일입니까? 전하는 피로 강을 만들고도 눈 하나 꿈쩍하지 않는 분이시라 들었는데……!"

양이가 살벌한 표현에 눈길을 들어 도를 보았다. 도는 아까보다 안색이 나빠서 창백하다 못해 파르스름했다. 어깨로 치미는 숨을 간신히 내리누르며 몸을 엷게 들썩였다.

"사장님, 괜찮으세요?"

"전하, 괜찮으세요? 으아, 어떡해! 대체 왜 이러세요? 전하는 특별하시어 핏물을 뒤집어쓰고도 히죽 웃는 분이시라면서요!"

크닙이 소매를 파닥였다. 도는 미간을 찌푸렸다. 쇳소리로 말했다.

"보통은 내 영기로 혈기(血氣)를 태우니 멀쩡해 보일 뿐이야. 나도 애들과 똑같다."

"지금은 왜 태우지 않으시고요? 다른 애들이랑 똑같으면 기절할 거 같진 않으세요? 제가 보한재 만나기 전에 피 뿌리면서 날아다녀 보니까 다른 애들은 그냥 도미노처럼 기절하던데요."

크닙은 소매를 계속 파닥이며 도 주위를 빙빙 돌았다. 도는 이를 아득 갈았다.

"이놈, 그딴 짓도 했느냐? 그런 줄 알았으면 잡아다 삼 년쯤 거꾸로 매달아 놓을 것을! 어쨌든 지금은 못 태워. 간단히 설명하지. 이 알이 황혜용이고 난 혜용을 여기서 빼낸다. 그게 가능한 까닭은 네가 개념을 아는지 모르나 김 양이 공의 도깨비라 그 피가 상제가 친 결계를 쓸모없게 하고 혜용이 내는 기척을 추적에서 보호하기 때문이다. 그러니 안전한 곳으로 갈 때까지 이 혈기는 태울 수 없어. 네가 없었다면 어떻게든 나 스스로 해결했겠지만 너를 곁에 두고 꼴사납게 애쓸 필요 없지. 이 보자기로 알을 싸서 나와 김 양과 함께 인간계에 마련해 둔 내 거처로 간다. 너, 여기서 인간계로 통하는 개구멍 알지?"

"각처에 뚫린 개구멍을 모르면 그게 전하의 백성이겠습니까? 곰이

지요! 소신, 도크님, 명을 완벽하게 이해했습니다. 걱정하지 마세요!
제가 전하도 알도 김 양도 안전하고 신속하게 거처까지 모시겠습니
다!"

　"들키면 안 돼. 알지?"

　"그럼요. 술래잡기, 숨바꼭질이 우리 특기 아니겠습니까? 저만 믿
으시옵소서!"

　크님은 가슴을 탕탕 쳤다.

네가 내게 속하였으니

양이는 찬란한 흰빛을 뿜으며 맥주와 콜라가 그득한 내장을 뿜내는 구백오십 리터 양문형 냉장고를 보았다. 생각했다.

'이 냉장고는 정체가 뭐지? 스타게이트[9]인가?'

갈 때는 맨홀 뚜껑을 열고 갔으나 올 때는 도의 고향 방 족자에 사는 범의 쩍 벌린 입으로 걸어 들어갔다. 어두운 터널을 더듬어 걷다가 희게 빛나는 차가운 벽을 밀고 나오니 그게 이 냉장고 문이었다. 둘러보니 화화(話花)의 주방이었다.

'코끼리를 냉장고에 넣는 법은 고민해봤지만 이건⋯⋯. 헐, 여기 천만석 닭강정도 사났네. 헛, 저 흑맥주 마셔보고 싶었는데.'

양이가 냉장고 내장을 분석하며 침 흘리는 사이 맥주와 콜라 위로 사람 그림자가 떠올랐다. 그림자가 점점 커지더니 크닙이 툭 튀어나왔다. 도도 같은 방식으로 나왔다.

"전하, 우리 이 닭강정이랑 흑맥주 먹어요."

크닙이 양이가 하고 싶은 말을 대신해주었다. 도는 옷을 매무시하고 냉장고를 돌아보았다.

"맘대로. 하지만⋯⋯."

도는 입술까지 파랗게 질린 채 입을 열었다. 그러나 이내 말을 멈추고 숨을 골랐다. 크닙이 든 알과 그 알을 감싼 비단보에서 외면할 수 없을 만큼 농밀히 혈향이 흘렀다. 최대한 아무렇지 않은 척 버티지만 조금만 긴장을 풀면 몸을 덜덜 떨 것 같았다. 혹은 견디지 못하고 간격에 들어오는 전부를 베어버릴 것 같았다.

'혈향이 이토록 괴로웠나. 아니면 그만큼 약해졌나.'

도는 크닙을 가만 내려다보았다. 크닙은 마냥 해맑았다. 도가 새파랗게 질렸는데도 조금도 걱정하지 않는, 아니, 절대로 괜찮으리라 믿는 얼굴이었다. 도는 피식 웃었다. 크닙의 머리를 쓰다듬었다.

"그 알부터 해결해야지. 저 복도 따라가 봐. 끝에서 두 번째 방에 '수산'이라고 있어. 오늘 겪은 일 간단히 이야기하고 그 알 간수 잘하란다고 전해."

"넵, 전하! 혹시 '수라의 악몽', 수산 님 말씀이세요? 전하와 함께 전장을 지배했다던 그분? 그분도 여기 있었어요?"

"그래. 그 수산이 네 상관이니까 잘 보여."

"네에?"

크닙은 눈을 동그랗게 떴다.

"돌아가지 말고 여기서 일해. 왜, 날 보좌하기 싫으냐?"

크닙은 입을 쩍 벌렸다. 두 눈을 크리스마스 전구처럼 빛냈다.

"아뇨, 좋아요! 좋사옵니다! 신은 전하께서 세우신 계획에 대찬성이옵니다! 실로 광영이옵니다! 제가 나중에 친구에게 자랑할 거리가 얼마나 많아지겠사옵니까? 소신, 최선을 다해서 전하가 내리신 명을 이행하겠사옵니다!"

크닙은 파즈 알이 트로피라도 되는 양, 알을 든 두 손을 번쩍 들었다. 다다다다 복도를 달렸다.

"하."

도는 고개를 저었다. 희미하게 웃었다. 크닙에게서 시선을 돌려 다시 냉장고 쪽을 보았다. 갸웃했다. 한 발 성큼 디뎌 양이 뒤에 섰다. 가만 내려다보았다.

양이는 곰곰이 냉장고를 들여다보았다. 일 보러 가기 전 수산이 머리칼을 모아 쫑쫑 내리 땋고 댕기까지 드리워줬지만 어느새 풀어헤쳤다. 고개를 이리 갸웃 저리 갸웃하는 통에 까만 머리칼이 이리저리 더펄더펄했다. 치맛자락을 부여잡고 고무신 채로 냉장고에 발을 집어넣었다가 다시 갸웃했다. 냉장고 문을 한 짝만 닫았다. 맥주 캔과 콜라 캔이 들어찬 남은 문짝을 뚫어져라 보더니 손을 뻗어 캔을 이리 뺐다 저리 꽂았다. 손닿는 대로 위아래 좌우로 자리를 옮겼다.

"복어 양 조만간……."

도는 뒤에서 끌어안듯 양이에게 툭 기댔다. 양이의 어깨 너머로 팔을 뻗었다. 캔 하나를 옮기던 양이의 손을 잡았다.

"아?"

양이는 고개를 꺾어 들어 도를 보았다. 도가 말끄러미 내려다보자 민망해하며 배시시 웃었다. 도는 피식 웃었다. 양이의 손을 감싼 채 자연스레 캔을 빼앗아 제자리로 되돌렸다.

"이러다 가게에서 실종되겠다. 어떻게 알았어? 캔 배열이 다이얼인 거?"

"진짜예요? 찍었는데."

"하. 한데, 이거 업강 입구야."

"네?"

도는 한쪽 입꼬리를 올렸다. 다시 캔으로 뻗고 싶어 머뭇대는 양이의 손을 부드럽지만 단호히 잡아 내렸다. 양이의 어깨를 감싸 안은 채 뒤로 크게 한 발짝 물러났다. 어린애를 불가에서 떼어놓듯 했다.

"어? 으에……."

양이는 제 몸이 안겨 들리는 줄도 모른 채 순식간에 사뿐 들려 뒤로 끌려갔다. 무심코 멍한 소리를 냈다. 눈앞에서 닫히는 냉장고 문을 보며 신음했다. 귓가에서 도가 낮게 웃었다.

"엄강. 몰라? 대지옥 너머 오관왕이 주관하는 땅. 살아 있는 인간이 저승 가면 골 아파. 거기 애들 공무원이라, 다시 살리기보단 일 처리 꼬인다고 그냥 죽일걸."

"에, 저승이요?"

"응, 저승."

양이는 도의 발등 한 치 위에 살짝 들어 올려진 채 깨금발을 내어 살며시 바닥을 디뎠다. 약간 놀란 표정이었으나 이내 안일함을 되찾았다.

"에이, 그렇지만 제가 그 조합을 그리 금세 찾아낼 리 없잖아요. 몇 개 옮기지도 않았는데."

"아까 그 콜라만 꽂으면 됐는데? 복어 양, 문 따는 데 소질 있더라?"

양이는 혈색이 가셨다. 저도 모르게 움찔하며 도의 품으로 한 겹 더 다가붙었다.

"저 지금 죽을 뻔했어요?"

도는 제 몸으로 밀려오는 따뜻하고 사뿐한 압력을 느끼며 키득키득 웃었다. 양이의 어깨를 자그시 끌어당겼다. 다른 손을 들어 검지로 양이의 이마를 톡 쳤다.

"그걸 옮기고 거기 들어갔으면 팔 할은 죽었지."

도가 생긋했다. 양이는 어깨에서 힘을 빼며 고개를 떨어뜨렸다. 양이의 이마에 닿았던 도의 손끝이 쭉 밀려나며 양이의 머리칼을 스쳤다.

"아, 여기 위험수당 받아야 하는 데였어. 왜 미리 말씀해주지 않으셨어요? 큰일 날 뻔했잖아요."

"그래서 네겐 주방일 안 시켰는데? 뭣보다 보통은 냉장고에 발을 들이밀지 않아. 흙 묻은 신발째로는 더. 여기 설치한 장치가 다 그래. 보통 방식으로는 작동하지 않지. 그래서 '평범한' 직원을 뽑았더니 상당히 엉뚱한 짓을 하잖아."

양이는 입술을 종그렸다. 도의 품에서 벗어났다. 치마를 툭툭 털며 말했다.

"에이, 저 감 잡았어요. 제가 '공의 도깨비'라서 뽑으셨잖아요. 그래서 월급도 후하게 주시고."

도는 양이가 빠져나간 팔을 천천히 내렸다. 허전한 손을 가볍게 쥐었다. 지쳤기 때문인가, 품에 쏙 들어오는 체온이나 여자 특유의 향긋함이 좋았다. 빠져나가니 아쉬웠다. 옷고름을 정리하는 양이를 보며 나직이, 느릿느릿 말했다.

"흠. 물론 재미있어 보였지. 써먹기도 했고. 하지만 그래서 뽑은 건 아냐. 단지, 너라서지."

"네?"

양이는 옷고름을 잡아 주름을 펴듯 탁탁 당기며 고개 들었다. 도가 으쓱했다.

"돼지눈깔을 맨손으로 줍는 성품이 적당하다 싶어서."

"윽."

도는 양이에게 다시 손을 뻗었다. 옷고름을 정리하고 아래로 내려가려던 양이의 손목을 잡아챘다. 혜용이 준 금과 적산호가 얽힌 팔찌가 가볍게 흔들렸다. 도는 그 팔을 제 눈높이로 들어 올렸다.

"사장님, 왜 자꾸……."

양이는 찌푸렸다. 팔에 힘을 주어 도의 손에서 빠져나오려 했다. 처음 만났을 때부터 왜 이리 덥석덥석 끌어안고 만지작대는지 해도 해도 너무하다 싶었다. 태도가 끈적끈적하지 않아서인지 살이 착 닿는데도 기분 나쁘지 않아서 대부분 어영부영 넘어갔지만 머리로 생각하면 성희롱이었다. 그러나 잡힌 팔이 옴짝달싹하지 않았다.

"직장 내 성희롱은 심각한 사회문제예요."

양이는 정색하기가 어려워서 눈을 부릅뜨며 장난스레 말했다. 잡힌 팔에 다시 힘을 주었다. 정말 희한하게도 팔이 꿈쩍도 하지 않았다. 단순히 도가 힘이 세다고 생각하기에는 잡힌 느낌이 사뿐했다. 손목이 민들레 홀씨라도 된 듯 힘이 거의 느껴지지 않을 정도로 고이 잡혀서 빼내지 못한다는 사실이 아연했다. 홀린 듯했다.

도가 상체를 기울였다. 소매가 흘러내려 하얗게 드러난 양이의 손목 위로 나른한 숨이 미끄러졌다. 도의 손이 스륵 풀리며 팔찌에 손끝만이 걸렸다. 그러나 양이는 어쩐지 꿈쩍도 하지 못했다. 이제 물리적 이유에서가 아니라 기분이 그랬다. 주방을 밝히는 쨍한 백열등 아래 도의 얼굴은 기이할 정도로 뚜렷하고 무서울 정도로 창백했다. 오늘 낯선 일을 너무 많이 겪어서 지금껏 무심히 넘겼던 어떤 사실도 떠올랐다. 크닙과 도가 나눈 몇 마디로 미루어보아 도는 피가 내는 기운에 약한 듯했다. 별다르지 않게 행동했지만 안색이 줄곧 질린 채였다. 이

제 푸르진 않지만 그래도 혈색이 없었다. 피부에 식은땀이 엷게 배였다.

"사장님, 괜찮으세요?"

"이 팔찌, 내게 맡겨. 빼."

양이가 묻는 동시에 도도 말했다. 도는 팔찌를 살짝 잡아당겼다가 툭, 놓았다.

"어, 아까는 받으라고 하셨잖아요. 혜용 님도 음, 뭐라고 하셨더라? '이를 지니면 잡스러운 존재가 침해하는 일이 없을 거.'라고……."

"처음엔 괜찮다고 생각했어. 하나 너무 귀물이야. 귀한 냄새가 풀풀 나는 지나친 귀물. 분명 잡스러운 존재를 막아. 대신 거물을 끌어들여. 빼."

"어……."

양이는 눈을 동그랗게 떴다. 팔찌를 꾸물꾸물 빼며 볼을 부풀렸다.

"우……. 이거 하고 다니다 정체 모를 마법사들에게 강도당할 뻔했네요."

"전혀. 황룡의 기운을 이기는 거물이 팔찌 하나 얻자고 강도질을 왜 해?"

양이는 도에게 팔찌를 건네다 멈칫했다. 팔찌를 물끄러미 보았다.

"그럼 사장님께 안 맡겨도 되잖아요. 제가 보관하면 안 돼요? 예쁜데."

도는 반박을 듣지 않았다. 양이의 손에서 팔찌를 빼앗아 제 품으로 갈무리해 넣었다.

"이게 네 수중에 있으면 이 탓에 너까지 눈에 띄어. 그게 문제야."

도는 타이르듯 말했다. 아까운 표정을 하는 양이의 이마를 손끝으로 톡 튕겼다.

"넌 잘 모르겠지만 공의 도깨비는 위험해. 질서를 아주 벗어난 존재
니까. 실존이 알려지면 질서를 수호하는 자는 제거하려 들고 학자는
연구하려 든다. 속물적인 자는 범죄에 이용하려 들고."

"으음?"

"모든 산 존재는 영성을 띠어. 이게 상식이다. 그래서 영계의 보호
결계는 구 할 구 푼이 영력에 반응해. 특정 영력 흐름을 받아들이거나
밀어내거나 키우거나 줄이지. 하지만 넌 영력이 없어. 모든 결계를 무
시하지. 범죄에 이용하기 딱 좋아, 오늘처럼."

"아?"

양이는 묘하게 일그러졌다.

"저 속는 기분이에요. 전 여태껏 평범하게 살았어요. 점집 한번 가
본 적 없는데 영계, 무슨, 사장님, 저 놀리느라 겁주시죠?"

"아니, 진지해."

도는 잘라 답했다. 양이와 정확히 시선을 맞췄다. 여느 때와 다르게
단호한 어조로 말했다.

"넌 영력이 없어. 영계에 속한 존재가 널 인지하기 어렵지. 무심코
지나치게 돼. 누가 널 인지한다고 쳐도 '공의 도깨비'라는 개념이 상식
밖이지. 그게 실재하며, 눈앞에 있다고 여기기 어려워. 그 덕에 네가
지금껏 무사했겠지. 하나 내가 그랬듯 널 알아보는 이는 언제든 생길
수 있어. 그리고 그 순간……."

꿀꺽. 양이는 침을 삼켰다. 도는 눈을 가늘게 떴다. 나른히, 느릿느
릿 덧붙였다.

"넌 드러난 먹잇감이지. 인간계에 속한 인간이지만 결코 인간답게

살 수 없어. 살아도 살았다고 보기 어려워진다. 그래서······."

도는 다시 양이에게 팔을 뻗었다. "아?" 작게 감탄사를 내뱉는 양이를 반짝 들어 눈높이를 맞췄다. 시선이 깊이 만났다. 호흡이 닿는 거리에서, 도가 나지막이 속삭였다.

"이건 마킹이다. 네가 내게 속했으니 감히 쳐다도 보지 말라는 대외 경고다."

도는 양이를 살짝 내렸다. 동그란 이마에 입 맞췄다. 아주 가볍게, 꽃잎이 물 위에 앉듯이. 살짝이 닿았던 입술을 사뿐히 떨어트렸다. 양이가 하릴없이 한숨을 내쉰 순간, 혀끝을 내어 살갗을 핥았다. 아주 조심스럽게, 새끼고양이가 난생처음 따뜻한 우유를 맛보듯이.

"아······."

양이는 흠칫 떨었다. 심장이 쾅쾅 뛰고 뺨이 확 달아올랐다. 무슨 일이 벌어졌는지 판단이 서지 않았다. 삽시에 몸도 마음도 허공에 붕 떴다. 숨이 찼다. 뻐끔거렸다. 잠시 후 발이 사뿐 바닥에 닿았다. 도와 시선이 다시 만났다. 가쁘던 숨이 덜컥 멎었다. 뻣뻣이 굳은 이마를 뜨거운 손끝이 톡 쳤다. 눈앞으로 보이는 얼굴이 생긋 화사하게 웃었다. 휘어 올라간 붉은 입술이 움직였다.

"난 직원을 소중히 여기거든. 늘 최선을 다해 지키려고 노력하지. 그러니 성희롱이라는 당치도 않은 오해는 접어둬. 알았어?"

"지, 지금, 무슨, 웃."

양이는 새빨간 낯으로 도를 보았다. 정신이 들자마자 양 손바닥으로 화다닥 이마를 가렸다. 이마가 뺨만큼이나 붉었다. 씨근덕댔다.

"저, 진짜, 웃, 저, 역시, 역시, 속는 기분이에요! 진짜, 진짜예요? 놀리는 말 아니고? 천지신명께 맹세하실 수 있어요?"

"하?"

도는 돌연 숨을 탁, 내쉬었다. "푸하하!" 웃으며 고개를 끄덕였다.

"하하하! 물론! 천지신명께 맹세코! 진짜야. 이 '마킹'은 어디까지나 보호야. 김 양이 자꾸 성희롱, 성희롱 하는데 난 결백해."

양이는 도에게서 한 발짝 물러났다. 여전히 이마를 가린 채 미심쩍다는 태도로 외쳤다.

"그, 그럼 사장님 강하긴 하세요? 사장님이 주장하시는 그 마, 마……. 하여튼! 혜용 님 팔찌처럼 시선만 끄는 부작용은 없고요? 사, 사장님이 괜히 겁주셔서 저 지금 되게 무섭단 말예요. 부, 분명히 희롱당한 기분인데, 막, 다 제가 모르는, 다 모르는, 일이라 무조건 따지지도 못하고, 겁나고, 웃, 하여튼, 믿어도 돼요?"

"하하하!"

도는 다시 소리 내어 웃었다. 새빨개진 양이에게서 시선을 떼지 않은 채 한바탕 웃다가 양이가 샐쭉해지자 겨우 웃음을 멈췄다. 달래듯 말했다.

"물론. 내 기운이 풍기는데도 감히 널 빤히 볼 놈은 삼계를 통틀어 몇 없어. 천지신명께 맹세하지."

양이는 그제야 이마에서 손을 뗐다. 도를 꺼림한 눈으로 핼금했지만 지금이야 믿을 수밖에 없었다. 내심 수산에게 확인하겠다고 다짐했다. 여전히 달아오른 낯으로 입술을 자긋자긋했다.

"또, 여기 일 밖에서 말하지 마. '평범'에서 벗어나는 부분은 더욱. 혜용이라는 이름, 파즈, 영계, 그런 류. 괜히 관심 끄니까."

"네에."

양이가 부루퉁한 어조로 답했다. 그러나 도는 칭찬하듯 양이의 머리를 쓰다듬었다. 양이가 움찔하며 더욱 붉어지자 가볍게 웃었다.

"자, 그럼, 밤이 깊었는데 집에 바래다줄까? 아니면 여기서 잘래?"

"어……."

양이는 두리번댔다. '안 가져가는 게 좋다.'는 말에 휴대전화를 수산에게 맡기고 갔기에 시간을 알 수 없었다. 주방 벽에 걸린 시계를 보니 두 시 사십 분이었다. 대학 때야 놀다가 샛별 보고 들어가는 일도 꽤 되었으니 새삼스러운 귀가 시간이야 아니지만 어차피 내일 출근을 여기로 해야 했다. 자취생이니 기다리는 사람도 없었다.

"괜찮으시면 여기서 잘게요."

도는 끄덕였다. 당연한 일을 하듯 양이에게 팔을 뻗었다. 양이는 상체를 뒤로 싹 뺐다. 도의 손끝이 허공에 멈췄다.

"복어 양, 말했다시피……."

도는 반 발짝 다가섰다.

"아하하, 사장님, 그렇지만 전 역시 놀림받는 느낌을 지울 수가 없는데 왜일까요오오. 그리고 여태까지는 이렇게 자주 안 만지셨……."

양이는 상체를 점점 뒤로 젖혔다. 도는 입술로 느슨한 곡선을 그렸다. 반 발짝 더 다가섰다.

"공의 도깨비나 가능한 짓을 하고 왔으니 이제 더 조심해야지. 물론 그것 가지고 공의 도깨비가 실재한다고 생각할 미친놈은 거의 없겠지만, 안전제일이잖아?"

"아하하, 그래도 여기선 일단 안전할 것 같은데요, 사장님도 계시고 수산 씨도……, 꺅!"

양이는 다시 뻗어오는 팔을 피해 상체를 젖힌 채 주춤하다 중심을 잃었다. 비명 지르며 뒤로 휘청댔다.

"이런, 조심해야지."

도는 생긋 웃으며 성큼 다가섰다. 양이의 등을 사뿐히 받쳤다. 양이가 얼이 빠질 정도로 매끄러운 연결 동작으로 양이를 들어 올렸다. 눈한번 깜짝할 사이에 어른이 어린아이를 한 팔로 안아 올린 모양새가되었다. 양이는 또 순식간에 이 꼴이 된 데 놀랐고 태연자약한 낯으로자신을 이렇게 들어 올리는 기운에 놀랐고 이러고 균형을 잡는 재주에도 놀랐다. 놀란 만큼 억울했다.

'또 당했어!'

"알아두는 게 좋겠는데……."

도는 양이를 받친 팔을 슬쩍 안으로 당겼다.

"꺅!"

뻣뻣하던 양이는 균형을 잃으며 도의 가슴으로 쓰러졌다. 저도 모르게 도의 목을 끌어안았다. 도가 귓가에 속삭였다.

"나도 귀찮지만 마킹은 한 번으로 끝나지 않아. 김 양은 최대한 내게 붙어 살아야 해. 김 양에게 묻은 내 영취(靈臭)가 진하면 진할수록위험한 놈들이 김 양을 더 피할 테니까."

"다른 방법 없어요? 마킹, 그거, 저, 내일 수산 씨에게 물어보고 그다음부터 하면 안 돼요? 아니, 저 집에 가서 잘래요."

"다른 방법 없어. 물을 땐 묻더라도 당장 안전을 도모해야지. 집에가는 건 기각. 내게도 잠들 시간이야."

"아, 진짜……."

양이는 붉어진 채 탄식했다. 눈을 질끈 감았다. 뭔가 억울했지만 도를 믿지 않기에는 오늘 믿지 못할 일을 너무 많이 겪었다. 그런 마당에 자기 안전이 걸린 일에 못 믿겠다고 마냥 반발하기가 어려웠다. 반발하고 따르지 않았는데 도가 한 말이 진짜면 망하니까.

"포기해. 포기하면 편해."

도가 상냥하게 속삭였다.

"으으, 아우우."

양이는 다시 한 번 탄식했다. 한숨과 함께 힘을 뺐다. '몰라, 머리 아파.' 도의 어깨에 이마를 박았다.

"큭큭."

도는 가늘게 떨었다. 목덜미를 간질이는 머리칼의 감촉, 품에 착 들어오는 자그마한 체온이 마음에 들었다. 입가에 느슨히 웃음을 걸었다. 노는 팔을 들었다. 양이의 뒤통수를 다정히 쓰다듬었다.

"오늘은 여기서 자."

도는 양이를 살며시 내려놓았다. 양이는 눈을 깜박였다. 오도카니 선 채 주위를 둘러보았다. 내려선 곳은 오늘 본 도의 고향 방만큼이나 고풍스러운 장소였다. 도에게 안겨 지난 장지문에는 문살마다 고아하고 섬세한 멋과 격이 깃들었고 열두 폭 병풍에는 맹금이 날듯이 힘차고 호쾌한 글씨가 담겼다. 가구는 결이 아름다운 먹감나무 재질로 색이 깊어 보기만 해도 묵중함이 느껴졌고 보료는 윤이 나는 검은 비단에 은사로 섬세하게 용이 수놓였다. 보료 앞에는 곧고 긴 서안이, 곁에는 연상이 앉았으며 서안과 연상 위에 올려 둔 문방사우나 책갑도 하나같이 귀하고 아름다웠다.

"여기 사장님 방 아닌가요?"

양이가 얼떨떨하게 물었다. 도는 답하지 않았다. 어느새 장난기가 걷힌 무심한 얼굴로 양이를 볼 뿐이었다. 양이는 침묵을 긍정으로 이해했다. 배려는 고맙지만 미안했다. 고개 저었다.

"저 이불 한 채만 내주세요. 다른 방이나, 다른 방 없으면 홀에서 잘게요."

도는 양이를 둔 채 몸을 움직여 금침을 꺼내 폈다. 은사로 용을 섬세히 수놓고 은색 비단으로 둘레를 두른 흑금침이었다.

도는 양이를 돌아보았다.

"여기서 자."

양이는 도리질했다.

"그렇게 폐를 끼칠 수는 없어요. 사장님 오늘 안색도 안 좋으시고……."

"폐?"

도가 나른히 물었다. 양이가 끄덕하자 한쪽 눈썹을 미세하게 들어올렸다.

"설마, 내가 자야 하는데 내 금침을 네게 양보한다?"

"에……."

묘한 물음에 양이가 머뭇대자 도가 피식 웃었다.

"무슨 자신감이야?"

"엣."

양이는 뺨이 확 달아올랐다. 도는 미소했다. 양이의 머리를 쓰다듬었다.

"아니니까 자. 오늘 고생했어. 호들갑 떨지 않고 잘했고. 그러니 걱정하지 말고 자."

양이는 머리를 쓰다듬는 손길을 느끼며 도를 가만히 올려다보았다. 도는 아직도 창백했다. 느긋한 표정만 아니라면 쓰러져도 이상하지 않을 낯이었다. 양이는 기분이 복잡했다. 아리송하고 울렁댔다. 오늘 모르겠는 일을, 혼란스러운 일을 너무 많이 겪어 이제 뭐가, 왜 아리송한지, 혼란스러운지 알 수 없었다. 알고자 하니 머리가 아팠다. 다만 도를 보니 더 아리송하고 더 울렁인다는 사실만 알 수 있었다. 그리고 문득 졸음이 쏟아졌다. 눈이 끔뻑끔뻑 내리 감겼다.

도는 양이를 쓰다듬던 손을 뒤통수에서 멈췄다. 상체를 기울여 양이의 이마에 입 맞췄다.

"자 둬. 아침에 깨우지 않을 테니 편하게, 자고 싶은 만큼 푹."

도는 화사하다기보다 다정히 웃었다. 뒤돌아 나갔다.

양이는 팔을 들었다. 졸린 눈을 천천히 끔벅이며 가만히 이마에 손바닥을 대었다. 뜨거웠다. 우습게도 손바닥이 뜨거운지 이마가 뜨거운지 분간되지 않았다. 비칠비칠 몇 걸음 옮겨 금침으로 갔다. 쭈그리고 앉아 이불 끝을 만지작거렸다. 보드라웠다. 이불을 들치자 달근한 감초 향이 섞인 한약 냄새와 향긋하고 아득한 꽃향기가 코끝에 확 끼쳤다. 어떤 고택에 자리한 한의원에서 꽃으로 가득한 가을 안뜰에 가면 이런 향을 맡지 않을까? 양이는 생각했고 꾸물꾸물 머리끝까지 이불 속으로 기어들어갔다. 그 묘한 향기에 감싸였다. 비로소 깨달았다. 도를 처음 만난 날에도, 그 이후에도, 도에게 안길 때마다 이 향을 맡았다. 그럴 때마다 조금 힘이 풀렸다. 가슴이 아렸다. 무언가 그리웠다.

양이는 잠에 꽉 끌어안겨 까무룩 눈이 감겼다. 졸음 가운데 생각했다. '사장님이 어떻게 생기셨더라?' 머리가 까맸다. 전혀 기억나지 않았다. 잠에 늘어진 팔로 이마를 짚었다. 뜨끈뜨끈했다. 잠들었다.

도는 방을 나섰다. 몸이 문지방을 넘자 장지문이 닫혔다. 이쯤이야 또렷이 생각지 않아도 그저 되었다. 자리에 선 채 방에서 나는 약한 기척을 짚었다. 양이에게 보인 다정한 미소가 허상인 양 표정이 없었다. 오히려 내리깐 눈이 고요히 사나웠다. 언제나 곤두선 채지만 오늘 혈향을 억지로 참은 탓에 갓 날을 세운 칼처럼 시퍼렜다. 화화로 돌아온 직후만 해도 겉만 여상할 뿐 속은 흉포했다. '뛰쳐나가 잡귀 수백 마리쯤 죽여야 자는 척이라도 하겠군. 어쩌면 흑룡 한 마리쯤.' 그리 생각했다. 어디로 갈까, 찢어 죽일까 베어 죽일까 태워 죽일까 구상했다.

'잠들었군.'

헤아리던 기척이 가라앉았다. 도는 걸음을 뗐다. 복도를 따라 느긋이, 그러나 기이하게 길이를 뛰어넘으며 걸었다. 흉흉히 생각했다. 어디 가서 어느 놈을 죽일까? 무심코 입술에 손끝을 댔다. 마른 흰 껍데기를 꾹 눌렀다.

"하."

도는 낮은 숨을 토했다. 걸음을 더욱 느슨히 했다. 접히듯 사라지던 복도가 등 뒤로 파노라마처럼 촥 펼쳐졌다. 앞에 벽 같은 어둠이 섰다. 눈을 가늘게 떴다. 그토록 일렁이던 살의가 꽤 얌전해졌다. 아주 꺼지진 않았지만 그런대로 덮어버릴 만큼 약해졌다. 입술을 문질렀다. 그곳에 닿았던 작고 하얀 이마를 떠올렸다. 미지근한 체온, 옅은 땀내, 혀끝으로 핥았을 때 일어나던 작은 움츠림.

"큭."

도는 웃었다. 찬 조소였다. 그 살의와 분노가 이런 식으로 가라앉다니, 웃지만 재미없었다.

'늘 먹고 맡던 독조차 오늘은 일을 망칠까 가까이하지 않았다. 한데 고작 어린 계집 하나 농쳤다고 이리 느슨해졌다?'

도는 입술에 닿은 손끝을 뗐다. 눈동자가 뿌리까지 얼어붙었다. 눈앞에 펼쳐진 어둠으로 손을 뻗었다. 손끝에서 탁한 금빛이 일어 어둠을 흔들었다. 어둠이 검은 물처럼 일렁였다. 일렁임 너머로 용암이 흐르는 시커먼 대지가 비쳤다.

"내가……."

도는 일렁이는 어둠을 쏘아보며 헛웃음을 토했다. 김양이. 도에게는 아름답지도 요염하지도 애교스럽지도 않은, 한갓 젖비린내 나는 계집애였다. 그러나 완전 평면이든 앞뒤가 똑같든 성년이 지났으니 여인이라면 여인이다. 백번 양보해서 그 계집도 여인이라 사내를 누그러트리는 재주를 부릴 줄 안다 치자. 하지만 도는 그 살 내음을 제대로 맡지도, 희롱해 치맛자락을 넘실대지도 않았다.

'한데 이토록 누그러졌다? 이런 내가? 그 상태에서?'

도는 부러 살의를 일으켰다. 이지를 잃은 흉포한 흑룡을 떠올리며 어떻게 찢어 죽일지 그려보았다. 발버둥치는 놈에게 올라타 뿔을 잡고 목을 조르고 눈동자를 후벼 파고 맨손으로 갈가리 찢으면 그런대로 심심풀이는 될 것 같았다. 그러나 흥이 나지 않았다. 귀찮았다. 그딴 더러운 짐승에게 힘을 써야 한다는 사실도 시답지 않았다. 어둠에 닿은 손을 뗐다. 손에서 빛이 흩어졌다. 어둠 너머로 비치던 검은 대지와 용암이 흐려졌다. 온전한 어둠에 잠긴 채 천천히 팔을 내렸다.

"나는 수면초가 든 약침(藥鍼)을 맞기보다 곰 인형과 놀아야 진정하는 체질인가 보네.' 하고 약선에게 말하면, 천 년은 놀리겠군.'

도는 맥이 빠졌다. 여전히 좋은 기분이 아니나 어디에 갈개질할 심사가 나지 않았다. 그저 딱 거슬릴 정도. 미간이 구겨졌다. 터지지 않아 어쩌면 더 나빴다. 나태와 이성에 마음이 잡혀 날카로운 감정의 꼬리만 길게 늘어질 테니. 또한, 몹시 피로했다. 늘 그랬지만 오늘은 지독했다. 선 채 눈을 감았다. 그러나 누울 자리를 찾지는 않았다.

'어차피 잠들지 못하니.'

아무리 졸려도 그 졸음은 도에게 숫돌 같아 정신을 꺾기는커녕 바늘처럼 갈아세웠다. 그러니 도는 눕는다 한들 눈이 감기지 않았다. 물론 독 같은 약을 들이켜면 눈꺼풀을 내릴 수 있었다. 한 번도 뒤스르지 않고 침상을 곱게 데울 수도 있었다. 그러나 결코 잠들 수는 없었다.

도가 자는 잠이란 잠의 문을 열고 문지방 밖을 지키는 행위였다. 의식이 선명한 채 몸만 맥이 풀려 무너진 상태였다. 그런 식으로도 분명 몸은 쉬고, 정신도 자발적 마비상태에서 오는 무료함에 지쳐 '생각하지 않음'을 추구하니 얼마간 쉰다.

그러나 그 정도 쉼으로 화석처럼 굳은 피로와 졸음은 걷어내지 못한다. 도는 외려 깨고 드는 여전한 피로가 짜증스러웠다. 그러니 졸음이 온몸을 질식시킬 듯 끌어안아도 눕고 싶지 않았다. 차라리 졸음에서 마음을 떼어 내줄 다른 흥밋거리를 찾는 편이 나았다.

'삼경이 지나 현(絃)을 농(弄)할 수도 없으니······.'

도는 오늘 혜용을 찾느라 못 본 야구를 볼까 했다. 그러나 곧 마음을 바꿨다. 이리 심사 난 날 혹여 지는 야구를 보면 부아가 나 팽개질할 것 같았다. 야구는 관두고 술이나 마실까 했다. 그러나 공장에서 찍어낸 술을 마실 기분이 아니고 명주(名酒)를 즐기자니 술 찾자고 수산을 깨워야 하여 그 또한 관두었다.

'나도 참, 답답하군.'

이도 저도 마땅치 않다. 도는 쓴웃음을 물었다. 어둠 속에서 눈을 감았다.

'그저 붓 춤이나 출까.'

서안과 문방사우가 죄 돌아 나온 방에 있다. 그러나 별문제 아니었다. 그 방엔 수면 향이 깊이 뱄다. 양이야 그 향에 내성이 없으니 이제 옆에서 굿판을 펴도 깨지 않을 터다. 도는 몸을 돌렸다. 어둠을 되짚었다.

❈❂❈

양이는 일어났다. 볕 내가 고루 돌아 폐까지 스미어 절로 눈이 뜨였다. 그러나 아직 팔다리가 느른했다. 적당히 몸을 누르는 솜이불의 무게가 기꺼워 요 위에 사지를 붙이고 가만 숨을 쉬었다. 올려다뵈는 천장엔 네모반듯한 나무 우물이 가로로 세로로 줄지었고 우물마다 구름이며 선녀며 신비한 짐승이 둥실둥실 떠다녔다. 아름답지만 낯설었다. 새삼 '여기가 내 방이 아니구나.' 했다.

양이는 잠들기 전까지 겪은 일을 흐리멍덩히 떠올렸다. 뭐가 뭔지, 그게 다 꿈은 아니었나 싶은 일을 열없이 더듬다 어떤 얼굴에 생각이 미쳤다. '얼굴'이라고 하지만 그건 얼굴이랄 수도 없었다. 누가 어떻게 생긴 얼굴이냐고 물은들 할 말이 없으니까. 눈이 어떤지 코가 어떤지 입이 어떤지, 어디에 어떤 꼴과 색으로 달렸는지 알 수 없었다. 그렇지만 희한하게도 흐릿하지 않았다. 그 얼굴은 안개라기보다 부정형 철골에 가까웠다. 인상이 선명하지만 무엇인지 인식되지 않았다. 그

'선명하다는 느낌이 드는 인상'이 무엇인지 추상적 형용사로라도 정의하려 했지만 아무 단어도 떠오르지 않았다. 인상이 선명하다는 감각이 맞기는 하는지 의심스럽도록 깜깜했다.

그 얼굴 주인은 양이에게 '네가 영감이 없어서' 그렇다고 했다. '영력 없는 존재는 내 얼굴을 기억할 수 없다.'고 말했다. 양이는 자신이 도를 기억하지 못한다기보다 기억하나 그 기억을 꺼내볼 자격을 얻지 못하지 않았나 생각했다. 그래서 이토록 선명한 느낌인데도 도무지 알 수가 없는가 싶었다.

뭐가 되었든 그 알 수도 없는 남자에게 김양이의 안위가 달렸다. 적어도 그 남자가 주장하는 바는 그랬다. 양이는 딱히 그 주장을 부인할 수 없었으므로 그런가 보다 했다. 좀 찜찜하더라도 '이러면 안전하다.'고 믿는 쪽이 뭐가 뭔지 전연 종잡지 못해서 불안한 쪽보다 나으니까. 거기까지 생각이 이르니 도가 몹시 보고 싶었다.

'안전을 눈으로 확인하고 싶은 심리인가.'

양이는 멍하니 일어나 앉았다. 부스스한 머리칼에 열 손가락을 꽂아넣었다.

'하지만 안전을 보장받는 방식이……'

양이는 머리칼 사이에 꽂았던 한 손을 빼내어 이마를 턱 짚었다. "그아아아아." 힘 빠진 좀비처럼 괴상한 신음을 흘리며 이마까지 발그작작 물들였다. 고개를 툭 떨구며 두 손으로 머리칼을 마구 헝클었다.

"으아아아아아아, 생각하기 싫어어어어어. 아, 몰라!"

양이는 건전지 닳은 인형처럼 중얼거리다가 벌떡 일어났다. 정신건강을 보존하려 안일함을 장착할 시점이었다. 두 팔을 번쩍 만세하고 늘어지게 기지개 켰다. 눈곱을 닦으며 허리를 좌우로 돌렸다.

"엣."

양이는 우뚝 멈췄다. 방 한편에, 흑은(黑銀)의 보료에 도가 앉아 있었다. 도는 회갈색 쾌자를 단정히 입었다. 고개를 살짝 떨군 채 눈을 감고 있었다. 자는 듯도, 명상에 빠진 듯도 했다. 양이는 체조하던 기세를 몰아 몸을 반대로 휙 돌렸다. 고개 숙이고 양 눈에서 눈곱을 뗐다. 머리칼에 손을 넣어 쓱쓱 머리를 빗었다. 옷매무시하고 어색한 얼굴로 다시 몸을 돌렸다.

"에······."

도는 여전히 눈을 감고 있었다. 양이는 망설이다 살금살금 다가갔다. 조심히 불렀다.

"사장님?"

도는 미동도 없었다. 양이는 살그머니 그 옆에 쭈그리고 앉았다. 물끄러미 도를 보았다.

'아······. 이렇게 생기셨지.'

양이는 시선을 붙박은 채 숨을 마셨다. 머릿속에 얽혔던 규모 없이 선명한 인상이 제자리를 찾았다. 어쩐지 안도했다. 망연히 숨이 터졌다. 도는 아름다운, 실로 그린 듯한 남자였다. 양이는 도를 잊었다 다시 볼 때마다 같은 생각을 했다. 명인이 지극한 세필로, 먹물을 쿡 찍어 광오할 정도로 힘차게, 한 필에 그린 낯일 거야. 이 낯은 날렵하지만 날카롭지 않았다. 섬세하지만 뚜렷했다. 깨끗하지만 진했다. 경이롭게 잘생겼지만 그래서 현실감이 없었다. 설레기보다 막막해지는 낯이었다. 그래서 도가 표정을 지으면, 특히 웃으면, 양이는 그저 보게되었다. 갑자기 이 얼굴에 현실감이 들어서.

"으음."

도는 낮게 신음했다. 미간을 희미하게 찌푸렸다. 양이가 흠칫했다.

"사장님?"

양이는 조심스레 도를 불렀다. 답이 없었다. 아무래도 자는 듯해 용기 내어 오리걸음으로 다가갔다. 한 뼘쯤 옆에서 더욱 보았다.

도는 비교적 평온한 낯이었지만 피부가 식은땀으로 엷게 덮였다. 양이가 뺨과 턱을 지나 골격을 훑으며 시선을 내리니 목의 줄기와 쇄골까지도 땀으로 촉촉했다. 안색이 엊저녁과 별다를 바 없이 창백했다.

"저, 괜찮으세요?"

양이는 속삭이며 도의 어깨에 손끝을 댔다. 반응이 없자 뺨을 찍어 보았다. 촉촉했다. 열이 나나 싶어 가만 짚었다.

"하아."

도는 낮고 부드러이 한숨을 흘렸다. 찌푸렸던 미간이 풀렸다. 몸이 스르르 무너졌다.

"어어?"

양이는 팔을 휙 뻗었다. 무너지는 도를 안았다. 그 무게를 끝까지 지탱할 힘이 없었다. 함께 서서히 무너지며 도를 눕혔다. 보료의 팔받침에 도의 머리를 뉘였다. 몸을 받치던 팔을 빼고 일어나 그 머리 쪽으로 자리를 옮겼다. 도의 이마를 짚었다. 식은땀이 뱄지만 뜨겁지 않았다.

"자기 금침 양보하는 거 아니라 하시더니. 어우."

양이는 울상이었다. 자리에서 일어났다. 작게 투덜댔다.

"차라리 몰래 다른 곳에서 주무시다 들키셨으면 폭풍 감동했을 텐

데 이건 뭐, 대놓고 부담스러우라고 이러시는 것처럼……. 아우, 부담
쩌네."

양이는 도가 아주 푹 잠들었다고 결론 내렸다. 이부자리로 가 이불
을 들었다. 아니, 들어 매려다 허리를 휘청했다. 두 손으로 이불의 짧
은 변을 쥐고 질질 끌었다.

"아우, 요즘 가볍고 따뜻한 극세사, 캐시미어 이불이 얼마나 많
은데, 솜이불, 아무리 솜이불이라도, 무슨 이불이 이렇게 무식하
게……. 내가, 한복만 입을 때부터 알아봤……. 으아, 씨……."

양이는 양냥거리며 이불을 질질 끌어다 보료까지 왔다. 이불이 크
게 끌릴 때마다 한약재와 꽃이 뒤섞인 고운 향이 은근히 일었다. 끙
차 힘을 주어 이불을 들었다. 도 앞에 놓인 서안과 연상을 이불 너머
로 보며 다리로 움찔움찔 밀었다. 얼결에 발로 밀었으나 서안에도 연
상에도 벼루며 붓이며 이것저것 놓여서 깨질세라 여간 조심하지 않았
다. 소란에 도가 깰세라 걱정도 했다. 어찌어찌 자리를 갖추었다. 도
옆에 이불을 내려놓은 뒤 살그머니 당겨 덮어주었다. 어깨에서부터
발끝까지, 이불을 펄럭이면 찬 바람이 일세라 무거워도 단정히 들어
얌전히 내리덮고 이불 귀를 눌렀다. 들고 누를 때마다 꽃향기가 손에
몸에 담뿍담뿍 묻었다.

'진짜 곤하신가.'

양이는 기분이 묘했다. 우선, 도가 열은 없어도 조금 아파 보여 안
쓰러웠다. 또, 지난밤 아무래도 이곳이 도가 쓰는 방 같아서 자기가
다른 곳에서 잔다 했으나 아닌 듯 말을 돌리고 나가고선 이렇듯 슬그
머니 돌아와 과년한 처자와 함께 잤다고 생각하니 고맙기도 어이없기
도 화나기도 했다. 그러나 별일 없지 않은가. 지난 일을 지루하게 붙

잡아 공연히 감정을 내봐야 정신력 낭비였다. 그대로 생각의 꼬리를 잘랐다. 다시 한 번 이불 귀를 다독였다. 얼굴에 흘러내린 머리칼을 귀 뒤로 살그니 넘겨줬다. 제 소매를 끌어다 손끝에 쥐고 식은땀을 가만가만 눌러 줬다. 이상하게도 손길이 닿을수록 그림 같던 얼굴이 사르르 풀리며 자연스러워졌다. 그 바람에 이마만 만지려던 손이 관자놀이와 뺨을 지나 목까지 다독다독 내려갔다.

"아……."

양이는 도의 쇄골에 이르러 손을 멈췄다. 가만히 늘어진 도의 목이 숨에 가늘게 부풀었다 사뿐 내려앉았다. 도의 부드러운 입술이 작게 열렸다. 유독 붉고 매초롬한 입술이었다. 시고 달콤한 과실처럼 보기만 하여도 침이 고였다. 도에게 '직장 내 성희롱은 심각한 사회문제'라고 했는데 자기가 하는 짓도 이유를 걷어내고 보면 별다르지 않아서 돌연 머쓱했다. 뺨을 엷게 붉혔다. 손을 떼고 물러났다. 발로 밀어놨던 서안과 연상으로 눈길을 돌렸다.

서안과 연상에는 연꽃이 피어오른 청자 뚫새김 연적과 용이 새겨진 청자 벼루, 붓, 먹, 옥판지 등이 널렸다. 문진으로 눌러놓은 종이도 있지만 바닥으로 이리 휙 저리 휙 멋대로 펼치고 널어둔 종이가 훨씬 많았다. 둘러보니 도가 발을 뻗은 방향으로는 온통 쓰고 버린 옥판지였다. 희고 검고 거대한 새가 날개를 뻗고 몸을 누인 형상이었다.

'헉, 혹시 이거 작품인데 내가 헝클었나?'

양이는 덜컥 겁이 났다. 기억을 더듬으니 종이를 뚜렷이 인지하진 않았어도 존재쯤 알았고 뭉갠 적 없었다. 그러나 확신할 수 없었다.

'엊저녁에도 이런 게 있었나?'

정확히 기억나지 않지만 문방사보는 봤어도 이렇게 글씨를 널어놓은 모습은 못 보았다.

'그럼 한석봉처럼 어둠 속에서 쓰셨다는 거야? 아니면 불을 켜셨는데 내가 안 깼나?'

어쨌든 좀 찔렸으므로, 양이는 서안과 연상을 제자리에 들어 놓고 종이를 한 장 한 장 모았다. 도에게 취직을 권유받으며 얻었던 방 같던 전단을 떠올렸다. 거기에 쓰인 서체를 보고 꽤 감탄한 기억이 났다. 새삼 글씨에 눈이 갔다.

"세상에……."

양이는 감탄했다. 쭈그려 앉은 자세를 바꿔 엉덩이를 깔고 앉았다. 종이를 내려놓고 쫙 펼쳐 손으로 다렸다. 서예를 볼 줄 몰랐다. 얼핏 들은 가락으로 전서, 행서, 예서 같은 한자의 십체(十體)가 어떻다는 정도만 알았다. 하나 그 정도로도 확신했다. 여기 널린 한 장 한 장은 대단한 작품이었다. 글씨가 나는 듯했다. 달리는 듯했다. 뛰는 듯했다. 종이 밖으로 뛰쳐나와 보는 이를 물어뜯을 듯했다. 일필휘지였다.

'세상에 이런 글씨도 있구나.'

양이는 설레설레 고개 저었다. 모은 종이를 한 장씩 넘겨 보았다. 주위에 널린 종이도 빠짐없이 모아서 보았다. 장장이 느낌이 다르지만 모두 초서(草書)였고 대부분 꿈틀꿈틀 패기가 넘쳤다. 마지막으로 서안에 놓인 글씨를 보았다.

'어?'

서안에 놓인 글씨도 초서였지만 지금까지 보았던 사나운 광초(狂草)와 달랐다. 그래서는 안 될 귀한 난이 비 맞아 처연히 내려앉은 듯했다. 양이는 종이를 자신 쪽으로 돌렸다. 초서는 일반 서체와 꼴이 많이 달라서 알아보기 힘들지만 읽어볼 요량이었다. 취직에 하등 도움이 안 되었지만 일단 전공이 한문학이니 눈치코치 동원하면 어떻게든 못 읽겠나 싶었다.

'비…… 취, 금한, 수여공, 유유생사, 별, 경년, 혼백, 부증래, 입몽. ……뭔 소리야?'

양이는 글씨를 그럭저럭 읽고 뚫어져라 보았다. 보다 보니 뜻이 서서히 머릿속에 들어왔다.

翡翠衾寒誰與共
비췻빛 찬 이불을 뉘와 함께할까
悠悠生死別經年
아득한 생사의 이별은 해가 지나도
魂魄不曾來入夢
그 혼백은 아직 돌아와 꿈에도 들지 않는다.

"백거이……."

한문학도로서 들은풍월이 없지 않아서 양이는 잠시 생각 끝에 출처를 떠올렸다. 제목이 기억나지 않지만 당나라 시인 백거이가 지은 서사시였다.

'이 부분보다 '하늘에선 비익조, 땅에선 연리지.'라는 구절이 유명한데.'

양이는 아득히 생각했다. 홀린 듯 글씨를 보고 또 보았다. 다른 글씨와 너무나 다른, 비에 젖은 난초 같은 그 글씨를 하염없이 눈에 담았다.

'아득한 생사의 이별은 해가 지나도, 그 혼백은 아직 돌아와 꿈에도

들지 않는다.'

"아득한, 생사의 이별은……."

양이는 예전에 이 서사시를 읽었지만 슬픔을 느끼지 않았었다. 기억이 어렴풋하지만 '와, 잘 썼다.' 하고 말았다. 그러나 이 글씨를 입은 백거이의 석 줄은 더할 나위 없이 애절하게 읽혔다.

"꿈에도, 들지 않는다. 꿈에도……. 아?"

양이는 돌연 눈물이 뚝 떨어졌다. 글씨 위에 눈물방울이 번졌다. 후드득. 한번 터진 눈물은 무리 지어 쏟아지기 시작했다.

"어어? 나 왜 이래."

양이는 당황하며 재빨리 손을 들었다. 눈물을 훔쳤다. 그러나 제 눈물에 종이가 울고 글씨가 번져도 그 세 줄에서 눈을 뗄 수 없었다. 홀린 듯했다.

"왜 이래, 진짜, 미쳤어."

양이는 벗어나고 싶었다. 무엇으로부터 그러고 싶은지 명확히 모르겠지만, 아마도 이 기분에서, 이 이상 상태에서 달아나야만 했다. 벌떡 일어났다. 저도 모르게 그 옥판지를 품에 안았다. 방을 나섰다. 다급히, 무언가로부터 도망하였다.

수사 협조를 부탁합니다

"어머, 안녕히 주무셨어요?"

도는 막 거실로 발을 들이다 우뚝 멈췄다. 옹기종기 앉은 삼인조를 보았다. 수산은 헤들거리며 군용 담요에 놓인 피를 수거 중이었고 크닙은 시르죽은 얼굴로 화투짝을 꼭 쥔 채 도를 올려다보았으며 이레인은 생글 웃으며 도에게 손을 까딱였다.

"이리 오세요. 수산 씨가 고스톱을 알려주셨는데 참 재미있네요. 사장님도 같이해요."

이레인은 보석이 은하수처럼 흩뿌려진 흰 가죽 쫄쫄이에 빨간 닭벼슬 모자, 코가 뾰족 솟은 버선 차림을 하고서 엉덩이 위로 화려하게 윤기 나는 장닭 꼬리를 뽐냈다.

도는 대체 뭐부터 물어야 하는지 고민했다. 잠시 입술을 열었다 이내 닫았다. 수산에게 시선을 주었다.

"김 양은?"

"퇴근했어요. 피곤했을 테고 바쁜 일도 없어서 청소만 하고 가라고 했죠."

수산은 해맑게 답했다. 입이 귀에 걸린 모습이 묻지 않아도 이 판을 쓸어먹은 놈이 분명했다.

"아, 그리고! 꼬봉을 내려주셔서 감사합니다. 원 고!"

수산은 빛나는 눈동자로 도를 우러러보며 한 팔을 뻗어 크닙을 꼬옥 끌어안았다. 도가 끄덕였다.

"잘 가르쳐. 사고 안 치게."

도는 셋에게 다가갔다. 크닙 옆에 앉았다. 풀 죽은 크닙의 정수리를 쓰다듬었다. 크닙을 대신하여 공산을 깔았다. 성과 없이 더미를 젖혔다. 연이어 이레인이 흑싸리를 호기롭게 던졌다. 스냅이 좋지 않아 화투짝이 모포 위로 좌악 미끄러졌지만 개의치 않고 패를 젖혔다.

"어머, 쌌네."

이레인은 무릎 위에 놓인 병아리 모양 황금 파우치를 꼭 쥐며 부르르 떨었다. 두견새가 모포 위에 댕그라니 남겨졌다.

"지화자! 저 오늘 짝짝 붙어서 예감이 아주 좋아요. 다 붙어라아!"

수산은 씨익 웃으며 크닙이 내놓은 공산에 패를 착 던졌다. 크닙이 움찔 떨었지만 아랑곳하지 않고 더미를 뒤집었다.

"윽!"

모포 위에 주르르, 팔월 석 장이 늘어섰다.

"옳거니. 달이 밝구나. 생초보 앉혀놓고 벗겨먹으려 드니 벌 받는 게지."

도는 눈을 가늘게 떴다. 크닙을 대신하여 기러기를 날렸다. 더미를 뒤집었다.

"보너스 피 나왔고. 어디 보자, 한 번 더 뒤집을까?"

크닙은 붕붕 끄덕였다. 그러잖아도 큰 눈이 쏟아질 듯 댕그래졌다.

"옳지. 외로운 두견도 제 둥지를 찾는구나."

도는 이레인이 싸놓은 흑싸리에 패를 붙였다. 크닙이 두 볼을 반짝 밝혔다.

"우와, 전하! 우리 잔뜩 먹었사옵니다! 다들 피 내놔욧!"

"그래그래, 일단 고도리에, 어이쿠, 이거 초단에다가……. 어허, 수산이 독박이로구나."

"전하! 대단하시옵니다! 어찌 전하가 오시니 패가 짝짝 붙사옵니까?"

"판을 보면 남은 패가 빤하니 맞춰 치면 되는 법이지."

"사장님, 이건 반칙입니다! 갑자기 끼어드시는 게 어딨습니까?"

수산이 피를 내놓으며 절규했다. 도가 피식 웃었다.

"이의 제기는 내가 끼어들자마자 했어야지. 인제 와서 생초보 등쳐먹지 못했다고 빽빽대다니, 이런 상도덕도 없고 양심도 없는 놈의 새끼. 크닙아, 부르지 말고 멈추어라."

"넵! 스톱! 저는 스톱이옵니다! 형님! 돈 내놔욧! 이게 다 얼마냐면……."

크닙이 부지런히 계산하더니 열성적으로 돈을 걷었다. 수산은 도에게 조금 궁싯댔으나 순순히 납세했고 이레인은 "고마워요, 수산 씨." 하며 호호 웃었다. 도가 크닙의 머리를 반쯤 헝클어트리듯 쓰다듬었다.

"자, 돈도 따줬으니 가서 간식 사 먹어라. 그리고 장닭."

크닙은 단번에 "넵!" 하고 씩씩하게 튀어나갔고, 이레인은 도의 시선을 받고서 보석 장식을 한 호사스러운 호갑투를 낀 검지로 제 가슴을 가리켰다.

"저요?"

"그래 장닭, 넌 닷새는 뒤에 온다지 않았나?"

"아이참, 장닭이라니, 센스 없기는······."

이레인은 입술을 새치름히 삐죽이며 모자의 닭 볏을 만졌다. 도가 눈 하나 깜짝하지 않자 어깨를 으쓱했다.

"차원의 마녀께서 오늘 가라 하셔서요. 안부를 물으라 하시던데요? '좋은 꿈 꿨느냐.'고."

도의 눈썹이 미묘하게 치켜 올라갔다. 수산 역시 화투와 모포를 정리하다 말고 움찔 멈췄다.

"그분이, 그렇게 말씀하셨다고?"

도는 꿈을 꾸지 않았다. 잘 수 없었다. 독한 약으로 강제하여 몸을 이완 상태에 빠트릴 수 있으나 의식이 쉬지 못했다. 꿈도 조금은 잠이 깊어져야 꾸는 것이라 그저 눈 감고 누워만 있을 뿐인 도는 꿈을 꾸지 못했다. 그리고 이레인이 말하는 차원의 마녀는 그런 도를 잘 아는 우주에 몇 안 되는 이 중 한 명이었다. 농담을 즐기지만 '자는 일'이 도에게 얼마나 큰 고통인지 아는 만큼 그것까지 농담 소재로 삼을 이는 아니었다.

"네. '좋은 꿈 꿨느냐.'고 꼭 물어보라고······. 무슨 문제라도 되나요?"

이레인이 굳은 공기를 읽고 조심스레 되물었다.

"하!"

도는 헛숨을 터트렸다. 천장을 보았다. 황당하게도 지난밤 정말 꿈을 꾸었다. 약 한 모금 입에 대지 않고 글씨 쓰다 쓰러진 일이야 어이없어도, '이제 진짜 갈 데까지 갔구나. 기절을 다 하니.' 하고 혀를 차고 말았지만, 꿈을 꾸다니, '심신이 쇠약해져 착란을 일으키는가?' 하고 자괴감이 들던 차였다. 약선(藥仙)을 청해 진지하게 상담받을 셈이었다. 그리고 방을 나섰건만 '그분'이 저런 질문을 하다니. 도는 깊은 숨을 삼키고 천천히 답했다.

"아니, 악몽이었다."

수산이 딸꾹, 딸꾹질했다.

"좋은 꿈을 꾸는 법을 알려주시진 않던가?"

도는 숨조차 죽이고 이레인을 보았다. 수산도 눈을 데굴데굴 굴리며 도와 이레인을 곁눈질했다. 이레인은 고개를 갸웃했다. 푸른 눈을 말갛게 깜박였다. 병아리 파우치를 열어 안에서 서신을 한 통 꺼냈다.

"아뇨. 단지, 이걸 전해주라고 하셨어요."

이레인은 서신을 도에게 건넸다. 은은한 벚꽃 무늬가 비치는 아름다운 한지 봉투에 도홧빛 붓글씨가 적혔다.

혼자 봐요, 달링 ♥

서신을 받은 도는 손가락에 힘을 주며 손 닿은 부분을 반쯤 구겼다. 눈썹을 미미하게 구기며 편지를 갈무리해 넣었다.

"아, 지금 보세요. 되도록 빨리 보는 편이 좋다고 하셨어요."

도는 '혼자 봐요, 달링 ♥'를 떠올리며 "쯧." 혀를 찼다. 서신을 꺼내 바닥에 놓고 손끝으로 톡톡 쳤다. 먹물이 종이 밑에 희미하게 비치더니 스포이트에 빨려들듯 손끝을 타고 올랐다.

"어머, 이런 마법은 처음 보네요."

이레인이 반짝이는 눈으로 봤지만 도는 그저 무심했다. 손끝을 타고 올라 머릿속을 지나는 문구를 읽었다.

좋은 꿈 꿨니? 어제 아주 재미있는 일을 했더구나.

네가 거하게 사고 친 덕에 밤새 이놈 저놈 게거품을 물었단다. 소식이 번지면 졸도하는 놈도 생기겠지. 훔쳐보는 재미가 아주 쏠쏠해. 오랜만에 즐겁구나. 보답으로 조언하마.

당연하지만, 이번 사건 용의 선상에 너도 올랐단다. 내 조금 손을 써서 네 차례가 뒤로 밀렸지만 네게도 곧 경부에서 좌군과 우사가 갈 거야. 그전에 알을 이레인 편에 보내렴.

또한, 각별히 조심하고 신중하렴. 네가 얻은 그 존재는 단순한 만능열쇠가 아니야. 네 생각보다 훨씬 위험하고, 귀하단다. 강한 역리(逆理)는 순리(順理)를 역리로 바꾸지만 역리를 순리로도 바꾸니까. 너는 영리한 아이이니 결국 이 말도 이해할 게다.

거듭 당부하마. 그 존재를 최선을 다해 보호하렴. 믿을 수 없는 이에게 정체를 들키지 마. 지금 정도로는 부족해. 이대로는 반드시 들킨다. 들키면, 반드시 잃겠지.

추신: 할 수 있다면 그 존재에게서 마음을 얻어두렴. 혹시 아니? 마음을 얻어두면, 그 마음이 보험이 될지?

자신 없으면 말고.

아! 회신할 내용이 생각나면 이레인에게 맡기렴. 믿을 만하니까.

글씨가 다 흡수되었다. 도는 서신에서 손끝을 뗐다. 유심한 시선으로 이레인을 짚었다. 물었다.

"너 누구냐?"

이레인에게 알을 들려 보내고 도는 그저 자리만 데웠다. 좋아하는 야구 중계도 마다하고 손끝으로 톡톡 빈 서신만 두드렸다. 눈치 보던 수산이 기다리다 못해 물었다.

"뭐라 하세요? 왜 '좋은 꿈 꿨느냐.'고 하셨대요?"

"내가 지난밤 정말 꿈을 꿨거든."

"네에?"

수산은 기절할 듯 놀랐다.

"말도 안 돼요! 정말이세요? 피로하셔서 환각을 보고 착각하셨다거나, 으아, 어떡해!"

수산은 도가 했던 의심을 반복하며 수선 떨었다.

"정말 꿈꿨어. 착각 아냐."

도는 단언했다. 수산이 반발하기 전에 덧붙였다.

"그 알, 황혜용이다."

"네……?"

이번 '네?'는 얼떨떨했다. 그러나 그 늘어지던 음절이 그쳤을 때 수산도 숨을 그쳤다. 딱 굳어 표정을 잃은 수산을 보며 도가 태연히 말을 이었다.

"그래서 곧 경부에서 군사가 올 거야. 나도 용의 선상에 올랐거든."

수산이 파랗게 질렸다.

"아까 그 여자 보모라는 마녀가 서신으로 알렸어. 그 망할 영감, 나 스토킹하나 봐. 아무리 무료한 영감이라지만 하는 짓이 왜 그리 소름 끼쳐? 뜬금없는 데서 보모질 하질 않나, 날 스토킹하질 않나."

"사장님! 아니, 전하! 그게 문제가 아니잖습니까!"

"그래, 문제는 이거지. 그 마녀가, 아니 영감이, 김 양이 '단순한 만능열쇠가 아니.'라더군. '강한 역리는 순리를 역리로 바꾸지만 역리를 순리로도 바꾼다.'고. 그러니 '잘 지키라.'고. 이게 무슨 뜻일까? 그 영감이 실없긴 해도 본격적으로 실없는 소리는 않는 양반이야. 이건 경보야. 경보이자 경고."

"미쳤어요. 미치셨어요. 정신이 회까닥 도셨다고요! 어쩌자고 천지왕께서 직접 가두신 자를……! 암만 어째 이런 사고를 치셨어요?"

"그건 사고 아냐. 필연이지. 뜻밖이 아니라 뜻대로니까. 뭣보다 '동방(東方)이 길향이라, 동으로 가면 더없이 귀한 열쇠를 얻을 운이니 꼭 가시라.'며 수리 병아리 후리듯 날 내쫓은 놈이 누군데? 내게 그 김복어를 중신 선 이가 너란 말이지. 열쇠를 쥐여줘 놓고 그 열쇠 썼다고 잔소리라, 이거 아주 앞뒤도 안 맞고 새살맞은 놈일세!"

"전하, 그건……!"

"아, 그 열쇠가 이런 열쇠인지는 몰랐어? 그때도 점괘가 안 읽힌다 했던가? 앞뒤도 안 맞고 새살맞은 데다 돌팔이이기까지! 본인이 돌팔이인데 책임은 주군에게 묻는다……. 앞뒤도 안 맞고 새살맞은 데 돌팔이에 심지어 불충한 놈! 오호통재라."

"즈언하아……."

수산은 두 팔에 고개를 묻었다. 탁자로 무너지며 힘없이 중얼거렸다.

"뒷수습은 말끔히 하고 오셨습니까……."

도는 눈살을 찌푸렸다. 한쪽 입꼬리가 말려 올라갔다.

"영력도 안 쓰고 발자국도 안 남기고 왔다. 최소한 혈기에서 날 보호하는 결계쯤 치고 싶었지만 그도 않고 꼴사납게 비틀거리며 왔으니 그놈들은 내 흔적 못 찾아. 더욱이 결계를 부쉈으면 모르되 그리 얌전히 문 따고 드나든 도둑놈이 나라고야 생각 못 하지. 내가 그 용대가리를 살린 적 있으니 날 용의 선상에 올렸겠으나 그뿐이야. 미친년 달래 캐듯 닥치는 대로 쥐어뜯고 들쑤시며 돌아다니는 게지. 그러니 넌 시치미 떼. 난 제 백성도 계집도 잃고 패배한 개새끼같이 꼬리 말고 도망와 핀둥핀둥 허송세월하는 졸장부에 우군(愚君)이니까.”

“전하.”

도는 손바닥 밑에 깔린 서신을 콱 움켜쥐었다. 서신이 도의 아귀 안으로 우그러졌다. 흰 연기만 남기고 재도 없이 탔다. 도는 수산을 보며 나지막이, 그러나 또렷이 말했다.

“가서 약선 영감 불러. 크닙이 찾아서 즉시 김 양에게 붙이고. 그림자에 숨었다가 애먼 놈이 시선 주면 무조건 감추고 출퇴근 책임지라 해. 백제(白帝)에게도 은밀히, 그러나 되도록 급히 오라 일러. 알아볼 일이 생겼다. 그리고 술 가져와. 지금부터 옷고름 풀어헤치고 술병 끼고 뒹굴며 야구나 볼 테니.”

도는 생긋, 화사하게 웃었다.

“왔거든, 지금. 인간계에, 개새끼들이.”

❋❀❋

“넘어간다, 넘어간다, 넘어가, 았다! 지화자아!”

도는 붓을 동댕이치며 화선지를 갈마쥐고 일어났다. 아래로는 비단 잠방이, 위로는 야구 유니폼을 꿰입은 채 화선지를 나부끼며 어절씨구 춤추었다. 얇은 종이에 다붓다붓 쓰인 참을 인(忍) 자를 너울너울 날렸다. 흥에 취해 덩실덩실 돌다가 우뚝 멈췄다. 고개를 갸웃했다. 화선지를 내던지고 손끝을 까닥하여 팽개쳤던 은 주병을 염력으로 들었다. 술을 한 모금 넘기고서 낯선 방문자를 향해 벙긋 웃었다.

"뉘냐? 그 꼬꼬마들은?"

방문자를 안내해온 수산은 달아오른 낯으로 이마를 짚었다. 도를 원망스레 흘겨보며 말했다.

"전하, 경부에서 몇 가지 여쭈겠다 하며 군사들이 방문했습니다. 여러 번 아뢰었으나 야구 중계 소리에 신이 말씀 올리는 소리가 닿지 않는 듯하여……."

"설명 됐고, 저들에게 시간을 내주면 되는 일이렷다?"

도는 술을 한 모금 더 마시며 벌쭉 웃었다. 수산 뒤에 섰던 자 가운데 한 명이 한 발 앞으로 나섰다. 무릎을 꿇고 오른팔을 가슴 앞으로 가로질러 들며 예를 갖췄다.

"삼계에 위명이 드높으신 수경왕 전하를 뵙사옵니다. 저는 경부좌군 추태령이라 하옵니다. 돌연히 들이닥침이 큰 무례임은 아오나 수사 협조를 청……."

"허례는 생략. 난 지금 응원팀이 역전 만루 홈런을 때려 마음이 너글너글하니 눌러 듣겠네. 내게 물을 일이 생긴 모양인데 앉지. 아, 나 야구 봐야 하니 이리로, 요쪽으로다. 수산아, 앞앞이 차 내어라."

"아니옵니다. 그렇게는……."

"아냐. 객에 대접이 허해서야 내 면이 서지 않지. 똥개야."

도가 느긋이 부르는 소리를 내자 검은 마스티프가 방석을 다발로 물고 나타났다. 개는 도 앞에 한 장, 공간 한편으로 비켜난 자리에 머릿수대로 방석을 척척 깔고서 도에게 돌아와 배를 대고 앉았다. 도가 검둥개를 쓰다듬었다.

"추 좌군이라 하였나? 나는 긴말을 싫어하니 거두절미하게. 뭐가 궁금한가?"

추태령은 정좌하고 앉아 가볍게 묵례했다. 도는 빙글빙글 웃으며 티브이에 넋을 놓았다. 추태령은 그런 도를 시선으로 집요하게 따라 갔다. 눈을 마주하고 억양 없이 말했다.

"지난밤, 유폐 중이던 최초의 용아귀, 혜용이 사라졌사옵니다."

"허?"

도는 얼빠진 숨을 쉬었다. 티브이로 거의 돌아갔던 눈길을 태령에 게 되돌렸다. 헛웃음 치며 불쑥 내뱉었다.

"썩을 놈. 그 잡놈은 왜 사라져서 나 야구도 못 보게 지랄이야? 그래 서? 뭔 상관인데?"

태령은 다시 티브이로 눈이 돌아가는 도를 보며 올라오는 한숨을 삼켰다. 지고한 수경왕을 뵙는다는 생각에 수사도 수사지만 내심 설 렜거늘, 그 수경왕이 이 지경일 줄이야, 정말이지 상상도 못 했다. 온 갖 환상이 와장창 깨졌다.

"경부에서는 탈주와 납치, 두 면으로 수사 중이옵니다. 다만 혜용은 강하므로 강제 납치당했을 가능성이 희박하며 탈주가 유력하옵니다. 유폐지 결계는 외부협조 없이 해제 불가능하므로 협조 가능성이 있는 자를 용의 선상에 올리고 수사 중이옵니다. 송구하오나 전하께서도 용의 선상에 계시옵니다."

"왜?"

도는 붓을 들었다. 이제 태령을 보는 시늉도 않았다. 티브이에만 시선을 붙박은 채 능숙하게 붓에 먹물을 먹였다. 화선지에 붓끝을 내렸다. 태령의 시선이 붓을 따라갔다. 거실 한쪽에 앉은 좌군과 우사들도 목 짧은 강아지가 겻섬 넘어다보듯 목이고 몸이고 솟구고 붓끝을 향했다. 도의 붓이 날았다. 삼구삼진(三球三振). 태령이 민망해져 붓에서 애써 시선을 뗐다.

"그것은, 전하께서 황혜용이 대죄를 저질렀을 당시……."

"됐네. 진짜 몰라서 물은 건 아니니. 내가 그 새끼를 좀 유별을 떨며 살렸어야지. 천하궁 대전 앞에서 그놈 대신 석고대죄까지 드렸잖은가. 거기에 모두 꺼리는 그 잡놈을 몇십, 몇백 년에 한 번씩이나마 꼬박꼬박 찾은 자도 드물겠고?"

"말씀대로이옵니다. 그래서……."

"아! 또 풀카운트네! 하나 내가 아닐세."

"아니라 하심은……."

"염병! 계속 커트야?"

도는 서안을 탕 쳤다.

"전하, 수사에 성실히 협조를……."

"연락도 없이 불쑥 오더니, 뭐? 야구 끝날 때까지 기다릴 텐가?"

도가 곁눈으로 찌릿, 태령을 노려보았다. 태령은 흠칫했다. 귀밑이 확 달아올랐다. 무인으로서 고작 눈짓 한 번에 기가 질리다니. 부러 헛기침을 삼켰다.

"하나 전하께옵서는 혜용과 친분이 남다르시어……."

"친분 같은 소리 하네."

도는 차게 뱉었다. 순간 흉흉한 기세가 치솟았다.

'과연, 수경왕.'

태령은 어깨를 굳혔다. 이 나사 빠진 왕에게 이번에도 기가 눌리고 싶진 않았다. 처음으로 자신을 오롯이 마주하는 도를 지지 않고 응시하며 숨조차 죽였다. 도가 피식 웃었다.

"뭘 그리 긴장해. 안 잡아먹네. 응원팀이 만루 홈런을 때려 내 마음이 너글너글하다지 않나. 어쨌든 친분이라니 개소리네. 황혜용이 용아귀가 됐을 때 일족을 아끼기로 삼계에서 둘째라면 서러울 황룡족이 어쨌는지 아나?"

"물론이옵니다. 일족의 수치라며 가장 앞장서서 처형을 주장했다 들었사옵니다."

"그래. 황혜용을 충성스럽게 모시던 인간계 사방신은? 걔들은 그놈이 애달파 아직도 새 황제를 안 모시는 벽창호인데?"

"외면했사옵니다. 자신들이 모시던 황제가 치욕을 당하는 모습을 못 견디어 넷 중 셋이 은거했고 하나는 죄인을 가둔 옥사에 난입해 독약을 던지며 차라리 자결하시라 울부짖었사옵니다. 그런데 이것과 전하의……."

"관련이 깊지. 내가 탈주를 도울 만큼 그 아귀 새끼를 소중히 여긴다고 착각을 하니 정신 차리게 하려는 거니까."

도는 연적을 들어 벼루에 물을 더했다. 먹을 갈았다.

"황혜용을 아끼기론 둘째가라면 서러울 자들이 한결같이 그를 외면하거나 차라리 자결하라 했다. 그런데 나만이 그놈을 살려달라며 왕의 몸으로 열하루를, 그 꼴이 보기 싫으셨던 천지왕께서 땡볕에 우박에 서리를 번갈아 내리시는데 고스란히 다 맞으며 석고대죄 드렸다. 왠지 아나?"

먹을 가는 도의 손길은 차분했다. 태령은 숨죽이고 도를 보았다.

"어찌 그러셨사옵니까?"

"첫째, 황혜용이 원했으니까. 그 시점에서 내 친우는 그 천박한 아귀 년에게 더럽혀져 죽은 자와 다름없었으나 친우로서 그놈이 바라는 일을 마지막으로 하나쯤 해주고 싶었다. 둘째, 졸라 빡쳤으니까."

뚝. 순간 도의 손아귀에 힘이 들어가며 갈던 먹이 부러졌다. 도는 하르르 한숨 쉬었다.

"황혜용은 친우인 내게 낌새 한번 풍기지도 않고 그딴 짓을 저질렀다. 더구나 그 새끼는 황혜용이지만 황혜용이 아니었지. 황혜용을 잡아먹은 아귀 년이기도 했다. 어디 한번 바라는 대로 살려줄 테니 살아서 좋은 꼴을 보나 보자. 원하는 대로 실컷, 치욕스레 살아보라. 석고대죄 드리며, 장골 주먹보다 더 큰 우박을 다발로 맞으며 이를 아득아득 갈았다. 그 이후 그 새끼를 찾을 때마다 작작 살고 그만 죽어라 그리 말했는데 내 말을 개방귀로 알았지. 한데 내가 탈출을 도와? 그년이 탈출해서 제 맘대로 활개 치고 다니는 꼴이 내 눈에 들면 단칼에 베어버릴 셈인데?"

도는 부러진 먹을 놓았다. 광고가 나오는 티브이를 흘끗 보았다. 술병을 들어 무심히 입술에 기울였다.

그때 수산이 나타났다. 수산은 옥으로 깎은 찻잔이 담긴 옥반과 간식을 올린 소반을 손마다 첩첩이 들었다. 찻잔과 간식을 도와 태령 앞에 하나씩 놓았다.

"전하. 빈속에 약주가 과하면 속을 상하십니다. 수라는 들지 않으셔도 입치레는 하시옵소서. 또한, 의선이 보낸 약수에 다선이 보낸 귀한 찻잎을 우렸으니 속을 보하시옵소서."

"고맙다. 추 좌군도 들게."

그러나 도는 찻잔을 들지 않았다. 술병을 한 번 더 기울였다. 태령에게 개의치 말라는 듯 고갯짓했다. 태령은 고개를 조아리고 찻잔을 들었다. 한 모금만 마시고 다시 놓았다. 차분히 물었다.

"전하께서 해주신 말씀은 참고하겠사옵니다. 부디 죄인이 나타나면 베지 마시고 신병을 확보하여 경부로 인도해주시길 바라옵니다."

"노력하지."

"감사하옵니다. 그럼 몇 마디 여쭙겠사옵니다."

"묻게."

"지난밤 술시부터 오늘 축시까지 어디에서 무엇을 하시었사옵니까?"

"야구를 봤지."

도는 다시 티브이로 시선을 옮겼다. 손으로는 붓을 들어 먹물을 먹이며 한가로이 답했다.

"저 야구가, 월요일 빼고 화요일부터 일요일까지 매일 하거든. 그래서 주중엔 여섯 시 반부터 늘 야구를 보네. 끝나는 시간은 그때그때 다르네만 어제는 연장전을 해서 열 시 즈음에 끝났어. 야구 하이라이트 프로그램까지 보았지. 이후엔 씻고서 글씨를 쓰다 잤네."

"증인이 있사옵니까?"

도가 으쓱했다.

"수산 정도지. 이런! 대놓고 실툰데! 저건 쳐야지! 저것도 리드오프라고!"

"그럼 어제 쓰신 글씨를 볼 수 있겠사옵니까?"

"흠, 얼마나 남았을지. 별로 없네. 종이접기도 하고……."

도가 와작, 먹물이 채 마르지 않은 종이를 몇 장 구겼다. 한쪽에서 목을 빼고 앉았던 좌군이며 우사들이 움찔, 몸을 떨었다. 도가 구긴 종이를 휙휙 위로 던졌다. 종이가 공중으로 비산하며 울긋불긋, 아롱다롱 불꽃 춤을 추었다.

"크윽."

"아이고, 아까워라."

저쪽 편에서 좌군과 우사 중 몇이 억눌린 비명을 질렀다. 도는 해죽댔다. 옆에 누운 마스티프를 툭 두드렸다.

"불장난도 했거든. 어쨌든 뭐, 똥개야, 가서 내 어제 쓴 글 좀 가져오너라."

마스티프가 컹 짖었다. 일어나 어딘가로 총총 사라지더니 이내 커다란 라면 상자를 질질 끌고 나타났다.

도는 납작 접은 천만석 닭강정 상자와 투겟헐 아이스크림 상자 밑에서 옥판지 다발을 꺼냈다. 별로 없다던 말과 달리 수십 장이 넘었다. 여느 때보다도 목이 길어진 좌군과 우사들이 처량히 신음했다.

"으으, 저기에 닭강정 양념이……."

"세상에……."

태령은 좌군과 우사를 찌릿 째려보았다. 다들 찍소리도 못하고 입을 합 다물었다. 태령은 돌아가면 저 새끼들을 가만두지 않겠다 다짐하며 도가 내려놓은 글씨를 보았다. 눈썹을 꿈틀했다. 한 장 한 장 넘겼다. 저절로 풀리려는 입가에 힘을 주었다. 침을 꿀꺽 삼켰다.

"이것은 증거품으로 가져가도 되겠사옵니까?"

"뭐, 좋을 대로."

"감사합니다. 백 우사, 챙기게."

태령이 말하자 우사 중 한 명이 눈을 빛내며 재빨리 다가와 옥판지

다발을 받아갔다. 품에 꼭 안고 자리로 돌아가 저들끼리 낮은 소리로 뭔가 쑥덕이기 시작했다.

"커험."

태령은 헛기침을 삼켰다. 귀밑이 다시 붉어진 채 입을 열었다.

"그럼 다시 여쭙사옵니다. 탈주를 도울 정도로 죄인과 친분이 남은 자를 아시옵니까?"

"글쎄? 그 끔찍하던 사방신도 굴 파고 들어간 마당에. 그 자식은 인복이 없어. 옳지, 좋다! 예쁘게도 밀어치는구나!"

"큼, 죄인은 평소 탈주를⋯⋯."

"내가 그 새끼 마지막으로 본 때가 약 이백 년 전일세. 내게 탈주의 '탈' 자라도 꺼냈다간 목을 따였을 테니 입도 뻥긋 안 했지. 한데 너네, 내게도 꼴통 신하가 영광 바닷가에 늘어놓은 봄 굴비보다 많아 너희 상관에게 동지애가 느껴져서 말인데, 너희 지금, 죄인과 친분 쌓았던 자를 훑는 모양이지? 한데 이때는 죄인을 탈주시킬 능력 되는 놈을 찾는 일이 먼저 아닌가? 그 결계가 보통 결계가 아니잖나? 불어봐. 지금 친분 쌓은 놈만 터는 겐가, 능력 되는 놈도 터는 겐가?"

"그, 탈주를 도울 이유가 있는 자가 아니고서야⋯⋯."

태령은 얼굴에 모닥불을 담아 부은 듯했다. 도가 쯧, 혀를 찼다.

"허! 이 대가리에 파리가 쉬슬 놈들을 봤나. 너희가 과붓집에서 바깥양반 찾고 중놈에게서 참빗 찾을 놈들이야. 하이고, 탈주를 도울 이유? 그런 이유가 있는 놈은 친분 쌓은 놈 말고도 쎄고 쎘어. 혜용은 지혜롭기로 삼계 제일인 황룡족에서도 이름자로 '지혜 혜(慧)' 자를 받은 놈이야. 특히 결계술로 삼계 제일이었다. 그놈이 그 결계 밖에 살아서 마음껏 연구하고 실험할 수 있었다면 거기 갇히고 오십 년도 가기 전에 그 결계 따고도 남았어. 너같이 어린놈은 모르겠으나 그런 결계의 초안을 짠 자가 바로 황혜용이었으니까. 묻지. 결계를 땄어, 깼어?"

"……땄습니다. 흔적도 없이, 깔끔하게."

"하! 흔적도 없어?"

도는 헛웃음을 지었다. 티브이에서 눈을 떼고 태령을 보았다.

"손꼽히는 술사인 천지왕께서 심혈을 기울여 직접 치신 결계를 흔적도 없이, 다른 이에게 들키지도 않을 정도로 순식간에 딸 만한 자, 몇이나 될까? 깰 만한 자라면 드물지만 나를 포함해서 몇몇이 있어. 그러나 딸 만한 자라면, 그것도 흔적조차 없이 딸 만한 자라면 몇 없다. 아니, 거기 들어앉아 수백 년간 그거나 고민했을 그 아귀 대가리 말고는 없어. 외부 협력자가 붙었겠지. 그러나 방법을 알려준 자는 혜용 본인일 가능성이 구 할 구 푼이다. 물론 그 방법을 시행한 외부 협력자도 결계술 해제에 상당히 능란한 자였겠지. 아니라면 혜용이 방법을 알려주었다 한들 그리 신속하게 해치울 수는 없었을 테니까. 그러니 반 천 년간 그 새끼를 방치하다가 새삼스레 동정심과 우정이 일어서 천지왕 전하 눈 밖에 날 위험을 감수하고도 탈주시킨 또라이 찾지 말고, 본래부터 결계술의 달인이었고 수백 년간 거기 갇혀서 그 결계 깨기만 연구했을 그 아귀 대가리를 얻었을 때 가장 이득볼 자가 누구인지, 삼계에서 가장 신속하게 결계 해제술을 펼칠 만한 자가 누구인지 찾아. 나라면 삼계의 역대 곳간 털이범 명단부터 훑겠어. 아니, 저게 왜 아웃이야! 심판 눈이 동태눈인가!"

오롯이 태령을 보는 듯하던 도가 갑자기 버럭 외치며 무시무시한 기세로 티브이를 노려보았다. 태령은 움찔하며 저도 모르게 고개를 돌려 화면을 봤다. 삼루로 돌진하는 주자와 주먹을 휘두르며 아웃을 선언하는 심판이 다시보기로 나왔다.

"추 좌군은 어찌 생각하나? 야구 볼 줄 아나 모르겠네만, 달리는 애가 하얀 판 먼저 찍으면 세이프야. 수비하는 애가 공 든 손으로 달리는 애 먼저 찍으면 아웃이고."

태령은 같은 장면을 되풀이하는 화면을 주시하며 깊이 한숨을 눌렀다. 상관이 '수경왕은 기세가 강하고 기분파니 말려들지 말라.'고, '네가 가장 차분하고 냉정하니 너만 믿는다.'며 태령을 도에게 보냈건만 이건 말려든 정도가 아니라 질질 끌려가고 있었다.

"저는, 음, 야구를 잘 모릅니다만, 세이프, 같사옵니다."

태령은 세이프인지 아웃인지 아리송했지만 세이프라 말하지 않으면 후환이 남을 듯했다. 답하자 도가 생긋 웃었다.

"그래. 세이프지. 저 심판이 원래 유명한 동태야. 주심을 보면 아주 오망성을 그려요. 야구장에 대체 뭘 소환하려는지! 자, 어쨌든 질문 더 있나?"

"아니옵니다. 수사 협조와 가르침에 감사하옵니다."

"무얼. 얼씨구! 저거저거저거저거! 절씨구! 투런이로구나!"

도는 팔을 휙 놀려 내려놓았던 붓을 들었다. 종이는 보지도 않은 채 붓끝을 달려 초서로 호방하게 한 자 적었다. 희(囍). 저편의 좌군과 우사들이 목을 일제히 주우욱 뽑았다. 태령도 크게 숨을 들이마셨다. 태령이 입술을 달싹였다. 도가 그 화선지를 옆으로 날려 서안 밑으로 떨궜다.

"이거, 제게, 음, 제게 내려주실 수는 없으시옵니까?"

태령이 떨어진 글씨에 눈길을 주며 조심스레 물었다. 도가 갸웃했다.

"이걸? 아까는 증거품이라 치고, 이걸 왜? 연습지에 대충 갈긴, 글씨랄 수도 없는 낙서인데."

태령이 머뭇대며 떨어진 종이를 조심스레 들었다.

"하지만, 전하께선 초서로 삼계 제일이시고, 이 '희' 자도 명성이 부족할 정도로……."

"제일은 무슨. 자네들 상관이야말로 서선(書仙)이라 불리는 달필 아닌가? 나야 뭐, 초서 하나는 졸필을 면했으니 서선이 '수경왕이 초서 하난 괜찮다.', 한마디 선심 쓴 게지. 내 글씨는 뉘에게 선물할 수준이 아닐세."

태령이 정색했다.

"아니옵니다! 이리 도도히 흥이 돋는 초서는 누구도 흉내 낼 수 없사옵니다! 서선께서도 여러 차례 전하가 쓰신 광초(狂草)에 탄복하셨사옵니다. 최근에도 천선 님께 전하가 쓰신 작품을 빌려 보시고는, '이 초서는 그 기세가 광포하면서도 고아하며 자(字)가 무뢰배처럼 방산하면서도 글줄은 정예군처럼 획일하다. 취객처럼 비틀거리나 군자처럼 정도를 안다. 이러한 듯하면 저러하여 보기에 심히 어지러운 듯하나 대해(大海)는 풍랑이 드세도 심해가 잔잔하듯 그 뿌리가 참으로 선(禪)의 정수다.'라고 하셨사옵니다. 그야말로 진심이셨사옵니다."

"하핫! 그래? 거참! 서선이 그리 말했단 말이지? 이거 참, 추 좌군도 들어 알겠네만 내 평소 글씨 선물을 안 한다네. 하나 오늘은 홈런도 두 방에 이리도 얼굴에 금칠을 당하니 기쁘고 미안해서라도 흥을 내야겠군. 이건 낙서라 남 줄 바가 못 되니 제대로 몇 자 써줌세!"

도는 넌덕을 치며 붓을 착 들었다.

"수산아! 낙인과 제일 질 좋은 옥판지를 가져오너라. 오랜만에 제대로 붓 좀 놀려야겠다!"

✳✿✳

도는 깔개 위에 모로 누워 쿠션에 머리를 괸 채 나른히 야구를 보았다. 경기는 팔 회 말 십일 대 사로 도가 응원하는 곰돌즈가 낙승할 분위기였다.

"꼭 그러셔야 했어요?"

수산이 볼멘소리를 냈다. 도의 머리를 지압하며 불퉁히 입술을 삐죽였다.

"뭐가?"

"꼭 그렇게, 위엄 없이, 나사 빠진 듯, 히죽 해죽, 그렇게요. 저 솔직히 부끄럽고 속상했어요. 전하는 그런 분 아니시잖아요."

"그래야 했어. 너는 부끄러움이 더 마음에 걸리는지 모르겠지만 연적이나 서갑이가 봤다면 더해야 했다고 잔소리했을 터다. 저들이 그저 나를 수사만 하러 왔다 생각하느냐? 물론 그랬겠지. 그러나 내가 어쨌는지, 천지왕께서 반드시 보고받으실 터다. 그분은 내가 불안해 못 배기는 분이시니까. 내가 만사 자포자기한 듯 술과 여흥에나 빠져 실없이 허허댈수록 안심하실 테고 내 백성과 나라가 평안하다. 그러나 너무 순하고 맹하게 굴 순 없었어. 그분은 날 아시니까. 내가 너무 입맛대로 보이면 저놈이 연극한다 의심하실 테지. 여전히 똑똑하고 제멋대로지만 의욕을 잃고 허허대는 정도가 딱 좋아."

수산은 눈을 감았다. 이 상황에 화가 나서 열 오른 한숨이 터질 듯했지만 도의 속을 짐작하면 이까짓 일로 감히 한숨조차 낼 수 없었다.

꽤나 지끈거릴 도의 머리를 꾹꾹 지압하며 부러 툴툴댔다.

"그럼 글씨는 왜요? 면면이 장장이 들려주시고. 글씨 내돌리기 싫어하시잖아요. 이날 이때껏 제게도 한 장 안 주시고는. 아세요? 전하께서 하도 인색하셔서 수경왕 낙관 찍힌 작품 한 장이면 선관 마을에 금으로 기와집을 올린대요."

"실없긴. 그깟 날려 쓴 몇 줄이 그 정도이겠느냐. 글씨로 유명한 서선이다. 수하도 글씨에 안목 높은 자가 많기로 유명해. 그리 쓰고 있으면 분명 욕심내리라 생각했다. 주기는 싫다만 일종의 뇌물이지. 잘 받고 가서 꼬투리 잡힐 말은 하지 말라는. 말은 아 다르고 어 다른데 기분 좋으면 '어?' 할 것도 '아.' 해주는 법이니."

"전하도 참. 잠깐 엎드려 누워보세요. 목도 풀어드릴게요."

수산은 도의 머리에서 손을 떼며 말했다. 도는 지금 나른한 표정이지만 평소 자주 목이 굳었다. 화가 끓어오르고 또 끓어오르기 때문이었다. 본래라면 하루 언제고 시중들 궁인이 넘쳐나겠지만 은거를 자처하니 결국 도울 이가 수산뿐이었다. 수산이 도의 어깨를 지그시 돌리며 재촉하자 도가 쿠션에 기댄 머리를 작게 도리질했다.

"아냐. 오늘은 괜찮아. 같이 야구나 봐."

"약 드셔서 그래요. 항상 굳어 계시면서. 그러고 보니 약은 언제 드셨어요? 오늘은 객 때문에 틈이 없어 챙겨드리지 못했는데."

"안 먹었어. 말했잖아. 지난밤에 푹 잤다고. 아니면 곰돌즈가 모처럼 투타가 짝짝 맞아서 그런가, 찜찜한 일이 많은데 기분은 썩 괜찮아."

수산은 그 장골을 애처로울 정도로 흠칫했다.

"안 드셨다고요? 이렇게 번다한 일이 많은데 그래도 괜찮으세요?

막 화가 나진 않으시고요? 머리 아프거나 어지럽지는 않으세요? 정말 괜찮으신 건가요? 저 전하께서 어젯밤에 주무시고, 꿈까지 꾸셨단 말씀에 무지막지하게 놀랐다고요. 약선이 내일 아침 일찍 온댔는데 그때까지 괜찮으시겠어요?"

"생각이 많아 머리는 아프지만 몸은 여느 때보다 좋아. 이리되고서 처음으로 잠다운 잠을 잤으니."

"그러니까, 정말 주무셨어요? 전 기절하지 않으셨나 걱정돼서 정말……. 약선 올 때까지 전하, 제 눈에서 벗어나지 마세요. 우리 전하 잘못되시면 전 어떡……. 아야!"

수산은 반쯤 울먹이며 도를 들여다보다가 도가 불쑥 팔을 들어 때린 딱밤을 맞고 비명 질렀다. 두 손으로 이마를 짚으며 억실억실한 눈망울에 눈물을 글썽했다.

"아프잖아요!"

"이게 날 아주 송장으로 보나. 나도 신경 쓰이지 않는다면 거짓이지만 일단 괜찮아."

도는 야구 중계에서 시선을 떼지 않은 채 팔을 들었다. 무심한 듯 다정스레 수산의 수그린 머리를 쓰다듬었다. 수산이 징징대자 낮게 웃었다.

"들어봐라. 삼계에서 술법이 밝기로 흔히 천지왕 전하, 하태 님과 개양 님, 서해 용왕과 인간의 백제 정도를 손에 꼽지만, 정말 으뜸은 누굴까?"

수산은 잠시 생각했으나 곧 답을 내놓았다.

"천지왕 전하는 강력하나 정묘하지 못하시고 하태 님은 정묘하나 폭이 좁으시며 개양 님은 폭이 넓으나 깊이가 얕으시고 서해 용왕은 어렵거나 쉽거나 두루 능하지만 술법사일 뿐 자신만의 이론이 없으며, 백제는 학문이 깊어 술법가로 으뜸이나 술법사로선 서투르죠. 사실 수준이 다르니 감히 언급하지 않을 뿐 폭과 깊이, 정묘함과 강력함, 이론과 실제 모두에서 완벽한 분은 문장 님뿐이지요.”

“과연. 내 생각도 그렇다. 그 문장 님이 뭐라 하셨는지 기억하지?”

“아까 그 편지요? 양이 씨가 ‘단순한 만능열쇠가 아니.’고, ‘강한 역리는 순리를 역리로 바꾸지만 역리를 순리로도 바꾼다.’, ‘좋은 꿈 꿨느냐?’ 이거요?”

“그래. 그 말이 범상하지 않아 궁리해보았다. 지금 내 상태는 역리가 아니냐? 지금껏 미치지 않고 살아남은 일 자체가 기적이니.”

“그렇지요.”

수산은 떨떠름히 답했다.

“옳지! 저 정도는 잡아야 곰돌즈를 대표하는 중견수지! 어쨌든, 김양도 역리지 않으냐? 나보다 더 강한 역리. 내 상태는 신기해도 있을 법하지만 김양이라는 존재는 언어도단이니까.”

“어, 그 말씀은, ‘강한 역리인 김 양이 역리인 전하를 순리로 바꾼다, 그래서 전하께서 주무실 수 있었다.’는 뜻인가요?”

“‘그’ 문장 영감이 한 말이야. ‘그’ 영감이 던져준 단서고. 백제와 머리를 맞대볼 일이지만 엮어보면 그럴싸하지 않아?”

“말이야 연결하면 그럴싸하죠. 그런데 어떤 원리로요? 공의 도깨비는 그저 영력이 너무나 엷은 존재일 뿐인데요. 전하 상태와는 별 관련 없어 보이고요.”

“누가 김 양이 ‘공의 도깨비’래?”

“네?”

도는 피식 웃었다.

"김 양은 '공의 도깨비 같은' 존재지 '공의 도깨비'가 아냐. 공의 도깨비와 엇비슷해 보일 뿐 이론서에서 튀어나온 '공의 도깨비'가 아니지. 그러니 영력이 없거나 지극히 옅은 존재가 아니라 근접한 모든 영력 흐름을 무로 되돌리거나 흩어버리는 존재일 수도 있어."

"하지만 양이 씨와 접촉한다고 제 영력이 간섭을 받지는 않는데요."

"이런 미련한 놈! 내 오늘 기분이 좋아 말을 곱게 하려 했더니! 쯧, 내 말은 생각하는 폭을 넓히자는 게지 내 말이 정답이란 뜻이 아니야. 나는 지난밤 정말 잤어. 이 상태가 되고서 처음으로 잠 같은 잠을 잤지. 문장 님이 그와 연관된 서신을 주셨고. 생각해보면 나는 김 양을 만나고서 꽤 누그러졌어. 너도 생각해봐. 김 양이 가게에 나오고서부터 내가 화를 억누르지 못하고 터트린 적 있어?"

수산은 눈을 끔벅였다.

"어라? 없으시네요? 아, 그래도 예전에도 가끔 이렇게 버티셨어요. 아! 하지만 요즘 말씀도 많아지셨어요. 원래 졸리고 귀찮아서 대개 말하기도 싫어하셨잖아요."

"그래. 그렇지. 어쩐지 김 양은 이상해. 그 애를 보면 자꾸 만지고 싶어. 처음에는 오랜만에 가까이한 여인이라 그런가 했지. 예쁘거나 나긋하지 않아도 일단 여인이고 자그마하니 놀리는 재미가 쏠쏠하잖아? 사실 문장 님 서신을 받기 전까지만 해도 그런 이치로 생각했어. 한데 뭔가 다른 것도 같아. 희한하게 김 양은 처음부터 눈에 감겼거든. 신기해서 그런가? 여인이라 그런가? 작아서 그런가? 하지만 역시 품에 두면 뭔가 누그러져. 내가 좀, 자신도 모르는 새 굶주렸나? 다른 여인과 비교해볼까? 어찌 생각해?"

"어, 확실히 말씀이 많아지셨다고 생각해요. 그리고 그건 여자 문제는 아닌 것 같은데……. 어쨌든 어려운 일도 아니니 확인해볼 필요가 있겠네요. 금이나 홍실이 부를까요? 아니면 남해 용궁에서 일하는 아주 예쁜 돌고래 아가씨 아는데 소개해드릴까요? 전하를 흠모하는 여인은 많으니 부르시기만 하면 치마를 걷어붙이고 둥실둥실 날아들 올걸요? 아! 내일 오는 백제는 어떠세요? 백제는 애인도 없고 전하와도 괜찮은 사이니 가볍게 어울려줄걸요?"

"백제는 매력적인 여자지. 열정적이고. 백제와 어울리면 확실히 갈증은 해소되겠지. 피차 쉬이 지치지도 않고 잘 노니까."

티브이는 광고가 한창이었다. 도는 눈을 감았다. 입꼬리를 말아 올리며 느긋이 사나운 미소를 지었다.

"하지만 백제는 사내를 누그러트리는 여인이 아니지. 지금은 재미보다 알아야 할 바를 아는 일이 먼저니 양쪽을 그럭저럭 만족하는 쪽으로 해. 수경궁에 연락을 넣어 은반비를 불러. 우리 아이 중 드물게 양순하고 입도 무거우니 그 아이는 가까이 두어도 괜찮을 거야."

도는 천천히 눈을 떴다. 배부른 표범처럼 나른히 긴 한숨을 내쉬었다.

정체가 뭐냐

"저, 여기 어딘지 아나요?"

양이의 눈앞에 종이 한 장이 불쑥 올라왔다. 구깃구깃한 종이 위에 글씨가 적혔다.

'어……'

양이는 약도로 길 묻는 사람은 만났어도 주소로 길 묻는 사람은 처음이었다. 돌연 받은 주소에 당황했지만 이 동네려니 싶어 읽었다.

"어?"

양이는 고개를 들었다. 눈앞에 강렬한 미녀가 보였다.

'이번 달 운수에 '미녀로 눈 호강할 운'이 들었나?'

여자는 아름답지만 독특했다. 머리부터 발끝까지 어딘가 호화롭고 고풍스러웠다. 떨잠과 비녀를 여럿 꽂아 머리 타래를 좌로 우로 둥실 둥실 틀어 올렸다. 발목까지 늘어지는 셔링 원피스를 입고 그 위에 퓨전 저고리로도, 현대복 볼레로로도 보이는 특이한 비단 겉옷을 걸쳤다. 비단 통굽 신을 신고 전통수가 놓인 비단 파우치를 들었다. 양이와 눈이 마주치자 속눈썹이 바짝 올라붙은 눈을 고양이처럼 깜박이더니 사르르 웃었다. 여자가 봐도 가슴이 간지러운 미소였다.

"알 것 같은데, 몰라요?"

여자는 목소리마저도 깔끄러우면서도 말랑말랑, 고양이 혓바닥 같았다. 양이는 남자가 들으면 단숨에 애간장이 녹아내릴 목소리라고 생각하며 뺨을 붉혔다.

"아, 여기가……."

양이는 입을 달싹였다. 도가 한 말이 떠올랐다.

「여기 일 밖에서 말하지 마. '평범'에서 벗어나는 부분은 더욱.」

양이는 주소를 다시 보았다. 역시 화화 주소였다. 여자도 다시 보았다. 여자는 순수한 인상이지만 복장이 유별났다. 평범을 벗어났다는 점에서 양이가 최근에 겪은 일과도 상통했다. 양이는 도에게 주의를 받은 지 고작 이틀째였다. 이런 상황에서 이 여자에게 '내가 화화 직원'이라고 밝혀도 되나 싶었다.

그러나 수산이 말했다. '알 만한 사모님들도 화화에 점을 보러 온다.'고. 여자도 그런 손님일지도 몰랐다. 더구나 입 다물고 모른 척하자니 어차피 출근길이라 여자와 앞서거니 뒤서거니 할 판이었다.

'결국, 가게에서 만나겠지.'

양이는 입을 떼었다.

"제가 여기 직원이에요. 출근길이니 같이 가세요."

"어머? 여기 회사였나요?"

'손님이 아닌가?'

양이는 갸웃했다.

"모르셨어요? 손님께 다과를 내드리고 이야기 들어드리는 작은 가게예요."

"아아, 혹시나 정장 입은 그분을 뵙나 했는데, 아쉽네요."

여자는 실망했다. 양이는 걸음을 옮기며 의아한 기색을 띠었다.

"'그분'이요?"

"'도'라고, 거문고 잘 타는 잘생긴 분 계시잖아요? 정장 입은 모습도 한번쯤 뵙고 싶거든요. 근사할 것 같아."

양이는 눈을 깜박였다. 얼굴을 기억할 수 없지만 국악기와 잘 어울리는 남자를 알긴 했다. 부정형 얼굴을 한 한복 미남이 거문고 타는 모습을 상상하고 답했다.

"음, 잘 모르지만 사장님께서 거문고를 타실지 모르겠네요."

"어마? 못 들었나요? 심심하면 거문고 뚱땅대실 텐데? 그리 능청스러운 분이 그토록 꿋꿋하고 솔직한 악기를 즐기시다니, 가당찮아. 내가 말하고도 도깨비소리 같네요."

여자는 거기까지 말하더니 튀어 오르는 팝콘처럼 웃었다.

"진짜 도깨비소리죠? 그분은 거문고와 안 어울려요. 한번 내리치면 뒤집지도 못하는 꽉 막힌 악기라니. 그분은 밀고 당기고 뒤집고 꺾고 잡아 뽑아야 어울리죠. 아, 그놈의 거문고, 콱 분질러버리고 가야금의 참맛을 가르쳐드려야 하는데."

양이는 아하하 웃었다. 거문고도 가야금도 줄 수가 헷갈릴 만큼 잘 몰랐지만, 여자가 하는 묘사를 듣자니 도에게는 가야금이 걸맞을 것도 같았다. 도야 사람을 살살 놀리는 솜씨가 일품이었으니까.

"가야금 하세요?"

"할 줄 알아요. 호호. 그분은 여전하시죠? 여전히 짓궂고, 여전히 여인이 많으시고?"

양이는 선웃음 지었다.

'사장님 역시 바람둥이셨나? 하긴, 내게도 그렇게 찝쩍대셨고.'

양이는 웃음을 머금은 채 가볍게 찡그렸다.

"사장님 사생활은 몰라요."

'사실 며칠 대해보지도 않았고요.'

그러나 양이는 그 말을 삼켰다. 여자가 가느다란 손을 살랑 저으며 요염히 웃었다.

"그래요? 잘 알 것 같은데? 자기가 딱 그분 취향이거든. 그분, 어리고 귀여운 여자 좋아하세요. 취향이 아주 범죄적이고 자기모독적이시거든요. 당신께 어울리는 여자 유형을 통 모르신다니까. 하긴, 그런 안목이니 거문고를 하시지."

"아하하. 구박은 친한 사이 아니면 잘 못 하는 법인데, 가까우신가 봐요."

여자가 눈을 찡긋했다.

"과거에 어쩌면 엮일 뻔한 사이? 호호. 애인은 아니지만요. 그분은 날 일 시켜먹으려고 엮어 앉히려던 분이시거든요. 하지만 난, 날 좋아하지도 않는 분 곁에 주저앉혀지기엔 남자 보는 눈이 높아요."

"충분히 높을 만하신데요. 미인이세요."

양이는 '요 며칠 만난 미인은 미모만큼이나 성격도 굉장하다.'고 생각했다. 적당히 답하자 여자가 기분 좋게 웃었다.

"호호, 그렇죠? 사실 뭐, 그분도 근사한 사내시죠. 부군으로 삼기엔 그 옆자리가 무겁고 애인으로 삼기엔 악기 취향이 저질이시지만. 길이 먼가요?"

"아뇨, 다 왔어요. 저기서 꺾으면 나오는 골목 끝이에요."

"어머, 그래요? 빨리 가야겠네요. 날 얼마나 기다리실까! 어서 가
요!"

여자는 돌연 양이의 손을 답삭 잡았다.

"어?"

양이가 맹하니 숨을 내뱉고 다음 들숨을 채 삼키기도 전에, 여자는
뛰기 시작했다. 십오 센티미터는 족히 되는 통굽을 신고 인간이 낼 수
있는 속도를 넘어서서 트랙에 올라선 한 마리의 서러브레드처럼 내달
렸다.

"끼아악!"

서울의 한 오래된 주택가에 장절한 여자 비명이 굽이굽이 뽑혔다.
양이는 여자가 내는 속도를 못 이겨 포댓자루처럼 끌려가며 '취직 한
방에 인생이 이렇게 다이내믹해질 수도 있구나.'라고 생각했다. 그 생
각이 끝나기도 전에 여자와 함께 화화의 문짝을 통과했다.

"즈어어어어어언흐아아아아아아. 제가 왔어요오오오오오오. 즈어
어어어언흐아아아아."

"으아아아아아아아아아……."

양이는 "즈어어어어어언흐아아아아아아."에서 여자가 그제 다녀온
낯선 동네 출신임을 직감했다. 그리고 여자가 보이는 이상함을 단박
에 수긍했다. 도와 함께 가서 본 '도의 백성'은 전부 이상했으니까. 화
화의 복도를 온몸으로 닦으며 질질 끌려가 도의 방문 앞에 다다랐다.
화화를 못 찾았던 여자는 희한하게도 단숨에 도의 방을 찾아내어 방
문까지 열어젖혔다.

"즈어언흐아아아! 월주가 왔, 꺄악!"

"네가 왜 왔어?"

양이는 방문이 열리는 순간까지 인식했고 정신을 차리기도 전에 도에게 공주님처럼 들려 안겼다. 그사이 '월주'라고 자신을 칭한 여자가 방을 질러 날아가다 뒤로 반 바퀴 제비 돌며 착지했다. 올림픽 도마에 나가도 메달을 딸 훌륭한 착지였다.

"아이참, 여자를 걷어차시다니! 제가 누누이 말씀드렸죠? 여자는 이렇게 대하시면 안 돼요. 부드럽게 대하셔야죠!"

"안 걷어차면? 내 갈비뼈 부러지라고?"

도는 냉소하며 양이를 추슬러 안았다. 양이가 얼이 빠진 틈을 타 이마에 입을 맞췄다. 생긋, 눈을 휘며 화사하게 웃었다.

"피로는 좀 풀렸어? 아침부터 놀랐지? 저런 미친 애 만나서."

도가 달콤히 말했다. 양이는 그 목소리에 동요했다. 도에게 공주님처럼 안긴 제 모습까지 깨닫자 뺨이 확 달았다. 손발이 오그라드는 기분이었다. 제 가슴 앞에 애매하게 놓인 손을 말아쥐며 숨을 힉 삼켰다. 도가 눈가에 떠오른 웃음에 색을 더했다.

"영력이 원체 옅어서 붙잡아두질 못하나? 애써 묻힌 내 영취가 벌써 흐려졌어. 어쩔 수 없지. 더 신경 써서 보호해주는 수밖에."

도는 즐거운 듯 귀찮은 듯 속삭였다. 다시 한 번 양이의 이마에 입을 맞췄다. 초옥. 양이가 끝내 화악 달아올랐을 만큼 조금 길게.

"그악."

양이는 저도 모르게 괴상한 소리를 냈다. 불판 위 오징어처럼 사지를 오그라트리다 도의 품에서 떨어졌다. 도는 떨어지는 양이를 솜씨 좋게 잡았다. 양이가 미끄러지듯 다리를 펴며 자연스레 서게 했다. '하여간 사장님은 희한하게 모든 동작이 매끄러운 남자'라고 생각하며 양이는 붉은 이마를 짚었다.

"도크님, 넌 뭐냐? 뭘 했기에 미친년이 우리 소중한 직원을 개처럼 끌고 오게 해? 우리 김 양, 몰골이 산발인 게 진짜 미친년은 쟤네 김 양이 미친년 같잖아."

도는 싸늘하게 말하고 양이의 등 뒤에서 머리칼을 쓰다듬으며 속삭였다.

"머리 빗겨줄까?"

"괜, 찮아요."

양이는 도를 떨쳐내려 고개를 저으며 월주를 보았다. 도가 한 말처럼 미친년은 월주 같은데 월주는 이리저리 꽂은 떨잠과 비녀의 각도 하나하나가 처음처럼 완벽했다. 이 방에 언제부터 있었는지 크님이 양이 옆에 서서 해맑게 웃었다.

"헤헤. 그래도 열심히 보호했어요. 제가 '요만큼' 띄워서 찰과상도 안 입게 했다고요. 붕 날아서 끌려왔으니까 썰매 타는 기분이었을걸요? 그렇지? 재밌었지?"

크님은 '요만큼'에서 엄지와 검지를 일 센티쯤 벌리며 의기양양히 말했다.

양이는 솔직히 상황이 이해가 잘 안 되었다. 골치도 아팠다. 그러나 이 직장에서 버티는 지혜를 파악해가는 참이었다. 대강 끄덕였다.

"인생에서 손꼽히는 신선한 경험이었어. 뭣보다 안 다쳤으니까 됐지. 네가 보호해준 거야?"

"응!"

크님이 입술 끝을 볼에 걸며 씩씩하게 답했다.

"고마워."

"앞으로도 나만 믿어!"

양이는 손으로 머리를 빗으며 도를 보았다.

"속았어요."

"음?"

도는 어느새 자개 빗을 들었다. 양이의 머리칼에 손을 가까이하며 갸웃했다. 양이는 뒤로 움찔 물러섰다. 차라리 자기에게 빗을 넘기라는 뜻으로 손을 내밀었다. 도는 고개 저었다. 양이의 어깨를 턱 잡았다. 양이는 저항해봐야 별 소용없을 듯해서 그쯤에서 사소한 일은 포기했다. 도에게 머리칼을 맡기며 부루퉁히 말했다.

"그 마……. 안 꼬인다면서요."

양이는 월주가 누구인지 확신하지 못했으므로 적당히 얼버무렸다. 도가 흐뭇한 얼굴로 양이의 머리칼을 쓱쓱 빗으며 답했다.

"쟨 내 백성이니까 예외. 내 백성이 내 영취를 무서워할 리 없잖아? 오히려 친숙하니까 옳다구나 하고 널 붙잡고 예까지 왔겠지. 하지만 나쁜 놈은 안 꼬여. 걱정하지 마."

도는 양이의 머리칼을 반만 집어 말아 올린 뒤 어디선가 꺼낸 비녀로 고정했다. 월주에게 시선을 던졌다.

"넌 정말 왜 왔냐? 난 은반비를 불렀는데?"

방 안을 돌며 병풍이며 가구를 구경하던 월주가 물음에 활짝 웃으며 도 앞으로 쪼르르 달려왔다. 두 손을 착 맞잡으며 눈을 반짝였다. 애교가 묻어나는 음성으로 노래하듯 말했다.

"아이참, 그게요, 걔가 요즘 놀러 나가서 소재를 아무도 모르거든요. 그래서 옥필 대감이 '누가 전하를 모시러 가겠느냐?' 하지 뭐예요? 그래서 제가 딱! 발을 두 번 구르고 하늘로 높이 솟구친 다음에 모인 계집애들 한가운데로 착지하며 외쳤죠. '이 구역의 미친년은 나야!'

10 동시에 이날을 기다리며 틈틈이 써두었던 여자의 번뇌를 담은 백팔 부적을 휘날리며 칠백이십 도 헥토파스칼 킥[11]을 날렸어요. 그러고 나니 평화가 찾아왔죠. 다들 바쁜 일이 생긴 것 같다고 해서 제가 왔어요."

월주는 몸을 꼬며 도에게 툭 기댔다.

"전하, 어찌 이리 무심하셔요? 수경궁에도 통 안 오시고. 나라 밖으로 도시기만 하니 다들 뵙고 싶다고 난리예요. 전하는 저희가 안 보고 싶으셨어요?"

월주는 어느새 양이를 밀어내고 도의 몸에 안기다시피 했다. 도를 올려다보며 촉촉하게 젖은 눈을 깜박였다.

양이는 월주가 한맛 간 것 같긴 해도 그건 도의 백성이 다 그렇지 않나 싶던 차였으므로 저만한 미모에 교태면 정말 남자가 녹겠구나 싶었다. 도를 힐끗 보았다.

도는 무표정했다. 심지어 심드렁한 얼굴로 월주를 내려다보며 말했다.

"너 같으면 보고 싶겠냐. 허구한 날 사고만 치는데?"

"아이참, 전하가 저희를 사랑하시는 마음 다 알아요."

월주는 도의 가슴을 툭 치며 그 목에 팔을 감았다. 도의 고개를 끌어내리고 입술에 키스했다.

도는 무심한 낯이었지만 거부하지 않았다. 월주의 허리를 살짝 받쳐주며 키스를 받더니 나지막이 한숨 쉬었다.

"뭐, 나쁘진 않겠지. 네년이 수다스러워도 할 말 안 할 말 가리는 눈치는 칼이니. 밖에 나가서 덩치 큰 놈 찾아다 머물 방 달라고 해."

"네에."

월주는 생긋 웃으며 높은 소리로 답했다. 양이에게 눈을 찡긋하고 치맛자락을 살랑이며 방 밖으로 나갔다. 양이는 머뭇대다 월주를 따라 나가려 문으로 몸을 돌렸다.

"김 양은 남아. 크닙이는 나가고."

"네!"

"사장님, 저 청소해야 하는데요."

양이는 나가고 싶었다. 도와 같은 공간에 남으면 분명 성희롱 아닌 성희롱을 당할 테니까. 도가 하는 성희롱은 민망하긴 해도 기분 나쁘지 않다는 점이 이상했지만 그렇다고 좋지도 않았으므로 이성적으로 생각해서 되도록 안 당하고 싶었다. 도가 하는 주장대로 그게 온전히 보호 차원에서 하는 마킹이라면 최소로 하고.

그러나 도는 단호했다.

"청소하지 마. 네가 만나야 할 손님이 왔으니 남아."

양이는 달려나가는 크닙을 부럽게 보았다. 머리를 긁적이고 하릴없이 도에게 몸을 되돌렸다.

"으음."

양이는 신음했다. 눈을 꾹 감았다 떴다. 정신없이 끌려와 얼이 빠진 채였다. 그래서 제 기억을 확신할 수 없었다. 하지만 조금 전까지 그제 밤 잔 도의 방이었다. 그런데 몸을 돌리니 실내 장식이 달랐다. 더구나 시야에 없던 여자가 도와 마주 앉아 차를 마셨다.

양이는 눈을 다시 감았다 떠보았다. 상식에 바치는 예의로 일 초쯤 고민했다. 결론지었다.

'음, 여기는 원래 이상하고 월급이 높잖아? 안일함 따위 돈도 안 드는데 실컷 발휘해주자.'

양이는 영업용 미소를 띠었다.

"처음 뵙겠습니다, 김양이라고 합니다."

"그래, 난 호백진이라 한다. 가까이 와 앉아라."

갈색 피부에 은발을 한 여자가 입에 밴 명령조로 말했다. 양이는 도를 보았다. 도가 끄덕였다.

"내 손님이야. 앉아."

양이는 도와 백진 사이에, 미리 방석이 깔린 다탁의 한 면에 앉았다. 도가 양이 앞에 놓인 잔에 차를 따랐다. 백진이 특출하달 만큼 안광이 형형한 눈으로 양이를 찬찬히 살폈다.

"보이겠다 하신 인간이 이 아이입니까?"

"그래."

백진은 눈이 부리부리하여 쉬이 범치 못할 기세가 번뜩였다. 하지만 양이는 무섭다기보다 뻘쭘했다. 시선을 어디에 둘지 몰라서 찻잔을 만지작하며 차 대접만 멀뚱히 보았다.

"왜요, 인간과 혼인하시렵니까?"

'윽, 왜 다들 사장님과 날 그렇고 그런 사이로 오해들이지?'

양이는 투덜대며 시선을 돌려 백진을 보았다. 그저 직원이라고 해명하려는데 도가 더 빨랐다.

"네가 내 모후라도 되느냐? 며느릿감 인사시키게?"

"아, 죄송. 주제넘었습니다. 하나 여인에게 흔적 남기는 법이 없는 전하께서 부러 영취를 묻혀두신 듯하여. 더구나⋯⋯."

"흠?"

"뽀얗고 젖살도 안 빠진 어린애, 취향이시잖습니까. 한때 수경왕 전하시라면 삼계에 여자 취향이 범죄 수준이기로 유명⋯⋯."

"닥쳐. 오해다. 그건 사실……."

"죄송합니다."

백진이 재깍 허리까지 숙이며 사죄했다. 그 때문에 도는 변명인지 해명인지를 하려다 말문이 막혔다. 퍽 열받은 표정으로 찻잔을 탕 내려놓았다. 양이는 홀로 고개를 주억댔다.

'월주 씨와 백진 씨가 한 말을 합하면 사장님은 분명 로리 취향이신가 보네. 근데 내가 동안이던가?'

"생소리 말고 잘 보아라. 할 말이 그게 다더냐?"

백진은 양이를 곰곰이 보았다. 뼛속까지 헤아릴 듯 면밀한 시선이었다. 양이는 다시 차 대접만 내려다보며 눈동자를 이리 데굴 저리 데굴했다.

"흠, 이리 영취를 묻혀두시면 읽기 힘듭니다. 하물며 이 아이는 몹시 약하군요. 이렇게 약해서야 일상적인 귀기(鬼氣)도……."

말을 잇던 백진이 눈가를 꿈틀했다.

"너, 손 내보거라."

양이는 도를 흘끗 보았다. 도가 백진 쪽으로 고갯짓했다. 양이는 꾸물대며 백진에게 손을 내밀었다. 백진이 손을 낚아챘다. 눈을 휩떴다.

"전하, 이 아이는, 무슨……. 아니, 설마, 그제 밤 실종되신 저……."

"쉿."

도는 쇳소리를 내었다. 백진을 눈으로 강하게 얽었다.

"침묵해라. 인사도 필요치 않느니. 네가 생각하는 바가 맞다. 다만 네가 손을 잡은 그 아이, 내 쓰긴 하였으나 무언지 모른다. 무언지 묻고자 널 불렀다. 무어 같으냐?"

백진은 얼굴이 일그러졌다. 부리부리한 눈이 젖었다. 양이의 손을
놓으며 고개를 저었다. 여러모로 믿을 수 없었다. 목멘 소리로 물었
다.

"그분은……."

"난(卵)으로 회귀시켜 다른 차원으로. 그러니 잊어라. 잊고, 내 질문
에 답하라. 이 아이, 무어 같으냐?"

"하……."

백진은 눈물이 고인 눈을 부릅뜨며 고개를 허공으로 돌렸다. 젖고
가파른 숨을 몇 번 삼키더니 그리 오래지 않아 평상심을 되찾았다. 놀
랍도록 아무렇지 않은 얼굴로 물었다.

"전하께서도 무언지 모른다 하셨습니다. 전하께서 만드신 생명은
아니군요."

"길 가다 주웠다."

"놀라운 인연이군요. 전하께도 행운이고 이 아이에게는 천운입니
다."

'나 길 가다 주워진 거였나?'

멍하니 생각하는 양이에게 백진이 눈길을 주었다. 따뜻한 눈길이었
다. 고마움이 가득했다.

'아, 혜용 님 일 때문인가?'

양이는 이 자리에서 오간 대화를 되짚었고 백진이 왜 그런 시선을
보내는지 깨달았다. 자신이 돕긴 했지만 도울 의도가 없던 일이었다.
머쓱히 고개 젓자 백진이 웃었다. 익숙하지 않은 듯 딱딱한 미소였다.

"순하구나. 다른 이 눈에 띄기 전에 수경왕 전하를 만나 다행이다.
전하께 늘 감사하고 의지하거라. 최소한 널 해할 분이 아니시니."

양이는 머뭇댔다. 입술을 달싹이다 적어도 상대가 호의를 보이는 듯해 조심스레 물었다.

"저, 마음 써주셔서 고맙습니다. 하지만 전 아는 바가 없고 실감도 잘 나지 않아서……. 음, 제가 그렇게 신변이 불안한, 위험한 존재인가요?"

"네가 얼마나 아는지 모른다만……."

백진이 도를 보았다. 도가 뜻대로 말하라는 듯 끄덕였다.

"내 보기에 너는 '공의 도깨비'로구나. 그렇다면 삼계에 너를 노리는 자가 많을 것이다. 인간에겐 아주 위험한 상황이지. 육체의 생사만이 아니라 혼의 생사까지 위험해. 하지만 수경왕 전하께서는 보호를 청하는 자를 해할 분이 아니시다. 지켜주는 분이시지."

백진이 꽤 진중한 어조로 말했다.

'로리 취향이지만 이런 평가도 받으시는구나.'

양이는 백진을 믿기로 했다. 새삼 도를 다시 보았다.

도는 짓궂게 웃었다. 팔을 뻗어 양이의 뺨을 꾹 찔렀다. 소리 없이 입술로만 또박또박 속삭였다.

"성희롱 아니라니까?"

도는 백진에게 고개를 돌리며 안면을 싹 바꿨다. 여상히 물었다.

"너도 김 양이 '공의 도깨비'로 보이느냐?"

"네. 놀랍군요. 이 아이에게 이모저모로 실험해보고 싶습니다만, 물론 해를 입히지 않는 선에서……. 허락해주시겠습니까?"

도가 툭 답했다.

"돈 내고 해라."

"네?"

양이도, 백진도 당황했다. 도만이 여유롭게 차를 한 모금 넘겼다.

"인간계와 영계가 유별하다. 그러니 인간에게 피치 못하게 개입할 때는 최대한 인간의 세계관을 따라주어야 한다. 그것이 법도니라. 나도 김 양에게 월급과 그것보다 더한 추가 수당을 듬뿍 주기로 계약서를 썼으니, 너라고 맨입으로 되겠느냐? 인간계에서는 임상시험을 할 때 피험자에게 돈과 교통비와 식사 등을 제공하느니라. 그러니 돈은 주고 해라. 동의도 받고."

"와, 사장님. 옳으신 말씀이세요. 앞으로도 충심을 다해 따르고 의지하겠습니다."

양이는 감탄하며 맞장구쳤다. 도에게 고개를 향한 채 입으로만 또박또박 덧붙였다.

"성희롱만 안 하시면요."

"아, 그렇습니까? 그렇다면 물론, 제 학문적 호기심을 채우고자 하는 일이니 서운하지 않을 정도로 대가를 치르겠습니다. 무엇이 필요하느냐? 질서를 어지럽히지 않아야 하니 역시 돈이 낫겠다만, 얼마를 주면 되겠느냐?"

'이상한데?'

양이는 이 다탁에 앉아 들은 대화를 처음부터 끝까지 되짚었다. 분명 도가 '자문하고자' 백진을 청한 상황이었다. 그런데 피험자에게 도가 아닌 백진이 대가를 지급하려 한다.

'이건 사장님이 사기 치시는 건데? 뭐, 내 알 바 아니지. 난 받을지 안 받을지만 따지면 되니까.'

"아, 일단……. 죄송하지만 영계니 뭐니, 저는 얼떨떨하고, 제가 실험대상이 된다는 생각이 좀 무서워요. 거부해도 되나요?"

도가 끄덕였다.

"강요하지 않아. 다만 내가 너를 잘 이해할수록 너를 보호하기도 쉬워."

"활용하기도 쉽고요?"

"그래."

도가 담담히 수긍했다.

양이는 찻잔을 내려놓았다. 깍지를 끼고 고개를 숙인 채 고민했다. 한참 그러고 자리만 데워도 조용히 차 따르는 소리, 차를 목 넘기는 소리만 들렸다. 고개 들었다. 도를 보았다.

"설득 안 하세요?"

"설득해줘?"

도가 산뜻하게 물었다. 양이는 할 말이 없어졌다. 자문까지 하는 판국이니 도가 '공의 도깨비'를 꽤나 궁금해한다는 뜻이었다. 그런데도 실험대상을 구슬리려 들지 않으니 이상했다.

"실험결과, 궁금하시잖아요?"

"궁금해."

"그럼 왜 설득 안 하세요?"

"'무섭다.'며?"

"네?"

"이해는 보호의 보조제지만 신뢰는 보호의 전제니까. 김 양은 내게 귀해. 그런 김 양이 날 신뢰하지 않고 보호를 거부하면 곤란해. 그러니 무서워하는 일을 감언이설로 구슬려 억지로 하고 싶지 않아."

'원래 이런 분이었나?'

양이는 말을 잃었다. 도를 성희롱을 일삼는 조금 짓궂은 남자라고

189

생각했다. 이상하고 껄끄러운 일도 은근슬쩍 제 뜻대로 밀어붙인다고, 무리한 일도 구렁이 담 넘듯 매끄럽게 해서 상대가 거부하지 못하게끔 하는 게 희한한 재주라고, 그런 태도와 능력이 완전히 몸에 뱄다고, 그렇게 생각했다. 그래서 크닙이 도를 '전하'라고 했을 때도 그럴 듯하다 싶었다. '원래 남을 휘두르는 지위였구나.' 했다.

그러나 지금은 달랐다. 비록 계산이 깔렸다 하나 도는 담담히 양이에게 신뢰를 구했다. 아무것도 모르는 양이이니 평소처럼 얼치고 눙쳐 제 뜻대로 밀어붙일 수 있는데도.

양이는 그 태도에 마음이 누그러졌다. 숨을 깊게 쉬었다.

"받아들일게요."

도가 찻잔을 내려놓았다. 양이는 도를 바로 보았다.

"단지, 제게도 알려주세요. 제 정체가 대체 뭔지, 실험결과가 어떤지, 사장님은 누구시며 제가 사장님을 정말 믿어도 되는지."

"으음."

도가 신음했다.

"검은 옷을 입고 합죽선을 든 이 인조가 나타날 위험이 커져서 안되나요?"

양이는 찻잔을 들어 목을 축였다. 엷게 찡그렸다.

"고백할게요. 전 맹해요. 게으르고요. 인생 철학이 대충, '좋은 게 좋은 거지.', '이쯤 하면 되겠지.', '아, 모르겠다.', 뭐 그래요. 역치도 남들보다 좀 높고 귀찮은 일은 최대한 피해요. 그래서 여기 취직하고서 별 이상한 일을 다 보고 겪었지만 적당히 신경 껐어요. 꼬박꼬박만 다니다 월급 잘 챙겨가면 되니까. 조금 창피하네요."

"부끄러워할 필요 없어. 네가 보통 인간 여자처럼 일일이 꺅꺅대며 캐물었다면 나도 피곤했을 거야."

양이는 소리 없이 가볍게 웃었다.

"근데 이젠 제 안위까지 위험하다 하셨잖아요. 제가 아무리 안일해도 생존본능은 있어요. 생존이 달린 문제를 귀찮다고 외면할 수야 없고요. 포기할 건 포기하더라도 뭘 포기해야 하는지 알아야겠어요. 그래야 혹시 골로 가도 덜 억울하죠."

"뭐, 그러기야 하겠지만……."

도는 말끝을 흐렸다. 계속해보라는 듯 양이에게 시선을 던졌다. 양이가 말을 이었다.

"이틀 전에는 영계와 인간계가 유별해서 설명해줄 수 없다고 하셨죠? 하지만 제 앞에서 이상한 대화도 많이 하셨고 희한한 재주도 여럿 보이셨어요. 전혀 거리낌이 없으셨죠. 사실 제게 집요하게 숨길 마음 없으시죠? 차라리 깔끔하게 알려주세요. 제 일이잖아요."

도는 양이를 보았다. 웃음기 없는, 아주 유심한 시선이었다. 지적이 맞았다. 구태여 양이에게 숨길 생각이 없었다. 인간을 이런 가게에서 직원으로 쓰면서 그럴 수도 없었다. 다만 인간에게 '대놓고' 영계 일을 말하면 그 일을 들켜 재판에 넘겨질 때 인간계와 영계가 유별하다는 법도에 따라 골치 아파졌다. 정상참작 여지가 없으니까. 그래서 인간과 가까이 얽힐 때마다 그래왔듯 양이에게도 '어쩌다 알게 되면 어쩔 수 없지만', '대놓고 말하지 않는' 방식을 택했다. 하나 그렇지 않아도 양이는 다른 인간과 상황이 다르다고 생각하던 차였다. 양이는 뭐가 됐든 아예 들키지를 말아야 하는 존재였으니까. 들켰다가는 법을 어긴 죄목으로 재판에 넘겨지기도 전에 사달이 날 터였다. 숨기거나 말거나다. 드러나면 보루가 없다. 더구나 그제 밤 일이 우연이 아니면 이제 도에게 양이는 더할 나위 없이 귀중한, 절대 잃어서는 안 되는 존재였다. 그 어떤 상황에서라도 숨기고 보호해야 했다.

"그러지. 네가 분명히 알아야 나도 너를 보호하기 좋을 테니."

침묵하던 도는 마침내 침착하게 답했다. 상체를 양이에게로 기울였다. 그렇게나 당해놓고도 경계심이 들지 않는지 그저 가만한 양이에게 손을 뻗었다. 찐빵처럼 뽀얗게 도드라진 뺨을 손으로 감쌌다. 양이가 그제야 움칠하며 까만 눈을 동그랗게 떴다. 도는 그게 강아지 같다고 생각했다. 키득 웃었다. 양이를 수월하게 끌어당겼다. 까만 눈을 핥고 싶은 충동을 누르며 제 딴에는 천천히 입술을 가져가자 양이가 흠칫 뒤로 물러나며 눈을 질끈 감았다. 그 오른 눈꺼풀에 가볍게 입맞췄다. 너무 놀라지 않게, 입술 끝에 간질대는 말의 수위를 낮추고 낮추어, 부러 장난기를 실어 속삭였다.

"김 양도 알아야 성희롱이란 헛소리를 안 하지. 오히려 겁먹은 강아지가 주인 품을 파고들듯 너무 어리광을 부리지나 않을지 걱정인데? 우리 내기할까, 응? 어떻게 될지?"

"켁! 켁, 켁!"

양이는 엉덩이 걸음으로 팍 물러나며 마른 사레가 들려 컥컥댔다. 얼굴이 귀밑까지 붉었다.

"이런."

도는 퍽 안쓰럽다는 태도로 찡그렸다. 양이가 인식할 새도 없을 만큼 매끄러운 동작으로 양이를 비스듬히 품에 안았다. 등을 쓰다듬었다. 그 모습을 보던 백진이 설레설레 고개 저었다.

"오해는 무슨. 저런 취향, 맞으시구면."

방에는 도와 양이, 둘뿐이었다. 백진이 책도 찾아보고 실험 계획도 세우겠다며 사라져 졸지에 둘만 남았다.

양이는 도에게 안겨 있었다. 사레들려 캑캑대다 안겨서 등을 다독여진 일까지는 어떻게 이해가 갔다. 왜 지금까지 자신이 도에게 안겨 있는지가 의문이었다. 몇 번 벗어나려고야 했다. 다만 제 몸을 감싼 도의 팔을 도무지 떨칠 수 없었다. 보기엔 사뿐히 둘러쳐진 그 팔이 제가 아무리 기를 써도 단 일 밀리도 움직이지 않았다.

양이는 잠깐 고민하다 포기했다. '진짜 계속 이렇게 안겨 있어야 해?' 싶고 좀 께적지근했다. 하지만 자기를 보호하려는 일이라니 사소한 민망함쯤 잊는 편이 나았다. 더구나, 포기하니 편했다. 도의 품이 어지간한 의자보다도 넓고 포근했다. 안겨 있으니 묘한 한약재 향과 꽃향기에 감싸인 느낌이었다. 긴장을 푸니 나른하기까지 했다.

"이제 뭘 알려줄까?"

도는 고개 숙여 품 안의 양이를 바라보았다. 상냥히 물었다.

양이는 제 머리칼을 쓰다듬는 손길을 느끼며 눈을 깜박였다. 뭐부터 물어야 하나 잠시 고민했다. 입을 떼었다.

"음, 사장님은 정체가 뭐세요? 이상한 나라를 다스리는 왕이고 마법을 쓰지만 마법사가 아니고, 혹시 사장님도 용, 그런 거세요?"

"용은 아냐. 용과 비슷한 힘은 조금 쓰지만."

도는 답했다. 양이가 갸웃하자 손끝으로 양이의 볼을 꾹 찔렀다. 후후 웃었다.

"주로 삼경왕(三境王)이나 수경왕(守境王)이라고 불려. 삼계의 경계를 지키는 왕이라는 뜻이지."

"삼계요?"

"천상계, 지상계, 지하계. 세계는 삼계로 나뉘어. 이 삼계는 보기에
따라 층을 이루고도 있고 겹쳐도 있고 맞물려도 있어. 평범한 인간이
이 구조를 이해하기는 어려우니 맞물렸다고 생각해둬. 나는 삼계가
맞물리는 지점, 그 땅을 지키는 존재야."

양이는 눈을 동그랗게 떴다. 뭔가 그럴싸하게 들리는 설명이었다.

'그럴싸하게 들리기는 하는데…….'

"근데 그 왕 자리, 장기 직무 유기 중이시라면서요? 삼계는 안녕한
가요?"

양이는 자기처럼 안일한 인간이 세계의 안녕을 걱정하는 발언을 한
다는 사실이 신선했다. 묻고 쓸데없는 뿌듯함을 느끼며 도를 빤히 보
았다. 안일한 양이에게 세계의 안녕을 걱정하게 한 당사자는 양이보
다도 더 안일하게 답했다.

"안녕 못 할걸? 그래도 괜찮아. 하늘도 안 무너지고 땅도 안 꺼지잖
아. 삼계는 알아서 적당히 유지되니 큰일만 없으면 돼. 큰일 날 것 같
으면 그때 가서 일하면 되고. 그러라고 받은 자리야."

양이는 세계의 안녕이 조금 더 걱정됐다.

'그래도 괜찮다니까 괜찮겠지.'

"누구에게 받은 자리인데요?"

"천지왕. 옥황상제라고 하면 쉬울까?"

"있어요? 진짜?"

"계셔, 진짜."

"그럼 다른 나라에는요?"

"음? 아, 우리는 인간의 관념에 따라 무수히 다른 이름으로 불려."

"아."

"또 뭐가 궁금해?"

"음, 사장님 세시다 했잖아요."

"응."

"사장님 기운이 풍기는데도 감히 절 빤히 볼 존재는 삼계를 통틀어 몇 없다고요."

"잘 기억하네."

"그게 얼마나 센 건데요?"

"음."

도는 조금 고민하며 피식 웃었다. 막연하고 터무니없는 질문을 한 어린애를 향하듯 양이를 보았다. 양이의 뺨을 살짝 꼬집어 흔들었다. 양이는 "어우우." 하면서도 저항하지 않았다. 한번 포기하기로 한 일이니 미련을 버렸다.

"뭐라고 해야 할까? 요 찐빵이 뭘 좀 알아야 설명이 쉬울 텐데."

"삼계에서 옥황상제가 제일 높아요?"

"틀린 말은 아냐."

"그럼 상제님 밑으로 줄 세워서 사장님은 몇 번째쯤 되시는데요?"

"하!"

도는 웃음을 터트렸다. 무척 황당한 질문을 들었다는 듯 어깨를 떨며 웃었다. 꼬집어 붉어진 양이의 뺨을 문지르며 답했다.

"영계의 관념은 인간과 다르지만 비유할까? 천지왕이 황제라면 나는 제후야. 내가 천하궁 대전에 들면 옥좌 바로 아랫단에 서지. 네가 들어봤을…… 그래, 염라왕도 내 아래에 서야 해. 이 정도면 설명이 될까?"

"오, 높아 보여요."

"믿음직해?"

양이가 끄덕였다. 도는 생긋, 눈을 휘었다. 최대한 화사한 표정을 지었다. 자신이 이렇게 웃으면 양이가 묘하게 더 맹해진다는 사실을 간파했기 때문이었다. 그 맹한 눈빛이 좋았다. 들여다보면 곤두섰던 신경이 느슨히 풀렸다. 예상대로 양이의 눈빛이 맹해지자 칭찬하는 기분으로 쓰다듬었다.

"착하네. 착하게 믿으면 지켜줄 테니까, 계속 이렇게 있어."

도는 양이의 도톰한 이마에 입을 맞췄다. 초옥, 조금 길게 입술을 내려앉혔다.

"웃, 아우아아."

양이는 움찔하며 뺨을 붉혔다. 알아들을 수 없는 말로 구시렁댔다. 조금 불만스레 도를 째려보았다. 도는 그 시선조차 기꺼웠다. 눈을 맞추며 부드럽게 미소했다.

도는 양이를 만지고 싶은 제 충동을 일찍이 자각했다. 이성에 어긋난 충동이라 지금껏 얼마쯤 억눌렀을 뿐이었다. 그러나 그제 밤 무려 잠을 잤다. 아마도 양이 덕분이었다. 추정을 확인하고 싶어 이렇듯 작정하고 만지작거리자 만족감이 상상 이상이었다. 양이가 그저 오랜만에 곁에 둔 여인인 까닭인가 알아보려 다른 여인까지 불렀지만 이제 확신했다. 이건 양이가 여인이라서가 아니었다. 여인이라면 삼계의 재기 넘치고 색기 넘치는 온갖 여인을 누릴 만큼 누렸다. 하지만 그 어떤 여인도 제 손에 살결이 이토록 착 달라붙진 않았다. 그저 품에 안는 것만으로 이토록 자신이 누그러지진 못했다. 그뿐인가? 날마다 몇 사발씩 들이켜던 약조차 사흘째 한 모금도 입에 대지 않았건만 여느 때보다도 몸 상태가 좋았다. 분명히 이 여인이, 김양이가 자신에게 무슨 영향을 끼쳤다. 색기라고는 한 줌도 없는 여인이지만 좀 더 끌어안고 싶었다. 좀 더 깊게, 좀 더 양껏, 이 여인을 들이마시고 맛보고 싶었다. 성욕보다는 식욕에 가까운 감정이었다. 베어 물고 싶은 마음을 꾹 누르며 다시 한 번 흰 이마에 입술을 눌렀다.

"아으."

도는 또 움찔대며 흘겨보는 양이에게 생긋 웃었다. 달래듯 나긋나긋 속삭였다.

"네 체질 때문인가……. 네가 내 영기를 너무 붙잡아두지 못해서 어쩔 수 없어. 되도록 자주 내 체취를 묻히는 수밖에. 싫어? 이래야 네가 안전한데도? 응?"

도가 한껏 생긋 대며 달래자 양이는 결국 한숨 쉬었다. 자포자기하여 눈을 내리깔았다.

"그래, 착하네. 어서 익숙해져."

도는 상냥히 칭찬했다. 덧붙였다.

"하지만 다른 놈에게 이렇게 무방비하게 굴면 안 돼? 나는 널 보호하려는 거지만 다른 사내가 이러면 성희롱이니까. 알지? 누가 이 비슷한 짓을 하면 '싫어요!' 하고 단호히 말하도록 해. 응?"

"하아. 저 애 아니거든요."

"알지, 물론. 그러니까 잘할 거야. 자아, 더 궁금한 건?"

도는 양이를 좀 더 깊게 제 품으로 끌어당겼다. 양이의 머리칼을 쓰다듬으며 사근사근 물었다. 양이는 애완견이 된 기분이었지만 키스에는 적응을 못 했어도 다른 신체 접촉엔 대충 적응이, 아니 포기가 끝났으므로 얌전히 있었다. 잠시 고민하다 말문을 열었다.

"어쨌든 제가 왔으니까 별로 유의미한 질문은 아니겠지만요……."

"응."

"제가 면접 보러 안 왔으면 어떻게 되었나요? 사장님은 제가 '공의 도깨비'라서 뽑은 게 아니라고 하셨지만 따로 자문하실 정도니 '공의 도깨비'에 호기심을 느끼신 셈이잖아요? 앞으로도 저를 이용할 마음이 없지 않으시고요. 한데 그냥 두실 거였어요?"

"이런. 우리 찐빵, 은근히 똑똑하네?"

도는 후후 웃었다. 양이의 뺨이 빵 반죽이라도 되는 양 꼬집어 흔들었다. 귀여워하는 듯도 꾸짖는 듯도 했다.

"하지만 불필요한 가정이야. 백진이 말했잖아? 찐빵과 나는 인연이라고. 찐빵은 날 만난 순간 내게로 오게 돼 있었어."

"아우, 사장님 좀 살살…… 네?"

양이는 갸웃했다. 딱히 운명을 믿지도 안 믿지도 않지만 이렇듯 확고하게 '인연이다.'라고 선언받으니 기분이 묘했다. 얼얼한 뺨을 부풀리며 도와 시선을 맞췄다.

"그날 수산이 내 운수를 봤어. '동으로 가면 무엇을 얻으리라.' 했지. 수산은 우주의 흐름을 읽는 데 능해. 못 읽거나 모호하게 읽을지언정 틀리게 읽는 법이 없어. 한데 그날 내가 동으로 가서 유의미하게 만난 존재는 김 양뿐이야. 그러니 김 양은 애초에 내게 정해진 인연, 내가 직접 구하러 가서 올 길을 열어주기까지 했으니 응당 내 품으로 찾아들 터였지."

도는 양이의 얼얼한 뺨을 손끝으로 문지르며 생긋 웃었다. 양이는 사장님이 어디서 웃음버섯이라도 주워 드셨나 오늘따라 왜 저렇게 여

198

우 새끼처럼 웃어대시나 생각했다. 그러면서도 참 잘나고 화사하다 싶어 넋 놓고 그 미소를 보았다. 그러자니 도가 하는 말이 다 맞는 것 같았다. 몽롱히 고개를 끄덕였다.

"그랬구나."

양이는 한참 끄덕이다가 중얼거렸다.

"진짜 '인연'이면, 사장님이 저를 쉽게 버리시지는 않겠네요."

도는 천천히 미소를 거뒀다. 양이를 안은 팔에 살며시 힘을 주었다. 뺨을 쓰다듬으며 나직이, 퍽 다정스레 물었다.

"왜 그런 말을 하지?"

"아, 그냥……."

양이는 설핏 찡그렸다.

"뭐, 솔직히 상황이 확 실감 나지도 않고 어떻게든 되겠지 싶은데요. 그래도 주어진 정보를 믿는다 치고 생각하면 저는 꽤 신변이 위험하잖아요. 자신을 지킬 힘이 없고요. 그저 사장님과 수산 씨만 믿어야 하니까, 제가 사장님에게 어떤 의미인가, 두 분이 수고를 감수하고 지킬 가치가 있는 존재인가, 그런 계산을 안 할 수 없어서요."

"양이야."

도는 새삼 양이를 불렀다. 두 손으로 양이의 뺨을 감싸 안아 그 고개를 제게 돌려놓았다. 바닥을 헤아릴 수 없는 새까만 눈동자를 양이에게 맞췄다.

"백진이 네게 무어라 조언하였지? 나를 의지하라 하지 않았어?"

양이는 눈을 크게 떴다. 도가 그렇게 작정하고 시선을 맞추자 어쩐지 깜박일 수조차 없었다. 그 까만 시선 속으로 빨려 들어가는 느낌이었다. 홀리어 바라만 보자 도가 말을 이었다.

"그리고 내 왕호가 무어라 하였지?"

"삼경왕."

"다른 건?"

"수경왕이요."

양이는 어린아이처럼 온순히 답했다. 도가 칭찬하듯 미소했다.

"천계에서 부여하는 이름은 단 하나도 헛되지 않아. 이름에 존재를 규정하는 본질을 담지. 나는 삼계의 경계를 지키는 왕이어서 '수경왕'이라 불리지만 그뿐이라면 '삼경왕'이라는 호칭으로 그쳤을 거야. 내가 '지킬 수(守)' 자를 받은 까닭은 직책을 넘어서서 내 본성이 '지키는' 것이어서야. 나는 내 백성을, 내 그늘에서 내 보호를 청하는 자를 지켜. 그 백성이 아무리 어리고 어리석더라도, 너무나 어리석어 내 가슴에 칼을 꽂더라도."

도는 숨을 깊이 들이쉬었다. 부드럽지만 단호히 말했다.

"정식으로 약속할게. 나 수경왕 도, 네가 나를 믿는 한, 네가 내게 보호를 청하는 한, 너를 내 백성과 같이 대할게. 반드시, 지킬게. 그러니……."

양이는 숨을 죽였다. 도의 붉고 아름다운 입술이 천천히 움직였다.

"단 하나, 신뢰의 맹세만, '믿는다.'는 한마디만, 해."

"믿어요."

양이는 즉각 답했다. 아무런 저항 없이 말이 입술을 스쳤다. 도의 눈동자가 한 점 흔들림조차 없기 때문인지, 아니면 다른 이유 때문인지, 정말로 그 순간 도를 오롯이 믿을 수 있었다. 그리고 그 말을 입 밖으로 내자 놀랍게도 맥이 탁 풀렸다. 자신이 꽤 안일하다 생각했는데, 마음 한구석으로 '안 지켜 준다면 험한 꼴 당할 상황이 닥치거든 잽싸게 먼저 죽는 게 나으려나.' 하고 반 농담조로 생각할 턱이었는데, 실은 꽤 불안했던 모양이었다. 눈가가 시큰했다. 눈을 깜박이자 도가 또 생긋, 꽃처럼 웃었다. 도가 볼을 감싼 손을 움직여 양이의 뺨을 쭉 늘였다.

"아우야."

"분명 믿는다 했다? 앞으로 절대 성희롱이니 뭐니, 신소리 없기야?"

"어으, 저 취소, 악!"

"취소는 안 돼. 요 탐스러운 찐빵을 딴 놈이 망치게 둘 순 없지."

도는 '취소'라는 말에 한쪽 볼을 아프게 꼬집었다. 양이가 눈물을 찔끔하자 바로 놓으며 심술궂게 웃었다. 달아오른 뺨에 초옥, 조금 젖은 입맞춤을 했다. 마음 같아서야 곧장 핥고 깨물고 싶었다. 하지만 인내심을 발휘하여 한 단계, 한 단계 길들일 셈이었다. 도에게는 참으로 기쁘게도 양이는 적응, 혹은 포기가 빨랐다. 몇 분 전과 달리 입을 맞춰도 흘겨보지 않았다. 다만 조금 움찔할 뿐이었다. 도는 그것이 기특하여 상냥히 머리를 쓰다듬었다. 양이가 좋아하는 듯한 미소를 한껏 예쁘게 생긋생긋 지어주었다. 대번에 맹하게 풀리는 다갈색 눈동자를 들여다보며 더욱 진하게 웃었다.

"자아, 또 궁금한 건?"

도가 묻자 양이는 그제야 눈동자에 초점을 되찾았다. 어벙하게 물었다.

"어……. 이건 단순한 궁금증인데요."

"응."

"꼭 대답해주진 않으셔도 되지만, 사장님 성함이 진짜 뭐세요? 예전에 '도'라고만 하셨잖아요. 그러고 보면 사장님이랑 저, 통'성'명도 안 했어요."

"흐음."

도는 근심했다. 그러나 길게 고민을 않았다. 상큼할 만큼 단호히 답했다.

"비밀."

"엑."

"룸펠슈틸츠헨."

"네?"

"룸펠슈틸츠헨. 동화 몰라? 거짓말쟁이 방앗간 집 딸을 왕비로 만들어주었다가 그 왕비에게 이름을 들켜서 자살한 요정 이야기.¹²"

"에, 들어본 것도 같아요."

양이가 끄덕였다.

"동화에는 안 나오지만 그 난쟁이는 인간에게 이름을 들키면 인간 밑에서 노예로 살아야 했어. 그런 업이었기에 수치를 못 이겨 자살했지. 나는 인간 여자에게 이름을 들키면 그 여자와 혼인해야 해. 그래서 비밀."

"으엑? 농담이시죠?"

도는 묘하게 웃었다.

"날 '믿는다.'며?"

"에, 그건⋯⋯."

양이는 말끝을 흐렸다. 머뭇대다 재차 물었다.

"진짜예요?"

"'믿는다.'며?"

양이는 눈을 좁혔다. 제 턱을 매만졌다.

"하긴, 칠 서클 대마법사에 용에 아귀에 순간이동 포털 맨홀에 스타 게이트 같은 냉장고까지 있는데 그런 저주도 있을 법은 하네요."

"그렇지? 내 이름 궁금하지?"

"아뇨."

양이는 단호히 답했다. 도는 양이의 머리를 쓰다듬던 손을 뚝 멈췄다.

"안 궁금하다고?"

"궁금은 한데요, 안 듣고 싶어요."

"하? 나 정도면 괜찮지 않아?"

"별로요. 흐아암."

양이는 심드렁하게 답했다. 궁금증도 얼추 풀렸겠다, 도가 지켜준다고 하니 긴장도 풀렸겠다, 갑자기 한없이 나른했다. 고개를 떨어뜨리고 손을 들어 눈을 비볐다.

도는 눈썹을 꿈틀했다. 양이의 머리칼을 손에 쥐고 문지르며 사근사근 구슬렸다.

"왜? 복어 양이 뭘 몰라서 그러는데, 이래 봬도 내가 삼계에서 손꼽히는 일등 신랑감이야. 잘생기고 부자에 권력자에 문무겸비, 못하는 잡기가 없으며 자상하기로도 유명해."

"전 그냥 평범한 사람이랑 결혼해서 평범하게 살래요. 사장님은 평범과는 거리가 머신 데다가 권력자라는 부분이 제게 매우 결격사유시거든요."

"하?"

"제가 후궁견환전[13]이라는 중드를 봤는데요, 그걸 보면서 결심했어요. 왕이랑은 꿈에서도 결혼하지 않으리라. 하아암."

양이는 연거푸 하품을 삼키며 말을 이었다.

"물론 저같이 평범한 여자가 왕을 만날 일이 있겠어요? 그래서 스스로도 참 쓸데없는 결심이라고 생각했는데 역시 결심은 해야 제맛인가 봐요. 이렇게 왕을 만날 일이 생기잖아요. 아프리카 추장도 모로코 대공도 아니고 무슨, 엄청 특이한 왕."

"그래서, 내 이름이 안 궁금하다?"

도는 한쪽 입꼬리를 꿈틀했다. 그러나 양이는 봇물 터지듯 터지는 하품을 수습하느라 그런 기색을 눈치채지 못했다. 찔끔 나온 눈물을 찍어내며 무심히 답했다.

"궁금은 하죠. 근데 안 듣고 싶어요."

"후회할 텐데? 좋아. '알려주세요.'라고 한마디만 해. 특별히 인간에게 최초로 내 이름을 알려주지."

"후회 안 해요. 제안은 감사하지만 절대 안 듣고 싶다니까요."

"절대?"

"절대 단호하게요."

"제길, 후궁이 문제야? 나 후궁도 정실도 없어. 심지어 다녀온 적도 없다니까? 애도 없어. 좋아. 인간은 어차피 금방 죽으니까, 까짓것, 지켜주기로 했으니 찐빵이 죽을 때까지 빈이고 비고 안 들일게. 이래도 내 이름 안 들을래? 이름도 모르고 나 부르려면 불편하지 않아?"

"에이, 됐어요. 이름이 뭐가 필요해요. '사장님.', 이렇게만 불러도 충분한데요. 게다가 제가 사장님은 믿어도 왕이라는 지위를 못 믿거든요. 전 그냥 지켜만 주셔도 충분하고요. 그 존함은 왕비님 꿈을 간직한 수많은 여성을 생각하며 아껴두세요. 저는 그냥 평범한 사람이랑 결혼할래요.”

“김복어 너, 지금 네가 걷어찬 제안이 뭔지 알아?”

도는 양이의 한쪽 뺨을 쭉 늘였다.

“으아아아, 상처받지 마세요오. 사장님은 충분히 미남이시고 대단
하신 분 같으니까. 다만 제 취향이 소박할 뿐이에요. 그러니까 자꾸
묻지 마세요. 집요하게 그러시면 사장님이 저 좋아하시는 줄로 착각
할 거 같잖아요.”

“내가 누굴 좋아해? 복어, 찐빵, 널?”

도는 미간을 꽉 찌푸렸다. 입을 쩍 벌렸다. 갑자기 맥이 빠져 양이
를 감싼 팔이 느슨해졌다.

양이는 이대로 안겨 있다가는 도에게서 나는 향에 취해 잠들 듯했
다. 꾸물꾸물 품을 빠져나왔다. 일어나 기지개를 켜며 농담조로 답했
다.

“그냥 말이 그렇다고요. 그러니까 사장님께 이런 여자 제가 처음이
시겠지만 괜히 자존심 상해하지 마세요. 저 좋아하실 일 없는 것도 잘
아니 제가 착각할까 봐 괜한 걱정 않으셔도 되고요.”

양이는 고개를 꾸벅였다.

“궁금증은 얼추 풀렸어요. 자상히 설명해주셔서 감사합니다. 뭣보
다 지켜주겠다고 약속해주셔서 감사해요.”

“하…….”

도는 멍청히 입을 벌렸다. 평소보다 피곤치 않은데도 평소보다 멍
했다. 대꾸할 말을 몰라 그저 보자 양이가 퍽 홀가분히 말했다.

“그럼 전 청소하러 갈게요. 이제 괜찮죠?”

도는 밖으로 손을 내저었다. 돌아나가는 양이의 뒷모습을 보며 망

연히 고개 저었다.

'뭐 저런 철벽이 다 있어?'

❋❀❋

광활한 방이었다. 차라리 숲이었다. 길쭉하니 맵시 나는 나무 장이 사방상하로 무한히 빼곡했고 그 속마다 값지고 값싸고 찬란하고 추레한 책이 빽빽했다. 삼계에서 손꼽히는 책 부자인 도와 백진이 제 서고를 한자리에 다 불렀으니 그쯤이 합당했다.

도와 백진은 책의 숲 한가운데에 앉았다. 각기 제 앞에 이 책 저 책을 희고 누런 새떼처럼 펼쳐 거느렸다. 이따금 서로 묻거나 답했고 지필을 보지도 않고 영력으로 휙휙 놀려 몇 줄 적었다. 보는 책이며 남기는 기록은 한가지로 영력 흐름과 공의 도깨비를 다뤘다. 양이를 이해할 연구계획을 세우려 함이었다. 둘이 꼼짝 않고 그런 지도 나절이 넘어 하루해를 다할 참이었다.

도는 결국 책장 밖으로 눈을 굴렸다. 흘끗 백진을 보았다. 백진은 여전히 흐트러짐이 없었다. 도는 볼을 뿌우 부풀려 나발을 불었다. 등과 어깨를 이리 꿈틀 저리 꿈틀했다. 엉덩이를 옴찔댔다.

'어우, 내가 자존심 때문에 먼저 안 움직이려 했더니, 어우, 저 징그러운 새끼. 저 새끼 떨거지가 고작 백 일도 못 버티고 쑥 마늘 던지고 달아났다 하면 누가 믿어? 아, 몰라, 난 몰라! 난 쉴래.'

도는 손을 튕겨 서안을 치웠다. 상 위에 한 팔을 늘어트리고 널브러졌다. 소매를 뒤적여 둥근 고리를 꺼냈다. 가만 보다 검지에 걸고 슬슬 돌렸다. 금색과 적색이 우아한 궤적을 그리며 꼬리를 맞물었다. 도는 점점 빨리, 공존하던 두 색이 마침내 새카맣게 섞일 때까지 손가락을 돌렸다. 그러다 돌연 손끝을 토옥 튕겼다.

"옜다, 가지거라."

"엣!"

백진은 제게 날아드는 물체에 일순 상체를 뒤로 빼며 팔을 착 뻗었다. 이마 앞에서 가까스로 비행체를 낚아채고 부리부리한 두 눈을 끔벅였다. 미간을 찌푸리며 들여다보니 그건 금과 적산호가 섬세하게 엮인 팔찌였다. 대단히 아름다울뿐더러 몇 중으로 강력한 보호 주술까지 걸린 귀물 중 귀물이었다. 개뼈다귀처럼 휙 던지고 답삭 낚을 물건이 아니었다. 백진은 발그레한 낯으로 고개를 들었다. 도를 보았다.

"저 유혹하십니까? 그 어린애, 애인 아니었습니까?"

"야, 나 그런 취향 아니……."

"죄송합니다."

백진은 고개 숙여 즉각 사과했다. 또 제대로 해명할 기회를 잃은 도가 울컥하며 눈썹을 꿈틀했다. 백진이 잽싸게 연달았다.

"진짜 이거 뭡니까?"

백진은 물으면서도 뺨이 개개풀렸다. 팔찌를 짜올린 황홀할 정도로 정교한 세공과 주술진 때문이었다. 그 모습에 도도 결국 표정을 풀었다. 도는 한숨을 푹 내쉬고 자못 무심히 말했다.

"용 새끼 유품."

백진은 눈이 커졌다. 멈칫하더니 손목에 끼려던 팔찌를 도로 빼 떨리는 손으로 손바닥에 놓았다. 흠이라도 날까 깨지기라도 할까 그저 바라만 보며 숨죽여 물었다.

"혜용 님, 물건입니까?"

백진은 눈물을 글썽했다. 도가 혀를 찼다.

"사실 아까 그 여자애 몫. 혜용이 사례로 만들어줬다. 내가 빼앗아
너 준 거니 개한테 들키지 마라."

백진은 답을 못 했다. 그저 넋을 잃고 팔찌를 이리 보고 저리 보았
다. 듣고 나니 새삼 느껴졌다. 혜용이 손댄 물건이었다. 다른 자들은
몰라도 혜용에게 직접 주술을 배운 백진은 알 수 있었다. 금과 적산호
가 이룬 섬세한 꼬임 한 가닥 한 가닥, 그 위에 촘촘히 새긴 한 글자 한
글자가 혜용만이 가능할 독특한 방식으로 주술진을 형성했다. 팔찌를
꼭 쥐며 조심히 물었다.

"왜 혜용 님이 그 아이에게 주신 물건을 제게……?"

도는 상체를 꾸물꾸물 일으켰다. 목덜미를 주무르며 부루퉁히 말했
다.

"내 강아지가 딴 놈이 준 목걸이를 하게 두란 말이냐? 거슬린다."

"헐."

'언젠 어린애 취향 아니시라며!'

백진은 떨리는 눈빛으로 도를 보았다. 도는 아랑곳하지 않았다. 여
전히 여기저기 관절을 돌리며 대수롭지 않게 말했다.

"하여튼 개한테 들키지 마라."

"그, 뭐라 하고 빼앗으셨는데요? 사숙, 윗사람일수록 그러시면 안
됩니다."

백진은 시뻘게져 더듬댔다. 은인에게서 홀랑 뺏어 먹기에 이 물건
은 심히 귀물이었다. 백진이 지적하자 도는 스치듯 뜨끔해했다. 그러
나 뻔뻔하게 눈썹을 찌푸렸다.

"이 녀석이, 싫으면 내놓거라!"

도가 팔을 뻗었다. 백진은 팔찌를 등 뒤로 휙 돌리며 상체를 주춤 뺐다. 눈동자를 도르르 밑으로 굴렸다. 머뭇머뭇 말했다.

"아니, 그게, 싫진 않고, 찔려서……. 뭐라 하셨습니까? 들키면 말이라도 맞춰야지요."

도는 피식했다. 내밀었던 손을 거두었다.

"귀물이라, 그거 하고 다니면 거물 눈에 띄어 위험하다 했다."

백진은 팔찌를 눈앞으로 되가져왔다. 재차 찬찬히 살피더니 격양된 소리로 크릉댔다.

"혜용 님께 모독입니다! 그런 물건을 그런 애에게 주실 리 없잖습니까! 그분은 다정하실뿐더러 결계술의 천재십니다. 이 팔찌는 분명 귀물이나 드높은 주술 안배로 매 가닥이 꼬이고 매 글자가 배열되어 소유자를 삿된 것이 보내는 시선에서 거의 완벽하게 보호할뿐더러 물리적, 영적 공격으로부터도……."

"누가 그걸 모르느냐? 자꾸 군소리할 생각이면 내놓거라, 이놈아."

백진은 움찔하며 반지를 움켜쥐는 골룸처럼 팔찌를 움켜쥐었다. 그러면서도 하얀 눈썹을 찌푸리며 은색 눈을 동그랗게 떴다.

"아니, 안단 말씀이십니까? 사숙은 허언을 안 하시는 줄 알았는데 뻔히 아시면서도 아무것도 모르는 인간을 상대로 그런 사기를 쳤단 말씀이십니까?"

탕! 도는 서안을 내리쳤다. 뾰로통해져 대저 짐짐하던 안색을 대번 뒤집었다.

"허언하지 않는다니! 너, 내가 어떤 놈들을 다스리는 왕이라 생각하는 게냐? 지금 그 발언, 종족모독이니라! 내가 허언을 왜 안 하느냐? 난 허언도 농담도 아주 잘하느니! 내가 너더냐? 유머도 모르는 벽창

호게?"

백진은 움찔했다. 도가 진지하게 화를 냈다. 자신도 명색이 인간계 일 방을 책임지는 왕이건만 도가 뿜어내는 기에 위축되었다. 다만 화내는 곡절이 황망했다. 세상에 어느 누가 헛소리 안 하는 분이라 했다고 저리 정색하며 화낸단 말인가! 어처구니가 없어도 밀려오는 기세가 자못 흉흉했다. 한껏 눈치 보았다. 눈동자를 떨며 침을 꿀꺽 삼켰다.

"어, 사숙께서는, 수경왕 전하께서는, 입만 열면 헛소리시죠?"

"너 나갔다."

백진은 식은땀이 났다. 자기가 생각해도 생판 생소리다 싶었다. 더욱 쪼그라들어 중얼댔다.

"유머 감각이 넘치십니다?"

"이거 못쓰겠구나? 아부하는 법 좀 배우거라."

도는 입술을 실기죽했다. 피식피식하며 기세를 풀었다. 백진은 그제야 놀림받았구나 했다. 어깨에서 힘을 풀었다. 둘을 연결하던 혜용이 잘못되고 편히 마주 본 시절이 까마득해 잊었지만 기억을 돌이키니 도는 본디 장난기 많은 사숙이었다. 백진은 놀림받은 한을 담아 투덜댔다.

"저도 이래 봬도 왕이라서 아부할 일이 없습니다만?"

"하!"

도는 코웃음 쳤다.

"이놈이 나보다 위계도 낮으면서? 나도 아부하고 사는데 네가 그럴 일이 왜 없느냐?"

"수경왕 전하께서 아부하실 일이 어디 있습니까?"

백진은 팔찌를 품에 갈무리하며 입술을 삐죽였다. 도가 맞결린 어깨를 뚝뚝 맞추며 일소했다. 한 푼 자조를 담아 두덜댔다.

"뭔 소리냐? 내가 천하궁 들 때마다 천지왕 전하께 바둑 다섯 판 둬서 세 판 져드리느라 죽을 맛이니라. 바둑을 영 못 두시면 차라리 쉽지, 티 안 나게 져드리느라 흰머리 생기느니. 에잉, 더러운 사회생활. 내가 내 새끼들만 아니었어도 바둑판을 천 번은 엎었느니라."

❋✧❋

아이는 아기라는 단어를 겨우 벗어난 모습이었다. 흰 도포를 정갈히 입고 허공에 떴다. 심각한 얼굴로 도의 벗은 배를 꾹꾹 눌렀다. 장침을 그 배에 푹푹 꽂았다. 조곤조곤 물었다.

"그 아이 덕에 침수 드셨다 하시었사옵니까? 확신하시는지요?"

도는 아이에게 몸을 맡긴 채 새들히 슴벅였다. 독한 약 향이며 약침에 몸도 마음도 노곤했다. 그래도 잠이야 오지 않을 터였다. 한숨 쉬며 답했다.

"실제로 잠든 적은 한 번이지만 확신하네. 그 여자가 가까이에서, 내가 만든 '이 공간'에서 숨만 쉬어도 이완되니."

"이완된다 하시었사옵니까? 흐음, 자세히 설명해주시겠사옵니까?"

"약을 안 써도 화가 안 나네. 내 돌연 치미는 울화에 늘 애먹었잖은가."

"그러시었지요."

"그 여자를 곁에 두면 여러모로 우선하네. 두통도 어질증도 줄고 구

토도 멎어. 마음도 느긋하네. 약을 반이나 줄였는데도.”

아이는 손을 움찔했다. 눈 감은 도를 흘겨보았다. 침을 그 여느 때보다도 억세게 푹 꽂았다.

“호오, 약을 반이나 줄였다 하시었사옵니까? 어찌 멋대로 그러시었사옵니까?”

도는 침을 다루는 손길에서 꽁한 기색을 읽었다. 픽 웃으며 달래듯 말했다.

“잘못했네. 하나 봐주게. 나는 약이 지긋지긋하니. 천여 년간 먹고 맡고 맞으니 모를 수 있는가? 자네가 주는 약은 증세도 잡지만 나도 잡지 않나. 숨 쉬자면 가슴이 천 근, 말하자면 숨이 만 근, 생각하자면 머리가 십만 근이니 만사가 귀찮지. 그래도 두말없이 먹은 까닭은 하릴없어서였네. 그나마 먹지 않으면 피새가 나거나 매시근해 서기도 힘드니.”

아이는 울적해졌다. 둥근 눈을 시무룩이 내리깔았다.

“송구하옵니다. 소생의 의술이 하찮은 탓으로…….”

“아닐세. 자네가 아니었다면 내 살아나 있겠는가? 자네에겐 고마울 뿐일세.”

“그리 말씀해주시니 더욱 송구하옵니다. 어찌하였든, 그 여인을 곁에 두셨을 때는 약을 드실 때와 이완되는 느낌이 다르다는 뜻이시옵니까?”

“그렇다네. 약은 의욕을 없애고 감각을 죽이지. 화에도 고통에도 무심해지게. 하나 그 여자는…….”

도는 무연히 한숨 쉬었다. 품에 들던 따뜻한 체온이며 손끝에 닿던 말랑한 볼을 떠올리며 달금히 웃었다. 허전한 품이 안타까웠다.

"신선한 목화솜 같네. 그 여자를 어루만지면 느긋하고 나른해지지. 정신과 감각이 명료하여 그 여자가 참으로 오롯하고 생생한데도 화도 누지고 고통도 녹어."

"호오."

아이는 마지막 침을 꽂고 도의 머리맡으로 자리를 옮겼다. 도의 안색을 살폈다. 회상만으로도 저리 편한 표정이 되시니 과연 그 여인이 장하다 싶었다. 나지도 않은 턱수염을 모으며 허공을 더듬었다.

"실은 오늘 전하를 뵙자마자 참으로 의아했사옵니다. 솔직히 전하께서는 한 번도 용태가 나아진 적도 병태가 그만한 적도 없지 않으셨사옵니까? 악화를 늦추는 일만이 목적이었사오니 더 말해 무엇하옵니까? 한데 이리 살도 붙으시고 말씀도 귀찮아 않으시며 맥까지 고르시니 까닭이 궁금도 하였사옵지요. 그 여인, 소생이 한번 보아야겠사옵니다. 여인도 살피고 전하께서 그 곁에서 어찌 주무시는지, 용태가 어찌 변하시는지 알아야겠사옵니다."

"보일 의향이었네. 그래서 급히 자네를 청했네."

도는 눈을 떴다. 아이와 눈을 맞추며 서늘히 경고했다.

"다만, 그 여자 존재는 극비네."

아이는 도와 눈을 맞췄다. 생각에 잠겨 침묵하다 깊이 끄덕였다.

"무슨 말씀이신지 알겠사옵니다. 약선동자에게도 비밀로 하옵지요."

도는 다시 눈을 감았다. 아이가 식은땀이 밴 도의 이마를 비단 수건으로 눌러 닦으며 말을 이었다.

"그 여인을 곁에 두신 지 보름이라 하시었으니 의선은 호전된 전하를 뵙지 못하였습지요?"

"그렇다네."

"의선에게는 계속 진찰받고 계시옵니까?"

도는 다문 입술에 쓴웃음을 물었다.

"물론일세. 천지왕 전하께서 늘 염려하시지 않던가. 내가 착실히 죽어가는지 말일세. 달을 걸러 한 번씩 꼬박꼬박 의선을 보내주시네."

아이도 쓴웃음을 지었다.

"근래 의선이 언제 왔사옵니까?"

"달포 전이지."

"무어라 하였사옵니까? 전하의 용태?"

"이제 이십 년 채우기 힘들겠다더군. 바닥을 쳤다면서."

도는 입술에 문 웃음에 예리한 색을 더했다. 서늘히 말을 이었다.

"천지왕께서 요즘 살맛 나실 게야. 한데 내가 호전된다? 안 되지, 절대."

도는 눈을 떴다. 독한 약도 침해하지 못한 예리한 눈빛이었다. 아이가 도와 시선을 마주하고 끄덕였다.

"더욱이 전하의 병세는 호전될 수 없지요. 깨어져 새는 독을 손으로 막은 형국이니. 지금 전하의 상태를 안다면 의선은 의생으로서 기뻐할지 모르나 천지왕께서는 필시 원인을 캐실 것이옵니다."

"곤란해. 의선은 달을 걸러 한 번 오니 때맞춰 내 상태를 눈가림할 수를 찾게."

"흐음."

아이는 쉬이 답하지 못했다. 보이지 않는 긴 턱수염을 하염없이 가다듬었다.

"못하는가? 약선이 의선보다 몇 수 위라는 사실은 알 만한 이는 다 아는데? 아니면…….”

도가 짓궂게 웃었다.

“그 소문이 뜬 것이든가.”

아이, 약선은 허공을 더듬던 손을 뚝 멈췄다. 둥근 눈을 부릅떴다.

“할 수 있사옵니다. 다만 한때나마 전하의 용태를 악화시켜야 하니 옥체에 무리가 가기에…….”

“해야 하네.”

“해보겠사옵니다. 하나 괴로우실 것이옵니다.”

“괴로움은 두렵지 않네. 죽음이라도 두렵지 않네. 오직…….”

도는 어금니를 물었다. 치미는 한숨을 눌렀다. 나직이 속삭였다.

“내 새끼들이 눈에 밟힐 뿐.”

도는 기어이 한숨 쉬었다. 눈 감은 채 침묵하다 홀로 염불하듯 고요히 탄식했다.

“약선, 내가 죽으면 높으신 분들이 내 백성에게 또 다른 나를 만들어주시겠는가? 천만에. 천지왕께서 내 백성에게 땅과 나를 내리신 까닭은 오로지 내 백성을 명분을 세워 모으고 길들여 당신 힘으로 부리려 하심이었으니. 본시 나도 내 백성을 단속할 감독관이자 천지왕께 충실한 꼭두각시여야 했네. 하나 그 속내를 눈치챈 다른 세 분이 끼어드시어 얼결에 나를 ‘진짜 왕’으로 만드셨지. 족쇄를 채우지 못해 꼭두각시로 부릴 수도 없고 신경만 쓰이게 된 턱밑의 호랑이 새끼로. 그런 놈을 어찌 또 만드시겠는가?”

약선은 슬프게 도를 보았다. 남부러울 일 없어 보이는 수경왕이 실제로 어떤 입장과 상태에 처해 있는지 아는 이는 삼계를 통틀어도 몇 없었다. 수경왕이 이렇듯 조금이라도 약한 소리를 할 수 있는 존재 또

한 달리 없었다. 약선은 가슴이 먹먹했다. 도 대신 푸념을 이어주었다.

"하나 전하 정도가 아니시면 전하의 백성은 지킬 수도 이끌 수도 없지요. 전하의 백성은 하나같이 빼어난 술사지만 영원한 어린아이이자 한없이 순박한……."

"겁쟁이지. 자신을 지킬 수 없는. 그래서 그들을 다스리는 왕은 홀로 모든 일을 책임지고 모든 위협을 막을 만큼 강대해야 하네. 그 존재만으로도 모두 두려움에 떨며 감히 그 백성을 건드릴 수 없을 만큼 압도적이어야 하고. 바로, 천지왕 전하와 그 세 분마저 위협할 만큼, 나만큼."

도는 처연히 허공을 보았다. 백성들, 이러한 몸뚱이로 눈에 띄어보았자 오히려 해가 될 것이기에 차라리 이름만 두고 숨느라 삼경에 버리고 온 철없는 백성들, 얼굴도 잘 비치지 않는 왕이 뭐가 그리 좋은지 며칠 전 갔을 때도 주인 없는 대전 앞에서 천진난만하게 놀던 아이들, 그들을 떠올리며 가만히 속삭였다.

"약선, 내 소망은 하날세. 그저 하루라도 더 숨 쉬는 일. 내가 가면 내 백성이 오래지 않아 물리고 뜯기지 않겠는가. 나는 이대로는, 믿을 만한 후계도 없이 이대로는, 내 새끼들이 가여워 눈감을 수도 없네. 더욱이 그 아이, 온전히 죽지조차 못한 채 찢기어 이용당하는 공주를 떠올리면……."

도는 젖은 숨을 삼켰다. 간절히 덧붙였다.

"약선, 내 부탁함세. 하루라도 더, 살려만 주게."

피즈 알 탈환대

　양이는 취직 초기에 화화가 몹시 한갓진 직장이라 생각했다. 닷새 토록 사장 증발에 직원도 수산과 자기 둘에 손님 한 명 없으니. 그러나 비범한 첫 손님을 맞이하고 핀볼의 볼처럼 정신 사납게 이리 쾅 저리 쾅하며 상식과 평범함에 격한 도전을 받은 끝에 화화가 실로 산만한 직장이라 결론 내렸다. 보름이 훌쩍 넘게 손님이 이레인 딱 한 명에 아직 월급도 들어온 적 없으니 이제 직장보다 놀이터나 동아리방 같았다. 그 인상을 굳히는데 지대한 영향을 미친 둘이 있으니 날마다 미친 연놈처럼 니나노 놀다 양이와 수산까지 매번 니나노 난장에 끌어들이는 월주와 크닙이었다.

　"안 돼, 안 돼, 안 돼, 안 돼! 멈춰, 도크닙! 그거 빼면 절대 무너져! 절대 무너진다고!"

　월주는 빽 외치고 메밀 도우 피자를 입에 앙 물었다. 사냥감을 노리는 고양이처럼 바짝 엎드린 채 젠가 탑을 노려보았다. 이제 오십 층을 넘어선 젠가 탑은 언제 무너져도 이상하지 않을 만큼 위태로이 흔들렸다. 직립한 초대형 생선뼈 같았다.

　"크으⋯⋯. 그치만 뺄 조각이 없어!"

크닙은 허공에 손을 멈추며 절규했다. 요리 보고 저리 봐도 이제 안전히 옮길 도막이 없었다. 작은 주먹을 꼭 쥐며 하늘로 고개를 젖혔다. 월주가 입에 든 피자 조각을 꿀꺽 삼키며 외쳤다.

"전하와 수산 오라버니가 오십일 층까지 쌓았다 하셨단 말이야! 여기서 한 층만 더 쌓으면 오십이 층이야! 우리가 여기서 무너질 순 없어! 지금 빼려는 그건 안 돼. 안 된다고. '절대 무너진다.'에 내 남은 메밀 도우 피자 한 조각을 걸겠어!"

"뭐라, 내기? 내기를 거부하면 일족의 수치! 난 '절대 안 무너진다.'에 한 조각을 걸겠어! 오직 내 손재주를 믿을 뿐! 도전!"

크닙은 맨주먹을 불끈 쥐었다. 뜬금없이 주술을 써 도포 자락을 폼나게 휘날리며 목표한 도막을 꿰뚫듯 노려보았다. 숨조차 멈추고 조심히 움직였다. 가로로 누운 도막을 손끝으로 슬쩍 밀었다. 젠가 탑이 바르르 흔들렸다. 크닙은 파르르 떨리는 입술을 짓물고 숨을 삼켰다. 탑에서 떨림이 멎길 기다렸다가 그 도막을 반대편에서 살짝 잡아당겼다.

"허억! 뺐어, 나."

"하악! 뺐어, 너."

"와아."

크닙은 거세게 숨을 내쉬었다. 펄떡대는 가슴에 작은 손을 올리고 헐떡였다. 월주는 자기 몫이던 메밀 도우 피자를 보며 눈물을 찔끔했고 양이는 손바람에 탑이 무너질까 걱정하며 소리 없이 물개 박수를 쳤다.

크닙은 다시 숨을 멈췄다. 손에 쥔 조각을 천천히 탑 위에 올렸다. 올리고, 살그머니 손을 떼었다. 두 팔을 번쩍 들었다.

"지화자!"

"얼씨구!"

"절씨구!"

"와아!"

"컹!"

월주와 크닙은 환성을 질렀다. 자리에서 벌떡 일어났다. 방방 뛰며 오십이 층의 젠가 탑을 돌기 시작했다. 물개 박수를 치던 양이도 양쪽에서 팔을 붙들려 일어나 손에 손을 붙잡고 젠가 탑돌이를 시작했다. 거기에 검은 마스티프가 끼어들었다.

"이겼다!"

"신난다!"

"와아!"

양이는 백 바퀴쯤 돌았을 때 뭐하는 짓인지 모르겠다고 생각했다. 그러나 이 가게에 취직하고서 뭐하는 짓인지 알고 한 짓이 언제 있었나 싶어 생각을 관뒀다. 사실 인생을 통틀어도 뭐하는 짓인지 제대로 알고 한 짓이 몇 없었다.

'좋은 게 좋은 거니.'

양이는 월주와 크닙이 이리도 좋아하니 됐다 생각하며 열심히 돌았다. 돌며, 말했다.

"월주 언니."

"응?"

"그때 드린 디브이디 보셨어요?"

"그제 밤새웠어! 그게 끝이야?"

"시즌2도 있어요."

"시즌2? 그게 뭐야?"

"뒤편이요."

"아! 내가 인간계 최신용어에 약해. 잡지 구독하면서 익힌다고 익혔
는데."

"무슨 디브이디?"

크닙이 끼어들었다. 월주가 눈을 빛냈다.

"영국 드라마! 셜록[14]! 너도 꼭 봐! 막, 남배우 셔츠가 터질 것 같아!
게다가 주연이, 처음엔 뭐 저런 외계인이 연기를 하나 싶었는데 보면
볼수록 '저 못생긴 얼굴로 잘생김을 연기하다니!' 싶어. 경이로워!"

"깔깔! 뭐야, 그게."

"진짜야, 크닙아! 진짜라니까? 너도 그 연기력에 감탄할 거야."

"에이, 언니, 못생김으로 잘생김을 연기하다뇨. 언니가 아직 덜 보
셔서 그래요. 베니는 못생기지 않았어요. 시즌2까지 보시면 잘생김으
로 못생김을 연기한다는 사실을 깨달으실 거예요."

"아, 나도 사실 눈매가 잘생겨 보이기 시작했어. 심지어 저런 남친
생기면 좋겠다 싶더라니까? 뇌가 섹시한 남친! 요즘 옆구리도 시린
데."

"어? 언니 사장님과 그런 사이 아니셨어요?"

양이는 갸웃했다.

"아냐!"

"아닌데?"

크닙이 단호히 외쳤다. 월주도 고개를 저었다. 양이는 잠시 눈을 깜
박였다.

"하지만 처음 만난 날에……."

"아, 그거? 내가 삼계 귀부인들과 두루두루 사교 관계가 좋거든. 그 탓에 한때 전하께서 나를 골수까지 우려 부인외교에 써먹을까 궁리하셨지. 교지를 내려 감투를 씌우고 요모조모로 일 한번 시켜볼까 고려하셨지만 내가 온갖 사내를 후리고 다니니 망신살이 뻗치겠다며 포기하시던데? 그나마 오래전이고 사적으로 아무 사이 아니었어. 말했잖아. 난 악기 취향 저질인 사내 사양이라고."

"아."

그러고 보니 그런 말도 들었다. 양이는 끄덕였다. 슬슬 숨이 찼지만 살 뺀다 생각하고 잠자코 돌았다. 월주가 말을 이었다.

"난 그냥 전하 시중든다는 핑계로 놀러 왔는데? 나 인간계에 내려온 지 꽤 됐거든. 그래서 요즘 상태가 안 좋았어."

"예?"

"아, 우리 일족은 인간과 종종 어울려야 해. 그래야 활기가 돌아. 인간이 소금을 먹어야 사는 이치와 비슷하지."

"근데 전하가 싫어하셔!"

크닙이 외쳤다. 크닙은 뛰는 와중에도 이상한 주술을 써서 젠가 탑 일대에 꽃비와 비눗방울을 날렸다. 말을 이었다.

"이놈의 자식들, 허구한 날 내기도박이나 일삼고 걸었으면 따야지 멍청하고 단순해서 만날 인간에게 등쳐 먹혀 징징대고 인영유별법은 지키면서 싸돌아다녀야지 도대체가 준법정신이라고는 개미 똥만큼도 없어서 분기별로 수경궁으로 날아오는 벌금고지서에 경고장이 대체 몇 장인 줄 아느냐? 작작 좀 내려가라, 작작 좀!"

"와아, 똑같아! 너 옥판 대감님이랑 완전 똑같아!"

월주는 경탄했다. 주술로 머리 타래에서 비녀 두 가락을 빼 허공에서 맞부딪치며 박수를 대신했다. 양이는 돌면서도 넋 놓고 구경했고 크닙은 우쭐하며 두 팔을 흔들어 소맷자락을 요란히 펄럭였다.

"옥판 대감님 말씀이 곧 전하 뜻이야. 그래서 여기 내려올 때마다 눈치 보였는데 이번에 전하가 같이 가자 해주셔서 땡잡았다 했지!"

"나도 나도! 딴 계집애들 물리치고 오느라 힘들었지만! 어쨌든 전하가 부르셔서 왔으니까 눈치도 안 보이지, 물주도 확실하지, 신나!"

"신난다!"

"잘됐다!"

"와아!"

"컹!"

"근데 백진 님은 왜 오셨대? 전하랑 놀고 싶은데 만날 전하를 독차지하고 공부만 하시고! 원래 절에 계시지 않았어?"

"그러니까! 원래 인간계 사방제님들은 용아귀 사건 이후 충격받으셔서 일괄 불가에 귀의하셨잖아. 절 입구 지키시더니 갑자기 왜 오셨대?"

"전하를 내놔라."

"우우."

월주와 크닙은 볼을 뿌우 부풀렸다. 양이는 도가 전하라기보다 오빠나 형이나 아빠 취급을 받는다고 생각했다. 또한, 셋 중에 백진이 온 까닭을 아는 단 한 명이었으므로 괜히 뻘쭘했다.

요즘 도와 백진은 공의 도깨비, 양이를 연구했다. 이따금 양이를 불러 피도 뽑고 주술도 걸고 질문도 던졌다. 약속대로 양이에게 꼼꼼히 설명했으나 솔직히 양이는 알아먹질 못했다. 원자도 모르면서 양자역학 강의를 듣는 기분이었다. 어쨌든 양이는 백진에게 실험당하는 입장이라 그 정체에 귀가 쫑긋 섰다.

"사방제요? 백진 님이 그거세요? 북현무, 남주작?"

크닙과 월주가 동시에 고개를 획 돌렸다. 양이를 보았다.

"어라, 몰랐어?"

"에, 몰랐어? 너도 어려서부터 여러 번 뵈었을 텐데?"

월주가 반문하자 양이는 갸웃했다.

"엥? 며칠 전에 처음 뵀는데요? 전 평범한 인간에 여기 취직한 지도 얼마 안 됐어요."

"에이, 도월주, 바보냐? 양이야 당연히 연결을 못 짓지. 절 입구에 사천왕 네 분 계시지? 그중 이무기 먹다는 분이 백진 님이셔. 광목천왕이라고도 불리시지."

양이는 눈을 동그랗게 떴다.

"진짜? 그거 되게 못생겼……. 아니, 실물이 백배 예쁘시다!"

"당연하지. 그건 삿된 것들 오지 말라고 무섭게 변신하신 모습일 걸?"

"도월주, 아니야. 우리 일족도 아닌데 어떻게 변신을 그리 길게 해. 삼계에서 변신술로 최고가는 우리 일족도 오래는 잘 못하는데."

"에이, 변신 아니면 뭔데?"

"어……. 변장? 화장? 여자들 변장술은 네가 더 잘 알잖아!"

"하긴. 화장엔 불가능이 없지. 양이 너도 조만간 내가 제대로 한번 해줄게. 진짜 예쁘게!"

"와아, 기대할게요. 근데 언니랑 크닙이는 무슨 일족이기에 변신을……."

그때였다. 수산이 부엌에서 좌락, 나무 발을 헤치며 대형 쟁반을 들고 나타났다.

"얘들아, 메밀 도우 피자 한 판 더 받아왔어!"

그때까지 젠가 탑을 돌던 셋, 아니 개까지 넷은 비로소 우뚝 섰다. 김이 모락모락 나는 피자를 눈으로 훑더니 두 팔을 번쩍 들었다.

"얼씨구!"

"절씨구!"

"와아!"

"컹!"

수산이 다가와 꽃비와 비눗방울을 피해 피자를 내려놓았다. 눈을 반짝반짝 빛내는 일동에게 제법 진지한 얼굴로 말했다.

"야, 피자에 맞는 환성은 그게 아니야. 자, 따라해. 코와붕가¹⁵!"

"코와붕가!"

"코와붕가!"

"코와붕가!"

"근데 형님, 코와붕가가 뭐예요?"

"그건 말이다, 역사상 가장 위대한 거북이 영웅이 나오는 만화영화에서……."

쾅! 갑자기 화화의 문짝이 뒤집혔다. 빠개질 듯 젖혀진 문으로 스타워즈 세트장이 펼쳐졌다. 그 속에서 한 여자가 두 팔로 무릎을 짚고 섰다. 여자는 어깨가 들썩일 정도로 씨근덕대며 좀체 호흡을 가다듬지 못했다. 황금색 쫄바지에 돋은 풍성한 다람쥐꼬리를 거친 숨과 함께 파르르 떨었다. 화화 일동은 제각기 피자를 든 채 얼이 빠졌다.

"이레인?"

양이가 정신을 차리고 벌떡 일어났다. 양이는 쪼르르 달려가 헐떡이는 이레인을 부축했다. 안색을 살피며 물었다.

"세상에, 무슨 일이세요?"

"헉, 허억, 긴급, 사태……. 사장님, 어디 계세요?"

허옇게 질린 얼굴로, 이레인이 물었다.

"제발 찾아줘요. 남의 손에서 고생할 용이를 생각하면 이리 앉아 차마시는 일조차 죄스러워요. 더욱이 곧 태어날 용이가 어찌될지를 생각하면……. 아, 부탁이에요."

이레인은 두 손을 모았다. 눈물에 부푼 눈동자를 애처로이 빛냈다. 하염없이 도를 보았다.

"아우, 어쩜 좋아."

양이는 탄식했다. 자고로 예쁜 것들이 울먹이면 파괴력이 남달랐다. 이레인이야 그 예쁨이 똥칼라 전신 쫄쫄이를 입고 볼에 다람쥐 줄무늬를 그려도 우주에서 가장 섹시한 다람쥐로 보일 수준이니 목석이래도 심장을 부여잡고 돕겠다 할 판이었다. 양이는 같은 여자라도 가슴이 찌르르했다. 시선에 안타까움을 담뿍 담아 도를 향했다.

"사장님, 어떡해요? 도둑맞으셨대요."

"음."

도는 알아들었다는 티만 겨우 낼 뿐 한 점 동요가 없었다. 혜용이 친구이든 아니든 이레인이 미녀든 다람쥐든 귀찮다는 태도였다. 양이가 '사장님 시력 나쁘신가!' 하고 의심하는 찰나 의심에 방점을 찍었다.

"나보고 어쩌라고."

도는 짜증스럽게 내뱉었다.

이레인은 눈동자를 떨었다. 태어나 이런 취급 처음이었다. 남자에게는 더더욱 처음이었다. 말문이 막혀 뻐끔대었다.

도는 피곤한 기색을 감추지 않았다. 상에 팔꿈치를 세우고 그 팔에 턱까지 괴었다. 성가신 듯 말했다.

"난 알만 구해주면 됐어. 더구나 너, 고액 분실 보험 가입했다며. 경찰에 도난 신고도 하고."

이레인은 삼 초간 숨을 쉬지 못했다. 이런 취급을 받으니 어찌할지 깜깜했다. 잠시 과장해서 불쌍한 척할까 했다. 해본 적 없어서 관뒀다. 안색을 바꿔 눈물 찬 두 눈을 치떴다.

"못 믿어요."

이레인은 단언했다. 힘주어 되풀이했다.

"보험 회사도 경찰도 못 믿어요. 아무도 못 믿어. 다 아버지 돈에 휘둘릴 테니까. 새삼스럽지 않지만 다 한통속이었어요. 남편, 부모님, 시부모, 비서, 가정부, 친구, 경찰, 보험 회사, 다!"

이레인은 귀가 직후 비밀스레 움직였다. 파즈 알에 '용이'라는 난명(卵名)을 붙이고 은밀히 알 깬 후를 준비했다.

일단 자금부터 마련했다. 파즈가 주인에게 소유욕이 엄청나 파즈가 깨면 주인은 사실상 사회를 떠나야 하므로 평생 용이와 놀고먹을 수 있게 아버지 비자금 계좌 셋을 탈탈 털었다. 결혼 후 본가로 돌아가 줄곧 후계자 수업을 받았기에 그쯤이야 식은 죽 먹기였다.

그 뒤 도난 분실 보험을 들었다.

파즈 알은 안고 쓰다듬고 말 걸어줄수록 주인이 바라는 모습으로 태어난다 들었으므로 용이와 단둘이 살 저택을 마련했다. 저택을 겹겹이 보안했다. 자신이 피치 못해 자리 비울 때를 대비하여 온습도 조절장치와 푹신한 요람까지 장착한 초강력 금고도 주문 제작했다. 용이 전담 경호원까지 고용했다. 이 경호원은 무림 은거 노고수로 물욕이 없었다. 최후까지 매수되지 않도록 이레인이 어렵사리 청한 자였다.

그쯤 되자 주변에서 이레인을 수상히 여기기 시작했다. 부친이 정보팀을 움직여 즉각 사태를 파악했다. 모친은 졸도하고 부친은 뒷목을 잡고 남편은 부친에게 주먹으로 맞았다. 이때 이레인은 철옹성에 처박혀 부모와 시부모, 남편과 친구와 동료라고 이름 붙인 모든 배신자에게 심혈을 기울여 제작한 동영상을 발송했다.

동영상은 가운뎃손가락 한 쌍과 이레인이 평생 입에 담은 적도 없는 쌍욕을 싹 동원한 역작으로 시원하고 화끈하게 완전 결별을 선언하는 내용이었다. 구 할 구 푼 순화하여 세부 내용을 요약하면 '내가 모르는 줄 알았지? 니기미 씨발, 이 배신자, 위선자, 뒤통수 브레이커들아! 너희는 토만도 못한 냄새가 코를 찔러! 나는 파즈 알을 구했다! 이제 토 내 나는 세상을 떠나 오롯이 진실하고 신뢰할 수 있는 단 한 존재와 더불어 벽에 똥칠할 때까지 알콩달콩 살 거다! 너희는 너희끼리 서로 토만도 못한 냄새나 묻히며 토 나오게 쥐어뜯으며 살아라. 너희도 결국 뒤통수가 동네 드럼 되는 날이 올 거다. 엿 먹어라, 썅.'이었다.

그 순간부터 이레인에게는 이른바 부모와 시부모와 남편, 친구와 동료라는 자들이 보낸 사과, 설득, 충고, 질투, 욕, 회유가 담긴 메일과 메시지가 쏟아졌다. 이레인은 네일아트가 상큼한 가운뎃손가락을 사진 찍었다. 그 사진을 모든 메시지에 자동 답장으로 설정했다. 이모저모로 불안했지만 불안을 압도할 만큼 인생에서 최고로 짜릿하게 홀가분했다.

그때부터 이레인은 최선을 다해 용이에게만 시간을 쏟았다. 그렇게 저쪽 세계에서는 달포가 흘러 부화 예정일까지 이레만 남긴 때였다.

"할 수 있는 보안을 다한 만큼 나와 용이가 안전하다고 생각했어요. 우리가 철옹성으로 보호받는다고 여겼죠. 그러나 보안업체 직원과 다른 고용인은 돈에 매수됐고 그럴 때를 대비해 세운 최후의 보루, 용이를 지키던 경호원은……."

이레인은 손수건으로 눈물을 찍었다. 양이는 침을 꿀꺽 삼켰다. 설마 하며 물었다.

"뭐가 잘못되었나요?"

"남편 애인이 만든 대마법사 특제 '힘이 불끈불끈'에 매수됐죠. 나한테 치근댈 때부터 여자 밝힌다고 눈치챘어야 하는데 내가 너무 예뻐 그러는 줄만 알고……. 흑, 용이야!"

"아우."

양이는 눈동자를 떨었다. 역시 이레인은 기대를 저버리지 않았다. 이건 완벽한 일일드라마였다. 예상대로이자 예상 밖인 막장 전개! 양이는 고개를 꺾어 도를 보았다.

"사장님, 이레인 씨가 가엾어요."

양이는 말하고서 고개를 갸웃했다.

'나 언제부터 안겼지? 손님도 계시는데.'

도는 정말 이상한 재주를 부렸다. 이른바 시도 때도 없이 자연스레 양이를 안아서 제 품에 넣는 재주였다. 양이는 '눈 한번 깜박하고 나니', '어느 틈엔가', '정신 차려 보면' 도에게 안겨 있었고 처음에는 흠칫흠칫 놀랐지만 이제 손님 계신 와중에 이래도 놀라지 않는 경지에 다다랐다. 이건 좀 아닌 것 같았다. 다시 생각하니 좀 많이 아닌 것 같았다. 도에게서 벗어나려 엉덩이를 옴찔했다. 도가 귀신같이 눈치채고 양이를 꽉 끌어안았다. 도무지 꿈쩍할 수 없었다. 역시 포기해야하나보다 하고 몸에서 힘을 빼자 도가 나긋이 속삭였다.

"우리 찐빵, 다정하네? 내버려둬. 제가 알아서 해야지."

도는 이레인을 보았다. 무심히 말했다.

"여전히 모르겠군. 내가 왜 도와야 하지? 보험 회사와 경찰 불러."

"하아."

이레인은 깊이 한숨지었다. 도리질했다.

"모르겠어요? 제가 몇 중으로 친 보안선도 뚫렸어요. 보험 회사와 경찰이라고 제대로 작동할까요? 보험 회사는 '말썽 없이' 아버지에게서 제게 줄 보험금보다 더 뜯어내면 되고 경찰도 저를 돕느니 따돌리는 대가로 한 재산 챙기면 되는데. 더구나 부화일까지는, 사흘뿐이라고요! 아니, 이계를 오가느라 어긋날 시간을 생각하면 하루 반뿐이에요!"

양이는 도를 올려다보았다. 이레인에게 들리지 않게 소곤댔다.

"사장님, 혜용 님 잘못되시면 어떡해요? 누구 손에서 부화하느냐는 둘째 치고 무방비시잖아요. 누가 망치로 깨도 못 막으실 텐데."

도는 답을 않았다. 입을 닫고 꿈쩍 않았다. 뜻 모를 태도였지만 따지면 성가셔 보였다. 의욕 없는 얼굴로 눈꺼풀을 무겁게 깜박였다. 양이의 정수리에 코끝을 슬쩍 비볐다. 천천히 말했다.

"괜찮아. 용의 피가 알을 보호하는 힘은 굉장하니까. 대마법사 여덟이 모여야 깰락 말락 해."

도는 한숨을 내쉬었다. 이레인에게 시선을 돌렸다. 조금 짜증스럽기까지 한 태도로 말했다.

"네 보모에게 도와달라고 해. 그 마녀 세."

이레인은 도를 원망스레 흘겼다. 한참 노려보다 이를 악물었다. 살면서 이런 목석이 처음이었다. 가련한 척을 때려치우고 손수건을 꽉 구겨 파우치에 넣었다. 흘러내린 머리칼을 착 넘겼다. 어금니를 물며 도전적으로 따졌다.

"그러니까 그 보모님께서 당신에게 AS 청구하라 하셨다고요."

"시발, 그 영감!"

무기력하던 도는 일순 배 속에서부터 욕을 뱉었다. 양이를 꽉 끌어안았다. 눈을 감고 양이의 정수리에 입 맞췄다. 천천히 숨을 들이쉬었다. 팔과 미간에서 서서히 긴장을 풀었다. 언제 화났느냐는 듯 침착하게, 그러나 더는 졸리지도 않은 듯 정색하며 말했다.

"이게 왜 AS 사항이야? 도난에 판매자가 물품 보상하는 경우는 없어. 분실·도난은 구매자 책임이지."

"좋아요. 이건 최후의 수단이지만 쓸 때가 왔군요."

이레인은 손뼉을 짝 쳤다. 파우치에서 작은 전자기기를 꺼냈다. 버튼을 눌렀다. 스피커 밖으로 목소리가 폭발했다.

"너 자꾸 그따위로 나올래? 너 이제 잃어버린 공주와 이 이야기가 전혀 소중하지 않은가 보지? 내 귀여운 이레인을 자꾸 서운하게 하면 나도 널 아주 서운하게 하는 수가 있어? AS 알아서 해!"

도가 굳었다. 이레인이 생긋 웃었다. 이레인은 녹음기를 흔들며 물었다.

"한 번 더?"

※❀※

도는 결국 알 탈환을 수락했다. 탈환대[16]는 이레인, 도, 양이였다.

양이는 자신이 알 탈환에 무슨 도움이 되나 싶었지만 데려간다니 잠자코 따랐다. 지난번 출장은 맨홀로 가서 냉장고로 왔으니 이번엔 변기로 가서 싱크대로 오나 생각했다. 현실은 시시했다. 도가 화화의 출입문에 서서 '문 열어, 영감.' 했고, 그 직후 문을 여니 스타트렉풍 방이 보였다. 이레인이 앞장섰다.

"내 숙소예요. 따라와요."

숙소는 깨끗하지만 비좁았다. 탈환대는 앉을 곳을 찾다 침대에 올라앉았다. 작전회의를 했다.

"어디서 찾아? 소재를 얼추잡을 수는 있어? 아니면 안개 낀 날 소 찾아?"

"어디로 갔는지 알아요. 마탑 외지구(外地區)로 갔어요."

이레인은 숨을 훅 내뱉었다. 흘러내린 머리칼을 짜증스레 넘겼다. 손뼉을 짝 쳤다.

"한 방에 정리하고 넘어가죠. 그게…….."

용이 부화일까지 D-7, 이레인은 누군가에게 매수된 고용인이 건넨 수면제 든 음료를 마시고 세상모르고 잠들었다. 다음 날 오후가 다 되어 눈을 떴다. 이상하여 곧장 용이를 확인하니 용이가 이미 없었다. 온 집안 고용인도 도망했다. 용이 경호원인 노고수마저 금고 문짝에 사과문 한 줄 남기고 튀었다.

[대마법사 특제 '♡힘이 불끈불끈♡'은 치명적 유혹이더군.

SORRY!!! ┌(̄▽ ̄)┘]

이레인은 뒷목을 잡으며 단말기를 꺼냈다. 용이에게 이 행성 어디
에 있든 오 미터 오차로 위치를 파악할 수 있는 광범위하고 초정밀한
마법을 걸어둔 터였다.

"어느 놈이든 잡히면 뒈졌어!"

이레인은 이를 갈며 위치를 확인했다. 도둑 혹은 납치범은 용이와
이레인이 살던 보금자리로부터 이천 킬로미터 넘게 떨어진 제국 황도
로 고속도로를 타고 이동 중이었다.

"그때 생각했죠. '새됐다.'"

범인이 황도로 가는 이유야 뻔했다. 제국 황도에 마탑이 있었다. 마
탑은 제국 마법의 중심지이자 마법사 자치구였다. 성벽과 해자로 둘
러싸였으며 크게 내탑(內塔)과 내탑을 둘러싼 외지구로 나뉘었다. 내
탑은 마법사 거주구이자 마법 연구소, 제국 마법 방위청으로서 마탑
소속 마법사나 소속 마법사의 사역동물이 아니면 그 어떤 존재도 입
출입할 수 없는 철옹성이었다. 외탑은 마법과 관련된 온갖 상점과 체
험관, 놀이기구, 동물원, 식당, 오락실 등이 뒤섞인 복합 마법 테마파
크 겸 쇼핑센터로 마탑의 주요 수입원이었다.

"마탑은 곤란했어요. 문제가 셋이나 있거든요."

첫째, 마탑은 황명 외 규제에서 자유로운 치외법권이었다. 즉 경찰
력이 미치지 못했다. 둘째, 용이 위치를 확인하면서 지난밤 폐쇄회로
화면을 보니 도둑은 복면을 썼지만 체격과 행동거지가 빼도 박도 못
하게 남편이었다. 그리고 마탑 탑주는 남편 불륜 상대인 대마법사 위
스퍼링 스노우였다. 즉 남편이 마탑에 들어가면 천군만마를 얻는 셈

이었다. 셋째, 마탑 내에서는 마탑에서 인가받은 마법사나 마법 물품이 아니면 그 어떤 생명체나 물품도 마력을 발휘할 수 없었다. 즉 그곳에서는 광범위·초정밀 위치추적기도 한갓 고물이었다.

이레인은 무기와 단말기만 챙겨 즉각 비행 바이크에 올랐다. 똥줄 빠지게 달렸다. 운동신경이 발군이고 소유한 비행 바이크도 어지간한 집 한 채 가격인 초고성능이어서 만 하루 반을 꼬박 달리자 범인을 따라잡을 수 있었다. 추급 장소는 해가 질 무렵 마탑 입구였다. 범인은 여전히 복면을 뒤집어썼다. 그래 봐야 남편이었다.

"쌍, 이번에야말로 잡으면 거시기를 뽑아버릴 줄 알아, 이 시발 놈, 용이 내놔!"

마탑에서 폐문 나팔이 울렸다. 이레인은 등에 멘 지옥검이라도 집어 던지려 했다. 근육을 꿈틀했다. 남편이 등에 멘 보따리를 냅다 벗어 던졌다. 남편은 끌려 올라가는 도개교로 몸을 던졌다. 이레인은 남편을 절단내고 싶었다. 하지만 용이가 더 급했다. 남편이, '이번에야말로 잡히면 죽겠구나.' 싶어 용이를 포기했다 생각하며 보따리부터 쫓았다.

"훼이크였어요. 받아보니 가볍더라고요. 아, 남편 놈이 배 앞으로 보따리를 끌어안았더라니 그게 진짜였어. 쌍, 그 자식이 낚시 만렙이었을 줄이야."

이레인은 이를 아득아득 갈며 술회했다. 남편을 당장 붙잡아 새우 꺾기를 하고 싶었지만 마탑은 다음 날 아침이나 돼야 열릴 터였다. 열받아서 애꿎은 가방을 맨손으로 북북 찢었다. 그래도 그 가방에 현금과 연락기가 있어서 '핸드백도 안 들고 왔는데 그나마 잘됐다.' 하고 남편 돈으로 이 숙소를 잡았다. 하루 반을 꼬박 바이크를 몰았으니 잠

좀 자고 기력을, 혹은 엉덩이 건강을 회복하는 편이 나았다.

용이 부화일까지 D-4. 날이 밝았다. 이레인은 도개교가 내려올 시간에 맞춰 마탑으로 향했다. 위치추적기는 듣지 않아도 외지구가 넓어봤자 초대형 빌딩 한 층 넓이니 어떻게든 못 찾겠나 싶었다. 남편 애인이 협조하는 상황이 걱정이지만 대마법사가 아니라 대마법사 할아비가 와도 검으로 두들겨 패서 용이를 구출할 생각이었다. 명색이 제국에 넷밖에 없는 소드 마스터이니 일대일이라면 대마법사도 두렵지 않았다.

하나 문제가 생겼다. 대마법사야 안 나타났지만 황도에서 난다 긴다 하는 특급 용병이란 용병이 다 나타났다. 오 서클 이상 마법사 열둘과 소드 익스퍼트 이상 특급 검사 스물여덟이 떼거리로 몰려와 이레인을 훼방 놓았다. 이레인 부친이 고용인은 매수해도 용이 경호원을 어쩌지 못해 발만 구르던 차에 사위가 알을 훔쳐내자 발 빠르게 지원을 결정, 황도의 용병 길드 전체에 이레인을 훼방하라는 의뢰를 넣은 탓이었다.

"와, 내 아무리 소드 마스터라도 물량에 장사 있나요? 일반인이 득실득실한 곳에서 천지파괴무 꽂을 수도 없고."

이레인은 어찌어찌 방해꾼을 상대하며 마탑에서 만 하루를 헤맸다. 그러나 설상가상, 나중엔 마탑 방위대까지 상대해야 했다. 도저히 남편을 수소문할 수 없거니와 지쳐 제 몸 건사하기조차 힘들었다.

결국, 이레인은 쫓기듯 마탑을 탈출했다. 보모인 차원의 마녀에게 SOS를 쳤다. 보모는 이계를 오가며 시간을 손해보더라도 화화를 찾아가 '도를 부려 먹으라.'고 조언했다. '그놈이 어떻게든 해줄 거.'라고 했다.

"그래서 현재 D-1 새벽. 용이는 여전히 위치추적이 되지 않으니 마탑 안에 있음. 다행히 남편과 용이는 마탑 소속이 아니고 갑자기 마탑 소속이 될 수도 없으니 마탑 내에서도 외지구에 있음. 외지구는 훑자면 훑을 만한 면적이지만 가게와 골목이 많아 숨기에 좁은 곳도 아님. 훼방꾼은 황도 용병 길드 전체, 최악이면 대마법사 위스퍼링 스노우까지. 더 궁금한 점 있어요?"

"저기요."

양이가 손을 들었다. 시선을 받자 긁적이며 말했다.

"그, 남편 불륜남이 탑주니까 규칙을 위반하고 용이나 남편을 내탑에 숨겼으면요? 그럼 우리 탈환극 아니라 침투극 해야 하잖아요."

"예리한 지적이지만 그 가능성은, 한없이 영에 가까워요."

이레인은 잠시 고민했지만 단호히 답했다.

"내탑 출입 권리는 제국 최고 마법사라는 증거, 마법사로서 대단한 영광이자 자부심이죠. 마탑은 설립 후 삼천 년간 소속 마법사 아닌 자는 단 한 번도 내탑에 들이지 않았어요. 누대에 걸쳐 짜 넣은 마법진 탓에 들일 수도 없죠. 제아무리 탑주 애인이라도 내탑에 숨지는 못해요."

양이는 끄덕였다. 개인적으로 첩보·잠입물보다 구출·추격물이 좋았다. 그 판에 직접 껴야 한다는 점이 안일할 수 없어서 불편하긴 했다.

'뭐, 사장님이 알아서 하시겠지.'

양이는 생각했다. 덮어놓고 믿으니 속 편하고 흥미진진했다. 이왕 하는 추격, 성공하면 더 좋을 터였다.

"다행이네요. 그럼 하나 더요."

"뭔가요?"

"이레인 씨, 변장 안 하실래요? 알 찾기도 바쁜데 싸움까지 하려면 힘들잖아요. 아예 적이 못 알아보게 해요."

"우리 김 양, 은근히 똑똑하네? 맹하다가도 필요할 땐 조목조목 따진다니까?"

도는 양이의 머리칼을 쓰다듬었다.

'어라, 내가 왜 또 사장님 무릎에 앉았지?'

양이는 찌푸렸다. 도를 보았다. 도가 눈을 휘며 생긋 웃었다. 그린 듯하던 그 미모가 화사하게 꽃폈다. 양이는 심장이 간지러웠다. 엷게 뺨을 붉혔다. 내려가기도 귀찮으니 그냥 있기로 했다. 이레인에게 눈길을 던졌다.

"그게, 일리는 있지만 소용없어요. 자이어를 수소문하고 다녀야 하니 이르든 빠르든 정체가 티 날 테고 뭣보다 내 미모는 변장해도 가려지질 않거든요."

양이는 입을 벌렸다. 어지간한 여자가 저 말을 했다면 '딱한 년, 병원 가볼래?' 했겠지만 이레인 정도로 생기니 쉬이 반박하기 힘들었다. 그저 눈동자를 떨었다.

"용이를 잃어버린 날 해초 수면 팩을 머리와 얼굴에 하고 잤어요. 깨자마자 상황을 알았고 급한 마음에 팔 년 입은 수면 바지에 목 늘어난 티셔츠, 돌이 된 해초 머리 팩과 얼굴 팩을 장착한 채 자이어를 쫓았죠. 이틀 동안 굳은 팩이라 잘 닦이지도 않고 하도 피곤해서 다음 날 새벽 마탑에 들어갈 때까지도 못 씻었거든요? 보통 사람 같으면 해초 괴물 같았을 거예요. 근데도 희한하게 절 알아보더라고요. 아무리 해초 팩을 바르고 늘어난 옷을 입어도 이 쏘 핫하고 유니크한 얼굴

형과 몸매는 감춰지질 않아 들킨 모양이에요. 그렇다고 몸매까지 꽁꽁 가리면 들켜서 싸워야 할 때 몸이 둔해서 못써요."

이레인은 한숨 쉬었다. 목 뒤로 머리칼을 착 넘겼다. 지친 얼굴로 한탄했다.

"아, 암 쏘 핫. 도대체 왜 난 이렇게 예뻐서 이 삶이 피곤하기만 한지.17"

✳✳✳

탈환대는 숙소를 나왔다. 검푸른 새벽이었다. 마탑 개문까지 시간이 꽤 비었다. 그러나 잠도 오지 않을 터였다. 일찍 길을 나섰다. 몸도 풀 겸 걷는 편이 나았다.

양이와 도는 이곳에서 대단히 독특한 복색이고 이레인은 대단히 튀는 미모였다. 그러나 누구도 차림을 바꾸거나 변장하지 않았다. 양이는 우려했지만 이레인은 변장이 부질없다 여겼고 도는 귀찮아했다. 이레인이 두 사람에게 여기 식으로 갈아입으라 권했지만 도는 이레인이 입은 쫄쫄이를 보고 단호히 잘랐다.

"거절. 따돌리며 다니다가 어쩔 수 없으면 쓸겠어. 나, 세."

이계라도 별다르지 않았다. 하늘은 높고 땅은 평평했다. 흰 새벽달은 하나였다. 거리엔 건물이, 길이, 산책객이, 가로등이 있었다. 양이는 관광할 마음이었지만 딱히 볼거리가 없었다. 거리 풍광과 건물 모양이 SF와 판타지를 오 대 삼으로 섞어놨다는 점, 하늘에 날개 달린 스쿠터와 말이 이따금 떠다닌다는 점 정도만 독특했다. 차라리 도의 고향이 신선했다.

"근데요, 저 내려주시면 안 돼요?"

양이는 날개 달린 스쿠터를 바라보다가 문득 자신이 도에게 안겨 있다는 사실을 깨달았다.

'이제 이것까지 새삼 깨달아야 한다니!'

양이는 나날이 늘어가는 도의 '은근슬쩍 끌어안기 능력'에 감탄했다. 버둥댔다.

"안 돼."

"으어어."

도는 단호했다. 버둥대는 양이의 등을 아프지 않게 찰싹 때렸다. 양이를 휙 추어올렸다. 양이는 도의 어깨에 반쯤 걸쳐졌다. 등 뒤로 넘어갈 듯해 저도 모르게 도의 목을 덥석 안았다. 도의 허리도 다리로 감았다. 귓가에 낮게 웃음이 스쳤다.

"저번에 내 손 꼭 붙잡고 다니라 했지? 네가 말 안 들었잖아. 또 잃어버릴 수는 없어. 들고 다닐 거야."

도는 양이를 꽉 안았다. 양이는 숨막혀 캑캑댔다. 도에게 감은 다리를 풀어 다시 버둥댔다. 보통이라면 상대가 힘이 빠져 떨어트릴까 봐 못 할 일이지만 도야 손가락 하나로 맨홀 뚜껑을 돌리는 기인이니 걱정 없이 버둥질했다.

"아, 잘못했어요. 이번엔 정말 꼭 붙잡고 다닐게요. 내려주세요. 쪽팔린단 말이에요."

"뭐가? 나 같은 사내가 아껴주는 일이 쪽팔려?"

"끼악!"

역시나 도는 말만 한 처녀가 발광해도 타격 입지 않았다. 다만 성가셔하며 양이를 공중으로 한 자 던졌다. 양이가 기겁하며 비명 지르자 자연스레 공주님 안듯 한 팔로 받았다. 가슴이 벌렁벌렁하는 양이에게 엄히 말했다.

"김복어 너, 자꾸 안 되는 말 하면 등에 거꾸로 멘다?"

"그, 그치만, 지나는 사람마다 힐끔힐끔하잖아요."

양이는 기어들어가는 목소리로 항의했다. 도가 다시 던질까 봐 도의 목에 단단히 팔을 감은 채였다.

"괜찮아요. 시선은 나와 사장님이 너무 예쁘기 때문이고 양이 씨는 전혀 안 이상해요. 여기 황도에는 시종에게 안겨 다니는 영애가 많거든요."

둘이 계속 실랑이할 분위기이자 이레인이 끼어들었다.

"으윽."

"시종?"

이레인이 한 말에 양이는 내려달라 조를 근거를 잃고 신음했고 도는 키득 웃었다. 양이를 살며시 제 가슴에서 떼었다. 양이가 저와 눈을 마주 보게 했다. 새카만 눈을 양이와 깊숙이 맞췄다. 생크림처럼 속삭였다.

"아가씨, 소인이 최선을 다해 모시겠습니다. 부디 싫다 하지 말아주시겠습니까?"

도는 양이를 말끄러미 보았다. 눈으로 입맞춤하듯 양이의 눈동자를 눅진이 헤집었다.

"읏……."

양이는 가늘게 신음했다. 언제 봐도 이 미모는 반칙이었다. 취향과 의지를 초월하여 설레게 하여 저항 의사를 마비시켰다. 심장만 두쿵두쿵 뛰었다.

도는 양이의 시선을 사로잡은 채 사뿐 눈을 휘었다. 정물 같던 얼굴에 폭죽이 터지듯 생기가 솟았다. 고개를 슬쩍 꺾어 양이의 귓바퀴로 입술을 향했다. 그 곤두선 가장자리로 아슬아슬하게 제 입술을 밀어 붙였다. 핥듯이 숨을 불어넣었다. 정중히, 다정히 채근했다.

"대답해주셔야지요?"

"그, 웃……. 알았, 어요."

양이는 목을 움츠리며 기어들어가는 목소리로 답했다. 볼이 화끈댔다. 도가 비겁하다 생각했다. 대관절 저 이목구비는 어떤 조합과 비율이기에 이렇게 빙구여우처럼 웃는데도 빙구 같지 않고 어여쁘단 말인가! 더욱 비겁하게도 눈만 돌리면 기억에서 사라지니 도대체가 저 여우 웃음에 면역력이 생기려야 생기지를 않았다. 게다가 저 목소리! 저목소리는 대체 뭘 믿고 저다지도 야하단 말인가! 억울함에 입술을 깨물었다. 도의 어깨 어름에 이마를 쿵 박았다.

도는 바람 빠지는 소리를 내며 웃었다. 양이의 등을 토닥이며 상냥히 말했다.

"착해요, 우리 아가씨. 앞으로도 쭉 소인이 하는 말을 잘 들어주시기를."

이후 탈환대는 별 소란 없이 마탑을 향해 길을 밟았다. 피차 잘 알지 못해 주고받을 말이 없었고 이레인도 도도 피곤해서 이따금 양이가 독특한 건물이나 복장에 몇 마디 던질 뿐 대체로 침묵이 돌았다. 그러는 사이 새벽안개가 걷혀 마탑이 그리는 윤곽이 서서히 뚜렷해지고 거리를 지나는 산책객도 하나둘 늘었다. 이레인이 문득 입을 뗐다.

"보모님께 들었어요. 용이는 평범한 파즈가 아니라고, 당신에겐 형제나 다름없는 존재라고요."

도는 흘끗 이레인에게 시선을 주었다. 다시 정면으로 시선을 되돌리며 덤덤히 답했다.

"그놈 절반은 내 친우이자 사형제였지. 하나 '용이'는 내 친우도 사형제도 아냐. 아귀와 결합해 스스로 천해지고 온갖 추한 꼴을 다 겪은 끝에 기억도 자아도 버리고 회귀라는 허울 좋은 자살을 택한 얼간이일 뿐."

도는 불현듯 양이의 등을 느슨히 쓰다듬었다. 소리 없이 덧없이 한숨 쉬었다.

이레인은 물끄러미 도를 보았다. 도가 내쉬는 한숨에도 손끝에서 힘없이 흘린 쓸쓸함에도 닿지 못했으므로 도가 한없이 무심히만 보였다. 도에게 천천히 도리질했다.

"그런 마음인가요. 그래서군요. 구출에 임하는 당신 태도가 이리도 심드렁한 까닭은. 하지만 아니에요. 용이는 그렇게까지 무자비하게 평가받을 존재가 아니었어요."

"글쎄."

도는 반박도 긍정도 않고 짧게 두 음절만 토했다.

"과거의 용이는, 혜용은, 한 여인을 사랑했다고 들었어요. 여인이 너무나 천하여 모두가 둘을 터무니없고 얼토당토않은 사이라 했지만 흔들림 없이 사랑했다더군요. 그러다 일족을 다스리는 수장이 그 여인을 강제로 끌고 가 죽이려 들자 연인을 지키려 다급히 결합 마법을 펼쳤다고 했어요. 이전까지 누구도 상상한 적 없고 이후로도 누구도 쉬이 하지 못한 전무후무한 선택을 하며 웃었대요. 성공하면 명예도 지위도 그 밖의 일체도 잃고 실패하면 토사물 같은 더러운 찌꺼기가 되어 자신도 연인도 허물어질 터였는데도, 그 가마득한 파멸과 무지를 감내하며 그저 웃었대요."

도는 길게 한숨 쉬었다.

"그랬다지, 그 미친놈이."

양이는 도가 슬펐다. 한 팔로는 도의 목을 다른 팔로는 도의 어깨를 끌어안고 가만사뿐 어깨를 어루만졌다.

이레인이 말을 이었다.

"있죠, 나는 혜용이라는 존재가 나와 닮았다고 느꼈어요. 자이어에게 처음 안길 때, 수녀원에서 쫓겨나 이름조차 모르던 그를 찾아갈 때, 나도 그랬죠. 나는 사랑했으며 무모했어요. 그랬기에 신을 향해 난 곧은길에서 벗어나 타락을, 그것도 이름조차 댈 수 없던 무지를 택했죠."

이레인은 슬프게 고개 저었다. 고개 저으며 긍정했다.

"그래, 나는 자이어를 사랑했어요. 사실은 지금도, 자이어가 나를 사랑하면 좋겠다고, 하다못해 단 한순간만이라도 자이어가 진정으로 나를 사랑한 적이 있다면 좋겠다고 생각해요. 우습죠? 파즈는 주인의 욕망을 반영한다는데, 용이를 돌보며, 용이를 쓰다듬고 말을 걸며 가장 무서웠던 점이 무언지 아세요? 이 알이 깼는데 용이가 자이어처럼 생겼으면 어떡하지?"

양이는 먹먹했다. 공연히 제 일처럼 서러웠다. 그렇게나 극단에 치달은 관계를, 그렇게나 배신한 사람을 왜 놓지 못할까? 아린 숨을 삼키자 이레인의 목소리가 느릿하게 이어졌다.

"파즈에게 사랑받는 삶이란 어떤 모습일까요? 파즈는 소유욕만 아니면 모든 면에서 주인이 진정 바라는 모습과 성격으로 태어난다고 하죠. 내가 진정 바라는 반려란 어떤 모습일까요? 그 진정 바라는 상대를 마주하면 나는 정말 행복하고 만족할 수 있을까요? 어쩌면, 행복하고 만족하기보다 돌이킬 수 없는 선고를 받은 기분이지 않을까요? 파즈 알을 키우는 행위는, 어쩌면, 내가 인정하기 싫던 내면과 욕망을 강제로 내 눈앞에 들이미는, 자신에게 너무나 잔혹한 행위이지 않을까요? 평생 나만을 확고부동하게 사랑하는, 그러나 오직 자신만을 보길 바라는 한없이 강대한 존재와 함께하는 삶이란 대체 어떤 모습일까요? 불안 없이 충만할까요? 숨막히고 외로울까요?"

양이는 이레인을 보았다. 이레인의 푸른 두 눈은 물기로 엷게 덮였다. 도도 이레인을 보았다. 셋은 각자 소리 없이 한숨 쉬었다. 이레인은 입술을 깨물었다. 깨문 입술 위에 일그러진 웃음을 덧씌웠다.

"한 달 동안 용이를 키우며 생각하고 생각했어요. 내가 또다시 그런 '무지'에 모든 것을 내버릴 수 있을까? 처음에 나는 어린아이였죠. 어쩌면 그래서, 용감히 내버릴 수 있었어요. 한갓 무지에 모든 것을 내버렸어요. 그러나 지금은, 비록 용이를 택했지만, 두렵네요. 처음보다 훨씬 많이 두려워요. 나는 실패를 배웠으니까요. 나는 언제까지나 철모르는 아이로 남고 싶었는데, 특히 사랑에서는 그러고만 싶었는데……. 바로 그 사랑 때문에 어른이 돼버렸어요."

눈물이 뺨을 미끄러졌다. 이레인도 양이도 하나처럼 울었다.

전설의 피즈

마탑 개문 삼십 분 전, 탈환대는 마탑에 도착했다. 마탑은 과연 테마파크 겸 쇼핑몰다웠다. 성벽과 해자야 위풍당당해도 끈, 꽃, 깃발, 풍선, 조각, 소품으로 요기조기 알록달록 희뜩번뜩했다. 열리지도 않은 문에 방문객이 늘어섰다. 방문객은 면면이 꾸몄다. 대부분 금속 재질 타이츠를 입고 동물을 본뜬 귀, 꼬리, 날개를 화려하게 돋웠다. 새부터 사자까지, 흉내 낸 종류도 제각각이었다.

"이레인, 혹시 축제 기간인가요? 사람들도 다 동물 옷이고, 저기 현수막도 걸렸어요."

양이는 복색이 독특한 사람들을 보니 이제야 이계에 온 실감이 났다. 즐거이 두리번거리다가 팔을 뻗어 현수막을 가리켰다. 죽 늘어선 가로등마다 무지개색 현수막이 휘늘어졌다. 춤추듯 발랄한 서체로 '예쁜이와 못난이 축제 13월 18일부터!'라고 적혔다. '경축'이라는 문구도 보였다.

"동물 옷은 올해 유행이고……. 축제요? 어디요?"

이레인은 사람들과 마찬가지로 동물을 흉내 내었다. 양이가 말을 걸자 다듬던 다람쥐꼬리를 놓았다. 고개 들고 양이가 가리키는 곳을 찾아보았다. 고개를 주억였다.

"맞아요. 현수막을 보니 이틀 뒤 시작이네요. 마법을 수호하는 성인, 앙케와 브렌트를 기리는 축일을 맞아 축제하나 봐요."

"아, 축일? 사연이 있겠네요?"

양이가 눈을 빛냈다. 도도 양이를 추어 안으며 이레인에게 시선을 주었다.

"그렇죠. 앙케와 브렌트는 전설 속에 나오는 성인이자 대마법사예요. 둘이 콤비로, 앙케는 소문난 못난이, 브렌트는 소문난 미남이었대요. '장미 옆에 개똥' 같은 모습이었다나요? 보기에 퍽 부조화한 이 인조였지만 사이좋게 대륙을 떠돌며 대단한 마법 실력으로 영웅다운 행동과 선행을 했죠. 그래서 시성(諡聖) 됐고 행적이 동화로 널리 읽혀요. 우리 세계에서 가장 사랑받는 마법사죠. 둘을 묶어 '예쁜이와 못난이 마법사'라고 불러요."

이레인은 거기까지 설명하더니 어깨를 으쓱했다. 시큰둥하게 덧붙였다.

"뭐, 마탑이자 테마파크니까요. 축일 맞이 손님 끌기 행사라도 하는 모양이죠. 난 황도 출신이 아니라 여기 축제는 잘 몰라요. 그러고 보니 축제 탓에 그렇게 숙소 잡기 힘들었나? 자이어를 쫓아와서 방 한 칸 잡으려다 집 살 기세로 돈 썼거든요. 마탑에서 꽤 먼 숙소인데도 뭐가 그리 비싼지……. 지금도 개문 전인데 괜스레 줄만 기네요."

이레인은 입술을 깨물었다. 하얗게 마른 껍데기를 잘근잘근 씹으며 늘어선 줄을 눈으로 더듬고 더듬었다. 양이는 이레인과 눈을 맞췄다.

"그래도 이만해서 다행이잖아요? 축제 전이니 이 정도지 축제 기간이면 훨씬 붐비고 알 찾기도 힘들 거예요."

양이는 미소했다. 힘주어 말했다.

"잘될 거예요. 자아, 잘되리라 믿고 심호흡하세요."

이레인은 그제야 입술을 뜯던 행동을 멈췄다. 숨을 깊게 들이쉬며 어깨를 높이 들어올렸다. 숨을 훅 내쉬며 어깨를 툭 놓았다. 불량한 심호흡이지만 그만으로도 꽤 진정했다. 미소를 보였다.

"고마워요."

양이는 마주 웃었다.

─ 뿌우우.

개문을 알리는 나팔이 길게 울렸다. 금속과 나무가 울며 도개교가 내려왔다. 늘어선 행렬이 느린 뱀처럼 구물대기 시작했다. 일행도 발을 뗐다.

이레인은 단말기를 확인했다. 여전히 위치추적이 안 되었다. 아직 용이가 마탑에 있다는 뜻이었다. 행렬을 따르며 다람쥐꼬리에 손을 뻗었다. 다람쥐꼬리는 깜박였고 부정형으로 예리하게 물결치는 붉은 대검이 되었다. 이레인은 등에 대검을 맸다.

"누구든, 용이에게 해코지했다간 봐."

이레인은 손 관절을 우두둑 꺾었다. 큰 눈을 치켜떴다.

"죽여버리겠어."

마탑 외지구는 내탑을 첩첩이 감싸는 상점가였다. 뱅글뱅글 닦인 길옆으로 상점이며 음식점, 전시관이 옹긋옹긋 둘러섰다. 축제 분위기로 집집이 알록알록했고 휘황하게 펼친 가판대며 목청 좋은 호객꾼으로 개장부터 흥성했다.

그러나 탈환대에겐 축제보다 용이였다. 이레인은 말 물을 이를 찾아 희번덕댔고 그 푸른 눈이 궤도를 꺾을 때마다 그 심장파괴적인 미모에 한 명씩 가슴을 부여잡고 비틀댔다.

"누구에게든 묻죠."

이레인은 사탕 가게로 직진했다. 가게 매대를 정돈하는 청년에게 인사했다.

"안녕하세요."

"네에, 어서 오세요."

청년은 몸을 돌려 상냥히 미소 지었다. 아니, 미소 지으려다 얼이 빠졌다. 낯이 사과가 되어 가슴을 눌렀다. 떨리는 소리로 물었다.

"아, 여신님. 무엇을 도와드릴까요?"

"이거 주세요."

이레인은 눈도 깜짝하지 않았다. 매대에서 막대사탕을 뽑아 양이에게 건넸다.

"활짝활짝 장미 사탕은 동화 한 닢입니다. 여기 거스름돈……. 어, 이, 이건 덤입니다."

이레인에게 돈을 받은 청년은 거스름돈에 화사한 꽃사탕을 얹어주었다. 이레인은 사탕을 받아 들며 생긋 웃었다.

"친절하시네요. 뭐 하나 여쭤도 될까요?"

"아, 예! 무엇이든! 뭐든!"

이레인은 단말기를 꺼냈다. 액정에 자이어 사진을 띄웠다. 넋 놓은 청년에게 사진을 기울였다.

"혹시 이 남자……."

이레인이 운을 뗄 때였다.

"표적 일이다! 표적 일이 나타났다!"

길 끝에 로브 입은 남자가 나타났다. 남자는 이레인을 삿대질하며 목이 터져라 외쳤다. 한 손으로 탈환대를 손가락질하며 다른 팔을 풍차처럼 돌렸다. 삽시에 마법 지팡이, 검, 도를 손에 쥔 이들이 골목이며 지붕, 건물에서 왈칵왈칵 쏟아졌다. 패거리는 탈환대를 에워쌌다. 사탕 가게 청년이 놀라 가게로 뛰어들며 문을 쾅 닫았다.

"아, 이 저주받은 미모! 슬쩍만 뵈도 눈에 띈다니까."

이레인은 피로한 낯으로 개탄했다. 검을 팍 뽑아들고 자세를 낮췄다.

"입구에서 죽쳤다? 뭐, 원안이겠지."

도는 덤덤히 평했다. 별 행동 없이 무심했다.

양이는 활짝활짝 장미 사탕을 맛보려던 차였다. 눈을 좌우로 왕복하다 사탕을 슬그머니 주머니에 챙겼다. 고개를 외로 틀고 말끄러미 도를 보았다.

"사장님, 저도 뭐…… 해야 해요?"

도는 양이를 향했다. 나른히 눈을 깜박였다. 의욕 없이 답했다.

"구경."

양이는 그 대답이 대단히 흡족했다. 실로 쉬웠고 소질과 성격에도 맞았다. 태권도도 배운 적 없고 싸움질이야 생각으로도 피곤했다. 그래도 판세가 오십 대 삼쯤이니 신짝이라도 벗어들라면 그럴 판인데 이렇듯 열외로 빼주니 몹시 다행이었다. 구경이야 잘할 수 있었다. 월급을 생각하며 눈을 빛냈다.

탈환대를 포위한 일당은 제각기 비장했다. 마법 지팡이, 도, 검, 창 등을 꼬나들고 반 보름 굶은 하이에나처럼 셋을 노려보았다. 이레인을 특히 경계하며 포위망을 좁혀들었다. 그중 한 명이 한 발짝 나섰다. 그자는 제 어깨에 검배를 슬쩍 대었다. 정중히 말했다.

"할렌 부인, 검을 거둬주십시오."

이레인은 코웃음 쳤다.

"거두면?"

검사는 엷게 뺨을 붉혔다. 그러면서도 검 끝을 신중히 겨누었다.

"고집을 거두고 이만 댁으로 돌아가 주십시오. 부부싸움은 칼로 물 베기라지 않습니까? 아펠라이 후작 각하와 할렌 박사께서 걱정하고 계십니다."

"뭐래."

이레인은 썩은 미소를 지었다. 곧장 쏘아붙였다.

"돈 받고 나 막으러 왔으면 막기나 해요. 개뿔도 모르면서 남의 집 안싸움에 웬 충고?"

이레인은 검 끝을 까닥였다. 신중히 발을 놀려 도 옆으로 붙었다. 검신에 새빨간 기운을 확 일으켰다.

챙!

스릉.

순간 거리에 감도는 공기가 바뀌었다. 포위자 가운데 날붙이를 드러내지 않던 몇몇도 기어이 독니를 드러냈다. 포위자 전원이 '들고 있는' 편에 가까웠던 무기를 각을 바꿔 싸늘히 날 세웠다. 모두가 손에 든 무기와 지팡이 자루자루에 살벌히 빛을 둘러쳤다.

"싸움구경이다!"

"와아!"

구경꾼이 구름같이 모여들었다. 이레인, 도, 양이는 벽에 둘러싸이고 안개에까지 갇힌 꼴이었다.

앞으로 나선 검사가 검 끝으로 빛을 두 치 이상 뽑았다.

"재고해주십시오. 부인께서 존경받아 마땅한 검호이심을 아나 지난날 겪지 않으셨습니까? 부인은 실전 경험이 없으시지요. 이런 상황에서 저희 모두를 당해낼 수는 없으십니다. 굳이 불리한 싸움을 하셔야겠습니까?"

이레인은 답하지 않았다. 도에게 바짝 붙으며 재빨리 속삭였다.

"조심해요. 저도 강하지만 저 치들 치레기가 없어요. 다 제국 제1기 사단원이나 황실 마법단원에 준할 특급 용병이에요. 더구나, 저번에 붙어보니 집단 싸움에 능해요."

"흠."

도는 그때까지도 이렇다 할 생각이 없어 보였다. 따분히 콧숨을 내쉬었다. 양이를 이레인 옆에 내려놓고 머리를 쓱 쓰다듬어주었다.

"금방 올게."

도는 산책하듯 느긋이 걸음을 떼었다. 말 많던 검사에게 다가섰다.

"안녕."

"뭐냐!"

검사가 도에게 사납게 날을 세웠다. 탈환대를 포위한 용병 중 이 할이 착 무기를 돌려 도를 겨냥했다. 그러잖아도 용병들은 도가 신경 쓰이던 차였다. 지난 충돌 때 고전한 이레인이 원군을 청했나 싶었고 소드 마스터가 부른 원군이라면 여간내기일 리 없었다. 그러나 누구도 만만히 못 여길 고수집단이 작정하고 투기를 쏘아도 도가 꾸어다 놓은 보릿자루처럼 섰으니 이걸 경계해야 하나 말아야 하나 헷갈리던 차였다. 다들 작정하고 도에게 살기를 집중했다.

"하아."

도는 한숨 쉬었다. 찡그리며 검사에게 한 발짝 다가섰다.

검사는 흠칫했다. 도가 당장에라도 자신이 멱을 딸 수 있는 범위로 발을 들였기 때문이었다. 이 범위 안이라면 그 누구든 눈 한번 깜짝이기도 전에 숨을 거둘 수 있었다. 그러니 이 안으로 무방비하게 발을 들이밀 이야 자기 아내나 천둥벌거숭이뿐이었다.

그러나 도는 그런 범위로 발을 들이면서도 아무 방어도 하지 않았다. 투기나 살기도 한 점 없었다. 상황을 이해할 수 없던 검사가 시선에서 도를 놓고 흘끔 곁눈질해 보니 이레인이 사색이 되어 입만 뻐끔대고 있었다.

'할렌 부인 일행은 맞는 듯하지만 원군이 아닌 모양이군. 이건 그냥 미친놈이야.'

도를 맞대한 검사는 생각했고 도를 경계하던 다른 용병들도 같은 판단이었다. 날 세운 무기가 일제히 이레인에게 돌아갔다. 도와 마주한 검사만이 느슨히 도에게 검을 겨눴다. 코웃음 치며 물었다.

"뭐요, 당신?"

도는 고개를 꽜다. 뒤돌아 이레인을 물끄러미 보았다. 검사에게 고개를 되돌렸다. 확신 없이 답했다.

"다람쥐랑 같은 편?"

도는 제 어깨를 주물렀다. 덧붙였다.

"근데 저년 나쁜 년이야. 짜증나는 영감을 움직여 나를 협박한 데다가 맨입으로 나 부려먹는 년이거든."

"허."

검사는 어이가 없었다. 미친놈도 이런 미친놈이 또 없었다. 사연이야 몰라도 도를 적당히 치울 생각으로 입을 달싹였다. 도가 다시 뒤돌았다. 이레인과 양이를 향해 무심히 물었다.

"다람쥐, 애들 죽이지만 않으면 되지?"

이레인을 노려보며 긴장했던 용병들이 일순 헛웃음을 뱉었다. 도 걱정으로 사색이 된 이레인이 떨며 답했다.

"되, 되도록이면? 다, 당신도 죽진 말고요."

도는 양이와 눈을 맞췄다. 낯에서 졸음을 싹 걷었다. 눈을 새카맣게 빛냈다.

"잘 봐. 널 지켜준다는 존재가 어떠한지를."

"아, 넵. 헐."

양이는 답했고 바로 헛숨을 토했다. 미간을 찌푸리며 거듭 깜박였다. 분명 방금 살벌한 아저씨, 아줌마, 오빠, 언니 오십여 명이 자신과 이레인, 도를 포위했다. 한데 눈 한번 깜박이니 전부 풀썩풀썩 짚단처럼 쓰러졌다. 도는 그 한가운데에서 말 많은 검사를 멱살 잡은 채였다. 검사를 천 쪼가리처럼 한 손에 가뿐히 틀어쥐고 있다가 손을 툭 놓았다. 검사가 기절하여 풀썩 떨어졌다. 분명 바람 한 점 없이 잔잔한 날씨였건만 뜬금없이 도의 도포 자락이 펄럭였다. 펄럭이는 수준이 무협영화 특수효과 저리 가랄 정도로 멋들어졌다. 도는 몸을 돌렸다. 양이와 눈을 마주했다.

"봤어?"

도는 입꼬리를 슬쩍 추어올렸다. 종종 짓던 화사하게 터지는 웃음과 달리 무심한 듯 예리한 웃음이었다. 우아하게 살랑이는 머리칼을 샴푸 선전하는 여배우 못지않게 착 넘겼다. 양이만을 보았다.

"왜 갑자기 다 쓰러져?"

"무슨 일이 일어난 거야?"

구경꾼들이 갑작스러운 사태에 얼빠졌다가 그제야 한마디씩 수군댔다. 이레인은 검을 다람쥐꼬리로 되돌려 궁둥이에 붙였다. 자유로운 두 손으로 격렬히 물개 박수를 쳤다.

"최고예요! 당신 진짜 세군요! 보모님께서 말씀해주신 수준, 그 이상이에요! 브라보!"

"세상에, 저 청년 혼자 다 해치웠다고?"

"말도 안 돼! 이 사람들 길드 로브에 별이 네댓 개씩 달렸는데?"

"오십 대 일이야!"

이레인이 외치자 면면이 감탄을 토했다. 모인 이마다 손바닥에 불붙도록 박수를 쳐댔다.

양이는 입을 벌렸다. 현실감이 없어 다분히 무성의하게 주억댔다.

"아……. 사장님이 하셨구나."

양이는 뺨을 긁적이며 멋쩍게 웃었다.

"죄송해요. 하나도 못 봤어요."

도는 뺨이 경련했다. 낯에서 미소가 팍 깨졌다. 목청을 빽 돋웠다.

"야! 내 멋진 모습 하나도 못 본 거야? 김복어 너, 동체 시력이 왜 그따위야!"

"아, 그게요오, 본다고 봤는데에……."

이레인이 끼어들었다.

"저기요, 나 소드 마스터인데 나도 잔상밖에 못 봤어요. 양이 씨 잘못이 아니라 당신이 상식 밖으로 빨랐다고요."

도는 눈가를 푸르르 떨었다. 몸을 휙 돌렸다. 발치에 쓰러진 남자를 발등으로 퍽 걸어찼다. 붕 뜬 남자의 멱살을 채었다. 남자를 사방팔방 꺼두르며 냅다 닦달을 놓았다.

"야, 젤 센 놈, 일어나! 천 분의 일의 속도로 다시 하게! 야, 일어나! 안 일어나? 에잇!"

도는 남자를 죽어라 흔들었다. 뇌수와 담즙을 섞을 기세였다. 흔들다 앵돌아지며 팩 내던졌다. 입이 댓 발 나와 양이에게 돌아갔다. 양이를 안아 올리며 골이 틀려 구시렁댔다.

"내가 잘 보랬잖아. 보기만 하랬는데 구경도 잘 못 하면 어떡해?"

"킥!"

양이는 그만 웃음을 터트렸다. 너무 웃으면 도가 삐질 것 같아서 웃음을 참으려 무진 애를 썼다. 참다 참다 숨차하며 사과했다.

"킥킥, 죄송, 으익, 죄송해요. 제대로 못 봤어요. 하지만 사장님 진짜 강하시네요. 보이지도 않을 만큼 순식간에 쓱싹……."

"앗! 잠깐!"

그때였다. 그때까지도 물개 박수를 치던 구경꾼 중 한 사람이 난데없이 외쳤다.

"저 청년, 절세미남이다!"

"혁?"

군중은 술렁였다. 일촉즉발의 긴장감과 보고도 못 믿을 무위에 지금껏 도의 미모를 인지 못 하던 참이었다. 다들 눈을 비비고 고개를 뽑았다. 여기저기서 탄식이 터졌다.

"허억! 저 여자도! 절세미녀다!"

"둘 다 만만치 않아!"

도는 미간을 좁혔고 양이는 고개를 갸웃했다. 이레인은 짜증스레 중얼댔다.

"뭐야, 절세미녀 처음 봐? 촌스럽게."

"뭐라고? 어디? 어딘데? 비켜봐! 절세미남이 어딨다고?"

"어디야, 절세미녀?"

"절세미인이 두 사람이야!"

"그럼 브렌트는⋯⋯."

"잠깐 비켜들 주시오!"

탈환대가 갈피를 못 잡는 사이 군중이 웅성대기 시작했다. 수런대는 인파 사이사이에서 번쩍이는 적금색 로브를 입은 마법사들이 꾸물꾸물 나왔다. 마법사들은 잠시 두리번대었다. 이레인과 도를 발견하고 두 눈을 부릅떴다.

"허억!"

"신이시여!"

"심⋯⋯."

"⋯⋯봤다!"

사방에서 기어 나온 마법사들은 지팡이를 부여잡고 부들부들 떨었다. 도와 이레인에게서 눈을 떼지 못하며 깊이 신음했다.

"저 지렁이들 뭐야?"

도는 찌푸렸고 이레인은 설레설레 고개 저었다. 양이는 줄곧 안일했지만 이제 불안했다. 도 말마따나 탁한 적금색 로브 차림 마법사들이 왕지렁이로 보였고 솔직히 징그러웠다. 도에게 바짝 매달려 속삭였다.

"전 영감이 꽝이지만요, 저 지렁이단, 느낌이 싸해요."

지렁이단은 누가 봐도 께름칙했다. 뽕 맞은 사람처럼 개개풀려서 동공을 키우고 입을 벌린 채 콧구멍을 벌름댔다.

"아아, 이건 꿈이야."

"이런 절세미남을……."

"이런 절세미녀를……."

"한자리에서 보다니."

지렁이단은 퍼뜩 눈을 빛냈다. 부산한 눈짓으로 짬짜미를 주고받더니 세차게 탈환대를 향해 쏘아졌다.

"장미단! 잡아!"

"백합단! 잡아! 저 미녀는……!"

"저 미남은……!"

"우리 라일락 차지닷!"

"천만에! 우리 차지요!"

"뭐, 뭐야?"

도는 처음으로 당황했다. 이레인도 양이도 당황했다. 도와 이레인은 돌진하는 마법사를 피해 발을 굴렀다. 소드 마스터와 소드 마스터를 능가하는 고수답게 발 구르기 한 번에 분수처럼 솟구쳤다. 군중을 뛰어넘었다.

"어디로 갔지?"

"동쪽이다!"

"잡아! 무조건!"

도는 군중이 이룬 띠 바깥에 착지했다. 양이를 추어 안으며 물었다.

"다람쥐! 쟤네 뭐야? 너 여기 사람이잖아. 몰라?"

"몰라요! 일단 뛰어욧!"

"젠장!"

이레인과 도는 냅다 뛰었다. 지팡이를 휘두르는 지렁이단은 자못 기세가 흉흉했다. 탈환대로서는 잡히면 뼈도 못 추리겠다 싶었다. 곡

절도 모르고 달아나며 절규했다.

"뭐예요? 왜 쫓아와요?"

"으아아아, 사장니이임, 너무 빨라요오오오!"

"젠장, 왜 따라와!"

일행은 뛰고 또 뛰었다. 개발에 땀 나도록 뛰었다.

"브렌트 쟁탈전이야!"

"나 장미에 걸었는데!"

"난 라일락!"

"쫓아갈까?"

"쫓아가자!"

돌연 구경꾼들도 꼬리를 물었다. 그렇게 일 번 차량에 이레인, 도, 도에게 안긴 김양이, 이 번 차량에 번쩍이는 지렁이 로브 마법사단, 후미 차량에 일반인들이 자리 잡은 채 멈추지 않는 폭주기차가 탄생했다. 기차는 질주하며 칸칸이 경적을 울렸다.

"거기 미남! 멈추시오! 제발 멈춰주시오!"

"분과장님! 저들이 너무 빠릅니다!"

"마법 뒀다가 뭐하나? 바람의 다리! 속도 증가! 증가!"

"속도 증가! 증가! 증가!"

"속도 증가! 따불!"

"따따따불!"

"진짜 왜 쫓아오는 거예요? 왜 그래요, 왜애애!"

"잡아! 저런 미인은 우리 장미 분과의 브렌트가 되어야 해!"

"우리의 백합 분과의 브렌트가 되어주시오! 일당은 두둑이 쳐줄 테니!"

"아냐, 우리 라일락의……!"

지렁이단은 필사적이었다. 꽃수가 놓인 로브를 펄럭이며 탈환대를 죽어라 쫓았다.

양이는 달아나며 지렁이단을 살폈다. 혼이 쑥 빠졌지만 적을 알고 나를 알면 백전백승이라는 격언이 생각나서였다. 달아나며 보매 지렁이들은 가슴팍과 소맷부리에 꽃수가 달렸다. 꽃수는 총 사 종이었다. 워낙 도가 빨라 그 문양을 세세히 알 수 없었지만 장미, 백합, 라일락까지 나왔으니 이제 하나만 더 나오면 되었다. 마침 한 지렁이가 외쳤다.

"거기 절세! 미! 남! 대우는 섭섭잖게 하겠소! 우리 끈끈이주걱으로 오시오!"

"으아아아아! 꽃이 아니었어?"

양이는 사기당한 기분이었다. 관찰이고 자시고 이제 토가 쏠렸다. 도가 빨라도 너무 빨라 오장육부가 트위스트를 췄다. 도를 목 졸라 죽일 기세로 그 목에 매달렸다.

"무조건 달아나는구려! 안 되겠소! 우리 먼저 잡는 쪽을 임자로 하지!"

"콜!"

"라일락에 줄 서신 분들 합류하시오!"

"끈끈이주걱에 줄 서신 분들! 협조하시오!"

"장미 지지자들, 잡아주시면 분과 차원에서 보상하리다!"

"백합에 거신 분들 분발하시오! 보상은 두둑하리다!"

"와아!"

마탑 외지구가 환호에 휩싸였다. 쇼핑가 골목골목에서 쇼핑객과 관광객이 폭주기차에 합류했다. 사람마다 탈환대를 향해 팔을 휘저었다. 아이고 어른이고 달려가는 도와 이레인을 잡으려 들었다.

"뭐야! 당신들 미쳤어?"

"꺄악, 왜 이래요!"

도와 이레인은 인파를 뛰어넘었다. 가판대와 가게를 날듯이 건너뛰었다. 지붕을 밟고 기와를 타고 미끄러졌다. 양이는 마구 흔들리며 도의 승차감을 저주했다. 길고 처량히 신음했다.

"으웨에에에에……."

"야, 쥐! 이것들 왜 밑도 끝도 없이 우릴 쫓아? 우리 용 새끼 찾아야 하는데 왜 이러냐고! 간도 몰라?"

"미안해요! 저도 진짜, 정말, 전혀 몰라요!"

"브렌트 잡아라!"

"저 절세미남만 잡으면 축복은 우리 분과야!"

"미녀든 미남이든 우리 차지야! 축복은 라일락에게!"

"하여간 스승이고 나발이고! 그 영감과 얽히면 꼭!"

도는 울화를 내었다. 비리비리하게 생긴 마법사들이라 뛰다 보면 제풀에 나가떨어질 줄 알았다. 오산이었다. 지렁이단은 슈퍼지렁이였다. 지치기는커녕 온갖 체력 보강, 속도 증가 마법을 다 동원해 점점 펄펄 날았다. 도는 입술을 짓씹었다. 양이를 최대한 흔들리지 않게 품에 바짝 붙이며 으르렁댔다.

"젠장, 적의가 없으니 들이패지도 못하겠고! 여긴 어떻게 주술이 안 먹혀! 지렁이도 펑펑 쓰는 주술이!"

이레인은 눈을 질끈 감았다. 쫓아오는 지렁이단에 가판대를 걷어차며 외쳤다.

"마탑 안에서는 소속 마법사가 쓴 마법만 유효하다니까요!"

"천천히 좀 가시오! 해치지 않소! 에잇, 잠들어라! 잠들어라앗!"

"겁내지 마시오! 그저 브렌트가 되어달라는 것뿐이라오! 속도 저하, 속도 저하!"

"보상은 넉넉히 하리다! 일당 삼백 골드! 어떻게 안 되겠소?"

지렁이단은 탈환대를 향해 갖은 상태 저하 마법을 쏘기 시작했다. 이레인과 도는 등 뒤에서 달려드는 마법을 피해 격렬히 갈지자를 그렸다. 뒤도 돌아보지 않았지만 기척만으로도 한 대도 맞지 않았다.

"으웨에에엑……."

더욱 불량해진 승차감에 양이는 목을 빼고 신음했다.

'이러다 발바닥을 입으로 토하고 죽겠어!'

양이는 절박했다. 무작정 내뺄 일이 아니었다. 어떻게든 해야 했다. 젖 먹던 힘까지 쥐어짜 정신을 다잡았다. 부르짖었다.

"뭘 보상하는 건데요오오오. 브렌트는 또 뭐고요오오오. 축제인가요오오. 저도 멈추고 싶어요오오오. 그런데 설명을 해줘야 서든가 말든가 하죠오오오."

"아니 모른단 말이오?"

"일단 서시오! 서면 차근차근 설명해주겠소! 속도 증가! 증가! 또 증가!"

"어떻게 서요오오오! 서면 각 떠서 잡아먹을 분위기면서어어어!"

"먹는다고 먹히기나 하시겠소! 그렇게 강하시면서!"

도는 벽을 타고 달렸다. 배에 힘을 주어 단호히 외쳤다.

"설명 먼저!"

그 외침은 효력이 컸다. 도가 일반인을 의식하여 힘을 조절했으나 영력을 실었으니 어지간한 이들이 당해낼 리 없었다. 지렁이단은 감전된 듯 꿈틀댔다. 헐떡이며 어지러이 설명했다.

"그러니까 그게 축복이……."

"예쁜이와 못난이가……."

장미와 라일락, 백합과 끈끈이주걱은 콩팔칠팔 설득과 설명을 내쏟았다. 두서없는 그 설명을 거두어 다듬으면 이랬다.

마법을 수호하는 성인, 브렌트와 앙케를 기리는 '예쁜이와 못난이 축제'에는 전통이 있었다. 마탑의 네 분과마다 브렌트와 앙케로 각자 예쁘고 못생긴 사람 한 쌍을 준비했다. 이때 브렌트는 예쁠수록 좋고, 앙케는 못생길수록 좋았다. 브렌트도 앙케도 성별 불문이나 매번 새 얼굴을 준비해야 했다. 관광객이나 쇼핑객은 축일 전야까지 '소정의 참가비'를 내고 지지하는 분과를 결정해 축성 명단에 이름을 올리고, 분과를 대표하는 네 쌍의 예쁜이와 못난이 커플은 축일 아침 브렌트와 앙케 복장으로 두 성인의 동상 앞으로 나아갔다. 이때 가장 브렌트와 앙케다운 커플을 준비한 분과에 성인의 축복이 내렸다. 축복은 영험했다. 축복받은 분과의 마법사는 다음 축일까지 마법 발전이 빠르고 그 분과의 축성 명단에 이름을 올린 자는 그 한 해 브렌트처럼 아름다운 아이를 낳으며 하는 일마다 운수대통했다.

"두 분 중 누구라도 역대 최고 브렌트요!"

"어느 분과에서 나오든 우승은 떼놓은 당상이지!"

"전 라일락에 줄 섰다고요! 첫째는 딸기 닮았고 둘째는 고구마 닮았어요! 셋째만이라도 예쁘게 낳게 해주세요! 제발 라일락으로……!"

"그런데 둘 중 누가 더 예쁜 거요? 솟아라앗! 발라당 덩굴!"

"사실 제대로 못 봤소! 둘 다 지나치게 잘생기고 예뻐서 눈이 부시더군! 내려라! 나른나른 가루!"

"자세히 보게 멈춰주면 안 되겠소? 깔려라! 미끌미끌 바닥!"

이레인은 땀에 젖어 헐떡였다. 뺨에 그린 다람쥐 줄무늬가 다 번졌다. 좀처럼 예뻐 보이기 힘든 몰골을 하고도 오히려 관능미를 뽐내며 울부짖었다.

"나 안 해요! 나 안 한다고요! 아이씨 진짜, 마법 좀 그만 써요! 어차피 맞추지도 못하면서!"

"꺼져! 나도 안 해! 할까 보냐!"

도도 버럭 외쳤다. 지렁이단이 또 비틀댔다. 양이는 힘없이 신음했다.

"저도 아, 안, 안 하, 하든 말든 멈춰줘⋯⋯."

"튕기는데요? 분과장님, 어떡합니까?"

"지랄! 해치는 일도 아니고 누이 좋고 매부 좋자는데!"

"옳소, 끈끈이주걱 분과장! 일단 잡고, 현혹 마법, 졸도 마법을 써서라도 시킵시다!"

"뭣! 개늠 스끼! 적의가 없어 보여 봐줬더니 정신계 주술을 쓰겠다고?"

도는 이를 갈았다. 그러면서도 일반인이 우르르 달려드니 굽도 젖도 못했다. 인상만 북북 긁으며 뛰고 또 뛰었다.

"그건 불법이요, 장미 분과장!"

"그 정도 불법은 애교잖소! 켕기면 백합 분과는 빠지든가!"

"그래, 백합 분과라도 빠지죠! 우리 원래 생각대로 먼저 잡는 쪽에 깔끔히 양보합시다. 어디가 됐든 역대급 브렌트를 볼 수 있어요!"

"동의! 유례없이 강력한 축복이 내릴 겁니다!"

"좋아요, 콜!"

"양심 따위!"

"어차피 마탑은 치외법권!"

"잡아라!"

"꺄아아아아아!"

"저 샛끼들이!"

"으웨에에엑……."

양이는 고개를 흔들었다.

'내가 지금껏 기절을 안 하다니 기적이야.'

양이 입장에서는 빨라도 너무 빨랐다. 이러고 도망가는 이레인과 도도 대단했고 이 속도를 쫓아오는 지렁이단도 대단했다. 그리고 이 속도에 적응해가는 자신도 대단했다. 이 정도 적응력이면 우주 비행사도 될 수 있었다. 양이는 일 초간 우주 비행사를 꿈꾸며 생각했다.

'이건 막장이야. 내가 고자 소리할 때부터 알아봤어! 이레인은 막장을 부르는 막장의 여왕이야! 고자 제조부터가 막장이었는데 옮기는 걸음걸음 그야말로 점입가경이라고! 이 뜬금성, 작위성, 자극성, 기타 등등 다 따져도 수준급 막장이야! 막장 드라마란 드라마는 다 챙겨본 잉여 백수 출신으로서 장담하겠어! 자고로 막장에는 막장으로 응수! 이걸 더 완벽한 막장으로 만들어야만 사태를 해결할 수 있어!'

양이는 이를 악물었다. 토기를 삼키며 심기일전했다. 두 팔로 도의 목을 졸랐다. 힘껏 외쳤다.

"사장니임! 그, 근데요!"

"왜?"

"들어보니까, 못생긴 사람도 필요한 상황 아닌가요?"

"그렇네요!"

이레인이 답했다. 양이는 고쳐되어 물었다.

"그럼, 이 세계에서 이레인 씨 남편은 대체 얼마나 못생겼나요?"

이레인은 순간 비틀댔다. 자빠질 듯 홰를 치다 균형 잡고 다시 뛰었다. 단칼에 답했다.

"부인으로서 자부할 수 있어요. 압도적으로 못생겼어요! 못생김도 정도껏이어야 개성인데 너무 압도적이어서 이렇게 꼴값하리라곤 상상도 못 했다고요!"

"그럼 소개해줘요, 저 미친 지렁이들한테!"

"쟤 남편이 그렇게 못생겼어? 이야, 우리 찐빵, 똑똑하기도 하지!"

도가 감탄했다. 이레인이 목을 돌렸다.

"뭐라고요?"

"모르겠어? 저 미친 지렁이를 역으로 이용하자고!"

"뭔 소리예요?"

"단말기에 남편 사진 없으세요? 소개해주시라고요! 이렇게 무작정 쫓기느니 타협하고 이이제이해요!"

양이가 동을 달았다.

"말하세요! '이왕 제물이 된다면 축복이라도 확실히 받게 제일 못생긴 앙케를 찾아오는 분과에 협력하겠다.'고! 그럼 저 화력으로 찾겠죠, 이레인 씨 남편!"

"헉, 양이 씨 천재죠?"

"천재는 아니지만, 웩! 근데 저 사람들, 우리는 이렇게 죽자고 쫓으면서 그렇게 못생긴 분을 왜, 왜 발견도 못 했대요? 아니, 이미 찾아서 쟁탈전 끝냈나?"

"물어보지!"

도가 배에 힘을 주었다. 버럭 외쳤다.

"너희! 이 여자가 예쁜 만큼 압도적으로 못생긴 앙케는 확보했나?"

"모, 못생기긴 했는데……."

"저 정도 수준은 아닌……."

지렁이단은 주춤했다. 확신하며 답하는 마법사가 아무도 없었다. 이레인이 평했다.

"내 남편은 독보적으로 못생겼어요! 못생김이 세계유산급이라 확보했다면 머뭇댈 수가 없다고요! 그 자식 아직도 복면인가 봐요! 아니면 불륜남 대마법사에게 보호받든가!"

"그럼 복면 쓴 남자를 체격 조건 더해서 수소문해요! 우리 저 지렁이들 몽땅 이용해서 용이 납치범을 검거하자고요!"

"조, 좋아요! 근데 어떻게 설명하죠? 저 지렁이들 우리가 멈추는 순간 수면 마법부터 맞출 기세에요. 지금도 계속 마법 날리잖아요!"

"그러게요! 그거 아니래도 멈췄다간 압사하겠어요!"

양이는 입술을 깨물었다. 도가 더운 숨을 훅 내쉬었다.

"아, 젠장. 상황 더럽네! 찐빵! 내 목 그만 조르고 두 손으로 귀 막아! 너 절대 안 놓칠 테니까."

"네?"

양이는 도저히 도를 놓을 엄두가 나지 않았다. 되묻자 도가 거듭 재촉했다.

"어서!"

'아, 이래 죽든 저래 죽든!'

양이는 도를 믿기로 했다. 멀미해서 죽으나 손 놓고 패대기쳐져서 죽으나 거기서 거기였다. 도의 목을 조르던 팔을 풀고 두 손으로 귀를 꽉 막았다. 눈을 질끈 감고 도의 어깨에 이마를 박았다. 도가 팩 뒤도는 느낌이 들었다.

"멈춰!"

도는 사자후했다. 일대의 공기가 우르릉 대며 도에게서 온화한 황금빛이 뿜어졌다. 보이는 모든 건물이 태풍을 만난 듯 흔들렸다. 도에게서 뿜어진 빛이 물보라가 풍부한 파도처럼 부드러이, 그러나 재빠르게 달렸다. 폭주기차처럼 내달리던 사람들이 일거에 멈췄다. 사람들은 관성에 못 이겨 드세게 고꾸라지려다 도에게서 나온 빛에 어루만져지며 그대로 균형을 잡고 서거나 풀썩 주저앉았다. 간혹 기절했으나 지금까지 쫓아올 정도면 체력 면에서든 마법 면에서든 한가락 하는 자인지라 대부분 안녕했다. 그저 사자후에 놀라 넋을 놓을 뿐이었다. 소드 마스터인 이레인만이 먼저 정신 차리고 사정 모르는 소리를 했다.

"당신, 이런 일도 가능했어요? 진작 좀 이러지!"

"후우……."

도는 길게 한숨 쉬었다. 주술을 못 쓰는 곳이라 저 무리를 일거에 보호하며 멈추자니 생으로 영력을 쏟아야 했다. 거기까지도 죽을 맛인데 이계의 존재로서 힘을 쓰자니 우주가 가하는 반발력이 어마어마했다. 상황이 이렇게까지 곤란하지 않았다면 절대로 하지 않았을 일이었다. 창백해져서 양이를 꽉 끌어안았다. 양이의 정수리에 입 맞추며 숨을 골랐다. 양이가 귀 막은 손을 슬그머니 떼자 쉬지근히 속삭였다.

"힘들었지? 미안."

"전…… 좀 어지럽지만, 괜, 찮아요. 저보다 사장님이, 창백하세요.”

양이는 도의 뺨에 손을 대었다. 손에 닿은 뺨이 식은땀으로 축축했
다. 걱정되어 찡그렸다.

“마음 쓰는 거야? 착하기도 하지.”

도는 없는 기운을 끌어모았다. 싱긋 웃었다. 웃고, 다시 숨을 들이
마셨다. 고개 들며 미소를 지웠다. 아직도 얼이 빠진 군중을 차갑게
보았다. 마법사나 검사 등, 한가락 하는 자는 방금 도가 한 일이 대체
뭐였나 싶어 넋이 나갔고 평범한 이는 충격파에 얼이 빠졌다.

“쯧, 이건 뭐, 닭장 엎더진 장바닥도 아니고. 열 도깨비 날치는 꼬락
서니군.”

도는 혀를 찼다. 휘황한 적금색 로브 마법사들을 죽 둘러봤다.

“거, 지렁이들, ‘역대급 브렌트가 필요하다.’고 했나? 좋아. 기회를
주지. 역대급 브렌트를 확보할 기회. 하나 이왕 그런 브렌트를 모시려
면 확실히 해야지. 안 그래?”

여전히 군중은 충격에 빠져 있었다. 그저 도를 하염없이 볼 뿐이었
다. 도는 입아귀를 실그러뜨리며 사납게 웃었다.

“자, 내기하자. 내기 보상은…….”

도는 팔을 뻗었다. 숨 고르던 이레인을 휙 끌어 제 앞에 놓았다. 이
레인의 어깨를 툭툭 두드렸다.

“이 다람쥐.”

“뭐, 뭐예요?”

이레인은 항의했다. 도는 항의를 무시했다. 태연자약히 말을 이었
다.

“방식을 설명하지. 참가자는 이 자리에 있는 이라면 누구든. 주제는

앙케 확보. 우리는 독보적 앙케감을 안다. 누구든 그 앙케감을 잡아내게 데려오면 승리한다. 승리하고, 이 다람쥐를 브렌트로 얻겠지. 이때 나는 축제에서 빠진다. 그래야 이 여자를 얻은 분과가 확실하게 축복받을 테니까."

쥐 죽은 듯 침묵하던 군중이 비로소 술렁였다. 특히 지렁이단은 좌로 우로 눈동자를 굴렸다. 수런대며 열렬히 의사를 교환했다.

"참말이오? 정말 그 앙케를 찾아오는 분과에 순순히 협조하시겠소?"

가슴에 끈끈이주걱을 수놓은 마법사가 물었다. 이레인은 어깨를 으쓱했다.

"어쩔 수 없죠. 좋아요. 해줄게요, 브렌트. 내기할래요, 말래요?"

지렁이단이 이리 찡긋 저리 찡긋하더니 가슴에 꽃수와 별을 여섯 개씩 수놓은 마법사 넷이 앞으로 나섰다. 나선 이들은 일제히 끄덕였다. 한 명이 대표로 말했다.

"우리 모두 참가하겠소. 그 앙케감이 누구요?"

이레인은 품을 뒤적여 단말기를 꺼냈다. 액정에 남편 사진을 띄우고 단말기를 높이 들었다. 천천히 휘둘러 두루 내보였다.

"이 사람이에요!"

군중이 길게 목을 뽑았다. 앞줄에서부터 서서히 웅성거림이 일었다. 여기저기서 시력을 돋우는 주문 소리가 들렸다.

"허억, 진짜 못생겼다!"

"저렇게 생길 수도 있구나……."

"와, 완벽해! 완벽한 앙케감이야!"

양이는 새삼 혜용에게 닥칠 운명이 걱정됐다.

'이레인 씨, 알이 남편 닮으면 어쩌느냐고 고민하셨는데? 혜용 님, 자신이 어떻게 태어날지 짐작이나 하셨을까? 알았으면 회귀 못 하셨겠지? 난 못 해. 나 같으면 절대 못 해. 저 얼굴이 되느니 그냥 갇혀 살래.'

양이가 무슨 생각을 하든 이레인은 침착히 말을 이었다.

"이자는 복면을 썼을 수도 있어요. 마른 체형이고 키가 백팔십 센티쯤 됩니다. 목소리가 테너 톤이고 상당히 좋죠. 정중한 말씨로 제국 표준어를 쓰고요."

"어? 언니! 저기 복면 쓴 아저씨 보이는데요? 쩌어기 끝에, '허브의 행복의 가게[18]' 이 층에."

한 어린애가 손가락을 치켜들며 천진난만히 말했다.

"뭐?"

"헉?"

인민군 카드섹션 하듯 일시에 군중의 고개가 돌아갔다. 과연 저 멀리 '허브의 행복의 가게'가 있었다. 그 간판 밑 이 층 난간에 한 복면남이 어정쩡히 서 있었다. 복면남은 시선이 밀어닥치자 어깨를 흠칫 뒤로 뺐다. 뻣뻣이 얼어붙었다.

이레인은 눈을 화등잔만 하게 떴다. 팔을 번쩍 들었다. 남자를 삿대질했다.

"이 도둑놈아! 용이 내놔앗!"

이레인은 발을 박찼다. 소드 마스터다운 위엄을 뽐내며 두두두 달렸다.

"잡아라, 백합 분과! 저 앙케를 확보해!"

"라일락, 달려!"

"질 수 없지!"

"한 번 더 힘내시오, 장미들!"

"김 양, 꽉 잡아!"

"으아아, 또 시작인가요오오."

양이는 비명을 질렀다. 그러나 도는 달리지 않았다. 제자리에서 발만 세차게 굴렀다. 내탑만큼이나 높이 솟구쳤다.

복면남은 당황하여 가게 난간을 타고 미끄러졌다. 천에 감싼 둥근 물체를 품에 안고 불 맞은 노루처럼 뛰기 시작했다. 폭주기차 이 호가 탄생했다.

이레인은 내달리는 복면남을 삿대질했다. 복면남 도주 방향 길가에 선 꼬부랑 할머니에게 외쳤다.

"거기 할머니, 잡으면 현금 일시금 오천만 골드!"

할머니는 지팡이에 기대서서 손가락으로 귀를 후벼 파고 있었다. 그러나 돌연 허리를 번쩍 폈다. 현금 일시금 오천만 골드에 허리도 펴고 다리도 멀쩡해지는 기적을 선보였다. 펜싱 선수처럼 착 스텝을 밟으며 자신을 스쳐 지나가는 복면남에게 지팡이를 휘저었다. 지팡이 끝으로 복면남의 바짓가랑이를 냅다 찍었다.

"잡았다, 요놈!"

"노인장! 놔주십시오! 잡히면 저 죽습니다! 에라, 모르겠다!"

복면남은 허리춤을 부여잡고 끙끙댔다. 지팡이에 단단히 걸린 바지를 어찌할 수 없자 허리춤을 놓았다. 허물을 벗듯 바지를 홀렁 벗고 냅다 뛰었다. 천으로 꽁꽁 싼 둥근 물체만을 품에 꼭 안은 채 죽을 둥 살 둥 뛰고 또 뛰었다.

"내 승리다!"

뛰던 복면남은 하늘에서 눈앞으로 벽이 떨어지는 느낌을 받았다. 그 벽에서 불쑥 나온 손에 얼굴을 잡혔다. 무 뽑히듯 위로 쑥 들렸다가 복면에서 머리꼭지부터 미끄러졌다. 그대로 복면이 벗겨지며 공중에서 추락했다. 바닥에 발끝이 닿기도 전에 멱살을 채였다. 만사가 숨돌릴 겨를 없이 순식간이었다.

"캑, 콜록, 콜록."

복면남, 자이어 할렌은 낯빛이 가셔 캑캑댔다. 두려움에 잠겨 자기 멱살을 챈 상대, 도를 보았다. 부르르 떨었다.

"누, 누구십, 니까?"

"네가 도둑질한 용 새끼 친구. 내 친구 내놔, 자식아."

도는 심술궂게 답했다. 자이어가 알을 내놓을 때까지 기다리지 않았다. 자이어의 멱살을 툭 놓으며 그 품에서 자연스레 알을 빼앗았다. 알을 폭주기차 선두를 맡은 이레인에게 휙 던졌다. 천에서 풀려난 알이 긴 포물선을 그리며 허공을 날았다.

"용이야!"

이레인은 소드 마스터다웠다. 나는 알을 움찔하는 기색조차 없이 달리는 결대로 낚아챘다. 볼을 얻은 미식축구 선수처럼 알을 옆구리에 끼고 돌진했다.

도는 놓았던 자이어의 멱살을 다시 틀어쥐었다. 한 팔엔 자이어를 멱살 잡고 다른 한 팔엔 양이를 안은 채 느긋이 이레인을 기다렸다.

"선생님, 놓아주십시오. 제발……."

자이어는 애원했다. 하지만 말만 그럴 뿐 이미 체념한 눈빛이었다. 황소처럼 돌진하는 이레인을 돌아보며 두 눈을 질끈 감았다.

"헐. 속옷까지 동물원이었어."

문득 양이가 중얼댔다.

"응?"

도는 갸웃했다. 양이 얼굴을 보았다가 양이의 시선을 따라 내려갔다. 양이와 도의 시선이 자이어 아랫도리에서 만났다. 지팡이 할머니에게 바지가 벗겨진 자이어는 코끼리 팬티 바람이었다. 그 팬티는 그저 그런 코끼리 무늬가 아니었다. 진짜로 코가 돌출되어 늠름했다. 심히도 늠름했다.

양이는 저도 모르게 신음했다. 보이는 모습이 심히 인상 깊어서 교양을 겸비한 내숭 있는 시선을 유지할 수가 없었다.

"끄응⋯⋯."

'이 얼굴로 바람피울 수 있던 이유가 이거였구나!'

양이는 깊은 깨달음에 절로 고개를 주억거렸다.

"윽."

자이어는 시뻘게져 입술을 질끈 물었다.

"복어, 너⋯⋯."

도는 자이어를 툭 놓았다. 이제 와 자이어가 도망가봤자 이레인에게 금세 덜미를 잡힐 터였다. 자유로워진 손으로 양이의 눈을 가렸다. 눈을 가리며 엄지와 검지로 양이의 이마를 탁 튕겼다.

"아야!"

"시집도 안 간 처녀가 저딴 거 집중해서 좀 보지 마."

도의 발치에 쓰러졌던 자이어가 비틀대며 일어섰다. 폭주기차의 선두, 이레인이 도와 양이 앞 약 오십 미터에서 멈췄다. 그 뒤로 돌진하는 사람들을 향해 도가 입을 열었다.

"일동, 정지!"

이번엔 황금빛도 무엇도 없었다. 그러나 다들 도가 얼마나 대단한 존재인지 겪은 뒤였다. 도는 소드 마스터나 대마법사라는 표현으로도 설명할 수 없는, 인지를 뛰어넘는 강자였다. 그러기에 군중은 도가 내린 명을 거역하지 못했다. 달리던 기차가 주춤했다가 서서히 멈췄다. 도가 씩 웃었다. 여유만만한 웃음이었다.

"내기 내가 이겼네? 뭐, 당연하지만. 어쨌든, 내가 이겼으니 나도 저 여자도 축제에 협력할 의무가 없어. 그렇지?"

"하, 하지만……!"

마법사 한 명이 안타까이 외쳤다.

"의무야 없지만 조금이라도 저 여자가 협력하길 바란다면!"

도는 외쳤다. 끓는 물에 냉수 부은 듯 침묵이 앉았다. 침 꼴깍이는 소리만 나는 가운데 도가 말을 맺었다.

"지금은 끼지 마. 남의 중요한 가정사다."

군중은 술렁였다. 섣불리 나서자니 이권이 걸렸고 도가 껄끄럽기도 했거니와 장거리 달리기로 기운도 달렸고 상황도 흥미진진했다. 뜀박질 수준만 봐도 만만치 않은 절세미녀가 코끼리 코가 만만치 않은 절세추남과 대치하니 둘 사이에 예사롭지 않은 사연이 있을 법했다. 군중은 관전하기로 자연스레 합의를 보았다. 묘한 고요가 마탑 외지구를 휘감았다.

고요 속에서 이레인은 말없이 도에게 눈인사했다. 자이어도 고개를 돌려 도에게 고개인사했다. 도는 가벼이 으쓱했다. 양이를 꼭 안고 성큼성큼 비켜섰다.

이레인과 자이어가 오롯이 마주 섰다. 서로 아무 말도 않았다. 상대에게 시선을 붙박은 채 세찬 숨만 골랐다. 자이어는 헐떡이다 못해 쉿

소리로 가르랑댔다. 그러나 사력을 다해 뜬 숨을 눌렀다. 후들대는 다리를 힘주어 폈다. 펄떡이는 가슴을 손바닥으로 눌렀다. 심호흡하며 눈 감았다. 천천히 눈 떴다. 뒤로 눌린 두꺼비 같은, 누가 봐도 못난 얼굴이었지만 그 눈이 몹시도 크고 투명했다. 그 눈으로 울듯 이레인을 향했다. 떨리는, 그러나 맑고 깊은 음색을 냈다.

"이레인."

이레인은 동공이 흔들렸다. 그러나 흔들림은 찰나, 표독스레 눈을 치켜떴다.

"더러운 입으로 나 부르지 마요."

자이어는 입술을 깨물었다. 재차 제 가슴을 눌렀다. 미모 대신 목소리를 받은 듯 아름답게, 상처 입은 새처럼 속삭였다.

"미안합니다. 미안합니다, 이레인. 당신에게는 미안할 뿐입니다."

자이어는 천천히 무릎 꿇었다. 두 손을 모으고 깊이 고개 숙였다. 신음하듯 속삭였다.

"미안합니다."

이레인은 아무 행동도 하지 않았다. 어쩌면 하지 못했다. 그저 눈에 모를 세우고 숨조차 아꼈다.

자이어는 두 팔을 내밀었다. 마른 몸을 연약히 떨었다. 나직이 호소했다.

"나는 당신께 무엇도 요구할 수 없는 사람입니다. 그러니, 간청합니다. 제발 그 알을 버려요, 이레인."

이레인은 눈썹을 꿈틀했다. 고집부리는 아이처럼 알을 한층 단단히 안았다. 싸늘히 쏘아붙였다.

"웃기지 마요. 당신은 내게 요구도 간청도 할 수 없어요. 우리는 이

제 법률적 껍데기만 남은 사이일 뿐이야."

자이어는 말갛게 눈동자가 젖어 들었다. 습기 차고 떨리는 숨을 길게 내쉬었다. 가슴에 얹은 손을 그러쥐었다. 제 가슴을 그저 쥐어뜯으며 가냘피 전율하는 입술을 몇 번이고 달싹였다. 간신히, 듣기조차 어려울 만큼 힘겹게 속삭였다.

"하지만 나는 당신을, 여전히 사랑합니다."

자이어는 차마 이레인을 보지 못했다. 눈을 감았다. 투명하게 부풀었던 눈동자에서 눈물이 넘쳐 뺨을 타고 미끄러졌다.

"하."

이레인은 어깨를 들어올렸다. 크게 숨을 토했다. 품에 든 알만이 구원인 듯 거듭거듭 부여안으며 주춤 물러섰다. 내뱉었다.

"거짓말."

자이어는 무거운 눈꺼풀을 들었다. 하염없이 이레인을 올려다보았다. 천천히 끄덕였다.

"내가 무슨 말을 해도 믿기 힘들겠지요. 당연합니다. 하지만 이 하나만은 믿어주길 바랍니다. 나는 진정, 당신을 사랑합니다."

"거짓말! 당신이 사랑하는 사람은 그 대마법사잖아! 이 마탑의 탑주, 위스퍼링 스노우!"

이레인은 목을 찢을 듯 비명 질렀다. 한 걸음 더 물러났다. 군중이 웅성거렸다. 자이어는 천천히, 단호히 도리질했다.

"당신을 향한 내 마음은 진정입니다. 당신은 내 일기장을 읽었지만 제대로 읽지 않았어요. 하아……. 어디서부터 설명해야 할까요? 우리는 너무나 엉망으로 얽혀버렸지요."

군중이 술렁였다. 이레인은 그 술렁임 속에서 그물에 걸린 나비처럼 몸서리쳤다. 자이어는 말을 정했다.

"그래요. 나는 목적이 있었습니다. 그래서 장인어른과 한패가 되어 철저히 계산하고 당신을 유혹했습니다. 분명히 우리 관계는 기만으로 시작했죠. 당신이 보낸 동영상이 지적했듯, 나는 쓰레기 같았습니다. 하지만 내가 장인어른과 손잡은 원인은, 돈이 아니었습니다. 권력이나 명예도 아니었습니다."

"그럼, 뭐죠? 무슨 말을 하고 싶은 거예요!"

이레인은 절규했다. 궁지에 몰린 어린 짐승처럼 바들바들 떨었다. 소드 마스터라고 하지만 갓난아이보다 연약했다. 자이어는 달래듯 부드럽게 속삭였다.

"이레인, 당신은 떨지 않아도 됩니다. 두려워하고 수치스러워할 존재는 나입니다. 부디, 떨지 마세요. 하아. 다시 말하겠습니다. 나는 의과 대학원에 다닐 때부터 마광병을 연구했습니다. 마광병은 일반에 잘 알려지지 않았지만 마광석을 캐던 광부를 괴롭히고 그 후손에게까지 대대로 내려오는 질기고 잔혹한 질병입니다. 증상에 경중이 있지만 전 우주에서 수십만 명이 그 병으로 고통받습니다. 애초에 내가 의사가 된 까닭은 마광병을 고치는 법을 알고 싶어서였습니다. 당신도 알다시피 나는 폐광산촌에서 자랐으니까요. 하지만 마광병에 걸린 자는 하나같이 가난하고 마광병 연구도 돈이 되지 않습니다. 그래서 백방으로 뛰어다녀도 어디에서도 후원자를 찾을 수 없었습니다. 나는 개인 재산을 붓고 빚을 내어 연구하다 돈이 떨어지면 그치기를 거듭했습니다. 그러던 차에 제안을 받았죠. 제안은 내가 당신의 이상형에 가까우니 당신을 유혹하라는 내용이었습니다."

"당신은, 분명, 그런 연구를 했지만……."

이레인은 신음했다. 웅크리듯 어깨를 말았다. 알에 기대듯 그 둥근 오색에 팔과 가슴을 밀어붙였다. 푸른 홍채를 혼란스레 일렁였다.

"나는, 돈이 필요했습니다. 절박히, 필요했습니다. 미치도록 고치고 싶었습니다. 힘없는 광부를, 그 후손을 돕고 싶었습니다. 옳지 못하다고 생각했지만 눈앞에 들이 밀어진 손을 잡았습니다. 그리고, 선택을 후회하진 않지만……."

자이어는 창백했다. 그 얼굴이 몹시도 피로해서 닳아 해진, 표백제를 발라 박박 문지르고 팔팔 삶은 삼십 년 묵은 식탁보 같았다. 목메어 헐떡였다.

"아팠습니다. 당신을 이용하는 일이, 당신을 상처 내는 일이, 각오보다 훨씬 잔혹하게."

사방이 고요해졌다. 자이어와 이레인이 내는 낮고 가파른 헐떡임만이 공간을 채우는 듯 느껴졌다. 자이어가 신음했다.

"이레인, 나는 당신을 알려 애썼습니다. 이해하려 애썼습니다. 비록 당신을 유혹하려 함이었지만 수없이 당신 입장이 되었고 당신을 기쁘게 할 길을 궁리했고 당신이 좋아하는 일을 배웠고 당신이 좋아하는 행동을, 말씨를, 태도를 익혔습니다. 당신만을 생각했습니다. 압니까, 이레인? 안다는 일은 무서운 일입니다. 사람은 무언가를 알면 그것이 아름답다는 사실을 깨닫게 되지요. 하찮은 잡풀 한 잎도 들여다보면 그 잎맥의 투명하고 오묘한 조화가 감탄스럽지 않습니까? 그리하여 끝내, 무언가를 깊이 알면 그것을 사랑하게 되지요. 압니까, 이레인? 당신이 나를 알기 전부터 나는 당신을 알았습니다. 당신이 내 안으로 들어와 나처럼 느껴질 때까지 당신을 생각했습니다. 당신 마음에 자리 잡은 이기심, 연약함, 상처, 두려움, 망설임, 그 모든 그

늘지고 질척거리는 자리까지도 철저히 '사랑스러워질' 때까지 당신을 내 마음에 그렸습니다. 당신이 나를 처음 보았을 때, 나는 이미 당신의 전부를 사랑했습니다. 본래의 나를 회복할 수 없을 정도로."

기이한 적막 속에서 자이어가 내는 목소리는 미풍에도 우는 섬세한 현악기처럼 미묘히 울렸다. 자이어가 말을 맺자 몇몇이 박수 쳤다. '받아주라.'는 부추김이 산발적으로 터졌다.

이레인은 답을 하지 않았다. 알을 끌어안다 못해 제 몸까지 끌어안았다. 숫제 공포에 질린 듯 몸을 떨었다. 눈썹 아래 치켜뜬 흰자위에 실핏줄이 곤두섰다. 파들파들 떨다 새되게 악썼다.

"거짓말! 상사병도 거짓말이었잖아요."

"거짓이었지만 거짓이 아니었습니다. 그래요, 난 상사병을 연기했습니다. 그래야만 사랑하는 당신을 만날 수 있었으니까요. 당신 마음을 얻을 수 있었으니까요."

"그 대마법사를 사랑하잖아요!"

자이어는 일어섰다. 팔을 뻗고 이레인에게 한 발짝 다가섰다. 이레인이 흠칫 물러서자 순순히 멈췄다. 여전히 눈물을 멈추지 못했지만 침착하게 답했다.

"그래요. 부인하지 않습니다. 나는 대학생 때 스노우를 만났습니다. 한순간 스노우를 사랑했습니다. 풋사랑은 금세 식었지만 쉬이 헤어질 수 없었습니다. 그도 내 연구에 필요했으니까요. 그래요. 나는 부정했습니다. 당신을 속였습니다. 미안합니다. 미안합니다, 이레인. 이 일에 그 어떤 말도 변명이 되지 못하지만 감히 말합니다. 이제 연구는 끝났고 스노우와도 헤어졌습니다. 헤어진 지 일 년이 넘었습니다. 진짜입니다."

"거짓말! 당신은 게이잖아요! 여기도 그 대마법사에게 도움을 받으러 왔잖아요!"

자이어는 고개 저었다.

"이곳은 추적 마법을 피하러 왔을 뿐입니다. 스노우는 내가 여기 온 줄도 모릅니다. 스노우가 알았다면, 나를 도왔다면 내가 이렇게 어설피 숨었겠습니까?"

"거짓말! 용이의 경호원을 매수한 약, 그 대마법사가 준 약이잖아요!"

"사귈 때 받았죠. 지금은 아닙니다."

자이어는 떨리는, 그러나 단단한 목소리로 답했다.

그때 거리가 크게 술렁였다. 이계에서 모세의 기적이 일어났다. 빽빽이 모인 군중이 좌우로 갈라졌다. 그 통로로 한 남자가 사뿐사뿐 걸어왔다. 남자는 온갖 꽃을 화려하게 수놓은 적금색 로브를 걸쳤다. 타고난 미인이야 아니지만 한껏 꾸며 화사했다. 우아하게 컬을 살린 금발을 찰랑대며 이레인을 지나쳤다. 자이어와 이레인 가운데쯤에 섰다. 턱을 치켜들고 마법 지팡이를 까닥였다. 새침히 자이어를 보았다.

"참 내, 하도 시끄러워서 무슨 난리인가 하고 왔더니, 자이어, 넌 정말…… 쯧."

남자, 대마법사 위스퍼링 스노우는 이레인을 돌아보았다. 뻔뻔할 정도로 고개를 바짝 쳐들고 눈동자만 겨우 굴려 이레인을 훑었다. 손을 반짝 들었다. 흔들었다.

"안녕, 네가 이레인이구나. 미인이네?"

파랗게 질려 덜덜 떨던 이레인은 돌연 생기를 되찾았다. 도끼눈을 떴다.

"우리가 그렇게 다정히 인사할 사이는 아닐 텐데요?"

위스퍼링 스노우는 으쓱했다. 탱글탱글 말린 금발 롤을 어깨 뒤로 착 넘겼다. 턱 끝을 까닥했다.

"뭐, 그렇지. 하지만 자이어가 한 말은 진짜야. 쟤 너 좋아해. 구제 불능 수준이지. 더구나 쟤가 한때 날 좋아했던 이유는 매혹 마법에 걸렸기 때문이야. 내가 해수욕장에 갔다가 저 늠름한 물건을 보고 한눈에 반했거든. 쟤가 게이는 아니기에 매혹 마법을 걸어서 애인 삼았는데 역시 이렇게 못생긴 남자, 내 미학에 안 맞더라고. 그래도 저 물건이 아까워서 꽤 오래 데리고 놀았지."

"매혹, 마법이었습니까?"

자이어는 미간을 깊이 찌푸렸다. 위스퍼링 스노우는 자이어를 돌아보았다. 지팡이를 까닥하며 눈을 찡긋했다.

"쏘리, 자이어. 그래도 네 연구는 헌신적으로 도왔잖아? 이별 통보하면서 위자료도 확실히 챙겨주기로 했고. 불만이야?"

자이어는 잠시 혼란스러워했다. 그러나 고개 저었다.

"불만하지 않습니다. 나도 당신을 이용했으니까요. 그리고 매혹 마법에 걸렸다면 제가 그만큼 바로 서지 못했다는 뜻이겠지요."

"너다운 반응이네. 하지만 자책할 필요 없어. 대마법사에게 저항할 수 있을 만큼 정신력 강한 사람은 몇 없으니까."

위스퍼링 스노우는 이레인에게 시선을 되돌렸다. 이레인은 상처 입은 맹수처럼 근육을 곤두세우고 위스퍼링 스노우를 노려보았다. 위스퍼링 스노우는 피식 웃었다. 지팡이 끝을 까닥했다.

"살쾡이 같은 여자네. 하여튼 이제 저 얼굴, 난 못 참겠어. 그러니 네가 깔끔하게 가져도 좋아. 뭣보다 난, 바람피우며 살래. 이렇게 미묘하게 고지식하고 괴상하게 순정인 남자, 짜증나. 어머! 근데 저 남자 진짜 관능적이다! 어쩜! 몸매도 십 점 만점에 십 점이야!"

위스퍼링 스노우는 돌연 눈을 똥그랗게 떴다. 자이어 너머 도에게 시선을 고정했다. 과도하게 눈을 깜박이며 도를 보았다. 뺨을 발그레하게 붉혔다.

"사장님, 저 마법사가 사장님께 반했나 봐요."

양이는 위스퍼링 스노우가 부담스러웠다. 도의 어깨로 시선을 팩 돌리며 속삭였다. 도는 양이에게 고개를 돌렸다. 양이의 이마에 입 맞췄다.

"신경 꺼. 저딴 대왕 지렁이 따위."

"흐응, 애인 있다 이거지? 별문제 아니지."

위스퍼링 스노우는 양이에게 입 맞추는 도를 가만 보았다. 상큼하게 혼잣말했다. 끝이 빛나기 시작한 마법 지팡이를 신묘한 궤도로 휙휙 돌렸다. 소리 없이 몇 단어를 중얼댔다.

"스노우! 그만두십시오!"

자이어는 버럭 외쳤다. 위스퍼링 스노우에게 몸을 날렸다. 스노우는 자이어를 쓱 피했다. 지팡이 끝을 도에게 휙 뻗었다.

"어차피 여긴 치외법권이야! 난 여기 탑주고!"

"엄마야!"

지팡이 끝에서 강한 빛이 번개처럼 쏘아졌다. 양이는 빛에 찔릴 듯한 느낌에 소리질렀다. 지켜보는 이들조차 술렁이는 가운데 도만이 침착했다. 도는 팔을 들었다. 은회색 두루마기 소매를 몸 밖으로 펄럭 내저었다. 날아오던 빛은 맞바람을 만난 살처럼 몸부림쳤다. 도가 손끝을 동그랗게 휘저은 뒤 허공에서 탁 튕기자 궤도를 바꿔 역으로 날았다. 위스퍼링 스노우의 이마에 팍 꽂혔다. 모든 일이 눈 깜짝할 사이에 이뤄졌다.

"대마법사님!"

"탑주님!"

"스노우!"

지렁이단이 사색이 되어 달려왔다. 위스퍼링 스노우는 이마를 손으로 감쌌다. 두통약 선전하는 여인처럼 가냘프게 신음했다.

"아……."

"탑주님, 괜찮으십니까?"

"탑주님께 이 무슨 짓이오!"

"방귀 뀐 놈이 성낸다더니, 개방귀 같은 놈이 개나발을 부는구나."

도는 항의하는 마법사들에게 차게 조소했다. 양이가 "와아." 하고 감탄하자 우쭐하며 입꼬리를 올렸다. 엷게 들뜬 목소리로 물었다.

"이번엔 잘 봤어?"

"어, 어떡해."

위스퍼링 스노우는 마법사들에게 부축받으며 몇 발짝이고 연달아 비틀댔다. 홀린 듯 말했다.

"나, 나는 왜 이렇게 예쁘다지? 맙소사! 내가 너무 사랑스러워! 나 같이 사랑스러운 존재는 세상에 또 없을 거야! 거울! 거울을 봐야겠어! 내 방으로! 순간이동!"

"탑주님! 정신 차리십시오! 안 되겠군! 순간이동!"

위스퍼링 스노우는 화끈하게 헛소리를 되뇌었다. 취한 듯 마법 지팡이를 휘젓더니 그대로 증발했다. 핏기가 가신 지렁이단이 연달아 순간이동했다. 군중 상당수가 일거에 사라졌다.

남은 군중은 이 기상천외하고 황당무계한 사태에 동영상을 찍는다 사진을 찍는다 난리였다. 거리는 십 년에 한 번 하는 대 특가 판매가 갓 끝난 특설 매장처럼 어수선했다. 그렇게 일렁이던 파도가 얼마쯤 잠잠해졌을 때였다. 누군가 말했다.

"아저씨! 아까 하던 일 계속 안 하시나요?"

몇몇이 말결을 달았다.

"그러게! 헤어질 거요, 안 헤어질 거요?"

"이대로 갔다간 궁금해서 잠 안 오겠소! 지지든 볶든 후딱후딱 합시다!"

"읏."

자이어는 귀밑까지 붉어졌다. 손으로 얼굴을 가리고 손바닥에 한숨을 불어넣었다. 숨을 깊숙이 내리며 다시금 있는 용기 없는 용기를 다 두드려 깨웠다. 낯을 가린 손을 내렸다. 이레인을 보았다. 이레인은 여전히 흔들리며 힘겨워했다. 보기 드문 대 검호이지만 두 다리를 지탱할 힘조차 부족했다. 그저 알만이 자신을 지탱하는 마지막 지지대인 듯 커다란 오색 알을 절박하게 끌어안았다. 자이어는 진정 매듭지을 때라고 생각했다. 노래하듯 아름다운 목소리로 호소했다.

"이레인, 이제 조금은 내 말을 믿겠습니까? 다만 한 줌이라도 나를 믿겠습니까? 그래요, 나는 떳떳하지 못한 남편입니다. 당신에게 비겁했습니다. 잔인했습니다. 진실하지 못했습니다. 그러나 이 한 가지만은 확고히 고합니다. 나는 당신을 사랑합니다. 당신에게 깃든 용기도 비겁함도, 무모함도 망설임도, 예쁨도 못남도, 오롯한 계절로서 제각기 그 색과 꼴과 온도를 띠고 내 안에 자리하고 있습니다. 나의 계절은 아름다우며 사랑스럽고, 나는 그 안에서 살고 또 죽어갑니다. 그러니 제발 이레인, 모든 순간과 마음이 거짓이었다고 생각하진 말기를, 자신을 낭떠러지로 몰아가지 말기를, 제발, 간청합니다. 그 알을 버려요.”

“거짓말!”

이레인은 울부짖었다. 자이어를 노려보며 몸서리쳤다.

“지금은 또 무슨 데이터죠? 분석 결과 그러면 내가 또 넘어온다고 하던가요? 그래요, 그거죠? 당신은 지금도 날 조종하고 있잖아요! 맞아, 틀림없어!”

자이어는 발을 뗐다. 성큼 이레인에게 다가섰다. 흠칫 떠는 이레인을 동요 없이 응시했다. 완강히 말했다.

“진실을 말하는 마법을 걸어요, 내게, 언제든, 지금 당장에라도.”

자이어는 제 가슴을 쿵, 쳤다. 한 발짝 더 다가섰다.

“당신이 원하는 마법사를 불러서 내게 마법을 걸어요. 내가 진실만을 말하도록 만들어요. 뭐든 물어요. 묻고, 내가 거짓을 답한다면, 그 자리에서 내 심장이 부서져도 좋아요. 당신이 원하는 그 어떤 가혹한 대가를 요구해도 좋아요. 당신은 나를 미워해도 됩니다. 평생 나를 미워해도 감내하겠습니다. 그러니, 바라보게라도 해줘요, 제발.”

“말도 안 돼. 이런 게 어딨어.”

이레인은 도리질하며 힘없이 흐느꼈다. 자이어는 길게 탄식했다. 슬프게, 그러나 단호히 선언했다.

“다, 내 전부를 버리겠습니다. 마광병을 고칠 치료제는 완성했고 환자는 스노우가 위자료 삼아 끝까지 치료를 지원하겠다고 맹세했습니다. 그러니 나는 이제 세상만사에 일절 미련이 없습니다. 단 하나, 당신이면 됩니다. 그러니 제발, 나를 용서하지 않아도 좋으니 자신을 가두지 마요. 보이는 곳에만이라도 남아줘요."

이레인은 마냥 도리질했다. 거듭 어깨를 옹송그려 알과 제 몸을 기를 쓰고 끌어안았다. 끌려가지 않으려 용을 빼는 줄다리기꾼처럼 악쓰며 두 다리로 버텼다. 헐떡임을 누르지 못하며 새되고 긁히는 소리를 쥐어짰다.

"이런 막장 드라마가 어딨어요? 말도 안 돼. 세상천지에 이런 전개에, 이런 결말이 어딨어요? 이리 뜬금없이, 한순간에, 내가 알던 진실이 또 거짓이었고 당신이 나를 사랑한다니, 말이 돼요? 삶이 고대문학도 아니고, 하늘에서 신이 기계장치를 타고 내려와 종장에 다 해결해주는 듯한 이런 꿈같은 전개가 진실일 리 없잖아요. 이건 현실인데! 난 다시는 속지 않아. 다시는 휘둘리지 않아! 안 속아, 안 속을 거야!"

이레인은 악을 썼다. 발을 굴렀다. 태풍이 이는 머릿속을 밖으로 내보이듯 마구 도리질 쳤다. 알만 아니라면 머리를 쥐어뜯고 싶은 듯 보였다.

자이어가 되풀이했다.

"내게 진실을 말하는 마법을 걸어요, 이레인."

이레인은 우뚝 멈췄다. 자기 서슬에 기가 질려 끅끅대었다. 자이어를 보고 또 보았다. 예리한 줄톱처럼 울었다.

"내가, 당신을 믿는다 쳐요."

이레인은 안간힘을 다해 떨리는 눈에 칼을 세웠다. 푸른 눈동자를 서늘히 번뜩였다. 한 음절, 또 한 음절, 토했다.

"정신계 마법을 걸어, 믿음에 확신을 얻는다 쳐요. 하지만, 내가 이런 말도 안 되는 대우를 받고, 말도 안 되는 일을 겪고, 그러고도 당신을, 다시 용서할 수 있다고요? 사랑할 수, 있다고요? 이유가 뭐였건,

나를 배신한 당신을, 내 눈앞에 두고, 내가, 견뎌낼 수 있다고요? 내가, 미쳤어요? 돌았느냐고요! 말도 안 돼. 막장도 이런 상막장이 또 어딨어요? 정말, 말도 안 돼."

이레인은 지독히 헐떡였다. 극심히 흐느꼈다. 격렬히 도리질했다. 조금만 더 몰리면 발작할 것처럼 보였다.

자이어는 그래서 아무 말도 아무 행동도 하지 못했다. 회한에 찬 안타까운 시선만 덩그러니 놓았다.

"사장님, 저 내려주세요."

양이는 도의 목에서 팔을 풀었다. 허리를 펴서 바닥으로 다리를 뻗었다.

"왜?"

도는 물으면서도 양이를 사뿐 내려주었다. 양이는 손으로 머리를 빗으며 속삭였다.

"여태까지는 오지랖 같아서 참았지만, 지금은 이레인 씨에게 진짜로 위로가 필요해 보여서요. 뭐가 어쨌든 우리 고객님이시잖아요."

양이는 잠시 머뭇댔다. 풀 죽은 목소리로 덧붙였다.

"화화는 대나무숲이니 혹시 대나무가 능동적 오지랖을 떨면 안 된다면……. 음, 안 되나요?"

"뭐, 좋을 대로."

도는 양이의 이마에 입 맞췄다. 양이는 도에게 작게 눈인사했다. 전방을 흘끔 살핀 뒤 살금살금 이레인에게 접근했다. 대부분 숨을 죽이고 낮은 속삭임만이 감도는 가운데 주목받는 대상에게 다가가자니 상당히 용기가 필요했다. 양이는 귀 끝이 붉어져 이레인에게 도달했다. 자신에게 애처로이 시선을 기대오는 이레인에게 살며시 손을 뻗었다.

이레인이 불편한 기색을 보이지 않자 용기 내어 한쪽 어깨 끝에 손을
대었다. 속삭였다.

"저라도 괜찮으시다면 안아드릴게요, 응?"

"양이 씨……."

훌쩍이던 이레인은 주룩주룩 눈물을 쏟았다. 자기보다 아담한 양이
에게 온몸을 무너트렸다. 양이는 휘청할 뻔했으나 힘내어 기대오는
무게를 지탱했다. 아름 가득 이레인을 끌어안고 조심조심 토닥였다.

"괜찮아요. 괜찮아요, 이레인."

"엉망, 다 엉망, 이야. 흐윽, 마음에 폭풍이……. 다, 무너져서, 흐
으윽."

양이는 품에 든 등을 저분저분 다독였다. 사분사분 어루만졌다.

"폭풍이 와서 마음자리, 다 흔들려 파묻힌 것 같나요? 혼란스러우
시죠?"

양이는 전해오는 떨림이 멎기를 바랐다. 이레인을 꽉 끌어안았다.
온유하게 위로했다.

"저도요, 감히 이레인만큼이라고 말할 순 없지만 그런 적 있어요.
마음에 폭풍이 불어서 돌아버릴 것 같은 적, 있어요. 근데 희한하게
요, 저는 나사가 빠져서 그런지도 모르지만, 울다가 딸꾹질 나서 잠시
쉬다 보니 상황이 보이더라고요. 내 마음이 폭풍을 내내 만들었을 뿐
이지 진짜 폭풍은 이미 멈춰 있었어요. 둘러보니까 그렇게까지 폐허
도 아니었어요. 단지 거지같이 어지러워졌을 뿐이지 배짱을 챙겨 길
게 보면 그리 못 치울 난장도 아니었고요. 물론 제 이야기지만……."

이레인에게서 떨림이 한결 멎었다. 양이는 길게 숨을 내쉬었다. 괜
한 오지랖인가 싶어 조금 민망해졌다. 엷게 뺨을 붉히며 말을 이었다.

"이레인도 혹시, 좀 있다가 딸꾹질 나거나 너무 울어서 숨차면 잠시 둘러도 봐요. 이게 내가 일으키는 폭풍인지 진짜 '불으키는' 폭풍인지, 여기가 정말 폐허인지 그냥 청소가 필요한 파한 장바닥 정도인지. 응?"

"흐윽, 딸꾹, 흑, 딸꾹."

숨도 제대로 못 쉬고 한참 울어대던 이레인은 양이가 말을 끝내기가 무섭게 딸꾹질해댔다. 긴장이 약간 풀어진 탓이었다. 양이는 바람 빠지는 소리를 내며 조금 웃었고 이레인을 더욱 다독였다. 이레인이 아이처럼 칭얼댔다.

"너무해. 너무해. 딸꾹, 웃지 마요. 왜, 딸꾹, 왜 이렇게 됐죠? 딸꾹. 왜 내 인생이, 딸꾹, 막장 드라마가 됐느냐고요. 이렇게 말도 안 되게……. 정말 말도 안 되게, 딸꾹, 양이 씨는 이걸 믿을 수 있어요? 받아들일 수 있어요? 상식적으로, 딸꾹, 이 터무니없는, 관계를, 상황을, 딸꾹, 용인할 수 있느냐고요?"

"음, 솔직히 이 상황, 진짜 막장 드라마 같아요."

"딸꾹!"

이레인은 이렇게까지 깔끔하게 긍정받을 줄 몰랐다. 딸꾹질을 크게 내고 그대로 꿀 먹은 벙어리가 되었다. 양이가 말을 이었다.

"재벌 코드, 극단적 부친, 극단적 불륜, 극단적 부조화 커플, 파계 수녀, 게이 나르시시즘 대마법사. 그뿐인가요? 장르 일관성도 없어요. 이게 현대 드라마인지 B급 코미디인지 SF인지 판타지인지 아직도 아리송해요. 어디까지 가나 보자 했더니 결말이 고대문학 분위기네요? 솔직히 옆에서 보기에도 황당해요. 당사자야 오죽하겠어요."

남의 인생이 막장 드라마라는데 위로는 못 할망정 긍정도 보통 긍정이 아니었다. 이레인은 양이에게서 슬쩍 몸을 뗐다. 끔벅이며 양이 얼굴을 보았다. 얕게 딸꾹댔다.

'아, 역시 괜한 오지랖이었나.'

양이는 부드럽게 이레인을 놓았다. 그리 친한 사이도 아닌데 계속 부둥켜안자니 민망했다. 한 발짝 물러났다. 머리를 긁적이며 입맛을 다셨다.

"아, 하지만 저 막장 드라마 좋아해요. 욕하면서 보는 데다가 제 인생이 막장 드라마가 된다면 질색하겠지만요. 그래도 뭐, 어때요? 저 말고도 막장 드라마 좋아하는 사람 많아요. 이레인 세계에도 '막장 드라마', 뭐, 그 비슷하게 번역할 수 있는 개념이 있는 모양인데, 적어도 저희 세계에서는 그거 많이들 좋아하거든요. 시청률 잘 나와요. 왜일까 지금 생각해봤는데, 그거 같아요. 말도 안 되는 슬픔, 말도 안 되는 괴로움, 말도 안 되는 분노에 마음껏 슬퍼하고 괴로워하고 분노하고 욕하다가, 말도 안 되지만 그러했으면 하는 사랑, 말도 안 되지만 그러했으면 하는 우정, 말도 안 되지만 그러했으면 하는 행복을 얻는 모습을 보고 같이 사랑하고 행복하려고 보지 않나. 그러니까 막장 드라마는 별 거지 같은 꼬락서니를 다 보더라도 결말에 가면 온갖 상식과 법칙을 쓰레기통에 쓸어박고서라도 '주인공 만세!', 뭐, 그런 결말에 도달하고야 말거든요. 그러니까 에……."

양이는 또다시 긁적였다. 꼬이려는 혀를 풀며 잠시 숨을 골랐다. 가만히 이레인과 눈을 맞췄다.

"제 말은요, 지금까지 몇 년간 이레인 인생이 실컷 막장 전개를 해왔는데 이제 와 갑자기 정장을 입고 명작 드라마가 돼버리면, 그래서 이것저것 다 따지다가 슬퍼져버리면, 억울하지 않나요? 그래서 전 오늘 이레인이 겪은 일이, 들은 말이, 사실인지 아닌지 몰라도, 사실이라면 좋겠다고 생각해요. 상식적으로 말도 안 되지만 '상식 따윈 개나줘.' 하고 이레인이 켜켜이 쌓아둔 미움이 한순간에 녹아버렸으면 좋겠다고 생각해요. 그런 막장이라면, 더구나 그런 결말이라면, 현실에 한 번쯤 일어나도 되잖아요. 말도 안 되지만 이런 일이 내게도 있다고 믿어봐도 되잖아요. 말도 안 되지만 일생에 한 번쯤은 상식이고 뭐고 내던지고 막장 드라마 같은 선택을 해봐도 괜찮잖아요. 선택은 온전히 이레인 몫이니 싫으시면 뭐…….”

양이는 다시 긁적였다.

“마시고요.”

이레인은 어느새 딸꾹질을 멈췄다. 이따금 훌쩍이며 양이를 원망스레 볼 뿐이었다.

양이는 괜히 끼어들었다고 다시금 후회했다. 후회하면서도 '일단 흥분 상태는 벗어나신 듯해서 다행이다.'라고 생각했다.

'어떻게든 되겠지.'

양이는 슬슬 도망가고 싶었다. 좌우로 슬쩍 눈치를 보았다.

“웃기지 마요! 내가 고뇌하지 않았을 것 같나요?”

그때 이레인이 다시 눈을 치켜떴다.

'윽, 불똥이……!'

양이는 마음을 단단히 먹으며 침착히 이레인을 마주 보았다. 이레인은 양이에게 바짝 다가붙었다. 한 줄기 숨조차 아끼며 가쁘게 따져들었다.

“용이를 곁에 두고 무수히 번민했어요. '내가 이렇게까지 해야 하나? 아니, 그래도 평생 내게만 충실하며 나를 지켜줄 이상형을 얻는 일이라는데 좋잖아? 인간은 혼자 나서 혼자 간다는데 나는 절대로 나만 사랑해주고 절대로 나를 배신하지 않을 존재가 생긴다니 얼마나 좋아? 그거면 충분하지.' 그러다가도……."

이레인은 붉은 눈가를 파르르 떨었다. 알을 끌어안은 팔에 힘줄을 돋우며 주먹을 꽉 쥐었다. 내면에서 치밀어 오르는 뜨거운 덩어리를 짓누르며 목과 어깨까지 파들파들 떨었다. 억눌리는 숨과 함께 억눌린 속을 푸르르 토했다.

"그러다가도 돌아서면……."

이레인은 핏발선 눈을 거듭 곤두세웠다. 입술을 섧게 떨며 몇 번이고 잘 삼켜지지도 않은 숨을 삼키고 또 삼켰다. 붉은 얼굴로, 말하느니 게웠다.

"돌아서면, 또 생각하죠. '아, 아무리 인간이 싫다지만 나 또한 한 명의 인간으로서 이게 옳은 선택일까? 이 알이 부화하면 남편은 물론 가족, 친지, 친구와도 사실상 영원히 안녕이잖아. 평생 안 봐도 그리 슬프지 않을 이들뿐이지만. 아, 그래도, 이 선택이 정말 정상일까? 다들 내 눈 밖에선 뭐라고 할까? 봉이 사라지니 아까워할까? 오직 '나'를 걱정하며 안타까워하는 사람이 있기는 할까? 남편은 무슨 기분일까? 봉을 놓쳐서 후회할까? 슬퍼할까? 내게 조금은 미안해할까?' 나는, 나는……!"

이레인은 새빨간 얼굴로 질끈 눈을 감았다. 알을 꽉 부여안으며 절규했다.

"온갖 생각을 다 했어! 용이는, 지금 내 행동은 그러고서 내린 결론이야! 이제 싫어! 다 싫어! 내 선택은 바뀌지 않아! 더는 누구에게도 상처받고 싶지 않아!"

양이는 끄덕였다. 이레인이 불안정해질수록 눈을 가라앉혔다. 아주 천천히, 차분히 말했다.

"이해해요. 저는 이레인 이야기를 다 들었죠. 우리, 마주 앉아서……. 그랬잖아요? 그러니 저는 당신을 이해해요. 당신이 얼마나 상처 입었는지, 왜 이렇게 화내고 떨 수밖에 없는지, 왜 이렇게 숨쉬기조차 버거워하는지. 그러니까, 당신이 한 선택도 존중해요."

이레인은 서서히 흥분을 가라앉혔다. 아직도 휴화산 같았지만 가파른 헐떡임이 흐느낌으로 변했다. 단단히 닫은 어깨를 빼꼼 열고 슬며시 고개 들었다. 양이는 이레인과 깊숙이 눈을 맞추었다. 시선으로 시선을 다독였다. 이레인에게서 서서히 떨림이 멎자 느릿느릿 물러섰다. 도에게로 되돌아갔다. 도는 양이가 물러서는 속도보다 빨리 성큼성큼 다가왔다. 양이를 반짝 안아 들었다. 이레인이야 울건 말건 가볍게 물었다.

"그럼 상황 완료다? 넌 알 찾았고 깔끔하게 용이 택하고 홍진세계를 떠날 거잖아. 난 AS 깔끔히 했지만 혹시 또 찾아와서 징징댈 셈이면 그 용 새끼 알 깔 때까지 지켜줄게. 언제까지 지켜주면 안전하겠어?"

이레인은 눈물을 훔쳤다. 몇 차례 잔 울음을 삼키더니 숨을 가다듬고 입을 열었다.

"고마워요. 혹시 모르니 제 저택까지 가주시겠어요? 당신 세계에서도 통용될 보석이나 세공품으로 사례할게요."

"좋아. 또 귀찮아지느니 거기까지는 해주지."

이레인은 자이어를 노려보았다. 눈동자가 경련했으나 그예 몸을 돌렸다. 발을 뗐다.

"안 됩니다, 이레인!"

안타까이 지켜만 보던 자이어가 달려들며 외쳤다. 둘 사이에 난 거리는 다직해야 오십여 미터라 순식간에 좁혀졌다. 도가 팔을 들어 자이어를 막았다. 이레인이 돌아봤다. 자이어는 더없이 애절하게 말했다.

"그래서 문을 닫고 혼자 살겠다고요? 안 됩니다, 이레인! 그래요, 당신 곁이 내가 아니라도 좋습니다. 내가, 다시는 당신을 보지 못해도 좋습니다. 그러나 이런 식은 아니에요. 이건 자기학대입니다!"

군중이 수군댔다. 혹자는 저들끼리 이러쿵저러쿵했고 혹자는 이레인에게 충고했다. "무슨 사연인지 잘은 모르겠지만 좀 받아줘.", "저 놈이 바람을 피우긴 피웠던 것 같은데 그런 놈은 용서하면 안 돼." 등등. 이레인은 진저리쳤다. 삽시에 격양되어 악다구니 쳤다.

"당신은 내게 그런 말할 자격 없어요! 나를 사랑하는지는 몰라도 나를 기만한 일은 사실이니까! 내게 부정한 일도 사실이니까! 내가 뭐가 나빠요? 파즈 없이도 나처럼 사는 사람 많아요. 히키코모리, 다른 수많은 은둔자. 나는, 우리는, 상처받지 않을 권리를, 평온해질 권리를 행사할 뿐이야! 나는 나로서, 내가 바라지 않는 다른 누구에게도 휘둘리지 않는 나 자신으로서 살아가려 할 뿐이야! 오직 나만을 진실로 사랑해줄 단 한 존재와 함께!"

이레인은 서너 차례 씨근덕댔고 단호히 몸을 돌렸다.

"'자신으로서 살아가겠다.'고요?"

자이어는 이번만큼은 기가 눌리지 않았다. 소드 마스터인 이레인이 쏟아붓는 적의를 한몸에 받고도 한 치도 물러서지 않았다. 서늘히 반문했다. 화가 오른 목소리였다.

이레인은 돌아섰지만 걸음을 떼지 못했다. 우뚝 멈췄다.

자이어는 망설이고 조심스럽던 모습을 지웠다. 예리하게 눈을 빛냈다. 듣는 이를 한순간에 숨죽여 제게로 끌어들이는 강한 어조를 내었다.

"얼마든지 내게 화내요. 속이 풀릴 때까지 후려치든가 곁에 두고 천년만년 들볶든가 꼴도 보기 싫으니 두 번 다시 눈에 띄지도 말라고 하든가! 하지만 이딴 형편없는 어리광은 집어치워요! 당신이 열 살 먹은 어린앱니까?"

자이어는 잠시 말을 멈췄다. 숨을 고르고, 돌아보지 않는 이레인을 향해 가혹히 질책을 쏟았다.

"'자신으로서 살아가겠다.'고요? 웃기지 마요. 자신으로서 살아가자면 자신부터 찾아야 합니다. '나만을 진실로 사랑해줄 단 한 존재와 살아가겠다.'고요? 이레인, 당신 이렇게 멍청한 여자였습니까? 사랑도 받자면 자신부터 찾아야 합니다. 사랑받을 당신은 지금 어디 있습니까?"

이레인은 어깨를 흠칫 떨었다. 서늘한 목소리가 채찍처럼 등을 휘갈겼다.

"당신, 지금 이 모습이 당신이라고 확신합니까? 당신 자신은 찾아놓고 문을 닫으려는 겁니까? 이레인, 난 당신을 압니다. 당신은 지금 터무니없이 위험한 행동을 하고 있습니다. 당신 자신은 저 멀리 버려두고 뿌리도 없이 휩쓸려가고 있어요."

자이어는 단호했지만 격양되지 않았다. 도도 두려워하지 않았다. 자신을 가로막은 도의 팔에도 아랑곳하지 않고 이레인에게 팔을 뻗었다. 이레인의 어깨를 잡았다. 도가 이레인을 흘끔 보더니 제지하지 않고 물러섰다. 자이어는 그 어깨를 채어 잡아 제게로 이레인을 돌려놓았다.

이레인은 또다시 울고 있었다. 눈물을 흘리지는 않았지만 두 눈동자가 물기로 부풀어 올라 있었다.

자이어는 이레인에게 한 걸음 더 다가섰다. 이레인의 어깨를 손에서 놓았다. 이레인을 끌어안고 싶은 듯 두 팔을 벌렸다가 차마 안지 못하고 천천히 내렸다. 차분히 말했다.

"이레인, 용서해달라고 안 합니다. 내게 어떻게 해도 좋습니다. 하지만 이러지 마요. 자신을 버려두고 벽을 치지 마요. 당신은 분명히 알아야 합니다. 파즈가 없는 사람들은 한 번쯤 숨을 수도 있습니다. 열고 나올 문이 있으니까요. 하지만 이 알이 부화하면 당신에겐 문이 없습니다. 두 번 다시 나올 수 없다고요. 당신이 부대끼고 상처받고 위로받으며 성장해야 할 모든 밭이 저 밖에 있는데도! 당신, 이미 경험하지 않았습니까. 당신이 정말 '오직 나 때문에' 환속했다고 생각합니까? 아니, 당신은 홀로 고요히 추구하며 대단히 성장할 수 있는 그런 인간이 아닙니다. 당신을 둘러싼 조건이 어떻든, 당신이 어떤 외모를 타고났든, 당신은 평범한 여자입니다. 평범하게 사랑받고 싶어 하고 평범하게 사랑하고 싶어 하고 평범하게 비틀거리고 평범하게 글썽이고 평범하게 이 악물고 다시 일어나는, 평범한, 그래서 더 특별한 여자입니다. 그리고 또한 평범하여 평범한 내가 그렇듯 사람 속에서 부대낄 때 비로소 가장 성장할 수 있는, 그런 인간입니다. 그러니 제발, 이 알을 버려요, 네?"

이레인은 뺨으로 눈물을 미끄러트렸다. 다시금 치미는 숨을 힘겹게 삼켰다. 한참을 아무 말도 하지 못했다. 그저 눈시울만 붉혔다. 지켜보는 이들이 지루할 정도로 시간이 흐른 뒤에야 겨우 소리를 끄집어

냈다.

"당신, 진짜로 버릴 수 있어요? 전부? 이 세계를 아주 떠나, 나를 따라 다른 우주에서 살라고 해도, 할 수 있어요?"

"당신이 그 알을 버린다면, 참된 행복을 찾으려 노력한다면, 무엇이든 당신이 원하는 대로 하겠습니다."

"윽……."

이레인은 팔에서 힘이 풀렸다. 다리에도 힘이 풀려 비틀거렸다. 눈물을 주르륵 쏟았다. 이레인에게 안겨 있던 오색 알이 품에서 툭 떨어져 바닥을 데구루루 굴렀다.

자이어는 망설이다 이레인에게 성큼 다가섰다. 이레인을 살포시 끌어안았다. 잔잔히 토닥였다.

"미안해요, 미안해요."

"와아아."

"진짜 브렌트와 앙케 커플이야!"

구경꾼들이 환호하며 박수 쳤다. 양이는 잠깐 군중을 따라서 박수 치다가 도를 졸라 바닥에 내려섰다. 도의 발치로 데구루루 굴러온 파즈 알 앞에 쭈그리고 앉았다. 손바닥을 사뿐 알에 대었다. 눈을 끔벅이며 알을 요리 살짝 조리 살짝 굴렸다. 도를 말끄러미 올려다보았다.

"다행히 안 깨졌어요. 이거 이제 어떡하…… 어라?"

갑자기 알이 들썩였다. 모로 누운 알은 궁둥이가 뜨거운 아랫목 노인네처럼 이리 꾸물 저리 풀썩했다. 저 혼자 데구루루 세 바퀴 반을 구르고 펄떡펄떡하다 급기야 발딱 섰다. 금이 쩍 갔다.

"헉? 깨나 봐요! 부화일은 내일이잖아요?"

"하루 턱이야. 그 난리를 겪었으니."

도는 유심히 알을 살폈다. 알은 도가 말하는 순간에도 쩍쩍 금을 더했다. 팽이처럼 핑그르르 돌기도 했다.

"어떡해요? 금방 깰 것 같아요. 이레인 씨! 용이가 깨요!"

"헉."

"네엣?"

자이어는 몹시 당황했다. 이레인은 깜짝 놀라 비명인지 탄성인지 모르게 외쳤다. 자이어 품에서 몸을 팩 돌려 양이를 보았다. 이내 양이가 시선 향한 곳을 따라 알을 찾아냈다. 보통 알과 달리 비범한 속도로 금이 가는 오색 알에 시선을 매었다.

"용이야……!"

이레인은 입을 틀어막으며 소리질렀다. 놀라기도 했지만 잠시 용이를 잊었던 터라 당황한 기색이 역력했다. 불안하게 눈을 굴려 자이어와 도를 재확인했다. 제 몸을 빠듯하게 조여오는 자이어의 두 팔을 느꼈다. 심란해져 알로 시선을 되돌렸다.

"어쩌죠? 상황이 난감한데요."

양이는 일어나 도에게 속삭였다.

"흐음."

도는 턱을 매만졌다. 딱히 동요하는 기색이 아니었다. 차라리 시큰둥했다.

빠각.

그때, 둔탁하게 쪼개지는 소리가 났다. 알 표면에 굵게 금이 가더니 그 틈으로 불쑥 손톱이 솟았다. 붉은 기가 도는 금빛이 기름 부은 불처럼 확 치솟아 알을 감쌌다.

"용이야."

이레인이 신음했다.

"와아, 저건 또 뭐야?"

그때까지도 남아 있던 몇몇 관중은 신기해하며 여기저기서 사진을 찍었다. 박수 치는 사람도 있었다.

빛이 걷힌 자리에 작달막한, 그러나 알보다는 훨씬 큰 아이가 오도 카니 섰다. 아이는 서너 살배기로 보였고 사지가 온전히 사람 꼴이 지만 피부가 반투명한 물고기 비늘로 덮여 적금빛으로 반짝였다. 아이 는 고개를 비틀었다. 조그맣게 울었다.

"삐롱?"

"진짜 다행이다."

부활할 혜용의 몰골을 걱정하던 양이는 안도에 찬 한숨을 내리쉬었 다. 혜용, 혹은 용이는 몹시도 깜찍했다. 알에서 깨자마자 꺅꺅대며 사진 찍는 누나가 한 부대일 정도였다. 투명한 물고기 비늘 아래로 비 치는 피부가 뽀얬고 눈동자가 초식동물처럼 커다랬다. 혜용처럼 왼 눈이 적색, 오른눈이 금색이었고 머리칼만 혜용과 달리 고불대는 연 한 분홍이었다. 양이가 기억하는 혜용이 짤막 통통해지고 눈을 키우 면 이 비슷할 듯했다.

아이는 긴 속눈썹을 나비처럼 팔락였다. 기우뚱했다.

"삐꾹?"

아이는 눈을 깜박이며 두리번댔다. 사람들이 그 사랑스러움에 몸서 리치는 가운데 이레인과 자이어만이 숨을 죽였다. 두 사람은 아이와 눈 맞추는 일조차 두려워하며 눈동자를 불안히 떨었다. 헤매던 아이 가 문득 도에게 시선을 주었다.

"꺄!"

아이는 탄성을 질렀다. 두 팔을 벌리고 와다닥 뛰어 도의 다리를 답삭 끌어안았다. 온 얼굴로 활짝 웃으며 도에게 뺨을 비볐다. 만족스럽게 울었다.

"삐이. 삐."

"야, 징그러워. 떨어져. 떨어져. 너 나랑 이런 짓 할 사이 아냐. 아무리 다시 태어났다지만 본능 차원에서 이러면 안 되지. 야, 떨어져. 떨어져."

도는 한쪽 다리를 번쩍 들어 그네처럼 흔들었다. 아이가 꺄아꺄아 하며 좋아하자 포기한 듯 그네나 태워준다는 태도로 다리를 흔들댔다.

"사장님?"

"왜? 김 양도 놀아줘?"

양이는 고개 저었다. 도에게 매달려 해맑게 웃어대는 아이를 보며 입을 벌렸다.

"그게 아니라, 얘 까칠하다면서요? 날 때부터 주인 바라기에 집착이 장난 아니라고 하셨잖아요."

이레인도 고개를 끄덕였다. 이레인은 희망과 불안이 뒤섞인 눈빛으로 도를 보았다. 도가 으쓱했다.

"난들 아나. 마지막 사흘이 가장 중요하다고 하더니만 마지막 이레를 막 굴러서 저도 어떻게 태어나야 할지 헷갈렸나 보지. 특히나 마지막 이레를 부둥켜안고 다닌 두꺼비는 용가리가 다람쥐에게 집착하지 않길 바랐을 테니까, 오지게 헷갈려서 그냥 원래 생긴 대로 태어나기로 했나 봐."

도는 아이를 내려다보았다. 흔들던 다리를 바닥에 붙였다.

"야, 이만하면 떨어져라. 막판에 망했어도 저기 너 열심히 보살핀 엄마 있어."

"삐롱?"

아이는 갸웃했다. 도가 한 말을 얼추 알아들은 듯 안은 다리를 놓았다. 연신 갸웃대며 두리번대더니 이레인을 발견했다. 빵끗 웃었다. 도도도 달려가 그 앞에 섰다. 혀가 짧은 듯해도 상당히 또렷이 말했다.

"엄마?"

아이는 헤헤 웃었다. 이레인을 안은 자이어와 눈을 마주했다. 갸웃했다.

"아빠?"

아이는 또 빵끗 웃었다.

"어머……."

이레인은 당황하여 뺨을 붉혔다.

"이야, 하도 굴러서 그런가, 진짜 둥글둥글하네요."

양이가 평했다.

"용아귀로선 종족 실격이지만 저놈에게는 잘됐군. 저 다람쥐와 두꺼비에게도 잘됐고."

도도 평했다.

"그런데 저 애, 여자애예요, 남자애예요? 비늘에 싸여서 잘 모르겠는데."

"남자애에 가깝겠지. 그 잡것은 혜용이 압도적으로 강해서 상대를 흡수융합한 존재였어. 자가생식이 가능한 남녀융합체였지만 기본은 남자였지. 쟤는 그 잡것이 대체로 크기만 줄어 났으니 남자애에 가까울 거야."

"삐! 안아줘. 안아줘. 삐삐!"

아이는 어느 틈엔가 자이어에게 다랑귀를 떼며 칭얼댔다. 이러니저러니 해도 마지막 이레를 함께 보냈기 때문인지 자이어를 아주 좋아하는 듯했다. 자이어가 머뭇대다 아이를 안아 올렸다. 아이는 까르륵 웃음을 터트렸다. 그러더니 이내 이레인에게 팔을 뻗어 바둥댔다. 이레인이 조심스레 팔을 내밀자 대뜸 품을 바꿔 안기며 맑게 웃어 젖혔다. 지켜보던 도가 맥없이 웃었다.

"어쩔래? 이놈, 상식과는 꽤 다르게 태어났는데 키울래? 경고하자면 보통 파즈와 달리 순수한 용에 가까우니 떼쓰면 여간 아닐 거야. 너도 뭐, 그 영감이, 아니, 마녀가 키운 여자라 대충 쓸 만해 보이니 이놈과 치댈 수야 있겠다만 각오해야 해. 참고로 난 내 세계로 돌아가면 절대로, 죽었다 깨어나도, 그 마녀가 데이트가 아니라 결혼을 하쟤도 두 번 다시 AS 안 해."

도가 선언했다.

"각오……. 그렇겠네요. 보통 애도 아니고 용이니."

이레인은 연방 웃어대는 아이를 한 자 들어 올렸다. 가만히 들여다보았다. 물끄럼말끄럼 하던 시선이 서서히 녹아 부드러워졌다. 아이와 다정스레 이마를 맞댔다.

"이레인, 엄마!"

아이는 두 손을 단풍처럼 펼치더니 이레인의 양 뺨을 짝 때렸다. 까르륵까르륵했다.

"이런, 버르장머리 없는 녀석!"

이레인은 푸후후 웃음을 터트렸다. 지켜보던 자이어가 조심스레 말을 건넸다.

"이레인, 혹시 괜찮다면, 저도 양육을 도울 수 있을까요? 이 아이에게 미안하기도 하고……."

"흥!"

이레인은 자이어에게 안겨 울던 일이 거짓인 듯 코웃음 쳤다. 몸을 팩 돌렸다.

"흐, 흐아앙. 자이어, 자이어 아빠!"

아이는 순간 온 얼굴을 구기며 이레인의 팔을 밟고 일어섰다. 이레인의 어깨 너머로 두 팔을 뻗으며 바둥댔다. 발걸음을 떼려던 이레인은 한숨을 푹 내쉬며 멈췄다. 마지못한 듯 조그맣게 말했다.

"난 당신 아직 온전히 못 믿어요. 용서하지도 못하고요."

자이어는 처연히 끄덕였다.

"이해합니다."

"더욱이 난 지금 여기서 부대끼고 싶지 않아요. 아버지도, 다른 인간도 다 지긋지긋해서 마주 대하면 울증에 화병만 생길 거예요. 최소 십 년쯤 다른 행성 전원에 처박힐 생각이에요. 아버지 감시망도 쉽게 못 미칠 외딴 촌구석에서 용이 키우고 묵상하고 밭이나 갈고 검이나 닦으며 살면 좋겠어요. 머슴 살며 물 긷고 나무할 자신 있으면 따라와요. 그 이상은 바라지도 말고."

"따라가겠습니다! 고맙습니다, 이레인. 고마워요!"

자이어는 화색이 돌아 외쳤고 다리에 힘이 풀려 비틀거렸다.

"와아."

"뭐가 어쨌는지 모르겠지만 잘 살아요!"

"라일락으로 꼭 축제 참가하셔야 해요!"

"안 됩니다! 장미예요, 장미!"

그때까지도 남았던 구경꾼들이 열렬히 박수 쳤다. 누군가는 잊지 않고 축제 참가를 종용하기도 했다. 양이는 따라서 박수 치며 도를 올려다보았다.

"그럭저럭 결말이네요."

아이를 향했던 도는 양이에게 시선을 되돌렸다. 연이은 난리에 양이는 온통 산발이었다. 손으로 대충 빗기야 했지만 그런다고 수습될 꼴이 아니었다. 무리해서 좋게 보면 덤불 요정이고 솔직히 평하면 동네에 한 명쯤 있는 미친년이었다.

'누가 예쁘다고 납치해가진 않겠네.'

도는 피식 웃었다. 양이를 번쩍 안아 올려 품에 넣었다. 상냥히 머리칼을 매만져주며 물었다.

"괜찮은 결말일까?"

양이는 갸웃했다. 그사이에 도에게 들어 안기는 일에 익숙해져 편한 각도를 찾아 알아서 몸을 기댔다. 느슨히 답했다.

"그야, 에, 저 셋이 살아보면 알겠죠."

도는 양이를 보았다. 눈을 가만히 깜박이다 마침내 생긋 웃었다. 그 이마에 입 맞췄다.

"그러네. 이제 알아가며 살겠지."

도는 허공을 보았다. 크지 않은, 그러나 묘한 파장이 깃든 목소리로 말했다.

"문 열어, 영감."

텅 빈 공간에 불쑥 문이 솟았다.

도는 손잡이를 돌렸다. 문을 열고 걸음을 뗐다. 양이와 함께, 저 너머로.

예쁘게 못생겼다

"아, 영감! 멀쩡한 곳으로 내보내 달라고!"

도는 달을 보며 분통을 터트렸다. 때는 하현을 지나 그믐에 닿는지라 달빛은 박하고 눈으로 더듬어볼 형체조차 드물어 사방이 막막했다. 양이는 도에게 매달려 어둠을 두리번댔다. 멀리 도시 야경이 보이나 눈앞이 깜깜이라 도와 나란히 달이나 보았다.

"왜요? 변기 뚜껑으로 나오진 않았는데 그보다 이상한 곳으로 나왔어요?"

"멀쩡한 문으로 이상한 곳에 나왔지."

도는 양이를 추어 안았다. 양이는 한낮을 살다가 오밤중에 떨어져 눈이 더욱 어두웠다. 사방 윤곽이 어렴풋하여 뒤가 담이고 앞과 옆이 트였다는 정도만 알 만했다.

"자, 수수께끼. 코앞에 가로등이 없어. 여기가 어딜까?"

"아! 가로등이 없구나! 어쩐지, 어둠의 신세계더라."

양이는 손뼉 쳤다. 도시 촌년은 아무리 야밤이라도 가로등이 있으며 야밤에 암막 커튼을 치고 집 안에 틀어박혀도 디지털시계 불빛이나 냉장고 액정 불빛을 보고 살았다. 그러니 이 어둠은 양이 인생에서 흔히 겪기 힘든 신선한 경지였다. 양이는 '취직하고서 정말 신선한 일을 많이 겪네.' 하고 새삼 감탄했다. 고개를 주억대며 멀리 도시 야경을 보았다.

"아, 저기 서울이 아닌가요? 이 야경이 얼핏 도시 같아 보여도 사실은 읍이나 면이고 우리 혹시 촌에 떨어졌나요? KTX 타고 집에 가야 해요? 아니면 제주 특별자치시?"

"디디고 선 땅은 일단 서울, 관악구야."

"에……."

"김 양이 보는 방향은 과천."

"오?"

양이는 아직 감을 잡지 못했다. 어둠에 적응하려 애쓰며 눈을 밝혀 볼 뿐이었다. 도가 발을 떼었다.

"으에?"

양이는 기묘히 신음했다. 몸이 도에게 단단히 받힌 채 앞으로 쏟아져서였다. 기울어도 너무 기울어서 도가 팔에서 슬쩍 힘을 풀면 자연스레 도의 몸을 타고 미끄러질 듯했다. 도에게 바짝 매달리며 물었다.

"여기 진짜 어디예요?"

"풍광과 방위로 짐작건대 용마 능선에서 연주대로 오르는 관악산 암벽 등산 구간. 인간은 두 손 두 발 다 써가며 쇠줄에 밧줄을 붙잡고 발발 기는 곳이지. 경사도가 한, 팔십 도?"

"아……."

양이는 도에게 매달려 덜컹덜컹 흔들리며 평온히 끄덕였다. 곰곰이 생각하더니 대단찮게 답했다.

"장소가 멀쩡하진 않네요. 길은 길이니 아주 이상한 곳이라곤 못 해도."

"하? 상황 파악 안 돼? 김 양은 지금 오밤중에 외간 남자와 경사도 팔십 도 암벽에서 고립됐다고."

"에이, 경사도 팔십 도 암벽에서 뭘 하겠어요? 누우려도 찔려 죽거나 굴러떨어질 텐데. 게다가 고립됐어도 조난되지는 않았잖아요. 오늘 겪은 일에 비하면 지금은 아주 안전하죠. 더구나 암벽이면 어떻고 절벽이면 또 어때요? 아까 보니까 사장님 도움닫기만 수백 미터에 멀리뛰기를 킬로미터 단위로 하시던데. 한, 다섯 번쯤 뛰면 하산할 수 있지 않으세요? 뛰셔도 돼요. 저 완전 단련됐거든요. 이제 목젖까지 삼겹살 오인분 구겨 넣고 곧장 롤러코스터 세 바퀴 왕복해도 버틸걸요?"

"뭐? 하하하!"

도는 웃음을 터트렸다. 팔십 도 산길을 지지물도 없이 오르며 몸이 떨리도록 웃었다. 이렇게 웃는 일이 얼마 만인지 모르겠다고 생각했다. 양이의 뒤통수를 세심히 받치며 말했다.

"아아, 이 길은 험해서 네가 편치 못해. 어차피 어깨이니 정상을 밟고 편한 길로 모셔드리지. 그리고 찐빵 말대로……. 하하."

도는 뺨이 당기도록 웃었다. 양이가 무서워하면 놀려먹는 맛이 달터였으나 양이가 무서워하지 않아도 경사 탓에 제게 몸을 바짝 붙여오니 아쉬운 대로 기꺼웠다. 어디로든 문을 열 수 있음에도 이런 곳을 고른 문장이지만 그 심술을 용서하기로 했다. 미소했다.

"물론 몇 번 뛰면 하산할 수 있어. 하지만 조용히 가야 해."

"왜요?"

양이는 도의 가슴에 뺨을 대며 물었다. 온종일 헤맨 끝에 한약 내 섞인 고택의 정원 같은 향을 맡노라니 산길이 가파르든 사방이 먹빛이 든 마냥 나른했다. 뺨에 닿은 비단이 부드러워 반쯤 코를 묻으며 목에 감은 팔을 깊이 당겼다. 너무 바짝 붙는 듯해 조금 민망했지만 피곤도 하고 안전이 먼저였다. 도가 나직이 웃었다.

"관악산은 예부터 오덕(五德) 중 화덕(火德)이며 갓 쓴 큰 산이라 하여 갓뫼, 간뫼, 관악(冠岳)이라 일컫지. 성품이 불같고 갓까지 쓴 장골이니 이놈이 꼿꼿하기는 서서 똥을 누고 냉수도 갓을 쓰고 들이켜며 제 뜻에 맞지 않으면 붉으락푸르락하니 만나면 성가셔져. 예를 차린다, 격식을 갖춘다, 나를 머리에 이고 들들 볶을 테지. 공연히 너까지 눈에 띄고."

"산신(山神)이요? 진짜 있어요?"

"진짜 있어."

"아……. 그렇구나."

양이는 깊은 깨달음이라도 얻은 듯 도에게 뺨을 기댄 채 한참 끄덕였다. 도는 그 몸짓이 품에 고개를 묻고 애교를 떠는 강아지처럼 보였다. 웃음을 터트렸다. 기실 몹시 지쳤고 품에 양이를 담으니 졸음이 쏟아져 아차 하면 다리가 꼬였다. 느긋이 굴면 더 나른할 듯해 요란히 뛰지만 않을 뿐 길을 재촉하던 참이었다. 깎아지른 산을 타지만 뜀뛰듯 민활했다. 하지만 순간이 이토록 기꺼우니 혀라도 깨물어 졸음을 끊으며 마냥 늑장 부릴까 싶었다. 안 될 일이었다. 그래도 일단 든 마음이라 머리가 아니라 하여도 걸음이 어느덧 산보가 되었다. 때로 바위 모퉁이를, 때로 허공을 디디며 춤추는 산등선을 따라 넘실넘실 으스름달밤을 그었다. 그 흐름은 부드럽고 여름밤은 잠포록하여 산도 달도 눅진 온기에 흐무러져 살갗에, 숨결에 붙었다. 양이의 숨소리는 점점 곱게 가라앉았다.

"졸려?"

정상이 코앞이었다. 도는 걸음을 더욱 늦추며 물었다.

"아뇨."

"왜 아무 말도 안 해?"

"어……."

양이는 나른했지만 잠이 온달 정도는 아니었다. 여러모로 안일한 성격이지만 오밤중에 외간 남자 품에 안겨 홀랑 잠들 정도도 아니었다. 오히려 도가 졸리지 않나 싶었다. 그 목소리가 물먹은 고운 모래처럼 깔끄럽게 내려앉았고 투정하는 듯도 들려서였다.

'하긴. 그리 싸우고 뛰고 잡으셨으니.'

양이는 도가 여간 곤하지 않겠나 싶었다. 잠 오니 말 걸어주길 바라시는가 하며 홀로 굴리던 생각을 입에 담았다.

"이레인 씨 일이요."

"응."

"생각하고 있었어요. 그 남편은 어쨌든 목적을 이루려 이레인 씨를 철저히 속이고 상처 냈잖아요. 처음부터 믿을 수 없는 행동을 하면서 한편으로 환심을 샀어요. 그 목적이 아무리 숭고하고 그 사랑이 아무리 진심이라도 기만은 기만이고 배신은 배신인데도."

"그래서 난 그놈이 마음에 안 들어."

"저도요. 그래도 이레인 씨는 그 남자를 원했어요. 뿌리까지 배신당하고 진실이 한 줌도 없다고 생각했을 때에도요. 음……. 화화에서도 그 남자가 자신을 속이거나 이용한 일엔 딱히 마음 쓰지 않았어요. 그런 일을 괴로워야 했지만 근본적으로 남편이 자기 사랑을 배신했다는 점과 남편이 주었던 사랑이 거짓이었다는 점에 슬픔과 분노가 쏠렸죠. 애초에 그랬으니 오늘도 '사랑한다.', '진심이다.'라는 호소에 넘어갔을 테고요."

양이는 잠시 멈추었다. 한 톤 가라앉은 목소리로 동을 달았다.

"그대로 행복할 수 있다면 잘된 일이라고 생각해요. 솔직히 다른 선택이 극단이고 무엇보다 당사자인 이레인 씨가 그 사랑을 그토록 바라니. 하지만……."

"하지만? 자, 이제 내려갈 테니 업혀."

도는 양이를 내려놓았다. 양이 앞으로 걸어가 그 앞에 도포를 걷고 선뜻 쭈그렸다. 양이는 어둠에 다소 눈이 익었지만 아직도 사방이 어룽어룽했다. 이런 눈으로 산길을 내려갈 재주가 없으니 업히긴 업혀야 했다. 오늘 내내 안겨 다녀 이제 편한 자세로 품에 기대기까지 하면서도 업히자니 머쓱했다. 뺨을 긁적이고 주춤하다 살며시 도의 목에 손을 감고 등에 기대듯 말 듯 했다. 도가 양이의 허벅지를 받치며 반짝 일어섰다. 양이는 앞으로 확 몸이 쏠렸다. 가슴이 그 등에 밀어 붙여졌다.

'윽.'

양이는 괜스레 붉어졌다. 갑자기 심장이 쿵쿵 뛰어서 그 박동을 도에게 들키지 않을까 싶었다. 몸을 뻣뻣이 굳히며 입술을 사리무는데 도가 다시 걸음을 떼었다.

"하지만 뭐? 뭐가 마음에 걸려?"

도는 걸음을 떼며 거듭 물었다. 어색하게 굳은 양이를 인지도 못 했다는 태도였다. 양이가 하던 말만을 자연스레 보챘다.

"어, 그게요……."

도가 재촉해와 양이는 민망함을 밀어둘 수 있었다. 할 말이 있어 다행이라 생각하며 긴장을 풀었다. 입을 떼었다.

"슬퍼서요."

"슬퍼?"

"사실 이레인 씨를 보고 있으면요, 내내 슬펐어요. 이미 어떻게 해도 온전히 믿을 수 없게 된 관계를, 한 면은 지독한 상처일 수밖에 없는 사랑을 왜 놓지 못하나 싶어서요. 세상 모든 양지바른 사랑을 두고도 기어코 저 사랑이구나 싶어서요. 그렇게 배신한 상대를, 여전히 저렇게까지 사랑한다니, 감정이라는 놈이 뭐 이리 거지 같나 싶어서요. 사장님은……."

"응."

"지독히 배신한 상대를 용서할 수 있으세요? 이미 믿음이 깨졌는데도? 이레인 씨는 온전히 재결합하지는 않았어도 용서한 거나 마찬가지잖아요."

"상대가 믿음을 저버리며 내 무엇을 부수었느냐에 따라 다르지. 내 마음만 부쉈다면 용서하지만 내 소중한 이를 부쉈다면 용서하지 않아."

도는 서늘하고 단호했다. 고민하는 기색도 없이 곧장 답이 나왔다. 이미 겪고 결론 낸 바를 재확인하는 듯했다. 양이는 왜인지 몸이 떨렸다. 머뭇대며 물었다.

"음……. 여쭤도 되나 싶은데, 배신당한 적 있으세요?"

"넌?"

"대단치는 않지만 있어요."

"무슨?"

"사귀던 남친이 양다리 걸쳤어요."

"흐음. 그래서?"

"암바를 걸고 새우 꺾기를 한 뒤 양다리 걸친 년을 찾아가 이 새끼 양다리에 개자식이라고 폭로했죠."

"뜻밖에 격정적이네?"

"상상으로요."

"아."

도는 후후 웃었다. 양이도 따라 웃었다.

"현실은 귀찮아서, 거기다 개자식이랑 사귄 년 되기 싫어서……."

"응."

"니킥으로 불알 까주고 두 번 다시 안 봤어요."

"잘했네!"

양이다웠다. 도는 키득키득 웃으며 진심으로 칭찬했다. 양이는 뚱하게 답했다.

"그런가."

"그래서, 용서했어?"

"용서고 뭐고, 잊었어요."

"음?"

"미워하는 일, 열량 소모가 엄청나더라고요. 밥 잘 먹고 그딴 놈에게 열량 쏟기 아까워서……."

"생각을 놓았다?"

"네. 지치기도 했고요."

"재주네."

"뭐, 게으를 뿐이라……."

양이가 머쓱히 웅얼댔다. 도가 양이를 추어올리며 지나듯 말했다.

"난 안 되던데."

"역시 있으세요? 당해본 적?"

양이는 놀라워하며 물었다. 도같이 대단해 보이는 존재도 배신을 당한다니 모를 일이다 싶었다. 도가 담담히 답했다.

"너보다 오래 살았으니까."

"어쩌셨어요?"

"글쎄."

"응?"

"생각 중이야."

"네?"

양이는 도가 당했다는 배신의 여파가 현재 진행 중이라고는 생각하지 못했었다. 눈을 동그랗게 떴다.

"아직 결론을 못 내렸거든. 배신자가 달아나서, 아니다. 그건 '배신'은 아니겠지. 그자와 난……."

여름밤 산은 적요하여 풀벌레 소리뿐이라 양이는 도가 내쉬는 숨까지 들을 수 있었다. 말끝에 걸린 그 숨이 찰나에 하르르 떨렸다. 그러나 뒤이은 말은 서늘했다.

"어차피 적이었으니."

양이는 그 말에 선뜻 반응하지 못했다. 서늘해도 담담히 내려놓은 말이지만 그 뼈대가 묵직했다. 둘 사이에 침묵이 감돌았지만 양이에겐 다행스럽게도 침묵은 길지 않았다. 도가 가볍게 화제를 돌렸다.

"이런 얘긴 됐고, 일요일에 시간 내."

"어, 왜요?"

양이는 어색하던 분위기가 바뀐 데 화색을 띠었다.

"내가 용가리표 팔찌 가져갔잖아. 대체품 사러 가자. 직원 몫 삥땅 쳤단 말 듣기 싫어."

"에……."

양이는 침음했다. 혜용이 준 팔찌는 참 예뻤다. 화사하면서도 섬세했고 닿는 느낌도 좋아서 '살다 보니 이런 물건도 해보는구나!' 했다. 도가 가져갔을 때는 꽤 아까웠다. 하지만 집에 가 생각하니 혜용이 어떻게 느꼈든 자기가 별로 한 일이 없고 한 일이 있다 쳐도 도에게 월급 받으면서 그런 물건까지 받을 자격이 없다 싶었다. 팔찌를 신포도 취급하는 심리가 아니라 진심이었다. 외려 부담스러운 짐이 없어져 속 편했다. 한번 잊은 일이 화제에 오르니 불편했다.

"본래 과분한 불로소득이었어요. 이대로 좋아요."

"아까워했잖아."

"견물생심이라, 그땐 눈에 보이니 아까웠죠. 근데 어차피 그리 귀한 물건 지녀봐야 하지도 못하고 두고두고 부담스러워요."

"그건 네 사정이고. 내가 불편해. 일요일에 시간 내. 받을 건 받아."

도는 자신을 이상한 눈으로 보던 백진을 떠올리며 단호히 굴었다. 양이에게 줄 거 주고 '나는 깔끔하게 계산 끝냈다.'고 백진에게 꼭 말할 생각이었다. 양이는 길게 신음했다. 농담조로 말했다.

"에, 그럼 차라리 현금으로. 저 패물 귀찮아요. 월급에 더해서 입금해주세요."

"김복어, 너 진짜……."

도는 눈썹을 구겼다. 핑곗김에 혜용이 준 팔찌보다 더 좋은 패물을 안기며 환심 살 생각이었다. 경험상 패물 싫어하는 여자는 없으니까.

그런데 '입금하라.'니, 의구심이 솟았다.

'이건 여자가 아닌가? 진짜 복어?'

"돈으로 주긴 싫은데? 현물은 현물로. 시간 내."

"아앙, 싫은데."

양이 입에서 일순 진심 어린 앙탈이 우러나왔다. 칭얼거림이 이어졌다.

"전 휴일에 꼼짝하기 싫은 사람이에요. 약속도 있고요. 일요일은 질러놓은 디브이디 봐야 한단 말이에요."

"하……. 사준대도 싫어? 무슨 디브이디?"

"있어요. 못생긴 얼굴로 잘생김을 연기하는 배우가 나오는 영국 드라마 시즌2. 월주 언니 불러서 맥주 까며 정주행 하기로 했어요."

"가져와. 화화에 영화관 있어. 어지간한 멀티플렉스보다 화면도 크고 음향도 좋으니 필요하면 아무 때나 써."

"진짜요?"

양이는 들떴다. 화화에 다녀도 홀과 주방, 화장실, 몇몇 방만 오가니 그런 곳이 있는 줄 전혀 몰랐다.

'이건 무슨 천국 같은 직장이지!'

행복한 양이와 반대로 도는 한숨을 내리쉬었다.

'내가 이딴 여자를 꼬드겨야 한다니!'

"진짜야. 수산이 닌자 거북이 본다고 만들었어. 그러니까 일단 얼굴 비치고 한두 시간이라도 내게 시간 내. 네가 정 돌아다니기 싫다면 내 곳간에 둔 패물이라도 꺼내줄 테니 와서 고르기라도 하라고."

"에, 안 주셔도 되는데."

"받아, 쫌!"

"꺅!"

도는 발을 툭 차며 오 미터쯤 덜컥 내려갔다. 양이의 허벅지를 받친 손을 느슨히 풀었다. 갑작스러운 추락에 양이는 비명을 삼켰다. 도의 목과 허리에 콱 매달리며 다급히 답했다.

"아, 알았어요! 알겠다고요오!"

"무르기 없기다?"

"아우, 진짜……."

양이는 도의 어깨에 이마를 쿵 박았다. 도는 큭큭 웃었다. 발놀림이 부드러워지며 다시 바람을 탔다. 밤의 여름 산 위로 느슨한 곡선을 그렸다.

❋ ❀ ❋

실체 없는 파도가 밀려온다. 파도는 생김도 소리도 향도 없으나 자취를 남긴다. 허옇게 질린 모래톱에 슬픔과 공포와 상실이 층층이 구겨진 주름으로 남는다. 모래톱을 제 세상 삼던 색색의 조개들이 껍데기만 남았다. 조개들은 탈색되고 얇게 무뎌져 지문도 비쳐낼 듯하다. 이제 그러한 것들마저 사라져 더러 널브러졌을 뿐 모래톱은 황량하다.

모래톱에 왕이 섰다. 왕은 강대한 자이다. 도 한 자루만 쥐면 이 우주에서 그 누구도 그를 넘보지 못한다. 이 영토에 처음 왔을 때 자기 백성과 이 땅을 누구보다도 잘 지켜내리라 자신했다. 실제로 그렇게 지켰다. 모든 바람과 파도와 달과 해로부터 제 품에 든 일체를 보호했다.

그러나 실체 없는 파도가 밀려온다. 왕은 도를 쥐고 두 눈을 부릅뜨고 굳건히 섰다. 그러나 강대한 왕도 실체 없는 파도를 베는 방법은 알지 못한다. 왕의 발밑으로 겁에 질린 조개들이 구르다 닳아 실체도 없는 물거품 사이로 사그라진다.

　왕은 자기 왕국이 한갓 모래톱이었음을, 자기 백성이 물거품 같은 존재였음을 깨닫는다. 죽으면 부둥켜안고 꽃으로 두드리며 뼈야 살아라, 피야 살아라, 할 뼈도 없고 피도 없으며 하다못해 추모할 넋조차 없는 존재였음을 깨닫는다. 왕은 울고 싶으나 무엇을 보고 울어야 할지 몰라 울지 않는다.

　"전하, 이제 갓난것들은 하나도 살아남지 못하였습니다. 이제 어린 것들까지 나날이 의식을 잃습니다. 공주께옵서도……."

　왕은 신하를 내려다본다. 이 신하는 왕을 제외하면 왕국에서 가장 강대한 존재 중 하나이다. 아직 굳건하며 제 색을 잃지 않았다. 다만 지쳐 보인다.

　"연적아, 이 파도는 이름이 무어냐."

　왕은 이를 악물고 되뇐다. 부질없음을 알면서도 하릴없어 되뇐다.

　"어디서 오느냐. 어떻게 베야 하느냐. 답하라. 너는 가장 오래된 존재 중 하나이지 않으냐. 어찌 너조차 모르느냐. 알려다오. 내가 무엇을 더 어찌해야 내 백성을 지킬 수 있느냐."

　"송구하옵니다, 전하. 천하궁과 지하궁에까지 연통을 넣어 백방으로 원인과 치료법을 찾고 있사오나……."

　왕의 얼굴에 난생처음으로 부인할 수 없는 절망이 어린다. 왕이 탄식한다.

　"연적아, 내 무엇을 잘못하였느냐. 나는 태어난 그 순간부터 백성을 지키는 일만을 생각했느니라. 오직 내 가엾고 어여쁜 백성을 지키려 자라고 익히고 행했느니라. 한데 어째서 내 백성을 지킬 수 없느냐. 내 백성이 이렇게 죽어가는데 어째서 들도 놓도 못 하고 우두커니 있을 수밖에 없느냐. 내가 대체 왜 존재하는 것이냐."

모래톱이 비단 금침으로 바뀐다. 네 귀에 왕의 문장을 수놓은 금침이다. 그 위에 아이가 누웠다. 아이는 창백하다 못해 투명하다. 곧 닳아 사그라질 듯하다.

왕은 홀로 서서 아이를 내려다본다. 어떤 표정을 지을지 알지 못해 아무 표정이 없다. 원키만 하면 홀로도 세상 대부분을 무릎 꿇릴 수 있는 왕이 아이 앞에 천천히 무릎 꿇는다. 상체를 깊이 구부리고 고개도 바짝 수그린 채 아이 귓가에 속삭인다.

"공주."

아이는 미동도 없다. 늘 앙글앙글 웃던 뺨이 종이처럼 뻣뻣하다. 왕이 거듭 부른다. 음성이 애원하는 듯하다.

"공주."

아이는 여전히 답이 없다. 왕은 윗몸을 든다. 야금 위에 얌전히 모아쥔 하얗고 자그마한 손을 내려다본다. 팔을 뻗어 그 손을 잡는다. 식은 그 손을 귀한 옥수로 차마 세게도 쥐지 못하고 그저 더듬는다.

"공주, 참 얄궂구나."

대답 없는 공주에게 왕은 뇐다.

"이 마음이란 놈이 실체도 없이 참으로 얄궂구나. 너까지 이렇게 되니 내 마음이 참으로 얄궂다. 그이에게 연통을 넣을 수만 있다면, 난 그이에게도 애원했을 것이다. 내, 그렇게나 떨쳐냈던 이에게, 엎드려 애원이라도 했을 것이다. 나를 어찌해도 좋으니 제발 그 지혜를 빌려

달라고 간원했을 것이다. 우습지 않으냐? 참으로 얄궂지 않으냐?”

공주는 천천히 눈을 뜬다. 왕을 본다. 고개 숙이고 눈 감아 공주 자신을 보지 못하는 왕을 본다. 입술을 달싹이지만 소리 낼 힘이 없다. 눈동자에 누기가 치더니 또르르 눈물방울이 뺨을 타고 흘러내린다. 아무 말도 전하지 못하고 눈 한번 마주하지 못하고 의식을 잃는다.

❈❈❈

“아!”

낮은 탄식이 건조한 목구멍을 긁었다. 도는 눈을 떴다. 느리게 깜박이는 시야로 낯설고도 익숙한 천장이 잡혔다. 나무 우물마다 새긴 무늬로 이 방이 화화이지만 자기 방이 아님을 알았다.

‘꿈…… 꿈이었나.’

잠든 일도, 꿈꾼 일도 도에게는 근래 두 번째였다. 둘 다 있은 지 아득한 일이라 몹시 낯설었다. 차라리 해괴했다. 근래 두 번째라지만 여전히 이것이 착란인지 진짜 잠이며 꿈인지 아리송했다. 숨죽이고 한참이나 정신을 가닥가닥 더듬었다.

‘어제 혜용 일로 무리도 하였고 김 양을 종일 안고 다니니 몹시 곤하여……. 그래, 화화로 돌아와 김 양에게 잠자리를 마련해주려 이 방에 들었다가 내가 먼저 기절하듯 잠들어……. 그래, 잠들었지! 수면 향도 없는 이곳에서! 저항할 수 없을 정도로 졸음이 쏟아져서 막무가내로 김 양을 안고 잠들었어.’

도는 몸에 감긴 존재를 새삼 인지했다. 고개 돌려 확인하니 자기 몸에 양이가 낙지처럼 들러붙어 있었다. 어안이 벙벙했다. 지난밤 도에게 한이불로 끌려들어 간 양이는 주먹을 꼭 쥐고 도를 오지게도 두들 겨 팼다. 잠결을 헤매던 도지만 발길로 걷어차인 기억까지 어렴풋이 났다. 그랬던 양이가 도의 팔을 베고 더없이 편안히 잠들어 있었다. 한 점 경계심 없이 입까지 벌렸다.

'하.'

도는 헛웃음 지었다. 숨을 죽이고 품에 든 온기를 느릿느릿 쓰다듬 었다. 머릿속에 남은 잔상을 망연히 헤아렸다.

'여하간, 진짜 꿈인가? 꿈이란 이런 느낌이구나. 일전에도 꾸었지 만 꿈이란 참으로 짓궂고 괘씸하다. 그때는 어린 공주가, '저를 어찌 살리지 못하십니까?', '저는 전하께 무엇입니까?' 하며 나를 가혹히 책하였지. 그 아이는 원망을 모르는 아이였거늘, 꿈이란 놈은 어찌 이리도 가증스러운가. 내 가장 아픈 기억을 가장 매섭게 후벼 파는구 나.'

도는 양이가 베지 않은 반대편 팔을 움직였다. 품에 손을 넣어 무언 가를 꺼냈다. 그건 자그마한 꽃신 한 짝이었다. 본디 싱싱한 유록빛이 었으나 물 날아 누런 잎이 되었다. 도는 그 꽃신을 가슴에 얹었다. 천 근만근 가슴을 짓누르는 그것을 달래듯 손끝으로 덧그렸다. 눈 감고 소리 없이 뇌었다.

"공주야, 혜야, 내 어여쁜 혜야."

도는 꽃신을 어루만지고 또 어루만졌다. 그 무정물이 체온을 담게 되고서야 비로소 손길을 멈췄다. 동그란 신코에 손끝을 대고 마냥 있 다가 영 무거운 손길로 꽃신을 품에 넣었다. 타분한 숨을 억지로 삼키 고 울적한 눈꺼풀을 올렸다. 열린 눈에 더없이 평온한 얼굴이 들어왔 다. 세상 근심이라고는 한 점 모르는 얼굴이었다. 어찌나 평온한지 보기만 하여도 그 기운이 옮는 듯했다. 도는 미동조차 그쳤다. 눈 감아도 어둠 속에 상이 비칠 만큼 그 얼굴을 눈에 담았다. 조심스레 몸을 돌렸다. 그대로 제 체온으로 녹여 빨아들일 듯이 그 얼굴의 주인을 깊숙이 끌어안았다. 나직이 맹세했다.

"네가 날 하루라도 더 살려준다면, 내 어린 백성을 하루라도 더 지키게 해준다면, 네가 무엇이든 손을 잡으마. 네게 무엇이든, 주마."

❈⦁❈

화려한 여름을 따 벽에 달고 싱싱한 봄을 떠 밑에 깔고 풍요한 가을을 끌어 위에 매고 청명한 겨울에 뜬 별과 달을 모으면 이러할 터였다. 없는 것 없고 신선치 않은 것 없으며 깊이 있지 않은 것 없고 곱지 않은 것 없었다. 구족하여 영롱했다.

"와……. 이런 곳이 있었어요?"

양이는 입을 벌렸다. 눈을 끔벅였다.

"손바닥만 한데 뭐. 수경궁에는 으리으리한 보고가 몇 채나 있어."

도가 예사로이 응수했다. 양이는 뺨을 붉히며 두리번댔다.

"그건……. 상상도 안 가요. 여기도 대단한데요? 별세계예요."

양이는 입을 벌리고 두리번대었다.

며칠 전 도가 '일요일에 시간 좀 내라.'고 했고 양이는 온종일 드라마를 볼 양으로 아예 조식도 잊고 일찌감치 도를 만났다. 앞장선 도를 따라 화화 복도에 난 문을 지났고 그 방을 가로질러 맞은편으로 나왔다. 나오고 나니 '밖에서 볼 땐 화화가 이렇게 크지 않은데? 이게 어떻게 이렇지?' 하고 고개를 갸우뚱했을 만큼 길게 복도가 뻗었다. 어리둥절한 채로 도에게 이끌려 걸었다. 복도를 따라 몇 번이나 꺾은 끝에 이곳에 도달했다.

이곳은 도가 '손바닥만 하다.'고 표현했지만 결코 작지 않았다. 평범한 삼십 평형 아파트만 했다. 그 공간에 목향부터가 심상하지 않은 고매한 사방탁자와 문갑, 궤, 함이 조화로이 놓였고 그을음도 없고 흔들림도 없는 신이한 등이 밝혀졌다. 향내 나고 윤기 도는 시렁과 천판에는 도자기며 문방사우, 패물과 공예품이 말끔히 놓였고 금빛 매화문이 잔잔한 벽에는 그림과 글씨가 묵향도 그윽하게 걸렸다. 안쪽 깊숙이에는 수족자와 국악기, 무기, 옷감이 있었다.

"박물관 같아요. 여기 있는 물건, 알고 보면 다 국보급 아녜요?"

"아마도?"

도는 엷게 찡그렸다.

"그래도 뭐, 별거 없어. 내가 가까이 두려고 수경궁에서 챙겨온 물건도 몇 있지만 대부분 인간계에서 모은 잡동사니니까. 뭐, 고운 글씨나 난계 악기, 연담 달마도나 겸재 수묵화도 있지만 이 정도로 감탄하면……."

도는 겸연쩍었다. 자기 기준에 여기야 정말 별거 없었다. 양이가 감탄할수록 낯만 간지러웠고 '진짜 좋은 물건을 보여줘야 하는데…….' 싶었다.

"설마 그 고운, 난계, 연담, 겸재가 최치원, 박연, 김명국, 정선?"

"맞아."

"헐, 진짜 국보네."

양이는 새삼 도가 달리 보였다. 자기 입으로 부자라더니 도는 정말 갑부였다. 갑부도 보통 갑부가 아니었다. 겸재 정선 그림을 잡동사니

취급하는 문화재계의 큰손이었다.

"구경해도 돼요?"

"물론. 둘러보다 끌리는 장신구 있으면 말해. 줄게."

"어, 왜요?"

양이가 고개를 갸우뚱했다. 도가 어깨를 으쓱했다.

"내가 용가리표 팔찌 가져갔잖아. 대체품을 줘야지. 직원 몫 삥땅쳤단 말 듣기 싫어."

'줄 거 주고, 백진 녀석에게 '난 계산 깔끔히 끝냈다.'고 말해야지. 반드시, 꼭!'

도는 굳게 다짐했다. 양이는 눈을 똥그랗게 떴다. 분명 팔찌 대체품을 받으러 이 아침에 만났으나 설마하니 국보급 문화재가 넘쳐나는 수장고에서 물건을 고르라고 할 줄은 몰랐다.

"우와, 진짜요? 저 아무거나 골라잡아도 갑부 될 거 같은데요?"

"어쩌면?"

"예쓰! 인생 한 방!"

양이는 깨춤을 추며 앞으로 나아갔다. 뒤따르던 도가 피식 웃었다.

"와아……. 아름답다."

'인생 한 방!'을 외칠 때만 해도 눈에 불을 켜고 뭐 하나 골라잡을 기세던 양이는 안을 제대로 둘러보기 시작하자 도리어 얌전해졌다. 놓인 물건을 찬찬히 감상하며 순수히 감탄할 뿐이었다.

"아름다워? 여기서 제일 수수한데?"

양이가 자그마한 연꽃 문진에서 눈을 떼지 못하자 도가 지적했다. 그 말처럼 양이가 눈길을 둔 시렁 위에는 백자와 청자, 은과 보석으로 만든 온갖 화려한 문진이 여럿이었고 정작 양이가 눈을 떼지 못하는 연꽃 문진은 나무를 툭툭 깎은 물건으로 무척 수수했다.

"그래도 마음에 들어요. 왜인지 눈을 못 떼겠어요. 아까 본 돌 인형이랑 나비 비녀도 그랬는데."

양이는 취한 듯 몽롱한 표정이었다. 연꽃 문진을 이리저리 자세히도 살폈다. 도는 그런 양이를 물끄러미 보다가 팔을 쓱 뻗었다. 등 뒤에서 양이를 확 당겨 안아 안으로 끌고 갔다.

"하여간 안목도 희한해. 그만 봐. 이렇게 보다간 온종일 봐도 못 보겠다. 패물은 저 안에 있으니 건너뛰고 저기부터 봐."

"어어? 아름답기만 한데 왜요! 제 안목이 어때서요?"

"희한해. 그 안목 아주 희한해. 마음에 든다고 찍는 물건마다⋯⋯."

"찍는 물건마다 뭐가요?"

양이는 투덜대며 도에게 질질 끌려갔다. 도는 뺨을 슬쩍 붉히며 찡그렸다. 퉁명스레 얼버무렸다.

"그런 게 있어! 하여튼 네 안목 이상해."

"어, 잠깐! 정지! 저거 뭐예요?"

"또 뭐가?"

끌려가던 양이가 정지를 외쳤다. 우직하게 걷던 도가 멈췄다. 양이는 세 발짝 뒷걸음질 쳐서 한 족자 앞에 섰다.

"이거요. 예쁘다⋯⋯."

양이가 걸음을 멈춘 족자 안에는 한 소녀가 담겼다. 소녀는 시대를 특정할 수 없는 비단 치마와 저고리를 겹겹이 입고 소담스레 하얀 수국 옆에서 살짝 뒤를 돌아보았다. 옷을 몇 겹으로 껴입었지만 몸이 여전히 가냘팠고 뽀얗고 복슬복슬한 뺨에 수줍고 순진한 미소가 감돌았다. 젖살이 앳되었지만 이목구비가 반듯하고 조화로워 그대로 자라면 대단한 미인이 될 상이었다. 무엇보다 인상이 참으로 맑고 고왔다. 동양 미인도에 쓰기에는 낯선 표현이지만 천사 같은 얼굴이었다.

"난 또……. 진짜 안목 희한해."

도는 소리 없이 한숨을 삼켰다. 멋쩍게 찡그렸다.

'대체 이 여자, 왜 꼭 내가 만든 물건, 내가 그린 그림에서만 멈춰? 영감이라고는 쥐뿔도 없어서 그거 보고 멈추지도 못하면서.'

"이거요, 그린 분이요, 이 소녀를 정말 아끼셨나 봐요."

양이는 한숨을 섞어 느릿느릿 말했다. 도는 양이 뒤에 섰다. 양이를 끌어안고 그림 속 소녀를 눈으로 덧그렸다. 덧그리며 낯에서 서서히 표정을 지웠다.

"왜?"

"그냥요. 그냥……. 그림이, 따뜻하다? 다정하다? 그래요. 저, 이거 갖고 싶은데……."

"안 돼. 패물 골라."

도는 단칼에 잘랐다. 양이는 시무룩해져서 천천히 끄덕였다. 애초에 혜용이 준 팔찌를 대신할 물건을 고르러 왔으니 패물을 받아야 계산이 맞았다. 하지만 어찌해도 이 그림에서 벗어날 수 없었다. 인물의 낯빛, 눈길, 몸짓, 화공의 눈길, 선, 색, 하나하나가 애정으로 가득해 바라만 보아도 마음에 별이 들었다. 소녀가 한숨이 나올 만큼 부러웠다. 그 자태를 몇 번이고 눈으로 덧그렸다.

"이 소녀, 음, 누구예요?"

"그게 왜 궁금해?"

도는 양이를 꽉 끌어안아 제 품으로 당기며 반문했다.

"예뻐서요."

양이는 여전히 홀리어 맥이 풀렸다.

"못생겼어."

도는 소녀에게서 눈을 떼지 않으며 단호히 답했다.

"네?"

"실물은 못생겼다고."

도는 반쯤 뚱했고 반쯤 짓궂었다. 양이는 눈을 동그랗게 떴다. 도를 돌아보았다. 등을 껴안고 껴안긴 자세라 둘의 시선이 겨우 한 치를 사이에 두고 만났다.

"에, 말도 안 돼. 이렇게 귀여운데요? 누군지 아세요?"

"알지. 이거 그림발이라니까. 그리면서 무진장 고쳤어. 생긴 대로 그리면 한 달 보름 나랑 말도 안 할 거라."

"예에? 직접 그리셨어요? 이렇게 잘 그렸는데요?"

도는 설핏 웃었다. 동공이 풀린 양이를 보며 그 볼을 꼬집어 흔들었다.

"아우, 아파요오."

"뭘 그렇게 봐. 말했잖아. '난 못하는 잡기가 없다.'고."

"아우우. 근데, 진짜 못생겼어요? 배신감 든다."

양이는 얼얼한 볼을 문질렀다. 도는 양이를 두 팔로 끌어안으며 양이의 정수리에 턱을 괴었다. 소녀를 응시하며 흐릿한 미소를 물었다.

"그래도 저 웃음은 진짜야. 하도 못생겨서 '넌 못생겼으니까 웃어야 봐줄 만하다.' 했더니 나만 보면 웃었어, 쟤가. 이 그림 그릴 때도 내내."

"에에."

양이는 소녀를 새삼 다시 보았다. 저 미소와 눈길이 진짜라면 소녀는 도를 아주 좋아했을 것 같았다. 어떤 의미로 좋아했는지 몰라도 아주 잘 따랐을 것 같았다. 눈길에 애정과 신뢰가 가득했으니까. 둘이 어떤 사이였는지 궁금했다.

"정말 누구예요?"

"공주."

"네?"

도는 나직이 답했다. 양이는 갸웃했다가 도가 왕이라는 사실을 상기했다.

"따님이요?"

"비슷하지."

"아, 자식은 없다고……."

양이는 말끝을 흐렸다. 도가 '나는 이름을 들키면 결혼해야 한다.', 어쩐다 하면서, '나는 후궁도 정실도 없고 심지어 다녀온 적도 없다.', '애도 없다.'고 한 일을 기억해냈다.

"비슷하다.'면, 자식이지만 친자식이 아니라는 뜻인가?'

양이는 예민한 문제인가 싶어 슬쩍 눈치를 보았다. 도는 양이의 정수리에 턱을 받쳤다가 양이와 시선을 마주하고 눈을 말똥말똥했다. 그 표정에 양이는 별문제 아니려니 했다.

"지금은 어디 계세요?"

도는 서너 차례 느리게 깜박였다. 감정을 알 수 없는 말투로 담담히 답했다.

"어딘가에."

도는 손을 들었다. 마냥 자신을 올려다보는 양이의 눈을 가렸다. 온전히 드러난 양이의 이마에 쪽 소리 내어 입 맞췄다. 어쩐지 진지해서 듣는 사람 은근히 기분 나쁘게 말했다.

"너 인제 보니, 못생긴 게 닮았다."

"아이씨, 진짜. 이러시기예요?"

양이는 볼을 부풀리며 고개를 휙 저었다. 눈을 가린 도의 손에서 벗어나며 쿵쾅쿵쾅 걸어갔다. 도는 킥킥 소리 내어 웃었다. 양이를 따라가며 깐죽대었다.

"삐졌어? 응? 넌 쟤 예쁘다며. 닮았다니까? 칭찬이야."

"못생긴 게 닮았다면서요. 하나도 안 닮았는데!"

"왜, 닮았어. 생각할수록 은근히 닮았어. 눈썹이 아주 똑같잖아. 찐빵인 점도 똑같고. 그런 점이 미묘하게 못생겼다니까."

"아이씨, 왜 그러세요. 전 안 예쁘지만, 평범하거든요? 안 못생겼어요."

양이는 단어마다 힘주어 주장했다. 도는 정색했다.

"무슨 소리야, 안 예쁘고 안 못생겼다니! 못생겼지! 김 양은 못생겼는데 예쁘다니까?"

도는 부지런히 양이를 쫓았다. 기실 부지런 떨 일도 없이 제 걸음대로 걸어도 양이를 충분히 붙잡을 터지만 괜스레 부산을 떨며 한 걸음을 두세 걸음에 나눠 걸었다. 양이를 종종 쫓아가며 지분지분 말을 붙였다.

"왜 그래? 설마 삐졌어? 응? 삐졌느냐고. 응? 응? 으응?"

도는 양이의 어깨를 슬쩍 잡았다. 양이가 어깨를 팩 비틀어 뿌리치고 직진하자 다가가 그 허리를 휙 돌려 번쩍 안았다. 양이 허리를 두 손으로 들어 안아 양이가 저를 마주 보게 했다.

"씨이, 힘만 세셔선……."

양이는 볼이 부어 시선을 떨어트리며 도를 피했다. 도는 볼 가득 웃음을 머금었다.

"이야, 찐빵, 볼이 아주 터지겠다. 입술도 댓 발은 나왔네. 그렇게 예쁘게 입술 내밀고 그러면 확 입술에다 마킹……."

"으읍."

양이는 두 입술을 합 다물며 상체를 뒤로 팍 뺐다. 눈 하나 꿈쩍 않고 치한 보듯 도를 보았다. 그 진지한 거부반응에 도가 순간 웃음을 잃었다. 둘 사이에 어색한 침묵이 감돌았다. 잠시 후 양이가 이마 끝까지 새빨개졌다. 양이는 입술에 슬쩍 힘을 풀었다. 상체를 여전히 뒤로 뺀 채 시선을 도르르 아래로 굴렸다. 잠시 눈동자를 어디에 둘지 몰라 방황하다가 결국 도를 보았다. 단호히 말했다.

"안 돼요. 하지 마세요. 그 마……. 하여간, 이미 충분하잖아요. 허구한 날 안고, 그, 쪽쪽……. 하여간, 그, 뽀뽀도 하시고, 그리고 며칠 전에는, 그, 아예 안고, 그냥, 아예 주무시고. 이거 아무리 생각해도 제가 볼 때 절반은, 성희롱이라고요."

"뭐?"

도는 돌연 표정을 잃었다. 장난기가 걷히고 차분해진 눈으로 양이를 응시했다. 일견 상처까지 받은 듯 낯빛이 가라앉았다. 심각히 물어왔다.

"아직도 그리 생각해? 나, '믿는다.'며?"

"윽."

양이는 입술을 깨물었다. 맑게 일렁이는 새까만 눈동자에 시선을 사로잡혔다. 절세미남이 저리 무구한 눈으로 하염없이 바라보니 지끈, 가슴에 지진이 일었다. 눈앞이 어찔했다. 자신이 언제부터 남자 얼굴에 이렇게 약했는지 모르겠지만 이 얼굴을 보니 다 믿어줘야 할 것 같았다. 기껏 지켜준다는데 자신이 신소리로 투정하며 도를 괴롭히나 싶기까지 했다. 죄책감이 해일처럼 밀려왔다. 하지만 정신을 부여잡고 다시 생각하니 역시 도가 끌어안고 입맞춤할 때마다 놀림받는 느낌을 지울 수 없었다. 어찌 판단하면 좋을지 혼란스러웠다. 머뭇대는 사이 도가 다시 물었다.

"수산에게 물어본다며. 확인 안 했어? 뭐래?"

"그게……. 아우."

양이는 몸을 비틀었다. 저 일렁이는 눈과 한껏 풀 죽은 미모를 보자니 역시 다 자기 탓 같았다. 소녀심에 흠집이 났고 억울하기도 무진장 억울한데 도가 내세우는 대의명분을 따지면 차마 억울하다고 호소할 수도 없으니 더 억울해서 죽을 맛이었다.

"그게요, 수산 씨가, 깜짝 놀라서 막, 우리 사장님 거짓말 안 하는, 못 하는 분이라고……. 정직의 화신이라고 막……. 아우, 알았어요. 알겠다고요! 아 쫌! 그렇게 좀 보지 마세요. 그래도 진짜, 입술에는 안 하셔도 되잖아요."

도는 피식 웃었다. 양이를 사뿐 바닥에 내려놓았다. 시무룩해진 양이에게 천천히 상체를 기울였다. 양이가 슬쩍 눈동자를 굴려 도를 올려다보았다가 질끈 눈을 감았다. 도는 부드럽게 웃으며 양이의 이마에 입술을 눌렀다. 그 입술을 미끄러트려 양이의 미간에, 콧날에 콧등에 사뿐사뿐 스치듯 작게 입맞춤했다. 양이의 입술, 그 한 치 앞에 멈췄다.

"사실, 입술은……."

도의 숨결이 고스란히 양이의 입술에 떨어졌다. 양이는 여전히 긴

장한 채 질끈 눈을 감았다. 곤두선 입술에 닿는 숨결에 움칫하며 파르
르 떨었다. 도는 양이의 뺨을 살며시 감싸 쥐었다. 사로잡힌 나비 같
은 떨림을 온기로 녹이며 낮은 울림으로써 자분자분 속삭였다.

"숨과 정기가 드나드는 주요한 통로지. 이곳에 내 숨을 옮기면, 깊
숙이, 농밀히 옮기면 옮길수록, 강력한 영역 표시가 돼. 네가 숨 쉴 때
마다 내 체취를 낼 테니까. 사실 인간도 본능으로 이걸 알아. 그래서
소유하고 싶은 상대와 입과 입을 맞추지. 하지만 너도 여자고 역시 입
술은 싫어할 듯해서 지금까지 귀찮지만 열심히……."

도는 뺨을 감싼 손을 슬쩍 움직였다. 엄지 끝으로 양이의 입술을 쓱
훑었다. 불안한 숨과 함께 떨리는 그 입술을 이의 윤곽이 느껴질 때까
지 지그시 눌렀다. 나직이 한숨 쉬고 다시 그 콧등, 콧날, 눈꺼풀, 눈
썹과 미간, 이마에 사뿐, 무수히 입술을 떨어트렸다. 달아오른 살갗을
따뜻한 숨으로 핥아 올라갔다.

"구석구석, 여러 번, 보호했지. 앞으로도 싫다면 억지로 안 해. 내가
조금 더 수고하면 되니까. 하지만 왕호까지 걸고 지켜주겠노라 맹세
했는데 이렇게 오해받으면, 하아. 나도 조금은 맥이 빠져. 슬프고."

도는 양이에게서 손을 떼었다. 한 발짝 크게 물러섰다. 양이를 스쳐
앞서 걸었다.

"패물은 안쪽에 있어. 보여줄게."

양이는 눈을 떴다. 보이는 도의 어깨가 처진 듯했다.

"저기, 저기요!"

양이는 도를 좇았다. 팔을 잡았다.

"저기, 사장님."

도는 양이를 돌아보았다. 가라앉은 얼굴에 애써 자상한 미소를 띠

었다.

"응?"

"저기, 그게요, 저도요, 사장님께서 왜 제게 자꾸 입맞춤을, 하여튼 그러셔야 하는지, 설명을 들어서 모르지야 않지만, 그러니까 그게요, 사장님께 고맙다고 생각하지만, 그게, 사실 제게 이런 일이, 제게 현실감이 부족해서, 그래서, 머리로야 알지만 와 닿지 않아서, 그래서, 성희롱이라고 했지만, 사장님을 비난하려는 의도는 없었고, 사장님을 믿기는 믿는데, 그러니까 제 말은, 아우, 진짜, 그게……. 죄송해요오오."

양이는 횡설수설했다. 횡설수설하다 결국 점점 목소리가 줄어들었다. 도의 소맷자락을 붙잡은 채 풀 죽어 고개 숙였다.

도는 입술을 씰룩였다. 웃음이 터져 나오려는 입꼬리를 간신히 붙잡았다. 관록을 동원하여 표정을 가라앉혔다. 양이의 머리칼로 손을 가져가 정수리를 다정히 쓰다듬었다.

"괜찮아. 오히려 내가 미안해. 줄곧 장난스럽게 굴었으니. 계속 살을 맞댈 상황이라 너무 정중히 굴면 네가 오히려 어색해할까 봐 내 딴에 편히 해준다고 택한 태도가 오히려 신뢰를 주지 못했어. 양이 네가 의심하고 불쾌하게 느낄 만했지. 내 탓이야. 앞으로는, 그래, 그게 좋겠다. 앞으로는 입맞춤할 때마다 꼭 물어보고 할게. 반드시 정중하게 대할 테니까……."

"아, 아니에요."

양이는 머리를 들었다. 작게 도리질했다.

"응?"

"마, 많이 하는데 매번 물어보시면, 어색, 할 것 같아요. 그냥 하시던 대로……. 저도 적응할 테니까, 제가 서운한 말을 해도 당분간은 좀……. 죄송해요."

양이는 곧 떨어질 사과처럼 발갛게 익었다. 도는 고개를 숙이고 무릎을 살짝 굽혀 양이와 눈높이를 맞췄다. 눈매를 생긋 휘며 만면에 화사한 미소를 띠었다. 사근사근 말했다.

"그래? 지금처럼 편안한 게 좋을까?"

양이는 눈이 확 풀렸다. 만개한 꽃 같은 그 얼굴을 보며 자그마하게, 그러나 열심히 끄덕였다.

도는 더욱 진하게 웃었다. 고개를 살짝 꺾어 양이의 뺨에 쪽 소리 나게 입 맞췄다. 꽃 같은 그 얼굴만큼이나 달콤히 말했다.

"고마워. 그렇게 말해주니 나도 부담을 덜었네."

도는 몸을 폈다. 맡아둔 듯 자연스레 양이의 손을 잡았다. 양이를 잡아끌며 발걸음도 경쾌히 안으로 들어갔다. 잘하면 휘파람도 불 기세였다.

양이는 도에게 이끌려 보물 사이를 지났다. 시렁에 놓인 진귀하고 아름다운 물건과 벽에 걸린 글씨와 그림, 자수를 눈으로 훑었다. 사방 탁자를 돌아 새로운 벽을 마주했다.

"어, 잠깐만요."

양이는 우뚝 멈췄다.

"또 뭐?"

도도 멈춰 섰다. 도가 돌아보니 양이는 그새 자리에 못을 박았다. 뺨이 발그레해서 한 족자를 보았다. 아예 넋이 나가 족자로 손을 뻗었다. 만지지는 못하고 허공만 더듬었다. 도는 그 시선을 따라갔다. 츳, 혀를 찼다.

"글씨? 볼 줄 알아?"

"아뇨."

양이는 홀리어 중얼댔다. 숨죽여 덧붙였다.

"쓸 줄도, 볼 줄도 몰라요."

양이의 시선이 머문 자리에 하얀 비단에 적은 아홉 자가 있었다. 제목이 두 자, 내용이 일곱 자였다. 낙관도 없이 그뿐이었다. 도는 다시 혀를 찼다.

"쯧, 이게 왜? 왜 봐?"

"만져질 것 같아요. 감촉이, 맥박이 있을 것 같아."

양이는 들릴 듯 말 듯, 목 안을 맴도는 소리로 웅얼대었다. 춤추는 듯한 초서를 찬찬히 살피고 제목을 혀에 굴렸다.

"기춘(旣春), 이미 봄."

연달아 그 내용을 헤아렸다.

"그대 내 마음에 이토록 흐드러졌으니."

"이상한 여자 같으니. 쳇, 안목하고는. 괴발개발에 글줄도 하나 안 맞는데."

도는 뺨을 붉혔다. 세 번째 혀를 차며 괜스레 바닥을 찼다. 양이는 그런 기색을 읽지 못하고 꿈처럼 말했다.

"살아 있어요. 글씨가 살면서 본 중에 가장 사랑스럽고, 생생하고, 설레요. 분명히 먹으로만 썼는데 색이 돌고 온도가 담겼어요. 이거, 귀하죠?"

"귀하긴. 낙관도 없어 돈푼도 안 돼."

도는 퉁명스레 답했다. 양이는 뺨이 달아오른 채 제 손으로 가슴을 꾹 눌렀다.

"그럼 저 주시면 안 돼요? 패물 안 받을게요. 다 필요 없으니까 이거로요. 네? 이거 갖고 싶어요."

"돼, 됐어! 안 돼!"

"앗!"

도는 팔을 휙 뻗었다. 양이가 시선을 향한 족자를 들입다 떼어 도르르 말았다. 그것을 제 소맷부리에 냅다 쑤셔넣으며 사뭇 생사람을 잡았다.

"복어 너, 보는 눈 진짜 이상해. 보는 눈 좀 키워. 아까부터 이상한 작품만 좋아하고, 이런 거지 같은 글씨가 내 곳간에서 나왔다고 소문낼 순 없어. 못 줘! 안 돼. 이런 왼손으로 쓴 것 같은……. 에잇, 체질만 이상한 여자가 아니라 안목까지 이상한 여자였어. 이상해. 진짜 이상해."

도는 몸서리치며 숨을 몰아쉬었다. 양이야 한창 집중해서 보던 대상을 삽시에 빼앗기고 울상이었지만 그런 양이에게 마음 쓸 정신도 없이 팩 돌아섰다. 바닥을 퍽퍽 차며 푸들대었다.

"패물이나 봐, 패물이나! 어우씨, 이상해. 진짜 이상해."

도는 양이를 뒤로하고 마구 앞장섰다. 투덜대는 얼굴이 온통 붉었다.

잠자는 회회의 미남

"그리하시었거늘 지금 이러하다는 말씀이시옵니까?"

약선은 믿기 힘들어했다. 자기 영력을 도 내부로 몇 줄기 쏘아 보내 도의 기도를 샅샅이 재점검했다. 귀신에 홀린 듯 눈이 휘둥그레했다.

"그대도 놀랍지 않은가? 그곳은 이계였네. 나는 그곳에서 숨만 쉬어도 우주가 제재할 정도로 강한 존재고. 상황이 그러한데 산 하나는 허물 규모로 영력을 썼네. 반발이 어떠했겠나? 힘을 쓴 직후에는 일단 정신을 놓으면 열흘은 죽어지낼 줄 알았네."

"그 여인이옵니까?"

약선은 도의 손목을 놓지 못했다. 그곳을 통해 읽히는 정보가 믿기지 않았다. 묻는 목소리마저 떨렸다. 도는 달뜬 눈으로 즐거움을 담아 끄덕였다.

"그래. 그곳에서 내내 안고 다녔네. 이곳에 돌아와서는 품에 안고 잤지. 뭐, 의료적 방중술을 했다는 뜻이 아니라 그저 안고, 자기만 했네. 이번에도 '잠을 잤단' 말일세! 네 시간쯤? 그리고 일어나니 미열만 나다 말더군. 평소에 비하면 지치지도 않았네."

"하······. 그 여인이 네 시간 동안 한 일에 비하면 소생은 그 긴 세월 전하를 살피었다고도 못 하겠사옵니다. 용태에 전보다 나음이 있으시 옵니다."

약선은 기쁨과 착잡함이 섞인 얼굴이었다. 도의 손목을 놓고 턱밑 허공을 더듬었다. 동그랗고 까만 눈에 예리한 호기심을 띠었다.

"그 여인이 참으로 궁금하옵니다. 혹시 오늘 볼 수 있겠사옵니까?"

"보이려 불렀네. 그 여인에게 설명할 일도 있고."

"설명할 일이라 하심은?"

도는 약선에게 저간의 사정을 알렸다. 양이에게 어디까지 설명했고 설명할 셈인지, 어떤 식으로 양이를 구슬렸는지, 백진과 어떤 연구를 어떤 방식으로 진행했고 내린 결론과 세운 가설이 어떠한지, 그중 어느 선까지 양이에게 설명할지, 자료를 보이며 꼼꼼히 설명하고 때로 의견을 구했다.

"이 여인은 불가해한 존재일세. 백진과 머리를 맞대었으나 주술적 접근만으로는 개운히 설명할 수 없더군. 이 여인에게 내재한 불안요소를 말끔히 없앨 수도 없고. 하물며 진이가 내 사질이라 하나 내 상태는 아는 자가 적으면 적을수록 좋네. 이 여인이 내 약점이 된다면, 진이가 그 관계를 모르면 모를수록 좋고. 그러니 이 여인과 내 관계는 백진에게 드러낼 수조차 없네. 이제 그대가 무엇을 해야 하는지 이해하겠는가?"

약선은 커다란 눈을 부릅떴다. 자그마한 주먹을 꼭 쥐며 의욕에 불타올랐다.

"맡겨주시옵소서."

양이가 부름을 받고 와 방문을 열자 도는 생글생글 웃으며 집채만 한 호랑이를 손가락질했다.

"쟤 누구우게?"

"……."

양이는 침묵했다. 본래 쉬이 놀라는 성격이 아니었다. 목석이 아니지만 호들갑과 거리가 멀었다. 그러나 화화에 취직하고 한 보름간, '나 사실 꽤 잘 놀라는 성격이 아닌가?' 하고 자아 고찰하는 순간이 몇 번 왔고, 이제 '나 너무 안 놀라는 성격 아닌가?' 하고 반대로 자아 고찰하게 되었다. 그래 봤자 '케이크도 안 나오는 고민'이라는 생각에 일 초 만에 고민을 때려치웠지만.

"쟤 누구냐니까?"

양이가 별 반응이 없자 도는 다시 물었다. 방 안에는 거대한 호랑이, 그것도 백호가 드러누워 있었다.

크르릉. 백호는 도를 향해 작게 목을 울렸다. 꼬리를 바짝 세웠다가 바닥으로 탁 내리쳤다. 고개를 들어 양이를 보았다.

양이는 백호를 마주 보며 고개를 꾸벅 숙였다.

"안녕히 주무셨어요, 백진 님."

"에이, 재미없네. 뭐 그리 빨리 맞혀."

도는 서 있는 양이를 보며 빈 방석을 방구석으로 걷어찼다. 양반다리를 한 자기 허벅지를 손바닥으로 톡톡 두드리며 다시 물었다.

"내 이름 뭐게?"

그 질문은 도가 '나는 인간 여자에게 이름을 들키면 그 여자와 혼인해야 한다.'고 말한 뒤로 심심할 때마다 꺼내는 질문이었다. 양이는 방구석에 처박힌 방석을 집어 빈 곳에 적당히 깔며 답했다.

"관심 없습니다."

"쳇."

백호가 그릉그릉 웃었다. 도는 혀를 찼다. 입매를 비틀었다.

"약선, 이 여자는 김복어일세. 복어 양, 이쪽은 약선, 삼계에서 의술로 제일가는 자이지."

양이는 도가 하는 소개를 따라 시선을 옮겼다. 백호 옆에 하얀 도포를 떨쳐입은 서너 살 아이가 정좌했다. 아이가 애답지 않은 말투로 중얼거렸다.

"이름부터 비범하구먼."

"안녕하세요, 김양이라고 합니다."

양이는 비범하지 않은 본명을 밝히며 방석에 앉았다.

"음, 이야기는 많이 들었네, 김복어 양."

"큭."

도가 웃음을 터트렸다. 백진은 꼬리를 바닥에 탁탁 치며 한심하다는 눈길로 도를 보았다.

"약선, 수경왕 전하 농담에 속지 말게. 저 아이는 이름이 '양이'며 성이 '김'이라네."

약선은 몹시 감명받은 얼굴이었다. 마냥 주억거렸다.

"소생이 전하의 건강을 살핀 지 천여 년이옵니다만 전하께서 농을 치신 일은 처음이옵니다. 과연, 심신을 편케 하는 재주가 있는 여인이로군요."

"그렇다기보다, 내가 약선도 알다시피 참으로 진중한 성품이네만

이 여인은 평범히 인간으로 살다 요새 낯선 일을 많이 겪으니 내 그 긴장을 풀어줄까 하여 애써 농담하고 부러 장난친다네. 그런데 이 여인은 내 뜻을 통 알아주질 않으며 내 진지한 제안도 곧잘 농담으로 치부하여 무시한다네."

도는 짐짓 서글피 말했다. 백진은 근래 화화에 머무르며 도와 시간을 보낸 터라 그 말에 낚이지 않았지만 약선은 철석같이 믿는 눈치였다.

"아, 안타까운 일이옵니다. 인간 여인아, 너는 어찌 그리하느냐? 수경왕 전하만큼 자상하신 군주는 천지에 또 없느니라."

양이는 기분이 묘했다. 맥락상 저 '약선'이 진짜 아이일 리 없지만 겉보기에 서너 살인 아이에게 꾸지람을 들으니 뭐랄지 모를 기분이었다. 도가 우물쭈물하는 양이를 보며 손을 까닥였다.

"어?"

양이는 방석째로 바닥을 미끄러져 도 옆으로 끌려갔다. 도가 태연히 제 허벅지를 두드렸다.

"들었지? 천 년간 농담도 않은 나라고. 그러니 내 태도가 이렇다고 내가 진짜 장난한다 여기면 곤란해. 내가 처음부터 여기 앉으라고 했지? 올라와."

양이는 심경이 복잡했다. 눈썹을 눈과 가까이하며 머뭇대었다.

"이런. 수줍음을 타네?"

도는 갸륵하다는 표정이었다. 백진이 한숨 쉬며 고개 돌린 가운데 양이는 결국 도의 무릎으로 꾸물꾸물 올라갔다. 도는 더할 나위 없이 활짝 웃었다. 양이를 꼭 끌어안으며 귓가에 속살댔다.

"옳지. 찐빵은 착하기도 하지."

양이는 '이리 와!'를 잘 수행한 강아지가 된 기분이었다. 기분 나빠야 할 텐데 칭찬하는 도가 짓는 표정이 지나치게 예뻐 외려 뺨만 붉어졌다. 멍하니 물었다.

"저는, 왜……? 오늘도 뭔가 실험하나요?"

"실험도 하고 설명도 하고. 우선 지금까지 내린 임시결론부터 설명할게."

"네."

양이는 끄덕이며 도와 백진, 약선을 둘러보았다. 남 말하듯 물었다.

"그래서 제 정체가 뭔가요?"

"하하, 글쎄?"

양이가 보이는 느긋함에 도는 웃었다. 양이의 귓바퀴에 새처럼 입 맞추며 백진을 흘끗 보았다.

"진아, 설명하거라."

백호 형상으로 누운 백진이 고개 들며 눈을 치떴다. '저요?'라는 태도였다. 도가 끄덕였다.

"보다시피 나는 바쁘니라. 우리 찐빵을 보호해야 하니."

도는 천연스러웠다. 양이의 귓바퀴에 입 맞추다 못해 여린 연골을 입술로 물고 지분지분 괴롭혔다. 양이가 찡그리며 움찔댔지만 도는 끄덕하지 않았다. 백진은 '저 구순이 여하간 다망해 보이신다.'고 생각했다. 일어나 앉았다. 꼬리를 좌우로 살랑이며 말문을 열었다.

"너는, 이상하다."

백호가 된 백진이 내는 목소리는 특이하게 공간을 웅웅 울렸다. 백진이 아닌 방이 말하는 듯 들렸다. 백진은 앞발로 수염을 훑으며 말을 이었다.

"알면 알수록 이상하다. 알수록 이해 가야 하거늘 알수록 이해할 수 없다. 그러니 너를 분석하여 내린 결론은 대부분 가설이다. 이해하겠느냐?"

"네. 진실일 수도 아닐 수도 있군요."

도가 양이의 머리를 쓰다듬으며 반주를 넣었다.

"우리 찐빵은 역시 영리하다니까."

백진은 반주를 무시하고 꿋꿋이 할 말만 했다.

"비유하마. 영기가 전기라면 모든 생물은 전도체다. 그래핀과 은처럼 전도도 높은 존재도 있고 흑연처럼 전도도 낮은 존재도 있다. 어쨌든 생물은 전도체이며 전도체여야만 한다. 그래야 생존할 수 있어. 인간은 잘 모르지만 영기는 생물이 살아가자면 꼭 필요한, 끝없이 소모하고 보충하며 온몸에 돌려야 하는 요소이니까. 하지만 너는 부도체다. 너 자체도, 네 피도, 영기를 내보내지도 받아들이지도 않아. 온갖 실험을 해보니 너도 모체에서 타고난 영기가 있긴 있더구나. 너는 그 타고난 영기를 상상하기 힘들 만큼 고효율로 소모하며 지금껏 버틴 듯하다. 밀폐된 상자 속 쥐가 내부 산소를 소모하며 숨을 이어가듯이. 솔직히 지금까지 살아 있다는 사실이 신기할 뿐이다."

"그럼 그 내부 영력이 다하면요? 저 죽나요?"

양이는 뺨을 긁적였다. 심히 위기감 없이 물었다. 그 담담함에 오히려 백진이 당황했다. 백진은 "컹……." 하며 적잖이 개처럼 짖었다. 바닥을 디뎠던 앞발을 삐끗했다. 반쯤 무너진 몸을 세우며 말했다.

"그, '상식대로라면' 결코 오래 살지 못한다. 물론 너는 존재가 상식밖이니 천년만년 잘 살지도 모른다만……."

"이해했습니다. 그래서, '논리와 상식으로' 짐작하면 저 얼마나 살

수 있나요?"

양이는 담담하지만 신중하게 물었다. 도는 양이를 위로하려 다정히 팔을 쓰다듬어주다가 결국 웃음을 터트렸다.

"겁 안 나?"

"음, 집에 가서 뜬금없이 울지도 모르겠지만요, 지금은 실감이 안 나네요. 뭐가 됐든 가설이고요."

"하하. 그래. 좋은 자세야."

"그래서 얼마나 살 수 있는데요?"

이번에는 도가 답했다.

"'상식선에서' 길면 오 년."

"으, 너무 짧다."

양이는 그제야 조금 울적해졌다. 중얼댔다.

"그 안에 왕좌의 게임¹⁹ 완결 안 날 것 같은데."

"찐빵은 그게 중요해? '부모님께 효도해야겠다.'거나 '처녀귀신이 되면 어쩌지?'라거나 그래서 '이 잘생긴 사장님 성함이 몹시도 궁금하다.'거나, 안 그래?"

"안 그래요. 왕좌의 게임······. 아야!"

도는 양이의 귓바퀴에 이를 세웠다. 다치지 않아도 비명이 나올 정도로 꽉 깨물었다. 대단히 흥미로워하는 약선과 어디다 시선을 둬야 하나 고뇌하는 백진을 무시한 채 양이의 귓바퀴를 잘근잘근 씹었다. 초옥, 빨아들였다. 양이가 몇 번 움찔움찔하다가 이내 한숨을 내쉬며 포기하자 눈을 가늘게 떴다. 지분댈 수 있는 영역을 늘린 데 만족하며 입술에 미소를 말아 물었다.

"수줍은 마음 충분히 이해해. 그래, 그리 쉽게 내 이름이 궁금하다는 말이 나오진 않겠지. 보통 여자가 넙죽 받아들이기엔 내가 너무 잘 났으니 부담스러울 게야. 그래도 걱정하지 마. 처녀귀신이든 왕좌의 게임이든 마음 놓으라고. 찐빵 네가 뭐라 하든 지켜줄게. 어떻게든 살려놓을게. 그러려고 약선을 불렀어."

"하아. 고맙습니다."

"뭘, 내 소중한 직원을 지키는 일인데."

도는 제법 겸양을 떨었다.

"전하, 김 낭자가 설명을 다 들었다면 소생이 낭자를 살펴보아도 되겠사옵니까?"

"그러게."

도는 답하면서도 양이를 품에서 놓지 않았다. 약선이 정좌한 채로 둥둥 떠서 도 옆으로 왔다. 그때 백진이 자리에서 일어났다. 백진은 양이를 더듬대는 도의 손을 흘끔 보고 꼬리를 좌우로 휙휙 저었다. 저 눈 둘 곳 모르겠는 꼴을 계속 보느니 여기서 탈출하고 싶었다. 우렁우렁 말했다.

"사숙, 이 사질은 이만 불공드리러 가도 되겠습니까? 저는 어차피 의술을 모르니 차후에 요점만 듣겠습니다."

"가보거라."

"안녕히 가세요."

"또 뵙겠사옵니다, 백진 님."

백진이 꼬리를 살랑이며 방에서 사라졌다. 들릴 듯 말 듯한 중얼거림을 뒤에 남겼다.

"솔로견성, 커플윤회."

약선이 양이 앞에 둥둥 떠서 고사리손을 내밀었다.

"김 낭자, 낭자를 맥진하고 싶네만 손목을 내주겠는가?"

"네."

양이는 아무래도 조그마한 약선이 신기했다. 약선에게 존대하기가 어색하여 눈치 보며 슬그머니 손목을 내주었다. 약선이 아무것도 없는 제 턱밑 허공을 쓰다듬으며 너털웃음 쳤다.

"껄껄. 내 외양이 영 어색해 보이는가?"

"앗, 죄송합니다. 그게 아니라, 조금, 신기해서요."

약선은 너그러이 웃었다. 양이의 맥을 곰곰이 짚으며 고백했다.

"실은 내가 회춘하는 영약을 짓다 자가 생체실험을 했다네. 약효가 지나쳐 배아에서부터 다시 자라느라 아주 고생이었지. 그래도 이제 진료를 볼 수 있을 만큼 자라서 참으로 기쁘다네."

"진짜요? 최고 동안이세요!"

양이는 깔깔 웃었다.

약선은 빙그레 미소 지으며 반대쪽 손목을 요구했다. 손목을 바꿔 맥을 살폈다. 평소의 스무 배 강도로 자기 영기를 양이에게 쏘아 보냈다. 진맥한다기보다 공격하는 수준이었지만 도에게 미리 들은 바대로 약선이 쏜 영기의 구 할 구 푼은 곧장 간데없이 증발하고 실낱같은 영기만이 겨우 양이를 파고들었다. 그러나 그마저도 몇 자 가지 못한 채 메마른 지렁이처럼 힘을 잃었다. 약선에게 별다른 정보를 주지 못하고 소멸했다. 약선은 눈을 가늘게 좁혔다. 턱밑 허공을 세로로 거듭 쓸다 손에 잡히는 무엇이 없자 찡그렸다. 몇 배 강도를 높여 말뚝을 박듯 양이에게 제 영력을 쑤셔넣었다. 양이가 아무것도 느끼지 못하는 듯 태연하자 흥미로워하며 눈을 빛냈다. 식은땀까지 흘려 가며 오래도록 양이를 살폈다.

"왜 그러는가? 맥상에는 특이 사항이 없었는데? 보통 인간 여자와 크게 다르지 않잖은가?"

진맥이 길어지니 도가 말을 건넸다. 약선은 신음했다.

"으음, 전하께선 제 수제자보다 의술이 고매하시거늘 진정 그리 보셨사옵니까?"

"그대 눈에는 이상한가?"

약선은 어리고 통통한 얼굴을 한껏 찌푸렸다. 무언가 꺼림한 듯 두 볼이 부루퉁했다.

"이상하옵니다. 이 맥은, 위화감이 드옵니다. 어디가 부자연스러운지 소생도 모르겠사오나……. 그래, 진짜 맥이 아닌 듯하옵니다. 그 꾸민 바가 대단히 정교하여 저나 의선급이 아니고서야 이 위화감을 느끼지 못하겠사옵니다만……."

"호오, 그러한가?"

도는 약선이 낸 의견을 순순히 받아들였다. 자신이 의술에서 약선과 겨룰 수준이 아님을 인정하기 때문이었다. 뺨을 긁적이는 양이와 눈을 맞췄다. 생긋 웃으며 달래는 소리를 냈다.

"괜찮아. 찐빵은 이상한 부분이 매력이니까."

"에……. 뭐."

약선이 양이의 손목을 놓았다. 어리고 동그란 눈을 진지하게 떴다.

"이제 낭자를 재우고 싶네. 잠들었을 때 확인하고 싶은 점이 몇 있네만 협조해주겠는가?"

"어……. 음. 꼭 해야 하나요?"

양이는 도가 신경 쓰였다. 도와 알게 된 지 한 달도 안 되어 벌써 두 번이나 한방에서, 혹은 한 이부자리에서 잤지만 그건 그거고 이건 이

거였다. 약선이야 알맹이가 뭐든 겉보기에 아기지만 도야 성인 남자 아닌가. 그것도 외간 남자. 더구나 본인 입으로야 '성희롱이 아니'라고 해도 외견상 성희롱과 진배없는 신체 접촉을 귀찮을 만큼 집요하게 하는 외간 남자. 그런 도 옆에서 자야 한다니 대단히 껄끄러웠다.

"왜? 잠들기 무서워? 염려 마. 내가 지켜줄게. 안아줄까? 팔베개해 줄까? 자장가 불러줘? 나랑 같이 잘래?"

양이가 '사장님이 제일 무서워요.'라는 말을 목젖쯤 밀어 올렸을 때 는 이미 시야가 바뀌었다. 장소는 도의 방이었고 약선은 여전히 양이 옆에 둥둥 떴으며 도는 깔린 양금 위에 양이를 눕혔다. 숫제 이불이 되고 싶은 듯 양이 위로 제 몸을 덮었다. 양이는 잽싸게 팔을 들었다. 자기 위로 덮쳐오는 도의 가슴을 꾸우욱 위로 밀며 목에 걸린 말을 뱉었다.

"솔직히 말해서 사장님이 제일 무서워요."

"에이, 설마. '믿는다.'며?"

도는 동요하지 않았다. 화사하기보다 노긋한 미소를 띠며 양이에게 부러 시선을 얽었다. 자신을 밀어내는 양이의 손목을 사뿐 잡고 한 치 쯤 더 내려왔다.

"으에에에."

양이는 낯이 서서히 달아올랐다. 도에게서 시선을 떼지도 못하고 가슴만 발랑발랑했다. 이, 눈만 떼면 즉각 뇌에서 완전삭제되는 신개 념 기술을 탑재한 낯짝은 누가 하이엔드 면상 아니랄까 봐 디자인까 지 끝내주게 잘 뽑혔다. 아니, 잘 뽑혔다기보다 이 정도 디자인이면 심장과 안구에 폭력 수준이었다. 당최 기억에 안 남으니 좀체 익숙해 지지 않아서 삼십 초 전에 보고도 다시 보면 또 신비롭고 경이롭고 가슴이 덜컥 내려앉았다.

"이건, 어, 그래도 이건 좀……. 저도 지켜야 할 최소한의 소녀심과 사회적인……."

양이는 더듬더듬 말을 주워섬겼다. 도가 다시 한 치 내려오며 보기 좋게 그어진 한쪽 눈썹을 실긋이 비틀었다.

"실망이야, 우리 찐빵, 언제부터 그렇게 한 입으로 두말했어? 요 귀여운 입술로 그래도 돼?"

도는 양이의 손목을 놓고 그 손으로 양이의 입술을 꼬집었다. 꼬집은 입술을 가볍게 흔들었다.

"으에에."

도는 생긋생긋 싱그럽게 웃으며 이미 반쯤 넋이 나간 양이에게 제 몸을 바짝 밀어붙였다. 양이의 입술을 옴찔옴찔 비집고 나오려는 반발을 능란히 휘감았다.

"나 '믿는다.'며? 나같이 성실하고 신실한 사내가 무섭다니, 그럴 리가. 말이 헛나왔지? 전혀 안 무서울 거야. 자아, 그럼 이제 사장님 믿고 자볼까? 자장자장……."

"아니요. 다 그렇다 쳐도요, 갑자기 잠이 올 리가……."

양이는 울상 지으며 마지막으로 힘없이 애원했다. 솔직히 도의 금침에 누우니 특유한 향 탓에 삽시에 눈꺼풀이 무거워졌다. 하지만 이대로 패배할 수 없어 몇 마디 웅얼댔다.

"이런. 잠이 안 와? 큰일이네. 수면에 좋은 혈은 어디냐면, 여기랑 여기……."

도가 귀여워 죽겠다는 표정으로 양이의 허리께를 더듬었다. 양이가 목까지 붉어져 흠칫흠칫 몸을 움쳤다. 옆에 동동 떠 있던 약선이 고사리손을 휘저었다.

"전하, 거긴 아니…….."

도는 약선을 쓱 째려보았다. 그러나 양이가 눈치채기 전에 휙 시선을 되돌렸다. 흐드러지게 웃었다. 잠시 하얗게 굳었던 약선은 이내 손뼉을 짝 쳤다. 무거운 머리를 아래로 쏟을 듯 열렬히 끄덕였다. 부지런히 거들고 나섰다.

"전하. 거기도 수면에 아주 좋은 혈이지만 좀 더 위, 가슴 아래 거기…….."

"아, 그러한가? 가슴 아래 어디? 여기?"

"아니, 사장니이이임."

"자아, 예쁜 찐빵은 이제 자야지? 눈부터 감고……. 양 세줄까? 그래, '양이'니까 양을 세줘야지. 양 한 마리, 양 두 마리, 양 세 마리, 양……. 하아."

돌연 도가 찡그렸다. 그 까만 눈동자가 종이에 떨어진 먹물처럼 확 번졌다. 도는 힘겹게 숨을 내쉬었고 네 마리째 양을 채 세지도 못했다. 눈을 어렵사리 깜박이다가 스르르 양이 위로 허물어졌다. 양이를 끌어안고 꾸물꾸물 이불로 기어들어갔다. 거기까지가 한계였다. 고개를 툭 떨궜다. 새근새근 숨을 곱게 들이쉬고 내쉬었다.

"으아아, 사장니이이임, 또예요? 또냐고요오오오. 언제까지 이렇게 막무가내로 주무실 건데요오오."

양이의 목놓은 울부짖음이 온 화화를 굽이굽이 휘감고 돌았다.

보이지 않는 남자

업소용 청소기는 알투디투처럼 생겼다. 양이는 그걸 볼 때마다 스타워즈의 삼 등신 로봇을 떠올렸다. 알투디투의 친구, 루크 스카이워커에 빙의하여 알투디투와 스텝을 밟으며 근무를 시작했다. 노동요로 깔린 다스베이더 주제곡, 황제의 행진이 적절했다.[20]

"빰빰빰 빰빠밤, 빰빠밤."

양이는 노동요를 흥얼거리며 알투디투를 힘차게 밀었다. 또다시 한 발을 착 내딛는데 돌연 목덜미가 간지러웠다. 청소를 시작하며 대차게 따리 튼 머리가 벌써 풀어졌나 싶었다. 휙! 머리칼을 쳐내듯 어깨 뒤로 손을 휘둘렀다. 여전히 간지러웠다. 목덜미에서 빗장뼈까지 흐르는 살결이 자리자리했다. 힘찬 노동요 사이로 희미한 웅얼거림도 들렸다. 손바닥을 펴 단호히 목 어름을 내리쳤다. 짝!

"윽."

웅장한 황제의 행진 사이로 살이 내리쳐지는 경쾌한 타격음과 한껏 억눌린 신음이 섞였다. 양이는 목을 벅벅 긁으며 중얼댔다.

"아침부터 파리의 포스가 느껴지네. 수산 씨에게 약 치자고 해야지."

'이 여자가!'

도는 새빨간 손등을 팔락팔락 털었다. 칠 척이 넘는 수산과 무예를 겨루다 한 방 허락해도 신음조차 내지 않지만 이 순간 절로 비명이 났다. 울상 지으며 손등에 입김을 호호 불었다. 창의에 방건까지 갖추고서 구성없이 깝작깝작 양이를 따랐다. 그러나 발소리를 내지 않았다. 양이가 청소기로 바닥을 빨아들이다 만화책을 치우려 고개를 숙이자 양이를 따라 상체를 길게 숙였다. 양이에게 닿지 않으려 한껏 조심하며 양이 앞으로 쓱 팔을 뻗었다. 중력 방향으로 쏟아지며 슬며시 벌어진 티셔츠 목구멍 사이로 검지를 살며시 넣었다. 티셔츠를 슬쩍 벌리고 양이의 목과 빗장뼈를 보았다. 보얗게 오른 살결 위로 여자다운 골격이 은근히 도드라졌다. 어깨 끝에서부터 둥글게 이어지는 사선이 출근길 땀이 채 마르지 않아 진득하게 번들댔다. 그 선이 참으로 도담스러웠다. 그 살결과 뼈 위로 지그시 이를 누르면 젤리 같은 감촉이 들 것 같았다. 침을 삼키며 인고의 한숨을 하르르 쉬었다.

"아, 왜 이렇게."

양이는 상체를 휙 들었다. 도가 기겁하며 뒤로 뛰었다. 양이는 턱을 벅벅 긁었다. 만화책을 앞치마 주머니에 넣었다. 턱에서 두 빗장뼈가 이루는 우물까지 때라도 밀 듯 손바닥으로 벅벅 밀었다. 두리번댔다. 도가 두 발짝 뒤에 있었지만 양이에겐 평소와 다름없는 홀일 뿐 다른 무엇도 보이지 않았다.

"왜 이리 간지럽지? 여름이라 땀띠 나려나? 에이, 참, 나는 영감도 한 점 없다는데 꼭 뭐가 옆에서 껄떡대는 느낌이야. 사장님이 나한테 잡것이 붙을 수도 있다고 하셨는데, 자꾸 그런 소리 들어서 이런가?"

도는 움찔했다. 아침 맷바람부터 파리에 껄떡대는 잡것이 된 기분이 몹시도 산뜻했다. 이마를 짚으며 숨을 죽였다. 양이가 청소를 재개하자 슬그머니 머리에 쓴 방건을 벗었다. 방건을 구겨 소맷자락에 넣고 틀어놓은 상투까지 휙휙 풀었다. 그러고서 머리를 탁 흔들자 머리칼이 방금 창포물에 감고 참빗으로 빗어 내린 양 자르르 반짝였다. 그 머리채를 반만 집어 휙휙 말아 비녀로 고정한 후 성큼성큼 양이에게 다가갔다. 이번엔 조심하지 않고 넝큼 팔을 뻗었다. 양이의 왼 어깨에서부터 오른 어깨까지를 제 팔로 가로질렀다. 제겐 한없이 가벼운 몸을 당겨 안으며 발쪽 선 오른 귓바퀴에 사뿐 입 맞췄다. 나직한 음색으로 바람 불 듯 속삭였다.

"안녕. 주말 잘 보냈어?"

속삭인 도는 양이의 귀와 뒷머리가 만나는 오목하고 둥근 선을 혀끝으로 쓱 그어 내렸다.

"으갸아악. 으햐, 아흐, 안녕하세요."

양이는 소름이 쫙 돋았다. 어깨를 와짝 오그리며 알투디투의 꼬리를 움켜쥐었다. 도는 이미 뒷목으로 입술을 옮긴 뒤였다. 양이의 둥근 목뼈 하나하나에 입술을 누르다 등과 만나는 목뼈에 이르러 키득키득 웃었다.

"성격은 둔한데 몸은 예민하네?"

"아우, 진짜……. 아우, 애 떨어질 뻔했어요."

"저런. 그렇게 놀랐어?"

도는 진심으로 안타까운 듯 있는 대로 어르는 소리를 냈다. 그러나 입만 그럴 뿐 어깨를 안은 손을 반성 없이 움직였다. 손바닥으로 양이의 빗장뼈와 빗장뼈 아래를 턱턱 짚었다. 꺼슬꺼슬 일어난 보풀처럼 포근하면서도 꺼림한 소리를 냈다.

"내가 일전에 선물한 목걸이는 어디 갔을까?"

"어으, 그거요? 모셔놨죠."

지난날 도는 혜용이 주었던 팔찌를 대신하여 양이에게 목걸이 한 점을 선물했다. 그날 도는 양이에게 아예 소장품을 모아둔 곳간을 열었다. 원하는 패물을 고르라고 했다. 그러나 양이는 그림 족자와 글씨 족자에 마음을 빼앗긴 뒤 다른 물건에 통 눈을 붙이지 못했다. 도가 수경궁에서 특별히 챙겨온, 삼계를 통틀어도 가장 귀하디귀한 노리개와 가락지, 머리 장식과 귀걸이, 팔찌와 목걸이를 줄줄이 내보였지만 무엇 하나 욕심내지 않았다. 욕심내기는커녕 이렇게 나왔다.

「안 받으면 안 돼요? 저 진짜 필요 없어요.」

「'인생 한 방'이라며? 잘 골라잡아서 갑부 돼야지?」

도가 기 차 하자 양이가 웅얼댔다.

「제가 이런 보물을 가져야 뭐해요. 체해요.」

결국 도는 양이에게 억지로 목걸이 한 점을 안겼다. 그 목걸이는 수경궁에서 제일가는 보석장인이 화사하게 핀 수국을 형상화한 귀물이었다. 금을 꽃잎처럼 투명하게 떠 본 삼고 은을 거미줄처럼 여리게 뽑아 윤곽 내고 호박과 비취를 녹여 색 입혀 호화롭고 아름다웠다. 도는 우쭐했다.

'이쯤이면 용대가리 팔찌에 절대 지지 않지!'

그러나 양이는 뒤이은 일주일간 단 한 번도 그 목걸이를 하지 않았다. 도는 기어이 심통이 났다. '이 여자가 갑부 되겠다더니 설마 그걸 팔았나?' 싶었다. 그런데 '모셔놨다.'니, 안심하면서도 황당했다.

"왜? 장신구는 해야지. 특별히 제일 좋은 물건으로 골라줬는데 마음에 안 차?"

"아뇨, 예쁜데요……."

양이는 알투디투를 밀며 말부리를 헐었다.

"예스러워서요. 커다랗고 화려해서 눈에 팍 띄고요. 집에 가서 걸어보니 제가 신라 시대 복부인 같더라고요. '돌쇠야, 저 땅이 괜찮구나. 가마를 들어라. 돌아보자.' 이럴 거 같고. 물론 목걸이가 신라 시대 유물이라기엔 꽤 현대풍이지만, 그 압도하는 포스랄까? 부담스러운 위압감이랄까? 막 금을 처바르고, 그런 느낌이요, 좀, 그렇잖아요? 사장님이 특별히 선물해주셨으니까 조만간 액자에 넣어서 벽에 걸려고요. 저 같은 애가 자취방에 그렇게 걸어두면 아무도 진짜 보석이라고 생각 안 할걸요? 그럼 항상 감상할 수 있고 안전하겠죠?"

"하……."

도는 심술낼 기력마저 잃었다. 양이를 뒤따르던 걸음도 멈추고 제자리에서 이마를 짚었다.

'도대체 이 김복어, 왜 이리 수준 맞추기 힘들어?'

"그래도 해. 호신용이야."

도는 힘없이 명했다.

"네? 호신용이요?"

양이는 도가 받은 충격을 몰랐다. 해맑게 물었다. 도는 아연히 말꼬리를 붙였다.

"그건 호신보(護身寶)야. 너 주기 전에 주술 걸었어, 내가. 온갖 정성 다 들여서. 혹시 내가 네게 마킹을 못 해줄 때라도 너 안전하라고 몇 중으로 꼼꼼히 진을 박았다고."

"으윽."

양이는 알투디투를 멈췄다. 청소기 전원을 내리고 깊이 앓았다. 빰빰빰 빰빠밤, 빰빠밤. 웅장하게 반복되는 황제의 행진을 배경 삼아 목걸이의 위용 넘치는 모양새를 회상했다. 망연자실하여 우물대었다.

"진짜 하고 다녀요? 아, 맙소사. 고분에서 튀어나온 복부인 같잖아."

양이는 자기보다 더 좌절한 남자가 뒤에 있다는 사실을 꿈에도 몰랐다. 눈썹을 오묘히 찌푸렸다. 이리 근심 저리 근심하다 희미하게 화색을 띠었다. 도를 돌아보았다. 들떠 물었다.

"그럼 그거 하면 성희롱, 아니, 이렇게 깨물고, 안 그러실 거예요?"

도는 슬슬 속이 뒤틀렸다. 그 목걸이는 장인이, '지난 오백 년간 만든 물건 중 최고입니다. 어지간히 정숙한 귀부인이라도 이런 물건을 받으면 단번에 치마를 젖히죠.' 하고 호쾌히 웃어젖힌 회심작이었다.

실제로 그 장인이 만든 장신구는 천계와 지계에 속한 귀부인들이 금은보화를 산처럼 쌓아두고도 없어서 구하질 못했다. 양이에게 간 목걸이야 개중에서도 명작이니 그 가치를 헤아릴 수조차 없었다.

그런데 양이는 그 귀물을 처치 곤란한 장식품 취급을 하더니 이제 도와의 스킨십을 피할 수단으로 여기며 희망에 찼다.

도는 열 오른 숨을 길게 뱉었다. 인내심을 발휘하여 느릿느릿 말했다.

"내가, 말했지? 성희롱 아니라고. 목걸이는 보조야. 어디까지나 보완재지 그거 하나로 네가 안전해지진 않아."

양이는 어깨가 처졌다.

그 꼴에 도는 눈이 가늘어졌다. 팔짱을 꼈다. 좁혀든 시야로 양이의 목덜미를 노려보았다. 엷게 땀에 젖어 녹진한 목덜미. 그 목은 딱히 선이 곱진 않지만 입술을 대자 살결이 착 달라붙으며 기분 좋게 꿈틀댔다. 식욕을 돋웠다.

'저 목에 내 목걸이를 걸 수 없다면, 아예 내 소유다, 문신할까? 목덜미가 시작하는 곳, 턱밑 우묵한 그늘에서 출발하자. 저 살결을 간질이며 맥박을 따라 관자놀이까지 기어 올라가자. 담쟁이덩굴처럼 우아하게 문양을 그리면서 내 것이다, 확연히 인장을 찍고 문양 속에 주술진을 짜 넣으면⋯⋯. 흐음.'

몹시 끌리는 구상이었다. 하나 도는 욕망을 짓씹어 삼켰다. 양이가 절대 환영하지 않을 터였다. 살살 을러 은근슬쩍 해낼 수야 있었다. 그러나 한번 새기면 쉽게 못 지울 문신을 굳이 무리하게 하고 싶지 않았다. 유완한 접근법도 남았다.

'월주가 분명히⋯⋯.'

도는 며칠 전을 돌이켰다.

✳•✳

"글쎄요, 제가 인간계에 온 지 얼마 안 돼서⋯⋯. 흐음. 그래도 시대 불문하고 여자를 끌어당기는 절대 매력이 있긴 하죠."

"뭔데?"

도는 월주에게 상체를 기울였다. 까만 두 눈이 햇빛 아래 씻어 말린 구슬처럼 빛났다.

"일단⋯⋯."

월주는 입을 열었다. 입꼬리를 싹 말며 검지를 들었다. 도 눈앞에서 손가락을 살랑 흔들며 말했다.

"그 절대 매력 중 전하께서 갖추신 최고 매력은 재력, 그리고 정력이에요. 권력과 미모는 그다음이죠."

"오……."

도는 끄덕였다. 그 누구도 아닌 월주가 하는 말이니 틀림없으리라 여겼다. 월주는 삼계를 통틀어 연애를 제일 많이 해보았다는, '작업의 여신', '바람의 신화', '절대 도끼' 같은 화려한 수식어가 줄 잇는 걸출한 선수였으니까.

그러나 도는 무겁게 미간을 찌푸렸다.

"네 말을 믿지만, 이상해. 그 여자야 원래 이상하지만."

"뭐가요?"

"재력 말이야, 내가 수경궁에서 가져온 패물 상자를 열어 보이며 원하는 물건을 고르라 했어. 한데 그 여자는 통 고르질 못해. 부담스럽다며 극구 사양하대? 그예 내가 억지로 한 점 안겼어. 정력은, 지금 밀어붙이면 뺨 맞아."

"깔깔."

월주는 높이 웃음을 터트렸다. 손가락을 메트로놈처럼 절도 있게 흔들었다.

"요령 없으시긴. 양이는 소박한 애예요. 꾸밀 줄도 모르고요. 전하의 패물 상자를 통째로 보여봐야 그 재력이 살에 와 닿지도 않고 그 애 말마따나 '부담스럽'기만 할걸요? 재수 없게 뜬구름 같은 돈 지랄 마시고 확실하고 화끈하게 보여주셔야죠. 현대 인간 여성에게 와 닿는 방식으로요."

"현대 인간 여성? 어떻게?"

"천계에든 지계에든 인간계에든 명품 싫어하는 여자는 없어요. 자연스럽게 명품관에 데려가서 양이가 알 만한 명품을 안겨줘 보시면 어때요? 그 애는 소박하고 수수하니까 품목과 디자인에 신경 쓰셔야 해요. 깜찍한 펜던트나 귀걸이가 좋겠어요. '이런 거 받아도 되나? 이런 거 해도 되나?' 싶게 고급스럽고 예쁘지만 본인이 평소에 하고 다니던 복장이나 거기서 약간만 힘을 준 복장 정도로도 그럭저럭 소화할 수 있는, 그래서 현실적으로 와 닿고 탐도 나는 품목으로요. 물론 여자라면 누구나 혹할 명품을 택해야죠. 이른바 '손에 잡히는 판타지 전법'이랄까요?"

"오……."

도는 미간을 좁히며 입술을 오므렸다. 곱씹을수록 월주에게 설득되었다.

"그래, 지난 주말엔 반응이 영 시원찮았지. 와 닿지 않았다……. 그럴싸해. 명품, 그리고 손에 잡히는 판타지. 확실해?"

"제가 인간계에는 오랜만이라도 삼경에서 인간계 패션 잡지와 로맨스 소설을 독파했어요. 현대 인간 여성의 심리와 유행에도 정통하다고 자부한답니다."

"패션 잡지와 로맨스 소설……. 그거 읽으면 도움이 되나?"

"네?"

"여자 꼬시는 데."

"흐음, 그 정도로 양이가 좋으세요?"

"아니."

도는 딱 잘라 답했다.

"음? 그럼 왜요? 누굴 유혹하려 신경 쓰시는 전하, 처음인데요?"

월주가 눈을 동그랗게 떴다. 도는 한쪽 눈썹을 구겼다.

"그 여자가 필요해. 한데 왜 이리 어려워? 자고로 여자는 남자가 팔을 뻗으면 착 안겨야 하잖아? 그것도 갖출 것 다 갖춘 남자가 해줄 것 다 해주겠다며 팔을 뻗는데. 이 내가, 꽁지깃 자랑하는 공작새처럼 여자에게 알랑대야 한다니, 웃기지도 않아. 그 여자는 몰라도 너무 몰라. 나보고 뭐라는 줄 알아? '얼마나 세냐?'고 해. '얼마나 높으냐?'고도 했어."

"깔깔. 임자 만나셨네요!"

월주는 탁자를 두드리며 웃었다. 당신 말처럼 '손만 뻗으면 여자가 알아서 안길' 잘나디잘나신 전하께서 평범하디 평범한 인간 여자에게 어쩌다 코가 꿰이셨는지 모를 일이지만 벌어진 상황이 흥미진진했다. 이만하면 아주 뜨거운 내기 감이었다. 수산과 크닙을 불러다 판돈을 얼마를 놓고 어디다 걸까 생각하며 숨넘어가게 웃었다.

"그래도 다행은……."

"네."

월주가 웃든 말든 심각하게 고민에 잠겼던 도는 생각이 어디에 닿았는지 돌연 씩 웃었다. 웃음이 여유롭고 자신만만했다. 거기에 거만함을 더하며 말을 맺었다.

"내 얼굴에 약해. 보는 눈은 있어서."

※※※

'월주 말이 구구절절이 맞았어. 김복어에겐 그 귀물이 전혀 와 닿지

않았던 거야. 막연히 부담스러울 뿐.'

도는 양이를 용서했다. 따져보니 다 자기 탓이었다. 수수하고 소박한 인간, 별꽃도 못 되어 강아지풀 같은 여자가 모란과 작약의 수준을 곧장 따라올 수 있을 리 없었다. 그러니 인내하기로 했다. 다짐도 했다. 이 수준 떨어지는 여자를 이 내가 차근차근 끌어올려 주겠노라. 짜증을 버리고 조근조근 말했다.

"내가 가져간 팔찌의 대체품도 대체품이지만 너를 보호할 몸붙이는 꼭 필요해. 그러니 그 목걸이가 불편하다면 액자를 하든 반납하든 해. 네 호신보는 인간계 가게에서 파는 소박하고 편안한 물건으로 새로 구하자."

"오, 좋아요. 그 목걸이는 반납할게요."

양이는 활짝 웃었다. 그런 물건이라면 하기 부담스럽지도 않고 훨씬 안전할 것 같았다. 시원스레 나온 답에 도도 시원스레 미소했다.

"그럼 프린세스 레아, 오늘은 호신보를 마련코자 외근입니다. 준비하시죠."

✵✵✵

도는 섬세한 은비녀로 머리를 틀어 올렸다. 티 한 점 없는 학창의를 입었다. 육십 년대 할리우드 영화에 나올 법한 하얀 메르세데스 클래식카를 몰고 나왔다. 기묘했다. 양이는 입을 벌렸다.

도는 자신이 기묘하다 생각하지 않는 듯했다. 적어도 자기 개성에 자신이 있었다. 양이를 홀랑 들어 옆에 태우고 능숙히 도로를 달렸다. 어딘가 주차장 입구에 차를 세웠다. 양이를 에스코트하여 내려주었

다. 직원에게 키를 넘겼다. 마중 온 다른 직원을 따라 양이를 이끌었
다.

마침내 도착한 장소는 조명부터 아득했다. 헨델이 흘렀다. 보이는
물건마다 때깔이 고와 부티가 폴폴 났다. 베르사유 궁전에 어울릴 거
대 거울도 있었다.

"사장님, 여기가 어디예요?"

양이가 이상한 나라의 김양이가 되어 물었다. 도가 직원이 내준 우
롱차를 마시며 답했다.

"명품관 귀빈실."

"헐, 스와로브스키 아니네."

양이는 푹신한 소파 끝에 어정쩡히 걸터앉아 멀거니 입안말을 흘렸
다.

양이는 제 딴엔 도의 수준을 고려했다. 그리하여 도가 말한 '소박한
장신구'를 스와로브스키 정도로 짐작했다. 개가 웃을 짐작이었다. 형
용사는 그 뜻이 상대적이라는 점을 철저히 간과한.

"스와로브스키?"

도는 양이가 하는 짐작을 따라가지 못했다. 제집인 양 편히 앉아 의
아한 시선을 던졌다.

"오늘, '소박하고 편안한 거' 사러 오지 않았어요?"

"맞아. '소박하고 편안한 물건만' 준비하라 했어. 뭣보다, 네가 거부
하는 목걸이에 비하면 돈 주고 살 수 있는 어지간한 물건은 전부 소박
하다 못해 옥돌 앞 먼지야. 그러니 부디……."

도는 찻잔을 내려놓았다. 여전히 소파 끝에 걸친 양이를 능란히 끌
어당겨 제 옆에 바짝, 소파 깊숙이 앉혔다. 숫스레 눈을 깜박이는 양

이의 머리칼을 세심히 정리했다.

"비싸요. 필요 없어요. 안 하면 안 돼요? 부담스러워요. 이런 말 하지 마. 나는 사유가 뭐든 네가 고객에게서 받은 보답을 빼앗았고 그걸 갚아야 해. 뒤 나기 싫으니까. 하지만 네가 걸맞은 보상을 극구 거부하니 백 보, 아니, 만 보 물러나 여기로 왔어. 이게 내가 양보할 수 있는 한계야. 그러니 오늘은 무조건 받아들여."

"명품관이라면서요."

도는 양이에게서 손을 뗐다. 팔짱을 끼고 눈살을 굳혔다.

"깨죽대지 마. 이 선에서 타협해."

도는 완고했다. 양이는 뺨을 긁적였다. 열없이 꼬리를 사렸다.

"'죽어도 안 받겠다.'고 한 적 없는데……. 그저 분에 넘친다 싶어서……. 제 가치관이 '가늘게 먹고 가는 똥 싸자.'거든요. 그래도 굳이 주신다면 솔직히 좋죠. 사실 그 목걸이도 예쁘고 좋아요. 하고 다니기 곤란해서 그렇죠. 팔기도 무섭고요. 해야 하는 물건이 할 만하게만 생겼다면야……."

"협상 타결?"

"넵. 고맙습니다."

양이는 꾸벅 고개 숙였다. 도는 다짐을 두었다.

"반발 없기야?"

"넵, 보스."

도는 쿡 웃었다. 자신이 잘 정리해둔 양이의 머리칼을 되는대로 쓰다듬으며 도로 헝클었다. 그러고선 이내 손빗으로 빗겨주며 양이에게 상체를 기울였다. 드러난 이마에 홀홀히 입술을 스쳤다. 한편에 대기하던 직원을 눈짓으로 불렀다.

"말씀하신 상품, 준비해두었습니다. 지금 보시겠습니까?"

직원이 몸을 낮추며 삽삽히 물었다. 도는 미소를 간데없이 거두었다.

"치렛거리부터 보지요."

곁에 붙은 직원은 안에 손짓했다. 짧게 전했다.

"주얼리부터."

안에서 흰 장갑을 낀 직원이 바로크풍 카트에 상자를 줄줄이 싣고 내실로 들어왔다.

양이는 신기해하며 소곤댔다.

"근데요, 사장님."

"음?"

"사장님은 한복 입고 전통 가죽신 신으시면서 어떻게 명품관 귀빈이세요? 아르마니, 베르사체도 쓰세요?"

"난 기성품 안 입어. 모양의, 용도의 구상부터 내게 맞춘 수제만 입지."

도는 대수롭지 않게 말했다. 직원이 보석상자를 테이블에 올리며 기색을 살피자 가볍게 손을 들어 막았다. 갸웃대는 양이를 은근슬쩍 제 무릎에 들어 놓으며 뒤를 이었다.

"여기 살자면 기반이 필요해. 그래서 직접 기업을 세우거나 타사 지분을 사들였어. 여기도 그중 하나야. 지분이 오 할 팔 푼쯤 되지."

"우와, 드라마다! 사장님 진짜 '사장님'이셨네요. 아, '회장님'이신가? 이사회 가면 정장도 입으세요? 월주 언니가 정장 입은 사장님 보고 싶어 했는데."

양이는 눈이 커져 시룽새룽 말을 쏟았다. 자신이 도의 무릎에 올라앉았다는 사실을 눈치조차 못 챘다.

도는 쿡 웃었다. 양이의 맥이 뛰는 자리, 관자놀이에 입술을 가만 눌렀다. 연약한 맥동을 느끼며 자분자분 답했다.

"이사회도 안 가고 정장도 안 입어. 내가 직접 신경 쓰는 곳은 화화 뿐이야. 다른 일은 고용인이 하지."

양이는 끄덕였다. 별 의식 없이 도의 가슴에 등을 기댔다.

"하긴. 사장님은 한복이 잘 어울리세요."

도는 웃었다. 배부른 고양이처럼 가늘게 눈을 늘였다. 나른히 말했다.

"그럼 볼까?"

양이는 자기가 취직을 했는지 로또가 됐는지 모르겠다고 생각했다. 드라마보다 더한 별세계를 경험했다. 페디큐어를 받고 정찬과 다과를 즐기면서 온갖 들어본 브랜드, 못 들어본 브랜드에서 나온 명품을 구경했다. 대접받으며 앉아 있으니 직원이 눈앞에 물건을 들고 와 이게 어디 제품이고 특징이 무어며 한정이라 한국에 있으니 없으니, 조곤조곤 설명해주었다. 예쁘고 상냥한 직원은 양이에게 이런 말도 서슴지 않고 해주었다.

"이사님 말씀처럼 순수한 분이시네요. 이미지가 맑으셔서 깨끗한 화이트골드와 다이아몬드가 참 잘 받으세요."

양이는 '아무리 순수가 멸종한 세상이라도 저한테 이러시면 안 되죠.'라고 생각했다. 다리를 꼬고 앉아 있던 도가 낯을 싸늘히 굳혔다.

"내가 언제 '순수하다.'고 했습니까? '수수하다.'고 했죠."

직원이 움찔했다. 분위기가 싸해졌다. 도는 턱을 매만지며 양이를 눈으로 훑었다. 싸한 분위기에서 혼자만 흔들림 없이 말을 이었다.

"'못생겼다.'곤 안 했습니까? '못생긴 찐빵'이라고."

"싸장니이이임."

양이는 볼에 밤을 물었다.

도는 너털웃음을 터트렸다. 온 얼굴에 시원스레 즐거움이 넘쳤다.

"난 배려심이 넘쳐서……."

도가 웃음기를 숨기지 않았다.

"진짜 못생긴 사람에겐 못생겼다고 안 해. 상처받거든. 그러니까 찐빵은……."

도는 폭소를 아늑한 미소로 바꾸었다. 음색을 낮추며 달큼히 말했다.

"예뻐."

양이는 볼이 뜨끈해졌다. 와 닿는 시선을 피하며 뺨을 긁었다.

도는 양이에게 자그마한 장미 펜던트를 사주었다. 백금을 정교히 세공해 만개한 장미를 형상화하고 정중앙에 브릴리언트컷을 한 다이아몬드를 박은 앙증맞은 펜던트였다. 거기에 스톤워싱 데님 셔츠와 치마, 노란 타조 가죽 가방, 깔끔한 샌들을 더했다.

"목걸이만 받으면 되는데요."

양이가 지적했다. 도가 일축했다.

"얘기 끝났잖아? '오늘은' 무조건 받아들이기로."

양이는 '오늘은'이라는 단어가 있었나 아리송했다. 하지만 뭐가 어쨌든 자기에게 잘해준다는데 끝까지 염치 차리기도 귀찮고 쓸데없었다. 어차피 제품에 별도 가격표가 없고 도가 묻지도 않고 카드를 그어 가격도 몰랐다. 이왕 그렇게 된 일, 생각을 때려치우고 부담 없이 받아 막 쓰고 막 입기로 마음먹었다. 선물 받은 물건이 다 그럴 수 있을 만큼 발랄한 일상 풍이었다. 마음을 딱 정하고 개운히 인사했다.

"그건 그러네요. 감사합니다."

양이는 어디선가 나타난 또 다른 직원에게 가볍게 화장과 머리 손질까지 받았다. 그야말로 '머리부터 발끝까지' 도에게 매만져져 베르사유풍 거대 거울 앞에 섰다. 옆에서 예쁘다 귀엽다 사랑스럽다 반주를 넣는 직원 탓에 민망했지만 팔을 살짝 벌리고 몸을 흔들흔들했다. 거울 속 자신을 요리조리 살폈다. 잠시 멈칫했다. 마음이야 변신 미소녀 삼백육십 도 무지개 회전을 하지만 이 나이 먹고 보는 눈 있는데 그럴 용기가 없었다. 새로 신어 ��한 구두도 거북했다. 그래서 팔을 어정쩡하게 벌리고 한 마리 펭귄처럼 뒤뚱뒤뚱 돌았다. 이백십 도쯤 돌다 도심 펭귄 생태 관찰 중인 도를 마주하고 뺨을 긁적였다. 제 뺨에서 미약하게 열기를 느끼며 꾸벅 고개 숙였다.

"고맙습니다."

"뭐, 팔찌 대신이니까. 불편하진 않고? 마음에 들어?"

양이는 조금 크게 끄덕였다. 가슴이 간지러워 목소리가 엷게 떴다.

"네. 양이 버전 1.5가 2.0이 된 것 같아요."

"하하하. 지금이 2.0이면 1.5, 1.0은 뭔데?"

도는 꼰 다리를 우아하게 풀었다. 보고 있자면 세상 모든 일이 쉽고 자연스레 느껴질 정도로 유연한 몸짓이었다. 어느새 일어나 공간을 가로질러 양이 앞에 섰다. 양이의 뺨을 고이 어루만졌다. 손끝에 닿는 은근한 열에 '먹기엔 아직 미지근한데?' 하며 사르르 눈을 휘었다.

"어, 엄마 배에서 막 나왔을 때는 베타버전 영 점 몇이었고요, 대학 졸업하면서 버그 교정에 실패한 채로 1.0 강제발매됐어요. 취직하고

1.5?"

양이는 눈썹에 눈을 매단 채 코앞에 선 도를 말끄러미 보았다. 잡힐 듯, 숨 쉬어질 듯 생생한 눈앞의 미소에 걸신스레 공기를 들이켰다.

"나는 버그 판을 사용권 계약했나?"

도가 웃음기 띤 목소리로 물었다.

양이는 주춤했다. 조그맣게 사정했다.

"계약 철회는, 싫어요."

도는 더더욱 웃었다. 손끝에 더해지는 온기를 즐기며 고개를 꺾어 귀엣말했다.

"걱정하지 마. 버그가 마음에 들어."

도는 눈길을 들어 직원을 흘끗 보았다. 직원들은 도가 연신 보이는 미소에 녹아났다. 마땅히 응대도 못 하고 발갛게 넋이 나갔다. 도는 무표정해졌다. 양이가 제 미소에 약하다는 사실을 간파하고 물 퍼대 듯 웃었지만 상관없는 자에게까지 웃어줄 마음은 없었다. 한 손으로 양이의 뺨을 안은 채 다른 손으로 양이의 뒤통수를 쓰다듬었다. 억양 없이 말했다.

"부를 때까지 나가요."

얼빠져 있던 직원들은 퍼뜩 정신을 차렸다. 잠시 우왕좌왕했지만 프로답게 안내와 인사를 마치고 일사불란하게 물러났다.

도는 양이의 뒤통수를 놓으며 양이의 귓불을 입술로 훔쳤다. 아이 스크림을 녹이듯 녹진히 베어 물었다. 양이는 반사적으로 움츠리면 서도 몸을 빼거나 칭얼대지 않았다. 도는 부드레히 추어주었다.

"착하네. 예쁘고."

양이는 착하다는 말을 왜 들었는지 몰랐지만 예쁘다는 말에 슬쩍 수줍었다. 눈을 내리깔고 방시레 입술을 벌렸다. 난연한 그 뺨에 도는 입을 맞췄다. 다정스레 다짐했다.

"이렇게 어여쁘니, 정성껏 지켜야지. 다치지도, 닳지도 않게."

도는 양이의 뺨을 안은 손을 사뿐 띄웠다. 손가락을 곤두세워 양이의 살결을 간질이듯 긁어 내렸다. 둥근 뺨을 가로질러 턱으로, 턱밑 맥이 뛰는 그늘을 누르며 목으로, 새된 숨이 넘어가는 목을 지나 빗장뼈 사이의 질룩한 골로. 펜던트를 손끝에 걸고 한 발짝 물러섰다. 고개와 상체를 바짝 숙였다. 두 손으로 자그마한 펜던트를 들었다. 앞머리가 양이의 어깨와 빗장뼈 위로 쏟아졌다.

'어……'

양이는 저도 모르게 얼어붙었다. 가슴이 도근도근했다. 몸이 오르르 떨렸다. 떨리는데도 온몸에 노는 맥은 근질근질 뜨거웠다. 내리뜬 눈으로 은비녀를 엇갈려 지른 까만 머리채와 수그린 어깨가 보였다. 수그려도 당당하고 강한 어깨였다. 제 몸을 간질이는 머리칼 사이로 투명한 금빛이 폭죽처럼 연달아 터지고 꿈틀댔다. 알아듣지 못할, 바람 같은 음성이 희미하게 흐르다 멎고 다시 흐르기를 되풀이했다. 꼼짝하지 못했다. 숨도 깊이 쉬지 못했다. 숨을 크게 쉬면 맥도 커져 도에게 이 뜻 모를 박동을 들킬 것 같았다. 산소가 부족해 어지럼증이 일 때가 되어서야 도가 멈췄다. 마지막으로 아름다운 금빛이 펜던트 줄을 타고 몇 바퀴 내달렸다. 도가 몸을 폈다. 도는 한 발짝 물러났다. 펜던트를 놓았다. 자그마한 장미가 하얗게 반짝이며 가슴에 떨어졌다. 양이는 어릴 때 자주 하던 놀이에서 한참 기다린 끝에 '땡'을 받았을 때처럼 그제야 겨우 움직였다. 숨을 "힉." 들이쉬었다.

"항상 하고 다녀. 눈 밝은 놈 앞에서도 너를 평범한 인간으로 눈가

림할 위장책이자 선을 넘는 물리적, 영적 공격을 막을 방패이자 네가
위험에 처했을 때 나나 수산, 크닙을 부를 호출기니까. 씻을 때도 빼
지 마. 일상에서는 아무리 험하게 다뤄도 오염되거나 상하지 않아."

양이는 아직 남은 열기를 식히느라 잠시 눈만 깜박였다. 손을 들어
펜던트를 만지작댔다. 얼이 빠져 중얼거렸다.

"기능이, 많네요. 어, 힘들지 않으셨어요? 음, 어, 고맙습니다."

도는 뺨을 발긋하게 물들이며 적이 수줍어했다.

"힘들긴. 별일 아냐."

그러나 발씬 웃으며 기어이 덧붙였다.

"삼계를 통틀어 이만한 물건을 즉석에서 만들어낼 존재는 열 명도
안 되지만."

"와아……."

양이가 입을 벌리자 도는 입술이 귀에 걸렸다. 두 손을 뻗어 양이의
양 뺨을 꼭 찍어 흔들었다.

"예쁘게 차려입었는데 뭐 하고 싶은 일 없어? 맛있는 요리 어때? 공
연 볼까? 아직 세 시 반이니 퇴근까지 책임지고 놀아줄게."

양이는 오전 열한 시에 출근해서 오후 여덟 시에 퇴근했다. 돌발사
태가 벌어지지 않으면 정시출근, 칼퇴근이었고 청소 빼면 딱히 하는
일도 없이 크닙, 월주와 놀이판을 벌였다. 자기 팔자가 칠월 송아지보
다 낫다고 생각하던 나날이거늘 급기야 사장 입에서 '퇴근까지 책임
지고 놀아준다.'는 발언까지 들었다. 놀라움에 입을 벌렸다가 이윽고
답했다.

"음, 걸어보고 싶어요. 패셔니스타 언니가 많은, 그런 곳에서? 명동
이나 홍대? 헤에, 맞나? 괜찮으세요?"

'호오, 번화가 순유라?'

도는 실로 깜찍하고 소박한 소망이라 생각했다. 즐거이 답했다.

"물론, 어디로든 모시지."

＊＊＊

양이와 도는 명동에 갔다. 양이는 도가 명동에서도 안고 다니겠다고 할까 봐 걱정했다. 앞장서서 손을 꼭 잡았다.

"꼭 붙들고 다닐게요!"

양이는 눈에 힘을 주며 야무지게 선언했다. 동기가 뭐든 스스로 엉겨 붙는 셈이었다. 도는 고개를 돌리고 음흉스레 미소했다.

'계획대로.'

평일 이른 시각 명동에는 패셔니스타보다 관광객이 많았다. 그래도 양이는 즐거워했다. 이레인 세계에서 경험한 수준에 못잖게 눈길을 받았고 몰려드는 시선이 적이 부끄럽고 불편했지만 태어나 제일 잘 차려입은 날이라 주목받는 일도 일면 간지럽고 설렜다.

'물론 사장님 보는 거겠지만.'

양이는 도를 보며 헤헤 웃었다. 자신에게도 허영심이 있긴 있던 모양이었다. 남들이 넋 놓고 보는 남자에게 보호받으며 걷는다는 생각에 수줍은 한편 우쭐했다. 자신이야 도의 여자친구도 뭣도 아니지만 새삼 도를 바라만 보아도 흐뭇했다. 한데 문득, 도가 눈가를 꿈틀했다. 저기 앞서가는 연인 한 쌍을 포착한 도는 양이에게 꼭 잡힌 손을 단호히 풀었다. 자세를 팔짱으로 바꾸었다. 양이는 도만 보느라 도가 무엇을 보고 무슨 생각을 했는지 미처 파악하지 못했다. 어리둥절해하며 움찔 굳었다. 그러나 그 순간, 도가 눈을 맞추며 생긋 웃었다. 그림이 웃는지 실물이 웃는지 보면서도 헷갈리는 모습이었다. 양이는 눈이 사르르 풀렸다. 저도 모르게 순순히 팔을 엮고 도 옆에 찰싹 붙었다. 도는 입꼬리가 귀 끝에 걸렸다. 계획이 착착 맞아떨어지니 발걸음도 산뜻했다.

도는 양이가 눈길 주는 대로 온갖 잡동사니를 사들였다. 길거리 음식도 먹고 먹었다. 양이는 특별한 일 없이도 기웃기웃 팔랑팔랑 잘 다녔고 도는 그런 양이를 구경만 해도 즐거웠다. 눈 깜짝할 새 해거름을 맞았다. 도는 이대로 전국 일주를 해도 좋았지만 양이는 하늘을 보았다. 시간을 가늠했다.

"슬슬 가야겠네요."

양이는 두리번댔다. 변덕스러운 절기라 하늘도 돌연 끄무러졌다. 언제 비가 떨어질지 모를 대기였다. 도가 몰고 나온 차는 명품관에서 화화로 돌려보냈다. 둘은 대중교통을 타야 했다. 양이는 잠시 고민하다 제의했다.

"차 막힐 시간이니 지하철 타요."

둘은 을지로입구역으로 방향을 잡았다.

"사장님, 왜요? 우리 서둘러야……. 비 맞겠어요."

둘이 발길 잡은 지 얼마 안 되어 돌연 도가 멈췄다. 구름이 빠르게 짙어져 하늘은 금세라도 비를 뿌릴 듯했다. 아니, 양이가 재촉하는 사이 이미 작은 방울이 툭, 투둑, 보도블록에 얼룩을 찍었다. 행인들은 이리저리 피해 들어갔다. 개미떼처럼 줄지어 달아났다. 급작스러운 비라 우산을 꺼내는 이가 드물었다.

"사장니임, 금방 쏟아지겠어요."

양이는 재차 보챘다. 엮인 팔을 잡아끌었다. 모처럼 예쁘게 차려입고 화장받고 머리까지 만졌는데 이 하루를 비 맞은 생쥐 꼴로 마감하고 싶지 않았다.

그러나 도는 발을 떼지 않았다. 다만 팔짱을 풀어 양이를 두 팔로 끌어안았다. 아니, 끌어안지 않았다. 양이를 제 두 팔에 가두었다. 고요히 저 끝을 응시했다. 무엇도 읽히지 않는 정물 같은 얼굴이었다.

"무슨 일, 있어요?"

양이는 그제야 도에게서 묘한 기색을 읽었다. 재촉을 멈추었다.

"흠."

도는 한 손을 움직였다. 양이의 눈을 가렸다. 양이가 이해 못 할, 음운조차 모호한 소리로 긴 문장을 뇌였다. 눈 가린 손을 내렸다.

"이상한 게 있어서. 봐. 이제 김 양도 보일 테니."

양이는 앞을 보았다. 가로등이 들어오기 시작한 흐린 거리에서 군중이 종종대며 길을 재촉했다. 그 사이로 붉은 난삼을 입은 여자아이가 흰 머리채를 흔들며 지나갔다. 아이는 행인도, 건물도 뚫고 물수제비 날 듯 도심을 미끄러졌다. 먼 허공에서 날개 달린 거대 뱀이 유유자적 꼬리를 흔들었다. 양복 입은 어수룩한 아저씨가 검은 갓에 검은 도포 차림인 남자에게 붙들려갔다. 은색 함을 문 살찐 까마귀가 비를 뚫고 날았다.

"어, 귀신이랑 낯선 짐승, 저승사자가 보여요."

양이는 눈을 깜박였다.

"다 이상한데, 어디가 이상해요?"

도는 피식 웃었다.

"걔들은 다 정상이야. 더욱이 우리에게 오지도 않고 우릴 보지도 않잖아? 신경 안 써도 돼."

"어……. 그러게요? 왜 안 와요?"

비가 후드득후드득 쏟아지기 시작했다. 갑작스러운 비에 제아무리 명동이라도 거리가 빠르게 비었다. 양이와 도만 말가니 섰다. 그러나 둘 다 비에 젖지 않았다. 빗물은 기름종이에 떨어진 물방울처럼 둘을 타고 도르르 흘렀다.

"나, 그리고 내 영취가 묻은 너 때문에. 저들은 배고픈 범을 본능으로 피하는 토끼야. 물론 난 으스대고 싶지도, 널 광고하고 싶지도 않아. 그래서 묘한 수단을 발휘했지. 영취를 풍기되 은밀하게 풍겨. 엄밀히 따지면 저들은 내 영취도, 네게 묻은 내 영취도 맡지 못해. 맡지 못하지만 자기도 인지하지 못하는 새 껄끄러워하며 우리 둘을 피하지."

도는 양이의 두 뺨을 안았다. 양이가 보는 각도를 비틀었다.

"정말 이상한 존재는 저쪽이야. 삼거리 화장품 가게 앞."

양이는 삼거리 화장품 가게부터 찾아보았다. 과연 대형 구두 매장 건너에 작은 화장품 가게가 있었다. 그 앞으로 가방을 머리에 덮은 사람이 종종대며 지나갔다. 하지만 딱히 저승사자도 낯선 짐승도 귀신도 보이지 않았다. 양이는 두 눈을 좁히며 화장품 가게 앞을 뚫어져라 재탐색했다.

"딱히 없는데요?"

"역시 보게 해줘도 못 보나."

도는 나직이 웃었다. 한자리에 시선을 박은 채 말을 이었다.

"잘 봐. 기묘하게 존재감이 흐린 남자가 있으니까. 화장품 가게 옆 벽에 쭈그리고 앉았어."

양이는 도가 찍어주는 위치로 시선을 옮겼다.

과연 한 남자가 웅크려 있었다. 남자는 꼼짝을 않았다. 하늘에서 쏟는 비가 머리와 어깨, 온몸을 적시고, 바닥으로 흐르는 비 또한 엉덩이를 적시는데도 조금도 어찌할 생각을 하지 않았다. 그저 느슨히 웅크린 채 비어가는 거리로 망연히 시선을 놓을 뿐이었다. 붉기는커녕 창백한 얼굴이 취하지 않았음을 대변했지만 넋 놓은 모양이 꼭 취한 듯했다.

"비 맞는 아저씨만 보이는데요?"

"그래, 그놈. 너와 다르지만 너와 닮았다."

도는 양이의 뺨을 가만히 쓰다듬으며 서두를 놓았다.

"저 남자도 '공의 도깨비'예요?"

"설마. 저 남자는 너와 아예 달라. 존재감이 흐리다는 점만 닮았지."

"존재감이요?"

"그래, 존재감. 너는 영기가 엷어서 영계인에게 존재감이 흐려. 그게 나를 만나기 전 너를 보호해준 특질이지."

"저 남자는요? 아, 제가 단숨에 발견 못 한 이유가 존재감이 엷어서예요?"

"맞아. 저놈은 존재감이 없어. 저래도 화장품 가게 점원이 쫓아낼 생각도 하지 않지? 길 가는 사람 누구도 쳐다보지 않고. 그게 다 저놈을 인지하지 못해서야."

"오……. 그렇구나. 저는 영계인에게 존재감이 엷고, 저 사람은 두루두루 존재감이 엷고, 그 말씀이시죠? 저는 영감이 없어서고, 저 사람은 왜예요?"

"역시 이해가 빨라. 영특하기도 하지."

도는 양이의 뺨을 꼬집어 흔들었다. 얼마 전만 해도 이러면 징징대던 양이는 이제 아프지만 않으면 눈 하나 꿈쩍하지 않았다. 칭찬을 쑥스러워하며 에헤헤 웃었다. 도는 더욱 흐뭇해져 상냥히 설명했다.

"자, 헷갈리니까 잘 들어? 김 양은 '있어야 할 영기가 없어서' 영계인이 보기 힘들지만 이 우주에 분명히 '뿌리내렸'어. 반면 저놈은 영기도 육체도 분명히 '있지만' 이 우주에서 '유리되었'어. 이 우주의 흐름과 하나 되지 못하고 방황하지. 비유해볼까? 저놈은 이미 탈각되었지만 표면장력에 의지해 간신히 몸체에 붙은 물고기 비늘 같은 처지야. 다르게 비유하면 망망대해를 뿌리도 없이 떠다니는 곧 죽을 풀포기고. 기록에 따르면, 우주법칙을 심각하게 어긴, 이 우주가 수용을 거부한 대죄인이 저리된다고 해. 일개 인간이 뭔 짓을 하면 저 꼴이 나는지, 놀랍지."

양이는 남자를 물끄러미 보았다. 남자는 멀리서 보아도 상당히 미남자였다. 나이는 삼십 대 중반쯤, 곱상하지만 묘하게 완숙한 선에 하얀 피부, 붉은 입술을 지녔다. 여름 셔츠를 입은 여윈 몸피가 비에 흠뻑 젖어 가늘지만 균형 잡힌 선이 고스란히 도드라졌다. 제 몸을 온전히 끌어안을 기력조차 없는 듯 망연히 늘어진 팔다리가 길고 유연했다. 남자이지만 요염했다. 넋을 놓았는데도 미쳐 보인다기보다 허무하고 애련했다. 도만큼 미남은 아니라도 도 못잖게 시선을 끌 만한 남자였다. 그러나 도 말처럼 누구도 남자를 보지 않았다. 남자는 진정 유리되었다. 아름답지만 몽롱했다. 달무리처럼 젖은 소식을 안은 듯했고 달무리처럼 흐무러져 사라질 듯했다.

"감기 걸릴 텐데, 아무도 관심이 없어요. 있는지도 모르고. 어쩐지 슬퍼요. 대체 왜 저 지경이 되었을까요."

양이는 진정 슬펐다. 보고 있자니 남자에게 감도는 처연함이 옮았다. 평소 감수성이 그리 풍부하지 않았다. 그런데도 눈물이 찔끔 났다. 무리한 말이 절로 새었다.

"어떻게, 도울 수 없나요? 저 남자는 어떻게 되죠? 계속 저렇게 있다가 죽어요?"

"흐음……."

도는 본래 남자를 도울 뜻이 없었다. 다만 서책에서 본 희귀한 존재가 눈에 띄었고, 그 존재에 빗대면 양이가 영계인에게 어느 정도 명도로 보이는지 설명하기 쉬울 듯해 그리했을 뿐이었다. 그것으로 도에게 저 남자가 존재하는 가치는 끝이었다.

'하지만…….'

도는 눈을 까맣게 가라앉혔다. 남자를 씹어 삼킬 듯 면밀히 살폈다.

"저놈을, 돕고 싶어?"

양이는 머뭇댔다. 그러나 이내 입을 열었다. 안타까움이 뚝뚝 떨어지는 목소리였다.

"저는 도울 능력이 없지만……. 그래도 불쌍해요. 그냥, '무슨 일이냐.'고 말 걸어주고, 밥이라도 먹이고 싶어요."

'혹시…….'

도는 숨을 깊이 들이쉬었다.

※ ※ ※

"양이를, 따르라?"

"네."

수산은 끄덕였다. 도는 술잔을 놓았다. 눈을 빛냈다.

"그건 점복이냐? 양이는 점쳐지지 않는다며?"

수산이 치는 점은 읽히지 않거나 모호하면 모호했지 일단 괘가 뽑혀 읽히면 절대로 틀리지 않았다. 삼계를 통틀어도 수산처럼 신통하게 괘를 뽑는 존재가 드물었다. 양이도 바로 그 점복을 쳐 얻었다.

하지만 양이는 얻은 이후 수산이 뭐를 어찌해도 점쳐지지 않았다. 수산이 빌린 인계 표현에 따르면, 양이를 점치려고만 하면 '귀신에 홀린 듯' 어찌 풀지 깜깜해지거나 치기도 전에 괘나 카드, 산가지가 쏟아졌다.

"양이 대신 전하를 점쳤어요. '귀인을 얻었다.'고 나왔죠. 최근 전하께서 새로 얻으신 존재는 양이 씨뿐이고요."

수산이 답했다. 도는 생각에 잠겨 술잔 가장자리를 톡톡 두드렸다.

"문장 님이 그 아이를 '열쇠'라고 하셨다. 거기에 '귀인'이라……. 그래, 그 변태 영감이 암시한 바를 믿는다 치면 김 양이 나를 호전시킬 열쇠이자 귀인이겠지. 한데 나는 '그자'를 찾지 않으면 결코 나을 수 없으니 곧 김 양이 '그자'를 추적할 길잡이이기도 하다?"

"네. 연적이와 흑군이 그 긴 세월 '그자'를 찾아 헤매지만 헛일이죠. 또 전하는 그 긴 세월 공주의 이야기를 지닌 자들을 찾고 또 기다리셨지만 결과가 좋지 못했어요. 그 이야기 조각이 이계로 흘러가지 않았나 싶어 문장 님께 애원해가며 차원의 문을 빌려 이 가게까지 열었지만 이십 년 동안 공주의 조각을 지닌 손님은 한 명도 없었죠. 공주는 여전히 영면에 들지 못했어요. 그런데 양이 씨가 가게에 오고는, 비록 문장 님이 보낸 손님이었다 하나, 이레인 씨가 찾아왔어요. 어땠어요? 이레인 씨 이야기를 들은 뒤 공주의 본체는?"

도는 눈이 가늘어졌다. 가슴에 품은 자그마한 꽃신 한 짝을 떠올리며 답했다.

"약간이지만 색을 되찾았지. 그러니 속는 셈 치고 그 여자를 믿자?"

수산은 끄덕였다.

"네. 양이 씨가 무언가 하려 들거나 어디로 가고자 하면, 따르세요."

❋❂❋

"저놈, 도울까?"

도가 물었다. 양이는 고개를 꺾어 도를 올려다보았다. 눈을 반짝였다.

"진짜요? 번거롭지 않으세요?"

"어떤 사연인지 궁금하잖아? 우리 귀여운 찐빵이 원하기도 하고. 게다가 진짜 저놈, 곧 죽거나 꼴사납게 생겼어. 저놈 이미……."

도는 싱긋 웃었다. 양이를 안은 팔을 풀었다. 양이를 남겨두고 한 걸음 내디뎠다.

"더러운 상것이 붙었거든."

도는 한 팔을 뒤로 쭉 밀었다. 따라붙으려는 양이를 가로막았다. 성큼, 한걸음에 길을 당겼다. 한 번에 석 자 넘게 나아가며 단호히 명했다.

"도크님, 지켜라."

"명 받드옵니다."

양이의 발뒤꿈치에서 어둠이 치솟았다. 어둠은 촌음에 덩치를 불려 거대한 입처럼 벌어졌다. 성벽 대문만 한 크기로 자라나 양이를 한입에 삼켰다.

"어?"

양이는 '사장님이 왜 화화에 있는 크님이를 찾으시지?'라고 생각하던 차였다. 그 생각을 마치기도 전에 검푸르고 반투명한 벽에 갇혔다. 갇힌 양이를 남겨둔 채 도가 성큼성큼 남자에게 다가갔다.

양이는 두 손으로 벽을 밀었다. 온기와 단단함, 고른 박동이 느껴졌다. 벽에 손을 짚은 채 두리번댔다. 사방이 온통 거대한 벽이었다. 고개를 꺾었다. 하늘마저 검푸르고 드높은 천장으로 막혔다. 땅에서 웅장한 구조물이 치솟고 자신이 그 안에 갇힌 듯했다. 그러나 이 이상한 사태를 두고도 아무도 놀라지 않았다. 심지어 누군가 벽을 뚫고 한 치 옆을 쓱 스쳐 갔다.

"아."

양이는 그자에게 팔을 뻗었지만 닿지 않았다. 어안이 벙벙했다.

"놀라지 마. 나야, 크님."

벽이, 천장이, 바닥이 말했다.

'이 공간이 크님이라고?'

양이는 부드럽고 따뜻한 벽을 더듬었다. 자그맣고 쾌활한 크님을 떠올리며 놀라워했다.

"진짜 너야?"

"응. 내가 널 삼켰어. 여긴 내 입안. 넌 안전해."

벽이, 천장이, 바닥이 우쭐대며 웅웅 울렸다. 그 목소리는 울림이 워낙 커서 양이가 기억하는 크님과 퍽 달랐다. 하지만 크님과 말투가 같아서 양이는 이내 이 이상한 현실을 받아들였다.

"날 삼켰다고? 와아……. 근데 사람들이 왜 안 놀라? 갑자기 이런 희한한 생물이 나타났는데?"

공간이 푸르르 떨며 웃었다. 벽이, 천장이, 바닥이 놀리듯 답했다.

"너 진짜 아무것도 모르는구나? 여긴 네가 아는 명동이 아니야. 명동은 명동이지만 또 다른 층위지. 너비, 길이, 모든 공간 개념이 비틀렸고 영기 밀도도 달라. 평범한 인간은 인지하지 못하는 곳이지. 어쨌든 걱정하지 말고 편히 구경해. 전하께서 저 남자를 구하실 테니까."

"구해?"

"봐."

양이는 눈이 커졌다. 돌연히 카메라 줌을 당기듯 코앞으로 원경이 다가들었다. 팔 뻗으면 잡힐 거리에 도가 보였다. 도는 희미한 남자에게 도달했다. 남자를 내려다보았다. 남자가 돌멩이인 듯 무디다 못해 매정히 말을 걸었다.

"너, 같이 가자."

양이는 순수하게 감탄했다. 하다못해 도르미도 '도를 믿으세요?'부터 깔고 들어가는데 저 사장은 인사, 서론, 본론 건너뛰고 결론부터 들이밀었다. 안 지 며칠이나 됐다고 대뜸 결혼하자며 내 이름 안 궁금하냐 묻더니 역시 그게 천성이었다. 재차 다짐했다.

'역시 왕이랑 결혼하면 안 되겠어.'

양이가 무슨 생각을 하든 도는 꿋꿋했다. 남자를 발끝으로 툭 찼다. 다시 말했다.

"나랑 가자. 너 이대로 있으면 욕본다."

말 내용이야 걱정이지만 발로 차는 태도나 억양 없는 말투가 거만

하기 짝이 없었다. 상대가 열받아 싸움으로 이어져도 자연스러웠다.

그러나 남자는 서서히 고개 들었다. 하늘을 향한 반듯한 이마로 굵은 빗방울이 투둑 떨어져 콧날을 타고 뺨으로, 입술로, 턱으로 흘렀다. 색 옅은 다갈색 눈동자에 빗물인지 눈물인지 모를 누기가 차더니 또르르 넘쳐흘렀다. 힘없이 벌어진 붉은 입술이 경련했다.

"내가, 보이십니까?"

남자가 내는 목소리는 불분명했다. 버썩 마른 상한 가죽을 구깃대듯 흐리터분하고 질둔하게 바스락거렸다. 그러나 지지리도 절박했다. 남자는 팔을 들었다. 후들대는 팔을 도의 다리로 뻗었다.

"당신, 내가 보이십니까?"

"보여."

도는 남자에게 잡혀주지 않았다. 다리를 쓱 빼 손길을 피했다. 거듭 재촉했다.

"일어나. 가자."

남자는 엉덩이를 들썩였다. 도가 보이는 무례한 태도에도 설득되어 일어서려 들었다.

"앗!"

양이는 비명 질렀다. 손으로 입을 막으며 팩 물러섰다. 코앞으로 보이는 도와 남자에게 불타는 거미줄이 덮쳐든 까닭이었다. 하늘에서 낯선 삼인조가 떨어져 남자를 에워쌌다. 남자 아래로 붉고 푸른 진이 번뜩였다. 남자는 불타는 거미줄에 갇혀 납작 눌린 채 약 맞은 벌레처럼 바르작댔다. 상이 연신 짓뭉개졌다가 또렷해졌다. 섬세한 얼굴을 일그러뜨리며 고통스레 신음했다.

"웃, 크웃……. 홋……."

"뭐, 뭐가……."

양이는 남자에게서 눈을 떼지 못했다. 자신이 망원경을 들여다보듯 멀찍한 광경을 가까이 당겨 봄을 모르지 않았다. 하지만 팔만 뻗으면 잡힐 거리에서 한 인간이 몸부림쳤다. 그 인간을 괴롭히는 힘은 한 달여 전만 해도 양이가 세상에 실존하는지조차 모르던 기이한 힘이었다. 그자는 몹시 괴로워했다. 신음조차 제대로 흘리지 못했다. 한없이 무력하게 바닥을 기었다. 발작했다.

"염려하지 마. 전하께서 알아서 하실 테니까."

벽이, 천장이, 바닥이 부드럽게 꿈틀댔다.

"전하'께서……?"

들려온 말에 양이는 흠칫했다. 남자에게서 시선을 뗐다. 신음하며 중얼거렸다.

"전하……. 사장님, 사장님은……."

양이는 십여 초쯤 헤매며 두리번거렸다. 크닙이 한 말처럼 이곳은 양이가 알던 명동과 같되 사뭇 달랐다. 도로의 너비와 길이가 몇 배로 확장되어서, 눈에 가까워도 실은 까마득했다. 양이는 원근감을 송두리째 재조정했다. 시선을 오른쪽으로 한참 밀었다. 그러자 화장품 가게 저 맞은편, 구두 매장 앞에서 도가 보였다.

"아, 다행, 다행이다."

걱정한 양이가 무색하도록 도는 옷자락 하나 흐트러지지 않았다. 빗속에 고요히 녹았다. 표정도 없고 호흡도 없었다. 그러나 뻣뻣하지 않고 매끄러웠다.

"이자는 우리가 몇 주째 지켜본 자다. 채가지 마라."

하늘에서 떨어진 삼인조 중 한 명이 싸늘히 말했다. 삼인조는 현대

복인 자와 조선 무관 풍 복색인 자, 시커먼 자와 허연 자로 각각이 아롱다롱했다. 하지만 하나같이 탄탄한 장골이었다. 하나같이 두 눈동자 색이 달랐다. 적의를 숨기지 않으며 도를 쏘아보았다.

"그러한가?"

도는 눈썹 한 올 까딱하지 않았다. 말투만 새삼스레 물었다.

"그래. 우리가 먼저 발견한 실험대상이다."

"알았으면 가거라. 조용히 가면 고이 보내줄 테니."

도는 남자를 보았다. 남자는 이글대는 얇은 그물에 갇혔다. 물이 부족한 물고기처럼 몸부림쳤다. 신음하며 끝없이 흐려지고 선명해졌다. 끅끅대며 거품 섞인 소화액을 토했다.

"인간을, 강제로 실험재료로 삼겠다? 이는 명백한 규칙 위반. 겁이 없구나."

도가 남자를 보는 시선에는 일말의 동정심도 없었다. 그러나 도가 하는 말은 서늘한 노기로 찼다. 그 적의에 반응한 삼인조가 챙챙 무기를 뽑았다. 검 한 자루, 창 두 자루였다.

"어디서 훈장질이냐? 어차피 명부에도 없을 생명, 후환 없는 존재다!"

"허튼소리를 지껄인다면 무력으로 답하지!"

창을 든 둘이 방위를 밟았다. 둘은 양이 눈엔 한 걸음만 뗀 듯했지만 삽시에 십수 미터를 움직여 도와의 거리를 삼 분의 일로 좁혔다. 그러나 겁박할 뿐 공격할 뜻이 없는지 살기를 뻗지 않았다. 도도 진정한 위협은 느끼지 못한 듯 남자에게 붙박은 시선을 떼지 않았다.

"잠깐, 한데 이놈……."

검을 든 이가 문득 앞으로 나섰다. 그자는 입술을 비뚜름히 찢으며 미소했다. 코앞에서 손을 팔랑이며 과장스레 킁킁댔다.

"이거, 비가 와서 미쳐 몰라뵈었군. 이게 무슨 누린내인가? 어느 놈이 실없이 인간에게 동정 어린 참견질인가 했더니 견 선생 아니신가? 하! 인간이 싸지르는 똥이나 주워 먹지 않으면 살지도 못하는 덜떨어진 개종자가, 감히 어르신들 행사에 참견이라?"

"음? 각암, 무슨 말인가? 저놈이……. 아!"

"허, 이거 정말 누렁이였군. 하룻강아지 범 무서운 줄 모른다더니, 멍청한 개새끼라 겁대가리가 없구나."

검을 든 이의 말에 남은 둘도 이내 무언가를 깨닫고 말꼬리를 붙였다. 짝이 다른 눈 세 쌍이 제각기 기대와 흥분으로 빛났다. 세 장골은 젖은 보도블록을 촤악 지쳤다. 각기 좌와 우, 허공으로 흩어졌다. 살기로 번뜩이는 검 끝이 먹이를 채려는 수리의 발톱처럼 도의 정수리로 내리꽂혔다. 번들대는 창날이 사슴에게 달려드는 범의 발톱처럼 까만 대기를 좌우로 찢었다. 세 날붙이가 일거에 도의 목과 허리로 밀려들었다.

"엄마야!"

양이는 너무 놀라 눈을 감지도 못했다. 입만 틀어막고 자지러졌다. 도가 강하다는 말도 들었고 수십 명을 눈 깜짝할 새에 정리하는 도도 보았지만 실제로 누가 날붙이를 세우고 생명을 해치려 덤비는 상황은, 더욱이 코앞에서 그 상황이 벌어지는 경우는 처음이었다. 저 셋을 보지도 않던 도는 목이 날아가거나 꼬치가 될 것 같았다. 기함한 탓인지, 아니면 크닙이 무언가 했는지, 무기를 든 셋이 땅을 박차던 때부터 세계가 한없이 느리게 인지되었다.

"그래, 그 말대로다."

도는 날붙이가 제 몇 치 앞에 다가들어서야 남자에게서 시선을 떼었다. 나른히 답하며 목소리만큼이나 느슨히 양팔을 들었다. 하얗고 너른 소매를 팔랑 나부끼며 한 걸음 쓱 물러서서 구두 매장의 투명한 전면유리를 디뎠다. 평온하되 선명한 목소리로 말했다.

"우리 애들이 대체로 덜떨어졌지. 한데……."

두 자루 창이 도의 소매를 타고 미끄러졌다. 창날이 소매 끝에 이르러 하얀 자락에 휘감겼다. 궤도가 비틀렸다. 도의 몸 밖으로 휘어져 나갔다. 도의 정수리로 떨어지던 칼끝이 뒤로 지친 도의 발끝에서 솟아오른 빗방울과 만났다. 과녁에 꽂힌 살처럼 몸부림쳤다.

도는 몸을 둥글게 말았다. 구두 매장의 투명한 유리를 검은 비단신으로 깊이 밀었다. 한없이 부드러운 곡선을 그리며 날아올랐다. 해가 지고 비도 내려 온통 어둑한 가운데 구두 매장의 새하얀 불빛이 나부끼는 학창의에 부딪히며 조각조각 흩뿌려졌다.

도는 서두를 일은 무엇도 없는 듯 유유히 허공을 돌았다. 셋의 뒤, 쓰러진 남자 몇 미터 앞에 내려섰다. 먼저 디딘 발을 축으로 매끄럽게 돌았다. 소매와 뒷자락을 펄럭였다. 하늘에서 대중없이 쏟아지던 빗줄기가 양팔의 도련과 뒷솔기를 타고 미끄러졌다. 빗물은 세 줄기로 굽이치더니 도가 몸짓하는 대로 휘어 올랐다. 휘어 오른 물줄기는 날아드는 검날과 창날을 휘감았다. 그 힘은 무기를 쥔 자까지 휘감아 돌렸다. 수라들은 던져진 팽이처럼 돌며 도에게서 멀찍이 밀려났다. 도는 두 팔을 늘어트린 채 단아히 섰다. 붉은 입술을 열었다.

"원래 미친놈에게 미쳤다 하고 덜떨어진 놈에게 덜떨어졌다 하면 정색하느니라. 그래서 남의 단점을 함부로 건드리면 못 쓰나니……."

도는 억양 없이 말했다. 눈을 내리깔고 보도블록을 물들이는 빗줄기를 헤아렸다. 덧붙였다.

"이 뿔난 송아지들아, 좀 맞자꾸나."

"하!"

셋의 분위기가 한층 험해졌다. 도를 중심으로 삼십여 미터 밖, 삼방으로 흩어진 셋은 돌연 눈을 밝혔다. 장작불에 기름 덩이를 던진 듯 무기와 온몸에 이전에 없던 사나운 빛을 솟구쳤다. 검을 든 자 가운데 한 명은 무언가 중얼거리며 빛나는 글씨를 허공에 띄웠다. 글씨가 획획 똬리 틀며 진을 이뤘다.

"가볍게 가르치려 했거늘, 개새끼가 같잖은 앙탈로 명줄을 재촉하는구나!"

"누렁이들이 꼴에 이빨을 가졌다고 제법 싸우기야 하지. 하나 피 한 방울만 보면 오줌을 질질 싸며 전하 찾을 터인데?"

셋은 제각각 몸 주위로 크고 작게 진을 둘렀다. 검을 든 자가 등 뒤로 누구보다도 거대하게 진을 구축하며 으르렁댔다.

"혼중학, 흑상, 저놈이 개새끼 주제에 재주가 가상하니 가능한 피는 내지 말도록 하세. 어차피 이제 울며 쫓아갈 전하도 없는 불쌍한 놈 아닌가. 누렁이 왕이 우리 상왕 전하께 두들겨 맞고는 꼬리를 말고 두더지처럼 하늘 바닥을 파고들어 가 그길로 달아나지 않았는가."

"그러지. 어차피 진지하게 싸우는 수라 셋을 이길 개새끼는 삼계에 없으니."

도의 오른쪽, 옷가게 앞에 선 자가 씹어뱉듯 단언했다.

도의 입술에 처음으로 엷게 미소가 스쳤다.

"이젠 그렇게들 아나?"

나직이 거리를 울리는 그 목소리는 진실로 재미있어하는 듯도 들렸고 자조하는 듯도 들렸다.

"개새끼는 목을 치느니 두들겨 패서 잡아야 하는 법!"

"누렁아, 오늘이 네 제삿날이다!"

수라 셋이 눈부시게 빛나는 무기를 쳐들고 삼 방에서 달려들었다. 빗줄기 사이에 뜬 진은 수라의 발밑으로 날아들어 속도를 더했고 팔 뚝으로 붙어 근육을 불렸고 불과 얼음, 쐐기로 꼴을 바꾸어 다연장로 켓처럼 일제히 도에게 쏟아졌다. 도를 중심으로 좌우, 앞뒤, 머리 위 까지 적의에 찬 비수, 살기가 폭발하는 금강저가 빼곡히 날아들었다. 어떻게든 막거나 땅을 뚫고 들어가지 않으면 도가 살아남을 길은 없 어 보였다.

"어리석은……. 상대가 누군지도 모르고."

도는 나직이 입안말하며 소매를 떨쳤다. 왼발을 축으로 오른발을 쓱 돌려 새카맣게 젖은 보도블록 위로 원을 그렸다. 단 한 바퀴, 돌았 다. 도의 발이 지나는 곳에서 나삼보다 얇게 물의 장막이 일었다. 장 막은 금빛으로 도를 에둘렀다. 도의 소매, 옷자락, 고름이 파르르 나 부꼈다. 그 위를 흐르던 물줄기가 무수한 물방울로 날아올랐다. 물방 울들은 둥글게 산개해 비 오는 저물녘 대기에 금빛 무지개를 그렸다. 무지개가 도의 머리 위, 상체를 우산처럼 감쌌다. 무지개의 생명은 찰 나였다. 금빛 장막의 생명도 찰나였다. 펑, 퍼벙! 불과 얼음, 쐐기가 무지개에, 장막에 부딪쳐 폭죽처럼 터졌다. 한 바퀴 돌아 제자리로 돌 아온 도는 회전력을 타고 좌로 몸을 틀며 상체를 숙였다. 검은 고름이 금빛을 띠고 길게 뻗었다.

"허억……!"

무관복을 입고 창을 든 수라가 길게 뻗은 고름에 심장을 꿰뚫렸다.

도는 몸을 낮춰 그자의 품을 파고들었다. 그자를 안고 반 바퀴 빙그르르 돌았다. 돌며 그자의 몸을 휙 돌렸다. 회전력에 고름이 수라의 가슴을 베고 나와 도의 몸 밖으로 길게 핏방울을 날렸다. 도의 오른쪽에서 달려들던 이의 검이 채 궤도를 틀지 못하여 그자의 목을 날렸다. 죽은 이의 손에서 창이 떨어졌다. 도는 안은 자를 밀며 오른손으로 창을 받았다. 창을 뒤로 찔렀다. 동료를 베고 자신을 스쳐 지나간 검사의 뒷목을 꿰뚫었다. 옆에서 날아드는 이를 향해 왼팔을 뻗었다. 그자가 어찌해볼 새도 없이 검지와 중지를 세워 그자의 턱밑을 찍었다. 멱을 틀어쥐었다.

"컥, 커흑, 황금빛……. 피를, 무서워하지 않……. 서, 설마……."

도에게 잡힌 자는 파랗게 질렸다. 투쟁의 종족 아수라답지 않게 전의를 잃고 파들파들 떨었다. 온몸에서 힘이 풀려 검조차 놓쳤다.

"내가 누군지, 깨달았느냐?"

도는 싸움을 시작할 때와 마찬가지로 고요했고 표정이 없었다. 질문을 던지면서도 그 답에 하등 관심이 없는 듯 무심했다.

"사, 커흑, 사, 살려……."

도는 수라를 들어 올렸으나 눈매만은 그자를 내려다보는 듯했다. 덤덤히 말했다.

"내가 태흑에게 두들겨 맞고 도망쳤다 했더냐? 나와 싸우고서 의선도 어찌 못할 병신이 되어 양위까지 한 그놈이 그리 말하고 다니더냐?"

"큭, 그, 그건……. 모두, 그, 렇게……."

도의 입술에 미소가 깃들었다. 그 미소는 고요하고 평온하여 부처가 짓는 미소 같았다. 그러나 밑바닥 없이 까맣게 끓는 눈동자까지 시야에 담고 나면 더할 나위 없이 섬뜩했다. 도는 그 미소를 띤 채 붉은 입술을 움직였다.

"재밌구나. 그놈은 나와 여섯 번을 붙고도 내 옷깃 한번 베지 못했
느니라."

"큭……."

도의 손끝이 수라의 목으로 반 치 더 파고들었다. 콱 비틀렸다. 수
라는 숨넘어가는 소리를 냈고 고개를 떨궜다. 도는 손아귀를 풀었다.
쥐었던 수라를 떨어트리며 싸늘히 말했다.

"살려달라고 했으니 살려는 주마."

도는 눈을 감았다. 아주 길게 숨을 내쉬었다. 화가 났다. 양이를 만
나기 전 만큼이야 아니지만 울컥 치미는 분노를 어쩌지 못했다. 양이
앞에서 살육할 마음이 없었건만 기어이 둘이나 멱을 땄다.

'수라, 지긋지긋한…….'

아수라 전쟁의 기억은 도에게 늘 살의를 일으켰다. 그 시기에는 적
을 죽이고 또 죽이는 일뿐이었으니 그럴 만도 했다. 도는 실로 길게
호흡을 고른 뒤에야 마음을 추슬렀다. 눈을 떴다. 차마 양이를 보지
못하고 몸을 돌렸다. 남자에게 다가갔다.

남자는 탈진했다. 술사가 죽으며 남자를 묶은 진과 망이 비활성화
되어 육체를 괴롭히던 고통에서 벗어났지만 이미 무엇을 어찌할 힘이
없었다. 무력히 경련할 따름이었다. 그러나 도가 다가서자 눈물 젖은
낯을 들었다. 부들대는 팔을 도에게 뻗었다. 도의 발을 더듬으며 헐떡
헐떡 물었다.

"내, 가…… 보이, 보이십, 니까?"

남자는 그 물음이 우주에서 가장 중요한 듯 죽을힘을 다해 물었다.
그러나 답을 듣지 못했다. 까무룩 의식을 잃었다.

우리 집에서 살래?

　양이는 집에 가지 않았다. 전철역에서 일행과 헤어지면 되었지만 어영부영 도를 따라 화화까지 갔다. 도가, "이왕 왔으니 밥 먹고 가." 라고 하자 두말없이 따랐다. 어차피 오후 여덟 시 퇴근이라 평일 저녁을 늘 화화에서 먹었다.

　하지만 양이는 배고프지 않았다. 도와 길거리 음식을 많이 먹었고 입맛도 없었다. 화화로 간 까닭은 혼자 있기 싫어서였다.

　양이는 명동에서 화화로 가는 내내 한마디도 하지 않았다. 보통이면 답작답작 농을 놓을 도도 달리 말 붙이지 않았다. 도는 퇴근길 붐비는 지하철 2호선에서 양이를 감싸고 인파를 막아줄 뿐이었다. 양이의 뺨을 꼬집지도, 어딘가에 입 맞추지도, 머리를 쓰다듬어주지도 않았다. 분위기를 풀어줘야 할 크닙은 귀갓길 내내 털끝도 보이지 않았다.

　크닙은 명동거리에서 양이를 뱉은 뒤, 수 미터에 달하는 거대하고 검푸른 몸체를, 본인이 '입'이라고 표현한 그것을 쩍 벌렸다. 기절한 남자를 삼켰다. 양이의 발뒤꿈치로 빨려 들어갔다가 화화에 도착하고서야 검푸른 몸체를 드러냈다. 남자를 뱉고, 평소 양이가 알던 자그마한 크닙으로 돌아갔다. 남자를, 자기 덩치를 수 배나 넘어서고 하물며 축 늘어진 남자를 영차 안고 와다닥 뛰어들어갔다.

"월주야아아, 부상자아아아, 이불 펴줘어어. 형니이이임, 나 배고파요오오오, 밥밥밥밥밥!"

※※※

"그 남자, 괜찮을까요?"

양이는 몇 젓가락 깨작깨작하다 젓가락을 놓았다. 제 입으로 남자를 도와주자 하고도 귓갓길 내내 남자 이야기를 한마디도 꺼내지 않다가 그제야 운을 뗐다.

"에이, 걱정하지 마! 내성 없이 영적 타격을 입어서 혼절했을 뿐, 결국 나아."

크닙이 쾌활히 답했다.

"그래? 다행이다."

양이는 컵을 만지작대며 끄덕였다. 그러나 딱히 안도하는 기색이 아니었다.

"많이 놀랐어?"

도는 젓가락을 놓았다. 양이가 먹는다고 해서 같이 상에 앉았을 뿐, 도도 식욕이 없었다.

"아뇨, 그냥 좀……."

양이는 웅얼거렸다. 입술을 혀로 적시며 말을 골랐지만 딱히 표현이 떠오르지 않았다.

"피를, 안 보려 했어. 너는 평범한 인간 여자이니까 되도록 험한 꼴을 안 보이려 했어. 한데 싸움이 거칠어져서…….”

도는 양이 눈치를 보았다. 태어나 여자 눈치를 본 일이 처음이었다. 정말 할 짓이 아니었다. 저 축 처진 모습에 진땀이 났다. 꽤 충격받은 기색이라 어찌 달래면 좋을지 눈앞이 깜깜했다. 어차피 죽이게 될 줄 알았다면 깔끔히 일 초 만에 죽였을 터였다. 그러나 처음엔 죽일 심산이 아니었다. 수라를 만난 김에 제가 얼마나 강하고 듬직한지 양이에게 뽐낼 셈이었다. 이레인 세계에서 인간의 비루한 동체 시력을 고려하지 못해 멋진 모습을 보이지 못한 일이 억울해서였다. 계획대로 적당히 데리고만 놀면 좋았을 텐데 그 수라들이 자신이 태흑에게 두들겨 맞고 도망쳤다며 속을 긁는 바람에 피까지 보았다. 그 탓에 양이가 저 모습이 되었다고 생각하자 분노를 억누르지 못한 일이 못내 후회스러웠다.

도가 쩔쩔매는 모습에 함께 앉은 수산, 월주, 크닙은 눈이 휘둥그레졌다. 시선을 교환하며 눈을 깜짝깜짝했다. 손가락을 까닥이며 부지런히 판돈을 조정했다.

“아니요, 그건 괜찮아요.”

양이는 내려놓은 젓가락 끝만 보았다. 조그맣게 덧붙였다.

“죽인 일.”

양이는 우울한 안색이었지만 차분했다. 눈을 들어 도를 보았다. 입술을 달싹이더니 냉혹할 정도로 단호히 뒤를 이었다.

“그 사람들, 아니, ‘수라’. 그 수라들이 사장님을 죽이려 들었잖아요. 눈앞에서 그런 일을 본 적이 처음이라 당황했지만, 그건 괜찮아요.”

그렇게 말하는 양이는 진정 한 점 흔들림도 없었다. 괜찮다는 말을 뒷받침하려는 듯 입아귀에 미소 비슷한 무엇을 비치기까지 했다. 묵례하고 자리에서 일어났다. 씩씩하게 말했다.

"잘 먹었습니다. 괜히 분위기만 가라앉히는 것 같으니, 죄송하지만 먼저 일어나겠습니다."

"아, 괜찮은데, 어, 음……."

수산은 우왕좌왕했다. 그러나 이내 갈피를 잡았다. 챙겨 물었다.

"그래요, 양이 씨. 후식 뭐, 식혜 줄까요?"

"아뇨. 배불러서요. 괜찮아요."

양이는 웃어 보였다. 도에게 시선을 옮겼다.

"아까 그분, 있잖아요……."

도는 양이를 따라 일어서려던 참이었다. 움찔했다. 침을 꿀꺽 삼키며 양이를 올려다보았다.

"응. 왜?"

도는 뻣뻣하게 굳어 엉거주춤 일어섰다.

양이는 설핏 찡그렸다. 저어하며 물었다.

"보러 가도, 괜찮을까요?"

도는 꼼짝 않고 서서 표정을 지웠다. 유심히 양이를 보았다. 수산에게 소리 없이 말을 전했다.

— 그자, 어찌 두었느냐?

수산은 그러잖아도 도와 양이를 살피던 차였다. 즉각 답했다.

— 씻기고 감금했어요. 영적으로 탈진했을 뿐 큰 부상은 없고요. 의식은 아직이에요.

— 김 양이 보고 놀랄 몰골은 아니겠군. 흠.

"그자는 지쳤어. 가봐야 잠들었을 텐데……."

도는 사뭇 달래는 투로 말끝을 흐렸다.

수산은 수저를 쥔 손에 힘을 주었다. 눈썹을 들어올리며 도에게 은 근슬쩍 시선을 보냈다.

— 전하, 어쩌시려고요? 그자는 핀 뽑힌 수류탄이에요. 오히려 정 리할 놈을 어째 구하셨어요?

— 김 양이 바랐어.

— 아! 도크님, 이 자식은 그런 보고를 빼놓고…….

"안 되나요? 제가 보러 가면?"

도가 물끄러미 시선만 보내자 양이가 서먹히 다시 물었다. 도는 양 이에게 성큼 다가섰다. 은밀히 수산에게 전했다.

— 김 양이 열쇠이자 길잡이라면 지금은 그자도 함부로 못 해. 일단 치료해서 지켜본다. 후에 신통치 않다면 조용히 처리해.

— 맡겨주세요.

도는 가볍게 까닥였다. 자기 눈치를 보는 양이를 향해 부드럽게 물 었다.

"신경 쓰여?"

양이는 우물댔다. 도가 떠름히 굴자 눈을 눈썹에 매달았다. 눈동자 를 불안스레 굴렸다. 하나 결국 똑바로 도를 보았다. 입술을 지그시 물었다.

"그분이, 명동에서 많이 괴로워하셔서, 괜찮으신가 걱정돼서요. 보 러 가면, 안 되나요?"

양이는 말이야 물음이었으되 어조가 굳건했다. 눈동자를 굳혔다. 어떻게든 남자를 제 눈으로 보아 안위를 확인하고 싶은 눈치였다.

도는 비로소 고개를 끄덕였다. 자못 자상히 말했다.

"안 될 리가. 네가 놀랐으니 오늘은 잊고 쉬어야 하지 않나 여겼을 뿐이야. 정 마음에 걸린다면 보아야지. 그자는 괜찮아. 아주 잘 잘걸? 가자. 데려다 줄게."

양이는 그제야 굳은 어깨를 풀었다. 어색하게나마 웃었다.

❋ ❋ ❋

남자는 곤히 잠들었다. 눈물과 빗물, 토사물로 얼룩졌던 낯이 맑게 씻기고 새물내 나는 옷으로 갈아입혀져 이불 속에 누웠다. 고단한 낯이지만 괴로워 보이지 않았다.

양이는 이부자리 옆에서 남자를 말없이, 한없이 보았다. 자신이 무엇을 붙잡고 있는지도 모른 채 손아귀에 힘을 넣고 빼었다.

"저 유서 써둘까 봐요."

밥상을 떠나면서부터 양이에게 손을 붙잡힌 도는 자의 반 타의 반으로 양이 옆을 꼼짝없이 지키던 터였다. 양이 안색을 살피며 조심스레 물었다.

"왜?"

"이제 현실 파악이 돼서요. 지금까지 사장님께서, '너는 공의 도깨비다.', '위험하다.', '보호받아야 한다.', 누누이 말씀하셔도 막연했어요. 그 말을 수용했지만 실감 못 했죠. 그런데 오늘 보니, 인간이, 실험대상 취급받으며 초현실적 힘에 짓눌려 발버둥치잖아요. 꼭 바퀴약 뒤집어쓴 바퀴벌레처럼."

양이는 체머리를 흔들었다.

"있죠, 저는 격투기도 못 하고 힘도 약해요. 반응도 느리고요. 일상에서 강도를 만나도 못 당하겠죠. 그래도 강도가 가하는 힘은 제 인지가 미치는 울타리 안이에요. 하지만 오늘 본 힘은……."

양이는 도의 손을 넣은 주먹에 힘을 주었다. 한숨을 뱉으며 떨리는 소리로 말했다.

"알 수가 없어요."

양이는 목덜미를 부르르 떨었다. 척추를 그어 내린 서늘함에 어깨를 털었다. 눈 감고 찡그렸다.

"그걸 딱 인지하면서, 무서웠다기보다 깜짝 놀랐어요. '어, 이게 뭐지? 어떡하지?' 그리고 또, 눈앞에서 누군가가 목숨을 잃고 살덩이와 피가 튀는데, 그걸 보면서, 제가 어쨌게요?"

도는 양이를 물끄러미 보았다. 양이의 손아귀에서 힘이 느슨히 풀릴 때를 기다려 잡힌 손을 살며시 뺐다. 양이 뒤로 자리를 옮겼다. 양이를 얌전히 끌어안았다. 자르르 떨리는 작은 등을 제 가슴으로 감쌌다. 양이의 어깨를 넘어 목을 길게 뻗었다. 양이에게 뺨을 맞대고 살며시 비볐다.

"어쨌는데?"

귓가에 속삭여지는 목소리는 서분서분하고 뺨에 문질러지는 온기는 다정했다. 양이는 맥이 탁 풀렸다. 도에게로 반쯤 무너지며 그제야 자신이 굳어 있었다는 사실을 깨달았다. 마른 입술을 핥았다. 흘려보내듯 맥없이 말했다.

"생명이 죽는데, 전율이 일었어요. 혐오스러움이나 두려움 때문이 아니라 희열로 몸이 떨렸다고요. 저요, 이 남자에게 제 처지를 이입했나 봐요. 또, 그 수라들이 사장님을 죽이려 드니까, 사실 싸움이 벌어진 직후엔 덜덜 떨었는데 막판엔 독해지더라고요. 생 목이 날아가는

데, 와⋯⋯. 제가요, '아, 됐다!' 그랬어요."

"후후⋯⋯."

도는 웃었다. 고개를 슬쩍 틀었다. 양이의 식은 뺨에 입 맞췄다. 양이의 반대쪽 뺨을 손으로 안았다. 말가니 허공을 향한 양이의 시선을 제게로 돌려놓았다. 혼란스럽게 치켜떠진 양이의 눈을 지그시 내리깐 눈으로 옭았다. 두 치도 안 되는 거리에서 눈과 눈이 만났다. 숨과 숨이 얽혔다. 도는 보일 듯 말 듯 눈을 휘었다.

"너, 대단히 마음에 들어."

양이는 파르르 눈시울을 떨었다. 도는 웃으며 양이와 이마를 맞댔다. 흘러내린 제 머리칼로 양이의 뺨을 간질이며 강아지처럼 가볍게 이마를 비비댔다. 손을 움직여 양이의 뒤통수를 받쳐 안았다. 양이의 머리칼을 부드럽게 쓰다듬으며 말을 이었다.

"나는 왕이자, 무인이야. 왕처럼 생각하지만 무인처럼도 생각하지. 양이 네가 양립할 수 없는 네 적에게 주소를 잘못 찾은 동정심이나 도덕심을 적용해 질척거리는 죄책감이나 자기혐오로 허우적댄다면, 이미 지나간 상황에 얽매여 공포로 오들오들댄다면, '평범한 인간 여자아이이려니.' 하고 이해하면서도 퍽 곤란하겠지. 실은 조금 전만 해도 네가 그 상태라고 생각했어. 하여 안쓰러워 안색을 살피면서도, '대체 나보고 어쩌라고.' 솔직히 그랬어."

도는 미소를 더했다. 스르르 내리깔리는 양이의 눈꺼풀에 비스듬히 입 맞췄다. 그 입술을 사뿐 떼어 풀 죽은 맥이 뛰는 관자놀이로, 귓가로 옮겼다. 귓바퀴에 지그시 입술을 눌렀다. 한 호흡쯤 침묵했다. 자분자분 말을 이었다.

"오늘 일, 그래, 놀랐겠지. 놀랄 만해. 그리고 네 놀라움이 '어떻게 그럴 수가!'가 아니라, '어쩌지?'여서 기뻐. 단언컨대, 그 놀라움은 두려움이지 않아도 돼. 내가 널 지키겠다 했으니까.”

양이는 눈을 깜박였다. 도에게 위로받았지만 여전히 떠름했다. 날카롭게 찔러 드는 현실감과 그에 모순되는, 둔중하게 버티고 선 비현실감이 정신을 짓이겼다. 도가 말한 죄책감이나 자기혐오는 들지 않았다. 그러나 자기 존재가 무어랄지, 터무니없이 느껴졌다. 힘없이 중얼거렸다.

“고맙습니다.”

도는 양이의 뒤통수에서 손을 떼었다. 양이의 고개가 편안히 제자리로 돌아가게 두며 자신도 양이에게서 한 치 떨어졌다. 양이를 품에서 놓았다. 그러나 양이의 뒤를 비우지 않았다. 여낙낙히 속삭였다.

“기뻐. 네가 막가는 막장 드라마 같은 사연에도 울고 연민하는 아이여서, 나조차 외면한 내 친우의 사랑에 마음 아파하는 아이여서, 내 안위를 걱정하여 떠는 아이여서…….”

도는 온화히 미소했다. 따뜻하게 번진 눈동자를 양이에게 내려 앉혔다. 내밀히, 양이에게라기보다 스스로에게 전하듯, 나직이 일렀다.

“사랑스럽다.”

도는 마음이 녹아난 듯 말랑히 한숨을 늘어트렸다. 뒤이어 말했다.

“너는 다정한 아이야. 동정심을 발휘할 자리를 구분했을 뿐.”

“하…….”

양이는 맥을 놓았다. 어깨를, 목을, 머리를 떨어트렸다. 자신이 오늘 어쩌면, 다른 무엇보다도 자기 자신에게 놀랐는지도 모르겠다고, 비로소 지각했다. 등 뒤에서 지탱해주는 도도 없자 허물어졌다.

도는 허물어지는 양이를 자기 무릎에 들어 앉혔다. 진지함을 버리고 엉큼하게 속삭였다.

"자아, 우리 찐빵, 이제 안일해질 시간이야. 이제 사장님 믿고 안일해져 볼까?"

도는 키득키득 웃으며 양이의 옆구리를 간질이기 시작했다.

"꺅, 그, 그게 뭐예요!"

구부정하던 양이는 비명을 지르며 웃음을 터트렸다. 자는 사람을 앞에 두고 큰 소리를 냈다는 생각에 흡, 숨을 들이마셨다. 그러나 웃음을 참자니 더욱 간지러웠다. 기어서라도 도에게서 탈출하려 두 손으로 땅을 짚었다. 거미처럼 버둥거렸다. 웃음을 이기지 못해 이마까지 새빨갛게 달아올랐다.

"뭐긴, '포기하면 편하다.'는 말이지. 적당히 포기할 거 포기하고 걱정은 넣어둬. 그리고……."

도는 양이를 간질이며 능글능글 말을 이었다. 그러다 간질임을 멈추며 말도 멈췄다. 큰 소리도 내지 못하고 헐떡이던 양이가 그제야 겨우 들먹대던 어깨를 붙잡았다.

"이 김에 화화로 들어와."

도가 말했다. 양이는 어정쩡하게 땅을 짚은 채 우뚝 멈췄다.

"직장에서 살라고요?"

"그편이 안전해."

도는 양이의 늑골을 휘감았다. 양이를 확 끌어당겼다. 엎어졌던 양이는 그 힘에 못 이겨 상체가 들렸다. 뒤통수까지 벌렁 넘어갔다. 도의 품으로 떨어졌다.

"윽."

양이는 콘크리트 벽 같은 도의 가슴에 등을 부딪치며 신음했다. 도는 키득키득 웃었다. 양이를 달랑 들어 구십 도 돌렸다. 자신을 옆으로 바라볼 수 있게 제 무릎에 앉혔다. 웃음을 거두고 양이와 눈을 맞췄다.

"네가 가장 안전할 때는 화화에 있을 때고 가장 위험할 때는 화화를 떠났을 때야."

"목걸이도 주셨고 마킹……. 음, 하시잖아요."

"누누이 말하지만 그건 보완책이자 예방책이야. 사고 났을 때 널 제대로 지킬 방패도 무기도 아니지. 그래서 크닙에게 명했어. 네가 화화를 나서면 언제나 너를 따르도록."

"크닙이요?"

양이는 제 발뒤꿈치에서 튀어나오던 거대한 어둠, 거대한 입을 떠올렸다. 도가 끄덕였다.

"너를 지켜주기로 약속하고서, 내가 단 한순간이라도 널 위험하게 둘 것 같아?"

"'언제나' 저를 따른다고요? 크닙이가?"

"물론. 늘 네 발뒤꿈치나 그림자에 숨어 있지."

양이는 뺨이 확 달아올랐다. 차마 머릿속에 떠오른 말을 입 밖으로 내지 못하고 뻐끔대었다.

'설마 그 말씀은, 제가 제 원룸의 이쪽 끝에서부터 저쪽 끝까지 두 번은 구를 수 있을까 확인하려 몸을 뒤집어볼 때라든가, 거울 앞에서 남몰래 뱃살을 접으며 이게 몇 센티나 되나 고민할 때라든가, 미드 여주에 이입해서 곤란 돋는 표정으로 '이러지 마, 데이먼!'을 중얼거릴 때도 '늘' 걔가 있었다고요?'

도는 남의 속도 모르고 뺨을 실룩였다.

"빨가네? 부끄러워? 괜찮아. 이 정도로 그렇게까지 감동하지 않아도 돼. 호위를 붙이는 일이야 기본 중 기본이지."

'헛다리 짚었어, 이 양반아! 당신 지금 지켜준답시고 소녀 인권 침해했다고!'

양이는 당장 이불을 뒤집어쓰고 거침없이 하이킥하고 싶었다. 복잡한 심경으로 이마를 짚었다. 더운 숨을 후우우우욱 내쉬며 혈압을 다스렸다.

'그래. 이미 엎질러진 일, 곱씹어봐야 빡침이 제곱에 세제곱이 되고 쪽팔림의 값 x의 제곱근에 곱씹은 횟수를 정의역으로 삼는 무한수열을 대입하는 격이니까, 하아아아아, 잊자. 하아아아아……'

"수줍어하기는."

도는 양이의 뺨을 꼬집었다. 귀여워 죽겠다는 표정으로 설명을 덧붙였다.

"하지만 크닙은 겨우 제 몫이나 하는 수준이야. 나나 수산이야 그어떤 놈이 덤벼들어도 함부로 못 하지만 크닙은 정말로 위험한 상대를 맞닥뜨리면 시간벌기밖에 못 해. 한번에 너무 많이 요구하면 네가 혼란스러울 듯해 때만 보았지만, 이참에 화화로 들어와. 그래야 안전해."

양이는 뜨끈한 이마와 뻐근한 눈을 벅벅 문질렀다. 그걸 그저 자신이 한 철두철미한 보호에 감동하여 보이는 반응이라 단단히 오해한도가 이러쿵저러쿵 잔말을 붙였다.

"잘 생각해봐. 응? 찐빵은 손해볼 일 없다니까? 보증금 없고 월세없고 관리비, 냉난방비, 전혀 들지 않아. 지금도 평일 점심과 저녁을 책임지고 있지만 들어와 살면 아침은 물론이고 주말에도 삼시 세끼,

간식에 음료까지 완벽히, 천상의 맛으로 책임질게. 그뿐이야? 찐빵이
잘 몰라서 그러는데, 여기 영화관, 노래방, 체육관, 온천, 산림욕장까
지 다 있어. 인터넷 빵빵 터지고 에어컨 펑펑 틀어줘. 찐빵이 살 방은
모르긴 몰라도 찐빵이 지금 사는 곳보다 훨씬 큰 곳으로 준비할게. 남
향받이 볕바른 곳에 개인 정원까지 예쁘게 조성하고 욕실과 옷방, 일
체 세간 쫙 넣어주고, 퇴근 후 거기 틀어박히겠다면 사생활도 보장할
게. 물론 수당이 없이는 잔업도 안 시켜. 누군가를 이곳으로 데려오
는 일은 허락할 수 없지만 그 밖의 모든 생활 편의를 완벽 제공하겠다
고 장담해. 무엇보다 여기 살면 무사 안녕 평안 무탈해. 나와 수산이
함께 머무는 곳에 삼계의 그 어느 놈이 기웃거리겠어? 나와 수산이 동
시에 외출한다 쳐도 크닙이 있고, 크닙이 앓아눕는다 쳐도 월주 개가,
한 손으로 탱크도 집어 던지는 애야. 걔마저 없다 쳐도 여기는 수백
겹 초강력 결계로 덮였어. 핵폭탄이 천 번 떨어져도 음이온, 피톤치
드가 샘솟을걸? 응? 진짜 좋지? 끌리지? 안 끌려? 들어와. 여기서 살
아."

"알았어요."

"응?"

양이는 귀찮음과 게으름, 안일함을 끌어당겨 쑥대밭이 된 마음을
적당히 포기하고 무시하고 덮어 정리했다. 간단히 답했다. 두 팔에 묻
었던 고개를 들었다.

도는 흠칫 놀라 몸까지 떨었다. 두 팔을 들어 양이의 어깨를 잡았
다. 양이를 팩 돌려 자신과 마주 보게 했다. 맹한 그 얼굴을 보며 다시
한 번 물었다.

"진짜?"

"언제 이사할까요?"

"어, 그게……."

도는 눈동자를 도르르 굴렸다. 일단 되는대로 막 던져놨는데 화화에 양이에게 당장 내줄 욕실과 정원 딸린 볕바른 남향받이 방이 있는지 생각이 안 났다.

'알게 뭐야. 없으면 애들 불러서 반나절 안에 내놓으라 쪼면 되지.'

"오늘도 돼. 당장 들어와도 돼. 아, 계약서 쓸까? 임대차계약서. 아무리 무상이라도 세입자를 보호해야지."

도는 양이가 마음을 바꾸기 전에 이 동거를 기정사실로 만들어야겠다고 생각했다. 어려운 법률용어 사이사이에 '들어올 때는 마음대로지만 나갈 때는 아니란다.'를 깨알같이 녹여놓으리라 계획하며 소맷부리에서 빈 두루마리를 꺼냈다. 술력을 돌려 서안과 문방사우를 소환했다. 양이를 잠시 옆에 내려놓고 소매를 착 걷었다. 도르르 펼친 두루마리 위에 붓을 대었다. 일필휘지로 적어 내려갔다.

임 대 차 계 약 서

"아니, 괜찮고요, 그냥 들어올게요."

"아니, 그래도 현대사회인데 계약서가 있어야……."

"아니, 사장님이 정 그게 편하시면 써도 되지만, 별 의미 없잖아요. 전 괜찮아요."

"아니, 뭐……."

도는 독소조항을 꾹꾹 눌러 담은 계약서를 받아내지 못해 못내 아쉬웠다. 하지만 계약서 받겠다고 귀찮게 했다가 양이가 마음을 바꿀까 슬그머니 걱정됐다. 우물쭈물하며 말을 맺었다.

"그러지 뭐, 찐빵이 그게 편하다면야."

"고맙습니다. 여러모로 배려해주셔서."

"이쯤이야."

속이 시커먼 도는 한 점 가책도 느끼지 않았다. 함박웃음을 머금었다.

'뭐, 찐빵은 진실로 위험하고 나도 정말로 찐빵을 지키니까.'

도는 몇백 년 중에 최고로 기분이 좋았다. 이게 다 그 주제 파악 못하던 수라 놈들과 저 뿌리 뜯긴 풀포기 같은 인간 덕이라 생각하자 죽은 놈들에겐 최고로 잘 쓴 글씨로 비석을 박아주고 삼 번 경추 이하 전신 마비된 놈에겐 약선을 보내주고 저 인간에겐 뭐라도 잘해주고 싶었다. 그래서 혼절한 남자를 새삼스레 살폈다. 팔을 휘저어 서안과 두루마기를 치우고 남자에게로 미끄러져 다가갔다.

"흠, 그럼 밥도 잘 먹었겠다, 일 끝내고 보낼 때마다 영 마음 쓰이던 찐빵도 입주하기로 했겠다, 이놈도 편안하게 해줄까?"

"지쳐서 주무시는데, 더 해드릴 일이 있나요?"

양이도 무릎걸음으로 남자에게 다가갔다. 도가 손가락을 한 차례 까닥였다. 남자를 덮은 이불이 둥실 뜨더니 허공에서 착착 개켜져 방 구석으로 날아갔다.

남자는 그 소란에도 미동조차 하지 않았다. 품에 넘치는 티와 바지 아래로 지친 팔다리를 늘어뜨리고 고단히 고요할 뿐이었다.

"거미줄 봤지?"

도가 남자 위로 손을 저으며 툭 물음을 던졌다.

"불타오르던 그물이요?"

양이는 멈칫하다 되물었다.

"응. 술사가 죽어 지금 그 주술은 작동하지 않아. 하지만 사라지지도 않았지. 이놈에게 얹혀 영적 압박감을 주고 있어. 무슨 뜻인가 하면, 음……."

"조이거나 타오르지는 않지만 무게로 짓누르는 상태인가요?"

"거의 정확해. 항상 이해가 빠르다니까!"

도는 웃으며 손을 멈췄다. 기분도 좋고 척척 알아듣는 양이가 기특해서 더 설명해주기로 마음먹었다.

"'거미줄'이다, '그물'이다 했지만 이놈이 뒤집어쓰고 있는 망은 몇 중으로 지은 포박에 가까워. 포박은 어떻게 해야 벗길 수 있을까?"

"어……. 풀거나 자르거나?"

"맞아. 하지만 나는 이 포박을 다 없애고 싶지 않아. 그래서 안 자를 거야."

"왜요? 다 없애야 이분이 편해지시지 않나요?"

"어떤 놈인 줄 알고?"

"으음?"

도는 묘하게 웃었다. 양이의 머리를 쓰다듬으며 타이르듯 말했다.

"이놈 눈 풀린 꼴 봤지? 더욱이 험한 일까지 겪은 뒤야. 애먼 놈이 깨자마자 내 영역에서 난동 부릴지도 모르니 얼마쯤 제재해야겠지."

"아……. 그도 그렇네요."

양이는 명동에서 일어난 일을 돌이켰다. 약이라도 맞은 듯 넋 놓았던 남자를 떠올렸다. 도만큼 강하면 누가 무슨 난동을 피운들 삽시에 제압하고도 남겠지만 조심하자는 뜻이야 수긍이 갔다. 고개를 끄덕였다.

도는 가만히 남자를 보았다. 눈을 두고 입아귀만 슬쩍 말아 올렸다.

"어쨌든, 포박을 몇 겹 풀어주면 영적 피로도가 줄어. 그럼 회복이 빨라지겠지. 더 가까이 와."

양이는 도에게 꾸물꾸물 다가갔다. 도는 양이의 눈을 손바닥으로 느슨히 덮었다. 양이의 양 눈꺼풀을 중지와 엄지로 톡톡톡 가볍게 두드렸다.

"아까 내가 건 주술이 남았으니, 간단히 다시 볼 수 있어. 자, '볼 수 있다.'고 생각해. 하나, 둘, 셋!"

도는 양이의 눈에서 손을 뗐다. 양이는 얼떨떨하게 앞을 보았다. 무엇을 봐야 하는지 방황하다가 남자를 내려다보았다.

"아."

남자는 얇은 그물로 겹겹이 덮였다. 그물은 성기고 거미줄만큼 얇았다. 이러한 것이 남자를 그토록 괴롭혔다니, 양이는 보고도 믿기 힘들었다.

"보이지?"

도가 온화히 물었다.

"이게, 그렇게……. 아까는 엄청나 보였는데……."

양이는 왜인지 목이 잠겼다. 목덜미가 미미하게 굳었다.

"'알 수 없다.'고 했지?"

도는 한 팔로 양이의 어깨를 감싸 안았다. 양이의 팔에 제 팔을 겹쳐 양이의 손을 잡았다. 잡은 손을 이끌었다.

"이건 아무것도 아니야. 네가 접하지 못했던 '무엇'일 뿐, 알고 보면 조잡한 포박이지. 만져봐. 아무런 해도 끼치지 못해."

도는 양이의 반응을 살피며 천천히 손을 이끌었다. 양이는 팔과 뒷덜미에서 차츰 긴장을 늦추며 유순히 인도를 따랐다. 그물에 손가락을 얽었다.

"부드럽네요. 뜨겁지도 않고."

"그렇지?"

양이는 손가락을 꼼지락거렸다. 손에 걸리는 감촉이 마냥 연했다. 그대로 힘을 주어 당기면 그물을 뜯어낼 수도 있을 것 같았다.

"마음대로 해도 좋아."

양이는 그 말에 용기를 얻었다. 네 손가락을 그물눈에 넣고 얽히는 가닥을 팍 잡아당겼다. 그러나 그물은 제법 단단했다. 전혀 뜯길 기색이 없었다.

"새털처럼 부드러운데 쇠줄처럼 단단하네요."

양이는 다른 손도 그물로 뻗었다. 그물코에 양손을 얽었다. 그물을 잡아당겼다가 놓았다가 아래로 내렸다가 위로 올렸다가 실뜨기하듯 이리저리 손을 놀렸다. '이게 그렇게 이 남자를 괴롭혔던 그건가?' 싶었다. 우스우리만치 감촉이 좋아 정말로 피식 웃으며 장난하듯 되는 대로 손을 놀렸다.

"앗!"

"허?"

양이가 그물코에 얽은 오른손을 사선으로 들어올렸을 때였다. 손에 얽힌 그물 한 겹이 갑자기 스르륵 풀려났다.

"어, 끊겼……. 어, 풀렸어요, 이거."

양이는 초대형 거미줄이 들러붙은 듯한 제 양손을 헐렁하게 들어 보였다. 남자에게 얽혔던 그물 한 겹이 어딘가 매어둔 그물귀가 끊어진 듯 양이에게 들려 덜렁댔다.

"하? 이거…… . 허, 뭐랄지…… ."

도는 할 말을 잃었다. 정말 뭐라 해야 할지 모른 채 양이와 남자를 몇 번이나 번갈아 보았다. 고개를 절레절레 흔들었다.

"이건, 뭐…… . 김 양, 콜라 캔 사건 때도 희한하더니 뭐 따고 푸는 일에 소질 있다? 지금, 알고 했을 리는…… ."

도는 의문에 찬 눈으로 양이를 응시했다. 양이는 어이가 없어서 입을 다물지 못했다. 도리질했다.

"전혀요. 전 그냥 실뜨기만 했어요."

"그랬지. 나도 봤어."

도는 이마를 짚었다.

혜용을 알로 바꿔 화화로 돌아온 날, 양이는 냉장고 콜라 캔을 옮기다 업강 입구로 갈 뻔했다. 그리고 지금도 실뜨기를 처음 하는 어린아이처럼, 혹은 털실을 얽으며 노는 새끼고양이처럼 그물코를 손가락에 걸고 되는대로 휘저었을 뿐이었다. 적어도 옆에 있던 도에게는 그렇게 보였다. 하지만 그 장난 같은 행동으로 일종의 결계인 포박 한 줄을 풀었다.

'소 뒷걸음질 치다 쥐 잡았다기엔…… .'

도는 양이의 양손을 잡았다. 양이에게 얽힌 그물을 간단히 태워 없애며 말했다.

"또 해볼래?"

"어, 뭘요?"

"조금 전처럼. 손 가는 대로 만져봐."

"으음."

양이는 당혹스러웠다. 하지만 딱히 안 하겠다 할 이유도 없어서 얼떨떨하게 다시 그물코에 손가락을 찔러넣었다. 그물코를 들어 올리고 어정쩡하게 이리저리 얽었다.

"그런데 아까 '그자'들, '아수라'라고…….."

양이는 뻘쭘했다. 자기가 대체 뭘 하는지도 잘 모르겠는 채 막연히 허우적대려니 웃기고 어처구니없었다. 그래서 적당히 말을 꺼냈다.

"응."

"눈은 짝짝이였지만 얼굴이 반반 다르고 그러진 않네요? 인상도 험악하지 않고요."

"얼굴은 멀쩡해도 마음이 사납지."

도는 잘라 말했다. 양이가 흘끔 시선을 주자 부연했다.

"아수라는 전투와 투쟁을 상징하는 종족이야. 천생이 싸움이라 걸핏하면 시비를 일으키고 피를 보려 들지."

"아, 그렇구나. 어쩐지. 아까도 대뜸 험악하게 나오더라고요. 말로 하지 말로."

양이는 주억거렸다. 명동에서 본 일을 돌이키다 수라들이 도에게 '견 선생', '누렁이' 운운한 데까지 생각이 미쳤다.

"그런데, 수라는 사장님 쪽이랑 사이 나쁜가요?"

양이는 대수롭지 않게 물었다. 칼날같이 답이 돌아왔다.

"내 나라의 원수다."

도는 싸늘히 답했다. 목소리에서부터 적의가 묻어났다. 양이는 괜한 주제를 건드렸나 싶어 움찔했다. 슬그머니 도를 보았다. 그때였다. 도가 입을 벌리며 퍼뜩 어깨를 털었다. 도는 심각하게 눈에 힘을 주며 목에 핏대를 올렸다.

"아! 네가 그 수라 놈들이 한 헛소리 듣고 오해할까 싶어서 밝혀두는데, 난 걔한테 한 번도 안 졌어."

"네? 누구요?"

양이는 당황했다. 동시에 그물을 한 겹 더 벗겨내었다. 더더욱 당황하며 제 손을 내려다보았다.

"허, 이 무슨……. 하여튼……."

도 역시 재차 놀랐다. 그러나 도는 양이가 해낸 놀라운 일에도 그다지 마음 쓰지 않았다. 제가 하던 말이 양이가 한 일보다 중요한 듯 본래 주제로 돌아가 열렬히 말을 이었다.

"누구긴 누구야, 전대(前代) 수라 왕, 태흑. 나 걔한테 두들겨 맞은 적도 없고 걔한테서 도망친 적은 더더욱 없어! 걔가 진짜 나쁜 놈이야. 잘 살고 있는 우리나라를 자꾸 찝쩍대며 내 새끼를 하도 괴롭혀서 끝내 전쟁까지 났다고. 내가 그래서 걔랑 직접 붙은 적도 여러 번이지만 걔는 일기토를 하든 뭐를 하든, 전투에서든 전쟁에서든 나를 이겨본 적이 없어. 내 옷깃조차 벤 적이 없다니까? 기어이 나한테 팔다리하나씩 날아가서 왕위도 세자에게 물려줬어. 그러니까 나 한 번도 진적 없어! 다 이겼어!"

'사장님, 처음에는 몰라봤는데, 가끔 애 같으시다.'

양이는 깊이 끄덕였다. 사장님의 소중한 자존심을 지켜주었다.

"사장님, 진짜 강하시네요. 오늘도 강해 보이셨지만 전투 종족의 왕까지 그렇게 이기실 정도면 무진장 강하신가 봐요."

"음, 내가 좀 '무진장' 강하지."

도는 흐뭇한 미소를 감추지 못했다. 뺨을 발긋하며 입을 벌쭉했다. 새삼 양이를 더없이 기특하고 사랑스럽다는 눈빛으로 보았다. 유치원 선생을 해도 될 듯이 조곤조곤 상냥히 말을 꺼냈다.

"자, 이놈도 포박을 두 겹이나 풀어줬으니 하룻밤 푹 자면 깰 거야. 우리 이제 얘 놔두고 쉬러 갈까? 오늘 '무서운' 일도 겪었는데 '매우 무서운' 꿈을 꿀 것 같지 않아? '무진장' 강한 사장님이 재워줄까?"

양이는 동공에 지진을 일으켰다. 단호히 답했다.

"아뇨. 방이나 빌려주세요."

"왜에? 오늘 많이 놀랐잖아. '무써운' 꿈꾸면 어떡하려고. 귀신 꿈꾸면 어떡해에? 안 돼에. '무진장' 강한 사장님이 지켜줄게. 우리 예에쁘게 자러 갈까?"

도는 화사하게 웃었다. 양이에게 팔을 뻗었다.

양이는 눈을 질끈 감았다. 저 미소 공격에서 벗어나야 했다. 눈 감은 채 뒤로 방방방 엉덩이 뜀을 뛰었다.

"방이나 빌려주세요. 장지문 달린 방 말고 문고리 달린, 잠금장치 확실한 방으로요!"

"아니 왜? '무진장' 강한 사장님이 든든히 지켜준다니까?"

도는 도망가는 양이를 덜렁 들어 안았다. 그대로 일어서며 훌떡 들쳐 메었다.

"으아아아, 싫어요. 다른 스킨십은 다 그런가 보다 해도 한이불만은 싫다고요오오. 대체 왜 자꾸 절 붙들고 주무시는 건데요오오."

"왜긴, 우리 귀여운 찐빵을 지키려는 게지. 다른 의도는 없어. '절대로' 조금도 없어. 수산이 한 말 기억하지? 난 '정직의' 화신이라고. '천지신명께' 맹세해!"

"으아아아앙. 내 소녀시이이이이이임!"

양이는 구슬피 울부짖었다.

악몽

　붉게 쓸려 있다. 너를 살릴 길을 찾았노라, 만 리 길도 한 걸음처럼 가슴 벅찬 달음박질로 다다른 이곳이, 붉게 쓸려 있다. 황량한 검은 복도를 직직 쓸어내린 붉은 자국은 비리고, 진득하며, 또렷하다. 그리하여 혐오스럽고, 해괴하며, 요염하다. 복도 끝 깊은 방에 누운 붉은 웅덩이는 적막히 서늘하다.

　"전하! 공주가, 전하의 도(刀)가……!"

　수하는 외친다. 펄떡, 감히 왕을 제치고 문지방을 넘는다. 붉게 물든 왕의 야금을 화급히 들춘다. 붉음 외에, 그곳엔 무엇도 없다.

　"전하……!"

　수하는 퍼렇게 왕을 본다.

　"내, 혜야……."

　왕은 두 마디만 뇐다. 표정 없는 그 얼굴이 허옇다.

　왕은, 강대한 왕은 강가 이파리처럼 떤다. 공주를 지키고자 남긴 것, 자신과 다름없는 도(刀)를 부른다.

　도는 즉각 부름에 응한다. 입을 벌린 황금빛 용이 왕의 옥수를 옥죈다.

수하는 옥수에 감긴 칼자루를 본다. 시린 외날을 타고 시선을 민다. 모진 서슬에 붉음이 독처럼 돋는다. 신음이 돋는다.

"누가 공주를, 전하의 도로……. 대체 그 누가, 전하가 치신 결계를……."

수하는 전율하나 왕은 굳건하다. 어느덧 한 점 떨림이 없다. 고요히 이른다.

"주견, 도갑이 돌아오지 않는다."

"무슨……! 그럴 수는 없사옵니다!"

"현실이다. 부름에 응하지 않는다. 나 역시, 그곳으로 갈 수 없다."

왕은 칼자루를 움켜쥔다. 담담히, 단호히 명한다.

"주견, 어쩌면 내 마지막 어명이다. 받들어 전하라."

파랗던 수하는 허옇게 질린다. 팔 척 건장한 몸이 자지러든다. 눈을 질끈 감으며 부복한다.

"신, 주견, 어명을 기다립니다!"

"내가 잘못되면……."

왕은 숨을 들이쉰다. 서릿발처럼 호령한다.

"옥판을 왕으로, 수산을 대장군으로 삼는다! 그 둘로써 삼경을 안으로 다스리고 밖으로 지키라! 내 잘못되더라도……!"

왕의 두 눈에서 써늘한 금빛이, 빛나다 못해 새카만 빛이 터진다.

"태흑만은 데려가마!"

"명, 받드옵니다!"

수하는 천둥처럼 운다. 왕은 사라진다. 다만, 홀로.

태양은 잔혹하다. 무정히 모든 빛을 압살하고 무참히 일체를 태운다.

왕은 폭발이 임박한 태양이다. 왕이 뿜는 빛은 극점에 달해 일체 시계(視界)를 장악한다. 그 빛이 가하는 폭압에서 버틸 수 있는 자는 드넓은 수라국을 통틀어 단 한 명, 수라 왕 태흑뿐이다. 그 태흑마저 한 팔, 한 다리를 잃는다. 무력히 피 토하며 무너진다.

"이 악연도 끝이다, 수라 태흑!"

왕은 날을 세운다. 자신을 노려보며 헐떡이는 태흑에게로 비정히 쇄도한다.

"멈추어라!"

지평선에서 노성(怒聲)이 인다. 두 자루 큰 칼, 번개 칼과 벼락 칼이 왕과 태흑 사이를 가른다. 다섯 마리 황룡이 이끄는 금 수레가, 수십 신장이 올라탄 구름이 먼지를 일으키며 왕이 뿜은 금빛을 뚫는다. 그러나 그들 역시 빛이 따리 튼 중심을 범하지 못한다. 멈추어 사납게 으르렁댈 뿐이다.

"수경왕, 수라 왕, 멈추어라! 너희는 이미 종전(終戰)하였거늘 이 무슨 무도한 짓이냐! 어찌 이렇듯 싸움을 벌이며 하늘 바닥을 뚫는 지경에 이르렀느냐!"

금 수레에서 호통이 터진다. 수레 문이 열리고 삼계에서 가장 지고한 자, 천지왕이 내린다.

"수경왕, 이, 무슨 일이냐? 아수라 궁에, 네 어찌 홀로 들이닥쳐, 이 사달을, 이 사달을, 내었느냐?"

삼계에서 가장 지고한 자, 그 이름부터 황제인 자, 천지왕 옥황(玉皇)은 부르르 떤다. 무서운 밀도로써 공간을 지배하는 금빛 영압(靈壓)에, 젊은 왕이 뿜는 살기에 말조차 쉬이 잇지 못한다. 그 믿을 수 없는

413

현실에 눈을 부릅뜬다. 가일층 호령한다.

"네 이놈, 수경! 짐이 친림하였거늘, 어찌 그 도를 거두지 않으며 어찌 하문에 답하지 않느냐!"

천지왕은 호령하나 떨림을 멈추지 못한다. 지존답지 않은 곁눈질로써 자신을 호종하는 천계 양대 무장, 벼락 장군과 번개 장군을 살핀다. 그 둘조차 퍼렇게 질려 이 악물고 있음을 본다. 다른 신장은 무릎조차 바로 펴지 못한다. 황룡조차 헐떡인다. 그들 모두, 한 치만 잘못 움직이면 목이 베일 듯한 공포와 맞선다.

천지왕은 깨닫는다. 저, 스스로도 살기를 어쩌지 못하여 파르르 떠는 젊은 왕이 이 모든 일을 벌였음을, 저 젊은 왕이, 전투 종족인 수라의 왕궁을 홀로 침범하여 수라족 유사 이래 최고 무인이라는 태흑을 무릎 꿇리고 급기야 하늘 바닥을 뚫었음을, 저놈이, 저 젊은 왕이, 태어나 지금껏 단 한 번도 제 이를 완전히 드러낸 적 없음을, 저 젊다 못해 어린놈이, 저 범 새끼가, 지금껏 몸을 낮추고 개처럼 꼬리를 흔들며 제 비위를 맞추었을 따름임을, 철저히 깨닫는다.

젊은 왕은 어떻게든 천지왕에게 살기를 뻗지 않으려 안간힘 쓴다. 어금니가 갈릴 정도로 이를 악물며 시근댄다. 힘겹게 청한다.

"지고하옵신, 천지왕 전하. 신의 불충을, 지존의 아량으로써, 헤아려, 주시옵소서. 금일, 신이 이러함은, 금일, 신이 전하를 뵈옵고자 천하궁 대전에 든 사이, 신의 침전에서 요양하던 공주가, 참담히, 살해당하였기, 때문이옵니다. 그 침전을 보호하는 결계는 신이 직접 친바, 그것을, 그리 단시간에 풀어, 그러한 참극을 벌일 수 있는 자는, 삼계에 단 한 명, 수라 혼야뿐인즉, 신은, 그 아비와 그 일족에게, 공주의 목숨값을 받고자 하옵니다. 신의 도(刀)가, 원수의 목을 베도록, 윤허

하여, 주시옵소서."

젊은 왕은 뻘겋게 눈에 핏발이 선다. 뜨거운 심장이 태흑을 향한 살의로 가득하다. 절박히 헤아린다.

'이 수라의 정점만, 오직 이자만 없애면 된다. 현 세자야 애송이일 뿐이니, 이자만 없애면 된다. 그러면 내가 잘못돼도, 어떻게든 남은 수하들이, 적어도 당분간은, 삼경을 지키리라!'

"천지왕 전하! 신은 모르는 일이옵니다! 수라 혼야는 이미 일족에서 내친 자! 이미 신의 자식이 아니오며 신의 일족조차 아니옵니다!"

"닥쳐라, 수라 태흑!"

한 팔과 한 다리를 잃은 태흑이 항변한다. 그러나 천지왕은 냉혹히 일갈한다. 어떻게든 저 젊은 왕을 가라앉혀야 한다. 젊은 왕이 뿜어내는 영압과 살기가 그만큼 두렵고 서늘하다.

"짐이 네놈이 품은 탐욕과 전투욕을 모르리라 생각하느냐? 수경왕은 짐이 친히 그 생명을 주고 왕호와 봉토를 내린 자, 수경왕이 어릴 땐 짐이 섭정하였으나 비로소 수경왕이 장성하여 환정하자 네놈은 기다렸다는 듯이 삼경을 침탈하지 않았더냐! 짐은 삼계를 두루 다스리는 지존으로서 자그마한 분쟁에 일일이 참견함은 알맞지 않다 여겨 그저 좌시하였으나 기실 네놈은 그 일부터 짐에게 불충하였다!"

"아니옵니다, 전하!"

"닥치라 하였다! 또한!"

태흑은 자신을 변호하고자 한다. 천지왕은 듣지 않는다. 젊은 왕이 내뿜는 영압을 버티는 일만으로도 버겁다.

"또한! 오늘날 해괴한 질병으로 삼경이 어려운 이때, 네놈은 천계에 속한 일족으로서 삼경에 깃든 생명을 긍휼히 여기지는 못할망정 나날이 그 접경으로 군대를 보내었지! 짐이 그 일을 모를 줄 알았더냐! 전후 사정이 그러하니 수경왕이 공주가 죽자 이리 판단하고 행동함도 수긍 가는바! 수라 태흑은 일절 변명을 삼가라! 또한, 이 이상 양국 분쟁으로 천계와 삼경이 소란해지는 꼴을 두고 볼 수 없나니, 이 시각부터 수라가 삼경과의 접경에 이천이 넘는 군사를 파병하거나 삼경을 넘어 수경왕이 보호하는 백성을 단 한 명이라도 해한다면, 그 즉시 천하궁에 속한 모든 신장대를 소환하여 수라를 마지막 한 명까지 토벌한다! 이는 짐, 천지왕 옥황의 이름으로 하는 지엄한 선언이다!"

"천지왕이시여!"

수라 태흑은 소리 높여 부르짖으나 차마 명토 박아 항변하지 못한다. 천지왕은 젊은 왕이 뿜는 영압을 이기려 옥빛 영기를 크게 떨친다. 추상처럼 명한다.

"수경왕! 짐이 이리도 삼경을 살피거늘 아직도 그 칼을 거두지 못하겠느냐! 짐 앞에서 살육을 벌이면 용서치 않겠나니! 당장 칼을 거두고 예를 갖추어라!"

젊은 왕은 어깨를 들썩인다. 핏발선 눈으로 태흑을 노려본다. 입안을 구르는 어금니 조각을 느끼며 침음한다. 죽을힘을 다해 살기와 영기를 억누른다. 수라 태흑에게서 등 돌린다. 제힘을 못 이겨 부르르 떨리는 무릎을 지독스레 굽힌다. 그 손에서 도가 증발한다. 공간을 장악하던 금빛이 일거에 소멸한다.

"크흑……."

그 일은 불식간에 난다. 젊은 왕이 영기를 거둔 순간, 죽음의 공포와 맞서던 신장 몇이 끌어올린 투기를 어쩌지 못하고 젊은 왕에게 공격을 퍼붓는다. 젊은 왕의 어깨에, 가슴에, 배에, 칼이, 창이, 화살이,

다른 영기의 날과 병장기가 꽂힌다. 젊은 왕은 영력을 최소한도로 돌려 날붙이를 급소에서 비껴내지만 단지 그뿐, 공격을 막거나 기운을 솟구지 못한다. 그리하려 들다가 제 살기와 투기를 누르지 못하고 이 공간에 있는 전원을, 천지왕마저 해하게 될까 봐 저어한다. 고통을 감내하며 올칵 피 토한다. 본능이 피를 두려워하고 거부하나 그 혈기조차 영기를 돋워 태우지 못한다. 퍼렇게 질려 나직이 헐떡인다. 올칵, 또다시 피를 토하며 깊이 조아린다.

"천지왕 전하께서 내리신, 크흑⋯⋯. 지혜로우신 결단에, 감복, 감읍하나이다. 소신이 저지른 무례를, 흣⋯⋯."

젊은 왕은 거푸 피를 토한다. 그 모습을 보는 천지왕의 눈엔 한 점 동정도 없다. 두려움과 놀라움, 잔혹함뿐이다. 그러나 천지왕은 애써 지엄하고도 인자한 소리를 낸다.

"되었으니 말하지 마라. 짐은 그대를 세상에 내놓은 아비로서 그대가 공주를 잃고 느낄 고통과 분노를 통감한다. 다만 그대가 이같이 온 천계를 흔들고 시끄럽게 하며 하늘 바닥을 뚫어 인계에까지 해를 끼치니 그 죄는 결코 가볍지 않다. 나는 그대를 낳은 아비이자 삼계에 법도를 세워야 하는 천지왕으로서 명한다. 지금 이 시각부터 그대에게 삼경을 제외한 천계 전역의 출입을 엄금한다!"

천지왕은 소매를 떨치며 팔을 뻗는다. 그 손끝에서 옥색 영기가 채찍처럼 뻗어 젊은 왕을 후려친다. 젊은 왕은 저항하지 않는다. 구겨져 낙엽처럼 날아간다. 무릎 꿇은 곳에서 멀지 않은 곳, 태흑과의 싸움으로 자신이 만들어낸 하늘 구멍까지 날아간다. 지상으로 떨어진다. 피토하며, 의식을 잃은 채.

"크흑."

도는 신음하며 눈떴다. 온몸에 견디기 힘든 격통이 일었다. 병장기 여러 자루가 온몸 구석구석을 꿰뚫는 느낌이었다.

"흐윽……."

도는 어금니를 갈며 상황을 헤아렸다. 이내 이 고통이 거짓에 지나지 않음을 깨달았다. 몸에 힘을 풀고 거짓된 고통이 빠져나가기를 기다렸다. 깊은숨을 내쉬었다. 초점이 미처 돌아오지 못한 눈을 말가니 깜박였다.

'꿈……. 이런 잠이나마 기껍다만, 참으로 독하구나.'

도는 쓴쓰레 웃었다. 제 품을 더듬어 그 안에 든 보드라운 몸을 어루만졌다. 남은 긴장이 사르르 녹았다. 팔에 힘을 넣어 그 보드라운 몸을 들었다. 그 몸을 제 몸 위에 올리고 다독이고 쓰다듬었다. 숨을 골랐다. 식은땀으로 젖은 얼굴에 나른한 편안함이 깃들었다. 노곤히 헤아렸다.

'꿈……. 잠들면 꿈꿈은 필연인가? 나는 늘 꿈꾸는군. 꿈마다 하나같이 꿈으로 돌이켜질 만큼 강렬한 기억과 감정은 맞으나 내 꿈은 왜 이리 다 황량한가.'

도는 눈 감았다. 양이를 바짝 안았다.

'꿈꾸는 내용은 우연인가? 혹여, 이조차 필연인가? 혹여, 꿈꾸는 사건에 내가 놓친 바 있는가? 그래서 이렇게 되짚어주는가? 하아. 무엇도 알 수 없구나.'

"양이야, 너는 내게 무엇을 알리려는 게냐? 나를 어찌하려느냐?"

도는 나지막이 중얼댔다.

"낑, 끼잉."

불현듯 문밖에서 개 울음이 났다. 도는 고개 돌려 문을 보았다. 문살과 창호지 너머로 거대한 개 그림자가 꾸물댔다. 개는 도가 보내는 시선을 느낀 듯 고개를 젖혔다. 더욱 처량히 울었다.

"낑, 끼잉, 끄으응."

"하하, 이놈……."

도는 소리 내어 웃었다. 문밖을 향해 얼렀다.

"이놈, 밤새 허기졌느냐? 하기야, 이 정도 악몽이니 네 회가 퍽 동하기도 하였겠다. 하나 안 된다. 아무리 군침이 돌아도 내 꿈은 먹지 마라. 이 꿈이 내게 알아야 할 바를 되새겨주는지도 모르니, 네가 먹어 내가 잊으면 곤란하니라."

"끼이이이잉."

개는 더더욱 서글피 울었다. 고개를 떨어트리고 두 앞발 사이에 코를 묻었다.

춤추는 변태

양이는 느지막이 일어났다. 잠들기 직전까지 죽어라 도를 두드려 패다가 불현듯 그 혼신의 폭행이 방어막을 두른 도에겐 안마에 지나지 않음을, 도가 이미 푹, 아주 푸우우우우욱 잠들었음을 깨달았다. 진정 한 마리 복어가 되었다. 테트로도톡신을 축적하며 서글피 잠들었다. 그렇게 심신이 홀랑 털려 잠드니 도통 눈꺼풀이 떨어지질 않았다. 점심나절이 돼서야 눈떴다.

"히에엑, 난 몰라!"

양이는 하는 일이 있든 없든 월급 받는 직원으로서 대놓고 늦잠 자다 출근도 안 한 셈이었다. 후다닥 일어나 눈곱만 떼고 홀로 뛰쳐나갔다. 수산을 발견하고 꾸벅 허리를 꺾었다.

"죄송해요!"

"네? 뭐가요?"

수산은 당황했다. 어리둥절하여 두리번댔다. 그러다 곧 맥락을 파악했다. 손사래 쳤다.

"에이, 괜찮아요. '업무 없을 시 행동의 자유 보장'이 우리 가게 근무 조건이잖아요. 일없어요. 그보다, 크닙이게 들으니 어제 많이 놀랐겠던데, 괜찮아요?"

"아, 예. 감사합니다. 그리고 죄송합니다."

양이는 민망해했다. 수산은 푸근히 웃으며 양이를 위로했다.

"죄송하긴요. 낯선 곳에 떨어져 양이 씨가 고생이죠. 사장 놈도 순 제멋대로고."

수산은 낄낄 웃었다. 양이에게 내밀히 눈짓하며 느릿느릿 수더분히 말을 이었다.

"힘이 날까 싶은데 월급 넣었어요. 조금이라도 건수 되는 일은 다 특별수당 쳐서 넉넉히 입금했으니 확인해요."

"앗, 감사합니다!"

양이는 불끈 호랑이 기운이 솟았다. 오늘 집에 가서 쇼핑몰 찜 목록 을 해치워야겠다 생각했다.

"아, 그리고!"

수산이 덧붙였다.

"들어오기로 했다면서요?"

"아, 네."

"아침에 크닙이랑 월주가 짐 옮겨놨어요."

"네에?"

'우리 집 문을 어떻게 따고 들어가서 내 짐을 어쨌다는 소리야! 늘어 난 팬티 널어놨는데!'

양이는 입을 쩍 벌렸다. 수산이 긁적였다.

"아우, 그게요, 전 말렸는데 사장님이 우기셔서……. 양이 씨 물건 에 손대지는 않았어요. 주술로 들어 옮기기만 했으니 너무 마음 상해 하지 마요. 짐 정리해야 하니 양이 씨가 쓸 방이 궁금하면 바로 보여

줄게요.”

“흐으. 예에…….”

양이는 도가 약속한 대로 정원과 욕실을 갖춘 훌륭한 서식지를 얻었다. 그 새 서식지는 거의 완벽했으나 다소 기이했다. 첫 번째 기이한 점은 이웃한 방이었다. 양이 방에서 정원으로 나가 동으로 다섯 발자국, 남으로 한 발자국 걸으면 문이 있었다. 그 문을 지나면 양이가 기억하는 도의 방과 똑같은 방이었다. 양이는 굵고 짧게 고민하다가 화화 구조상 절대로 이 방이 그 방일 리 없다고 결론지었다. 두 번째 기이한 점은 구석에서 발견된 흙이 마르지 않은 흙손과 굳지 않은 도배용 풀이 담긴 단지였다. 풀 단지야 그렇다 처도 흙손이 어째 기이하나 양이는 대충 넘어갔다. 짐 정리나 했다.

아무리 별 짐 없어도 이삿짐이었다. 양이는 하루를 꼬박 잡아야 정리되겠거니 했다.

하나 장롱도 한 손으로 턱턱 옮기는 월주가 두 팔을 걷어붙였다. 두 시간 만에 일이 끝났다. 번갯불에 콩 볶아 먹듯 이사를 해치우고 어영부영 하루를 보냈다.

문제의 도는 저녁 밥때에서야 나타났다. 사생활 보호 개념을 엿 바꿔 먹었는지 당사자 동의 없는 이삿짐 이송을 반성하긴커녕 방이 괜찮지 않으냐며 으스댔다.

양이는 살짝 열받았다. 그러나 새 서식지가 마음에 들고 월급도 마음에 들었다. 지난 일을 들추지 않기로 했다. 방도 정원도 예쁘다며 고마워했다.

도는 ‘별거 아니’라며 혀로 겸손하면서도 히쭉 솟은 입꼬리로 진탕 뻐겨댔다.

크넙은 '그게 하루 만에 만든 방'이라는 둥, '그게 다 우리 전하시니까 가능한 일'이라는 둥, 신이야 넋이야 광 쳐가며 도를 치켜세웠다.

양이는 결국 웃음을 터트렸다. 이 사생활 침해범을 용서하기로 했다.

"그런데 어제 그 남자는요? 아직도 주무시나요?"

남자는 양이와 월주가 짐 정리를 끝냈을 때도 깨지 않았다. 양이는 적잖이 걱정하며 물었다. 그 남자가 남 같지 않고 아무래도 신경 쓰였다.

"이제 깨울 셈이야. 휴식이야 필요하지만 너무 자도 욕창 생기니 깨워서 밥 먹이고 약 먹여야지. 우리 찐빵이 걱정하기에 이미 맥 짚어서 약 지어놨어."

"우와, 그러셨구나. 그분은 좀 어떠세요? 주무신 지 한참 됐는데도 못 일어나시네요."

"탈진이지, 뭐. 별 탈 없어."

크넙이 어제 사건을 떠벌린 터라 월주와 수산도 남자를 궁금해했다. 결국, 식사를 마친 화화 일동은 남자에게로 우르르 몰려갔다.

✳✳✳

"크넙아, 깨우거라."

"넵, 전하!"

도가 명하자 크넙이 쪼르르 달려가 남자 머리맡에 착 앉았다.

"저, 사장님."

"응?"

양이는 도의 무릎에 앉아 도의 팔을 살그머니 잡아당겼다.

"저분이 놀라시지 않을까요? 험한 일 겪고 눈떴는데 낯선 사람 보이면 무섭잖아요. 사장님이 직접 깨우시면……."

"찐빵은 다정하기도 하지. 그럴까?"

도는 생긋 웃었다. 자기보고 깨우라니, 솔직히 귀찮았다. 그래도 양이가 원한다면 수고할 수도 있었다. 양이를 내려놓고 남자에게 다가갔다. 손짓으로 크닙을 물리고 남자의 이마에 손을 얹었다. 귀찮음을 담뿍 담아 명했다.

"야, 일어나."

남자는 꿈틀했다. 정말 따라야만 하는 명령을 받은 듯 눈꺼풀을 움찔댔다. 도가 그 이마에서 손을 떼자 서서히 눈떴다.

"어?"

양이는 작게 감탄했다. 눈뜬 남자의 상이 깜박이더니 그대로 남자가 시야에서 증발했다.

"에엑?"

그러나 다음 순간, 남자가 있던 자리에 거대하고 하얀 거미줄, 혹은 거대하고 하얀 그물이 나타났다. 사라졌던 남자는 그물에 갇히어 오도카니 앉았다. 말간 눈으로 그물에 열 손가락을 얽고 그물 밖을 천천히 둘러보았다. 작게 중얼댔다.

"이상하다. 왜 날 보는 것 같지?"

남자는 뺨이 발그레하게 달아올라 눈을 습벅였다. 그러는 사이 손가락에 얽은 그물이 서서히 녹아내렸다.

"피곤해서 제정신이 아니었어. 지금 위험해. 환각이 보였잖아."

남자는 방백 하는 연극배우처럼 말하더니 다시 깜박였다. 그물도 다시 하얗게 빛을 발했다.

"아."

남자는 신음했다. 그제야 그물 안에서 느리게 뒤척였다. 그물코에 촘촘히 손가락을 얽고 그물을 자신에게서 느슨히 들어 올렸다. 두 손을 천천히 눈앞으로 끌어올려 그물을 펼치고 곰곰이 살폈다. 엄지와 검지 사이에 그물 가닥을 끼우고 섬유를 손가락 끝으로 세게 문질러도 보고 두 팔을 죽 펼쳐 그물을 잡아당겨도 보았다. 또다시 온몸을 깜박였다. 그러나 여전히 그물 안이었다.

"백 번쯤 하면 성공할 거야. 네 능력, 그 그물로 가볍게 봉했거든. 하지만 구태여 하지 마. 그딴 짓을 되풀이하면 우주가 반드시 무거운 대가를 청구할 테니. 이미 상당한 대가를 치렀잖아? 이젠 뭘 내주려고?"

남자는 재차 그물을 들어 올렸다가 느릿느릿 고개 돌렸다. 도를 보며 눈을 깜박였다. 무례할 정도로 빤히 도를 응시했다. 입술을 움직였다.

"이 남자를 언제 봤지? 흠, 나보다 잘생겼네. 언제 보기는 봤는데, 허, 혹시 이 남자, 지금 날 보나?"

남자는 혼잣말을 한다기에는 목소리가 카랑카랑 선명했고 남 들으라고 말한다기에는 말 내용이 숫제 혼잣말이었다. 턱을 매만지며 고개 숙였다.

"언급한 바가 나한테 한 말 같기는 한데, 저 남자가 뭘 알아서?"

남자는 다시 고개 들었다. 고개 숙였다가 턱을 만지고 다시 고개 드는 연단 행동이 아주 여유롭고 사뿐사뿐했다. 그러면서도 그 행동이 미묘하게 궤적이 커서 과장된 느낌이었다. 흡사 연극배우가 연기하는 우아한 밤손님 같았다. 남자는 그런 특유의 몸짓으로 도에게 상체를 뻗었다.

"혹여, 제가 보이십니까? 저한테 말씀하신 거 아니시죠?"

"잘 보여. 너한테 말했고."

흠칫, 남자는 '흠칫'이라는 단어가 그 이상 맞아떨어질 수 없는 몸짓으로 도에게서 물러났다. 색이 엷은 눈동자를 휘둥그레 뜨고 도를 위아래로 살폈다.

"이건 꿈인가? 아니면 저게 허깨비인가? 내가 드디어 미쳤나? 솔직히 미칠 만했지."

남자는 진지하게 끄덕이더니 물었다.

"당신은 누구십니까? 귀신이나 유령이나 꿈속 존재가 아니라면 어떻게 저를 알아보십니까?"

"나? 네 생명의 은인이자 네가 있는 이 가게 사장. 난 귀신도 유령도 아냐. 너는 지금 꿈꾸는 중도 아니고. 내가 널 어떻게 알아보느냐면 너만큼 특이한 존재라서 그래."

"허어……."

남자는 장탄식을 냈다. 상체를 뒤로 빼고 사뭇 심각하게 도를 위아래로 재차 삼차 살폈다. 도가 자신을 향한 시선을 끝까지 거두지 않고 피식 웃으며 팔짱을 끼자 홀연 홍당무가 되었다. 흠흠, 헛기침하더니 어조가 누그러들었다.

"저어, 설마, 진짜, 제가 보이십니까?"

"보여."

남자는 어쩔 줄 몰라 했다. 딱히 어떤 동작을 취하지 않았지만 눈가가 촉촉해졌다. 잇달아 낯빛까지 뻘겋게 퍼렇게 허옇게 바뀠다. 안절

부절못하는 속내를 고스란히 드러냈다.

"저기, 목 좀 축이시겠어요? 입술이 많이 마르셨어요."

남자는 지금까지 어색하도록 또렷또렷 말했다. 그러면서도 혀가 자꾸 입천장에 들러붙는 듯한 소리를 냈다. 양이는 한방차를 한 잔 따라 슬그머니 남자에게 다가갔다. 차를 권했다.

남자는 양이가 한 말을 듣지 못한 듯했다. 도만을 홀린 듯 응시했다. 미동조차 없었다. 양이가 "저어, 손님." 하고 다시 말을 걸자 그제야 힐끔 곁눈질했다. 흠칫 놀랐다. 쓱 양이에게 몸을 돌렸다. 양이를 빤히 들여다봤다. 자신에게 들이밀어진 도기 잔도 봤다. 적이 당황한 기색으로 속눈썹을 팔랑였다. 천천히 고개 돌려 등 뒤를 살폈다. 벽과 실내 장식밖에 없는 제 뒤를 확인했다. 양이에게 시선을 돌렸다. 양이를 다시 빤히 들여다봤다. 고개 들어 수산, 월주, 크닙을 하나하나 살폈다. 오른손 검지를 들어 저 자신을 가리켰다.

"저, 말씀이십니까?"

남자는 '설마.' 하는 태도가 강한 억양이었다. 양이는 끄덕였다.

"보여요."

남자는 얼굴이 또 한 번 확 달아올랐다. 낯을 붉히면서도 들은 말을 믿지 않는 기색이 역력했다. 양이는 덧붙였다.

"저기, 손님께서 존재감이 엷은 분이라는 설명은 사장님께 들었는데요, 여기가 원래 특이한 데라서요, 다 보여요. 다 들리고."

남자는 발간 얼굴로 눈까풀을 연거푸 깜짝였다. 그러더니 덥석, 양이가 내민 잔을 두 손으로 받았다. 꾸벅, 고개 숙였다.

"감사합니다. 기다리게 해서 죄송합니다. 잘 마시겠습니다."

남자는 정중함이 넘쳐 비굴했다. 감로수를 얻은 듯 귀하게 물을 마셨다.

"사장님 특제 한방차예요. 여기는 찻집, 그런 곳이거든요. 그 차는 화가 나고 막 불안할 때요, 마시면 마음이 누그러든대요. 사실 그거 한 삼 탕 해서요, 보리차 수준인데 손님께서 만 하루를 꼬박 주무셔서요, 일부러 물처럼 드시라고 이렇게 가져왔어요."

양이는 어색함을 녹이려 별것 아닌 말을 자분자분 늘어놓았다.

"마실 만하면 한 잔 더 드릴까요? 아니면, 미음을 준비했으니까 드시고 기운 좀 내세요. 우리 주방에서 나오는 음식은 다 맛있어요."

남자는 잔에서 천천히 입술을 뗐다. 고개를 꾸벅이며 양이에게 공손히 잔을 건넸다.

"감사합니다. 정말 계속 나를 보네. 여기 사람들은 참 이상하다. 아니면 이게 정말 꿈이거나 내가 진짜 미쳤거나."

남자는 침착한 태도로 속생각을 또박또박 말했다.

"꿈은 아니에요. 걱정하지 마시고 미음도 좀 드세요."

양이는 남자가 보이는 행동이나 태도가 독특하다 느꼈다. 그러나 당황하지 않았다. 본래도 남보다 역치가 높은 편에 화화에 취직하고 지난 한 달여간 배짱과 수용 범위가 비범하게 두둑해지고 넓어졌다. 수산에게서 미음과 잘게 자른 김치, 간장 종지가 오른 상을 넘겨받았다. 침착하게 이부자리 옆에 놓았다.

"줄곧 주무셔서 속이 비셨을 거예요. 살살 드세요."

남자는 여전히 수줍어하고 신기해하는 표정이었다. 어리둥절한 듯도 했다. 홀린 듯 양이를 보며 상으로 다가왔다. 수저를 들었다.

"진짜 꿈이 아닌가? 이상하다. 아무래도 이건 꿈인데. 여기 사람은 다 이상하구나."

남자는 꾸벅 묵례했다.

"고맙습니다. 배고프지 않지만, 잘 먹겠습니다."

남자는 얌전히 먹었다. 지금까지 정신이 좀 나간 듯, 얼마간 우스꽝스럽게 행동하고 말했지만 몹시 단정히 식사했다. 단정하다 못해 참하게 수저와 젓가락을 놀렸다. 침착히 음식을 씹었다. 조용히 목으로 넘겼다.

화화 일동은 어쩐지 잠잠이 남자를 관찰했다. 남자는 야릇한 존재였다. 처음엔 연극배우 같은 어조로 끝없이 제 머릿속을 늘어놓았다. 그러나 입을 닫으니 분위기가 일변했다. 그저 시선을 내리깔고만 있어도 순한 주름이 흐르는 눈매, 탄력을 잃어가는 허연 뺨, 옹이가 붙은 손매. 그런 사소한 부분 부분이 서른 중반이 족히 되었음을 암시했다. 그래도 아른히 어여뻤다. 헐렁한 수산의 옷 아래로 보이는 목이며 어깨, 손목이 매끄럽고 하늘하늘했다. 움직임 하나하나가 아늘아늘했다. 바람 없는 날 동그마니 핀, 가만하고 흰 들꽃 같았다. 혹은 누구도 찾지 않는 전시관 구석에 오도카니 놓인 민무늬 백자 찻잔 같았다. 어딘가 어슴푸레했다. 위태로웠다. 아름다웠다.

"고맙습니다. 잘 먹었습니다. 맛있었습니다."

남자는 양이가 민망할 정도로 정중히 인사했다. 도가 지어둔 약까지 몹시 감격하며 온순히 마셨다. 그러면서 몇 번이나 도, 수산, 크닙, 월주, 양이를 확인했다. 그 모두가 여전히 자신을 보고 있음을 거푸 깨달았다. 매번 깜짝깜짝 놀랐다. 매번 화끈화끈 달아올랐다. 물로 입가심했다. 오도카니 앉았다. 헐렁한 옷을 매무시하며 희미하게 달아오른 낯으로 말했다.

"다들 나를 알아보고 이렇게 잘해주다니, 골백번 생각해도 꿈이로구나. 아니면 드디어 내가 죽었나 보다. 그래, 그때 이상한 일이 있었지. 그때는 몹시 아팠어. 힘도 안 써지고. 죽을 만큼 아팠는데 정말 죽었나 보다. 그런데 그전에, 오호라! 그때 저 남자를 봤구나!"

남자는 헐렁한 티셔츠 목구멍을 양어깨에서 양손 엄지와 집게로 잡아당겨 딱 균형을 맞춰 놓았다. 흡족한 표정으로 도를 돌아보았다.

"음, 맞아. 그때 봤어. 그때가 현실이고 지금이 꿈인가 보다. 그때가 생전이고 지금이 사후 세계거나."

남자는 양반다리를 한 제 다리로 시선을 내렸다. 주변에 아무도 없는 듯 홀로 시들부들 덧붙였다.

"사후 세계면 좋겠다. 이 이상 살아내기 지겹고 쓸쓸하니."

남자가 시선을 아래로 내린 틈을 타, 월주가 남자를 가리키더니 제 머리 옆으로 집게손가락을 뱅뱅 돌렸다. 크닙이 주억거렸다. 월주는 안타까이 남자를 보았다. 크닙도 안타까이 남자를 보았다. 수산도 합류했다. 셋이 보내는 시선이 몹시도 애절했다. 도는 어느 틈엔가 무릎에 팔꿈치를 괴서 한 팔을 세우고 그 팔에 또 턱을 괸 채 시큰둥히 남자를 관찰했다. 양이를 흘끔 보았다.

'저 여자 때문에 주워는 왔는데, 역시 귀찮은 미친놈이다.'

양이는 남자에게 다가갔다. 퇴근 시간이야 이미 넘겼다. 그러나 '이야기를 들어드립니다.'라는 정체성을 내건 찻집, 혹은 사주 찻집, 혹은 그 비슷한 괴집단에서 놀고먹으며 월급 받는 직원으로서 양심 찾기용 직업 정신을 발휘했다. 오늘은 무려, 월급 더하기 월급을 넘어서는 추가 수당을 입금 확인한 날이었다.

"저어, 그런데요, 왜 자꾸 여기가 현실이 아니라고 생각하세요?"

남자는 양이를 보았다. 양이의 시선에 제 시선을 얽었다. 홀린 듯 엷게 뺨을 붉혔다. 연갈색 속눈썹을 사뿐히 깜박였다. 차분히 답했다.

"그건 지금이 현실일 리 없기 때문입니다."

"왜 현실일 리 없나요?"

"그건 제 현실이 이럴 리 없기 때문입니다."

"으음."

양이는 고민했다. 신중히 표현을 골랐다. 상냥히 말했다.

"혹시 괜찮으시다면 그 현실이 무엇이었는지 말씀해주실 수 있나요?"

남자는 흠칫 놀랐다. 뺨을 확 붉히며 더듬댔다.

"저를, 저를, 보아주시기만 해도 감사합니다. 아주 기쁩니다. 그런데 제가 하는 말을, 그러니까 제가 말을 하면, 들어주신다고, 지금, 말씀하셨습니까?"

양이는 끄덕였다.

"네. 그게 저희 찻집 방침이에요. 여기는 대나무숲이거든요. 물론 아무 말씀 안 하셔도 좋지만, 하고 싶은 말씀이 있으시면 얼마든지 편히 해주세요. 이상한 이야기도 물론 괜찮고요. 잘했다, 잘못했다. 말이 된다, 안 된다. 저희는 그런 소리 안 하고 들어드려요."

남자는 서서히 눈동자가 부풀었다. 마침내 뚝뚝 눈물을 떨어뜨렸다. 관록이 붙기 시작하는 우아한 삼십 대 남자가 어린아이처럼 꾸밈없이 울었다.

"저는, 그래도, 흐윽, 착하게 살았나 봅니다. 사후 세계가 참, 흐윽, 따뜻하고 정답습니다."

남자는 마냥 훌쩍였다.

남자는 장장 십오 분을 울먹였다. 도, 수산, 크닙, 월주, 양이, 자그마치 다섯 명이 보는 앞에서 엉엉 울었다. 그래놓고는 정색하며 몸가짐을 바로 했다. 심혈을 기울여 눈물을 닦았다. 옷매무시했다. 머리까지 가다듬었다. 본모습을 되찾고 단아히 앉았다. 오선지에 쓰인 음표처럼 도레라미로 나란한 크닙, 월주, 도 더하기 양이, 수산을 둘러보았다. 숫접게 달아올랐다. 재차 물었다.

"여러분들 모두 제가 보이십니까?"

"저 눈 좋아요. 저도 아저씨가 하는 이야기 들을래요. 저도 이야기 좋아해요."

크닙이 씩씩하게 답했다. 월주도 열심히 끄덕였다.

"눈은 제가 더 좋아요. 인간이 하는 이야기는 재미있어요. 이게 얼마 만인지 몰라요! 실례가 아니라면 들을게요."

"저도, 들어도 괜찮으시다면, 헤헤."

"다과 들면서 하세요. 차로 목도 축이시고요. 속이 좀 괜찮으시면 율란이나 다식도 맘껏 드세요."

남자는 몹시 부끄러워했다. 그러면서도 미소를 숨기지 못하며 기뻐했다. 자신 앞에 놓인 다과상에서 웃어른께 받아 들듯 두 손 모아 찻잔을 들었다. 살며시 목을 축이고 목울대가 펄떡 뛰도록 긴장하며 침을 삼켰다. 옅게 찡그렸다. 닳도록 입술만 달싹였다.

"흠흠!"

남자는 조심스럽던 거동과 사뭇 달리 서슴지 않고 목청을 가다듬었다. 불필요하리만치 또랑또랑한 목소리로, 웅변대회에 나온 초등학생처럼 또박또박 말문을 열었다.

"제 이름은 한시영입니다. 전 이렇듯 여러 사람에게 이야기해본 일이 지독하게, 음, 이 단어는 적절하지 않은 듯해. 흠······. 아주, 아주 오랜만입니다. 꿈에서도 오랜만입니다. 사후 세계에서는 처음입니다."

시영은 저 혼자 크게 끄덕였다. 말을 이었다.

"그래서 어떻게 말해야 할지 잘 모르겠습니다. 음, 무슨 말부터 해야 합니까? 이렇게 말하는 게 맞나? 안 이상한가? 흐음. 아무튼, 열심히 말하겠습니다. 잘 부탁합니다."

"와아."

시영이 꾸벅 고개 숙였다. 크닙과 월주와 수산이 열렬히 박수 쳤다. 양이는 시영을 놀리는 분위기가 될까 봐 움찔했다. 그러나 슬쩍 눈치를 살피니 시영이 보이는 반응이 실로 긍정적이었다. 양이는 현실에 곧장 적응하여 박수 부대에 동참했다. 시영은 고개 숙여 답례했다.

"저는 강남역 사거리에서 홀딱 벗고 최신 유행 걸그룹 춤을 춥니다."

멈추지 않은 박수 속에서 시영은 본론으로 들어갔다. 수줍게 덧붙였다.

"일과입니다."

✳❀✳

때는 아침 여덟 시 이십 분, 저는 강남역 일 번 출구입니다. 무수히 많은 사람이 역에서 꾸역꾸역 밀려옵니다. 버스에서 뭉텅뭉텅 쏟아집니다. 세상에 이토록 사람이 많다니, 이 많은 사람이 이 시각, 이곳에 다 모인다니, 날마다 경이롭습니다. 사람들은 끝없이 줄 잇습니다. 길을 따라 총총 바삐 갑니다. 거의 다, 어깨가 처졌습니다. 면면이 울적하고 지쳤습니다. 놀랍게도 기쁜 사람이 한 명도 없습니다. 웃는 사람은 신제품을 홍보하는 음료 회사 직원뿐입니다.

실은 저도 즐겁지 않습니다. 무섭습니다. 저는 무섭지 않으려 용기냅니다. 차려입은 정장을 벗어 가로수 화단에 개켜놓습니다. 홀딱 벗고 최신 유행 걸그룹 춤을 춥니다.

사람들은 그제야 절 봅니다. 비로소 봅니다. 비명 지릅니다. 욕합니다. 얼굴을 가리고 걸음을 서두릅니다. 가끔 경찰에 신고합니다. 더 가끔, 경찰이 출동합니다.

저는 안도합니다. 이제야 덜 무섭습니다. 사람들이 제게 비명 지릅니다. 욕합니다. 삿대질합니다. 그러면 저는 안도합니다.

'나는 여기, 아직 살아는 있나 보다. 유령은, 아직 아닌가 보다.'

저는 기뻐서 웃습니다.

하지만 그 시선은, 비명은, 욕설은, 삿대질은, 이 초를 넘는 일이 없습니다. 사람들은 자기가 왜 놀랐는지, 화났는지 금세 잊습니다. 제가 아무리 홀딱 벗고 춤춰도 저를 알아보지 못합니다. 아주 드물게 출동하는 경찰은 제 앞에 도착할 때쯤이면 무슨 신고를 받고 왔는지 기억하지 못합니다. 그 망각을 의아해하지조차 않습니다. 돌아갑니다.

하루에 십삼만 명이 넘는 사람이 강남역을 오갑니다. 그렇다면 아침에 강남역 일 번 출구를 지나는 사람은 몇 명일까요? 천 단위는 족히 되지 않을까요?

줄이고 줄여 천 명이라 치면, 그 천 명 가운데 절반이 춤추는 저를 보고 일 초라도 눈살을 찌푸립니다. 그 일 초를 합하면 오백 초, 분 단위로 환산하면 팔 분 이십 초. 저는 어떤 이들의 팔 분 이십 초 동안 세상에 존재했습니다. 저는 팔 분 이십 초만큼 덜 두려워해도 됩니다.

숨찹니다. 지칩니다. 춤을 멈춥니다. 근처 농협으로 들어갑니다. 어차피 누구도 저를 못 알아보니 태연히 옷 입고 물 마시고 매무시합니다. 다시 나옵니다. 멀거니 서서 사람을 구경합니다. 그곳엔 언제나, 사람이 많습니다. 이 많은 사람이 전부, 어떻게든 얽히고설켜 지질히 찬란히 살아갑니다.

그러나 오늘 제 팔 분 이십 초는 끝났습니다. 이제 이들 속에 저는 없습니다. 어디에도 없습니다. 쓸쓸함이 엄습합니다. 엉엉 웁니다. 남자답지 못하고 어른스럽지 못합니다. 하나 아무렴 어떻습니까? 어떤들 아무도 저를 못 봅니다. 하니 상관없습니다. 아니, 상관없지 않습니다. 오히려 더 목놓아 울어야 합니다. 홀로, 제 귀에라도 저를 증명해야 합니다.

그러던 어느 날, 저는 이 무료한 일상에 변화를 줍니다. 강남역 이번 출구로 갑니다. 한 생명 보험 회사 앞에서 홀딱 벗고 최신 유행 걸그룹 춤을 춥니다. 그곳은 일 번 출구보다 사람이 적습니다. 맥 빠집니다. 발이 꼬입니다.

"오매! 이 무슨 해괴한 꼴이래유."

삐끗하여 비틀거리는데, 한 여자가 절 보며 사색이 됩니다. 제가 반가워하며 상냥히 웃으니 여자는 넋이 나가 입을 벌립니다. 꼼짝 못 하고 저를 봅니다. 일 초가 지납니다. 이 초가 지납니다. 쿠당탕! 저는 자빠집니다. 엉덩방아 찧습니다.

"오매! 괜찮으셔유?"

여자는 가방을 놓칩니다. 제게 성큼 다가서며 팔을 뻗습니다. 저는 너무 놀라 두 팔로 가슴을 가립니다.

"누, 누구십니까? 저한테 왜, 왜, 왜, 왜 이러십니까?"

제 말에 여자는 퍼뜩 자지러집니다. 딸기처럼 익습니다. 까만 두 손으로 시뻘건 얼굴을 가립니다.

"꺄아아아악!"

여자는 비명 지르며 달아납니다.

"어, 어어?"

저도 깜짝 놀랍니다. 저 여자, 이상합니다. 여러분들이야 인간이 아니니 그렇다 치지만 저 여자는 눈이 어떻게 됐나 봅니다. 어떻게 저 여자 혼자만 저를 그렇게나 오래 알아봅니까?

저는 바람맞은 병신같이 넋을 놨다가 퍼뜩 정신이 듭니다. 여자가 떨어트린 가방을 들고 벌떡 일어납니다. 허겁지겁 여자를 쫓습니다.

"아, 아가씨! 가방, 가방, 떨어트렸, 떨어졌, 떨어지셨는데! 어떻게, 잠깐 시간 좀, 저, 저랑, 말씀, 잠깐 좀!"

낭패입니다. 사람과 제대로 말해본 지 너무 오래되었습니다. 목소리를 어찌 내야 할지 알 수 없습니다. 목이 잠깁니다. 단어가 혀끝에서 뱅뱅 돕니다. 저는 형편없이 더듬대며 여자를 쫓습니다.

"오모니! 쫓아오지 말랑꾸!"

"아, 아가씨! 자, 잠깐만!"

여자가 울며 달아납니다. 그 모습이 안쓰럽지만 저도 절박합니다. 저 여자는 저를 알아봅니다. 일 초를 지나, 이 초를 지나, 이렇게나 오래도록 기억합니다. 그 원인을, 비밀을 간절히 알고 싶습니다. 그러나 저 여자는 저를 살인마 보듯 합니다. 제가 상처받을 정도로 울부짖습니다.

"꺄아아아악! 살려주셔유!"

그날 저는 그 아가씨 덕에 시선을 듬뿍 받습니다. 그리 많은 사람이 그리 오래 절 알아보는 일은 언제 또 이랬나 싶게 오랜만입니다. 그걸 다 합치면 그날 저는 한 시간도 넘게 세상에 존재했습니다.

아, 무척이나 기쁘지만 무지막지하게 부끄럽습니다. 저는 상식인입니다. 변태 아닙니다. 남우세스러운 일을 매일 저지르게 됐지만 이리되기 전까지만 해도 남부끄러운 일을 한 적이 없습니다. 그런데 상황이 이리되어버렸습니다. 제가 한 노출 변태 짓이 사람들 머릿속에 너무 오래 남아 있습니다. 온몸이 달군 쇳덩이입니다. 저 여자가 필요하지만 다리에 힘이 풀립니다.

결국, 저는 경찰에 잡힙니다. 옥주현이 새끼손가락 걸며 윙크할 때부터 그 짓거릴 했지만 경찰에 잡히기는 처음입니다. 실은 공권력에 잡힌 일이 독립운동할 때 이후로 처음입니다. 그건 넋이 나갈 만큼 기쁘지만 무서운 일입니다. 손에 든 아가씨 가방으로 경찰을 후려치고 도망갑니다.

아, 죄송합니다. 지금 생각해도 죄송합니다. 오래도록, 진심으로 반성했습니다. 그래서 사람을 때렸어도 이리도 사후가 편안한가 봅니다.

경찰은 제가 오십 미터를 도망가자 까맣게 저를 잊습니다. 사람들도 저를 잊습니다.

저는 플라타너스에 몸을 붙이고 숨습니다. 저만치에 주저앉아 우는 아가씨를 살핍니다. 아가씨는 자그마합니다. 까무잡잡합니다. 깜찍한 약콩 같습니다. 아직도 우는 모습을 보니 마음 아픕니다. 아직도 우는 모습을 보니, 아직도, 저를 기억하나 봅니다. 다가가서 말을 걸고 싶습니다. 하지만 아가씨가 더 울까 봐, 더 무서워할까 봐 다가가지 못합니다. 뭣보다 부끄럽습니다. 제 꼴이 스스로 돌이켜도 우습습니다.

저는 터덜터덜 길을 거슬러 갑니다. 보험 회사 앞으로 돌아가 옷 입습니다. 집에나 가려 일 번 출구로 들어갑니다. 들어가 여덟 계단 내려갑니다. 내려가다, 눈물이 자꾸 나, 주저앉습니다. 주저앉아, 웁니다.

사람들은 제 몸을 발로 찹니다. 제 발을 밟습니다. 제 어깨를 칩니다. 그러나 저를 모릅니다. 하루에 강남역에는 십삼만 명이 넘는 사람이 오가고, 누군가 말하기를 세상 사람은 여섯 다리만 건너면 다 아는 사이라 합니다.[21] 그들은 그토록 촘촘히 얽고 얽히었습니다. 서로 좋아하고 싫어하고 사랑하고 시기합니다. 다 그렇게, 언뜻 모르는 듯 스쳐도 사실 다 그렇게, 촘촘히 얽고 얽히어 살아갑니다. 저만, 그 속에 없습니다.

저는 목놓아 울다가 문득 돌이킵니다. 이 아침, 제 팔 분 이십 초를 비틀어놓은 그 아가씨를 떠올립니다. 울음을 그칩니다. 벌떡 일어납니다. 강남역사를 가로질러 이 번 출구로 갑니다. 아가씨가 있던 자리를 찾습니다. 출근 시간도 지나 휑한, 그곳을 봅니다.

슬픈, '슬프다.'고 표현하기엔 너무나 막연한, 막막한 허탈입니다. 저는 만났습니다. 이 우주에서 저를 알아보는 단 한 명을 만났습니다. 그 단 한 명에게 두려움과 혐오감만 주었습니다. 그러고서 그를 잃었습니다. 그도 저를 잊었겠지요. 다만 남보다 조금 더 저를 기억했을 뿐, 그럴 일입니다.

하지만 저는 자리를 뜰 수 없습니다. 하다못해 그에게 가방이라도 돌려줘야 합니다. 경찰서에 가방을 맡겨도 되지만 그렇게는 안 합니다. 제 우주의 단 한 명이 주저앉아 울던 그곳에 오도카니 섭니다. 다시 올지 안 올지 모를 그 한 명을 기다립니다. 십 차선 강남대로, 십삼만 행인이 오가는 그 번다한 길에, 외딴 섬처럼 솟습니다.

그 사람은 직장인일까요? 저 빼곡하고 높다란 빌딩 숲 어딘가에서 일할까요? 그렇다면 여기를 다시 지나겠지요. 어쩌면 근처에 일 보러 온 행인이지 않을까요? 그렇다면 집에 갈 때 같은 길로 거슬러가면 좋겠습니다.

하지만 그러지 않고 다른 방식으로 집에 가면, 어쩌죠? 이 퀼트, 자투리 천 하나하나를 이어붙여 만든, 곰돌이 얼굴도 붙은, 이 가방은 어쩌죠? 저는 어쩌죠? 그만 가방을 열어볼까? 신분증을 찾아볼까? 걱정과 갈등이 봄풀 자라듯 합니다.

그러나 여자 가방을 함부로 열다니, 실례입니다. 그저 기다립니다. 해가 집니다.

세상에, 퇴근길 인파 사이로 그 아가씨가 보입니다. 반지르르 윤나는 까만 콩 같은 아가씨가 아장아장 잘도 걸어옵니다. 저는 가슴이 쿵쿵 뜁니다.

'어쩌지? 어떡하지?'

저는 고민하다 아가씨가 걷는 직선로에 끼어듭니다. 그러면 천 명 가운데 구백구십구 명은 무심코 한 발을 엇갈려 디딥니다. 제 어깨를 스치고 갑니다. 천 명에 한 명이 제게 부딪힙니다. 어리둥절해하며 제게 사과합니다. 그리고 이 초도 되지 않아 저와 부딪혔다는 사실조차 까맣게 잊습니다. 이 아가씨는 어떨까요?

"히익!"

아가씨는 제 다섯 발짝 앞에서 멈춥니다. 저를 손가락질합니다.

"아침! 변태!"

아가씨는 약콩에서 강낭콩이 됩니다. 분연히 외칩니다.

"내 곰탱 가방!"

맙소사! 아가씨가 저를 인지합니다! 기억까지 합니다! 저는 숨이 턱 막힙니다. 너무 놀라 섬광탄을 맞은 듯 무방비합니다.

아가씨는 고개를 숙입니다. 몸을 낮춥니다. 넋 놓은 제게 돌진합니다. 우두두두. 세렝게티를 가르는 새끼 물소처럼.

"컥!"

아가씨는 제 갈비뼈를 들이받습니다. 쓰러지는 제게서 가방을 낚아챕니다. 제 왼 어깨를 단화로 지르밟습니다. 제 뒤로 내뺍니다.

※ ※ ※

시영은 침묵했다. 발갛던 낯이 시들었다. 야윈 뺨이 해쓱했다. 눈가만 붉었다. 지금껏, 대하는 이가 민망할 만큼 눈을 초롱초롱 빛냈다. 듣자니 부담스러울 만큼 열심히 말했다. 하나 이제, 눈에 빛이 꺼졌다. 다과상에 놓인 제 손에 시선을 앉혔다.

그 전환은 실로 급작스러웠다. 또한, 온전했다. 시영은 한순간에 마음을 웅그리고 제 안으로 기어들어갔다. 주변에 아무도, 양이도 도도 월주도 크닙도 수산도, 누구도 없는 듯 굴었다. 색 흐린 갈색 눈동자가 말가니 번지어 밖의 무엇도 보지 않았다. 누가 말 걸어도 답하지 않을 듯했다. 이전에 보인 방백 하는 연극배우 같던 태도와 홀로 움직이고 홀로 말해도 외부를 의식하던 태도와 정반대였다. 직전까지 함께 다과를 들고 함께 이야기하고 함께 이야기 들은 이들이 여전히 곁에 있으나 세상에 아무도 없고 그것이 당연한 듯 굴었다.

"히끅. 어떡해. 흐윽. 시영 씨, 다시 생각해도 맘 아픈가 봐. 간신히 '단 한 사람'을 만났는데, 그 사람이, 흐윽, 변태라고, 변태라고 하다니!"

"게다가 도망갔대. 으아앙."

월주와 크닙은 남다른 공감 능력과 남다른 공감 표현 능력을 드러냈다. 시영이 하는 이야기에 더할 나위 없이 심취했다가 시영이 울적해하자 눈물을 맺거나 쏟거나 했다. 수산도 그 못지않게 감수성이 풍부했다. 이미 눈가가 촉촉했다. 양이는 세 사람만큼 무르진 않았다. 그래도 마음 아팠다. 이 황당한 노출 변태가 우스우면서도 애잔했다.

"시영 씨, 괜찮으세요?"

양이는 창백한 시영에게 넌지시 말을 붙였다. 하나 답을 기대하지 못했다.

과연 시영은 들은 티가 없었다. 말도 미동도 숨도 없었다. 숨 쉬어도 쉬지 않는 듯 기척이 엷었다. 오로지 눈물만 불긋한 눈가를 타고넘었다.

"잉잉. 아저씨, 울지 마요."

"어떡해. 흑흑. 우는 모습 보니까 다시는 못 봤나 봐."

시영은 아무 소리도 없었다. 그러나 크닙과 월주가 그 고요한 울음을 벌충했다. 둘은 더욱 소리 높여 울었다.

양이는 기묘히 어지러웠다. 도와 같이 명동과 화화에서 목격한 바 있으니 시영을, 시영이 들려주는 이야기를 실재로 받아들였고 실재가 아니래도 '그저 이야기려니.' 하면 그만이라 여겼다.

그러나 스무 몇 해 동안 김양이가 살던 세상에서 한시영은 비현실이었다. 한시영이 하는 이야기도 비현실이었다. 그런 존재와 그런 이야기에 공명하여 목놓아 우는 크닙과 월주도 비현실, 혹 비현실까지야 아니어도 비정상이었다. 만화 같고 현실에 다시없이 허황했다.

지금껏 양이는 화화에서 매사 안일히 한발 떨어져 있었다. 그 떨어진 자리에서 온갖 비현실과 부자연스러움을 대했다. 그런데 이제 그 비현실과 부자연스러움이 현실과 자연스러움으로 탈바꿈했다. 은근히 정신과 마음에 스몄다. 저 현실감 없는 시영도, 터무니없이 공감하는 월주와 크닙도, 스며들었다. 양이는 직감했다. 나는 이 침습을 막을 수 없어. 막을 의욕도 없었다. 불현듯 기묘히 어지러웠다. 시영도 더 말할 태세가 아니나 양이도 더 들을 상태가 아니었다.

"시영 씨, 들리세요?"

양이는 한 번 더 말을 걸었고 시영은 이번에도 반응하지 않았다.

"시영 씨가 생각에 잠기셨나 봐요. 혼자가 익숙한 분이라 쉽게 깨지 않으시지 싶어요. 더구나 아직 곤하실 테고요. 우리 조용히 정리하고 비켜드리면 어떨까요?"

양이는 화화 식구들에게 건의했다. 몽롱한 시영에게 시선을 박았다.

"아, 그래요. 시영 씨는 정양해야 하는데."

수산은 눈가를 손수건으로 찍어내던 차였다. 양이 말에 퍼뜩 정신을 차렸다. 내면으로 침잠한 시영을 상대로도 인사를 잊지 않았다.

"미안해요, 시영 씨. 안녕히 주무세요."

"맞아. 흐윽, 딸꾹. 아저씨 힘들겠다."

"시영 씨, 잘 자요. 내일 뒷이야기 꼭 들려줘요."

크닙과 월주도 인사했다. 양이도 조그맣게 보탰다.

"안녕히 주무세요."

양이는 다과상을 정리할 요량으로 엉덩이를 뗐다. 그러나 설 수 없었다. 도가 허리를 놓아주지 않아 움찔하고 주저앉았다.

"사장님, 저 잠깐만……."

양이는 엉덩이와 허리를 다시금 들었다. 그러나 도는 꿈쩍도 하지 않았다. 아무 말도 않았다. 양이는 그제야 도를 돌아보았다.

"사, 장, 니임……."

도는 눈 감은 채였다. 더없이 평온히, 새근새근 숨을 들이쉬고 내쉬었다.

"설마 또오오오오……."

양이는 길게 신음했다. 손으로 이마를 짚었다. 때늦은 깨달음을 곱씹었다.

'어쩐지, 아까부터 지분대질 않으시더라!'

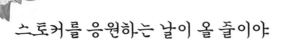

스토커를 응원하는 날이 올 줄이야

바람이 없다. 낮도 밤도 없다. 해가 구름에 가린 겨울, 메마른 잿빛, 무정한 한기, 둘 사이엔 그뿐이다.

"이러지 마."

여자는 말한다. 동요하는 직선으로써. 그 언어는 불규칙한 톱날 같아 날카롭고 단단하나 침착하지 못하다. 그것에 한 단어가 덧붙는다.

"제발."

여자는 난생처음 그 단어를 쓴다. 쓰고 놀란다. 그 단어가 지닌 파동이 너무도 구차하고 절박하여서.

"이러지 않으면?"

왕은 묻는다. 냉정한 곡선으로써. 그 물음은 함수의 파형 같아 매끄럽고 완벽하나 다정하지 못하다. 그것에 한마디가 덧붙는다.

"공멸하자고?"

왕은 서늘히 웃는다. 뒤돌아 여자를 내려다본다. 시선이 낯모르듯 소홀하고 냉담하다. 그 눈길에 베여 여자가 주춤한다.

"나는 삼경을 다스리는 왕이며 그대는 수라에게 사랑받는 공주다. 이제 삼경과 수라는 서로를 죽여야 자신이 사는 관계, 그러니 그대와 나의 관계도 전과 다르다. 하여 지금까지 맺은 인연을 이만 끊는다. 이것 아닌 다른 선택이 가능한가?"

여자는 왕에게 뻗은 팔을 오스스 떤다. 그 팔을 움츠리며 서먹히 거둔다. 입술을 깨물며 신음한다.

"화친을……. 내가 더, 설득할게. 더 열심히, 부왕을……. 너도 조금만 더……."

여자는 숨을 들이쉬고 요동치는 한숨 사이로 덧붙인다.

"제발."

왕은 눈을 가늘게 뜬다. 고개를 갸웃하며 여자가 붉은 입술로 그리는 떨림을 관찰한다. 두 음절짜리 가뿐한 떨림, 제, 발. 그 떨림은 해괴하고 너절하다.

"화친? 여기서 더 무엇을? 삼경왕의 장인 자리로 만족할 수 없는 자를 무엇으로 설득하면 화친할 수 있지? 지금까지 충분히 참았다. 주야장천 국경을 침략하고 내 백성을 해치고 온갖 도발을 일삼다 급기야 사신마저 살해하는 자와 어떻게! 화친할 수 있지?"

서늘히 말하던 왕은 숨이 가빠지고 그예 분노를 터트린다. 한 발 크게 물러나며 여자에게서 고개 돌린다. 자조하며 뱉는다.

"우습군."

왕은 절레절레 고개 젓는다. 다시 여자를 향한다. 완고히, 온기 한 점 없이 말한다.

"화친? 그대, 이런 공상가였나? 어처구니없군. 내가 그 많은 계집 가운데 그대를 곁에 두었던 까닭은, 그대가 영리하여 좀처럼 성가시게 굴지 않아서였는데."

왕은 코웃음 치고 혼잣말처럼 덧붙인다.

"이딴 설명이나 해야 한다니."

여자는 뺨이 확 달아오른다. 입술을 깨물며 슬프게 주춤거린다. 조그맣게 말을 잇는다.

"도, 이러지 마. 내가 알던 너 같지가 않아. 응? 내가 더 노력할게. 시간을 조금만 더 줘. 내가 멈출게. 설득할게. 너와 싸울 수는 없어. 너와 부왕이 싸우는 일만은⋯⋯."

"사백여든일곱!"

왕에게서 노성이 터진다. 왕은 바닥도 없이 까맣게 타오르는 눈으로 여자를 꿰뚫는다. 다시 한 발 물러난다. 진저리치며 고개 젓는다. 노성보다 더 무섭도록 차분히 가라앉은 어조로 뒤를 잇는다.

"저번 도발로 그대 부친이 도륙한 내 자식의 수효다. 육백마흔아홉. 섭정이시던 천지왕께서 환정하시어 내게 삼경을 오롯이 위임하신 후, 수라가 크고 작은 도발로 도륙한 내 자식의 수효다."

"도⋯⋯. 도, 미안해. 그러니 제발⋯⋯."

여자는 기어이 눈물을 비친다. 힘없이 애원한다. 왕은 듣지 않지만.

"매번 그대 부친은 아니라 하나, 통제를 벗어난 무리가 멋대로 저지른 침탈이라 하나, 그게 입에 침도 바르지 않고 내뱉는 거짓임은 삼척동자도 아는바! 나는 아비로서 내 자식이 흘린 핏값을 철저히 받아내야만 한다. 오늘부터 수라는 본보기다. 나, 수경왕이 보호하는 자를 해하면 어찌 되는지를 알릴."

왕은 한 발 더 물러난다. 한 점 흔들림 없이 여자를 겨눠본다. 엄숙한 무게로 박아 말한다.

"그대가 이 전쟁에서 택할 길은 두 가지다. 수라이기를 포기하고 내게 오는 길, 수라로서 나와 싸우는 길."

"도, 도, 제발, 제발……."

여자는 도리질한다. 샘처럼 운다. 타인 앞에서 운 일도 누구에게 애
원한 일도 처음이지만 자존심을 버린다. 하염없이 호소한다. 한 발 앞
으로 다가선다. 왕은 한 발 뒤로 물러선다.

"애원. 호소. 간원. 추하다. 그런 방식으로 내 자식을 한 명이라도
살릴 수 있다면, 나는 그대의 아비, 아니, 아귀와 나찰 앞에서라도 무
릎 꿇을 것이다. 하나 그런 짓으로는 무엇도 바꾸지 못한다. 상황을
바꾸고 싶다면 스스로 움직이고 보여주는 수밖에 없다. 그러니 그대
가 해야 할 일은 애원이 아니다. 생각이고 선택이지. 수라를 버리느냐
마느냐 하는. 대답하라. 그대는 수라를 버릴 수 있나?"

여자는 바로 답하지 못한다. 왕은 차게 웃는다. 한 발 더 물러선다.

"그대는 못 해. 내가 펴부을, 내 백성이 펴부을 주술공격을 제대로
막을 술사가 그대 하나뿐인 동족을, 그대가 버려? 아니. 그대는 못
해."

"도, 나는……!"

"그대는 못 해! 삼경의 왕인 내가 삼경의 백성을 버리지 못하듯 수
라의 공주인 그대는 수라를 버리지 못해! 또한……!"

왕의 손에서 도(刀)가 치솟는다. 하얀 날이 단숨에 여자에게 달려든
다. 그 단숨에 여자는 일변한다. 눈물도 호소도 잊는다. 두 눈을 벌겋
게 빛내며 검자줏빛 창을 뽑는다. 베어드는 칼날을 창날로 떨쳐낸다.
삽시에 펼친 현란한 열댓 개 진으로 자신을 보호한다. 동시에 주술로
비수를 빚어 왕에게 날린다. 왕의 목젖, 심장, 명치, 가장 위험한 급소
로만 맹렬히 날 끝을 향한다. 왕은 도를 든 손목을 민다. 당긴다. 휘젓
는다. 날아드는 십여 개 날을 쳐낸다. 도를 거두며 마지막 하나를 제

심장 앞에서 잡는다.

"겨냥도 않고 그저 세우고 접근했을 뿐인 칼날에 이 정도 대응. 역시 그대다워."

왕은 웃는다. 평온히, 서늘히. 제 심장을 막은 손바닥에 예리한 날을 꽂고.

왕의 손에서 한 줄기 피가 흐른다. 차가운 금빛이 안개처럼 피어올라 그 피를 태운다.

왕은 여자를 직시한다.

"아……."

여자는 파랗게 질린다. 눈에서 독기가 빠진다. 주춤 물러선다. 그 순간까지도 수량을 더하며 겹겹이 쌓이던 주술의 방패와 비수가 한순간에 와르르 무너진다.

"도, 아냐. 진심이 아니야. 나는, 네가 충분히 막으리라 생각해서……. 나는, 네가 다치리라고는……."

왕은 입아귀를 들어올린다. 그 눈을 부드러운 곡선으로 내려 접는다.

"'충분히 막으리라…….' 재미있군. 내가 이 손바닥 두께만큼만 그대를 더 믿었다면 나는 이 자리에서 죽었겠지."

"아……."

"이게 수라다. 수라가 지닌 본성은 싸움이고 혼돈이다."

왕은 멎지 않고 흘러내리는 제 피를 태우며 담담히 말을 잇는다.

"자신을 직시하라, 수라 혼야. 그대가 이 전쟁을 참을 수 있는가? 진정 이 전쟁을 말릴 수 있는가? 이미 시작된 이 전쟁을? 그대는 못해. 그대도 수라니까. 가장 순수한 수라인, 수라의 공주니까."

"아냐, 아니야. 내가 막을게, 내가 어떻게든……."

여자는 도리질한다. 아무 기운도 없다. 그저 고개만 젓는다.

"아니야? 그대, 전장을 생각하면 피가 끓잖아? 아닌가? 스승님 밑에서 함께 지낼 때 나는 그대와 무수히 대련했다. 그래서 그대를 잘 알지. 솔직히 그대는 무슨 생각을 했지? 수라가 내 백성 수백을 도륙했다는 소식을 들었을 때, 흥분으로 피가 끓지는 않던가?"

여자는 처음으로 크게 한 걸음 물러선다. 빨갛게 부릅뜬 눈으로 왕을 향한다. 그러나 그뿐, 아무 답도 하지 못한다. 어깨만 떤다.

왕은 여전히 웃는다. 여전히 평온하고 여전히 서늘하다.

"부인하지 못하는군. 그래, 그게 그대다, 수라 혼야. 그러니 버려라, 구질구질한 미련, 다. 구질구질한 미련으로 떠는 가식으로, 화친같이 어울리지도 않는 몽상으로 날 설득하려 들지 마라. 그나마 남은 정마저 떨어지니. 내가 그대를 봐주는 순간은, 지금이 마지막이다. 다음엔, 봐주지 않는다. 다음부터 성가시게 굴려거든 목숨 내놓고 하라."

"그래, 난 수라야."

목소리를 쥐어짜 내어, 여자는 수긍한다. 헐떡이며 말을 잇는다.

"하지만 마음에도 없는 말은 하지 않았어. 너와 싸우고 싶지 않아. 네 백성을 해치고 싶지 않아. 너는 아니야? 나와 진심으로 싸울 수 있어? 조금만 더, 조금만 더 노력해줘. 내가 노력할게. 막을게. 이 도발, 받아들이지 마. 한 번만, 한 번만 더 참아줘. 응? 그렇게나 다정했잖아. 날 사랑하잖아. 응? 도, 제발……."

"사랑? 하!"

왕은 평온함을 놓친다. 그 눈이 여유로운 곡선을 잃는다. 그 입술이 쓰게 비틀린다.

"사랑……. 내가 남자라면 할 수도 있겠지."

왕은 나직이 속삭인다. 뒤로 크게, 걸음이 아닌 다른 수단으로 아주 크게 멀어진다. 바람도, 낮도 밤도 없는 메마른 잿빛 속에서, 다만 선언한다.

"나는, 왕일 뿐이다."

✻✻✻

"사장님 나빠요."

형이하학 세계에서 형이상학 세계로 이주한 이주 노동자 김 모 양은 입이 댓 발 나왔다.

"내가 뭘. 나 정도면 좋은 사장이지, 대, 대체 뭐, 뭐가? 뭐가 불만인데?"

도는 악덕 사장 취급을 받았으나 당당했다. 그래도 양심이 동면 상태일 뿐 가출하진 않았다. 두 음절 더듬었다.

"다 좋은데, 씻고 자게는 해주시라고요. 이거 보세요. 저 화장독 올랐단 말이에요. 오늘은 화장독이지만 이러다 충치 생기면 다 사장님 탓이에요."

양이는 도를 째려보았다. 뾰루지가 따다닥 올라온 제 뺨과 이마를 가리켰다. 자신이 항의하는 초점이 도에게 상당히 유리한 지점에 맺혔음을 미처 알지 못했다. 연신 구시렁댔다.

"호……. '씻고 자게만' 해주면 된다?"

도는 입안으로 중얼대며 고개를 끄덕였다. 언제 당황했느냐는 듯

만면에 미소를 띠었다. 팔을 뻗어 양이를 쓰다듬었다.

"윽······."

양이는 어김없었다. 도가 눈을 휘자 눈동자를 사르르 풀며 뺨을 붉혔다. 저 달콤한 미소를 보노라니 천년 묵은 원한이 있대도 다 용서하고 싶었다. 양이가 넋 놓고 보자 도는 부러 더욱 화사히 웃었다.

"에이, 괜찮아. 찐빵은 뽀루지 몇 개쯤 나도 귀여우니까. 게다가 뽀루지 따위 걱정할 필요 없어. 화화에는 영험한 약수가 흐르거든. 거기 물로 세수하면 쏙 들어가. 자, 따라와."

도는 말만 '따라오라.' 했을 뿐 그 말을 끝내기도 전에 양이를 달랑 안아 들었다. 호기롭게 방을 가로질렀다. 문을 열어젖혔다.

"엥? 여기가 어디예요?"

양이는 갸웃했다.

어제 도는 양이를 안고 잠들었다. 양이는 도의 품에 갇혔다. 수산은 그런 둘을 술법으로 들어 올렸다. 도의 방에 옮기고 이부자리를 보아 주었다.

"그 술법으로 저 좀 여기서 탈출시켜주시면 안 돼요?"

양이는 부탁했다. 수산도 그 소망을 들어주려 했다.

그러나 양이가 품에서 빠져나가려고만 하면 도는 잠결에도 귀신같이 알아챘다. 양이를 안은 팔에 힘을 주었다. 양이는 밤새도록 꼼짝없이 그 품에서 자야 했다.

양이가 그렇게 도의 방에서 잠든 일은 이번이 처음이 아니었다. 같이 잠들지 않더라도 양이는 다과를 전하거나 다른 잔심부름을 하러 그 방에 여러 번 걸음 했다. 그러니 도의 방이 어디에 붙었는지 익히 알았다. 적어도 스스로 익히 안다고 여겼다.

그러나 도가 방문을 열어젖히자 양이에게 익숙한 화화의 복도는 간데없었다. 오밀조밀한 기암괴석과 늙은 적송, 크고 작은 전각과 정자가 어우러져 한 폭의 심산 절경을 이루었다.

"진짜 여기 어디예요? 우리 어디 다른 데 왔어요?"

"아니, 여기 화화야. 네 방에서도 여기로 연결되잖아."

"네? 제 방에서 나오면 그냥 정원인데요? 이런 신선이 노닐 산자락이 아니었는데?"

도는 생긋 웃었다.

"제대로 안 둘러봤구나? 여덟 발자국만 똑바로 걸어 나왔으면 참모습이 보였을 텐데."

도는 몸을 좌로 돌렸다. 한 팔을 들어 저 끝을 가리켰다. 양이는 그 팔을 따라 시선을 옮겼다. 도가 가리키는 곳에 네모나고 하얀 건물이 앉았다.

"저게 네가 알던 화화. 인간과 손님에게 보이는 곳. 그리고 여기가 진짜 화화. 입주까지 했으니 진짜를 알 때도 됐지."

"오."

양이는 도에게 안기어 두리번댔다. 방금 걸어 나온 방향에 고풍스러운 한옥 전각이 보였다.

"에⋯⋯."

"이게 진짜 내 방이야. 내 방이라기보다 내 전각. 네가 알던 내 침실과 서재, 그 밖의 공간이 있지. 네가 알던 화화와 상호 연결해뒀지만 실은 지금 나온 이 문이 진짜 문이야. 참고로 네 방은 저기."

도는 몸을 돌렸다. 도가 향한 방향에는 자그마한 전각이 앉았다. 전각은 화려한 팔작지붕이었고 구름무늬가 둥실둥실한 계자난간을 갖추었으며 서까래 위로 보이는 처마 끝으로 수막새와 암막새가 겹게 너울대며 연꽃 행렬을 이루었다. 규모야 작아도 만듦새가 면면이 섬세하고 아름다웠다. 도의 전각과 오십여 보 거리였다.

"와……. 제 방이 이런 모습이었어요? 예쁘다. 본래도 예뻤지만 이 모습이 더 예뻐요. 곱게 한복 입은 아가씨가 창 열어두고 수놓으실 분위기인데요? 그동안 왜 이렇게 안 보였어요?"

도는 양이의 머리칼을 헝클듯 쓰다듬었다.

"네 생각이 저 등 뒤의 '화화'에만 갇혔으니까. 참모습을 알았다면 애초에 지금처럼 보였을 거야. 여하튼 마음에 든다니 잘됐네."

도는 걸음을 옮겼다. 언제나 그랬듯 느긋하지만 빠른 걸음으로 공간을 가로질렀다. 기암괴석으로 다가갔다.

"여기, 인간계에요?"

양이는 연신 두리번댔다. 꽤 가까이 화화의 뒷모습이 보이고 본디 화화가 마을 뒷산을 등졌으니 이곳이 인간계 같기도 했다. 그러나 주택가와 접한 화화 뒤편이 이렇듯 깊은 산 속 절경이라니 보고도 얼떨떨했다. 그러나 도는 가벼이 답했다.

"응. 국사봉 자락이야."

"국사봉이요? 서울 관악구, 국사봉?"

"저기에 '네가 알던' 화화 있잖아. 그러니 여기는 국사봉 자락이지."

"헐. 갑자기 이렇게 깊은 산인데요?"

"본래 깊은 산이었으니까. 인간이 다 깎고 들어온 게지. 설명하자면, 여기는 인간계는 인간계이되 그 끝자락이야. 내 나라 삼경에 닿은 장소지. 인간계에는 본래 이런 장소가 간간이 있어. 그 왜, 전래 동화에도 나오잖아. '산속에 나무하러 들어갔다가 문득 보니 신선이 사는 곳이었다.'"

"아. 그게 이런 데구나."

"좌우간 여긴 일단 인간계야. 이 안에서 돌아다니다 보면 엄밀히 따져 인간계 아닌 곳도 밟기야 하지만 어차피 다 내 영역이니 이런들 저런들 상관없어. 자, 하여튼 이게 약수. 세수해. 뽀루지 쏙 들어갈 테니."

도는 기암괴석 앞에 양이를 내려놓았다. 과연 크고 작은 바위틈으로 손바닥 한 뼘이 조금 넘는 돌 수로가 굽이굽이 휘어지며 이어졌다. 그 수로를 따라 맑은 물이 졸졸 흘렀다.

"수로는 작아도 사계절 마르지 않는 물이야. 명칭 그대로 약이 되는 약수이기도 하고."

"와아."

양이는 호기심에 차서 흐르는 수로에 손끝을 담갔다. 여름인데도 물이 얼음처럼 시렸다. 선크림에 립밤 정도만 발랐으니 물로만 씻어도 그런대로 씻기겠거니 하며 양손을 물에 담갔다. 두 손 가득 물을 떠 오돌토돌한 얼굴에 끼얹었다.

"아우……."

살갗이 시려 절로 몸서리쳐졌다. 양이는 뺨을 다독이며 숨을 골랐다가 흐르는 물을 찰방찰방 깨트려가며 얼굴을 씻었다. 손에 감기는 감촉이 부들부들해서 온도가 시려도 제법 기분 좋았다.

"어?"

씻다 보니 오돌토돌하던 뺨이며 이마가 매끈해졌다. '뽀루지가 쏙 들어간다.'는 호언장담을 들은 뒤지만 정말 그러니 신기했다. 양이는 제 이마와 뺨을 뽀득뽀득 문질러보고 도에게 몸을 돌렸다. 젖은 얼굴

가득 기쁨에 찬 웃음을 채웠다.

"저요, 다 들어갔어요?"

도는 웃었다. 양이를 꼬드기려는 화사한 웃음이 아니라 진심으로 즐거워하는 사뿐한 웃음을 머금었다. 양이에게 팔을 뻗었다. 새벽빛에 맑게 반짝이는 물 젖은 양이의 양 뺨을 두 손으로 감싸 안았다. 양이가 뺨에 닿는 온기에 놀라 눈을 깜박였다. 도는 양이에게 성큼 다가섰고 양이의 뽀얗고 매끈한 이마에 입술을 눌렀다. 입술을 사뿐 떼고 살갗 위에서 달콤히 속삭였다.

"영락없는 찐빵이네. 보들보들 따끈따끈."

도는 입술을 떼었다. 미소 띤 얼굴로 양이를 가만히 내려다보았다. 양이는 도가 입술을 떼던 순간에 보송보송해졌고 왜인지 발갛게 달아올랐다. 심장이 쿵쾅쿵쾅 뛰고 절로 숨소리가 조심스러워졌다. 눈동자를 눈썹에 매달며 도를 올려다보았다. 도는 피식 웃었다. 잘 익은 양이를 보노라니 콱 베어 물고 싶었다. 그 마음을 누르려 뒤로 껑충 물러섰다. 양이의 머리칼을 마구 헝클었다.

"아우, 왜 그러세요오. 아침부터 심술부리시기에요?"

수줍어하던 양이는 눈썹을 콱 구겼다. 뺨도 부욱 부풀렸다. 그 모습이 영락없이 새끼 복어였다.

'웃, 이러면 더 놀리고 싶어지는데…….'

도는 설핏 찡그렸다. 머릿속에 경고음이 울렸다.

'자칫하면 미움받겠지?'

도는 늦기 전에 양이에게서 냉큼 손을 뗐다. 웃음이 비어져 나오는 입술을 꾹 깨물었다. 몸을 돌렸다.

"아침 먹으러 가자, 찐빵."

도는 성큼성큼 앞서 걸었다.

※※※

　그날 아침 식사 자리에는 시영도 있었다. 도와 양이, 크닙, 수산, 월주는 시영과 함께 조르르 둘러앉아 식사했다. 오미자차로 입가심했다. 시영은 엊저녁에 자리를 파할 때와 달리 외딴 굴에서 벗어났다. 다시 바보처럼 양순해졌다. 저에게 쏟아지는 관심과 배려에 넘치게 수줍어하고 고마워했다.

　"어제요, 그 약콩 아가씨요, 어떻게 됐어요? 다시 봤어요?"

　크닙은 시영을 요리조리 살피더니 슬그머니 운을 띄웠다.

　"저 궁금해서 잠도 못 잤어요. 다시 찾았어요? 곰돌이 퀼트 가방 아가씨?"

　월주가 기다렸다는 듯 거들었다.

　"제가 한 이야기를 여태 기억해주시다니……."

　시영은 눈이 동그래졌다. 뺨을, 눈시울을 붉혔다. 어쩔 줄 모르며 말끝을 흐렸다.

　"우리 기억력 좋아요."

　"어제 한 이야기 다 기억하니까 뒷이야기 해줘요."

　"저도 기억해요."

　크닙, 월주, 수산은 어느 틈엔가 시영 앞에 나란히 자리 잡았다. 양이도 대세를 따랐다. 죽 늘어선 화화 식구들 옆으로 궁둥이를 옮기며 말을 보탰다.

　"저도 궁금해요."

시영은 눈을 연신 슴벅였다. 눈가에 떠오른 붉은빛을 손등으로 벅벅 비볐다. 소리 없이 딸꾹질했다. 빈주먹으로 앙가슴을 쥐었다. 목이 반쯤 멨다.

"아아, 다들 상냥하십니다. 이토록 상냥한 분들이 원하시니 응당 뒷이야기를 들려드려야지요. 제가 어디까지 했습니까?"

"새끼 물소처럼 들이받았다고 했어요, 강남역에서."

"시영 씨를요. 아침에 봤는데 저녁에도 기억하고선 그랬다고요, 갈비뼈를 콱."

"가방을 찾아갔다고 해야지, 그건."

화화 일동은 앞다퉈 답했다. 그 꼴을 지켜보던 도는 나직이 한숨 쉬었다. 슬그머니 양이 뒤로 가서 양이를 제 무릎에 들어 앉혔다. 나란히 앉은 청자 대열에 합류했다. 시영이 끄덕였다.

"그렇네요. 거기까지 말씀드렸죠……."

❊❖❊

저는 땅거미 내린 보도블록에 널브러졌습니다. 저문 하늘을 봅니다. 온몸이 아프네요. 갈비뼈가 욱신대고 뒤통수가 지끈댑니다. 눈앞에 별이 쏟아지며 폭죽처럼 터집니다. 그게 꼭 머리를 뒤로 박아서만은 아닐 겁니다.

세상에, 그 여자가, 그 반지르르한 약콩 같은 여자가 저를 기억합니다. 아침에 본 저를 해 진 뒤에도 기억합니다.

아, 찬란한 기적 같은 여자입니다. 저는 실성한 듯 온 얼굴을 일그러트리며 와락 웃음을 터트립니다. 그 여자가 이 별에 발 디디고 사는 육십억 가운데 가장 아름다운 존재임을 믿어 의심치 않습니다.

세상에, 그 여자가, 그리도 가련하게 웅크리고 울던 그 귀여운 여자가 저를 기억합니다. 아침에 본 저를 이렇듯 해 진 뒤에도 여전히 기억합니다. 퇴치해야 하는 남우세스러운 노출 변태로.

"안 되엑! 끅!"

저는 벌떡 일어나 앉습니다. 눈물을 흩뿌리며 꼴깍 숨넘어가는 소리로 외칩니다. 집에도 가지 못합니다. 한숨도 자지 못합니다. 그 붐비던 강남역 사거리가 한산해질 때까지 턱을 빼고 고뇌합니다. 그 여자에게 들이받힌 지점을 축 삼아 천 바퀴도 넘게 맴맴 돕니다.

"답이 없다…….'

양이가 중얼거렸다.

"그렇습니다. 답이 없습니다…….'

시영은 퀭한 얼굴로 긍정했다.

그 상황엔 정말 답이 없습니다. 변태 짓도 엔간해야죠. 강남역 사거리에서 홀딱 벗고 걸그룹 춤을 추던 남자를, 홀딱 벗고 전력으로 자신을 쫓던 남자를, 어떤 여자가 상대한단 말입니까? 그런 여자는 미친년이거나 경찰입니다.

결국, 저는 한 가지 결론에 도달합니다. 만일 그 여자가 내일도 여기 나타난다면, 여전히 나를 알아본다면, '돌이켜야겠다.'고.

돌이킨다. 무서운 결심입니다. 저는 그 결심을 할 때마다 머리끝부터 발끝까지 털끝이 죄 쭈뼛 섭니다.

'더, 여기서 더, 내가 희미해지면 어쩌지? 아예, 공기처럼 사라지면 어쩌지? 내가 홀딱 벗고 춤춰도 돈을 내밀어도, 아무도 날, 단 한순간도 단 일 초도 봐주지 않으면 어쩌지?'

늘 그런 두려움이 듭니다. 그 두려움에 한 가지 두려움이 더 붙습니다.

'이번 돌이킴으로 '그 여자마저' 날 알아보지 못하면 어쩌지?'

※※※

"'돌이킨다.'고요? 뭘요?"

양이가 물었다. 월주와 크닙, 수산도 고개를 나란히 갸웃했다.

"어……."

시영은 당황하여 눈만 껌뻑였다. 제겐 이토록 뻔한 일을 듣는 이가 모른다니 어리둥절했다. 넋을 놓았다가 한참 뒤에야 끄덕였다.

"그렇네요. 모르셨군요. 모르시는 편이 당연하지만……. 어, 제가 힘을 쓰려 할 때 사장님께서 하지 말라고 하셔서, 저는 여기 계신 분들은 제가 어떤 존재인지 다 아시는 줄 알았습니다."

"그건 전하니까 아시죠."

"우리 전하는 원래 뭐든 다 아세요."

크닙과 월주는 '우리 엄마는 세상에서 모르는 일이 하나도 없다.'고 굳게 믿는 어린아이처럼 우쭐댔다.

"아……."

시영은 새삼 도를 다시 보았다. 도가 으쓱했다. 시영은 말가니 일동을 둘러보며 고백했다.

"그러니까 저는, 돌이킬 수 있습니다. 시간을요."

"애쉬튼 커처[22]처럼요?"

"도라에몽[23]이네요!"

"그게 뭐야?"

양이와 수산이 연달아 묻고 외쳤다. 월주가 미간을 좁혔다. 크닙도 월주를 따랐다.

"'나비효과'라고 시간 여행 영화 있어요. 조만간 한번 봐요."

"파란 고양이가 나오는 만화 있어. 거기 고양이가 시간 여행을 할 줄 알거든."

"오옹!"

월주와 크닙이 나란히 끄덕였다. 시영도 끄덕였다.

"뭐랄까요, 시간 여행이란 사실 '나비효과'와도 '도라에몽'과도 퍽 다릅니다."

저는 시간을 돌이켜 과거를 바꾸고 현재로 귀환할 수 있습니다. 혹은 과거로 돌아가 다시 한 번 살 수도 있습니다.

과거에 사는 저요? 만나면요? 저는 정신만 시간을 오갑니다. 미래를 살던 기억을 간직한 채 과거에 사는 제게 들어가죠. 그러니 서로 다른 제가 마주하는 일은 없습니다.

나비효과요? '브라질에서 나비가 날갯짓하여 텍사스에 토네이도를 일으킬 수 있듯이 과거에 행한 사소한 행위가 미래를 완전히 뒤바꿀 수 있다.' 그 말씀이시죠? 그건 영화 탓에 생긴 망상입니다.

'현재'가 있기까지 무엇이 선행되어야 할까요? 현재는 그 순간까지 살며 해온 모든 행위가, 나만이 아니라 나와 얽힌 모든 이와 세계가 해온 사소한 행위 하나하나가 촘촘히 얽히어 짜낸 인과의 직조물입니다.

하여 우주는 인과의 씨실과 날실이 이끄는 방향으로 관성을 띱니다. 미래를 알고 과거로 돌아가 사소한 요소 하나를 바꾼다 하여도 미래가 송두리째 바뀌는 일은 없습니다. 물론 그런 경우도 아예 없지야 않습니다만 우주는 발생한 오류를 수정하죠. 인과의 관성이 작용하는 방향을 따라 궤도를 수정합니다. 그러니 대개 일어날 일은 일어납니다.

그러므로 미래를 바꾸자면 목표를 확실히 설정해야 합니다. 미래를 조작해본 풍부한 경험을 바탕으로 주도면밀히 계획을 세우고 단호히 행동해야 합니다.

저는 태어나면서부터 무수히 시간을 돌이켜 현재를 바꿨습니다. 그러니 이 일에 전문가이죠. 그런 저도 종종 원하는 현재를 짜내는 데 실패합니다.

"그래서요? 그 아가씨는요? 어쨌어요? 다음 날 나타났어요? 시영 씨를 또 알아봤어요?"

"에이, 도월주. 안 나타났을 수도 있잖아."

"에이, 나타났어! 나타났을 거야. 왜냐면 그 아가씨는 출근 시간에 처음 나타났다가 퇴근 시간에 또 나타났잖아. 내 말이 맞아. 내기할래?"

"콜! 난 '못 만났다.'에 한 표. 이번에 산 최신형 게임기를 걸지."

"좋아. 난 옥션에서 낙찰받은 한정판 립스틱을 걸겠어."

"어쨌든 돌아갔어요? 초능력 써서? 언제로?"

"제 말이 맞죠? 만났죠? 그 아가씨 강남역 인근에서 일하죠? 다음 날도 출근 시간에 나타났죠?"

"안 나타났죠? 못 만나셨죠? 그러니까 이렇게 우울한 표정이시잖아요? 제 말 맞죠?"

"애들아, 중요한 점은 그게 아냐! 돌아갔느냐 안 갔느냐지. 돌아갔어요? 초능력 썼어요? 언제로 갔어요?"

월주, 크닙, 수산은 깨 털듯이 질문을 쏟아냈다. 어느새 그 셋에게 동화된 양이도 시영에게 상체를 기울이며 말을 보탰다.

"돌아가셨겠죠! 그게 드라마의 법칙이거든요. 그리고 돌아갔다면 역시, 그날 아침이에요. 옷을 벗기 전에. 이번에도 변태면 안 되니까요."

"여인분들 말씀이 맞습니다."

"앗싸!"

"에이……."

시영은 얼이 빠졌다가 마침내 반쯤 웃으며 답했다. 월주와 크닙 사이에 희비가 엇갈렸다.

"다음 날 아침 출근 시간에 약콩 양은 곰돌이 퀼트 가방을 들고 나타납니다. 저는 떨림과 설렘으로 흠뻑 젖어 약콩 양에게 다가갑니다. 그리고 놀랍게도, 정말로 놀랍게도, 약콩 양은 또다시 저를 알아보고는, 또다시 비명을 지릅니다. '꺄아아악, 변태여유우우우우우우우욱!'"

시영은 당시 들은 비명을 목이 찢어지도록 실감 나게 재현했다. 그건 지나치게 온 힘을 다한 재현이어서 더 웃기고 더 처절했다.

"하아아. 역시……."

"나 울었을 거예요. 돌이킬 수 있는 줄 몰랐다면 울었을 거예요!"

"아아아. 꼭 저렇게까지! 너무해. 아무리 변태라지만!"

모지리 청자 일당은 코가 빠졌다. 분개하며 장단 맞췄다. 시영은 그러한 반응에 몹시 감격했다. 눈시울을 붉혔다.

"그래서 저는 돌이킵니다. 두렵고 두렵지만, 제가 더 희미해질까 봐, 이번에야말로 공기처럼 사라질까 봐, 그 누구도, 제가 홀딱 벗고 춤을 춰도 돈을 내밀고 몸을 부딪쳐도, 그 누구도, 저를 단 한순간도 알아보지 못하게 될까 봐, 그리고 '저 여자마저' 저를 알아보지 못하게 될까 봐, 두렵고 또 두렵지만, 시간을 돌이킵니다. 그저……."

시영은 제 왼 가슴을 손바닥으로 눌렀다. 꾸욱. 심장을 쥐어짜며 말을 이었다.

"저 여자가, 저를 피하지 않고 한 번이라도 제대로 봐주었으면 하여서, 저 여자의 까만 눈동자 속에 한 번이라도 아름다운 것으로 머물러 보고 싶어서, 어쩌면 그럴 수도 있으리라는 희망을 좇아서, 돌이킵니다. 시간을 돌이켜 과거로 갑니다. 제게 가장 찬란한 단 한 여자를 처음 만난 날, 이천십삼 년 오월 십육 일 아침 여덟 시 삼 분, 강남역 이번 출구로."

✻✻✻

제가 말씀드렸지요? 미래를 바꾸는 일은 쉽지 않다고.

그러나 당시 저는 그 점을 간과합니다. 약콩 양에게 배척받고 싶지 않다는 마음만으로 무작정 시간을 돌이킵니다. 저를 모르는 약콩 양에게 다짜고짜 다가가죠.

"아, 안녕, 안녕하십니까, 귀여운, 안녕하세요, 약콩 양. 저, 저 보이십니까? 제가 누군지, 어, 모르시겠지만, 그래도 저를, 어, 알아보시게, 어, 귀여우십니다."

변태 짓만 안 하면 만사형통일 줄 알았습니다. 웬걸, 문제가 태산입니다. 말더듬증, 안면홍조증, 안구진탕증, 기타 등등. 하, 바보 천치가 따로 없습니다.

지금은 제가 이렇듯 능숙히 말씀드리니 참 멀쩡하게 보이시겠지만 그때 저는 여러모로 심각했습니다. 사람을 상대한 일이 까마득해 말도 어눌하고 낯도 붉고 시선을 어디에 둘지 몰라 안절부절못합니다. 그저 멀끔히 입고 정중히 말 걸면 되겠거니 했지만 첫마디를 꺼내는 순간 혀가 깨물어집니다.

'이런 등신을 봤나!'

"저 예수 안 믿는구만유. 도도 안 믿어유. 갈 길 가셔유."

약콩 양은 상냥하고도 똑 부러집니다. 저 같은 등신한테도 꾸벅 인사하더니 야무지게 총총 떠납니다.

"어, 저, 저, 바보 아닙니다. 저, 전도, 전도 안 할 건데……. 저도 예수 안 믿는데……. 어우씨, 이 밥통."

저는 제 손발도 구분 못하는 반편이처럼 섰습니다. 제 꼬락서니에 제 복장이 다 터질 지경입니다. 그 순간 저 자신이 너무도 한심해서 도저히 약콩 양 앞에 다시 갈 낯이 없습니다.

그래도 그대로 포기할 수야 없습니다. 세상에서 단 한 명뿐인 여자가 저 뒤에 있으니까요. 있는 용기 없는 용기 다 내야 합니다. 안 되면 다시 돌아가더라도 해보는 데까지 해봐야 합니다.

"아, 아가씨! 저 전도 안 합니다! 보험도 아, 아니에요!"

저는 헐레벌떡 약콩 양을 쫓아갑니다.

"저, 저기요! 저희가 초면이 아닙니다! 제가, 아가씨는, 어, 기억을 못 하셔도 저는 아가씨를 기억하는데, 기억을, 그러니까, 제가 사실 그 가방도, 자크에 손도 안 대고 잘 보관해드렸고, 그러니까, 우리가 보통 인연이 아니고, 아가씨는 절, 저를, 이미 제 속까지 다 보신, 그러니까…….”

그게 대체 뭔 짓일까요? 저는 덩실덩실 탈춤을 추고 병신놀음을 하며 강남대로를 따라 약콩 양을 쫓아갑니다. 입만 열면 헛소리밖에 나오질 않으니 백 미터쯤 가다 입을 다뭅니다. 그러고 나니 뭘 할지 깜깜합니다. 종종걸음 놓는 약콩 양을 똥 마려운 강아지처럼 쫓습니다.

“따라오지 마셔유! 왜 그러셔유? 아자씨 술 드셨슈?”

역시 약콩 양은 저를 인지합니다. 십 미터나 거리를 뒀는데도 계속 저를 기억하고 부담스러워합니다. 정말 놀라운 여자입니다. 저 여자는 언제부터 저렇게 이상했을까요?

저는 미안하고 부끄럽고 황홀하여 온통 어지럽습니다. 흐물대며 약콩 양을 따라갑니다.

그렇게 저는 약콩 양이 일하는 식당을 알아냅니다. 약콩 양이 사는 집도 알아냅니다. 약콩 양이 싫어하기에 출근길에서만 대놓고 따랐고 그 뒤엔 최대한 은밀히 뒤를 밟습니다. 때를 기다리면서요.

그런데 그 ‘때’가 대체 언제랍니까? 저는 잠도 밥도 잊고 약콩 양을 쫓아다닙니다. 그러나 대관절 어째야 할지, 어떻게 약콩 양에게 다가가야 할지, 열흘이 지나도 아무 생각이 안 납니다.

솔직히 저는 두렵습니다. 막막히 떨립니다. 사람을, 더욱이 여자를, 더더욱이 저를 기억하는, 그래서 이 별에 사는 육십억 가운데 제게 가장 소중한 여자를, 그래서 반드시 잘 보이고 싶은 여자를, 대체 어떻게 대하면 좋을까요?

"하아. 살다 살다 스토커를 응원하는 날이 올 줄이야."

수산이 소감을 말했다.

"저도요."

양이가 동의했다.

"그런데 열흘 넘도록 안 들켰어요? 그 여자에게는 존재감도 확실한데?"

월주가 물었다.

"그러게? 어떻게 안 들켰어요?"

크닙이 거들었다.

"하암……."

도는 하품했다. 양이의 정수리에 턱을 괬다.

"저는 본래 미행과 잠복을 잘합니다. 하지만 결국 들켰습니다. 약콩양이 여전히 저를 기억하시는지 불안해져서 저 스스로 기척을 흘려버리고 말았거든요."

시영이 답했다.

나의 우주에서 가장 찬란한 당신

약콩 양은 자기 뒤를 밟는 한 남자를 눈치챕니다. 겁먹습니다. 그 남자가 집까지 쫓아왔을 때 경찰에 신고합니다. 신기하게도 그 남자는, 저는, 그날 지구대까지 끌려갑니다. 하지만 지구대 문을 넘자마자 경찰에게 잊히고 그곳을 벗어나죠.

그날 밤 저는 생각합니다.

'정말 이대로는 안 돼. 용기를 내자. 열사흘 동안 그 여자에게 전할 말을 수도 없이 연습했잖아. 그러니 할 수 있어. 뭐든 해! 언제까지 쫓아다니기만 할 건데? 그 여자가 꼬부랑 할머니가 될 때까지? 용기를 내! 언제부터 네가 이렇게 겁이 많았어? 망설이며 산 적 없잖아!'

저는 매섭게 자신을 채찍질하고 북돋습니다. 밤새도록 그러고 나니 정말 어떻게든 해야겠다는 의지가 섭니다.

나흘 전에, 약콩 양은 화원에서 내놓은 꽃을 물끄러미 봤습니다. 저는 새벽을 헤치고 화원을 찾습니다. 풍성한 꽃다발을 주문합니다. 붉은 장미에 흰 안개꽃은 정석이지만 따분합니다. 제 약콩 양에게는 그보다 귀엽고 화사한 모양이 어울립니다. 저는 자꾸 저를 잊는 플로리스트를 들들 볶아 아름다운 꽃다발을 만듭니다. 말려들어 간 꽃잎 끝이 발칙하게 쨍하니 빛나고 그 몸피가 장하게 풍만한 분홍장미, 그리고 발레리나 치맛단처럼 하늘하늘한 꽃잎이 겹겹이 원무를 추는 연분홍 꽃도라지를 주제로 삼습니다. 거기에 파랗게 몽글몽글한 수국, 하얗게 동글동글한 슈퍼퐁퐁, 연초록 봄빛인 카네이션, 노랗게 상큼한 프리지어, 푸르게 신선한 엽란을 소재로 더하죠. 주제와 소재를 하나로 둥실 다발 짓고 연푸른 리본과 꽃 포장지로 마무릅니다. 그 꽃다발은 플로리스트도 감탄할 정도로 예쁩니다.

저는 의기양양해집니다. 약콩 양이 사는 빌라로 갑니다. 현관 앞에서 약콩 양을 기다립니다.

"히에엑!"

그러나 출근하려 문을 나서던 약콩 양은 저를 보자마자 사색이 됩니다.

"저, 저, 저기, 이거. 저, 나쁜 사람 아닙니다. 겁먹지, 겁먹지 마십시오. 해, 해치지 않습니다."

제가 또 중요한 사실을 간과했네요. 제가 약콩 양에게 변태는 아니어도 스토커라는 사실을.

저는 후들대는 약콩 양을 맞닥뜨리자 혀가 딱 굳습니다. 약콩 양과 누가누가 더 많이 떠나 경쟁합니다. 꽃다발을 들이밉니다. 사나운 개를 달래듯 약콩 양과 눈 맞춥니다.

"저 나쁜 사람 아닙니다. 다만 아가씨가 제게 중요한 분이라서, 귀여워서, 저기, 저, 제가, 보이는지, 보이시는지, 아가씨는 제가…….
왜 저를 기억하시는지, 제 얼굴을, 존재를 기억하시죠? 맞죠? 저, 진정하시고, 저도, 지, 진정 좀 하고…….."

"도, 도, 도, 동네 사람드으으을! 스, 스, 스, 스토커에유우우우우!"

약콩 양은 뒷걸음질 치다 몸을 휙 돌립니다. 반지하 계단을 펄쩍펄쩍 내려갑니다. 그러다 발을 헛디딥니다. 우당탕 자빠집니다. 다행히 벌떡 일어납니다. 제집 문고리를 잡습니다. 저 아가씨, 은근히 덜렁댑니다. 문도 안 잠그고 나왔나 봅니다. 문을 벌컥 엽니다. 안으로 쏙 들어갑니다. 문을 쾅 닫습니다.

"하아아아아."

저는 바람 빠진 풍선처럼 허물어집니다. 오금에 힘이 풀려 쭈그려 앉을 수조차 없습니다. 무릎 꿇고 제 두 팔 사이로, 그녀에게 안겨야 했던 아찔한 꽃향기 사이로 이마를 묻습니다.

이 터무니없는 구애가 저 자신도 어처구니없어 웃음이 터집니다. 이 터무니없는 구걸이 저 자신도 한심하고 비참해 눈물이 솟습니다. 저는 웃으며 울며 아찔한 꽃향기 속으로, 꽃 가시 속으로 마냥 가라앉습니다. 삐오삐오. 경찰차 소리가 골목을 울리고 저의 이 무량한 고독은 부딪혀 반향할 무엇도 없이 영영 제 안에서만 맴돕니다.

그렇습니다. 저는 이 우주에서 추방당한 자입니다. 그렇습니다. 저는 주제넘게 수면 위로 날아올랐다가 아가미를 뜯기고 고독한 태양볕에 내던져진 괴수입니다. 저는 고작 수면에서 첨벙질하며 나날이 말라가다 겨우 몸 누일 예쁜 산호섬을 만났으나 이미 바다에 닿는 언어를 잊었습니다. 그리하여 그 섬에게 고운 물방울 하나 피워올려 주지 못하고 숨막혀 몸부림치며 추하게 부글댈 뿐입니다.

그렇습니다. 세상천지에 덜떨어진 스토커와 사랑에 빠질 아가씨는 없습니다. 어떻게 해도, 돌이킬 수밖에 없습니다. 저라는 존재가 사라지리라는, 존재하지 않으리라는 막대한 공포가 제 변형된 허파꽈리 한 송이 한 송이를 죄 쥐어 터트려도, 돌이켜볼 수밖에 없습니다. 그녀는 제 존재를 누일, 어쩌면 이 우주에 단 하나뿐인 섬이므로, 저는 제 존재를 송두리째 걸고라도 그녀라는 찬란한 섬에 언제까지고 정박을 구걸할 수밖에 없습니다.

✳✳✳

시영은 소리 없이, 창백하게 울었다. 월주와 크닙, 수산도 숨죽여 훌쩍였다. 양이는 온전히 공진할 수 없었다. 그러나 또한 아렸다.

"시영 씨는 본래 흐릿한 분이 아니었어요. 어쩌면 아주 성공했던, 공부도 많이 했던 분이었겠죠. 그러나 시간을 돌이키는 일이 시영 씨를 닳게 하여 없앴어요. 시영 씨는 점차 희미해졌고 고립되었고 세상과 사람을 대하는 법을 잊었어요. 그거죠? 시간을 돌이키는 일을 상기할 때마다 두려워하시는 이유."

시영은 쓰는 말도, 하는 행동도 서투르고 어설펐다. 광대 같았다. 그러나 어딘가 우아하고 아름다웠다.

양이는 한시영과 공진하지 못했지만 한시영이라는 인간의 가슴에 파인 깊은 우물을 느꼈다. 그 깊이에서 퍼지는 한 방울, 두 방울의 울림을 어렴풋이나마 들었다. 슬프지 않아도 막막히 몸서리쳤다.

"그렇습니다. 저도 우뚝하고 선명하던 시절이 있었습니다."

시영은 말했다. 누구나처럼 황홀하게 찬란하던 자신을.

✳✳✳

한시영은 세기가 바뀔 때, 십구 세기와 이십 세기의 틈새에서 태어났다. 어머니의 따뜻한 젖무덤에 근심 없이 통통한 볼을 묻었을 때부터 시간을 가지고 놀았다. 어떤 대단한 목적이나 의식 없이 그저 따뜻한 젖 몇 모금을 더 마시고자 숨 쉬듯 시간을 되감았다. 무수히 순간을 되살았다. 다른 아이가 나절을 살 때 시영의 정신은 하루, 이틀, 어쩌면 일 년을 살았다. 그랬기에 시영은 천재 났다는 찬사를 들으며 컸다.

세 살 때, 시영은 자각했다. 나는 시간을 돌이킬 수 있다. 남에겐 그 일이 몽상이다.

하나 그때는 다리에 힘이 붙어 마당을 쏘다니고 스스로 상에 오른 당과를 집어먹는 행복을 깨달은 시기였다. 시간을 돌이키기보다 당길 수 있다면 좋겠다고 생각했다. 그래서 그다지 시간을 돌이키지 않았다.

천구백십 년 팔월 이십구 일, 경술국치. 나라가 망했다. 동리만이 아니라 사방 몇백 리에서 가장 부유하고 고매하다는 대가댁에서, 시영이 나고 자란 집에서 곡소리가 났다. 할아버지, 아버지, 작은아버지, 어른마다 상복을 입고 통곡했다.

"쳐 죽일 놈들!"

어른들은 이완용과 그 일당을 저주했다.

어린 시영은 그 통곡이 진저리났다. 분노가 섬뜩했다. 무수히 시간을 돌이켰다. 천구백십 년 팔월 이십구 일을 수십 번 살았다. 마침내 깨달았다. '오늘을 바꾸기란 참으로 어렵다.'고.

수년 뒤, 할아버지는 가산을 정리했다. 마당에 사람을 모으고 촌스럽지만 비장하게 연설했다. 식솔을 이끌고 연해주로 떠났다.

"문중의 영달과 안녕을 버린다. 너라도 살아 대를 이으라."

시영은 문중에서 가장 어렸다. 젖어멈과 함께 남겨졌다.

시영은 무수히 그날을, 그 몇 달을 다시 살았다. 역시 혼자 남겨졌다. 시간을 돌이키는 능력이 결코 만능이 아님을 다시 깨달았다.

시영은 결국, 독립운동가의 자손이라는 숙명에 순응했다.

시간을 돌이키는 능력은 만능이 아니었다. 그러나 무용(無用)도 아니었다. 국운이나 가문 운처럼 여러 사람이 복잡히 얽힌 일은 바꾸기 쉽지 않았다. 그러나 개인사쯤은 의지와 계획만 따르면 꽤 뜻대로 끌어갈 수 있었다.

시영은 젖어멈을 꼬드겼다. 상경했다. 공부하고 장사했다. 어르신들이 남긴 재산을 굴렸다. 작정하고 돈을 긁어모았다. 미래를 살아보고 투자하니 망하기가 더 어려웠다. 돈 벌기란 숨쉬기만큼 쉬웠다.

시영은 화려한 이중생활을 했다. 앞으로는 모던보이, 운 좋은 젊은 거부 행세를 했다. 뒤로는 버는 족족 독립운동을 지원했다. 드물게는 직접 미행, 잠복, 정보 전달을 했다.

시영은 그 과정에서 무수히 시간을 돌이키고 또 돌이켰다. 개인적 영달을 구하며 시간을 돌이킨 일도 많았다. 시영도 사람이라 옆 사람보다 예쁜 기생을 끼고 놀고자 시간을 돌이키기도 했고, 미운 놈 엿먹이고자 시간을 돌이키기도 했다.

하지만 시영이 시간을 열 번 돌이켰다면 그중 아홉 번은 독립을 추구해서였다.

천구백사십오 년 팔월 십오 일, 광복. 광복은 기쁜 일이지만 그 과정과 결과에 통탄할 점도 있었다. 시영은 그 몇 달을 거듭 살았다. 그러나 모든 요소를 마음에 차게 바꿀 수는 없었다. 그래도 광복, 그만으로도 기뻤다. 자신 덕에 나라가 광복했다고야 생각하지 않았다. 그래도 자기 노력이 도움이야 되었으리라 여겼다. 남다른 보람과 기쁨을 느꼈다.

보통 사람에게도 일제강점기는 길고 길었다. 시영은 그 세월을 무수히 돌이키며 살았다. 더는 고결한 이상으로 살기 힘들었다. 광복하던 순간부터 온갖 복잡하고 숭고한 이상을 내려놓았다. 제 영달을 추구했다. 독특한 힘과 쌓아온 부와 명망을 마음껏 휘둘렀다.

시영은 정치에 발 들였다. 정치는 사업만큼이나 시영과 잘 맞았다. 시영은 시간을 되돌릴 수 있었고 두려울 일이 몇 없었다. 매사 여유롭고 자신만만했다. 그 여유와 자신감이 남을 매혹하고 무릎 꿇렸다. 일제강점기 때 쌓은 공로와 명성도 든든한 배경이었다. 쉬이 정치계 입지를 높였다. 최고 자리까지야 올라가지 않았다. 그래도 남부럽지 않게, 거리낄 바 없이 권력을 휘둘렀다. 쉬웠다. 우습게 쉬웠다. 우습게 남을 짓밟았다. 우습게 술수를 부렸다. 더러웠다. 정치가 신물 났다.

시영은 사업가 겸 교육 운동가로 변신했다. 걸음걸음 사장님, 선생님, 추앙받는 삶을 살았다. 정치보다 이쪽이 배짱에 맞았다. 다툼할 일 없이 고상하게 존경받으며 살았다.

시영은 세상 그 무엇도 아쉽지 않았다. 돈, 권력, 평안, 사회적 존경, 다 있었다. 인물까지 갖췄다. 쉰을 바라보았지만 이십 대 후반으로 보였다. 남들이 깜짝 놀랄 만큼 잘젊었다. 사회적 명성에 젊고 아름다운 외모까지 겹치니 여자가 줄줄이 따랐다. 날마다 여자를 바꾸다시피 살다가 그도 싫증 났을 때 미모를 겸비한 재녀와 결혼도 했다.

천구백오십 년 유월 이십오 일, 한국전쟁 발발. 시영은 독립운동 때처럼 큰 그림을 그리고 행동하지는 않았다. 그래도 제 능력을 한껏 써가며 무고한 이를 한 명이라도 더 살리려 이리 뛰고 저리 뛰었다. 그

피비린내 나는 전장에서 시간을 돌이키고 또 돌이켰다. 시영이 무슨 짓을 했든 죽을 이는 죽었을지도 모른다. 어쨌든 시영 본인은 대단히 치열히 발버둥쳤다. 그때 얼마나 시간을 돌이켰을까? 시영은 셀 수도, 가늠해볼 수도 없었다. 그저 '무수히' 돌이키고 돌이켰을 뿐이었다.

천구백오십삼 년 칠월 이십칠 일, 한국전쟁 휴전. 평화가 왔다. 시영은 주위를 둘러보았다. 의아해졌다. 전쟁 후유증일까? 전쟁으로 정신에 피로가 쌓여 발생한 집단 이상일까? 사람들이, 아내마저도 시영을 알아보지 못했다. '아이고, 선생님, 우리 선생님.' 하던 이들이 생명의 은인인 시영을 앞에 두고도 무시하기 일쑤였다. 시영이 말을 걸면 그때야 퍼뜩 놀라며 알아보았다. 심한 이들은, 심지어 친한 친구조차, 말을 걸어도 시영을 알아보지 못하고 의아해했다.

"누구시더라?"

그들은 물었다.

"나를 놀리는가?"

시영은 때로 불쾌해했다. 때로 답답해했다. 어찌어찌 설명했다. 내가 누구라고, 당신과 무슨 관계라고.

"어이쿠, 이런! 그래, 자네구먼, 한시영이!"

"세상에, 죄송합니다. 제 정신이 어디 나갔었나 봅니다."

"어머, 어떻게 선생님을 못 알아볼 수가 있죠? 제가 왜 이러나 몰라요. 어머, 어머."

사람들은 그제야 시영을 알아보았다. 귀신에게 홀렸다가 막 깨어난 듯 굴었다.

그뿐이 아니었다. 지나치게 젊어 보이는 외모는 어쩌면 타고난 바가 아니라 이상을 알리는 선행 신호였다. 쉰 중반이 된 시영은 여전히 이십 대 후반에서 삼십 대 초반으로 보였다. 머리카락도 손톱도 남보다 더디 자랐다. 한 끼 식사하고 몇 분 쪽잠 자면 허기도 졸음도 느끼지 않았다. 혼자 시간을 벗어난 듯했다.

그러나 시영은 지쳤다. 일제강점기와 한국전쟁은 남에겐 반세기였으나 시영에겐 몇 세기였다. 시영은 거상으로 명사로 피난민의 구원자로 그 기나긴 세기를 쉴 틈 없이 누비었다. 회복하기 힘든 피로로 정신이 절었다. 휴식을 갈구했다. 하여 희미해진 존재감이 의아한 한편 기꺼웠다. 제 존재의 빛바램을 깊이 생각하지 않았다.

"하나 그때 깨달아야 했습니다. 그때가 제가 '인간으로서' 살아갈 수 있는 마지막 상태였습니다."

시영은 탄식했다.

이후로도 시영은 늘 그래왔듯 자연스레 시간을 되돌렸다. 현재를 바꿔댔다. 그러다 문득 깨달았다.

'사람들 잘못이 아니야. 내가 이상해졌어. 내가 점점 희미해지고 있어.'

시영은 배고픔을 느끼지 않았다. 졸음도 느끼지 않았다. 머리카락이 자라지 않았다. 손톱도 수염도 자라지 않았다. 무엇 하나 종잇장 두께만큼도 자라지 않았다. 피부에 상처 나도 몇 초 되지 않아 원래로 돌아갔다. 그 지경에 이르자 아내도 시영을 알아보지 못했다. 아무도, 시영을 알아보지 못했다.

시영은 그 원인을 알고 싶었다. 그 원인을 알고 제거하고자 무수히 시간을 돌이키고 또 돌이켰다. 그러며 극심히 희미해졌다. 어느 시대, 어느 순간으로 가도 똑같았다. 희미해진 존재감을 회복할 길이 없었다. 시간을 돌이키는 일을 거듭할수록 시영은 이 우주에서 유리되었다. 그것을 깨달았을 때는 이미 투명인간이었다.

✳❖✳

"술을 펼쳐 시간을 돌이키는 방식이 아니라 그저 숨 쉬듯 한다. 놀랍군."

모두 침울했다. 도만이 재미있어했다. 도는 길게 기지개 켜더니 처음으로 시영을 똑바로 보았다. 시영과 눈을 맞추고 말했다.

"그래도 이제는 하지 마."

"역시, 제가 시간을 돌이켰기 때문에 이렇게 된 겁니까?"

"그래."

도는 짧게 끄덕였다.

"나도 못하는 일이 아니야. 너처럼 쉽게야 못해. 방식도 다르고. 하나 하고자 들면 나도 너 같은 일이 가능해. 이 우주에 그런 존재는 드물지만 몇이나 있어. 누군가는 미래를 엿봐. 누군가는 현재를 멈추고. 그러나 할 수 있어도, 과거는 건드리지 않아."

"어째서입니까?"

시영이 물었다. 도가 시큰둥히 답했다.

"현재는 우주를 이루는 모든 사소한 존재가 어우러져 힘껏 자아낸 결과니까. 그 현재를 부정하고 없던 일로 하거나 그 현재에서 도망하는 행위는 우주를 이루는 모두를 기만하는 행위다. 되풀이하면 반드시 가혹한 대가를 치러."

"그럼, 제가 받은 대가는……."

시영은 숨을 멈췄다. 말하기엔 너무도 무거웠다.

"네가 받은 대가는, 시간선에서 추방. 시간을 떠돌며 현재를 뒤트는 네가 다른 이에게 영향을 끼치지 못하게 하는, 형벌이자 규제다. 너는 그 어떤 시간선에도 정박할 수 없으므로 변하지 못한다. 같은 시간을 사는 이에게 인지되지도 못하고."

도는 한 점 연민 없이 단언했다. 시영은 눈 감았다. 묵직한 한숨 결에 물었다.

"회복할 길은, 없습니까?"

화화 일동은 일제히 도를 보았다.

"그런 힘을 타고났는데 안 쓸 사람이 몇 명이나 돼요."

"이럴 거면 사용 시 유의점을 배 속에 넣어줬어야죠."

"맞아. 우주가 잘못했네."

화화 일동은 훌쩍댔다. 시영을 동정하고 편들었다. 어떻게든 방법을 내놓으라는 듯 간절히 도에게 눈빛을 쏘았다.

"흠."

도는 다만 침묵했다.

"정말, 회복할 길은 없습니까?"

시영은 처연히 가라앉은 얼굴로 재차 물었다. 도는 어깨를 으쓱했다.

"글쎄. 그건 내 소관이 아니지. 우주가 알아서 하지 않겠어?"

도는 무심했다. 화화 일동이 쏘아대는 눈빛에도 눈썹 한 올 까딱하지 않았다.

"사장님 매정해!"

"전하 나쁘다."

"우우……."

"우주가 제일 잘못했다."

화화 일동은 앞다퉈 불만을 쏟아냈다. 시영이 그 분위기를 끊고 나섰다.

"여러분, 고맙습니다. 하지만 저는 괜찮습니다. 그 결과를 알고 했든 모르고 했든 저는 다른 이가 힘껏 쌓아온 '현재'를 무수히 무너트리고 일그러트렸으니까요. 사장님 말씀처럼 그 대가를 받았을 뿐입니다. 그리고 어쨌든, 우주는 그런 저에게도 한 여자를 허락하지 않았습니까?"

시영은 희미하게 웃었다. 창백한 뺨으로 눈물을 미끄러트렸다.

✳✿✳

꽃다발을 못 전하고 쓰러져 울며 웃은 날, 저는 곧장 과거로 가진 않았습니다. 신중히 회귀를 준비했죠.

말씀드렸지요? 저는 독립운동을 지원할 때 직접 발로 뛴 적도 있다고. 미행과 잠복에 능하다고.

저는 약콩 양을 작정하고 알아갔습니다. 그리 올바른 행동이야 아니지만 그래야 했습니다. 약콩 양이 무엇을 좋아하고 싫어하고 바라고 떨치고 싶어 하는지, 낱낱이 헤아려질 때까지 약콩 양을 살폈습니다.

그리고 보통 사람처럼 행동할 수 있게 공부했습니다. 화술 학원부터 등록했습니다. 학원에서도 저를 알아보는 사람이 없어서 청강생처럼 한구석에서 배웠습니다. 저를 상대해줄 사람도 없었습니다. 집에서 영화나 드라마를 틀고 텔레비전 속 배우를 상대로 대화를, 표정을, 몸짓을 연습했습니다. 어색하지 않을 때까지 수천, 수만 번 반복했습니다.

나아가 약콩 양에게 호감 주는 멋진 남자가 되려 노력했습니다. 본래 패션에 관심이 많았지만 더욱 세련되어지려 노력했습니다. 요즘 여성의 심리를 알고자 연애상담 블로그도 들르고 온갖 연애서적도 연구했습니다. 눈앞에 약콩 양을 상상했습니다. 그녀와 대화하고 그녀에게 고백하고 그녀를 위로하고 웃게 했습니다.

얼마나 그랬느냐고요? 모릅니다. 제게 시간이란 헤아릴 의미가 없습니다. 다만 약콩 양이 들고 다니던 곰돌이 퀼트 가방이 낡아 버려질 때까지 그러고 지냈습니다.

저는 최선을 다해 준비했다고 확신하고서 시간을 돌이켰습니다. 이천십삼 년 오월 십육 일 아침 여덟 시 삼 분, 강남역 이 번 출구로.

✳✳✳

"바로 만났어요? 약콩 누나를? 그냥 말 걸었어요?"

"과감한 헌팅 아니었을까? 요즘은 짐승남이 대세랬어."

"아니야, 언니, 요즘은 초식남, 뇌섹남이 대세예요."

"어, 그래? 유행이 벌써 바뀌었니?"

크님, 월주, 양이는 저마다 종알대었다. 수산이 시영에게 심각하게 얼굴을 들이밀었다.

"좌우간 어떻게 하셨어요? 저 궁금해서 숨넘어가겠어요."

시영은 미소 지었다. 그 미소는 처음과 달라서 과장된 곳 없이 자연스러웠다. 이제야 화화 식구들이 관객 아닌 마주 앉은 대화 상대가 되었다.

"바로 고백하지는 않았습니다."

시영은 부드럽게 말했다.

※☆※

저는 작전을 세웁니다. 일 단계 작전에 돌입하죠. 작전명, '얼굴도 장을 찍자'.

저는 약콩 양 동네로 이사합니다. 예쁜 주택을 사서 약콩 양이 좋아하는 분위기로 직접 고칩니다. 약콩 양이 자주 다니는 시장과 마트, 공원으로 날마다 발 도장을 찍습니다. 미리 살아보았으니 때맞춰 약콩 양을 마주치기도 쉽습니다.

하지만 저는 약콩에게 접근하지 않습니다. 약콩 양 눈에 제가 익숙해질 때까지 기다립니다. 우리는 무수히 발길이 스치고 눈길도 몇 번이나 얽힙니다. 저를 보는 약콩 양 눈에서 낯섦이 사라집니다. 일 단계 작전은 성공입니다.

이제 이 단계 작전입니다. 작전명, '인사를 트자'.

대망의 초복 맞이 닭 특가 판매일입니다. 저는 신중한 밀어내기와 낚아채기로 닭을 확보합니다. 최대한 자연스레 약콩 양에게 닭을 양보합니다.

닭에서 멈출 순 없습니다. 저는 그 며칠 뒤엔 산책로에서 혼자 자빠지는 약콩 양을 붙잡아줍니다. 또 그 며칠 뒤엔 앞서 들른 가게에서 산 상추와 가지를 과일 좌판 앞에 놓고 가는 약콩 양에게 상추와 가지를 되찾아줍니다.

만세! 이 단계 작전도 성공입니다. 우리는 길거리에서 마주치면 눈인사하는 사이가 됩니다.

어느덧 삼 단계입니다. 작전명, '말을 트자'.

눈인사하는 사이가 되고 얼마 뒤입니다. 예고 없이 소나기가 내리던 날입니다. 저는 약콩 양 퇴근 시간에 맞춰 지하철역을 서성입니다. 가방을 머리에 얹고 뛰려는 약콩 양에게 웃으며 우산을 씌워줍니다.

"우산 안 가져오셨나 봐요."

"어? 어, 감사혀유. 자주 뵙네유."

"시장가는 길이었어요. 빵집 들르느라 이 길로 돌았더니 이렇게 뵙네요?"

약콩 양은 퇴근길에 장을 봅니다. 매일은 아니지만 자주 그렇게 합니다. 저도 늘 그 시간에 맞춰 장을 봅니다. 우리는 시장에서 마주쳐 눈인사를 주고받은 적도 많습니다. 저는 슬쩍 운을 띄웁니다.

"저는 수박이랑 고등어 좀 사려고요. 이 시간에 자주 장을 보시던데, 음, 같이 시장 들르셨다가 제가 댁까지 모셔다드리면…….."

"어유, 아녀유. 그렇게 폐를 끼치면 쓰남유? 비 좀 맞아도 되는디……. 가시다 편의점에 떨구시면 우산 사 갖고 알아서 가겠구만유."

"일회용은 아깝잖아요. 마침 제 우산도 크고요."

저는 골프 우산을 들었습니다. 아담한 우산을 준비할까도 고민했으나 골프 우산을 택했죠. 무겁지만 저를 부담스러워할 약콩 양을 제 옆에 붙여놓을 수만 있다면야 그깟 무게 참아내고 몇 센티미터쯤 양보해드려야 합니다. 모름지기 과유불급, 천릿길도 한 걸음부터. 약콩 양은 제 우산을 올려다봅니다. 입을 벌립니다.

저는 약콩 양 취향에 맞춰 '서울 남자답게' 사근사근 말을 붙입니다.

"시장에서 귀가하실 때 보면, 우리는 서로 집도 가까운 것 같던데요. 제가 들어가는 길에 잠깐 모셔다드리면 되니까요, 크게 불편하지 않으시면 같이 시장 들렀다 가시죠. 저는 삼 동 주민센터 뒤에 살거든요."

"지는 그 길 건너 장미 빌라 사는디……."

"그러셨구나. 정말 가깝네요. 그럼 같이 가시죠."

저는 약콩 양과 함께 장을 봅니다. 약콩 양을 집까지 바래다줍니다. 약콩 양은 고맙고 미안하다며 연신 꾸벅꾸벅합니다.

대성공! 이로써 삼 단계 작전도 대성공입니다. 말을 튼 수준이 아닙니다. 진도가 아주 팍팍 나갔습니다! 이제 기초공사는 다 끝났네요. 심화 단계로 접어듭니다.

그날 이후 우리는 '우연히' 마주쳤다가 함께 산책하거나 장보는 일이 잦아집니다. 계절이 바뀌고 '제가 미래에서 보고 온 대로' 약콩 양이 다니던 식당이 폐업합니다. 저는 그 일을 모르는 양 은근슬쩍 말을 흘립니다.

"가사도우미를 구하고 있거든요, 믿을 만한 사람이 마땅치 않네요."

약콩 양은 곁붙이 하나 남지 않은 고아입니다. 그때그때 벌어 월세 내기 바쁜 풋내기 조리사죠. 조심스러워하면서도 미끼에 입질합니다.

"어떤 분이 필요허신데유?"

"아, 가정식 맛깔나게 하시는 분? 혼자 살다 보니 식사가 엉망이에요. 입맛 돌게 밥 좀 잘해주시면 좋겠어요. 다른 일이야 뭐, 일주일에 두 번쯤 청소에 빨래 정도? 집이 단독주택이라도 다세대로 지어져서 일 층은 아예 비었으니까, 소란하게 구실 분만 아니면 입주하셔도 괜찮고요. 다른 점은 까다롭게 보지 않지만 음식은 좀, 신경 쓰이네요."

"아자씨는 뭐 하는 분이신데 그 큰 집을 내주믄서까지 가사도우미를 찾으신대유?"

"아아."

제가 사람들과 접촉하면 접촉할수록 약콩 양은 제 수상함을 눈치채겠지요. 그래서 저는 꾸며둔 제 정체를 말합니다. 유산 많고 안 팔리는 시인 겸 번역가로.

"안 팔리는 시인 겸 번역가예요. 주업은 번역이고요."

"와. 무슨 언어를 하시는데유?"

"중국어와 영어가 주지만 필요하면 러시아어와 일본어도 하죠."

전부 일제강점기 때 장사와 독립운동에 필요해서 익힌 언어입니다. 이렇게 사기 칠 때도 써보네요.

"저기, 저……."

"네."

"제가 실은 요리산디, 할매랑 촌에 둘이서만 살아서 집안 살림 다 하믄서 살아 딴 일도 답작답작허는디……."

약콩 양은 미끼를 덥석 뭅니다. 애초에 약콩 양이 경계심 강한 성격이 아니라 일이 수월합니다.

약콩 양과 저는 한집에 살게 됩니다. 저는 약콩 양이 이 가사도우미 일을 쉽게 팽개칠 수 없게끔 은근슬쩍 집에서 약콩 양이 책임질 일을 늘려갑니다. 약콩 양이 좋아하는, 그러나 종내 약콩 양이 책임져야 할 털이 길고 살랑살랑한 대형 견을 입양합니다. 약콩 양이 좋아하는 병아리도 데려옵니다. 드넓은 마당 한쪽을 뒤엎어 상추며 딸기며 심습니다. 약콩 양 앞에서 속 터지게 어설픈 도시 농부 짓을 합니다. 결국, 약콩 양이 소매를 걷어붙이죠.

우리는 상추를 수확해서 삼겹살을 구워 먹습니다. 함께 수산시장에 가서 게를 사다 게장도 담가 먹습니다. 내친김에 새우도 담가 먹습니다. 그러다 같이 술도 마시고 노래도 하고, 평상에 나란히 드러누워 본래 친했던 사이처럼 가볍게 주사도 부립니다.

그러다 우리는, 손을 잡습니다. 영화를 봅니다. 놀러 갑니다. 숯불구이 집에서 막창을 구워 먹습니다. 서로 곁에서 웃습니다. 서로 앞에서 웁니다. 서로가 서로에게 사랑한다 합니다. 입 맞춥니다.

어느 맑지도 흐리지도 않은 날입니다. 저는 그녀에게 우리가 살아갈 나날이 늘 오늘 같기를 소망합니다. 청혼합니다. 그녀는 펑펑 웁니다. 저도 펑펑 웁니다. 저도 고아이고 그녀도 고아이니 우리는 그렇게 둘이서 함께 삽니다.

호적이요? 아아, 저는 법적으로 '저 자신'의 삼 대손입니다. 호적상 남 보기에 수상한 점은 없습니다. 그 정도 조작이야 쉽습니다. 저는 존재감이 없어서 어디에 어떻게 들어가 무슨 짓을 해도 괜찮으니까요.

어쨌든 우리는, 저와 제 그녀는 행복합니다. 우리에게 불행은 단 한 가지도, 아주 작은 한 가지도 없습니다. 우리는 서로를 더없이 아끼며 살아갑니다. 우리는 행복…… 행복했을 겁니다. 더없이 온전했을 겁니다. 아주, 아주 작은 불행이나 가장 조그마한 슬픔조차 없이…….

시영은 고개 숙였다. 모아 세운 두 손에 이마를 기댔다. 눈물을 쏟았다. 낮게 헐떡이며 눈시울을 빨갛게 붉혔다.

"설마, 설마······."

"못 알아보게 되었나요? 약콩 양마저? 아저씨를?"

"안 돼! 그건 너무 슬프잖······. 으헝헝!"

"으아아앙!"

"으흐흑, 그딴 가정은, 흐윽, 하지도 말란 말이야!"

수산을 시작으로 크님과 월주까지 자기들이 더 서럽게 울음을 터트렸다.

양이는 코끝이 시큰해져 시영에게 손수건을 내밀었다. 시영은 손수건을 받아 들었다. 눈물을 누르려 애썼다. 작게 훌쩍였다. 고개 저었다.

"아니, 아닙니다. 그녀는 저를 잊지 않았습니다. 늘, 저를 알아봐주었습니다. 매일 아침, 먼저, 제 뺨에 입 맞춰주었습니다."

시영은 단호히 답했다. 그러나 더는 말을 잇지 못했다. 두 팔에 고개를 묻었다. 스스로 작은 동굴이 되었다. 하염없이 울었다. 그 울음은 깊어 결코 그치지 않았다.

누구나 자기 세계가 있다. 그러나 시영이 마음을 누이는 세계는 남보다 견고하고 통로가 좁았다. 원하든 원치 않든 고독이 끝없이 밀려들어 그 세계를 둘러싼 껍데기를 무수히 두드려 각질화하고 마침내 허옇고 두툼하게 굳혔으므로. 그리하여 시영은 한번 자기 세계에 웅크리면 쉬이 몸을 펼 수 없었다.

그래도 시영은 이제 통로를 볼 줄 알았다. 처음 화화에서 눈떴을 때는 어떤 희극적 공황 상태에 빠져 외계로 고개를 향하고도 제 안으로만 눈이 돌아갔다. 하지만 지금은 사뭇 달랐다. 광기가 빠지고 침착함을 되찾은 시영은 서글피 온순했다. 울면서도 기어이 고개를 들었다. 다른 이와 눈을 마주했다.

"죄송합니다. 지금은 더는…….."

시영은 스스로 물러나기를 청했다.

화화 식구들은 그 뜻을 존중했다. 마음을 가라앉히는 향을 방에 살라주었다. 향과 효과가 같은 차를 한 주전자 남겨두었다. 시영을 홀로 쉬게 두고 다 같이 물러났다.

계질국을 벌이는 쓰띠줌마

시영을 뒤로하고, 화화 식구들은 분위기를 바꾸어 즐겁게 식사했다.

"지인짜 맛있어요. 제가 화화에 덜컥 입주한 원인 중 삼 할이 음식이라니까요. 이거 진짜 천상에서 가져왔어요? 천상에서도 닭볶음탕 먹나?"

양이는 시뻘건 닭볶음탕 국물에 밥을 비벼 먹으며 감탄을 연발했다.

"히힛. 정확히는 우리 고향에서 가져와요. 고향 주방과 화화 주방을 연결해뒀거든요. 우리 고향은 천상에도 걸쳐 있으니까 이건 천상의 음식이기도 하죠. 맛있죠?"

양이가 극찬하자 수산은 제가 칭찬받은 듯 기뻐했다. 월주는 닭을 뜯으며 고개를 끄덕였다. 볼을 우물대며 곁을 달았다.

"원래 노구가 음식을 진짜 잘해. 천지왕께서 사시는 천하궁 숙수보다 더 잘한다니까?"

"아, 역시! 천상의 맛이었어. 저 이제 다른 데서 밥 못 먹겠어요."

그 말에 도는 함박웃음을 지었다. 다정스레 양이에게 얼굴을 들이

밀었다.

"정말? 잘됐네! 그런 의미에서 내 이름 안 궁금해? 응?"

"관심 없습니다."

"쳇."

도가 심심하면 해대는 '내 이름' 타령에 수산과 크닙이 나란히 키들 댔다. 월주가 한심해하며 고개를 살래살래 저었다.

"전하, 그렇게 땅땅땅땅만 하시면 어떡해요. 밀기도 하셔야죠. 밀 땅! 그건 작업의 정석이자 세트메뉴라고요. 우리 전하 답답해서 정말 못 봐드리겠네."

"에잇, 그럼 네가 알려주든가."

"언니, 그게 무슨 소리예요. 사장님은 그냥 저 놀리시는 거잖아요."

도는 투덜댔고 양이는 웃으며 손사래 쳤다. 월주는 둘을 번갈아 보다가 코웃음 쳤다. 그때였다.

탕! 밖에서 문짝 쪼개지는 소리가 났다. 문에 달아놓은 풍경이 짜그르르 요란스레 울었다.

"엥?"

도를 제외한 일동은 일제히 동작을 멈췄다. 식당 입구로 고개를 돌렸다.

화화는 손님이 드물었다. 시영이야 끌고 들어온 손님이고 양이가 아는 한 지금껏 제 발로 찾아온 손님은 이레인, 백진, 약선, 역술인 수산을 찾는 사모님, 그리고 월주를 설레게 하는 그 남자—그 이름도 찬란한 택배 기사—뿐이었다. 이 가운데 사모님은 열흘 걸러 한 명이 왔고 반드시 사전에 연락하고 기사를 대동했다. 그러나 오늘은 그런 예약도 없었고 방문할 택배 기사도 없었다. 더욱이 그 두 부류가 문짝을 부수며 등장할 까닭이 없었다.

"뭐지?"

"뭐야?"

"제가 갈게요."

"아뇨. 기세가 흉흉하니 제가 갈게요."

월주, 크닙, 양이, 수산은 줄줄이 엉덩이를 뗐다. 앞선 둘은 놀라기보다 재미있어했고 양이와 수산은 어리둥절할 따름이었다.

"내 서방 내놔유, 이 사람 도동놈들!"

밖에서 뚝배기 깨지는 외침이 터졌다. 엉거주춤 엉덩이를 떼던 넷이 스프링 튀듯 튀어 올랐다.

"재밌겠다!"

"내가 먼저!"

월주와 크닙이 수저를 던지고 와다닥 달려나갔다. 수산과 양이도 서둘러 뒤따랐다.

"하암."

도는 작게 하품하고 시큰둥히 수저를 놀렸다. 의욕 없이 중얼댔다.

"알아서들 하겠지."

"히에엑!"

제일 먼저 달려나간 월주는 급브레이크를 밟은 듯 멈춰 섰다. 가파르게 헐떡이며 삽시에 새파랗게 질렸다. 신장대 떨듯 바들바들 떨었다.

"너, 너, 너는 누구냐!"

크닙은 그런 월주 앞을 막아섰다. 현관에 선 뜻밖의 방문객을 손가락질하며 월주 못지않게 파들댔다.

"뭐야, 무슨 일인데?"

"언니, 무슨……."

뒤따라 나온 수산과 양이는 자연스레 현관을 보았다. 방문객을 확인하고 딱 굳었다.

"내 서방 내놔유! 순순히 내 서방을 넘기면 유혈사태는 일어나지 않을 것이유!"

"이, 뭐……."

양이는 닭볶음탕 국물로 새빨개진 입술을 허옇게 바꿨다. 숨을 힉 들이쉬며 입을 가렸다.

화화 현관에 한 여자가 섰다. 여자는 키가 백오십 센티미터가 넘을까 말까 했다. 체구가 아담했다. 피부가 까무잡잡했다. 워낙 자그마하니 초등학생으로까지 보였다.

그러나 여자는 압도적이었다. 실로 압도적으로 완벽한 아줌마였다. 머리만 짧게 치면 바로 전투력 만땅의 대한민국 깡촌 아줌마로 종족 변신할 복색이었다. 파란 플라스틱 슬리퍼에 양말을 갖춰 신었다. 하의가 고무줄 잔꽃 무늬 긴 치마였다. 상의가 목 늘어난 티셔츠였다. 거기에 SF풍으로까지 보이는, 각도만 내리면 안면을 완벽히 보호해줄 새까만 선캡을 썼다. 머리카락마저 뽀글뽀글했다. 오직 두 가지, 어깨를 넘는 머리 길이와 앳된 얼굴만 빼면 실로 철저히 아줌마였다.

그 쁘띠줌마는 화화 현관에 짧은 두 다리를 쩍 벌리고 섰다. 작은 어깨를 한껏 씨근덕댔다. 도끼눈을 뜨고 안을 노려보았다. 단단히 힘주어 내민 양손에 심상찮은 무언가를 들었다. 양손 장착품은 이러했다. 왼손에 오골계, 오른손에 오골계 모가지를 겨냥한 시퍼런 식칼.

"왜, 왜, 왜, 왜, 왜, 왜, 왜, 그, 그, 그, 그래요. 여, 여, 여, 여, 여기서 왜……. 우, 우, 우, 우리 마, 말로……. 서, 서, 서, 설마, 그 다다다닥, 모, 모모모가지, 따, 따, 딸 거, 아, 아니죠? 피, 피, 피피피, 뿌, 뿌릴 거, 아, 아, 아, 아닐 거야. 아니아니, 히에에에엑, 어, 어, 어, 어떻게 좀, 누, 누구든, 수, 수, 수수산 오, 오라버니……."

월주는 제정신이 아니었다. 사정없이 버벅대며 쁘띠줌마를 손가락질했다. 형편없이 기가 꺾여 줄줄 울었다. 졸도하기 직전으로 보였다.

"너너너, 누구냐니까!"

크납이 다시 월주를 제 뒤로 밀어 넣으며 외쳤다. 외침이야 호기로우나 크납도 벌벌 떨었다.

"왜, 왜 그러세요. 아, 아줌마 진정하세요."

수산마저 부들부들 떨었다.

"꼼짝 말어유! 헛짓함 이 닥 메가지를 칵 따버릴뀨!"

쁘띠줌마는 두 눈을 사납게 치켜떴다. 그러나 월주 못지않게 와들와들 떨었다.

"혀, 형님, 어, 어떻게 좀 해봐요. 형님은 피 안 무서워하시잖아요. 왜, 왜 떠세요. 혀, 형님은 용감히 나아가 싸우셔야죠. 혀, 형님은 우, 우, 우리나라 대장군이시잖아요."

크납이 수산을 떠밀었다. 수산은 부들부들 떨며 두 다리에 힘을 주었다.

"왜, 왜 그래! 나, 나도 무서워! 차라리 수라 삼백이 한번에 덤비면 안 무서운데 저 여자는 무서워! 저 여자는 때릴 곳이 없는데 나는 맞을 곳이 많잖아! 그, 그런데 나, 나, 나보고 어쩌라고. 그, 그러는 너야말로 피 안 무서워하잖아. 왜 떨어."

"다, 다들 떨길래 저도 떨어봤어요."

'하아……. 나 정말 여기 살면 안전한 걸까? 수산 씨는 대마법사보다 강하고 크닙이는 제 몫 할 줄 알고 월주 언니는 한 손으로 탱크도 던진댔는데, 그게 사실이래도 믿음직하지가 않다.'

희게 질렸던 양이는 옆에 늘어선 이들이 일제히 오두방정을 떨자 갑자기 침착해졌다. 너무 어이가 없어서 겁이 사라졌다. 모지리 삼인방을 뒤로하고 앞으로 나섰다.

"꼬, 꼼짝 말어유! 헛짓함 이 닥 메가지를 칵 따버린다니까유! 칵 따서 다 뿌릴 꺼유!"

꾸기껙! 꽥, 꽤애액.

오골계는 등장한 순간부터 지금까지 죽을 둥 살 둥 몸부림쳤다. 쁘띠줌마는 오골계에 지지 않을 만큼 목청 사납게 외쳤다. 그러나 기실 파랗게 질려 당장에라도 울음을 터트릴 듯했다.

양이는 한숨 쉬고 싶었다. 저 뜬금없는 협박범도 이 얼빠진 화화 삼인방도 다 황당무계했다. 되도록 부드럽게 쁘띠줌마와 눈을 맞췄다.

"자아, 지금 흥분하셨는데 진정하세요. 어쩐 일로 오셨죠? 뭘 원하세요?"

"말했잖유! 내 서방 내놔유! 이 사람 도동놈들!"

"여, 여, 여, 여, 여, 여기에 나, 남자라곤 저, 저, 저, 저, 저, 저, 저, 전하와 수, 수산 오라버니, 크, 크, 크, 크, 크닙이밖에 없는데, 대, 대, 대체 누가 서, 서방인가요오? 누, 누, 누, 누, 누, 누가 나, 나 모르게 장가갔니? 어, 어서 부, 부, 부인 따, 따라가. 나, 나, 나, 나, 무, 무서워 주, 주, 주, 주, 죽을 것, 가, 같아."

월주는 울먹울먹했다. 크닙의 등에 바짝 매달려 그 등에 고개를 묻었다. 파랗게 질려 횡설수설했다. 크닙과 수산은 몰라도 월주만큼은 진실로 겁에 질렸다.

'피에 약한 존재가 사장님만이 아니었나? 언니는 이 반응이 진짜인데? 수산 씨와 크닙이야 엄살이고.'

양이는 파즈 알을 구하던 날을 돌이켰다. 그날 도는 파랗게 질려 식은땀까지 흘렸다. 양이는 이런저런 생각에 잠긴 채 나직이, 입술을 거의 움직이지 않고 속삭였다.

"크닙아, 월주 언니 데리고 들어가. 여긴 수산 씨 계시니까."

양이는 크닙이 사라지는 기척을 느끼며 쁘띠줌마에게 물었다.

"서방이라뇨?"

"당신들이 우리 아자씨 납치혔잖유!"

쁘띠줌마는 닭 모가지와 칼날을 바짝 붙이며 외쳤다.

"납치요?"

양이는 전혀 모르겠다는 얼굴로 고개를 갸웃했다.

쁘띠줌마는 작았다. 까무잡잡했다. 양이는 이 쁘띠줌마를 보자마자 대번에 '약콩 양'이라는 표현과 시영을 떠올렸다. 그러나 차마 저 여자에게 시영을 보일 수 없었다.

이 쁘띠줌마가 약콩 양이라 치자. 하나 시영이 저 쁘띠줌마와 결국 어찌 되었는지, 지금 어떤 마음인지, 화화 식구 가운데 누구도 알지 못했다. 사정도 모르면서 저리도 흥분한 쁘띠줌마를 시영 앞에 데려갈 수야 없었다. 자칫하면 큰일 치를 판이었다. 저 쁘띠줌마가 닭이 아닌 시영을 멱따려 든다거나.

무엇보다 양이는 저 쁘띠줌마가 수상했다. 도와 양이는 시영을 '주워'왔다. 미리 약속하고 시영을 화화로 데려온 상황이 아니었다. 시영에게 휴대전화 같은 연락 수단을 준 적도 없었다. 하물며 시영은 이곳을 사후 세계로 착각했다. 그런 판국에 자기 아내에게 '나 지금 어디 있다.'고 연락했겠는가? 한데 저 쁘띠줌마는 주소를 알아도 찾기 힘든 화화에 대뜸 시영을 찾으러 왔다. 대개는 협박 수단이 되지 않지만 여기서는 훌륭히 들어먹는 닭 모가지 인질극, 아니, 계질극(鷄質劇)을 벌이면서.

'안 돼. 지금은 절대로 시영 씨와 저 쁘띠줌마를 만나게 할 수 없어.'

양이는 앞으로 나서던 순간에 굳게 다짐했다. 다만 한 가지가 마음에 걸렸다.

'월주 언니 진짜 제정신이 아니네. 언니가 시영 씨 떠올리고 다 불어 버리면 어쩌지?'

양이는 그래서 크닙에게 월주를 데리고 들어가라고 말했다. 이제 월주도 없으니 대놓고 오리발을 내밀 때였다.

"납치라니, 무슨 말씀이신지? 여기는 평범한 찻집입니다. 손님 넋두리도 들어드리고 사주도 봐드리는."

"지, 진짜유? 분명 우리 아자씨가 여기로 왔는디, 길도 똑같은디! 진짜유? 거짓말이믄 이 달기 명줄 끊는규!"

쁘띠줌마는 눈동자를 파르르 떨었다. 화화 안으로 한 걸음 진입하며 닭을 들이밀었다. 그러나 목소리에서 망설임이 배어났다.

"잘못 아셨어요. 이곳에 남자는 아까 그 꼬마와 제 뒤의 수산 씨, 그리고 사장님뿐입니다. 사장님은 미혼이시고요. 한복을 즐겨 입으시고 이름자로 외자 쓰십니다. 찾는 부군께서는 성함이 어떻게 되십니까?"

양이는 이 쁘띠줌마의 정체를 확신하고자 했다. 오리발도 철저히 내밀어야 했다. 부러 강한 어조로 밀어붙였다. 그 박력에 쁘띠줌마가 주춤 물러섰다.

"차, 참말이래유? 우리 아자씨는 한, 시 자 영 자를 쓰시는디……."

"저희 가게 분이 아니십니다."

양이는 딱 잘라 답했다.

꼬, 꼬꾀엑…….

쁘띠줌마는 어깨를 떨어트렸다. 눈물을 글썽글썽했다. 처음부터 파랗게 질려 금방이라도 울 듯하더니 기어이 닭똥 같은 눈물을 뚝뚝 떨궜다. 그러면서도 진심을 가늠하려 양이를 뚫어져라 보았다. 양이는 한 점 동요 없이 굳건히 섰다. 그 시선을 받아넘겼다. 겉보기엔 굳건해 보여도 속은 대단찮았다.

'어째 내 주변엔 요즘 이상한 사람뿐이로구나. 산은 산이요, 물은 물이로다. 아아, 어디가 어떻게 이상한지 일일이 헤아리기조차 귀찮도다.'

"지, 진짜 그렁가 보네유."

한껏 긴장했던 쁘띠줌마는 돌연 다리에 힘이 풀렸다. 비칠대더니 철퍼덕 주저앉았다. 흐헝헝 통곡했다. 고개를 연신 꾸벅꾸벅 숙였다.

"죄송혀유, 죄송허구만유! 흐엉엉! 참말 여긴 줄 알았는디, 길이 똑같았거든유. 흐어엉. 죄송혀유. 제가 뭔 짓거리를 혔대유? 이 무슨 행패래유? 사죄허는 의미로 이 닭근 드릴게유. 제가 우리 집 마당에서 좋은 것만 먹이며 질군 토종닭기라 솔찬히 마시슬 것이구만유. 사실 우리 아자씨랑 같이 잡아먹으려 혔는디, 어차피 그 아자씨가 가출해서 두 달째 안 돌아오니께유. 기냥 댁들이나 드슈, 우리 중복이."

쁘띠줌마는 현관에 퍼졌다. 서럽게 엉엉 울었다. 닭 모가지를 내밀었다.

"마시슬 거유, 닭 못 잡으셔유? 저 잘 잡는디, 제가 잡아드려유? 피 튀겨도 되는 디만 있으면 사죄허는 의미로 잡실 수 있게 털까지 죄 뽑아드릴께유."

꼬, 꽤액…….

계질극의 제물, 중복이는 힘없이, 오리처럼 신음했다.

"끄응…….."

양이도 신음했다. 양이는 손바닥으로 이마를 짚으며 제 뒤에 병풍처럼 선 수산에게 물었다.

"저기, 여기서 닭 길러도 돼요?"

쁘띠줌마는 중복이를 놓아주었고 중복이는 살아남았다. 낯선 쁘띠줌마가 침략할 때는 간데없던 마스티프 검둥이가 그제야 나타났다. 검둥이는 탈진하여 배칠대는 중복이를 답삭 물었다. 제 앞발 사이에 중복이를 끼우고 그 온몸에 삭삭 침을 발랐다. 맛보는지 달래는지 보는 사람 헷갈리는 행동이건만 중복이는 안정을 찾아갔다. 검둥이의 가슴과 앞발에 기대어 꾸뻑꾸뻑 졸았다.

시영의 그녀, '이 별에 발 디딘 육십억 가운데 가장 찬란하고 기적 같다.'던 약콩 양은, 계질극을 벌이는 쁘띠줌마였다. 간신히 정신 차린 수산이 다가가 그 손에서 칼을 빼앗고 보니 남에게 손톱만큼도 위협이 되지 못할 작고 순한 여자였다.

양이는 수산이 쁘띠줌마에게서 칼을 빼앗은 뒤 조심스레 현관으로 다가갔다.

"많이 흥분하신 듯한데 우선 진정하세요. 울지 마시고, 뚝!"

이 쁘띠줌마는 계질극이라는 초유의 행패를 부린 여자였다. 그러나 화화에 손님으로 받아들인 시영의 부인이기도 했다. 하는 짓이 영 딱하여 그대로 보내자니 마음이 편치 않았다. 양이도 수산도 비슷한 마음이었다. 수산이 나서서 쁘띠줌마를 화화로 들였다. 양이와 쁘띠줌마가 상을 사이에 두고 마주 앉았다. 수산은 다과를 내오겠다며 들어갔다. 남겨진 양이는 쁘띠줌마에게 손수건을 내주었다. 앙앙 울기만 하는 쁘띠줌마를 되도록 부드러이 달랬다. 참을성 있게 기다렸다.

"자, 차랑 간식 나갑니다. 일단 드세요."

수산은 서두른 듯 금방 다과를 내왔다. 탁자에 다과를 차리며 양이에게 눈짓했다.

— 크님이랑 월주 시켜서 시영 씨 못 나오게 했어요. 혹시 몰라서.

머릿속으로 말이 직접 울렸다. 양이는 눈썹을 들었다.

'텔레파시?'

양이는 갸웃했으나 이내 끄덕였다.

수산은 웃으며 양이 옆에 앉았다. 계질극을 벌인 흉악범과 양이를 마냥 단둘이 둘 수야 없었다.

"좀 드세요. 마음을 다스리는 한방차예요."

"흐윽, 감사허유. 천사들이셔유, 저 같은 불한당에게두 이렁 친절을 베풀어주시네유."

"뭘요. 저희 가게는 원래 이렇게 쉬어가고, 또 이야기하는 곳인걸요. 저야 무슨 사연인지 모르지만 많이 놀라셨죠? 찬찬히 마음부터 가라앉히세요."

쁘띠줌마는 코를 훌쩍이며 차를 홀짝였다. 부어오른 눈가를 간간이 찍어 눌렀다.

"근디, 들어오면서 요게 보니께 마암이 아픈 분, 얘기를 들어드린다, 그렇게 쓰였던디…….."

쁘띠줌마는 잔을 반쯤 비우더니 운을 뗐다.

'엥? 그런 문구 한 번도 못 봤는데?'

양이는 어리둥절했다. 양이가 기억하는 화화 외벽은 흰 바탕에 검은 수묵화로 매화나무가 섰고 그 매화 그늘에 자그마한 꽃신이 앉았다. 그 벽에 적힌 글씨라고는 話花, 두 자뿐이었다. 뭐라고 답하면 좋을지 몰라 머뭇댔다.

— 그 문구는 특정한 자격을 갖춰야만 보여요. 이분은 자격자죠. 말 걸어보세요.

양이는 머리를 울리는 수산의 목소리를 들었다.

"아……."

양이는 끄덕였다. 그 희한한 말을 단숨에 수긍하고 천연스레 말했다.

"어……. 네, 그렇죠? 저희 가게는 대나무숲이거든요. 힘들 때 와서 무슨 이야기든 털어놓고, 차도 한잔하는 곳이에요."

"그래유? 그래서 이렇게들 너그러우시구, 인심도 후하신가뷰."

쁘띠줌마는 울먹임이 여전한 얼굴로 양이를 올려다보았다. 둥근 눈을 순히, 또 둔히 끔뻑였다. 빨갛고 조그만 입술을 옴짝달싹했다.

"아까, 부군께서 가출하셨다고……."

양이는 쁘띠줌마에게 바람을 넣었다. 슬그머니 속 뜨는 말을 던졌다.

"긍께유, 가출해버렸네유. 두 달 넘었드래유."

쁘띠줌마는 연방 훌쩍댔다. 양이는 한껏 딱한 표정을 지었다.

"세상에……. 어쩌다가요? 어쩌다 닭까지 들고 여기까지 오셨어요? 남편이 이 주변 사는 여자랑 바람이라도 났대요? 누가 이 동네에서 봤대요?"

"우리 아자씨 그런 냥반 아니구만유!"

양이가 슬쩍 찌르자 쁘띠줌마는 펄쩍 뛰어올랐다. 온몸으로 도리질치며 열렬히 남편의 명예를 지켜주었다.

"우리 아자씨는 저밖에 몰러유! 월마나 착한디유. 워디서 여자라도 주워 살문 차라리 다행이것슈? 저밖에 모르는 순딩이래서 워디서 밥술이나 뜨고 댕기는지 모르것슈!"

"어머, 어쩜! 아유, 죄송해요! 제가 입이 방정이네요. 그럼 어찌 된 일이래요?"

"아녀유. 제가 작작 방정을 떨었어야쥬. 그렇게 생각허실 수도 있슈. 그게유, 일단 제가 왜 여게까정 닥 메가지를 붙들고 왔냐믄유……."

쁘띠줌마는 이야기를 시작했다.

＊☆＊

때는 두 달허구 보룸여 전으로 거슬러 올라가는구만유. 제가 우리 아자씨에게 헛소리를 좀 했슈. 원래 부부 사이엔 그럴 때두 있잖유? 헐 말 안 헐 말 분간 못 헐 때. 아유, 꼬치꼬치 묻지 마슈. 골 아픈 얘기니께.

근디 우리 아자씨가 짜끔 놀랐나뷰. 덜컥 가출을 해부렸슈. 원래 우리 아자씨는 섬세혀유. 서울 남자에다가 시 쓰는 냥반이라. 그 섬세한 마암을 제가 너무 놀래켰나뷰.

저는 덜컥 걱정이 되었쥬. 이러다 소박맞는가 싶구, 거기다 우리 아자씨가 솔찬히 순진혀유. 사람은 똑똑한디, 짜아끔, 아주 야악간, 어리숭한 구석도 있구만유. 나 읍쓰면 워디 가서 밥술이나 뜰까 싶구. 다 너무 착혀서 그래유. 머리는 똑똑하당께유.

으잿뜬 저는 걱정이 되었쥬. 그 순진한 냥반 누가 코 베어 가기 전에 찾아야 헐 거 아녀유. 그래서 계속 찾아댕겼슈. 근디 못 찾았슈. 봤다는 사람이 읍는규.

그러다 지난밤에 꿈을 꿨슈. 어떤 달걀구신 년놈이 혼절한 서방을 질질 끌고 길을 가지 뭐유? 저는 깜짝 놀라 뒤를 쫓았쥬. 그런디 그 구신 년놈이 서방을 끌고 이리저리 생긴 길을 따라 어떤 허연 건물로 들어가지 뭐유? 저는, '아이고, 저 냥반이 기어코 몹쓸 일을 당혔구나!' 혔쥬. 눈이 혜꾸닥 뒤집혀서 중복이와 칼을 들고 그 가게로 돌진했구만유. 저도 황당헌디, 그걸로 협박을 허니께, 꿈속 구신이 발발 떨지 않간슈? 그래서 제가 서방을 구출했슈.

근디유, 좀 이상한 여자다, 허실지두 모르것지만유, 제가 꿈이 참 잘 맞아유. 꿨다 하믄 열 번 중 아홉 번은 맞구만유.

실은 저희 외가가 오 대는 내려온 용한 무당집이유. 외할매까정 그렇구만유. 우리 엄니는 신 받는 팔자 싫다고 도망 다니시다가 저 두 살 때 아부지랑 함께 교통사고 나서 돌아가셨구유.

그래서 저는 외할매랑 살았어유. 우리 외할매는 점치는 재주 하나로 팔도를 들어다 났다 하실 수도 있는 분이셨지만유, 딸 그렇게 앞세우고 한이 맺히셔서 손녀딸 하나는 팔자 물림 안 시키고 곱게 키우시것다고 별짓 다 허셨슈. 대대로 대무당 집안이라 한재산 되었는디 그거 이리저리 다 날리고 험한 일 계속 겪으시고 정신도 오락가락하시구, 저 절간에 데려다 맡겨도 보시구, 다 하시다가 저 열여섯 살 때 가셨슈. 가시믄서 이리 유언을 냄기셨쥬. 첫째, 서울로 가서, 늬 왕자님 만나 알콩달콩 곱게 잘 살아라. 둘째, 할매가 뭔 지랄을 떨어서라도 다 끌고 갈 테니, 늬는 이 팔자 물려받지 말고 곱게 잘 살아라. 그래서 제가 서울로 온 거구만유. 서방 만나 곱게 잘 살았구.

　제가 참 방정이쥬? 이상한 디로 샜네유. 요점은 그거유. 제가 꿈이 참 잘 맞는다.

　그래서 눈뜨자마자 꿈을 따라 중복이와 칼을 들고 길을 떠난 거쥬. 근디 꿈에서 본 그 길이 신통히도 진짜 있구만유. 그래서 꿈대로 해봤는디, 으헝헝! 죄송혀유우우! 으허헝……. 우리 서방이, 우리 아자씨가, 읍네유! 우리 아자씨……. 그 착해빠진 냥반이……. 으헝헝……. 어쨌든 굉장히 죄송혀유. 이번에는 반만 맞는 꿈이었나 봐유. 폐 끼쳐서 죄송혀유.

✳✳✳

　"아유, 얼마나 걱정이 많으세요. 어휴."

　펑펑 우는 쁘띠줌마를 보자니 양이는 양심이 찔렸다. 시영과 쁘띠줌마를 만나게 해줘야 하나 고민했다.

　그러나 한쪽 말만 듣고 섣불리 재회를 주선할 수야 없었다. 더욱이 월주와 크닙에게 계질극 사건을 전해 들었을 시영이 스스로 나오질 않는 형편이었다. 이 상황에 제삼자가 뭘 어쩌겠는가?

　'사연이나 제대로 알아두자.'

양이는 속을 더 떠보기로 했다.

"저어, 부군은 어떤 분이신가요? 그 신통한 꿈에 저희 가게가 나왔다니 앞으로 저희가 도움될지도 모르잖아요."

"맞아요. 저희가 도울 일이 생기면 도울게요."

"딸꾹!"

쁘띠줌마는 울음을 뚝 그쳤다. 동그랗고 까만 눈을 말가니 깜박이며 양이와 수산을 보았다. 겸연쩍은 미소를 띤 둘을 향해 순진하게 고개를 끄덕였다.

"그도 그네유. 그 꿈이 앞으로 일어날 일인지두 모릉께유. 이렇게 마암을 써주시구 참말 솔찬히 감사혀유. 그렇께유, 우리 아자씨는유…….."

✹✦✹

우리 아자씨는 참 똑똑혀유. 외국어도 굉장히 잘허구유, 몰르는 게 없구만유. 거기다 착허구 키도 크구 이뿌장혀유.

그런 남잘 워서 만났냐구유? 아유, 이짝저짝 나댕기다 만났어유. 쑥스럽게 뭘 그렇게 물어유. 기냥 동네 아자씨가 우리 아자씨 된 거쥬.

그게유, 실은 암만 생각혀도 신기혀유. 우리 아자씨가 뭣 보고 저를 그렇게 좋다 혔을까?

생각엔 제가 먹을 거루 꼬셨지 싶어유. 제가 백수 때 아자씨가 마침 가사도우미를 구혀서 아자씨네 살림을 봐줬거든유? 근디 제가 음식을 짜끔 혀유. 우리 아자씨는 먹을 거에 약허구유. 삐쩍 말랐는디두

디게 잘 드셔유. 그닝께 기냥 먹을 거루 나눠서 살림까정 혔쥬.

그것 말고는 읍슈. 전 일가도 읍고 돈도 읍고 재주도 읍고 이뿌지두 않아유. 할매랑 단둘이 처박혀 살아서 노인네 사투리도 심하구 촌스럽구유. 거기다, 어휴, 미친년이다 흉보실까 봐 이 말까정 안 허려 혔는디, 이왕 여까정 말혔으니 다 말헐께유.

실은유, 전 헛것도 잘 보고 약간 정신도 읍서유. 꿈을 허도 생생히 잘 꾸고 그게 딱딱 맞으니 꿈과 현실이 헷갈릴 때두 많아유. 그래서 노상 자빠지고 덜렁대고 혼자 있다가도 퍼뜩 놀래고 남 듣기엔 헛소리도 종종 혀유.

솔직히 짜끔 미쳤쥬. 남자 만나 살긴 텄어유. 우리 할매가 "늬 왕자님은 서울에 있다. 늬 읍쓰면 죽고 못 살 이뿌장허구 불쌍한 놈 있다." 혔을 때, '인저 우리 할매 완전히 노망났구나.' 했쥬.

근디 진짜 있었슈. 우리 아자씨. 기냥, 처음부터 저만 보면 무작정 잘해줬슈. 같은 동네 살았는디 만나면 자꾸 웃어주고 제가 자빠지믄 일쎄주고 시장에서 만나면 짐도 들어주고 비 오는 날엔 우산도 씌워주고 기냥 마냥 잘혀줬슈.

첨엔 놀랬쥬. '이 냥반이 도대체 왜 이런댜?' 그랬슈. '나는 등쳐먹을 구석도 읍는디 나한테 진짜 왜 이런댜?' 그랬다니께유?

근디 아무리 시간이 지나도 한도 끝도 없이 초지일관 잘혀주고 뭐 바라지두 않아유. 밥상만 고봉밥에 건건이 가득 올려 차려주믄 정신 못 채리구 감동하대유? 처자 마암 작꾸 설레게 물끄러미 저를 보다가 제가 돌아보믄 발그레혀지구유. 어리둥절은 혀두 저야 땡큐쥬.

말씀드렸다시피 우리 아자씨가 참 똑똑혀유. 키도 크구 이뿌장허구 머리는 좋아두 순진혀서 짜끔 맹하니 귀여운 구석도 있구만유. 찬

찬혀서 배려심 깊고 착혀서 언성 높이는 일두 읍구유. 천성이 수줍어서 사람 만나는 일 유달리 싫어허구 시 쓰는 냥반이다 보니 생각이 많아서 이따금 옆에 누가 있는지, 뭔 말을 허는지두 몰르고 마냥 우수에 잠겨 있을 때가 있는디 고것만 짜끔 속 터지구 나머진 완벽혀유. 오히려 저는 집쥐처럼 콕 백혀 사는 것도, 각다구 안 꼬여서 좋아유. 우리 아자씨가 좀 잘났어야쥬. 게다가유, 결혼허구 보니께 디게 알부자더라구유. 진짜 빠지는 디가 읍쥬?

뭣보다 이 아자씨가 굉장히 신기헌 아자씨여유. 저헌티는 행운을 전하는 요정님이구만유. 뭔 말이냐규? 제가 말씀드렸쥬? 제가 짜끔 정신이 오락가락헌다구, 그라서 덜렁댄다구. 근디, 이 아자씨랑 가찹게 지내고는 이상허게 좋은 일만 생겨유. 나쁜 일이라고는 정말 한나두 읍셨슈. 제가 원래 하루에두 다섯 번은 자빠지는 애였는디 결혼허구는 몇 년을 한 번 자빠지지두 않았다니께유? 어째 이럴 수가 있을까 싶을 정도로 큰일, 작은 일 안 가리고 세상에 불운은 저를 다 피해가고 행운은 저를 다 찾아오는 듯했슈. 이 정도면 정말, 우리 아자씨는 제게 행운의 요정님 아녀유?

✻✻✻

"와, 그럴 수도 있군요. 신기한데요? 진짜 행운을 전해주는 분이신 걸까요?"

양이는 부지런히 맞장구쳤다. 눈치를 보아 슬쩍 덧붙였다.

"그런데 어쩌다가……. 혹시, 싸우셨나요?"

그 말에 쁘띠줌마는 땅이 꺼질 듯 한숨을 쏟았다.

"차라리 싸운 거믄 좋것슈."

쁘띠줌마는 까맣고 동그란 얼굴을 시름으로 덮었다. 원체 자그마하여 그러고 있으니 풀 죽은 양배추 인형 같았다. 예쁘지 않아도 귀여워서 사람 마음을 아르르 저몄다.

양이는 이렇듯 입 다물고 있기가 양심에 찔렸다. 입술을 말아 물었다. 공연히 차만 더 따랐다. 쁘띠줌마의 안색만 살폈다. 다행히 쁘띠줌마는 알아서 뒤를 달았다.

"차라리 싸운 거믄 정말 월마나 좋아유? 근디 그게 아녀유. 그 냥반은 순허구 착혀서 저헌티두 남헌티두 원망허구 화내구 그런 일 생전 몰라유. 그저 콩알 한쪽만 받아두 마냥 고마워할 줄만 알쥬. 그러니 싸움이 나것슈? 그 냥반이랑은 싸울 일이 읍써유. 기냥 제가 입방정을 떨어서 그래유. 그 냥반이 하두 너그러우니 제가 무슨 말을 혀도 다 들어줄 줄 안 거쥬."

"저런……."

"무슨 말씀을, 하셨는데요?"

수산과 양이는 조심스레 한마디씩 했다. 둘 다 양심이 콕콕 찔려 한껏 말을 사렸다.

"제 내력을 고백혔어유. 우리 집안이 그 모냥이었다고, 그 탓인지 제가 점점 꿈과 현실이 분간이 안 된다고, 당신이 그래서 힘들어 보인다고, 괜찮으냐고. 우리 아자씨는 그동안 제가 짜끔 어리숭혀도 그저 맹허고 둔혀서 그런 줄 알았겠쥬, 근디 알고 보니 마누라가 헤까닥 맛이 간 년인 거쥬. 몃 마디 캐물어보드니 굉장히 놀래서 말을 못 잇더라규. 그러고 집 나갔슈. 안 돌아와유."

"그게, 어……."

양이는 당황했다. 이 쁘띠줌마는, 시영이 한 표현처럼 반드러운 약콩 같은 이 여자는, 시영에게는 막막한 바다 한가운데에서 자신이 몸을 누일 유일한 산호섬이자 이 땅에 발 디딘 육십억 가운데 가장 찬란한 한 사람이었다. 더구나 이 여자가 이상하다 한들 시영보다 이상하지야 않았고 시영도 그걸 누구보다 잘 알 터였다. 그런데 그 여자가 신기 좀 고백했다고 그길로 가출하여 두 달 반째 감감무소식이라니, 더구나 자기 발로 가출하고서 그렇게나 애달파하다니, 앞뒤가 안 맞았다. 어디서부터 어긋난 일인지, 양이는 그 어긋난 지점이 보일 듯 말 듯 어렴풋했다.

"그게, 다인가요?"

"다여유."

쁘띠줌마는 눈이 벌겋게 달아올랐다. 고개를 숙이고 찻잔을 매만졌다. 잠잠히 덧붙였다.

"저는 소박맞아두 괜찮아유. 그동안 그 냥반이 제게 혀준 일만 혀도 넘치도록 행복혔으니. 일일이 말하기 닥쌀스러워서 암 말두 안 혔지만 그 냥반만큼 마누라에게 다정허고 상냥허고 사랑스러운 남자가 또 읍서유. 월마나 잘혔는디 또 있을 수가 있어유? 다만 제가 그 냥반을 찾아댕기는 까닭은 하나유. 그 냥반, 너무 순허구 물러서, 물가에 내놓은 애 같아서⋯⋯. 그 냥반은 머리가 똑똑혀두 사람을 잘 못 대혀유. 세상에 뒹굴며 살기엔 너무 부드러워. 시 쓰는 냥반들이 다 그런지 몰라두 워딘가 외롭고 슬퍼유. 기냥 혼자 놔두믄 마냥 생각에 잠겨서 공기 속으로 녹아버릴 것 같은 그런 느낌이 있어유. 그래서 워디서 혼자, 저는 상상도 못헐 고민을 하다 혀서는 안 될 선택을 혀지는 않을까, 그게 아니믄 누가 코 베어 가지는 않을까, 그게 걱정이유. 그래서 잠도 잘 안 오고, 밥도 잘 안 넘어가고…….”

쁘띠줌마는 눈물을 뚝뚝 떨어트렸다. 과자에도 과일에도 손 한번 대지 않았다. 찻잔만 만지작거렸다.

“으허엉! 힘내세요. 죄송, 정말 죄송해요. 못 도와드려서 정말 죄송해요. 으흐흑…….”

수산은 자기가 더 서럽게 울었다.

양이는 죄 없는 입술만 내내 깨물었다. 어렴풋한 두 사람 사이의 균열점을 머릿속으로 더듬었다. 한숨 쉬었다. 망설이다 말했다.

“혹시, 연락처를 좀, 남겨주시겠어요? 꿈이 잘 맞으신다니 저희 가게에서 무언가 해드릴 수 있는 일이 생기면 연락, 연락드릴게요.”

쁘띠줌마는 꾸물꾸물 고개 들었다. 손등으로 눈물을 훔쳐내며 코를 훌쩍였다.

“쿵. 그래 주시것어유? 감사혀유.”

양이는 주변을 두리번거려 종이와 펜을 찾았다. 들고 와 상에 내려놓았다.

쁘띠줌마는 펜을 들고 또박또박 적었다. 제 이름 석 자, 오순남. 그 밑에 전화번호를 덧붙였다. 단정히 펜을 내려놓았다. 양이 쪽으로 메모를 돌렸다.

“그래도 이렇게 털어놓으니 조금 낫구만유. 행패까지 부린 불한당에게 이리 친절히 대혀주시고 제 얘기까정 미쳤다 안 혀고 열심히 들어주셔서 참 감사혀유. 혹시, 제 꿈이 맞아서 우리 아자씨가 여계와 엮이게 되믄유, 잘 지내믄 제게 연락 안 혀 주셔도 괜찮아유. 다만, 힘들어 보이믄, 꼭, 꼬옥, 연락 주셔유.”

쁘띠줌마, 아니, 순남은 탁자를 가로질러 작은 손을 뻗었다. 양이의 손을 꽉 잡고 거듭 꾸벅였다.

– 2권에서 계속.

미주

1 영화 반지의 제왕에 등장하는 캐릭터. Jackson, P. (감독). (2001). The Lord of the Rings. [영화 시리즈]. 미국: New Line Cinema.

2 SF 소설인 은하영웅전설에 나오는 양대 세력 중 하나, '자유행성동맹'을 패러디한 명칭. 다나카, 요시키. (2000). 은하영웅전설. (권. 1~10). [소설 시리즈]. (윤덕주, 번역). 대한민국: 서울문화사.

3 PC 패키지 게임 시리즈인 창세기전에 나오는 필살기명, '천지파열무'를 패러디한 명칭. 창세기전. [PC 게임 시리즈] (1995). 대한민국: 소프트맥스.

4 게임 ニイハオ!의 기본설정인 '남자는 25세를 지나고도 동정이면 마법사가 된다.'에서 유래한 유행어를 패러디한 말. ニイハオ! 你好. (2005). 일본: Curious.

5 판타지 소설 시리즈 해리포터에서 마법사가 마법을 쓸 줄 모르는 일반인을 이르는 표현. Rowling, J. (1999). 해리포터. (부. 1~7). [소설 시리즈]. (김혜원, 번역). 대한민국: 문학수첩.

6 외계인을 상대하는 특수요원을 다룬 영화 시리즈, Men in Black에서 외계인에 얽힌 비밀을 알게 된 일반인에게 특수요원들은 특별한 빛을 발하는 막대기를 보여주며 "여길 보세요."라고 한다. Sonnenfeld, B. (감독). (1997). Men in Black. (국내명: 맨 인 블랙). [영화 시리즈]. 미국: Columbia Pictures.

7 드라마, 별에서 온 그대의 남자 주인공 이름이 '도민준'이며 도민준은 외계인이다. 박지은. (극본가). (2013). 별에서 온 그대. [드라마]. 장태유. (연출가). 대한민국: SBS.

8 소설 제목 패러디. 쿄이치, 카타야마. (2003). 세상의 중심에서 사랑을 외치다. [소설]. (안중식, 번역). 대한민국: 지식여행.

9 영화, SF 텔레비전 시리즈로 나온 Stargate(국내명: 스타게이트)에서 외계로 통하는 공간이동 장치를 일컫는 이름이 '스타게이트'이다. Emmerich, R. (감독). (1994). Stargate. [영화]. 미국: Metro—Goldwyn—Mayer.

10 미국 드라마 Gossip Girl에서 Blair Waldorf가 한 대사. 인기를 끌어 여러 매체에서 패러디했다. 원어로 "I'm the crazy bitch around here." Schwartz, J. & Savage, S. (극본가). (2008. 05. 19.). Much 'I Do' About Nothing. [드라마 시리즈 Gossip Girl Season 1: Episode 18]. 미국: The CW.

11 드라마 단팥빵에서 여자아이가 남자아이에게 드세게 발차기하는 장면이 나온다. 이 장면이 방영될 때 하단 자막으로, '태풍 민들레는 중심 기압이 985 헥토파스칼, 최대풍속이…(후략)….'라는 기상 특보가 나갔다. 이후 '헥토파스칼 킥'이라는 유행어가 생겼다. 이숙진. (극본가). (2004). 단팥빵. [드라마]. 이재동. (연출가). 대한민국: MBC.

12 룸펠슈틸츠헨. 독일 민화. 그림 동화에도 포함되어 있다.

13 정효룡. (연출가). (2011). 后宫甄嬛传(후궁견환전). [드라마], 중국: 북경 BTV.

14 베네딕트 컴버배치가 '셜록 홈스'로 출연한 영국 드라마. Gatiss, M., Moffat, S. & Thompson, S. (극본가), (2010). Sherlock. [드라마 시리즈]. 영국: BBC One.

15 만화영화 시리즈인 Teenage Mutant Ninja Turtles(국내명: 닌자 거북이)에서 주인공 거북이들은 피자를 좋아하며 피자를 보면 "Cow-a-bunga!(코와붕가!)"라는 감탄사를 외친다. Kasai, Y., et al. (1987). Teenage Mutant Ninja Turtles. [텔레비전용 만화영화 시리즈]. 미국: CBS Television Distribution.

16 만화 겟 백커스에서 '빼앗긴 것은 반드시 빼앗는다.'는 기치를 내건 주인공이 인조를 이르는 명칭. 란도, 아야미네. (1999). 겟 백커스. (권. 1~39). [만화 시리즈]. (최윤희, 번역). 대한민국: 학산문화사.

17 원더걸스가 부른 가요, So Hot 가사 패러디. 원 가사는 "엄마는 왜 날 이렇게 낳아놔서 내 삶을 피곤하게 하는지." 원더걸스. (가수 그룹). (2006). So

Hot. So Hot. (앨범명). 박진영. (작사가). 대한민국: 로엔 엔터테인먼트.

18 마법소녀물 만화영화, 魔法のエンジェルスイートミント(국내명: 스위
트 민트, 뾰로롱 꼬마마녀)에 나오는 주인공 소녀가 활동하는 가게 이름.
쥬타로, 오오바. (감독). (1990). 魔法のエンジェルスイートミント. (화.
1~47). [만화영화 시리즈]. 일본: TV 도쿄.

19 Benioff, D. & Weiss, D. (연출가). (2011). Game of Thrones. [드라마 시리
즈]. 미국: HBO.

20 이 문단 전체에서 SF 영화 시리즈 Star Wars에 나오는 등장인물, 주제곡 등
을 언급하고 있다. 아래 출처는 시리즈의 첫 번째 작품을 기준으로 표기함.
Lucas, G. (감독). (1977). Star Wars: Episode IV "A New Hope". [영화 시리
즈]. 미국: 20th Century Fox.

21 여섯 다리 법칙(Six degrees of separation): 헝가리 작가이자 번역가인 프리저
시 카린티(Karinthy, F.)가 단편소설 고리들(Láncszemek. 1926년 발표.)을
통해 제시한 개념이다. 이 개념은 처음 제시된 후 희곡 등으로 재인용되다가
'케빈 베이컨의 여섯 다리'라는 놀이로 널리 알려졌다. 이는 특정 할리우드
배우가 케빈 베이컨이라는 배우와 몇 단계 만에 인맥으로 연결되는지 찾는
놀이로, 놀이를 넘어 사회과학 연구에도 인용된다.

22 시간 여행을 소재로 삼은 영화, The Butterfly Effect의 주인공 역 배우.
Bress, E. & Gruber, M. (감독). (2004). The Butterfly Effect(국내명: 나비효
과). [영화]. 미국: New Line Cinema.

23 만화영화 도라에몽의 주인공. 시간 여행을 할 수 있다. ドラえもん(국내명:
도라에몽). [만화영화 시리즈]. (1973). 일본: 니혼TV.